Dood in het vizier

Stephen Hunter

DOOD IN HET VIZIER

Uitgeverij Luitingh ~ Sijthoff

Oorspronkelijke titel: *Point of Impact*
Vertaling: Bert Coltof
Omslagontwerp: Karel van Laar

CIP-GEGEVENS KONINKLIJKE BIBLIOTHEEK, DEN HAAG

Hunter, Stephen

Dood in het vizier / Stephen Hunter ; [vert. uit het
Engels: Bert Coltof]. – Amsterdam : Luitingh-Sijthoff
Vert. van: Point of Impact. – New York : Bantam Books,
1993.
ISBN 90-245-1403-7
NUGI 331
Trefw.: romans ; vertaald.

Voor C.H.
Je hebt waanzinnig je best gedaan

Alleen accurate geweren zijn de moeite waard
Kolonel Townsend Whelen

I

Het was november. Het was koud en nat in Arkansas, een deprimerende zonsopgang volgde op een al even deprimerende nacht. Natte sneeuw woei tussen de pijnbomen door en verzamelde zich op de rotsblokken die boven de grond uitstaken. Laaghangende, boosaardige wolken joegen voorbij. Af en toe loeide de wind door de open plekken tussen de bomen en blies de sneeuw hoog op als kruitdamp. Het was de dag voordat het jachtseizoen werd geopend.
Bob Lee Swagger zat net naast de laatste bergpas naar Hard Bargain Valley, die vlakke tafelberg hoog in de Ouachita's, in absolute stilte en roerloosheid tegen een oude pijnboom, zijn geweer over zijn knieën. Dat was Bobs beste eigenschap: roerloosheid. Die eigenschap had hij niet hoeven aanleren; het was een natuurlijke gave, iets wat in hem zat en nooit verstoord werd door enige onrust. In Vietnam was hij een soort legende geweest, vanwege de bijna dierlijke manier waarop hij zijn lichaamsreacties kon beheersen en zich stiller dan een dode hield.
De kou had zich door zijn wollen beenbeschermers heen gedrongen. Onder zijn vest van eiderdons kroop de kilte als een behendige muis langs zijn ruggegraat omhoog. Hij klemde zijn tanden op elkaar om te voorkomen dat ze gingen klapperen. Af en toe klopte zijn heup pijnlijk vanwege een oude wond maar hij dwong zijn brein de denkbeeldige pijn te negeren. Hij was de wilskracht voorbij. Hij was ergens anders.
Hij was Tim aan het verdienen.
Zie je, zou hij tegen je zeggen, als je een van de twee of drie mannen in de wereld was met wie hij sprak – de oude Sam Vincent, de vroegere openbare aanklager van Polk County bijvoorbeeld, of misschien Doc LeMieux, de tandarts, of Vernon Tell, de sheriff – je kunt niet zomaar een dier doodschieten. Schieten is het makkelijke gedeelte. Elke lul uit de stad kan ergens gaan zitten wachten en koffie drinken tot er een hert voorbijkomt, zo dichtbij dat je het aan kunt raken, om het dan de loop van zijn Wal-Mart-geweer tegen de zij te drukken, de trekker over te halen en een kwart van de darmen weg te blazen, om het drie *counties* verder leeggebloed terug te vinden, terwijl de pijn op de een of andere manier nog steeds uit zijn ogen straalt.
Nee, zou Bob zeggen, je verdiende je schot door met jou te laten gebeuren wat er met het dier gebeurde, hoe lang dat ook duurde. Eerlijk was eerlijk, tenslotte.

Tussen de bomen door kon hij de open plek, zo'n honderdvijftig meter vóór hem en iets lager op de helling, geleidelijk aan duidelijker gaan waarnemen in het grauwe licht van de aanbrekende dag. Er liep een spoor dwars doorheen en hij wist dat de dieren daar bij zonsopgang en ook bij zonsondergang langs zouden komen, een voor een, een bok en zijn harem. De afgelopen nacht had Bob er twaalf gezien, drie bokken, de een zelfs een mooie, dikke achtender, en hun wijfjes.
Maar hij was voor Tim gekomen. Oude Tim, vol littekens en met veel avonturen achter de rug. Tim zou ook alleen zijn. Tim had geen harem en die had hij ook niet meer nodig. De een of andere stadslul uit Little Rock had Tim een keer een tak van zijn gewei afgeschoten waardoor het het hele seizoen had geleken alsof hij z'n evenwicht was verloren. Tim had ook een heel jaar gehinkt omdat Sam Vincent, niet meer zo vief als vroeger, te slordig was geweest en hem een .444 kogel met zachte punt – een veel te zwaar kaliber, maar Sam was gek op dat oude geweer – in zijn lende geschoten had. Elke gewone hertebok zou eraan bezweken zijn, maar Tim verloor alleen veel bloed.
Tim was táái, wist Bob, en dat was het vriendelijkste woord dat hij voor iemand, levend of dood, bedenken kon.
Bob zat daar nu al zeventien uur. Hij had de hele nacht in de kou gezeten. En toen er natte sneeuw begon te vallen, zat hij er nog. Hij was zo koud en nat dat hij nog maar nauwelijks in leven was en af en toe zag hij beelden uit een andere tijd voor zijn ogen, maar dan schudde hij zijn hoofd om ze te verdrijven en concentreerde zich weer op wat er honderdvijftig meter voor hem lag.
Kom op, oude rotzak, dacht hij, ik ben je aan het verdienen.
Toen zag hij iets. Maar het was alleen maar een hertewijfje en haar kalfje. Op hun luie, kalme, stomme manier trokken ze langs het spoor, de heuvel af, om in het lager liggende bos te gaan grazen, waar de een of andere stadslul ze vast wel zou doden.
En Bob zat daar maar, naast zijn boom.

Dokter Dobbler slikte en probeerde het mysterie in de ogen van kolonel Shreck te lezen. Maar als altijd zat Shreck daar met een woedende frons op zijn door grove gelaatstrekken getekende gezicht. Hij straalde als het ware kracht en ongeduld uit, en op de een of andere manier maakte hij iedereen in de kamer bang. Shreck was angstaanjagend. Hij was de meest angstaanjagende man die Dobbler ooit gekend had, angstaanjagender zelfs dan Russell Isandhlwana, de drughandelaar die Dobbler in de doucheruimte van de staatsgevangenis in Norfolk, Massachusetts, verkracht had en die hem drie zeer lange maanden tot zijn homo-maatje gemaakt had.

Het was laat. Buiten trommelde de regen op het golfplaten dak. Er hing een stank van roestig metaal, oud leer, stof, ongewassen sokken en verschaald bier in de kamer. Het was een gevangenisgeurtje, hoewel dit geen gevangenis was, maar het veldhoofdkwartier van een eenheid die zich *RamDyne Security* noemde. Het stond midden in een gebied van enkele vierkante kilometers groot, ergens op een afgelegen plek in Virginia.

De plannenmakers zaten voor in de verduisterde kamer; de brute Jack Payne, de op één na meest angstaanjagende man ter wereld, zat aan de andere kant van de tafel. En dat was alles, zo'n klein team voor de immense en trieste taak die hen wachtte.

Op een klein scherm waren vier gezichten geprojecteerd en zij lichtten nu op in het donker. Elk gezicht vertegenwoordigde zo'n honderd mogelijkheden. Deze mannen waren ontdekt door de afdeling *Research*, uitgebreid onderzocht door de afdeling *Planning*, in de gaten gehouden door de deskundigen van de afdeling *Operations*, en toen was dit norse viertal geselecteerd. Het was Dobblers taak ze psychologisch door te lichten, zodat kolonel Raymond Shreck uiteindelijk zijn keuze kon maken.

Elk van die laatste vier had natuurlijk een zwak punt. Dokter Dobbler somde die op. Tenslotte was hij een psychiater, hoewel geen bevoegde. Zwakke punten was zijn beroep.

'Te narcistisch,' zei hij van een van de vier. 'Hij geeft te veel uit aan de kapper. Vertrouw nooit een man met een kapsel van vijfenzeventig dollar. Hij verwacht een speciale behandeling. We hebben iemand nodig die speciaal ìs, maar nooit speciaal behàndeld is.'

En toen nummer twee. 'Te slim. Briljant, tactisch briljant. Maar hij blijft steeds doorspelen. Hij denkt steeds vooruit. Hij komt nooit tot rust.'

Van de derde zei hij: 'Geweldig stom. Maar traag. Precies wat we nodig hebben wat betreft bepaalde benodigde eigenschappen, en hij heeft ervaring op het technische vlak. Gehoorzaam als een hond. Maar traag. Te traag, te fantasieloos, te slaafs. Te weinig soepel.'

'Ik hoor dat je weer flirt, Dobbler,' zei kolonel Shreck grof. 'Geef ons alleen de informatie en laat de charme maar weg.'

Dobbler kromp ineen.

'Nou,' zei hij ten slotte, 'dan blijft er maar één over.'

Jack Payne haatte Dobbler. De zachtaardige Dobbler met zijn grote hoofd, warrelige baard en lange, gevoelige vingers, was de meest verwijfde vent die hij kende. Hij had tieten. Hij was bijna een vrouw. Hij probeerde van alles een show te maken.

Jack Payne was een stugge, kleine man met een onaangenaam uiterlijk. Hij was zwaar getatoeëerd en er lag een afwezige blik in de kleine ogen

die lagen ingebed in zijn vlezige gezicht. Hij was enorm sterk en zijn pijngrens lag ver boven het gemiddelde. Zijn specialiteit was om zaken gedaan te krijgen, hoe dan ook. Hij tastte even naar de Remington 1100 met afgezaagde loop, in diens op maat gemaakte schouderholster onder zijn linkerarm. In de lange buis onder de loop zat een zestal twaalf-millimeterpatronen. In elk patroon zaten negen .32 kaliber kogeltjes. Hij kon die vierenvijftig kogels in minder dan drie seconden afvuren. Op die manier had hij al heel wat gedaan gekregen.
'De details zijn imposant,' zei Dobbler. 'Hij heeft zevenentachtig mannen gedood. Dat wil zeggen: zevenentachtig mannen beslopen en gedood onder de meest vreselijke omstandigheden. Ik denk dat we allemaal moeten toegeven dat dat indrukwekkend is.'
Het was even stil.
'Ik heb wel eens zevenentachtig mannen gedood op een middag,' zei Jack. Jack had eens in een commandokamp in de zuidelijke hooglanden ingesloten gezeten en tijdens de laatste dagen hadden de Vietnamezen menselijke aanvalsgolven op hem afgestuurd.
'Ja, maar allemaal tegelijk. Met een M-60 machinegeweer,' zei kolonel Shreck. 'Ik was er ook bij. Ga verder, Dobbler.'
Jack zag dat Dobbler beefde. Hij beefde nog steeds als de kolonel hem rechtstreeks toesprak. Jack moest bijna lachen. Hij rook de angst van de psychiater. Hij was gek op de geur van de angst van andere mannen.
Maar Dobbler ging verder. 'Dit is niemand minder dan artillerie-sergeant Bob Lee Swagger van het marinierskorps. Hij is met groot verlof en woont in Blue Eye, Arkansas. Ze noemden hem ''Bob de Afmaker''. Hij was de op een na beste doder van het marinierskorps in Vietnam. Heren, dit is de beste sluipschutter van Amerika.'

Bob hield van hun magie. Er was geen magie geweest toen hij op mannen gejaagd had. Mannen waren stom. Ze lieten scheten en hoestten en verraadden zichzelf al op kilometers afstand.
Maar de herten, vooral de oude bokken van de Ouachita, verschenen als geesten. Ze ploften gewoon uit het niets, uit het kreupelhout, alsof ze superieure bezoekers van een andere planeet waren. En Bob wist dat ze superieur waren: hun zintuigen messcherp, alles afgestemd op de komende twee minuten. Dat was hun geheim. Zij dachten niet aan de laatste twee minuten, die niet meer bestonden op het moment dat ze voorbij waren. Die waren totaal verdwenen. Ze dachten alleen maar aan die komende twee minuten. Geen verleden, geen werkelijke toekomst. Er bestond alleen maar het nu.
En toen Tim dus te voorschijn kwam tussen de dunne pijnbomen en Bob verbijsterde met zijn gratie, verraste hij hem niet helemaal.

Bob had jaren geleden op moeilijke plaatsen geleerd dat verrassing gevaarlijk was. Met die onbehaaglijke schok tijdens het eerste moment van ontmoeting gaf je je overwicht prijs.
Bobs eerste reactie op Tim was op geen enkele manier aan zijn lichaam te zien. De wind blies van hem af, dus Tims scherpe neus zou niets van zijn geur op kunnen snuiven, hoewel Bob zich gisteren natuurlijk met reukloze zeep gewassen had. Hij had zijn kleren in de buitenlucht gedroogd; hij had zijn tanden en mond met peroxyde uitgespoeld zodat er geen vage tandpastalucht in de boslucht zou komen te hangen.
De kop van het dier zwaaide onophoudelijk heen en weer en wendde zich toen precies in Bobs richting.
Je kunt me niet zien, dacht Bob. Ik weet hoe je te werk gaat. Je kunt beweging zien, je bent slim genoeg om iets te zien bewegen, iets dat zich snel in veiligheid brengt, maar je kunt geen beelden zien. Hier zit ik en je kijkt precies in mijn richting, maar je kunt me niet zien.
Bob liet de blik van het dier over zich heengaan en zag toen hoe het de kop afwendde. Dit was het deel waar hij het meeste van hield, de opwindende breekbaarheid, de ragfijne band die bok en mens te zamen bracht door het medium geweer, maar slechts voor een paar seconden. Hij wist dat hij Tim als die bleef staan, als de wind zo bleef, als hij kalm kon blijven, als zijn geluk hem niet in de steek liet, zo in zijn vizier zou hebben.
Hij hief zijn geweer op.
Het was een Remington 700-grendellader, met zorg gekocht door het mariniersschuttersteam en hem cadeau gedaan toen hij in 1975 definitief met ziekteverlof ging. Het had een zware loop die bijna elke trilling compenseerde als hij vuurde. Bob had sindsdien echter de oorspronkelijke loop vervangen door een roestvrij stalen exemplaar van Hart, die hij toen omhuld had met een laag teflon, zodat het oppervlak ervan nu het aanzien had van oud tin. De loop, de grendel en zelfs de schroeven waren in Devcon-aluminium ingebed en in een lade van zwart fiberglas en kevlar. De schroeven waren door het aluminium heen aangedraaid met een kracht van vijfenvijftig pond. Het geweer was gewoon lelijk. Het was een .308 kaliber Winchester en in de kamer rustte een van Bobs zelfgemaakte patronen.
Bob hief het geweer in een soepele, geoefende beweging die door jaren van herhaling al het overbodige verloren had. Onder minder slechte omstandigheden zou hij de lighouding gekozen hebben, de rustigste schiethouding, maar omdat hij wist dat hij zich lang stil moest houden was hij bang dat het contact met de koude grond zijn lichaam zou doen verstijven. In plaats daarvan drukte hij het geweer tegen zijn schouder, liet zijn ellebogen tussen zijn gespreide knieën zakken, boog zijn schouders en klemde zijn armen onder de negen pond van het geweer, zodat het steun-

de op bot en niet op spieren. Hij bouwde een brug van bot, van het wapen tot op de grond, zodat geen spiertrilling, geen klop van het hart of de pols, de loop op het laatste moment kon laten afwijken.
Bob tuurde met zijn oog door de telescoop, een Leupold 10X. Het scherpe beeld van de vergroting, die elk beetje lucht dat er was opzoog, toonde hem Tims kop en schouders tien keer groter dan in werkelijkheid. Weer draaide het dier de kop naar hem toe. Deze keer was hij gevangen in het middelpunt van het vizier.
Met zijn duim schoof Bob de veiligheidspal over en bereidde zich voor om te schieten.
Ik heb je verdiend, klootzak, dacht hij. En bij god, ik heb je te pakken. Je bent van mij.
Zijn hart leek een beetje te bonzen. Nu probeerde hij weg te zinken in die kalme hoedanigheid van het bijna-niets, waarin het kleine plekje op het topje van zijn vinger een eigen leven begon te leiden en zich volkomen richtte op het spel van het vizierkruis.
Oké, dacht Bob, terwijl hij minieme correcties in de richting van het geweer uitvoerde en het vizierkruis tot rust liet komen op de ruggegraat van Tim, die aan wat met ijs bedekte takjes van een boom likte. Nú heb ik je te pakken.

Op het scherm verdwenen de vier gezichten; en toen verscheen Bobs jonge gezicht plotseling.
'Hij is zesentwintig, op zijn derde toer in Vietnam,' zei dokter Dobbler. 'Het is 10 juni, 1972. Hij heeft net officieel zijn negenendertigste en veertigste man gedood, hoewel het totaal onofficieel veel hoger is.'
De dia toont een ruw, jong gezicht, mager en nors. De ogen waren spleetjes, de huid strak, de mond een streep. Hij zag er ook gemeen uit en zeer competent, zonder een greintje humor, met weinig of geen begrip voor buitenstaanders, bereid met iedereen te vechten die hem te na kwam. Een gevechtspetje was op zijn achterhoofd geschoven, zodat het voorste deel van zijn kortgeknipte haar te zien was. Hij droeg verkreukelde gevechtskleding met het insigne van de globe en het anker op zijn borstzak. In zijn linkerarm hield hij trots een zwart geweer met een zware loop en een lang telescoopvizier. Het geweer lag langs zijn onderarm en hij hield het vast bij de trekkerbeugel.
Dobbler keek naar de jongen op het scherm: hij zag hetzelfde uitdrukkingsloze gezicht als van de harde jongens, de menselijke tatoeage-musea, de geboren moordenaars die hun tijd in de gevangenis uitzaten alsof het een vakantie was, terwijl hij er bijna aan dood gegaan was. Dat was de eerste schok van een cultureel man: dat er mensen waren die zo'n gewelddadigheid niet alleen overleefden, maar er ook van genoten.

De dokter ging verder.
'Ik vestig uw aandacht op het feit dat het niet Robert Lee Swagger is: zijn vader noemde hem Bob Lee – hij wordt kwaad als mensen hem aanspreken met Robert. En hij wil Bob genoemd worden, niet Bob Lee. Hij is zeer trots op zijn vader, hoewel hij zich die maar vaag moet kunnen herinneren. Earl Swagger won de congressionele *Medal of Honor* op Iwo Jima tijdens de Tweede Wereldoorlog en was daarna een staatspolitieman in Arkansas tot hij in 1955, toen Bob negen was, tijdens het uitoefenen van zijn functie gedood werd. De moeder van de jongen vertrok uit Little Rock naar de familieboerderij buiten Blue Eye in Polk County in het westen van Arkansas, waar zij en haar moeder en Bob een bestaantje bijeen konden schrapen.
Bob is in vele opzichten een kind van het gênante Tweede Amendement en zijn levensbeschrijving komt goed overeen met andere grote Amerikaanse helden – ik denk bij voorbeeld aan Alvin York en Audie Murphy. Hij werd al vroeg wees, groeide op in een grensstaat op een nauwelijks lonende boerderij. Jagen was niet alleen natuurlijk en te verwachten, maar ook noodzakelijk. Hij werd algauw een voortreffelijk jager met een enkelschots .22 geweer, en promoveerde in zijn tienerjaren naar een hefboomlader-jachtgeweer en ten slotte naar een .30 Winchester. Vanaf het moment dat zijn vader hem toestond te schieten, was hij een begaafde schutter.
In 1964, toen hij het eindexamen van de High School met uitstekende cijfers haalde – dat is misschien niet zo verbazingwekkend als het lijkt – weigerde hij een beurs voor de universiteit en nam in plaats daarvan dienst bij de mariniers, net op tijd voor de oorlog in Vietnam.
Hij ging er in 1966 naartoe als soldaat eerste klasse bij de infanterie en werd tweemaal gewond. In 1968 ging hij weer, deze keer als verkenningspatrouilleleider, waarbij hij veel gevaarlijk werk deed bij de gedemilitariseerde zone. In 1971 was Bob Lee de nationale kampioen geweerschieten over duizend meter in Camp Perry in Ohio. Daarmee vestigde hij de aandacht op zich. Eind 1971 ging hij terug naar Vietnam, naar het verkenners/sluipschutterspeloton, Hoofdkwartiercompagnie, zesentwintigste regiment, eerste mariniersdivisie, opererend buiten Da Nang.'
Hij drukte een knop in.
Het scherm toonde de afbeelding van een adreskaartje met een net blokje tekst onder het silhouet van een telescoop-geweer:

WIJ HANDELEN IN LOOD, VRIEND.
VERKENNERS/SLUIPSCHUTTERSPELOTON,
HOOFDKWARTIERCOMPAGNIE,
EERSTE MARINIERS.

'De leus is gestolen van Steve McQueen in *The Magnificent Seven*. Het was het visitekaartje van zijn peloton en een onderdeel van de psychologische oorlogvoering in dat gebied. Bob en zijn mannen lieten ze achter op in het oog vallende plaatsen, meestal in de linkerhand van lijken, die met één enkele kogel door de borst geveld waren. Bobs peloton was de meest bekwame eenheid van beroepsdoders die dit land ooit ingezet heeft, tenminste op een individuele basis. In de zes jaar dat het peloton opereerde heeft het, volgens zeggen, meer dan zeventienhonderdvijftig vijandelijke soldaten gedood. Tijdens die jaren heeft het zesenveertig mannen in zijn gelederen gehad. Een sergeant, Carl Hitchcock, had de hoogste score met drieënnegentig bevestigde doden; vijf jaar later was Bob tweede met zevenentachtig, maar er waren verscheidene andere sluipschutters in de jaren zestig en meer dan een dozijn in het decennium daarvoor.

Wat betreft Bob zal ik alleen de hoogtepunten aangeven. Blijkbaar deed hij wat werk voor Operatie Phoenix van de CIA: hij liquideerde een paar bandieten zoals belastinginners van de Vietcong en plaatselijke bendeleiders en zo. Dus hij is geen onbekende wat betreft operaties van professionele inlichtingendiensten. Maar zijn meer regelmatige doelwitten waren Noordvietnamese soldaten en onderofficieren die in het gebied opereerden. Ze hadden zelfs een enorme beloning uitgeloofd voor Bob, meer dan vijftigduizend praster. Maar de meest verbazingwekkende prestatie werd geleverd toen hij en zijn beste vriend en verkenner, soldaat eerste klasse Donny Fenn, eens op een Noordvietnamees bataljon dat op weg was naar een kamp van de Speciale Eenheid, stootten. Het was slecht weer en de jungle was zo dichtbegroeid, dat steun of evacuatie door de lucht onmogelijk was. Ze zaten buiten bereik van het artillerie-geschut. Duizend man, op weg naar twaalf mannen op een heuveltop. Maar Bob en zijn verkenner waren de enige bevriende soldaten in het gebied. Ze spoorden de Noordvietnamezen op en begonnen de officieren er tijdens een periode van achtenveertig uur één voor één uit te pikken. Dat was in de An Locvallei. Het bataljon heeft de Groene Baretten nooit bereikt en Swagger en zijn verkenner kwamen drie dagen later het kamp binnen. In die twee dagen heeft hij meer dan dertig mannen gedood.'

Zelfs Payne, die probeerde nooit onder de indruk te zijn, hield zijn adem in.

'Klootzak kan wel schieten, zeg,' zei hij.

De projector klikte.

Een man in het verband lag in een ziekenhuisbed. Zijn been stak in een rekverband, zijn gezicht was bleek, zijn ogen groot en diep weggezonken.

'Bob Lee Swaggers oorlog liep ten einde op elf december 1972. Hij gleed over een helling toen hij zich terugtrok en werd in de heup getroffen door een geweerkogel, afgevuurd van een afstand van zo'n duizend meter. Zijn vriend en verkenner Donny Fenn, gleed de helling af om hem te helpen. De volgende kogel trof Donny in de borst en drong door tot zijn ruggegraat. Bob lag daar de hele ochtend met zijn dode vriend in zijn armen, totdat ze artillerievuur in konden roepen op de vermoedelijke positie van de sluipschutter. Het betekende het einde van zijn oorlog en van zijn carrière in het korps mariniers. Na drie jaar pijnlijke rehabilitatie werd hij in 1975 met ziekteverlof gestuurd. Het betekende ook het einde van zijn schieten in wedstrijdverband. Competitie-schieten is een uiterst formele sport, waarbij zeer ongemakkelijke houdingen aangenomen moeten worden en men gekleed is in strakke kledij van leer om lichaamsbewegingen zoveel mogelijk te beheersen. Met zijn opgelapte heup was Bob nooit meer in staat om zich zo strikt aan die officiële posities te houden.

Ik denk dat men zou kunnen zeggen dat Bob Lee Swagger zich volledig aan zijn land gaf en dat het hem in ruil daarvoor alles afnam. Zijn heldhaftigheid was van een soort dat de meeste Amerikanen een onbehaaglijk gevoel geeft. Hij was geen inspirerende leider, hij redde geen levens, hij klom niet op tot een commando-positie. Hij was gewoon en zeer nadrukkelijk een uitzonderlijk doder. Het is bijna zeker om die reden dat hij nooit de onderscheidingen en lof kreeg die hij verdiende.

Wat er toen volgde was volstrekt voorspelbaar. Hij was getrouwd, maar het huwelijk liep op de klippen, hij ging weer terug naar school maar raakte zijn interesse kwijt. Tijdens de laatste helft van de jaren zeventig zat hij om de haverklap in klinieken voor alcoholverslaafden. In de jaren tachtig heeft hij een soort voorlopige vrede met zichzelf gesloten, en met zijn land, zij het alleen maar door zich terug te trekken. En we kunnen alleen maar vermoeden wat de patriottische hysterie van de overwinning in de Perzische Golf gedaan heeft, om zijn isolatie en verbitterdheid nog te versterken. Hij woont alleen in een caravan, in het Ouachitagebergte een paar kilometer buiten Blue Eye, en leeft van zijn invaliditeitspensioen van de marine en het restant van de dertigduizend dollar die zijn vriend, een oude plattelandsadvocaat genaamd Sam Vincent, in 1986 voor hem gewonnen heeft tijdens een rechtszaak tegen het tijdschrift *Mercenary*. Hij woont alleen, afgezien van zijn geweren, waarvan hij er tientallen heeft en waarmee hij elke dag schiet, alsof ze zijn enige vrienden zijn.

U kunt natuurlijk zijn haat, zijn gevoel van isolatie wel inzien. Dat alles maakt hem kwetsbaar en plooibaar,' zei de dokter. 'Hij is de man die we geleerd hebben te haten. Hij is de eenzame Amerikaanse gek met een geweer.'

Bob wist, terwijl het geweer tegen zijn schouder schokte en het beeld in het vizier verdween in een wolk kruitdamp, dat hij het volmaakte schot – waar hij al die uren aan gewerkt had – inderdaad afgevuurd had. Het was alsof het beeld in de seconde waarin hij de Remington afvuurde in zijn geest gegrift stond en hij fracties van een seconde de tijd had om alles te analyseren met een snelheid die niet werkelijk is; ja, het geweer werd goed gehouden; ja, de telescoop, scherpgesteld op tweehonderd meter, was precies geplaatst zoals hij het wilde; ja, hij haalde de trekker soepel, ongehaast over; ja, hij was verbaasd toen het schot overging; ja, zijn positie was perfect en nee, niets had hem verraden, geen laatste trilling, geen vage twijfel of gebrek aan zelfvertrouwen.
Ja, zijn schot was raak geweest.
Het dier, getroffen, trapte woest om zich heen in zijn plotselinge wolk van rode mist. Zijn grote kop met het prachtige gewei werd achterover gerukt, terwijl de voorpoten onder hem ineen zakten en hij op de grond stortte.
Zonder het geweer van zijn schouder te nemen haalde Bob de grendel over, waardoor de lege koperen huls wegsprong en er een nieuwe .308 patroon in de kamer klikte, en mikte weer op het doelwit. Maar hij zag direct dat er geen volgend schot nodig was. Hij haalde de veiligheidspal over, liet het geweer zakken en keek toe hoe Tim om zich heen sloeg en met zijn dikke nek de natte sneeuw en het stof hoog opjoeg. Het dier kon het niet aanvaarden dat het getroffen was, of dat zijn poten hun dienst weigerden, of dat gevoelloosheid zich steeds verder door zijn lichaam verspreidde.
Vooruit, vecht ertegen, jongen, dacht Bob. Hoe meer je ertegen vecht hoe eerder het je te pakken krijgt.
Uiteindelijk stond de man op. Zijn benen deden hem pijn en hij merkte plotseling hoe koud het was. Hij bewoog zijn vingers om zich ervan te verzekeren dat hij ze nog steeds gebruiken kon. Zijn hand schoot naar zijn pijnlijke heup, en toen negeerde hij die pijn. Hij huiverde. Onder het vest baadde hij in het zweet. Verstijfd liep hij naar de patroonhuls die net weggevlogen was, en raapte die op.
Na het schieten voelde Bob niets. Hij voelde zelfs nog minder dan tijdens het schieten. Hij keek naar het dier dat zo'n honderd meter verderop in de struiken lag. Hij voelde geen triomf, geen uitgelatenheid.
Nou, ik kan nog steeds schieten, dacht hij. Ik ben nog niet zo oud als ik dacht.
Moeizaam liep hij de helling af naar de open plek en de gevallen hertebok. De natte sneeuw sloeg op hem neer en prikte in zijn gezicht. De hele wereld leek grauw en nat. Hij kneep zijn ogen halfdicht, huiverde en trok zijn parka dichter om zich heen.

Het dier hijgde luid. De kop sloeg nog steeds op de grond. De ogen waren wanhopig opengesperd en het dier boog de hals om Bob aan te kijken. Hij dacht dat hij angst in dat grote, zwarte oog kon zien gloeien, angst en woede en verraad, al de grote dingen die een wezen dat net neergeschoten is, voelt.
De tong van het dier hing uit de half openstaande bek, terwijl de dieper wordende verlamming het overnam van alle andere systemen. De bok was inderdaad enorm, met poten die net zo met littekens overdekt waren als de knieën van een voetbalspeler. Hoog op de flank kon Bob een stuk dode huid zien waar Sam Vincents .444 jaren geleden binnengedrongen was. Maar de horens, hoewel een beetje asymmetrisch, waren prachtig. Tim droeg een enorm gewei met twaalf punten in een dooreengedraaide dichtheid van takken, als een doornenkroon op een smalle pracht van zijn kop. Hij was een en al trofee, misschien wel een record voor het *Boone and Crocket*-boek.
Zijn flanken schokten nog steeds en bij elke ademteug werden de ribben zichtbaar. Zijn levenswarmte en zijn benauwende, sterke diergeur rezen op in de neervallende sneeuw. Je kon er je vingers bijna aan warmen. Zijn linkerachterpoot trapte machteloos, alsof hij zelfs nu nog vocht. Bob keek naar de plek waar de kogel het dier getroffen had. Precies waar hij het gewild had, precies waar de Remington de kogel naartoe gestuurd had: een rode plek boven de schouder, direct boven de ruggegraat.
Volgens mij heb ik je precies goed geraakt, maat, dacht Bob.
Tim snoof meelijwekkend en trapte weer om zich heen. Het irriteerde Bob dat hij daarmee de modder op zijn geelbruine pels spatterde. Het dier bleef Bob maar aankijken, terwijl hij bukte om het te strelen.
Bob raakte de keel aan en trok zijn mes, een oude, vlijmscherpe *Randolph Survivor*, uit zijn zak.
Het is zo voorbij, maat, dacht hij, zich naar Tim vooroverbukkend.

'Wacht eens even,' zei Payne.
Dobbler slikte. In het donker keek Payne naar hem met een ziekelijk woedende blik. Iedereen behalve Shreck was bang voor Payne.
'Kolonel, ik ben een heleboel van dat soort kerels tegengekomen in het leger, en u ook,' zei hij tegen Shreck. 'Ik ben er trots op dat ik met ze gevochten heb tijdens mijn tweeëntwintig jaar bij de Speciale Eenheden. Nou, als het om het doden gaat, dan is er geen betere dan een blanke zuiderling van het platteland. Die jongens kunnen schieten en ze hebben een lef, daar zeg je u tegen. Maar ze hebben ook een probleem. Ze staan vreselijk op hun eer. Als je een van die knapen verkeerd aanpakt, zorgen ze ervoor dat de score gelijkgetrokken wordt. Ik zit niet te lullen, want ik heb het, verdomme, te veel keren in het leger zien gebeuren.'

'Ga verder, Payne,' zei de kolonel.
'Het zijn echte mannen en als ze eenmaal iets in hun kop hebben dan krijg je het er niet meer uit. Ik kan u, verdomme, verzekeren dat we er problemen mee krijgen.'
'Ik denk,' zei de dokter luid, 'dat meneer Payne een waar woord gesproken heeft. Het zou niet juist zijn Bob Lee Swagger te onderschatten. En in het bijzonder heeft hij gelijk met betrekking tot Bobs ''eer''. Maar zeer zeker moet u toch ook toegeven dat juist zijn eer hem potentieel zo nuttig voor ons maakt. Hij is in feite precies als het precisiegeweer waarmee hij zijn bijnaam verdiende – uiterst gevaarlijk bij slordig gebruik, maar absoluut volmaakt bij juist gebruik. Hij weet tenminste meer af van hetgeen waar we in geïnteresseerd zijn dan wie dan ook. Hij is gewoon de beste sluipschutter van de westelijke wereld.'
Hij wierp een blik op de stille figuur van Shreck en kreeg als antwoord alleen maar meer ijzige stilte.
'Maar er is een probleem. Bob de Doder, zo volmaakt als hij mag lijken, heeft een vreselijk probleem. Hij heeft een enorm gebrek.'

Bob leunde over Tim heen met de Randall in zijn linkerhand.
Tim snoof nog eens.
Bob draaide het gekromde handvat van het wapen in zijn hand, zodat de getande bovenkant blootkwam. Daarmee zaagde hij onderin de linker geweitak, niet in de aderrijke, fluwelige knop, maar een paar centimeter hoger, waar het hoorn dood was. Binnen een paar seconden had Bob de ene helft van het gewei afgezaagd, zodat de zware kroon in zijn hand viel. Hij wierp hem in het struikgewas, boog zich voorover en zaagde even krachtig de andere tak af.
Toen trok hij zich terug om niet vertrapt te worden.
Het beest wist zich half en half op te richten.
Bob gaf het een harde klap op de romp.
'Vooruit, jongen. Hup, hup. Verdwijn, klootzak!'
Tim kwam op z'n poten te staan, snoof nog eens luid, schudde zijn kop met een huivering van het meest pure genot en terwijl zijn neusgaten een dubbele pluim stinkende, dampende adem uitstootten leek hij nog meer kracht te verzamelen, en toen rende hij er als een gek vandoor, jonge boompjes opzij buigend en ijssplinters opwerpend terwijl hij het bos binnenstormde.
Binnen een seconde was hij verdwenen.
Je bent van mij, klootzak, dacht Bob, terwijl hij de verdwijnende hertebok nakeek.

'Zijn gebrek is,' zei de dokter, 'dat hij niet meer wil doden. Hij jaagt nog steeds. Hij doet enorm veel moeite en verduurt geweldig veel ellende om op dieren te schieten die hem een trofee op zouden kunnen leveren. Maar hij treft ze met zijn eigen kogels, gevormd uit epoxyhars, op een afstand van honderd meter. Als hij de beesten goed treft en dat doet hij altijd – hij richt op de schouder boven de ruggegraat – kan hij ze letterlijk verlammen voor een periode van vijf à zes minuten. In elke kogel zit wat rood aluminiumpoeder voor het gewicht en als de kogels de flank van het beest treffen wordt het dier besmeurd met een rode vlek, die er door de regen snel genoeg weer afgewassen wordt. Uitzonderlijk. Dan zaagt hij het gewei eraf. Op die manier voorkomt hij dat een jager het dier schiet voor de trofee. Hij haat trofeejagen. Tenslotte is hij een trofee geweest.'

Toen opende kolonel Shreck zijn mond.

'Oké, dan. Het wordt Swagger. Maar we zullen een trofee moeten vinden waarop deze klootzak wil jagen,' zei hij.

2

Het was gek hoe een geweer je plotseling zo'n beetje in de steek kon laten. Bobs prachtige oude .270 kaliber Winchester model 70, van voor '64, was vijf jaar lang een uiterst nauwkeurig geweer geweest. Op een afstand van honderd meter had het een afwijking van een centimeter of tweeëneenhalf en van vijf centimeter op tweehonderd meter, en zo verder volgens die abstractie van geweernauwkeurigheid. Maar plotseling was de afwijking groter geworden. Op de schietschijf van vandaag vormden de kogelgaten een onregelmatig samenstel over een plek van meer dan zeven centimeter in doorsnede.
Toch was een deel van Bobs geest, hoewel hij totaal verbijsterd was, nieuwsgierig. Het was zo verdomd interessant. Het was weer eens iets dat hij moest uitzoeken, opnieuw een doordringen in het ongewisse dat hem bij zijn verstand hield. Of tenminste: dat geloofde hij.
Neem nou die verdomde 70. Hij kon er een week mee bezig zijn. Hij nam hem helemaal uit elkaar, tot aan het laatste schroefje en veertje en controleerde elk onderdeel dan nauwkeurig, op zoek naar braampjes in het metaal, naar stukjes gruis in het mechanisme, naar tekenen van slijtage of metaalmoeheid. Hij stoomde het trekkermechanisme schoon. Met zijn vingers tastte hij elke centimeter van de lade af op zoek naar onregelmatigheden, splinters of wat dan ook, dat zelfs maar de lichtste druk uit kon oefenen op de loop, zodat het geweer daardoor uit balans raakte.
En wanneer dat achter de rug was en het nog niet goed schoot, dan begon hij weer van voren af aan.
Zijn kleine werkplaatsje stond achter de caravan, een schuur van golfplaten, donker en olieachtig. Aan de ene kant stond een werkbank met twee laadapparaten, een *Rock Chucker* voor zijn geweerpatronen en een *Dillon* voor zijn .45-ers en langs de muur, pijnlijk netjes gerangschikt, hingen en stonden zijn vele wapens. Tegen de achterwand waren dossierkasten voor zijn notitieboeken en zijn schietschijven geplaatst, en bakken met lege hulzen die hij nog moest laden. De lucht was doordrenkt van de geur van *Shooter's Choice*-geweerolie. De duisternis werd verlicht door één enkele lamp en als hij niet schoot of lag, las hij *Guns and Ammo* of *Shooting Times* of *The American Rifleman* of *Accuracy Shooting* of *The Shotgun News* of *Rifle*.
Maar deze middag, terwijl hij nadacht over het recalcitrante model 70, hoorde hij zijn hond, Mike, blaffen. Mike, een felle bastaardbeagle met

een schurftige vacht en gele ogen, bewaakte het hek dat Bob rond zijn caravan aangelegd had. In ruil voor etensresten en een dagelijkse zwerftocht door de heuvels joeg hij ieder menselijk wezen weg, behalve de twee of drie die Bob toestemming gegeven had hem te bezoeken. Maar vandaag bleef Mike maar doorblaffen en Bob wist dat wie er dan ook was niet van plan was weg te gaan.
Hij stopte een gespannen en vergrendelde .45 serie '70 Colt in de achterzak van zijn spijkerbroek, trok een jekker aan, zette een base-ballpet op en stapte naar buiten. Het zonlicht was bleek en waterig. Om hem heen rezen de blauwige Ouachita's bleekjes op, als het ware ontdaan van hun kleur door de komst van de kou. Bob liep om de hoek van de schuur heen en zag twee mannen staan naast wat een huurauto moest zijn, terwijl Mike ze toegrauwde alsof hij ze dood zou bijten als ze dichterbij kwamen.
Ze droegen een regenjas over een pak. Maar het waren overduidelijk soldaten. Misschien nu niet meer, maar ze waren het wel geweest. Ze leken beiden uit hetzelfde grove hout gesneden. De een was vierkant en zag er onverzettelijk uit. Hij was ongeveer van Bobs leeftijd, maar hij was minstens anderhalve kop kleiner, met enorme handen en het lichaam van een gewichtsheffer; hij had zeer kort borstelhaar en iedere vierkante centimeter van zijn lichaam drukte *onderofficier* uit.
De andere was de hogere officier: groter, maar ook stevig, goed gebouwd met een hoekig gezicht en weliswaar kort, maar geen borstelhaar. Hij zag eruit als tenminste negen van Bobs elf bataljonscommandanten tijdens al die jaren, mannen waar Bob niet van hield maar die hij wel respecteerde, omdat ze alleen maar aan hun opdracht dachten en die ook altijd volbrachten.
'Hé, hou je kop,' zei Bob tegen Mike, hem een trap gevend. De hond sloop weg naar de deur. Maar Bob opende zijn gesloten hek niet. Hij hield zijn hand onder zijn jasje op de kolf van zijn .45, want het is altijd beter je wapen in de hand dan in je broekzak te hebben wanneer het op actie aankomt.
'Moet u wat?' vroeg hij, de mannen met half dichtgeknepen ogen aankijkend.
'Bent u meneer Bob Lee Swagger?' vroeg de officier.
'Jawel, meneer.' Bob spuwde een klodder speeksel in het stof.
'U bent moeilijk te achterhalen, meneer Swagger. We hebben u vijf aangetekende brieven gestuurd. U wilde niet eens voor ze tekenen en hebt ze dus ook niet geopend. U hebt geen telefoon.'
Bob herinnerde zich die verdomde brieven. Hij had gedacht dat ze van Susan, zijn ex-vrouw, waren en dat ze meer geld wilde hebben. Of van een van die maffe oorlogsgroepen die hem wilden betalen om bij het een of andere motel te gaan staan om verhalen te vertellen.

'Dit is privé-terrein,' zei hij. 'U bent hier niet welkom. Ga maar terug naar waar u vandaan gekomen bent en laat mij met rust.'
'Meneer Swagger,' zei de officier. 'We hebben een zakelijk voorstel, dat u veel geld kan opleveren.'
'Ik heb geen geld nodig,' zei Bob. 'Ik heb geld genoeg.'
'Ik had gehoopt dat u tenminste zo goed zou willen zijn om naar me te luisteren, dat is alles. Ik heb maar vijf minuten van uw tijd nodig en als u dan niet geïnteresseerd bent in wat ik te zeggen heb, dan ben ik hier zo weer weg.'
De kleinere van de twee mannen had niets gezegd. Hij keek Bob alleen maar aan en agressie hing als een walm om hem heen. Zijn grote handen hield hij in zijn zakken en het stond Bob niet aan dat er een vage bolling onder de rechtermouw van zijn regenjas te zien was.
Bob wendde zich weer naar de officier.
'Waarom zou ik dat doen, meneer? Ik ken u niet eens.'
'Mogelijk zegt dit genoeg over mij.'
Daarop haalde de oudere man een cassette uit zijn zak en wierp hem over het hek. Hij kwam voor Bobs voeten neer.
'Die is echt,' zei de man. 'Ik heb hem gekregen. In 1966, vlak bij Dok To, bij *Highway One*. Ik was majoor bij het vierentwintigste Mechanische Infanterie. Dat was een drukke dag.'
Bob nam het doosje op, opende het deksel en zag een congressionele *Medal of Honour*.
Hij slikte even. Zijn eigen pa had er een gekregen op Iwo en tenminste een dozijn officieren had hem gezegd dat hij er een verdiend had toen hij en Donny Fenn dat bataljon in de An Loc te pakken namen, maar dat het verdomd jammer was dat hij hem nooit gekregen had, omdat de politiek van dat moment zo was dat een sluipschutter de grote medaille niet kreeg. Bob gaf daar niet om. Hij had nooit een medaille gewild. Het idee stond hem alleen niet aan dat het doden dat hij gedaan had verkeerd was en niet erkend kon worden.
'Oké,' zei Bob, terwijl hij probeerde het gevoel van schaamte uit zijn geest te bannen. 'Uit respect voor wat u voor uw land gedaan hebt, luister ik naar wat u te zeggen hebt. Hou het kort.'
Hij opende het hek.

In de caravan trokken de twee mannen hun regenjassen uit. Ze droegen beiden een pak. Het leek er nu op dat de kleinere man het een of andere pomplaadwapen met afgezaagde loop onder zijn arm had; maar hij zat ontspannen achterover terwijl er een doffe uitdrukking op zijn gezicht verscheen. Bob zag hem als een soort aanvalsdier. Toen Bob er niet zeker van was of hij ze binnen moest laten of niet, was hij een en al ge-

spannenheid en woede geweest, gereed om aan te vallen. Nu ze binnen zaten, zakte die kleine knaap helemaal in elkaar.
Maar de andere man deed dat niet. Hij leunde over de kleine tafel in de nette kleine woonkamer van de caravan en staarde Bob met zijn felle donkere ogen strak aan.
'Hier, meneer Swagger. Dit zal het wat duidelijker maken.'
Hij schoof Bob een visitekaartje toe, waarop stond:

KOLONEL WILLIAM A. BRUCE U.S.A. (B.D.)
DIRECTEUR – HOOFDOFFICIER OPERATIES
ACCUTECH INDUSTRIES, INC.

Het vermeldde een adres, ergens in Maryland, en daaronder werden de specialiteiten van de firma opgenoemd:

ORDEHANDHAVINGSTECHNOLOGIE
ORDEHANDHAVINGSAMMUNITIE
TRAININGSCURSUSSEN EN WAPENADVIEZEN

'Oké,' zei Bob, 'wat zal het zijn, kolonel?'
'Meneer Swagger, nadat ik in 1975 afzwaaide ben ik de volgende zestien jaar toezichthouder van de staatspolitie van Arizona geweest. Ik ben daar vorig jaar mee gestopt en nu ben ik dus met deze zaak begonnen, waarmee ik de meest vooruitstrevende apparatuur en filosofie aan de Amerikaanse ordehandhaving wil leveren.'
'Is dat de reden waarom die jongen van u een pompgeweer onder zijn arm draagt?'
De uitdrukking op het gezicht van de kleinere man veranderde niet, maar bij het horen van het woord jòngen leek zijn gezicht een tintje kleur te verliezen, alsof de man van binnen kookte van woede.
'Mijn partner is ook mijn lijfwacht, meneer Swagger. Net als alle anderen die een carrière in de ordehandhaving hebben opgebouwd, heb ik een aantal vijanden. Meneer Payne is half en half gemachtigd door de overheid van Maryland om een wapen te dragen, uit het zicht natuurlijk, en de overheid van Arkansas heeft hem ook die toestemming gegeven.'
'Ja, meneer.'
'Hoe dan ook, dit is de reden dat ik hier ben – de nieuwste toevoeging aan mijn produktielijn.'
Hij schoof een gele doos ter grootte van twee pakjes sigaretten over de tafel naar Bob toe.
ACCUTECH SNIPER GRADE stond er in helderrode letters op.
Eronder stond: Alleen te gebruiken door ordehandhavingsinstanties. Bob

zag dat het .308 150-greins holkop patronen waren. Hij opende de doos en zag de patronen, gevat in een blok piepschuim waar de punten van de patronen uitstaken. Twintig volmaakte dubbele cirkels keken hem aan, patroonrand en kogelpunt. Ze zagen eruit als eieren of ogen. Hij trok er een patroon uit. Die was van zwaar, helderglanzend koper en liep volmaakt toe naar de exacte cirkel van de krater in de punt. Hij zag er precies zo uit als elke andere .308 patroon, afgezien van de heldere band van nog glimmender koper aan de bovenkant.

'Geen van de grote Amerikaanse munitiebedrijven kunnen deze dingen zelfs maar benaderen,' zei de kolonel. 'Zelfs niet met hun dure produkten, zoals de *Winchester Supreme*, de *Federal Premium*, de *Remington Extended Range*. Ik garandeer minieme afwijking in een goed geweer.'

'Gedraaide hals,' zei Bob, terwijl hij met zijn vinger de heldere band aanraakte. 'Hoe kun je zoiets in massaproduktie maken? Dat moet je met de hand doen. Ik zie niet hoe dat gedaan kan worden.'

'Lasers.'

'Hm,' zei Bob. 'Oké. Ik weet dat er wapens zijn waar ze lasers als richtapparatuur gebruiken. Maar u gebruikt ze bij het maken van de patronen?'

'Precies,' zei de kolonel terwijl hij vooroverleunde. 'Industriële laserapparatuur is het nieuwste van het nieuwste in de precisieproduktie. Nu al worden lasers gebruikt bij het maken van elektronische onderdelen, raketgeleidingssystemen, hoog-technische materialen. Ik bedacht dat ik het ook eens kon proberen met munitie. Ze kunnen gecodeerd worden in een computerprogramma, zodat je een enorme herhaalbaarheid krijgt. U weet wat het geheim van een kwaliteitspatroon is: precisie. Dus alles wat met handwerk op kleine schaal gedaan kan worden, kunnen wij op grotere schaal doen met een fantastische perfectie: we kopen onze patronen van Remington in hoeveelheden van honderdduizend hulzen tegelijk; onze lasers bewerken de hals van elke huls, zowel aan de binnen- als aan de buitenkant, zodat die overal precies dezelfde diameter heeft. Exact. Precies. Dan kunnen we het vlamgat uithonen en elke kogelpunt op precies dezelfde diepte vastzetten. Wij kunnen dat doen met lasergestuurde machines. Met andere woorden: we kunnen de machines coderen om laserbanen te volgen, vastgesteld in een computerprogramma. Wij kunnen duizenden patronen een even goede kwaliteit meegeven als u patroon voor patroon gebruikt in uw Lee of RCBS of Wilson, of welk wapen dan ook.'

'Ik heb door de jaren heen een stel verdomd goede .308 patronen gehad.'

'Maar u moest ze zelf máken, nietwaar?' vroeg de kolonel.

'Ja, meneer, dat is waar.'

'Hier heeft u ze, in een doos. Uitermate geschikt voor de politiemarkt,

die behoorlijk groot is. Later kunnen we misschien ook overgaan op de burgermarkt, als we een reputatie op het gebied van ordehandhaving kunnen opbouwen.'
'En wat wilt u van mij?'
'Meneer Swagger, ik ben op zoek naar een beroepsschutter die het land doortrekt en schietdemonstraties houdt voor politiekorpsen die hun munitiebestand willen uitbreiden. Maar ik heb een man met een reputatie nodig. Een man die voor hete vuren gestaan heeft, zijn kop erbij hield en er levend uitgekomen is.'
'Waarom neemt u Carl Hitchcock niet? Hij is beroemd. Ze hebben, verdomme, een boek over hem geschreven en een poster van hem gemaakt. Hij is de nummer één.'
'Carl verdient te veel geld, alleen maar door ergens te verschijnen. Ze betalen hem tweeduizend dollar voor één dag, als hij op een wapenshow verschijnt. Wist u dat?'
'Carl heeft altijd geluk gehad.'
'We hebben een plaats in Garret County, in Maryland, waar we onze oefenterreinen hebben. Wat we willen is dat u daar een weekend naartoe komt, op onze kosten natuurlijk. U brengt uw favoriete geweer en uw favoriete patronen mee. Oké? Dan kunt u de schietbaan opgaan met een aantal van onze schutters en technici en onze munitie vergelijken met die van uzelf. Als u dat doet, denken wij dat onze patronen steeds weer vergelijkbaar zijn met die van u. Dat is het enige wat we vragen. Uw tolerantie. Geef ons een kans u te laten geloven. Als u gelooft zal al het andere als vanzelf komen.'
Bob had geen werkelijke behoefte of aandrang zijn berg te verlaten. In feite was hij er in geen vijf jaar af geweest, behalve om zijn haar te laten knippen, tijdschriften te kopen, een keer per maand zijn uitkering op te halen bij het postkantoor, af en toe een praatje te maken met de oude Sam Vincent en zo nu en dan naar een dokter of een tandarts te gaan.
'Het zou een geweldige baan zijn,' zei de kolonel. 'Ik zou met u meegaan, het land door en u zou in het gezelschap zijn van mannen die u respecteren. Weet u, de wereld is veranderd sinds Vietnam. Ze zeggen dat het Vietnamsyndroom dood is. We hebben een oorlog gewonnen en nu kan iedereen die in het leger zat weer een held zijn. U zult precies krijgen wat u de eerste keer niet kreeg. U zult respect en liefde en waardering krijgen.'
Bob trok een zuur gezicht. Hij geloofde het pas als hij het zag. Maar hij wist dat hij hier niet altijd kon blijven. Hij keek naar de geweerpatroon. Hij was nieuwsgierig. Verdomme, dat ding zag eruit alsof je er de tieten van een moedervlieg mee af kon schieten. Maar dat viel alleen maar te bewijzen door ermee te schieten, niet door ernaar te kijken. Maar hij

hoorde het op een vreemde manier in zijn hoofd. Opgefokt. Hij was helemaal opgefokt. Zo had hij zich niet meer gevoeld sinds hij het drinken opgegeven had.
'Wanneer?'
'Wanneer komt het u uit?'
'Ik kan nou niet weg. Ik heb een geweer dat het niet goed doet. Zeg, volgend weekend, oké?'
'Oké, ja. Hebt u een creditcard?'
'Ja.'
'U komt naar ons toe en u schiet het geld voor uw tickets voor. Bewaar alle bonnen en dan vergoeden wij u die. Of, u zou nu een contract kunnen tekenen en dan zouden wij u een voorschot kunnen geven en...'
'Nee, geen contract.'
'Dat dacht ik al. En wilt u opgepikt worden op het vliegveld van Baltimore, of huurt u uw eigen auto?'
'Ik huur die auto wel, dank u.'
'Afgesproken.'
'Dat is dan alles,' zei Bob. 'Nou moet ik mijn hond eten geven.'

3

Bob won discreet wat informatie in. Bij het tankstation Exxon van Bill Dodge aan Route 270 belde hij een oude maat uit het leger, een sergeant die nu op de personeelsafdeling van het Pentagon werkte, en stelde hem een aantal vragen. De volgende dag zond de maat als antwoord een telegram:

BESTE OUDE LUL,
JOUW VRIEND KOLONEL BRUCE IS JE WARE. HIJ LEIDDE EEN AANVAL OP EEN BUNKERPOSITIE, WERD ZELF TWEEMAAL GERAAKT EN TROK ZIJN MANNEN EIGENHANDIG UIT HET BRANDENDE DING. ZE ZEGGEN DAT HIJ EEN SMERIS IN ARIZONA WERD, SEMPER FI,
BUD.

Daarna ging Bob naar Sara Vincents reisbureau – Sara was Sam Vincents gescheiden dochter en zó lelijk dat zelfs Mike bang voor haar was – en kocht zijn tickets, regelde met Sam dat die een of twee keer per dag naar zijn caravan ging kijken en de hond eten gaf en probeerde zich voor te bereiden op de wereld.

Hij voelde zich ook oké, tot de laatste nacht. Hij wist dat hij vroeg op moest staan voor de rit naar Little Rock en net toen hij dacht dat hij alles gecontroleerd had en hij naar bed wilde gaan, trof het hem. Dat was hoe het kwam: snel, zonder enige voorbode, zonder aankondiging. Het kwam gewoon en dat was dat.

Het was een erge. Hij had het niet zo erg gehad sinds de president verklaarde dat de kleine oorlog in de woestijn een overwinning betekende en Amerika gek werd en iedereen blij was – behalve hij en misschien nog zo'n miljoen jongens die zich afvroegen waarom niemand linten voor hen had opgehangen, twintig jaar geleden, toen het misschien belangrijk geweest was.

Nou moet je je kalm houden, prentte hij zichzelf in. Hij verlangde naar een glas bruine whiskey om zijn kalmte te herwinnen, terwijl hij wist dat er meer glazen zouden volgen als hij er een nam.

Maar er was geen whiskey, niets om wat er in zijn geest gebeurde, af te stompen. De herinneringen troffen hem hard. Hij herinnerde zich de Vietcong guerilla die hij doodschoot, en die een jongen van acht jaar met een hak bleek te zijn – die had op een AK-47 automatisch geweer geleken

door de 9× telescoopzoeker op achthonderd meter afstand in het slechte licht van de ondergaande zon. Hij herinnerde zich de geur van brandende dorpen na de zoek- en vernietigacties en het huilen van de vrouwen en de manier waarop die verdomde kinderen je alleen maar aankeken tijdens zijn eerste toer. Hij herinnerde zich de keren dat hij op zijn buik door het hoge gras gekropen had, de heuveltoppen vermijdend, terwijl de mieren over je heenkropen en de slangen langsgleden en je daar lag te wachten, soms dagenlang, totdat iemand op zo'n achthonderd meter afstand voorbijkwam en je hem neer kon schieten. Hij herinnerde zich de manier waarop ze vielen als ze getroffen waren, lappenpoppen, de neervallende overgave, de kleine stofwolk van de val. Het waren er zo veel geweest. De 'bevestigde' doden waren alleen diegenen die hij doodde met een waarnemer erbij, zodat het in het logboek genoteerd kon worden en er een rapport opgemaakt werd.
Maar het sterkst herinnerde hij zich de plotselinge schok toen zijn heup gevoelloos werd en hij neerviel en langs die aarden wal naar beneden begon te glijden. Hij keek neer en zag de kapotgeschoten spiermassa, het kloppende rood. Hij herinnerde zich hoe hij zijn hand op de wond gelegd had en hoe de pijn door hem heenschoot. Toen herinnerde hij zich hoe Donny naar beneden kwam kruipen.
'Nee!' schreeuwde hij, 'terug jij!' en de kogel kwam van zover weg dat het geluid ervan er pas een volle seconde later was. Hij drong in Donny's borst en kwam pas tegen zijn ruggegraat tot stilstand. Hij was dood voordat hij over Bob heen neerviel en lag zo die hele, lange ochtend.
'Geweldig schot, Bob,' zei de majoor later. 'We schatten dat het over zo'n duizend meter moet zijn geweest. Wie had nou verwacht dat ze zo goed konden schieten? Wie had nou verwacht dat ze zo'n goede schutter hadden?'
Zoiets kon je nooit vergeten, niet echt. Maar op de een of andere manier had hij geleerd het meestal wel uit te zingen; hij kon eroverheen komen in de bergen, of door zich af te zonderen.
Bob zat aan wat door moest gaan voor een keukentafel. Zijn herbouwde heup deed een beetje pijn, al dat plastic in plaats van kraakbeen. Hij kon zijn, zoals hij het noemde, eigen persoonlijke nacht over hem voelen komen. Natuurlijk had het uur van de dag er niets mee te maken. Zijn eigen persoonlijke nacht was het gevoel niets te zijn, geen waarde te hebben, zichzelf opgebruikt te hebben in een oorlog waar niemand om gaf en alles opgegeven te hebben dat belangrijk en goed was. Vroeger zou dit Bob aan het drinken hebben gezet en als hij dronken was, werd hij een gemene rotzak.
Maar nu dronk hij niet en in plaats daarvan trok hij een jas aan, ging naar buiten de koude nacht in en liep de kilometer of twee de heuvel af. In de

Aurora Baptist Church was de een of andere dienst aan de gang. Hij hoorde de zwarte mensen luid en gek iets zingen. Waar zijn ze zo verdomd gelukkig mee in dat wrakke witte gebouwtje?
Achter de kerk lag de kleine begraafplaats en daar, te midden van de Washingtons en de Lincolns en de Delano's van Polk County, stond een iele grafsteen voor een man die Bo Stark heette. Bob stond ernaar te kijken. De wind loeide en brulde tussen de bomen door, de maan was net een haveloze straatlantaarn, de muziek daverde en de zwarte mensen zongen stormachtig om de duivel eronder te krijgen.
Bo Stark was van zijn eigen leeftijd geweest en de enige blanke op de begraafplaats, omdat hij overal geweigerd was. Hij kwam uit een uitstekende familie en had Bob tijdens de jaren op de High School goed gekend. Ze waren naar dezelfde dokter gegaan, dezelfde tandarts en speelden in hetzelfde rugbyteam. Maar Bo's ouders hadden geld. Hij was naar de universiteit in Fayetteville gegaan en toen was hij luitenant in het 101ste *Airborn* geworden. Weer een plichtsgetrouwe gek die het allemaal geloofde. En daarna: niets. Bo Stark was weggegaan als een man en teruggekomen als een afgeschrevene. De oorlog had hem te pakken gekregen en liet hem nooit meer los. Van het ene kwam het andere. Hij raakte steeds maar weer banen kwijt, betaalde zijn schulden niet, zocht naar de dood die hij nog maar net gemist had in het Slechte Land. Twee weken nadat de oorlog in de woestijn voorbij was, na de geweldige overwinning en de viering daarvan, op zondagavond, vermoordde hij ten slotte met een mes een man in een bar in Little Rock en toen de politie hem vond in de garage van zijn vader in Blue Eye had hij zich een .45 kogel door zijn gehemelte geschoten.
Bob stond daar terwijl de wind koude herinneringen naar hem opwoei van de koude grond en keek naar de grafsteen. BO STARK stond erop, 1946-1991. AIRBORN ALL THE WAY.
Hij kwam hier als hij bang was, want in de uitstraling van de kerk, staande bij het graf van de man die hijzelf kon zijn en ook bijna was, kon hij op de grafsteen zien staan: BOB LEE SWAGGER, 1946-1992 USMC SEMPER FIDELIS.
Nu keek hij ernaar en besefte dat het tijd werd te doen wat hem het snelste van alle mogelijke gevaren af zou helpen: teruggaan. Hij vroeg zich af of hij er het lef voor had.

Hij beschouwde het nog steeds als De Wereld. Het was de plaats waar alles was, waar vrouwen en drank en pleziertjes en verleiding waren. Nu was hij erin terug. Na een vlucht van Little Rock naar St. Louis en dan naar het oosten, landde hij uiteindelijk op het internationale vliegveld van Baltimore-Washington. Hij was bang dat zijn geweer, met het hel-

deroranje label aan het handvat van het foedraal, de reis niet overleefd had. Je vroeg je altijd af of het oog van iemand van de luchtvaartmaatschappij erop zou vallen, waarna het ingepikt werd.
Maar het foedraal kwam wel degelijk uit het vrachtruim en schoof naar hem toe over de lopende band, zodat hij het eraf kon halen.
'Verdomme,' zei iemand, 'het jachtseizoen is allang voorbij, maat.' Het was begin januari, maar nog verbazend mild.
'Dit is geen jachtgeweer,' zei Bob nonchalant tegen de man, terwijl hij het foedraal oppakte. Hij voelde zich een beetje dwaas met het lange, harde ding, zo vreemd gevormd te midden van al de andere bagage – terwijl hij ook wist dat hij er in de ogen van die mensen van de Westkust zo cowboyachtig uitzag in zijn beste, zwarte laarzen, een mooie Levi's-spijkerbroek, een overhemd met lange kraagpunten met een dunne das en een zwarte Stetson-hoed. Als overjas droeg hij een nappajas, het was de beste die hij had.
Het oppikken van de auto bleek geen enkel probleem op te leveren, want de reservering op zijn naam lag klaar en het meisje dat achter de balie zat was uiterst behulpzaam. Ze dacht dat hij de een of andere cowboyheld was. Haar ogen lichtten op van genoegen om wat hij aannam dat zijn ongelooflijkheid was, en toen hij haar '*Ma'am*' noemde deed dat haar dubbel plezier.
Hij reed weg van het vliegveld, vond de Baltimore-Washington *Parkway*, reed vervolgens naar de Baltimore *Beltway* en toen naar het westen, door Maryland. Zelfs nu, midden in de winter, kon hij zien dat het hier prachtig was. Heuvelachtig, niet zo wild als Arkansas. Algauw reed hij door bergen, oud en zonder scherpe kammen, rij na rij. Binnen drie uur rijden bevond hij zich voorbij Cumberland te midden van het meest woeste terrein in het uiterste westen van Maryland. Het was er niet zo wild als in de Ouachita's, maar toch vrij van de giftige stank van de stad en net tam genoeg om mogelijkheden te scheppen voor de meest provisorische vormen van boerenbedrijven. Diep in Garret County leek het prachtig land voor herten te zijn. Hij zocht naar een stad die Accident heette en halverwege tussen die stad en het niets, net waar ze gezegd hadden dat hij zou zijn, vond hij de kleine *Ramada Inn*, aan de voet van de bergen. Hij nam een kamer, zijn boeking was al gemaakt, en er lag een envelop op hem te wachten met daarin een hartelijke welkomstbrief en gedetailleerde instructies over hoe het hoofdkwartier van Accutech met zijn schietbanen, een paar kilometer verderop, te bereiken was. Ook zat er zijn dagvergoeding in, tien nieuwe biljetten van twintig dollar.
Bob ging naar zijn kamer, viel op het bed neer en kwam er die avond niet meer uit. Hij dacht over alles na en probeerde zich er geen zorgen

over te maken dat hij vanaf het vliegveld gevolgd werd door een zeer goed surveillanceteam.

Evenals alle andere zaken die verband hielden met RamDyne was de caravan klein, smoezelig en goedkoop. Het bedrijf had nooit iets fantastisch gedaan en er leken alleen maar gekken met de mentaliteit van gevangenisbewaarders voor te werken, zoals de afschuwelijke Jack Payne. En nu zat de caravan vol mannen die Dobbler verondersteld werd instructies te geven.
De dokter zuchtte en keek naar de doffe gezichten van zijn publiek.
'Eh, kan ik alstublieft uw aandacht hebben?'
Neen dus. Ze reageerden helemaal niet op hem. Hij was een irrelevante factor voor hen.
Hoe diep was hij gevallen en hoe snel! Hij was een van de jongste leden van de psychiatrische afdeling van de medische faculteit van de universiteit van Harvard geweest en toen de enige eigenaar van een van de best lopende privé-praktijken in het gebied van Cambridge en Boston en omgeving, iets waar hij zijn hele leven van gedroomd en keihard voor gewerkt had. Maar op een dag, toen hij moe en zonder weerstand geweest was – het was het laatste consult van de dag – had hij zijn discipline laten varen. Hij had een vrouw aangeraakt. Waarom had hij het gedaan? Hij wist het niet. In de fractie van de seconde voordat hij het deed was het niet eens in hem opgekomen. Maar hij deed het. Hij had haar aangeraakt en toen ze hem aankeek, besefte hij dat ze wilde dat hij haar weer aanraakte. De seksuele woestheid in haar ogen verbijsterde hem. Hij nam haar, daar in het kantoor. Het was het begin van zijn ongecontroleerde periode, nog versterkt door een ernstige amfetamineverslaving. Hij verleidde negen patiënten. Natuurlijk was een ervan naar de politie gegaan; de aanklacht was verkrachting. In zes melancholische maanden speelde het drama zich af. Het hoogtepunt was zijn aanvaarding van de veroordeling die luidde: verkrachting zonder voorbedachte rade, wat hem, dankzij een feministische rechter, uitleverde aan de onbeschaafde handelingen van Russell Isandhlwana. De symmetrie was volmaakt, indrukwekkend zelfs – rechtvaardigheid op zijn best: Dobbler had negen neurotische vrouwen in zijn kantoor geneukt; in de gevangenis werd hij geneukt door een immense man die hem zijn pikgaatje noemde.
En nu was hij het pikgaatje van Raymond Shreck. Natuurlijk niet seksueel, maar zelfs Dobbler zag een zekere zwarte humor in de ironie: uit de schande van de gevangenis had hij zich op de een of andere manier verzekerd van een positie, ondergeschikt aan een man met hetzelfde (hoewel enigszins getemperde) gevoel van fysieke kracht en meedogenloosheid als Russell Isandhlwana, een man die hij, als Russell, tot in het

diepst van zijn hart vreesde, maar die hij ook nodig had voor bescherming en kracht.
'Aarde voor Planeet Dokter, over!' Het was de vreselijke Payne.
'Wat?'
'Hé, hou je bij het programma. Je was van de wereld, man.'
Ah! Hij was inderdaad weer even weg geweest, wist niet welke vraag hij beantwoordde. Het was de laatste instructie voor de persoon verscheen.
O, ja. Hij vertelde over Bobs unieke vermogen zich zó stil te houden dat hij bijna dood leek, en legde aan Paynes verbijsterde luisteraars uit hoe het kwam dat Bob, hoewel in zijn kamer aanwezig vanaf de vorige avond half zes, gewoon opgehouden had te bestaan voor hun afluisterapparaten. Hij probeerde ze in te laten zien hoe belàngrijk dat was, want daaruit bestond nu precies de uniciteit van Swagger.
'Ah... ja, hij heeft een vaardigheid zich af te sluiten en de wereld aan zich voorbij te laten gaan; en dan, als hij een onderdeel van de omgeving geworden is, dan, en pas dan, zal hij toeslaan. Maar als elke vaardigheid is het er een die gewoon geoefend moet worden. Hij oefende nietsheid.'
Iemand geeuwde.
Iemand liet een scheet.
Iemand lachte.
'Oké,' zei Shreck krachtig, terwijl hij voor de mannen ging staan en de dokter door pure lichaamswarmte opzij drong. 'Bedankt Dobbler. Nu luisteren. Ik wil de blikken hierheen, Payne, laat je mensen eens een keer hun aandacht erbij houden. We zijn vlak bij het meest belangrijke gedeelte van deze operatie, niet meer dan zesendertig of achtenveertig uur vanaf nu.'
Shrecks donkere ogen leken een vreemde kracht uit te stralen.
'Ik zal jullie vertellen waar je mee te maken krijgt, zodat er geen misverstand kan ontstaan. Deze knaap is een trotse zuiderling, zo koppig als een muilezel. Hij wil niet gedwongen worden en pikt het niet beledigd te worden. Hij zal ook nog fors wat van de marinier in zich hebben. Pas op met hem; als je hem niet goed aanpakt, trapt hij je in elkaar. Dus we hanteren hem kalm en langzaam aan. Je dwingt hem niet – je geeft hem geen bevelen. Je glimlacht gewoon en laat hem begaan. Vragen?'
Shrecks plotselinge, dramatische verschijning had het gewenste effect: de troepen zwegen.
Het waren dwazen.
'Kolonel?'
Iemand leunde door de deuropening naar binnen.
'Ja?' zei Shreck.
'Kolonel, het is half acht. Surveillance heeft net gebeld; de persoon heeft zojuist het motel verlaten. Hij is op weg.'

'Oké,' zei Schreck, 'ik hoop dat jullie naar de dokter geluisterd hebben want als een van jullie er een troep van maakt dan krijg je het met mij aan de stok. Nou, mensen, aan de slag. Eerste dag van een nieuwe baan.'

Het voelde comfortabel aan. Tenslotte was het een schietbaan, een van die afgebladderde, verzakte, maar geweldige plaatsen waar mannen altijd bij elkaar gekomen waren, om plaats te nemen tegenover een stuk karton met een zwarte cirkel erop om achter de geheimen te komen van hun eigen geweren en hun eigen persoonlijkheden. Bob had, zo leek het soms, zijn hele leven in dit soort plaatsen doorgebracht en de gesprekken waren ontspannen en het contact tussen de schutters was makkelijk en plezierig.
Hij stond op een cementen platform voor een serie T-vormige schietbanken die groen geschilderd waren, altijd groen, op iedere schietbaan in Amerika waren ze groen. Bob kon zien dat het complex ergens in de jaren dertig gebouwd was als het privé-schietterrein van de een of andere jacht- en schietvereniging, en hij wist dat er onder het half verzakte dak boven het platform en de banken, veel verhalen verteld waren over herten die ontkomen waren en over goede en slechte patronen en over geweren die evenveel waard waren als een goede vrouw en geweren die even weinig waard waren als een hond met een druiper.
Het enige ongebruikelijke aan het complex, een kilometer of anderhalf van de hoofdweg af en te bereiken via een aantal kronkelige onverharde paden, was een caravan die een beetje opzij stond. Hij was niet nieuw, maar leek daar gewoon maar achtergelaten te zijn.
Hij kon de schietschijven zien over de licht hellende gele weide, voor de rij banken, een zwarte stip op honderd meter, een zwart puntje op tweehonderd meter en een zwart speldeprikje op driehonderd meter.
'Koffie, meneer Swagger?' vroeg de kolonel, die nog steeds zijn regenjas droeg. Naast hem stond de norse kleine onderofficier die er altijd uitzag of hij wilde gaan vechten. Al de anderen zagen er een beetje hetzelfde uit, behalve een peervormige stadsjongen met een sikje, die eruit zag alsof hij een vinger in zijn reet had.
'Nee, bedankt,' zei hij. 'Dat is niet goed voor mijn zenuwen.'
'Cafeïnevrij?'
'Ja, dat is prima,' zei hij en kolonel Shreck knikte naar een man die voor Bob snel een kartonnen beker volschonk.
Het was verbazend mild, ongeveer zestien graden, en er woei een kalm briesje over de baan; erboven stond een bleekgele zon in een bleekgele hemel. Het was een valse lentedag, een nepdag, te warm om te vertrouwen in deze maand.
'Alles voor elkaar, dan?' vroeg de kolonel.
'Ik geloof van wel, ja,' zei Bob.

'Wilt u uw vizier scherpstellen voordat we met het serieuze werk beginnen?'
'Ja.'
'Oké, heren, laten we wat afstand nemen. Oog- en oorbeschermers op.'
Bob haalde het geweer uit het foedraal, legde het op een wal van zandzakken en trok de grendel terug. Hij opende een doos *Lake City Match*-patronen, schoof er vijf – de een na de andere met een geklik van koper – in het magazijn, en sloot de grendel die voorwaarts en om zijn as draaide met het gemak van een kluisdeur die dicht ging op goed ingevette kogellagers. Hij zette zijn Ray-Ban-vliegenierszonnebril op, schoof zijn oordempers over zijn hoofd en sloot zijn oren zo af van de wereld. Hij voelde het bloed in zijn hersenen kloppen.
Bob nam zijn positie in, zijn laarzen plat op het cementen platform, als om de magische constructie van stabiliteit door zijn lichaam te krijgen, zodat die uiteindelijk zou uitmonden in de onbeweeglijke houding van het geweer zelf.
Hij drukte de kolf tegen zijn schouders en zette zijn hand onder de lader, zodat zijn vingertop de trekker lichter dan licht beroerde, terwijl hij een steuntje onder de kolf plaatste. Zijn andere hand lag plat over de bank, onder het geweer, dat zelf op precies de juiste manier in de zandzakken verzonken lag.
Bob tuurde door de zoeker en sloot zijn linkeroog. Het beeld was een beetje onscherp, dus verdraaide hij de ring tot het haarscherp was en nu zag hij het doelwit volmaakt, precies in vieren gedeeld door de kruisdraden van het vizier, tien keer zo groot als het geweest was, nu ter grootte van een halve dollar, vlakbij.
Hij ademde diep, hield zich toen doodstil en dwong toen, meer met zijn geest dan met zijn spieren, zijn vinger de trekker over te halen. Hij werd beloond met het genot van de terugslag en het plotseling vervagende beeld terwijl het geweer een patroon afvuurde. Terwijl hij de grendel overhaalde, hoorde hij iemand zeggen: 'In de X-ring. Verdomme, precies in het midden. Perfect, een perfect schot.'
Bob vuurde nog vier keer door hetzelfde gat.
'Ik denk dat mijn vizier wel scherpgesteld is,' zei hij.
Een man die Hatcher heette, lichtte hem in over de test.
'Meneer Swagger, een van mijn mannen zal uw geweer laden met vijf patronen. U weet niet of u uw eigen patronen, de *Federal Premium*, de *Lake City Match* of onze eigen *Accutech Sniper Grade* zult afvuren. U vuurt vier groepen van vijf patronen elk op honderd meter, tweehonderd meter en driehonderd meter. Dan beoordelen we de groepen en kijken we hoe de munitie het gedaan heeft. Dan zullen we vanmiddag nog eens zo'n serie tests uitvoeren, maar dan van geïmproviseerde posities, met

een ingebouwde spanningsfactor. Ik denk dat u het zeer interessant zult vinden.'
'Jullie betalen de rekening. Laten we beginnen,' zei Bob.

Bob schoot met uitzonderlijke concentratie. Wat hem onderscheidde van andere schutters was zijn enorme gelijkmatigheid. Hij was een menselijk testapparaat, zoals ze dat gebruiken om pistolen te testen. Elke keer kwam hij tot dezelfde gespannen en toch perfect gevormde houding van cement tot been tot hout, been tot geweer, vingertop tot trekker. Elke keer hetzelfde: zijn wang precies gelijk tegen het fiberglas van de lade, dezelfde druk van het geweer tegen de schouder, dezelfde houding van zijn hand op de greep, dezelfde hoek en losheid van zijn andere hand, dezelfde ondefinieerbare achterwaartse beweging van de trekker als het schot overging, dezelfde tik als van een brekende grashalm, dezelfde geluidloze explosie en beeldvervaging terwijl het geweer schokte onder het afvuren van de patroon.
'X-ring, een beetje hoog, misschien een centimeter te hoog op twee uur.'
'X-ring, tweeëneenhalve centimeter.'
'X-ring, ongeveer twee centimeter.'
Er waren geen afzwaaiers, geen ongelukjes, geen vergissingen. Bob vond het juiste ritme en bleef dat de hele lange morgen volhouden, vrijwel zonder zich te bewegen, adem te halen of een seconde of een beweging te verspillen. Het deed hem op een vreemde manier plezier dat het lege geweer van hem aangenomen en dan geladen weer teruggegeven werd en dat iemand regelmatig wegrende om de schietschijven op te nemen en te vervangen.
Hij raakte de tel kwijt. Het was net Vietnam. Je schoot gewoon en zag de kogel gaan naar waar je hem gestuurd had, met alleen maar een hele kleine afwijking. Het werd bijna abstract, volkomen onpersoonlijk. Je dacht er niet over na, maar verdeelde het gewoon in kleine, rituele herhalingen. En de score werd steeds hoger, zodat niemand hem bij kon houden en hij dichter en dichter bij Carl Hitchcocks legendarische resultaat van drieënnegentig kwam.
'X-ring.'
'X-ring.'
'X-ring.'
Toen hij klaar was, alle vier series van vijf schoten op alle drie banen geschoten had, legde hij het geweer neer, terwijl technici wegrenden om de schietschijven op te halen, de resultaten te berekenen.
Natuurlijk had Bob de verschillende patronen al vroeg weten te onderscheiden door de lichte verschillen in de terugslag. Hij herkende direct zijn eigen patronen en was maar een beetje trager in het herkennen van

het verschil tussen de *Federals* en de *Lake Cities*, maar uiteindelijk kon hij ze onderscheiden; zo kon hij door eliminatie de *Accutech Sniper Grade*-patronen ontdekken. Ze schoten een beetje hoog, dacht hij, en hij had de indruk dat de inslagen net iets boven de X-ring samenkwamen. Ze voelden echter goed aan, zeer gelijkmatig.

'Meneer Swagger, wilt u uw resultaten nu zien?' vroeg Hatcher.

'Jazeker,' zei Bob.

Hij liep naar een balie, waar zijn resultaten werden gerangschikt door twee mannen met een stel linialen.

'Oké,' zei Hatcher, 'ik denk dat u niet teleurgesteld zult zijn. Ik heb op elke schietschijf genoteerd van welke afstand u geschoten hebt en met welke munitie. Op honderd meter schoot u met *Federal Premium, Accutech, Lake City Match 852*'s en uw eigen patronen, in die volgorde. Hier zijn de schietschijven.'

Bob keek naar de verminkte X-ringen, de kleine perforatie in het midden, waar de kogelgaatjes een klaverblad gevormd hadden.

'Zover wij het kunnen bekijken is de groepsomvang als volgt: *Federal*: 2 centimeter; *Accutech*: 0,86 centimeter; *Lake City Match*: 1,8 centimeter en uw eigen munitie: 0,8 centimeter.' Bob bekeek ze. Ja, dat *Accutech*-spul was bijna even goed als zijn eigen patronen en een heel stuk beter dan de twee beste fabriekspatronen. Hij knikte.

'Laten we maar eens kijken of dat zo blijft,' zei hij.

'Oké. Op tweehonderd meter zakt u de elf centimeter die ervoor staat volgens de ballistiektabel, maar u ziet dat u nog steeds binnen de limiet blijft, hoewel de *Federals* daar nog maar net binnenvallen.'

Weer zag Bob de nette groep gaatjes, maar deze keer waren klaverblaadjes zeldzamer, meer toevallig. Elke groep had een diameter tussen vier en vijf centimeter, allemaal zo'n vijf centimeter beneden de X-ring. De *Federal* toonde de meest rommelige groep met een diameter van zo'n vijf centimeter. Weer waren Bobs patronen het nauwkeurigst geweest met 2,4 centimeter van middelpunt tot middelpunt van de buitenste gaatjes, maar de *Accutech* zat hem dicht op de hielen met 2,45 centimeter en Bob voelde dat hij het beter had kunnen doen, omdat hij direct zijn eigen munitie had aangevoeld en zich had kunnen ontspannen in de overtuiging dat die goed zou presteren.

'En nu ons *pièce de résistance*,' zei Hatcher. 'Mike, de driehonderd-meterschietschijven, alsjeblieft. Meneer Swagger, ik denk dat u nu zult zien waarom wij onze munitie ''*Sniper Grade*'' noemen. Meer dan wie ook zult u de betekenis daarvan kunnen waarderen.'

Hij overhandigde de vier schietschijven.

Als Bob onder de indruk was, uitte dat zich in een zacht, onwillekeurig gefluit. Hij floot.

Op driehonderd meter waren klaverblaadjes een fantasie-idee. De groepen lagen tussen de tweeëntwintig en de zevenentwintig centimeter van de X-ring, op zes uur, buiten het zwart. De groepen hadden zich verspreid en de *Federal* toonde zijn falen: de middellijn was meer dan elf centimeter.
Bob schudde zijn hoofd en gromde kwaad, diep teleurgesteld. De groep leek in het wilde weg in de kaart geprikt te zijn door een kind.
De *Lake City* deed het iets beter, maar niet veel, net binnen de toegestane marge met een middellijn van zeveneneenhalve centimeter, hoewel één ervan een afzwaaier zou kunnen zijn, want als je die negeerde had de groep een middellijn van 6,3 centimeter.
En Bob zag dat de *Accutech*-munitie hem verslagen had. Zijn eigen groep leek nog steeds een beetje op een cirkel met een middellijn van 4,6 centimeter, maar de verdomde *Accutech*-groep lag binnen de 3,03 centimeter, met één drieschotsdriehoek binnen de 0,88 centimeter.
'Verdomme,' zei hij.
'Dat is nog eens schieten,' zei iemand. 'Dat was gewèldig. De meeste mannen kunnen het doel niet eens meer zien op driehonderd meter, zelfs niet met een 24×.'
'Nee,' zei Bob, onder de indruk. 'Dat was de munitie. Dat is gewèldige munitie.'
Het wàs geweldige munitie. Er waren maar zo'n vijftig of zestig mannen in de hele wereld die zulke fijne munitie konden maken. Frank Barnes misschien, of een paar van die sublieme technici bij *Speer*, *Hornady* of *Sierra*, een paar onafhankelijke jongens van een uitstervend ras, oude gekromde mannetjes die hun hele leven in werkplaatsen met geweren omgegaan waren. Een paar schutters van wereldklasse. Een paar wapenmeesters van *Delta* of de FBI. Wie dit spul ook gemaakt had, hij wist wat hij deed. Bob had een beeld in zijn hoofd van een oude man die dit miljoenen keren gedaan had en het koper van de patroon tot de grootst mogelijke perfectie bijgewerkt had. Het vergde meer dan geduld; het vergde een soort genialiteit. Hij voelde hem om zich heen. Hij voelde hem op de schietbaan: de aanwezigheid van een oude schutter die wist wat hij deed.
Toen wist Bob het. Hij had het al eerder vermoed, maar nu wist hij het. Ze speelden met hem, verleidden hem. Ze waren niet wat ze voorgaven te zijn. Maar wie waren ze dan?
Bob glimlachte.
'En nu, kolonel?'
'Als we nu eens wat gingen eten? Vanmiddag willen we u naar een andere schietbaan brengen, waar u kunt schieten op doelwitten die nog verder weg liggen... verder dan vijfhonderd meter, tot duizend meter toe.'
'Lijkt me prima,' zei Bob.

'En morgen, meneer Swagger, zult u ècht plezier beleven.'

Die avond sloeg Bob een uitnodiging van de *Accutech*-mensen af, om te gaan eten in een prima restaurant in Thayersville en in plaats daarvan nam hij zijn huurauto en reed net zo lang tot hij een eethuis zonder enige pretenties vond, buiten het bebouwde gebied, waar hij alleen kon zitten en waar niemand aandacht aan hem besteedde.
Ze volgden hem niet. Ze hielden zich nu op een afstand, omdat ze er zeker van dachten te zijn hem te hebben.
En misschien was dat ook zo. Hij was verdomd nieuwsgierig waar dit allemaal toe zou leiden. In algemene zin wist hij natuurlijk wel wat het moest zijn. Het zou met doden te maken hebben.
Zijn reputatie was hem vooruit gegaan. Mensen in bepaalde groeperingen wisten van hem af. Af en toe werd er hem iets voorgesteld – een bedekte aanwijzing, de meest vage hint dat hij veel geld kon verdienen als hij gewoon meneer die en die in St. Louis of Memphis of Texarkana wilde ontmoeten om te luisteren naar een zeker voorstel. Die aanbiedingen kwamen al die tijd van de meest uiteenlopende bronnen. Zeker, sommige waren van – naar hij aannam – de georganiseerde misdaad. Andere kwamen ongetwijfeld van geheime diensten – tenslotte had Bob in Vietnam twee opdrachten uitgevoerd tegen burgerdoelen, nadat die hem door het hoofdkwartier op papier bevolen waren. Maar hij werd ook benaderd door gewone, rijke mannen met pathologische neigingen, die hem op de een of andere manier wilden gebruiken om een zakenprobleem op te lossen, om iets recht te zetten, om ontrouw te wreken.
Nee, had Bob altijd gezegd. Het is tegen de wet.
Ga alsjeblieft weg.
En de meesten deden dat ook. Hoewel, soms niet: er was een speciaal soort mannen dat moeilijker af te poeieren was – dat was het soort dat dacht dat het land van hen was en dat alles goed zou komen als anderen verwijderd zouden worden. Natuurlijk bedoelden ze daar gewoonlijk zwarte mensen mee. Bob had in Vietnam met te veel geweldige zwarte soldaten en onderofficieren gediend om te luisteren naar dat soort gelul en hoewel hij geweld min of meer afgezworen had, had hij de neus gebroken van een kerel die lid was van een groepering die zich de Blanke Orde noemde. Bloed spuwend en woedend had de man gezegd dat ze Bob ook op De Lijst zouden zetten. Bob had de man vastgegrepen, de stompe loop van zijn *Colt Government Model* in zijn mond gestopt en hem eenvoudig gezegd: 'Maat, als jij zelf niet iemand kan doden dan ben ik al helemaal niet bang voor je!' De man had in zijn broek gepist van angst en was zeer snel van Bobs berg verdwenen.
Maar nu – die anderen, die verdomde kolonel Bruce met zijn medaille en

zijn kleine jachthond Payne. Rijk genoeg om dit alles te betalen, hem hiernaar toe te halen, iemand die uitstekende patronen te laten maken. Wie waren zij? Wiens dood was zoveel moeite waard?

CIA.

Hij kon het overal om hem heen ruiken. Zo werkte de CIA, onderhands, nooit helemaal openlijk, je er halverwege bij betrekken zodat het je, tegen de tijd dat je het uitgewerkt had, meer moeite kostte je terug te trekken dan te blijven.

Dus? Hij zat na te denken, verbijsterd, verlangend naar de smaak van drank, een koel glas bier in zijn keel, om zijn geest tot rust te brengen zodat hij beter kon nadenken. Maar hij wist dat hij verloren was als hij één drankje nam, dus moest hij het nuchter uitvechten.

De CIA wil dat ik weer ga jagen.

Maar op wie?

Bob dacht en dacht in dat kleine restaurant terwijl zijn hoofd en zijn heup pijn deden en pas na vele uren merkte hij dat het al bijna sluitingstijd was en dat de serveerster hem met begerige blikken aankeek. Maar daar wilde hij niets van weten. Geen vrouwen, geen drank, nooit meer. Alleen maar geweren en plicht.

Maar wat was plicht?

Wie was het waard om op te jagen?

Wie had die *Accutech*-munitie gemaakt?

Bob stapte in zijn auto en reed terug. Hij sliep zonder te dromen terwijl hij zich nog steeds hield aan een enkel motto: Niets is het waard om voor te doden.

Morgen, nadat hij naar ze geluisterd had, zou hij ze dat zeggen. Hij zou niet meer doden.

4

De volgende dag kwamen ze bij elkaar op de driehonderd-meterbaan, maar zonder enige uitleg was de kolonel afwezig. Zonder zijn intense aanwezigheid leken zijn mensen wat meer ontspannen. De man Hatcher scheen de leiding te hebben, hoewel dat nauwelijks te merken was. Hij was een pezige man van een jaar of vijftig, met rood haar, ruimtes tussen zijn tanden, een aantal pennen in een soort plastic etui in zijn borstzak en de afwezige houding van een man die te veel van één onderwerp afweet en niet genoeg van een heleboel. Hij dreef Bob in een zwarte jeep Cherokee en met twee anderen, waaronder de onaandoenlijke Payne, reden ze over een wirwar van landweggetjes om de top van de heuvel heen naar een ander terrein.

Wat hij zag schokte Bob enigszins – een groot, vlak veld op de helling van een heuvel, en aan één kant ervan stond een in elkaar geflanste stellage van aaneengeboute buizen. Het hele, vreemde bouwsel werd op zijn plaats gehouden door scheerlijnen die in de rondte in de grond vastgezet waren. Het zag eruit als een circustent zonder het zeildoek of het skelet van een gebouw zonder de cement.

Bob zag dat er een serie ladders naar boven leidden en erbovenop zag hij een platform waarop een schietbank en een stoel geplaatst waren.

'Het is een gebouw in Tulsa, in Oklahoma,' zei Hatcher. 'Of liever gezegd, de hoogte en de afstanden zijn precies gelijk aan die van een gebouw in Tulsa, Oklahoma. Ziet u die auto?'

Aan het ene eind van een onverharde weg, die voor het hele dwaze bouwwerk langs liep, stond een oud chassis van een limousine. De motor was allang verdwenen, de carrosserie was roestig, maar het passagierscompartiment was nog redelijk intact. Hij was via een ketting en een lier verbonden met wat waarschijnlijk een motor was, achthonderd meter verderop.

'Wat heeft dit, verdomme, te betekenen?'

'Het is oefenscenario,' zei Hatcher. 'We hebben een situatie opgezet waarbij we je vragen te schieten op een bewegend doelwit in een kidnapsituatie. U zult opereren op commando – u zult in verbinding met een radiozendnetwerk staan en dan het fiat krijgen te vuren op een bankrover die, omringd door gijzelaars, vlucht. U hebt vijf seconden om een schot in het hoofd af te vuren. Dezelfde situatie als waarin een scherpschutter van de FBI eenzelfde schot moest afvuren.'

'Wat gebeurde er?'

'Ach, hij trof een vrouwelijke gijzclaar in de wervelkolom waardoor ze verlamd raakte. De bankrover doodde twee andere gijzelaars en pleegde toen zelfmoord. Het was iets vreselijks, echt vreselijk. Man, die FBI-agent had zijn hele leven lang voor dat schot getraind en toen het kwam, verprutste hij het. Doodzonde.'

'Zaten ze in een limousine?'

'Nee. Achterin een open bestelwagen. We hadden die limousine nu eenmaal.'

De Cherokee kwam tot stilstand en verscheidene mannen stopten met waar ze mee bezig waren en kwamen het team begroeten. Hatcher besprak wat met technici, radiozenders werden uitgereikt en ze brachten Bob naar een bord onder een afdak.

'Weet u, meneer Swagger, tijdens de laatste vijftien jaar hebben ordehandhavingsinstanties, federaal zowel als plaatselijk, volgens onze berekeningen meer dan achthonderdvijftig precisieschoten afgevuurd. Dat wil zeggen: door vizieren gericht op gewapende misdadigers op afstanden tussen vijfendertig en driehonderdvijftig meter. Weet u in hoeveel gevallen één schot voldoende was?'

'Ik wil wedden dat dat er maar weinig waren.'

'Eenendertig procent. Jezus, vorig jaar schoot een politiescherpschutter in Sacramento, in Californië, door de deur van een elektronicawinkel op een stilstaande, gewapende man en miste hem volledig. De knaap schoot drie gijzelaars dood voordat ze hem te pakken kregen. Weet u waarom dat percentage zo laag is?'

Bob nam er rustig de tijd voor daarover na te denken en gaf toen zijn antwoord.

'Een klein percentage ervan kan veroorzaakt zijn door kogelafwijkingen of falen van het materiaal. Maar ik wed dat de voornaamste reden schutterfalen is. In Vietnam miste ik met mijn eerste schot. En met mijn tweede. Het kost wat oefening om ontspannen te blijven terwijl je op een mens schiet.'

'Inderdaad,' zei Hatcher opgewekt. 'Onze theorie is nu dat als we hun zelfvertrouwen maar een klein beetje kunnen vergroten, we al flink wat gewonnen hebben. Je wilt dat die knaap met dat geweer weet dat wat hij in die geweerkamer heeft zijn werk zal doen als hij het zijne doet. En één reden waarom hij dat zal geloven is, hopen wij, omdat u hen dat vertelt en ze getoond heeft hoe dat moet.'

Bob knikte.

'Kan ik die auto bekijken?'

'Nee. U moet het zo bekijken: heeft die FBI-agent die auto gezien voordat hij moest schieten? Nee, dat was niet het geval en wij willen dat u zich in dezelfde situatie bevindt. En we gaan u ook de afstand niet vertellen. Dat is iets dat u zelf uit moet zoeken. Nee, wat we willen is u daar te plaatsen op wat moet doorgaan voor de vijfde verdieping van het *Casualty and Life Building* in Tulsa. Het is tien oktober, 1986, en een bankrover genaamd Willie Downing, gewapend met een goedkope *Star* 9 mm, en drie vrouwelijke gijzelaars worden naar het internationale vliegveld van Tulsa gereden waar een vliegtuig klaarstaat, denkt hij, om hem naar Afrika te vliegen. U bent bijzonder agent Nick Memphis van de FBI, speciaal getraind, de beste geweer- en pistoolschutter van de afdeling. Ergens in de komende uren zal Willie Downing in uw vizier verschijnen. Hij heeft een politieagent en een bewaker van de bank gedood en nu vertoont hij ernstige verschijnselen van een psychotische stoornis. Uw meerdere heeft bepaald dat u de beste schutter bent; u hebt de goede invalshoek en de gelegenheid. De werkelijke Nick Memphis schoot met een .308 kaliber Remington 700, maar zonder de speciale loop...'

'Dat had niets uit hoeven te maken,' zei Bob, 'niet voor één schot.'

'Hoe dan ook, we gaan u aansluiten op een radionet en veel van de informatie die u zult krijgen, is gebaseerd op de authentieke transcripten, dus u zult ongeveer in dezelfde situatie zitten als Nick Memphis. Ik zal hier met de microfoon zitten en u moet de radiocommando's doorgeven, precies zoals dat met Nick Memphis gebeurde. U zult ruimschoots de tijd hebben om u voor te bereiden, net als hij, en ook om scherp te stellen op het doelwit terwijl u op het groene licht wacht. Dus, meneer Swagger, nu u alles gezien hebt... doet u mee?'

Bob keek naar de wankele constructie van buizen en draden en hout. Het leek verdomme niet erg stevig. Maar hij was erdoor gefascineerd. Zijn ijdelheid was geraakt. Kon hij dit schot succesvol afvuren, vooral waar de een of andere federale dwaas had gefaald en ondertussen ook nog verscheidene levens verspild had?

Plotseling, voor het eerst tijdens zijn verblijf in Maryland, verscheen er de vaagste aanduiding van wat een glimlach zou kunnen zijn op zijn gezicht.

'Vooruit maar,' zei hij, en een ogenblik lang gaf hij geen donder om *Accutech*, maar was hij bijna opgewonden van begeerte om het op te nemen tegen Willie Downing en Nick Memphis.

Ze vertelden hem dat de werkelijke Nick Memphis had gevuurd vanaf zandzakken die op een vensterbank op de vijfde verdieping lagen. Bovenop de stellage, na een lange klim, ontdekte hij de imitatie daarvan, weliswaar provisorisch in elkaar gezet, maar stevig genoeg.

Hij zette de koptelefoon en de ermee verbonden microfoon op en schakelde, volgens de instructies, over naar kanaal 14, het kanaal van de FBI. Er klonk gesis en gekraak van atmosferische storingen en toen hoorde

hij: 'Eh, Charlie Vier, hoort u mij, Charlie Vier, hoort u mij?'
'Ben ik Charlie Vier?' vroeg hij.
'Dat is een ja,' kwam het antwoord. 'Charlie Vier, wat is uw positie?' Het was Hatcher, die voor de Basis speelde.
'Nou, ik ben hierboven, verdomme.'
'Bob, laten we ons ten behoeve van de oefening naar het jaar 1986 verplaatsen,' zei Hatcher over de radio. 'Antwoord gewoon in radiotaal.'
'Begrepen, Basis. Eh, ik bevind mij op de vijfde verdieping van *Tulsa Casualty* en heb een duidelijk uitzicht oostwaarts...' hij probeerde zich van de kaart de straatnaam te herinneren waar Memphis zijn schot afgevuurd had, '... *Ridgely* in.'
'Eh, oké, dat is een ja, Charlie Vier, houd u nu rustig.'
'Wat is de situatie?'
'Eh, Charlie Vier, verdachte komt in uw richting langs *Mosher*. Hij heeft twee hinderlagen gepasseerd, maar het commando heeft geen toestemming gegeven om wat te doen, omdat niemand de verdachte goed in het vizier kon krijgen. Hij is omringd door die verdomde hysterische vrouwen en we denken dat hij zich aan ze vastgebonden heeft.'
'Begrepen, Basis.'
'Houd u gereed.'
Bob keek even naar de ruwe 'straat' waardoor hij zou schieten. Het probleem was natuurlijk de afstand. Schieten over een bekende afstand was makkelijker, want dan kon je de verticale afwijking van de kogel berekenen met behulp van ballistische tabellen en je eigen ervaring. Maar Bob had geen natuurlijk gevoel voor afstand. Sommige mannen konden naar iets kijken en dan wisten ze door het een of andere vreemde mechanisme in hun brein wat de afstand was. Bob niet. Dus had hij in Vietnam een soort vuistregel ontwikkeld. Als hij de ogen kon zien, wist hij dat het doelwit binnen honderd meter zat – een zeldzaamheid. Kon hij het gezicht onderscheiden dan zat hij binnen de tweehonderd meter. Als hij alleen maar het hoofd kon zien dan zat hij binnen de driehonderd meter. Als hij alleen benen kon onderscheiden dan zat hij onder de vierhonderd meter. Als hij alleen maar een lichaam kon waarnemen, zat hij onder de vijfhonderd meter en zag hij alleen maar beweging dan zat hij onder de zeshonderd meter.
Vanaf zijn uitkijkpost keek hij toe hoe de technici op het terrein beneden hem bezig waren, de ketting die de auto voort zou trekken onderzochten, de motor die voor de trekkracht zou zorgen nakeken en videocamera's op statieven langs de weg opstelden. Hij nam ze op, schatte hun vorm en grootte en maakte aan de hand daarvan zijn berekeningen.
Hij schatte dat het doelwit zich op zo'n driehonderdtwintig meter afstand zou bevinden als hij schoot.

Ondertussen hoorde hij steeds het gekraak en gesis in zijn oren, evenals andere meldingen van politie en FBI-eenheden. Het was een permanent gekwetter, een storm van losse geluiden. Waarom had die arme Memphis geen waarnemer bij zich gehad, iemand om storingen op te vangen en hem te behoeden voor al de honderden afleidingen.
Hoewel Bob alleen maar ronde blauwe bergen en dichte bossen kon zien en hoewel hij verkoeld werd door de bries op zijn huid, kostte het hem geen moeite zich Memphis voor te stellen in het warme, kleine kantoortje achter de zandzakken en het geweer. Hij kon zich voorstellen hoe zijn spanning en agitatie groeiden terwijl hij daar alleen zat te wachten en hij meer en meer opgewonden raakte naarmate het ogenblik naderde.
Het was de opwinding die hem genekt heeft, dacht Bob. Je schiet niet uit opwinding of haast of nood. Je schiet uit een kalm, professioneel zelfvertrouwen, geworteld in het geloof, opgebouwd tijdens duizenden uren oefenen en het afvuren van honderdduizenden kogels, dat je iets kunt treffen als je het kunt zien.
'Charlie Vier, bent u daar?'
'Dat is een ja, Basis.'
'Commando meldt dat het voertuig van de verdachte net *Lincoln* ingedraaid is, uw district in.'
'Begrepen, Basis.'
'Charlie Vier, denkt u dat dat schot u zal lukken?'
Bob tuurde door het vizier naar de weg waarlangs de auto met de gijzelaars zou komen.
'Geen probleem, Basis. Het schot is er voor zo gauw u dat wilt.'
'Charlie Vier, die kerel kan elk moment doorslaan en nog meer mensen neerschieten.'
'Begrepen, Basis. Hebt u een geschatte tijd van aankomst voor mij?'
'Hij is in *Lincoln*, Charlie Vier, *Lincoln* en *Chesley*, en een geüniformeerde agent zegt dat hij werkelijk krankzinnig is. Ik word er zenuwachtig van, zeer zenuwachtig.'
'Basis, ik schat de afstand op zo'n driehonderdtwintig meter. Op die afstand kan ik zorgen voor een kogelgat ter grootte van een vijftig-centsmuntstuk. Zelfvertrouwen is groot, hier.'
'Eh, Charlie Vier, ik heb contact gehad met Commando en het wordt echt gevaarlijk in die auto. Wij, eh, wij hebben besloten u het groene licht te geven, Charlie Vier.'
'Begrepen, Basis, ik maak me klaar om te schieten. Ik verbreek het radiocontact nu.'
'Eh, Charlie Vier, dat is een nee. Ik heb hier twee waarnemers; ik zal u laten weten wanneer het geweer van de verdachte in een veilige richting

wijst en dan kunt u een hoofdschot afvuren, Charlie Vier. We kunnen geen doodskrampschot riskeren, begrepen?'
'Dat is een nee, Basis, ik kan me alleen maar concentreren op mijn schieten.'
'Stop uw voorbereidingen dan, Charlie Vier, ik geef u geen groen licht tenzij ik de geweerpositie van de verdachte vastgesteld heb, precies volgens het boekje.'
Dus dat was Nick Memphis' probleem geweest. Hij had midden in die problemen gezeten. De een of andere kerel had in zijn oor geschreeuwd, of hij moest het opgeven en weggaan.
'Oké, Basis, praat me naar het schot toe. Ik neem nu mijn schiethouding in. Als uw mensen zeggen dat ik mijn gang kan gaan dan zegt u het maar.'
Bob drukte het geweer tegen zijn schouder en keek toe hoe het vizier omhoog kwam, groot en duidelijk en helder, als een filmbeeld, alles in felle primaire kleuren.
'Charlie Vier, hij is *Ridgely* ingekomen en rijdt nu uw doelgebied binnen.'
Bob haalde de grendel over en een van de *Accutech*-.308's schoof in de kamer. Hij trok het geweer naar zich toe, ontdekte dat de microfoon in de weg zat voor zijn vizier en boog hem snel en wild opzij, zodat hij de juiste houding kon aannemen.
Het was een aangepaste zitpositie, met het gewicht op zijn linkerbil, zijn lichaam licht gebogen, terwijl het geweer stevig op de zandzakken rustte. Het voelde volkomen verankerd aan. Zijn bovenlichaam steunde op zijn ellebogen en het geweer draaide rond het steunpunt in de zandzakken, terwijl zijn handen het stevig in zijn schouder drukten. Zijn heup deed hem wat pijn onder de inspanning, maar die was niet erg genoeg dat hij die niet aankon.
Terwijl hij door het vizier keek, bracht Bob lichte correcties aan in zijn greep en zijn lichaamshouding en probeerde, gegeven de omstandigheden, een soort evenwicht te vinden: een positie waarbij alles zich op de juiste plaats bevond, waarbij hij zich het meest op zijn gemak, ontspannen voelde, waarbij zijn ademhaling natuurlijk en vrij was en hij zich toch verankerd voelde in zijn stoel, de bank en de zandzakken.
Door het vizier keek hij naar het lichte trillen van de kruisdraden op de maat van zijn hartklop. Dat was de werkelijke vijand, niet Willie Downing of Nick Memphis of *Accutech* of wat dan ook – nee, het was zijn eigen hart dat hij niet volledig kon beheersen (dat kon niemand) en dat ongecontroleerde berichten van verraad naar de verschillende delen van zijn lichaam stuurde. In die laatste momenten kon het hart je verraden, en een angstgevoel afvuren dat zich op allerlei tragische wijzen kon uiten:

een kramp in je trekkervinger; een te lang ingehouden ademteug; een vreemd reagerende zenuw waardoor een oog zijn scherpte of perspectief even kwijtraakte; een oor dat plotseling te veel of te weinig hoorde; een dood gevoel in zijn voet dat hem afleidde van datgene waar hij mee bezig was.

Bob knipperde snel met zijn ogen, gebood zichzelf te ontspannen en probeerde in het kalme trillen van de kruisdraden niet iets te zien dat hij moest haten (zijn eigen zwakheid) maar iets waar hij vrede mee moest sluiten – iets om te vergeven. Jezelf vergeven was essentieel: je kunt niet altijd perfect zijn. Niemand kan dat: aanvaard je zwakheid, probeer die te temmen en haar voor je te laten werken.

Bob haalde langzaam adem en liet slechts weinig lucht in zijn longen achter. Hij wilde ze niet vol zuurstof zuigen, zodat ze net op het verkeerde moment opzwollen. Maar verdomme: hij voelde zich nog steeds niet helemaal op zijn gemak. Het was allemaal zo vreemd: hier op een fictief gebouw zitten, pretenderend dat hij een FBI-agent was, pretenderend dat het 1986 was, proberen te pretenderen dat het echt was.

Er valt niets te pretenderen, prentte hij zichzelf in. Er valt alleen maar te schieten, en dat heeft niets met pretenderen te maken.

Hij had zijn berekeningen eerder al gemaakt. Van de ballistische tabellen wist hij dat de 150-greins kogel op driehonderdtwintig meter afstand een verticale afwijking van ongeveer vijfentwintig centimeter had en vertraagd was tot een snelheid van zevenhonderdtwintig meter per seconde. Maar hij wist ook dat die *Accutech*-munitie beter was dan de norm. En dus schatte hij dat de afwijking niet meer dan twintig centimeter zou zijn. Maar hij schoot naar beneden en dat was iets anders dan vlak schieten, omdat kogels dan minder afwijking in het verticale vlak hebben. Dus trok hij nog eens acht centimeter van die afwijking af en kwam nu uit op twaalf centimeter. De wind, niet meer dan een lichte bries, zou de kogel een horizontale afwijking naar links geven van zo'n tien centimeter. Dus moest hij twaalf centimeter te hoog en tien centimeter naar rechts richten. Dan moest hij ook rekening houden met de snelheid van de auto; en hij moest dat snel doen, op het moment dat hij over de koptelefoon het groene licht kreeg.

'Charlie Vier, hoort u mij?'

Verdomme, dacht Bob, wat moet híj nou?

Hij zei niets. De microfoon zat onder zijn kin gebogen en hem weer op zijn plaats buigen zou betekenen dat hij zijn schiethouding en zijn rust moest opgeven. Die wilde hij niet opgeven.

'Charlie Vier, verdomme, waar bent u?'

Bob zweeg en wachtte de verschijning van de auto in het kwadrant rechtsonder in zijn vizier af.

'Charlie Vier, verdomme, geef antwoord! Hoort u mij? Geef antwoord, verdomme, Charlie Vier, ik wil dat u zich meldt.'
Bob zweeg en probeerde die lichte trilling van de kruisdraden te stoppen. Hij probeerde alle gevoel uit zijn geest te bannen, evenals uit zijn lichaam. Hij moest maar aan twee dingen denken: de juiste houding vinden en die over laten gaan in het overhalen van de trekker.
'Charlie Vier, als u zich niet meldt, kan ik u geen groen licht geven, godverdomme. Ik wil dat u zich meldt, zodat u mijn bevelen kunt ontvangen!'
Bob bleef zwijgen. Zijn ademhaling was nu iets minder kalm; hij dacht erover de koptelefoon af te doen! Tegen hem praten! Op dit moment!
Hij probeerde zijn brein vrij te maken van al het andere behalve het schot. Dat lukte niet.
'Charlie Vier, groen licht afgelast. Stop ermee. Vergeet het maar, als u daar bent, Charlie Vier. Hoort u mij? Toestemming tot schieten is afgelast. Er wordt niet geschoten, verdomme, Charlie Vier.'
En nu zag hij het.
De limousine, getrokken door de ketting, kwam in zicht. De invalshoek was ongeveer veertig graden. De auto naderde met een snelheid van ongeveer dertig kilometer per uur. Bob had geen moeite het geweer een boog te laten beschrijven op de zandzak, terwijl hij de auto in het vizier nam en zocht naar zijn doelwit. Hij probeerde niet op de details te letten, maar kon dat nauwelijks voorkomen. Downing, bijvoorbeeld, was belachelijk genoeg een watermeloen. De vier gijzelaars om hem heen waren ballonnen. Het was cru maar effectief, vooral door de manier waarop de ballonnen onvoorspelbaar heen en weer zwaaiden in de wind en zo de meloen vreemd elastisch, bijna menselijk deden lijken. Bob moest bijna lachen. Al dat geld om op een meloen te schieten! En hij wist ook dat het absurd was. Er waren honderden mannen die een meloen zoals deze konden raken, maar er was er maar één die een hoofd kon raken.
En toen was dat alles ook verdwenen, want plotseling had Bob de positie, had hij het, wist hij het, had hij het schot, had hij het goed, was het... perfect. Hij wachtte nog even terwijl de auto voorbij bleef glijden en onwillekeurig, zonder bewust besloten te hebben de bevelen niet te gehoorzamen, begon hij de trekker over te halen. Verdomme, hij ging toch schieten.
'Charlie Vier, zijn geweer is naar beneden gericht, groen licht, groen licht, groen...'
Maar Bob had toen al geschoten. In zijn onderbewuste had hij toen het besluit al genomen. Zijn brein had toegegeven aan zijn vinger. Zijn vinger had de beslissing genomen en in de fractie van de seconde voordat het beeld even onduidelijk werd, zag hij tegen de groene achtergrond van

het landschap de meloen in een rode wolk uiteenspatten doordat de kogel was binnengedrongen. En toen hij weer scherp door het vizier kon kijken, zag hij alle vier de ballonnen nog steeds in de wind dansen, terwijl de meloen in stukken geschoten was.
'Gefeliciteerd,' zei Hatcher. 'U wint alle knikkers. U hebt de oplossing gevonden.'
Bob zei niets en keek hem alleen maar koel aan. Hij was van de toren naar beneden geklommen en werd nu omringd door bewonderaars.
'Wanneer besloot u te schieten?'
'Het gebeurde gewoon.'
'U was zo snel toen u het groene licht kreeg. Verdomme u was zo snèl!'
Bob vertelde ze niet dat hij de trekker al half overgehaald had voordat hij de toestemming kreeg.
'Hier, u kunt het transcript zelf lezen.' Hij overhandigde het Bob en die las het snel door, lang genoeg om te zien dat Basis tot bijna de laatste seconde contact gehouden had met de arme Memphis.

BASIS:	Heb je het doelwit te pakken?
MEMPHIS:	Jawel, eh, ik heb hem onderin het vizierbeeld, hij komt omhoog naar mijn kruisdraden, eh, he...
BASIS:	Schiet niet, Charlie Vier, tot ik een bevestiging heb dat zijn geweer niet gericht is.
MEMPHIS:	Basis, verdomme, ik heb hem, ik hèb hem, ik...
BASIS:	Geen toestemming. Wacht Charlie Vier, ik kan je niet laten schieten, ik...
MEMPHIS:	(onduidelijk) ... heb hem, verdomme, ik kan...
BASIS:	Nee, nee, Charlie Twee, kun je me een waarneming geven?
O'BRIEN:	Ik kan zijn geweer niet zien, Basis. O, Christus, hij gaat schieten.
BASIS:	(onduidelijk) Schiet, groen licht, schiet, verdomme, neem hem te grazen...
MEMPHIS:	(onduidelijk).
BASIS:	God, je hebt het meisje geraakt, hij heeft een meisje getroffen, o, Jezus, in haar rug...
O'BRIEN:	De verdachte schiet op zijn gijzelaars, Jezus, laat iemand hem doodschieten, Nick, schiet, schiet, schíet!
MEMPHIS:	Ik kan hem niet zien, hij zit achterin, o Jezus, hij schiet ze dood, ik kan hem niet meer in het vizier krijgen, o Jezus, help ze, help ze, hèlp ze!
O'BRIEN:	Hij heeft zich net in zijn hoofd geschoten, (obsceniteit), Nick, hij stopte die geweerloop in zijn mond en schoot zich in zijn (obsceniteit) hoofd. Hij...

BASIS: Geef die mensen medische hulp, geef die mensen medische hulp, Jezus Christus, geef die...

MEMPHIS: Godver.

Dat was genoeg. Waarom had Memphis daarboven niet een waarnemer bij zich gehad? Schieten was een twee-mansbaantje of voor iemand alleen. Dan moest je niet iemand hebben die over de radio tegen je kletste. En Basis. Basis was de werkelijke vijand. Basis had het voor die kerel onmogelijk gemaakt om goed te schieten, door als een oud wijf in zijn oor te kletsen.

'Ze hebben hem vernaaid, en goed ook,' zei Bob met strakke lippen. Hij dacht aan de arme drommel die door zijn vizier het bloedbad van Tulsa bekeek, hulpeloos, razend en bovenal woedend op zichzelf omdat hij misgeschoten en die vrouw geraakt had.

'Wat is er met hem gebeurd?'

'Hij is getrouwd met die vrouw die hij aanschoot. Hij schoot haar vol lood en trouwde haar. Hij is nog steeds bij de FBI en leeft met een vrouw in een rolstoel, waar hij de rest van zijn leven voor moet zorgen.'

Nou, succes, Nick Memphis, dacht Bob. Als ik nog dronk, zou ik mijn glas voor je heffen, en als ik dat ooit weer doe dan zal ik er ook een voor je heffen.

'Het is opmerkelijk hoe organisaties zich openbaren onder druk,' zei Hatcher. 'Ziet u, in principe is de FBI een bureaucratie en alles wat het bureau doet, is onderhevig aan die bureaucratie. Dus moest Basis Memphis controleren, zelfs op het moment dat hij vuurde. Basis móest dat, neurotisch, pathologisch. Dat was het eerste operationele principe van Basis, zich dekken voor eventuele gevolgen. En de arme Memphis, die een teamlid was, hoewel solo in deze actie, de arme Memphis gehoorzaamde. En daarmee verpestte hij zijn schot.'

Het was even stil.

'Maar u niet, meneer Swagger. Want u bent geen lid van een team en u hoeft zich niet te houden aan normen of tradities. U kunt gewoon uw gang gaan. U beseft dat het noodzakelijk is dat u zich volkomen concentreert. Dat schot was waarschijnlijk het uiterste waartoe Memphis in staat was en onder ideale omstandigheden was het hem vast gelukt. Maar hij werd afgeleid. Wij probeerden u af te leiden en u trok zich er gewoon niets van aan. Man, u kreeg Willie Downing goed te pakken.'

Behalve de stomme Hatcher stonden er verscheidene andere bewonderaars om Bob heen. Hij voelde hun bewondering en verachtte ze daarvoor.

'Nu, meneer Swagger, we hebben nog één test voor u. Wilt u nog steeds meedoen?'

Bob spuwde in het stof. Hij voelde zich op merkwaardige wijze onbehaaglijk, maar de bewondering van de mannen liet hem niet helemaal koud.
'Ik zal nog eens schieten,' zei hij. 'Misschien heb ik weer geluk.'
'Dit is iets dat precies in uw straatje ligt. Het is een pure sluipschuttersactie. Het is gebaseerd op een incident dat plaatsvond in Medellín, in Colombia, in 1988. Het is strikt geheim, dus moet ik u vragen hier nooit met iemand over te praten. Oké?'
'Ik ben hier om te schieten, niet om te praten.'
'Zoals ik al zei, ik denk dat u zult begrijpen hoe gevoelig deze zaak ligt. Het betreft een agent van de DEA (narcoticabrigade) die een schot over een afstand van veertienhonderd meter afvuurde op een drugdealer, die verantwoordelijk was voor de moord op een DEA-team. De kerel was geweldig beschermd door een horde Colombianen met automatische wapens. En het was bekend dat die kerels, zo gauw iemand die dealer neerschoot, gewoon zouden gaan schieten. Dus besloot de DEA, onwillig en onofficieel, die kerel met zo weinig mogelijk drukte uit de weg te ruimen. Hoogst illegaal, maar de DEA voelde dat er iets duidelijk gemaakt moest worden aan bepaalde groeperingen in Colombia.'
'Dus het was een voltreffer?' vroeg Bob.
'Ja. Uw soort werk. Geen gijzelaars, niets. Gewoon een man en een geweer en een allemachtig ver schot.'
'Op veertienhonderd meter schiet je geen voltreffer met een .300 *H & H Magnum*, met een *Sierra* 200-greins kogel. Hier, hier is het geweer. Hetzelfde geweer.'
Hij knikte en een van de technici bracht een foedraal naar hen toe en opende het. Bob zag alleen maar een geweer.
Maar wat voor geweer.
'Godverdomme,' zei hij bijna onwillekeurig. 'Dat is een schoonheid van een geweer. Verdomme!'
Het was een grendellader Model 70, pré '74, met een dikke loop en een *Unertl* 36× telescoopkijker die bijna even lang als de hele loop was. De donkere gloed straalde hem toe met die diepe glans die nu niet meer bestaat, maar die een hoogtepunt bereikt had tijdens de toptijden van de Amerikaanse geweerproduktie in de jaren twintig en dertig. Het was ook bijna nieuw, schoon en zuiver, goed verzorgd, geliefd en vertrouwd. Maar het was het hout dat hem werkelijk verbijsterde. Het hout, iets dikker als gewoonlijk bij pré '74 geweren, was bijna zwart; hij had nooit notehout gezien dat zo zwart was. Maar het was geen zwart plastic, want het had die warme gloed van organisch materiaal over zich. Zwart hout?
'Dat is een geweldig geweer,' zei hij. Hij boog zich voorover om naar het serienummer te kijken: mijn god, het was een één gevolgd door vijf

prachtige nullen! 100 000. De honderdduizendste 70! Dat maakte hem bijzonder begeerlijk voor een verzamelaar en daardoor kon hij gedateerd worden als een exemplaar van vóór 1950.
'Van de Winchester-fabriek in 1948. Het metaal werd op een hogere temperatuur bewerkt om het sterk genoeg te maken om een duizend-meterpatroon te weerstaan.'
'Oké. Laten we het maar eens proberen. Hebt u de munitie?'
Hatcher gaf hem een doos *Accutech Sniper Grade* .300 *H & H Magnum.*
Bob opende de doos en haalde er een van de lange .300 *H & H*'s uit. Het was net een kleine ballistische raket in zijn hand, bijna tien centimeter patroon en kruit en kogel, zwaar als een struisvogelei.
'Hoe staat het met de afwijking?'
'We maken ze van 70-grein H 4831 en onze eigen 200-greins kogel met holle punt. Ongeveer negenhonderd meter per seconde.'
Bob maakte een rekensom in zijn hoofd en kwam op een verticale afwijking van vijfhonderd centimeter op duizend meter; dat betekende dus zo'n achthonderdtachtig centimeter op veertienhonderd meter.
Bob nam het geweer aan. Zijn eerste liefde was een Model 70 – vaak het Schuttersgeweer genoemd – geweest, en nu bezat hij er verscheidene, waaronder het recalcitrante .270, dat hem beziggehouden had voor hij naar Maryland kwam en waarvan hij het mankement nog niet ontdekt had. Dus was het geweer als een soort oude vriend.
'Waar kan ik het scherpstellen?'
'Eh, het is scherpgesteld. Een van onze technici heeft dat gedaan. Over de juiste afstand schiet het zuiver.'
'Wacht eens even, meneer. Ik schiet niet voor geld met een geweer dat ik niet getest heb.'
'Eh...' zei Hatcher, in verlegenheid gebracht door Bobs keiharde weerbarstigheid. 'Ik kan u verzékeren...'
'U kunt mij van niets verzekeren als ik het zelf niet gedaan heb.'
'Wilt u dat ik de kolonel erbij haal?'
'Dat lijkt me een goed idee.'
'Oké. Maar ik kan u verzekeren dat de man die het geweer op die lading en afstand scherpgesteld heeft... hij won er in het midden van de jaren vijftig een duizend-meterkampioenschap mee. Het zal prima schieten. Dat garandeer ik u. Hij heeft de trofeeën als bewijs.'
Bob keek hem met half dichtgeknepen ogen aan.
Ten slotte zei hij: 'Het gaat tegen mijn principes, maar verdomme, als het een Winchester is, dan waag ik het erop.'
Bob lag in een eenmansputje. Het was nauw en smerig. De wanden leken hem in te klemmen. Zijn blik op de wereld werd beperkt tot één enkele opening van tien bij vijftien centimeter en erdoorheen zag hij

een serie lage bergruggen. Ver, ver weg, liep een ruwe muur, waar de aarde met een bulldozer opgeworpen was.
'Hij heeft daar twee weken in dat gat gewacht,' had Hatcher hem verteld. 'Wees maar blij dat we u dat niet laten doen. En na al dat wachten schoot hij en miste hij. Doodzonde.'
Garcia Diego, want zo heette de drugdealer, was een voorzichtig man en had gezorgd voor veiligheidsmaatregelen tot duizend meter om zijn hacienda heen. Hij was na de moord op dat team in Miami de meest gezochte man van Colombia. Nu had de DEA hem opgespoord en wist dat als hij weg wilde komen, hij dat bij zonsopgang zou doen door over de achtermuur van zijn hacienda te kruipen. Hij zou een seconde of twee zichtbaar zijn voor hij in de jungle kon verdwijnen.
'Wat je zult zien, Bob,' zei Hatcher, 'is een zeer levensechte menselijke vorm. Het is een anatomisch juiste pop. We trekken hem over die wal met tuilijnen die je niet kunt zien en hij is opgehangen op een geraamte, maar van deze afstand moet hij angstwekkend veel op een man lijken. Je kunt het beste op het midden van het lichaam mikken.'
Nu, alleen, nam Bob zijn positie achter het geweer in. De oude Winchester was het geweer waarmee hij geleerd had te schieten, al die hertenjachtseizoenen geleden. Het was als een brief van de familie, of uit het begin van de jaren vijftig en het deed hem aan zijn oude pa denken. Earl Swagger was een donkere en harige man met een stem als een rasp, die over blank ijzer gehaald werd, een man van een ernstige waardigheid en kalmte, goed gespierd, die echter nooit zijn stem verhief of iemand sloeg, tenzij die eerst geweld gebruikt had. Hij behandelde iedereen, ook wat men in die dagen *nikkers* noemde, met dezelfde traag uitgesproken beleefdheid en sprak iedereen, zelfs het laagste schuim der aarde, aan met Meneer.
Hij waakte over Bob, geduldig als de zomerzon, eindeloos stil en rustig.
'Nou, Bob Lee,' kon Bob zich herinneren dat hij zei, 'nou, Bob Lee, een geweer is zo goed als de man die het gebruikt. Als jij het goed behandelt dan zal het door de hemel en de hel bij je blijven. Maar als je het gemeen en rot behandelt als een lelijke hond, of het negeert als een vrouw die te veel zeurt, dan zal het je bij God weten te belazeren. De hel kent niet zo'n gramschap, staat er in de bijbel, als een versmaad geweer. Nou ja, dat staat niet precies zo in de bijbel, maar het had gekund. Bob Lee, heb je me gehoord?'
Bob Lee knikte en zwoer dat hij een geweer nooit slecht zou behandelen en nu, zoveel jaren later was dat, zo voelde hij, één verzekering die hij kon geven: hij had zowel een geweer als zijn vader nooit laten vallen.
Hij keek naar het schietterrein.
Er was nergens een beweging te zien. Het was stil, afgezien van de wind,

die aangewakkerd was; hij kon hem horen brommen als een cicade, zacht en laag en aanhoudend.
Over een afstand van meer dan duizend meter kom je een andere wereld tegen. De wind, die onder de driehonderd meter doodvervelend kan zijn, wordt woest. De kogel verliest zoveel snelheid op zijn tocht dat zijn baan even onregelmatig wordt als de ademhaling van een kind. Het geheim is om de wind voor je te laten werken, hem te lezen, te leren kennen. Dat is de enige manier waarop je kunt raken.
Op meer dan duizend meter afstand was er, zelfs met een telescoopvizier, geen enkele kans op een roos- of een X-ringschot. Je probeert gewoon het doelwit te raken, hoewel een uitzonderlijk begaafde schutter met het beste materiaal ter wereld zijn schot binnen een afstand van tien centimeter kan brengen.
Met zijn duim haalde hij de veiligheidspal van de Winchester over, klemde zijn handen rond de kolf en drukte hem strak tegen zijn schouder. Hij dwong zijn lichaam zich te ontspannen, terwijl hij door de zoeker keek.
Ineengedoken in het eenmansputje in de stank van leem en modder zat hij in een bijna klassieke bankschiethouding, met het geweer vastgepend op de zandzakken voor en achter, terwijl er in de achterste zak net genoeg speling zat om het geweer te richten als de man verscheen. Zijn ademhaling kwam in korte teugen, een halve long vol in, een halve long vol uit, terwijl hij zich aanpaste aan de verminderde stroom zuurstof.
Toen hij het beeld in zijn vizier eindelijk vond, verbijsterde het hem hoe helder en duidelijk de wereld eruitzag door een *Unertl* 36.
Het was maar goed dat hij in de juiste richting lag en richtte. Hoe groter de telescoop, hoe kleiner het gezichtsvlak en als hij het doelwit had moeten opzoeken door het vizier dan had dat hem de hele dag kunnen kosten.
En toen zag hij het. Het was alleen maar een vage beweging, precies op de top van de aarden wal, veertienhonderd meter van hem verwijderd. Een mannenhoofd werd even zichtbaar en verdween toen weer. Hij kwam.
Bob voelde hoe de spanning in hem steeg.
En toen besefte hij, plotseling, hoewel hij nauwelijks de tijd had erover na te denken, dat dit het schot was waar het allemaal om ging. De rest, *Accutech*, *Sniper Grade*-munitie, Nick Memphis in Tulsa, een DEA-missie tegen een drugbaron – dat alles was niet meer dan een inleiding. Dit was het moment waarvoor ze hem in de watten gelegd hadden en hem, stap voor stap, begeleid hadden naar de laatste, langverwachte drempel.
Het was een vreselijk ver schot, zag hij nu. Bijna niemand in de wereld kon het uitvoeren. Hij berekende de kogelbaan snel en ruwweg, omdat hij het honderdduizend keer eerder gedaan had en probeerde te schatten

wat de kogel op die afstand behoorde te doen, gebaseerd op wat andere kogels van gelijk gewicht en baanverloop gedaan hadden. Hij schatte de wind in en probeerde zich in het schot in te leven. Maar hij voelde dat dat absoluut onmogelijk was. Hij bevond zich op onontdekt terrein. Niemand was ooit geweest waar hij nu was. Wie zou een schot als dit riskeren? Het was misdadig gevaarlijk, drugbaron of niet.

Al die gedachten schoten natuurlijk in fracties van seconden door zijn hoofd. De man kwam te voorschijn boven de wal, gleed over de top en stond daar een ogenblik, onzeker maar frank en vrij. Het was een stip, een puntje, een bolletje. Hij was zo enorm ver weg.

Bob maakte honderden minieme correcties in een tijdsbestek dat geen menselijke maat kent, vond de juiste richting in dat vreemde moment van helderheid en voelde de trekker als vanzelf overgaan. In het waas van de terugslag van het geweer verloor hij het beeld even, en hij wist dat het schot raak was want in een flits verslapte de gestalte en viel rollend, zonder enige waardigheid, langs de helling naar beneden.

Nu zag Bob wat hij gedaan had – wat ze hem hadden laten doen.

En voor het eerst van zijn leven had Bob het gevoel dat hij een godslastering begaan had met een geweer.

Hun enthousiasme zei hem niet veel.

'Bij God, meneer Swagger,' stotterde Hatcher, 'beseft u dat wij hier achtentwintig mannen hebben gehad? We hebben een paar ex-*Delta Force* schutters gehad, een paar mensen van de FBI, de topschutter van de politie van Los Angeles en een half dozijn schutters van politiekorpsen van andere grote steden. We hebben ook de beste schutters van de duizend-meterkampioenschappen van de NRA hier gehad. En niemand, niet één van hen, heeft een treffer afgevuurd! U hebt die kogel binnen twee centimeter van het hart geschoten. Eén schot over een afstand van veertienhonderd meter.'

Bob keek hem met half dichtgeknepen ogen aan.

'Het is een goed geweer,' zei hij. 'En wie het ook is die die patronen voor jullie maakt, hij weet verdomd goed wat hij doet. Absoluut.'

Zelfs Payne, zo flegmatiek maar nieuwsgierig, keek hem nu aan met een vreemde gloed in zijn blik.

'Geweldig schot,' zei hij, met een stem die de suggestie wekte dat hij in zijn tijd ook een paar enorm verre schoten had zien afvuren, of misschien wel zelf afgevuurd had.

Maar Bob voelde zich nog steeds bezoedeld. Het was alsof je wakker werd na een nacht met een ordinaire vrouw en je jezelf haatte voor wat je betaald had om haar te hebben.

'Meneer Swagger, alles oké? Verdomme, als u bij de DEA gezeten had,

was Diego Garcia nu geschiedenis geweest, in plaats van de rijkste man van Colombia.'
Bob glimlachte en probeerde vast te stellen waarom hij zich zo vreemd voelde.
Pappa, wat heb ik gedaan? dacht hij, terwijl hij zich herinnerde hoe hij op zijn eerste hert geschoten had en het arme beest in de pens geraakt had en hij schaamte en haat voor zichzelf voelde. Zijn pa had hem gezegd dat het oké was en was achter het dier aangegaan om het het genadeschot te geven, drie lange uren van het volgen van het bloedspoor, de sterkste hellingen van de Ouachita's op en af. Zijn pa had hem verteld dat God je de slechte schoten vergeeft als Hij weet dat je in je hart probeerde om voor vlees op tafel te zorgen en dat je werkelijk hield van het dier waarop je jaagde en dat je het dier en jezelf een deel van de natuur maakte.
Als God niet wilde dat mannen jaagden, waarom gaf hij ze dan het brein om kruit en het *Model 70 Winchester*-geweer uit te vinden?
'O, ik denk wel dat ik weet waar ik sta,' zei hij, want het schoot hem net te binnen en hij wist wat ze met hem gedaan hadden.
'En wat ik denk is dat jullie die nepkolonel van jullie maar beter kunnen gaan halen, en snel, zodat hij me kan uitleggen waarom jullie zoveel moeite deden om me te veranderen in de spleetoog die op míj joeg!'
Hij draaide zich met een woedende blik in zijn ogen om.
'Jij smeerlap, je hebt me veranderd in de sluipschutter die mij kreupel maakte en toen mijn beste vriend vermoordde.'
Hij voelde de aandrang om te vechten. Hij draaide zich om en ramde de kolf van het *Model* 70 geweer tegen Paynes mond, tilde hem door de klap letterlijk van de grond en liet hem plat op zijn rug vallen, terwijl hij tanden en bloed spuwde. Hij haatte het om het prachtige hout van het geweer te bezoedelen met zulke vreselijke zaken, maar bepaalde zaken moeten nu eenmaal gebeuren. De klap klonk alsof iemand met een stalen pijp op een lap vlees sloeg en vernielde Paynes dikke, lelijke gezicht volledig en bracht een blik van angst in zijn kleine varkensoogjes. Toen tastte Bob in Paynes jasje, rukte de verborgen *Remington* 1100 met afgezaagde loop te voorschijn, liet de zes rode patronen uit de kamer in het zand vallen en smeet toen het wapen achter zich neer.
'Mijn hond mag jou niet en ik mag jou niet, Payne. Ik hou niet van mannen die een afgezaagde semi-automatische twaalf-millimeter vol patronen dragen, omdat ze niet willen missen.'
Hij wendde zich weer om naar Hatcher en zag het verbijsterde ongeloof van de geleerde man over de snelheid en absoluutheid van het geweld.
'Ben je er nog steeds? Ga je kolonel halen of anders blijf ik Payne bewerken tot de zon ondergaat.'
Toen zag hij ze wegrennen.

5

Myra stierf op dinsdag om zeventien minuten over twaalf in de ochtend. Het ziekenhuis belde hem op op zijn kantoor. Het was dokter Hilton. Nick zei alleen maar: 'Ja, o, oké. Ik had bij haar moeten zijn.'
'Nick, ze was buiten bewustzijn. Oké? Dat moet je jezelf niet verwijten.'
'Oké, maar ik had toch bij haar moeten zijn.'
Ze hadden gezegd dat het waarschijnlijk aan het eind van de week zou gebeuren. De levenstekenen waren nauwelijks merkbaar en ze had bijna tien dagen in coma gelegen. Dus was het niet onverwacht, maar toch brengen dit soort gebeurtenissen iets vernietigends met zich mee, dat nauwelijks voor te stellen is. Het verbijsterde Nick hoe hard het hem trof, terwijl hij daar in het kantoor zat en luisterde naar het geklets en de andere geluiden van het leven om hem heen. Hij herinnerde zich dat zijzelf hem, op een van de laatste heldere dagen, gevraagd had sterk te zijn, zich voor te bereiden omdat haar tijd bijna om was.
En natuurlijk had ze hem gezegd dat hij zich niet rot moest voelen. Hij had evenveel gedaan als iedere andere man zou doen en hij had zijn schulden afbetaald, o jee, ja, hij had ze afbetaald. Het was het waard geweest, zei ze. Als het niet gebeurd was, zou er nooit een Nick voor haar geweest zijn en ze was blij dat het zo gelopen was. Nu moest hij zich gaan vermaken.
Zo was Myra. Ze vroeg nooit veel en kreeg dat ook zeer zeker niet, maar op de een of andere manier sloeg ze zich erdoorheen en werd nooit verbitterd als sommige mensen die veel meer hadden dan zij. Hij wilde dat ze nu bij hem was, want in al die jaren was hij op een bijzondere manier op haar gaan vertrouwen, bijna evenveel als zij op hem moest vertrouwen. Maar dat was belachelijk: hij wilde dat zijn vrouw hier was om hem te helpen over de dood van zijn vrouw te komen!
In plaats daarvan stond Nick op, liep naar Hap Fencl en zei dat hij even weg moest. En misschien zou hij nu wat vrije tijd opnemen.
'Myra?'
'Ja, eindelijk. Jongen, wat heeft zij gevochten.'
'Wil je een valium of zoiets, Nick?'
'Nee, het is wel goed.'
'Waar ben je op het ogenblik mee bezig? Iets belangrijks wat ik voor je kan overnemen terwijl je weg bent? Heb je een inval of twee op stapel staan? Ik hou van het gevaarlijke werk, je kent me. Ik ben een echte commando.'

Dat was een grap. Hap was een meter zeventig lang en woog nog geen zeventig kilo, terwijl Nick een breedgebouwde man was, zwaar en sterk. Hij was judokampioen met een zwarte band en nog steeds een van de beste schutters van het bureau. Maar Nick lachte niet, omdat hij even totaal afwezig was. Hij knipperde met zijn ogen en vermande zich.
'Hè? O, niets, nee. Het gebruikelijke spul. Colombianen door de hele stad volgen met Mickey Sontag, dat is alles. Mickey is vandaag op de politieschietbaan voor zijn diploma. Ik deed wat administratie tot hij terugkomt.'
Hap was de toezichthoudende agent die de leiding had over het kantoor, hier in New Orleans, en was een prima vent en makkelijk om mee te werken. Hij specialiseerde zich in de georganiseerde misdaad, terwijl Nick zich bezighield met de drugmisdaad, meestal in samenwerking met de DEA – voornamelijk omdat hij iets diplomatieks over zich had en vrij goed overweg kon met die organisatie, waar de andere mannen weinig goeds over te zeggen hadden.
Dus kon Nick zonder problemen naar het ziekenhuis rijden. Hij deed vijftien minuten over een rit die zo automatisch was dat die evengoed vijftien uur had kunnen duren en hem van Omaha naar Tallahassee had kunnen brengen.
Ze hadden haar nog niet verplaatst.
'Zou ik even alleen met haar kunnen zijn?' vroeg hij de verpleegster.
'Zeker. Maar we zullen haar binnen niet al te lange tijd naar het mortuarium moeten brengen.'
'Ja. Ik weet het.'
Ze liep de kamer uit. Nick keek om zich heen en haatte het vertrek. Het was als alle kamers waar hij zijn leven lang in doorgebracht had, anoniem, onpersoonlijk. Er hingen wat nepschilderijen aan de muur en de geur van plastic en ontsmettingsmiddelen hing zwaar in de lucht. Toch wist hij dat Myra het niet erg gevonden had. Zo was zij nooit geweest.
'Ik had moeten sterven op die dag,' had ze hem eens gezegd, 'net als die andere twee meisjes en die man. Maar jouw kogel redde me. Hij verloste mij. Hij gaf me aan jou. Nick Memphis, hij maakte me mevrouw Nick Memphis en dus heb ik een soort dessert. Het is nu allemaal dessert. Zes jaar lang dessert.'
Wel verdomme, nou stond hij toch te huilen, nietwaar? Ze had dat verboden. Toen het duidelijk werd dat haar einde sneller naderde en dokter Hilton zei dat de kans op herstel bijna nihil was, had ze hem gezegd dat ze het niet kon hebben dat hij ging huilen.
Je zou gelukkig moeten zijn. Geen vrouw in een rolstoel meer. Je bent nog jong. Ga uit, bedrink jezelf, organiseer een feestje.
Hij liep naar het bed waar ze onder een laken lag. Hij had natuurlijk veel

lijken gezien na schietpartijen in de wereld van de misdaad, in mortuaria, en toen zijn moeder stierf in 1977 toen hij in Quantico was. En natuurlijk had hij ze die dag in die straat in Tulsa gezien. Maar hij merkte dat hij nog steeds huiverde en zich moest dwingen het laken opzij te trekken, terwijl hij zich afvroeg of hij dat wel moest doen. Maar hij wilde het. Hij wilde haar nog één keer zien.
Natuurlijk had de coma haar gezicht in laten vallen en haar ogen, die warme, heldere, fascinerende ogen, waren gesloten en enige tijd geleden hadden ze haar rode haar kort geknipt, bijna als van een jongen. Maar het was Myra.
Ze zag eruit als een klein vogeltje. Haar huid was bleek en haar beenderen waren even teer en precies als onderdelen van een kanten kleedje. Maar de pijn was verdwenen. Myra had de laatste zes jaar min of meer permanent met pijn geleefd. Geen armen, geen benen, veel pijn. Dus had haar gezicht een soort kalmte gekregen dat het in leven nooit gehad had.
O Jezus, dacht hij, ik maak er echt een puinhoop van, meid. Jij zei dat ik niet moest huilen en ik kan me gewoon niet beheersen, niet beheersen.
'Nick?'
Het was de dokter.
'Nick, wil je dat we je iets geven?'
'Nee, het is wel goed.'
'We moeten haar nu wegbrengen.'
'Oké.'
Hij keek toe hoe ze zijn vrouw wegbrachten.

Nick liep het zonlicht in, naar buiten, knipperde met zijn ogen, wilde een sigaret pakken en besefte toen pas dat hij gestopt was. Hij zette zijn zonnebril op, want zijn ogen voelden opgezet aan. Hij probeerde na te denken. Toen herinnerde hij zich dat er weinig was om over na te denken. Ze hadden plannen gemaakt, hij wist waar ze naartoe ging en wanneer de begrafenis zou zijn. Die zou over twee dagen plaatsvinden, op donderdag dus. Tussen nu en dan zou alles automatisch gaan, alles.
Hij veronderstelde dat hij naar huis moest gaan, misschien zouden er wat mensen langskomen, een paar jongens van het bureau, misschien hun vrouwen. Hij had Myra meegenomen naar een aantal feestjes en toen ze hun onbehaaglijkheid over De Ramp, zoals hij wist dat de gebeurtenis genoemd werd, te boven kwamen, begonnen ze haar sympathiek te vinden en een paar van de vrouwen raakten bevriend met Myra en kwamen regelmatig aanwippen.
Maar hij schudde het beeld van zich af, omdat hij de verleiding voelde af te dwalen in het verleden. Hij wist dat dat dwaas was en dat hij weer een huilbui zou krijgen. Hij probeerde zich te beheersen, hoewel het beste

waarschijnlijk was om een lange rit te maken, gewoon in de richting van Biloxi rijden en misschien ergens een paar uur aan het strand te gaan liggen. Jezus, misschien zou hij een meisje moeten zoeken, net zoals Myra zei, en met haar naar bed gaan, verdomme.
Maar hij wist dat hij dat niet kon en ook niet zou doen. Hij wist niet wat hij moest. Dat was het moeilijkste. Hij wist gewoon niet wat hij moest doen. Toen dacht hij er vaag aan naar een bioscoop te gaan, wat dan ook om maar een paar uur afleiding te hebben. Maar in bioscopen draaiden meestal films waarin mensen gedood of verminkt werden en hij voelde dat hij dat niet aankon.
Ten slotte besloot hij naar het meer te gaan. Hij zou gewoon naar het water rijden, daar waar het kalm en koel was en daar kon hij gaan zitten en genieten van het natuurschoon en zijn geest gewoon wat laten dwalen. Maar hij dacht dat hij dat eerst even telefonisch moest melden, voor het geval dat.
Hij vond een telefoonhokje en stopte een kwartje in de gleuf.
Fencl nam de telefoon op.
'Hé, Hap, ik denk dat ik de rest van de dag verder vrij neem. Ik ga er even tussenuit, oké?'
'Dat is prima, maat. Hé, de jongens willen een collecte houden.'
'Geen bloemen. Ze wilde geen bloemen. En dwing niemand, oké? Als ze wat willen geven, prima. Als ze niets willen geven dan is dat ook prima. En geef het in haar naam aan een liefdadig doel. Dat zou ik heel erg fijn vinden.'
'Oké, geen probleem. Overigens, heb jij een verklikker die Eduardo heet?'
'Hè?'
'Een knaap die zei dat hij Eduardo heette belde ongeveer een half uur geleden. Zei dat hij met je wilde praten. Op van de zenuwen. Latino accent. Is waarschijnlijk niets, maar je weet het maar nooit.'
Nick dacht diep na. Eduardo? Hij had ongeveer vijftien onderzoeken lopen, de meeste naar loopjongens van de drugdealers, voornamelijk van Gilly Stefanelli, de *capo* van de georganiseerde misdaad in New Orleans. Maar hij kon geen Eduardo voor zich zien in het rijtje mislukkelingen, zwendelaars, oplichters en intriganten, hoewel de naam hem wel bekend voorkwam.
Toen, ja, hij had het. Hij had hem zogezegd gekregen. Wally Deaver, die net bij de DEA weggegaan was om voor zichzelf te beginnen, had hem gezegd dat hij zijn naam aan een aantal van zijn verklikkers en contactpersonen zou geven, omdat hij niet wilde dat de mannen van zijn verdomde bureau promoveerden door zijn verklikkers.
'Wat is het nummer?'

'Eh, eens kijken, negen-acht-acht, twintig-twintig, kamer achtenvijftig.'
'Aan het nummer te zien zou ik zeggen dat dat bij het vliegveld is, ja?'
'Ja, ik kon straalmotoren horen. Weet je, Nick, waarom vergeet je het niet? Het zal vast niet veel belangrijks zijn. Die kerels bellen altijd op met onzin, dat is alles. Als het belangrijk is belt hij nog wel een keer. Doe het rustig aan, zet alles op een rijtje. Het is geen probleem en het spijt me dat ik erover begonnen ben.'
'Nee, ik kan die knaap maar beter even bellen. Je weet het maar nooit. Je hoort nog wel van me.'
Nick legde de hoorn neer, zocht nog een kwartje in zijn portemonnaie en draaide het nummer voordat hij het zou vergeten. Hij kreeg een receptionist aan de lijn die meldde dat Nick belde met het Palm Court Motel, en vroeg doorverbonden te worden met kamer achtenvijftig. De telefoon bleef maar overgaan.
'Ik denk dat hij er niet is,' zei de receptionist.
'Hé, waar zitten jullie?'
'Het is vlak bij de uitrit van het vliegveld, langs de autosnelweg. Aan de linkerkant, twee gebouwen voorbij het Holiday Inn.'
'Geweldig, bedankt,' zei Nick. Hij keek op zijn horloge en besloot met een zucht weer aan het werk te gaan.

Het Palm Court Motel bleek een verlopen goedkoop geval te zijn. Het type was hem zeer bekend omdat hij het bij honderden drugzaakjes in de gaten gehouden, bestormd of gewoon afgeluisterd had. Het was een van die gebouwen in opzichtige, eens decoratieve kleuren, gebouwd van sintelstenen in het begin van de jaren vijftig toen Amerikanen net de auto begonnen te ontdekken, evenals de verleiding van een prachtige autosnelweg die hen naar de horizon voerde.
Hij parkeerde de auto en vond kamer 58, vlak bij de trap op de begane grond. De deur baadde in het fluorescerende licht van twee Coke- en twee Pepsi-automaten. Hij klopte hard op de deur. Nick was een grote man, meer dan negentig kilo, en hoewel hij enorm sterk was zag hij er nooit zo uit. Hij had een mollig lichaam en de kapper had zijn haar tamelijk lang gelaten. Hij was eerder breed dan dik. Zijn haar was blond en zijn ogen blauw. Hij zag er meer uit als een onderminister of een vertegenwoordiger in zeep dan een FBI-agent.
Zijn sterke punt was zachte aandrang – een gave die hij van Myra geleerd had. Hij beschouwde de tijd voor Myra als zijn Felle Dagen. Er was een tijd dat hij erop gebrand was misdadigers op te sluiten, zichzelf te testen in de straten en riolen, Amerika voor zichzelf te behoeden. Voor het najagen van die droom had hij zich zijn eerste vijf jaar op het bureau als een boetemonnik opgedreven. Hij vond het nooit genoeg en verlang-

de ernaar op pad te gaan voor de grote invallen, deel uit te maken van het Anti-terrorismeteam of het Mobiele Anti-bankroversteam. Hij wilde een slechte man doden in een eerlijk gevecht, dat was zijn doel.
Toen viel het allemaal uit elkaar in Tulsa. Sindsdien had hij zowel zijn lichaam als zijn carrière opgegeven aan zijn constante pogingen een verprutst ogenblik goed te maken, en om het uit zijn herinnering te verdrijven.
Maar soms, als hij daar lag en Myra's gepijnigde hijgen naast zich hoorde, of in het maanlicht het skeletachtige silhouet van De Rolstoel zag staan, kwam het weer over hem met de kracht van een onverwachte klap.
God, je hebt het meisje geraakt.
Dat had Basis gezegd.
Dan stond Nick op om over te geven. Hij strompelde het toilet binnen en was een uur bezig de inhoud van zijn maag kwijt te raken. En dan kwam hij er weer uit, stinkend en bevend en vol haat voor zichzelf en zijn verprutste ogenblik en vol oneindige, futiele spijt.
Hij besefte dat hij zijn vingers tot bloedens toe kapotgeslagen had op de deur.
'Meneer! Hé, meneer, ik denk niet dat hij er is!'
Nick keek op uit zijn dagdroom en zag een kamermeisje staan.
'O, ja,' zei hij, 'sorry. Zeg, hebt u die knaap gezien? Wat is dat voor een vent?'
'Oudere kerel. Niets bijzonders. Gewoon een reiziger.'
'Hoe lang geleden is hij weggegaan?'
'Ik heb hem niet weg zien gaan. Ze kwamen hem bezoeken en toen zijn ze weer vertrokken. Bent u een smeris?'
'Ik ben van de FBI. Wie kwamen hem bezoeken? Wat waren dat voor kerels?'
'Kerels met een pak aan, weet u. Net als u. Jonger misschien. Donkerder misschien. Dat is alles. Ze zijn, eh, zo ongeveer tien minuten geleden weggegaan.'
'Doe me een lol en ga de bedrijfsleider halen.'
De bedrijfsleider was een vent met een Hawaii-overhemd aan dat zo opzichtig was dat het wel een nucleaire ster leek, die enorme hoeveelheden oranje licht het universum insmeet. Het was een ongelooflijk overhemd voor zo'n mager oud kereltje dat stonk naar whiskey en deodorant.
Nick toonde zijn penning en identiteitskaart en vroeg de knaap de deur te openen.
'Heeft u een bevel tot huiszoeking of zoiets?'
Het verbaasde hem hoeveel hij moest verdragen. Het kwam door de televisie en de film. Tien jaar geleden was het overal ja, meneer, nee, meneer, wat kunnen we voor u doen, meneer geweest. Nu dacht iedereen

dat de FBI een zootje fascisten was en zagen ze je liever gaan dan komen.
'Wat bent u, een advocaat?' vroeg Nick. 'Die vent wil met me praten. Misschien slaapt hij wel? Kom op nou, er is helemaal geen dwang nodig. Doe me gewoon een lol, oké?'
'Nee, het is alleen dat die vent een zak is. Hij stond erop dat hij deze kamer kreeg. Die naast de Coke-automaten. Die was nog niet eens schoongemaakt. Maar hij maakte een enorme scène. Dus daarom wilde ik niet zomaar binnendringen...'
'Open die deur gewoon en laat het praten maar aan mij over,' zei Nick.
De oude vertrok zijn gezicht en liet Nick merken hoe onwillig hij was en Nick besefte dat de man een spelletje speelde, maar hij toonde gewoon zijn domme, geduldige blik en wachtte rustig tot de voorstelling voorbij was en de vent de deur opende.
Het eerste dat Nick zag toen hij binnenstapte was het bloed. Overal bloed. Op de muren, op het bed, op de spiegel, op het plafond. Klassiek: slagaderlijke bloedingen.
'Ahhhh,' gilde het kamermeisje.
'Jezus Christus,' zei de bedrijfsleider.
'Oké,' zei Nick, 'eruit, jullie tweeën. Dit is de plek van een misdaad. Bel het nummer acht-acht-vijf-drie-vier-drie-vier en vraag naar agent Fencl. Geef hem het adres en zeg hem dat het een heel erge elf-twintig betreft, en dat hij de mannen snel hiernaar toe moet sturen, voordat de jongens van de stadspolitie erachter komen. Zeg hem dat Nick er al is, oké?'
De ogen van de oude man leken afgestemd te zijn op het radiostation P.A.N.I.E.K., maar hij rende weg om te doen wat hem opgedragen was.
Nick stapte de kamer in. Het was een slachthuis.
De moord had op het bed plaatsgevonden. Het was doorweekt van het bloed en dat bloed was ook in stralen tegen de muur boven het hoofdeinde gespoten. Nick dacht dat ze het slachtoffer met bijlen te lijf waren gegaan en gezien de smeertroep op de muren schatte hij dat er een stuk of twee à drie bezig geweest waren. Hij kon bloeddoorweekt plakband zien waarmee ze hem met zijn benen wijd aan het bed vastgezet hadden om zijn edele delen met de bijlen te bewerken. Maar Eduardo lag niet op het bed.
Nick kon een bloedspoor naar de badkamer zien lopen. Jezus, aan stukken gehakt en verminkt als hij was had die kerel toch nog geprobeerd naar de badkamer te kruipen.
Nick kon zijn blote voeten nu zien en de tenen hingen slap neer zoals dat wel vaker gebeurt met lijken die nog niet in rigor mortis zijn. Er is geen wilskracht of waardigheid meer en de ledematen schikken zich in willekeurige patronen, die alleen maar onderhevig zijn aan de zwaartekracht.
Hij liep voorzichtig naar de badkamerdeur en leunde naar binnen om op

het lijk neer te kijken. Hij zag een brede maar oude blote rug en pezige spieren. Eduardo droeg zijn broek nog steeds, een broek van bloeddoorweekt wit linnen. Het hoofd lag naar rechts gebogen en Nick kon het profiel van een elegant, misschien wel aristocratisch gezicht zien met dun wit haar en een adelaarsneus. Isolatieband was ruwweg om de onderkant van zijn hoofd gewonden om een prop katoen op zijn plaats te houden in zijn geluidloze mond. Het zichtbare oog stond wijdopen in doodsangst, en het gezicht – evenals het hele lichaam – leek bijna op een vloedgolf van bloed te drijven. Zo veel bloed.

Nick staarde. Waarom zou hij hier in godsnaam naartoe gekropen zijn? Waarom sterven op een badkamervloer, in plaats van in een bed? Waarom van het bed afrollen en, met je darmen en longen en andere organen achter je aan, naar de badkamer kruipen? Maar toen keek hij naar de uitgestrekte linkerarm van de man en aan het eind van zijn hand wees de vinger – woorden. Met zijn eigen bloed had hij iets op de witte linoleumvloer geschreven.

Maar terwijl Nick vol afschuw toekeek stroomde het bloed verder weg in een satijnachtige, zwarte vloed uit het verwoeste lichaam van señor Eduardo en overspoelde het woord dat hij geschreven had. Maar net voor het verdween kon Nick het lezen.

Er stond ROM DO.

Het forensische team was er nu al een uur en het lijk was ten slotte weggebracht en Hap Fencl schreeuwde nog steeds tegen en werd op zijn beurt even hard toegeschreeuwd door een hoofdinspecteur van de moordbrigade van de politie van New Orleans. Er was nu eenmaal die nooit aflatende oorlog tussen de plaatselijke en de federale organisaties, vooral met betrekking tot misdaden die in eerste instantie oplosbaar leken. Eindelijk kreeg Nick, beneden in de hal, Wally Deaver aan de telefoon.

Deaver was nu hoofd van de veiligheidsafdeling van een grote farmaceutische firma in Boston en het had hem vrijwel al die tijd gekost hem te pakken te krijgen.

'Walter Deaver.'

'Wally? Hé, Wally, je raadt nooit...'

'Nick Memphis, man, ik zou jouw vrolijke stem overal kunnen herkennen. Hoe is het, verdomme? Hoe is het in New Orleans? Is het er nog steeds zo heet?'

'Absoluut, oude gabber. Luister, er is iets gebeurd dat...'

'Nick, je zou je baan bij het bureau op moeten geven en hier met mij samen gaan werken. Jezus, Nick, geld, geld, geld, er valt hier zo veel geld te verdienen. Het zou geweldig voor Myra en jou zijn als...'

'Ja, klinkt geweldig; aan wat ik nu doe hou ik niet veel geld over, dat is iets wat zeker is, niet als je eerlijk blijft. Luister, Wally, er is iets…'
'Hoe is het met Myra?'
'Prima,' loog hij. 'In ieder geval. Weet je nog dat je me, vlak voordat je wegging, een lijst van verklikkers gaf, waarvan je zei dat die konden bellen? Je gaf ze mijn nummer in plaats van dat van iemand uit je eigen bureau, omdat je kwaad was over hun politiek.'
'Ja. Wat, heeft een ervan je laten zitten?'
'Jezus, heeft hij me laten zitten, zeg. Iemand kreeg hem te pakken, en goed. Hij ziet eruit alsof dat Panter Bataljon hem te grazen genomen heeft.' Hij doelde op de Salvadoriaanse eenheid die een dorp overvallen had en bijna tweehonderd vrouwen en kinderen gedood had, een verhaal dat groot nieuws was een maand of wat daarvoor, toen het onderzoek zozeer de aandacht trok. 'Volgens mij hebben een paar kerels op hem ingehakt met brandweerbijlen. Je kunt je haast niet voorstellen wat ze met hem gedaan hebben.'
'O, Jezus. Hij moet de Colombianen voor de voeten gelopen hebben. Die kerels zijn barbaren. Als je hen belazert, nemen ze jou op een hele erge manier te grazen.'
'Ja, misschien.'
'En wie van mijn slechteriken was het?'
'Een knaap die Eduardo heette.'
'Eduardo?'
'Ja.'
'O, Eduardo,' zei Wally zonder overtuiging.
'Volgens mij was hij een jaar of vijfenvijftig, zestig misschien. Hij zag er een beetje aristocratisch uit. Zegt dat je iets?'
'Ja. Eduardo Lanzman. Maar raad eens? Hij is geen Colombiaan, maar een Salvadoriaan. En het wordt nog erger. Hier komt het. Hij was een spion.'
'Een spion?'
'Ja, ik heb hem daarginds ontmoet, je weet wel, toen Bush de topconferentie over drugs in Cartagena had. Een heleboel van de jongens van de DEA gingen er ook naartoe, om contacten te leggen met hun collega's van andere landen. De conferentie was natuurlijk in Colombia, maar er waren agenten van alle Middenamerikaanse landen. Dus ontmoette ik die kerel. Hij zat bij de inlichtingendienst van de nationale politie van El Salvador. Hij leek een nette kerel. Je weet hoe dat gaat met politieagenten: we gaven elkaar ons kaartje en ik zei hem dat hij me, als er iets belangrijks mijn kant opkwam, een telefoontje moest geven. Maar later zei iemand me dat hij een stille was. Weet je, een stille, niet van de DEA maar van de CIA.'

‘Hé, als hij iets had waarom belde hij zijn eigen team dan niet?’
‘In deze wereld weet je dat maar nooit, Nick. Misschien wàs het het Panter Bataljon wel dat hem te grazen nam en was het politiek en had het niets met drugs te maken. Het is daar een griezelige toestand: als je de verkeerde jongen belazert, komt Magere Hein je in de nacht opzoeken.’
‘Heb je hem mijn naam gegeven? Was dat zo?’
‘Misschien wel, als het dezelfde vent was. Net voor ik wegging heb ik mijn adressenbestand doorgenomen en een standaardbrief verzonden aan al mijn verklikkers en contactpersonen.’
‘Geweldig. En nu nog iets. Heb jij er enig idee van wat ROM DO kan betekenen? Dat was zijn laatste bericht. Misschien wilde hij me dat vertellen. Enig idee?’
‘Zegt me niets, Nick.’
‘Oké. Bedankt, Wally.’
Hij legde de hoorn op de telefoon en dacht na over de informatie.
‘Nick, we hebben iets. Zijn paspoort.’ Het was Fencl die hem uit kamer 58 riep.
‘Zijn naam is Eduardo Lanchine, uit Panama City in Panama. Hij had een vliegticket voor een vlucht uit Panama die hier vanmorgen landde na een tussenstop in Mexico City. Zover wij het kunnen beoordelen, is hij hier rechtstreeks naartoe gekomen, waarschijnlijk per taxi. Volgens de hoteladministratie heeft hij één keer getelefoneerd…’
‘Naar mij.’
‘Ja. Dat denk ik. En dat was het.’
‘Doorzoeken we zijn bagage?’
‘Dat is het gekke. Er is geen bagage. De receptionist zei dat hij helemaal geen bagage bij zich had. Dit was geen reis. Hij kwam hier alleen maar om één persoon te ontmoeten. Jou.’
‘En dat betekende zijn dood,’ zei Nick.

6

De kolonel wist zich een houding te geven, dat was zeker.

Er was geen greintje spijt of twijfel op zijn harde gezicht te zien. Wat hij van Bob kreeg – woedende oprechtheid en de bedekte bedreiging van geweld – gaf hij in overvloed terug.

'Oké, Swagger,' zei hij. 'Je hebt ons doorzien. Wat verwacht je nou, felicitaties? Je werd verondersteld ons te doorzien. Het wordt tijd dat we onze kaarten op tafel leggen.'

'Waarom doet u dit? Waarom hebt u mij verleid op mijzelf en die arme Donny te schieten?'

'Ze zeggen dat je niet meer voor trofeeën jaagt, Swagger. Ik wilde je laten weten dat er nog steeds trofeeën zijn die het waard zijn gejaagd te worden.'

Ze zaten nu in een kleine, sjofele vergaderruimte in de caravan met het embleem van *Accutech* erop, dat naast de driehonderd-meterbaan stond. De kolonel staarde Bob fel aan; de anderen waren de een of andere gebaarde flikker die Bob op de schietbaan gezien had, en de slijmbal Hatcher. Vreemd genoeg stond er op de vergadertafel een Sony-televisie met een videorecorder. Gingen ze een show bekijken?

'Hoe heet u, kolonel?' vroeg Bob.

'Niet William Bruce,' zei de kolonel. 'Hoewel er wel degelijk een kolonel William Bruce is en hij kreeg wel degelijk die *Medal of Honor* en hij was wel degelijk toezichthouder bij de staatspolitie van Arizona. Een prima man. Ik ben geen prima man. Ik ben een man die dingen gedaan krijgt en meestal heb ik geen tijd om iets anders dan een klootzak te zijn en dit is een van die keren.'

'Ik houd er niet van voorgelogen te worden. U vertelt maar beter de waarheid, of anders ben ik hier zo weg.'

'Jij blijft hier zitten tot ik dat zeg,' zei de kolonel terwijl hij die harde, strakke ogen op hem richtte en alle dwang behorend bij zijn rang op hem uitoefende.

Het was een soort overwicht dat hij in een paar van de beste officieren gezien had, de mannen die het meeste vergden. Het was niet bezielend, maar het was een opeenhoping van wilskracht, een woede om te winnen of te sterven. Het was ook een gave en zonder die gave in de strijd was een leger verloren. Maar Bob had de lelijke aspecten ervan ook gezien – die onbuigzaamheid die iets maar op één manier kon zien, die bereidheid

het leven van andere mannen te verspillen omdat men zijn eigen leven zeer laag, maar de opdracht bijzonder hoog schatte. Deze kerel stonk naar plichtsgevoel en dat maakte hem zo verdomd gevaarlijk.
'We zitten achter een man aan,' zei de kolonel. 'Het is een zeer speciale man, een zeer sluwe man. We denken dat we een schot op hem gaan afvuren. We zitten achter de Sovjet sluipschutter aan die in zijn loopbaan veel treffers heeft afgevuurd, waaronder de twee over veertienhonderd meter die jouw heup verbrijzelde en Donny Fenn in de ruggegraat trof.'

Het was verbijsterend, dacht dokter Dobbler. Zijn zelfbeheersing was verbazingwekkend. Hij reageerde helemaal niet, alsof het hem niets uitmaakte. Swagger aanvaardde het gewoon en ging verder, zonder zijn concentratie te verliezen, zonder met zijn ogen te knipperen. Geen tekenen van opwinding, die toch vrij normaal waren voor de meeste mensen in conflictsituaties. Geen snellere ademhaling, geen gelaatsverkleuring, geen likken van de lippen, geen spierverkrampingen. *Geen opwinding!* Geen wonder dat hij in de strijd zo'n uitzonderlijk soldaat geweest was.
Dobbler vroeg zich af hoe zeldzaam dat was. Was het even zeldzaam als, zeg, het slaan van een home-run in het *major league*-honkbal, iets dat per jaar zo'n honderd baby's in zich bleken te hebben. Of was het zeer zeldzaam, zoals de vaardigheid vrij constant home-runs te slaan, dat één baby per generatie gegeven is? Dobbler wist dat hij iets zeldzaams tegengekomen was en het wond hem op. Het maakte hem ook bang.
Bob leunde naar voren.
'U geeft geen zak om Donny Fenn. Er zijn nog maar twee mensen in de hele wereld die zich die jongen herinneren. En u geeft ook geen donder om mijn heup.'
'Weet je, Swagger? Je hebt gelijk. Ik geef geen zak om Donny Fenn. En ik geef geen donder om jouw heup. Maar ik geef wel wat om die Rus. Want hij is terug en hij jaagt weer.'

Nick stopte vijftig cent in de gleuf en na enige tijd klonk er een geklik in de automaat en nog weer even later rolde er een blikje Coke Light met een klap in de bak. Hij nam het eruit, trok het blikje open en nam een lange, verkwikkende teug.
'Verdomme,' zei Hap Fencl, 'vijftig cent. In ons gebouw kosten die verdomde dingen vijfenzeventig cent.'
Maar Nick antwoordde niet.
'Ik kan me niet voorstellen waarom iemand een kamer naast een Coke-automaat zou willen hebben,' zei hij ten slotte. 'Jezus, twee Coke-automaten, twee Pepsi-automaten, een ijsautomaat en een automaat met zak-

jes ranzige pinda's.' Hij gebaarde naar de verzameling automaten in de hoek, vlak buiten kamer 58.
'Misschien was die vent een zoetekauw. Wilde hij gewoon steeds in de buurt van de automaten zitten.'
'Nee, het is de laatste kamer die je zou kiezen. De hele nacht lopen er kerels kwartjes in die dingen te gooien en met ijs te rammelen. Het is onlogisch.'
'Nick, misschien dacht hij dat hij gevolgd werd. Dus wil hij een kamer waar veel geloop voor de deur is, waardoor hij denkt zijn achtervolgers af te schrikken. Níets zou me verbazen met dat soort kerels.'
'Ja, maar...'
'Hé, Nick, je denkt niet na. Je hebt een tiental van dit soort zaken gezien, niet allemaal zo bloederig. Het is gewoon een vent die uit de weg geruimd is door de drugbaronnen. De Colombianen, of Peruanen, of wie het dan ook zijn, maken het bekend dat ze gehoorzaamd moeten worden, of anders gebeurt er iets naars. Deze kerel werd als verklikker betrapt, hij dook onder, zij vonden hem en gaven hem ervan langs. Oké?'
Nick knikte. Maar toch zat het hem nog steeds dwars.
Waarom mij, dacht hij. Waarom zou die kerel míj bellen op de dag dat mijn vrouw sterft?
Hij leegde het blikje Coke in één lange, zoete teug.

'Dit is hem, meneer Swagger,' zei de kolonel. 'De man die Donny Fenn doodschoot. En die jou kreupel maakte.'
Bob keek naar het gezicht dat de kolonel met een klik van de afstandsbediening op het scherm had laten verschijnen. Hij probeerde iets speciaals te ontdekken, iets dat de schutter, de sluipschutter in dat gezicht verraadde. Wat hij zag was een mager, hard gezicht. De ogen waren smal en donker als geschutspoortjes; de jukbeenderen waren gestroomlijnde knoppen; het haar kort. Er was iets Oosters in de stand van zijn jukbeenderen – hij zag eruit als een Mongool.
'Solaratov, T. We denken dat hij zo heet. Maar niemand weet waar de T voor staat.'
Bob knorde alleen maar, want hij wist niet hoe hij anders moest antwoorden.
'T. Solaratov, gefotografeerd vanaf een forse afstand door een agent met de codenaam Bloempot in Kaboel, in Afghanistan, in 1988. Onze laatste en beste foto van hem. Hij is vierenvijftig jaar oud en is in uitstekende conditie. Loopt elke dag dertig kilometer hard. Hij was in Afghanistan om advies te geven over sluipschutterspraktijken aan *Spetsnaz*-eenheden. Hij is een expert op dat gebied; hij heeft over de hele wereld op mannen gejaagd. Wanneer de Sovjets maar iemand uit de weg geruimd wilden

hebben, deed hij dat voor ze. Hoeveel mannen heb jij gedood, sergeant?'
Bob haatte die vraag. Dat ging niemand wat aan; het maakte niet uit.
'Oké,' zei de kolonel, 'jij kunt je groothouden en zwijgen. Maar de officiële rapporten vermelden er zevenentachtig en ik wil wedden dat het er veel meer zijn. Veel meer.'
Bob wist wat het aantal was. Soms deed hij net of hij dat niet wist, maar dat deed hij wel degelijk, precies.
'Wij schatten dat kameraad T. Solaratov meer dan driehonderdvijftig kerels naar een betere wereld geholpen heeft. Hoofdschoten voornamelijk, zijn handelsmerk. Geen stomme lichaamsschoten voor die jongen.'
Bob gromde. Dat was nog eens schieten.

Nick toonde zijn identiteitskaart aan de vrouw en binnen een paar seconden werd hij binnengeleid in het kantoor van meneer Hillary Dwight, vice-president van de *Coca-Cola Bottling Company* in New Orleans, die de leiding had over de verkoopafdeling. Meneer Dwight was een zwierige man in een wit tropenkostuum, die blijkbaar zoveel pure Coke gedronken had dat het een invloed op zijn forse omvang gehad had. Maar hij had de sluwe, toegewijde ogen van een monnik en zijn kantoor was zo netjes dat het Dwight verraadde als iemand met een nette, nauwkeurige geest.
'En wat kan ik voor u doen, meneer Memphis?' vroeg hij. 'Ik hoop niet dat een van mijn chauffeurs iets verkeerds gedaan heeft. Die jongens kunnen overal binnenkomen en, om eerlijk te zijn, is de kwaliteit van het personeel wel eens beter geweest.'
'Nee, meneer,' zei Nick. 'Nee, het gaat om een raadsel wat ik probeer op te lossen. We hebben een knaap die vermoord is in een motelkamer bij het vliegveld...'
'Allemachtig,' zei Dwight.
'Maar voor hij vermoord werd vroeg hij uitdrukkelijk om een kamer naast de Coke-automaten. U hebt net naast zijn kamer twee Coke-automaten staan en Pepsi-Cola heeft er twee. Er staat ook een *Handy-Candy*-automaat voor repen en noten en zo. Wat zijn de eigenschappen van een Coke-automaat waarom een man die vermoedt gevolgd te worden door moordenaars, er met z'n neus bovenop wil zitten? Of zit ik helemaal op het verkeerde spoor?'
'Hmmm.' Dwights plompe gezicht kromp ineen onder het denkproces.
'Welk motel was dat?'
Nick noemde de naam.
Dwight stond op, draaide zich om naar een computer en toetste wat instructies in. Nick keek toe terwijl het programma in elektrogele letters, gehoorzaam op het scherm verscheen. De dikke bestudeerde het.

'Kijk eens, meneer Memphis, we zijn middenin het proces onze serie *Vendo-Dyne 1500* te vervangen door de modernere *Vendo-Dyne 1800*. U hebt ze vast wel eens gezien. Ze praten tegen je. Je kunt er dollarbiljetten instoppen en wisselgeld terugkrijgen. Een zeer slim stuk machinerie. En krachtig ook.'

Nick knikte en genoot van deze inwijding in de geheimen van de Coke-cultuur. Dat was een van de vele redenen waarom hij zo van zijn werk hield: het bracht je constant in aanraking met nieuwe werelden.

'Ah, ja. Ja, we hebben de vijftienhonderds daar net vervangen door de achttienhonderds. Dat was vorige maand. Een groot voordeel wat afmetingen betreft. De achttienhonderds bevatten tweeduizend blikjes, terwijl er maar vijfhonderd in de vijftienhonderds zitten. Dat betekent dat we ze niet zo vaak bij hoeven te vullen en dan kunnen we de besparing doorberekenen aan de klant.'

Dat herinnerde Nick zich. Vijftig cent per blikje.

'En wat zegt ons dat?' vroeg hij, terwijl hij zich de felle schittering van de nieuwe Coke-automaat in de gang herinnerde.

'Nou, een van de eigenschappen van de achttienhonderd is toevallig zijn veldspanning.'

Nick wachtte op de uitleg.

'In de achttienhonderd zit in feite een kleine computerchip en hij heeft kracht nodig om te werken. Dus wordt er in de automaat een elektromagnetisch veld opgewekt. Hebben we er twee staan? Nou, dat betekent dat ze een deken van elektromagnetische spanning uitstraalden.'

Nick schudde zijn hoofd en vervloekte zijn eigen stupiditeit.

'Ik snap het nog niet,' zei hij.

Meneer Dwight glimlachte en legde het toen uit.

'Oké, Swagger, dit is wat we van die kerel te weten gekomen zijn. Dit is afkomstig van een Israëlisch team dat achter T. Solaratov aanging en hem bijna te pakken kreeg toen hij instructies in sluipschutterspraktijken gaf aan El Fatah in de kampen in de Bekkavallei in het midden van de jaren zeventig – dat is onze beste bron van informatie over hem, kan ik eraan toevoegen en het was verdomd jammer dat het ze net niet gelukt is hem goed te pakken te krijgen. Toen hij achttien was zat hij bij de Sovjet marine en werden zijn schutterscapaciteiten ontdekt en verder ontwikkeld. Van 1954 tot 1959 was hij de absolute kampioen van de schutterswedstrijden in het Oostblok. Hij was een uitzonderlijk scherpschutter. Maar wij geloven dat hij zijn eerste dodelijke schoten in Hongarije afgevuurd heeft, in 1956. Zowel Nicholas Humml en Pavel Upranye, Hongaarse nationalisten die opriepen tot grotere weerstand tegen de Sovjettroepen, werden tijdens bijeenkomsten van lange afstand gedood door

Moisen-Nagant-kogels. Er werd nooit een spoor van hun moordenaar gevonden.
Tegen 1960 – na zekere bezigheden in de Kongo – werd hij uit de Sovjet-marine ontslagen en geselecteerd voor een nog hogere elite, de *Spetsnaz*, de speciale eenheden van de Sovjet-Unie. In 1962 trok hij zich min of meer terug uit het wedstrijdschieten. Toen, afgezien van een sporadische verschijning en een paar andere gastoptredens, verdween hij.
En in 1972, toen een artillerie-sergeant genaamd Bob Lee Swagger het derde bataljon van het vijfde infanterie Leger van de Volksrepubliek belaagde en tijdens de tweedaagse, heroïsche ontmoeting zesendertig mannen doodschoot en zo het leven redde van twaalf Groene Baretten en zo'n honderd manschappen, die zich ingegraven hadden op een afluistermissie vlak bij de grens met Cambodja, werden de Noordvietnamezen doodsbang en vroegen Moskou om een beroepsschutter. Dus arriveert kameraad Solaratov. Hij zoekt naar één vent. Ja. Het kost hem een week om je te benaderen. Maar hij kan niet dichter dan veertienhonderd meter bij je komen. Hij bestudeert je, leeft en pist en poept in dat kleine gat, een week lang. Dan, wanneer alles perfect is, vuurt hij het schot af dat jij vandaag afgevuurd hebt. Maar veertienhonderd meter is een heel eind.'
'Hij berekende de verticale afwijking niet goed,' zei Bob.
'Precies. Dus treft hij je te laag, in de heup. En als Donny in zicht komt raakt hij hem. Midden in de borst. Dan is hij geschiedenis. Solaratov is een grote held! Hij krijgt de prijs van vijftigduizend piaster die voor jou uitgeloofd is en twee dagen later zit hij weer in Moskou, eet aardbeipannekoeken en kan zo veel vrouwen krijgen als hij wil.'
Bob keek naar het gezicht van de schutter op het scherm. Ja hij had zoiets gehoord. Jongens die terugkwamen zeiden dat hij door een blanke te grazen genomen was.
'Dan vinden we hem, in de jaren zeventig, in Angola. We weten dat hij Sandinistische schutters geïnstrueerd heeft in Nicaragua en we weten dat hij, zoals gezegd, in het Midden-Oosten zat, waar de Israëli speciaal voor hem een napalmaanval opgezet hebben en hem met minder dan een uur misten. Hij heeft een geweldige naam in het Midden-Oosten. Doet veel werk voor een paar rotkerels daar. Hij heeft lange tijd in Afghanistan gezeten. Hij heeft daar een eenheid *Spetsnaz*-sluipschutters geleid. Ze hebben honderden slachtoffers gemaakt.'
Bobs hand ging naar zijn heup, omdat hij daar plotseling een pijnscheut voelde.

Nick belde een knaap die hij kende bij de DEA, die een broer had die voor de afdeling Militaire Kartering in Washington werkte, maar die ooit bij een bepaalde organisatie in Langley, in Virginia, gezeten had. Het was een ingewikkeld telefoongesprek, met heel veel gezeur en ten slotte gesmeek van Nicks kant, maar eindelijk zei de broer dat hij nog wat mensen bij die organisatie kende en dat hij, hoogst onofficieel, een oude maat kon bellen om hem Nicks ene vraag te stellen. Hij zou geen enkele andere vraag stellen en tot aan zijn dood ontkennen dat hij ooit ene Nick Memphis gekend, of zelfs maar van hem gehoord had. Hij zou Nick terugbellen – nou ja, hij zou Nick bellen als hij daar klaar voor was.

'Waarom zou een Rus terugkomen om op iemand te jagen?' vroeg Bob.
'Ik zei dat hij een Rus wàs,' zei de man. 'Ik zei niet dat hij vóór de Russen jaagde. Solaratov werd op straat gezet, zonder enige ceremonie, toen het Rode leger ingekrompen werd, nadat de Sovjet-Unie vorig jaar uiteen viel. Hij voelde zich in de zeik getrapt, verbitterd. Daar weet jij alles van, hè, sergeant Swagger?'
Bob staarde de zak alleen maar aan.
'In juli werd hij gezien. Raad eens waar.'
'Ik hou niet van spelletjes, maat.'
'Het zou je eerste en enige gis geweest zijn. Midden in Bagdad, samen met generaal Khalil al-Wazir, het hoofd van Al Mukharabat, de geheime dienst van Irak. En nu, sergeant, het heden. Laat mij je iets vertellen over *Rainbow*. Weet je wat *Rainbow* is?'
'Ik weet niet wat *Rainbow* is,' zei Bob, die wilde dat de man er niet langer omheendraaide.
'Dat weet vrijwel niemand. Het is een satelliet, zeer geraffineerd, zeer geheim, die hoog boven het Midden-Oosten hangt en alles ziet dat hij kan zien en de beelden dan naar ons terugstuurt. Dat was de afgelopen jaren zeer nuttig. De Irakezen en de Syriërs en Libanezen vermoeden dat hij er is, maar ze kunnen er niet achterkomen omdat ze hem niet op hun goedkope Russische radar kunnen oppikken. Maar ze zijn voorzichtig. Als ze hun geheime dingen doen gebeurt dat 's nachts, wanneer *Rainbow* lang niet zo effectief is. Maar soms gebeuren er vreemde dingen. Wie zou er anders aan een loterij meedoen? Kijk hier eens naar.'
Hij drukte op de afstandsbediening en er verscheen een serie foto's. De een na de andere leek een vage serie tekens in de aarde te tonen, van zeer hoge afstand bekeken.
'Zo werkt *Rainbow* boven het midden van Irak, zo'n driehonderd mijl boven Bagdad, vlak bij een militaire installatie bij Ad Dujayi. Het was diep in de nacht, een paar weken geleden, en *Rainbow* probeerde iets te weten te komen over onze oude vrienden de Medina Divisie of de Republikeinse Garde. En wat zie je? Je ziet bijna niets. En dan… gebeurt er een wonder.'
Hij klikte de volgende foto op het scherm.

De foto was aanzienlijk duidelijker. Wat Bob zag waren torens, heel veel lijkend op die waarop hij die ochtend gezeten had, met uitzicht op netwerken van wegen of amfitheaters op verschillende afstanden. De geometrie van elk netwerk was net weer iets anders dan die van de vorige.
'Bliksem. Het flitslicht van de natuur, iets dat niemand kon voorspellen. Het verlichtte de grond net op het moment dat *Rainbow* zijn opnamen maakte. En op dat moment waren de wolken niet dicht genoeg om onze blik op dat ingewikkelde geheel te blokkeren.
Maar wat echt interessant aan die toestand is, is dat ze hem elke dag weer afbraken. Daar moeten ze honderden mensen voor gebruiken. En alleen maar om te voorkomen dat onze satellieten een foto maken zoals we net gezien hebben. Kijk, dit zie je overdag.'
Hij klikte weer. Wat Bob zag was gewoon een willekeurig patroon van wegen over een verlaten vlakte.
'Kun jij die puzzel oplossen, Swagger? Die foto's. Solaratov in Irak. Zie jij het al, Swagger?'
'Natuurlijk,' zei Bob. 'Ze bereiden een schot voor. Dat zijn gebouwen en straten. Hij zal de oplossingen wat betreft afstand en schiethoek al gevonden hebben. Hij zal die nu in zijn hoofd hebben.'
'We hadden het jou in het begin moeten vragen. Het kostte een jongeman van het bureau, een foto-analyst, weken om op hetzelfde antwoord te komen en dat zijn verloren weken geweest. Maar ten slotte had hij het slimme idee de hoeken van gebouwen ten opzichte van straten in te voeren in de computer en zo werkelijke gebouwen en straten te vinden. Swagger, het zijn Fifth en Main Street in het centrum van Cleveland, het is de Binnenhaven vanaf het U.S.F. & G-gebouw in Baltimore, het is het achterportaal van het Witte Huis vanaf het dak van het ministerie van justitie – het ministerie van justitie, nog wel! – het zijn Downing en Hugenat Street in Cincinnati-Noord en ten slotte North Rampart en St. Ann Street in New Orleans.'
'Oké,' zei Bob. 'En wat dan nog?'
'Sergeant, die plaatsen hebben allemaal één ding gemeen. Het zijn allemaal plekken waar de president van de Verenigde Staten in de komende weken een toespraak houdt.'

Dobbler keek naar die twee. Het waren allebei superegoïstische kinderen. Ze hadden niets in zich dat hun ooit zou doen stoppen, afwachten, inhouden. Het waren beide krachtige mannen, zonder enig ideologisch gevoel, die de wereld gewoon benaderden als was het een serie problemen die opgelost moesten worden.
Hij dacht terug aan het moment waarop de kolonel hem gevonden had.

Hij werkte in een fabriekshospitaal in Rafferty, in Massachusetts, en schreef aspirines en verband voor aan arbeiderskinderen.
De kolonel was gewoon naar binnen gelopen. Zijn verschijning was zo zelfverzekerd geweest dat geen verpleegster hem tegenhield. Hij legde de voorpagina van *The Boston Globe* met het nieuws over drie kolommen van Dobblers veroordeling, het jaar daarvoor, neer, en zei: 'Als je je lul in je broek kunt houden heb ik echt interessant werk voor je. Veel geld. Veel lol, veel reizen, veel avontuur. Een deel ervan is zelfs legaal.'
'W-wat moet ik doen?'
'Toezicht houden bij het aannemen van mensen. De vooruitzichten analyseren vanuit een psychologisch-psychiatrisch standpunt. Me vertellen wie van hen zal opschrikken als ik boe roep.'
'Dat kan niemand.'
'Nee, maar jij moet er het dichtste bij kunnen komen. Of wil je liever hier blijven en de rest van je leven wonden verbinden?'
'Het is een deel van de overeenkomst met de rechtbank...'
'Niet meer.'
'Werkt u voor de regering?' vroeg dokter Dobbler.
'Zo zou je het kunnen zeggen,' zei de kolonel.

Bob liet de stilte in de lucht hangen tot die bijna ondraaglijk leek te worden.
'Ze proberen die oorlog nog steeds te winnen,' zei de kolonel. 'Ze denken dat ze die kunnen winnen met één schot. En Solaratov is hun gehuurde schutter.'
'Wat wilt u van mij?'
'Swagger, jij hebt iets gedaan dat maar verdomd weinig mannen gelukt is. Jij hebt mannen opgejaagd en neergeschoten, honderden mannen. Jij bent een van de twee of drie besten van de wereld. Misschien een Israëliër of twee, misschien is er ergens iemand van de SAS, die Solaratov, Carl Hitchcock, maar niemand anders ter wereld is op hetzelfde niveau als jij. We hebben een man nodig die ons probleem van het standpunt van een sluipschutter kan benaderen. We willen weten hoe hij zo'n operatie op zou zetten, waarvandaan hij zou schieten, welke opzet hij zou gebruiken. We willen dat jij onze bewakingsmensen instructies geeft en zij zullen ervoor zorgen dat die informatie doorgegeven wordt aan de federale bewakingsdiensten en dat daar ook naar gehandeld wordt. Want we willen die terroristische smeerlap te pakken krijgen en hem binnenstebuiten keren en al zijn kleine geheimpjes uit hem persen, en hem als knuppel tegen zijn meesters in Bagdad gebruiken. We bombarderen ze tot stof en as.'
Bob zei enige tijd niets. Hij overdacht alles en het stond hem nog steeds

niet aan. Het stond hem nog steeds niet aan dat deze jongens voor hem het CIA-stempel over zich hadden als een soort geur. Hij was er niet zeker van of hij ze wel genoeg vertrouwde om een kop koffie met ze te drinken. Maar daarna besefte hij ook wel dat hij maar weinig keus had. Het was allemaal al jaren geleden opgezet.

Hij herinnerde zich de verdoofdheid en het wegvallen toen hij getroffen werd en de manier waarop Donny achter hem aan kroop, terwijl hij zijn hele leven voor hem had, en de manier waarop het licht plotseling uit zijn ogen verdween toen die kogel hem in zijn ruggegraat trof. Ten slotte draaide hij zich om naar de kolonel.

Hij zei: 'Zet me achter dat geweer, kolonel. En dan verzorg ik wel voor u dat die sluwe oude vos in een lijkezak terechtkomt.'

Voor het eerst in jaren glimlachte Bob de Doder en hij voelde zich een beetje herboren.

Opgewonden, schreef Dobbler op.

7

De begrafenis was op donderdag. Alle jongens van het bureau waren er en de meeste echtgenotes, zelfs een paar meisjes van het kantoor en een paar dozijn mensen van de werkkring van Nick, evenals hun vrouwen. En een paar mensen die gewoon over Myra's dood gelezen hadden in *The Times-Picayune*.

Het waren er misschien zo'n vijftig of zestig. Ze stonden zwijgend in het zonlicht, bijna roerloos en doodstil, maar gewoon door hun aanwezigheid stonden ze hem bij en probeerden hem op de een of andere manier te helpen of iets voor Myra te doen. Het deed Nick plezier dat er zoveel gekomen waren. Myra was gedurende haar leven altijd zo terughoudend geweest, ze had alleen maar genomen wat haar gegeven was. Er zouden eigenlijk medailles moeten bestaan voor de Myra's van deze wereld, maar die bleken er nooit te zijn, dus was een menigte bij de begrafenis een goed alternatief.

De begraafplaats lag in Kenner, vijfentwintig lange kilometers ten westen van de stad, een plaats die Nick zelf gekozen had omdat hij zo open lag en grassig was. Er stonden nergens die bedreigende, donkere rimboebomen, terwijl de zompige grond overwoekerd was met riet, die overal voor 'landschap' door leken te gaan rond New Orleans. De plaats was gewoon een uitgestrektheid van groen, met uitzicht op een paar landelijke huizen en, in de verte, op het meer. Nick vond het plezierig omdat het op het land in het Midden-Westen leek en hij hield van de zon, het gras en de bomen, de afwezigheid van cypressen of varens.

En natuurlijk was het een heldere, zonnige dag, een beetje koud, terwijl iedereen op zijn best gekleed was. Het was formeel in de meest betekenisvolle zin. Het gaf hem het gevoel dat Myra belangrijk geweest was, deel uitgemaakt had van een groter, georganiseerd geheel, een gemeenschap.

Hij sprak zelfs een paar woorden, nadat de dominee klaar was.

'Luister, eh,' mompelde hij, 'ik wilde jullie en je vrouwen allemaal bedanken dat jullie hier gekomen zijn om me te helpen afscheid te nemen van Myra. Eh, ze was een geweldige meid, zoals jullie allemaal wel weten, en het is echt fantastisch dat jullie gekomen zijn. Ik weet dat het haar heel gelukkig gemaakt zou hebben. Dus, eh, nogmaals bedankt voor, eh, voor jullie komst.'

Het klonk slap, maar dat interesseerde hem niet.

Toen liepen ze langs hem heen, schudden zijn hand en zeiden stomme dingen, en hij knikte en keek ze na.
'Het spijt me zo, Nick,' zei Sally Ellion, een van de knappe meisjes van de afdeling Computer Dossiers.
'O,' zei hij, een beetje geschrokken om haar hier te zien. 'Ja, nou, eh. Bedankt voor je komst.'
'Je was zo dapper,' zei ze.
'Hè, ìk?'
'Ja, jij, Nick,' zei ze en toen liep ze verder.
Een van de laatsten in de rij was Hap Fencl.
'Nick, neem een poosje vrij, in godsnaam. Je hebt nogal wat doorgemaakt. Gun jezelf wat rust.'
'Hap, het beste voor mij is om weer aan het werk te gaan, weet je? Het zou me gewoon meer en meer dwars gaan zitten als ik thuis zou zijn. En daar herinnert alles me ook aan haar. Dus, ik zie je over een uurtje wel.'
'Nick, let goed op jezelf, hè?' zei Marlee, Haps vrouw. 'En als je hulp nodig hebt dan laat je het me maar weten.'
'Natuurlijk,' zei hij.
Toen keek hij hen na tot hij alleen was met de kist. Alleen kon hij een fors eind verderop een stel oude, zwarte mannen met schoppen zien staan. Zij zouden blijven wachten tot hij wegging en dan zouden ze haar laten zakken en haar discreet bedekken. Met aarde. Dat was alles. Dat was het. Dat moest onder ogen gezien worden.
Oké, meid, zei hij ten slotte. De jongens met de schoppen zijn er. Het wordt tijd om te gaan. Ik zal altijd aan je denken. Vaarwel.

'Nu, mensen,' zei Hap op het moment dat Nick, te laat en nog gekleed in zijn donkerblauwe pak, binnenkwam, 'we krijgen nog steeds allerlei telefoontjes uit Washington over die Colombianen en de DEA brult huizenhoog dat we ze niet met ons laten samenwerken, dus...'
'Maar als je dat doet weet de hele straat het binnen vijftien seconden...'
'Oké, de DEA werkt een beetje anders dan wij, dat weten jullie wel, ze streven naar kwaliteit wat hun resultaten betreft, omdat ze niet genoeg mensen hebben om alles aan te pakken, dus, ja, Mike, ze laten wel eens wat los om iets groots te pakken te krijgen. Maar wat ik nu zeg komt van de hoge bazen: jullie móeten samenwerken met de DEA.'
Er klonk een afkeurend gemompel van de twaalf agenten van de narcoticabrigade van de FBI in New Orleans. Buiten, in het felle zonlicht, brulde en toeterde het verkeer over Loyola Street, voor het Federale gebouw. Nick gleed naast zijn partner, Mickey Sontag, op de stoel die Mickey voor hem vrijgehouden had.
'Heb ik wat gemist?'

'Niets nieuws,' fluisterde Mickey, 'het gebruikelijke gelul over het bijhouden van onze administratie, er komt een nieuwe regel over het aankopen van geld, nieuws over kwalificaties en over SWAT-aanvragen. Niets nieuws.'

'Geweldig,' zei Nick.

De bijeenkomst ging verder, de gebruikelijke donderdagmiddagramp en Nick vroeg zich af waarom Hap hem niet gewoon afschafte. Maar Hap was nog een telg uit het Oude Bureau, hoezeer hij ook voorgaf een van de jongens te zijn met een vader en een oom die vroeger leidinggevend agent geweest waren, en dus hield hij zich altijd aan regels, regels, regels. Zo ging dat bij de FBI, zoals Nick beter dan wie ook wist.

Toen ging hij over op het bespreken van zaken, waarbij de agenten hun collega's een voor een vertelden wat belangrijk was en wat niet, allemaal zeer routinematig. Doel van dit heen-en-weer-gepraat op een formele basis was, dat iemand misschien een verband tussen twee zaken of plotseling iets in een nieuw daglicht zou zien. Dat gebeurde soms wel degelijk. Maar deze keer niet: de mannen dreunden gewoon hun verslagen zo snel mogelijk op, iets waar niemand veel om gaf en waarin ze geen patroon zagen. Nick kon niet meedoen, omdat hij zich nog weinig met zijn werk beziggehouden had sinds Myra's dood en sinds die verdomde kerel vermoord was in het Palm Court Motel. Maar hij opende zijn mond wel tijdens de rondvraag.

'Iemand nog vragen?'

Er waren er een paar, niet veel, en ten slotte stak Nick zijn hand op als dank voor Haps blik in zijn richting.

'Zeg, Hap, die vermoorde vent in het Palm Court Motel, wat weet je daarover?'

'Niet veel. De DEA heeft niets over hem in de drugdossiers en de politie van New Orleans heeft geen mensen vrij om eraan te werken. Je weet hoe die jongens zijn als het een zaak is waarbij het erop lijkt dat er geen arrestatie uit voortkomt.'

'En wat doen wij er nu verder mee? Die knaap probeerde mij te bereiken, hij...'

'Weet je, Nick, wij hebben er eigenlijk niets mee te maken, als hij niet vluchtte voor een federale aanklacht of een federale misdaad beging. Ik denk dat het terecht zal komen in het ik-hoop-dat-iemand-ons-verteltwie-het-deed-dossier van de plaatselijke politie.'

'Kom nou, Hap, je weet best wel dat we heel ver kunnen gaan met een onderzoek, als we maar een invalshoek kunnen vinden.'

'Ja, maar het ziet er absoluut niet veelbelovend uit. Drugs, misschien, maar daar is nergens een bewijs voor te vinden. Die knaap komt hier niet vandaan. Jij zegt dat hij bij de CIA is, maar de CIA zegt van niet.'

'De CIA zegt dat altijd. Volgens de CIA bestaat de CIA niet eens. Maar deze knaap is geen Panamees, Hap. Mijn bron vertelde me dat hij een Salvadoriaan was.'
'Ja, maar dat blijkt niet uit zijn papieren. Dat was een echt paspoort.'
'Dat zou kunnen betekenen dat hij een belangrijke spion is.'
'Dat betekent waarschijnlijk dat hij niets is. En als hij een spion was, weet je net zo goed als ik dat de CIA hier een operatie zou beginnen om te controleren wat de schade is. Ze slaan op tilt als we het over de nationale veiligheid hebben, je weet hoe ze daarvan door het lint gaan. Het kan hun niets schelen. Geen aanwijzingen, niets. Het zouden jaloerse echtgenoten kunnen zijn, ruzies over winsten, familieproblemen, zoiets. Ik geef toe dat het interessant als een roman is, die aanwijzingen als dat "ROM DO". Maar dit jaar zullen er tweehonderdvijftig onopgeloste misdrijven in dit gebied zijn en ik zie er een van, hè, partner? Het is gewoon niet interessànt. Je weet dat ze in Washington lijkezakken willen hebben om over op te scheppen, aanklachten, veroordelingen, dat soort zaken. Dus kan ik mij niet bezighouden met een zaak vol mogelijkheden.'
'Jij weet...'
'Nick, ik heb iets voor je dat je vast wel aan zal staan. Geef me de kans het je te vertellen.'
'Laat me je eerst een van de mogelijkheden noemen. Oké? Ik heb erover nagedacht.'
'Het is al laat, Nick. En er is een ander...'
'Alsjeblieft!'
'O, vooruit maar. Ga je gang. Zeg het maar.'
Nick schraapte zijn keel.
'Ten eerste moet ik mezelf afvragen hoe die kerels die kamer binnengekomen zijn. Die moordenaars. Die vent was bang, hij was op de vlucht, hij dacht dat hij in de val zat, hij zond noodsignalen uit. Maar hij zit maar tien minuten in die kamer voordat ze hem te pakken krijgen.'
'Misschien bestelde hij wat op zijn kamer, en...'
'Dat doen ze niet in zo'n verlopen tent als het Palm Court Motel. Daarbij wilde hij dat niet. Vast niet. Hij bleef daar gewoon zitten tot hij met iemand praatte die hij kon vertrouwen – mij, omdat hij mijn naam gekregen had van iemand bij de DEA. Mij, de FBI, liever dan iemand bij de DEA, omdat de DEA – zoals we allemaal weten – te veel openheid geeft. Een paar minuten geleden maakten we er nog een grap over. Hij vertrouwt ze niet, maak je daar niet uit op dat die knaap weet wat hij doet?'
'Oké, ga verder,' zei Hap.
'Dan een tweede ding. Hij vraagt om, nee hij éist, een kamer vlak naast al die Coke-automaten. Heel vreemd, dat moet je toch toegeven. Waarom doet hij dat? Ik bedoel maar, Coke-automaten.'

'Misschien hield hij van Coke, Nick,' zei iemand.
Toen het lachen bedaard was zei Nick: 'De CIA zegt dat hij niet een van hen is? Maar laat me je iets heel interessants vertellen. Nog geen twee weken geleden brengt de CIA – die zegt niet te bestaan – een brochure in omloop met de titel *Technologisch Memo voor Veldgebruik*, over de nuttige eigenschappen die net ontdekt zijn in verkoopautomaten, die in het bijzonder van nut kunnen zijn voor iemand op de vlucht in een industriestad. Ik ben een paar dagen geleden bij de Coke-fabriek geweest. Raad eens. Die Coke-automaten, vooral de nieuwste, de krachtigste, stralen een elektromagnetisch krachtveld met een lage frequentie uit. Krachtig genoeg om de werking van een televisie, radio of een ander klein apparaat te verstoren. Of van een paraboolmicrofoon voor akoestische penetratie.'
Hij keek hen aan en liet het tot ze doordringen.
'Hij wist dat hij achtervolgd werd door beroepsmensen. Beroepsmensen die de modernste afluisterapparatuur hebben. De CIA had hem net verteld wat hij daartegen moest doen. Snap je het niet?'
'Nick, ik...' begon Hap.
'Maar het wordt nòg interessanter. Weet je waarom? Zie je, ze hadden zeer goede apparatuur. Niet de rommel die wij hebben, maar het beste van het beste afluisterspul. Dus hij dacht dat hij hen te slim af was, maar het was andersom. En zo kwamen ze binnen.'
'Wat heeft dat afluisteren ermee te...'
'De enige manier waarop ze binnen konden komen zonder geweld of vernieling van het slot was door het gebruiken van twee magische woorden. Die woorden waren "Nick Memphis". Eduardo Lanzman of Lachine, of hoe hij zich ook noemde, belt het bureau, vraagt naar Nick Memphis, laat een boodschap achter. Tien minuten later wordt er op de deur geklopt en iemand zegt: "Nick Memphis". Eduardo doet open, ze springen hem op zijn nek en nemen hem te grazen. Oké? Maar hoe komen ze aan mijn naam?'
De jongens kijken hem zwijgend aan. Mike Farthing stak een sigaret op. Mickey Sontag krabde aan zijn neus.
'Ze hebben geen andere afluisterapparatuur kunnen plaatsen, want daar hadden ze geen tijd voor. Hoe kwamen ze aan mijn naam?'
'Oké, wat wil je daarmee zeggen?'
'Ze móeten wel een paraboolmicrofoon gehad hebben. Zo hebben ze zijn motelkamer afgeluisterd. Die was natuurlijk niet speciaal afgeschermd. Maar ze konden de storing van de Coke-automaten vermijden en horen wat hij zei. Oké? Het is de enige passende verklaring voor de gebeurtenis.'
Ze keken hem aan.

'En dat betekent, als hun apparatuur zo goed is, dat het een van die projecten is die ongeveer tweehonderdduizend dollar kost. We hebben hier met een duur stuk apparatuur te maken. Dat hebben wíj nog niet eens, dat weten jullie ook wel. Als wij er een willen dan moeten we er Washington bijna om smeken en zeggen dat we een hele belangrijke zaak hebben en dan sturen ze er een uit Miami of St. Louis in een bestelwagen met twee technici, dat wil zeggen, als we de goedkeuring van hogerhand kunnen krijgen. Dus waarom wordt een stuk hypermoderne apparatuur gebruikt in de een of andere onbelangrijke drugzaak? Ik zeg jullie dat we hier te maken hebben met een zeer belangrijke zaak, misschien inlichtingendienst, misschien de misdaad, maar dan wel met heel erg grote drugdealers.'
Hap dacht erover na.
'Het is maar magertjes, Nick. Je hebt geen enkel bewijs, je hebt niets om mee naar de rechter te stappen. Je hebt alleen maar jouw interpretatie. En het woord van iemand van Coke.'
'Hap, geef me gewoon een week of twee. We zitten toch in een rustige tijd en als ik af en toe even niets kan doen, kom ik wel even terug om wat werk te doen voor de afdeling Berovingen, of voor de afdeling Bank- en Fraudezaken, of de jongens hier af te lossen zodat ze eens een dagje vrij hebben.'
'Hoe wil je het aanpakken?'
'Via de microfoon. Wie maakt die dingen, hoe worden ze verspreid, van wie zijn ze? Hoe zou je er een te pakken kunnen krijgen? Als ze achterdochtig worden, kunnen we gewoon zeggen dat het gaat om een mogelijke zaak van diefstal van overheidsapparatuur. Maar laat me het gewoon via die invalshoek aanpakken en dan laat ik je over een week of twee weten wat ik ontdekt heb.'
'Tja,' zei Hap, 'ik word er niet erg blij van, Nick, ik moet me verantwoorden aan Washington en je weet hoe lullig ze daar kunnen zijn. Maar weet je wat? Jij doet mij een plezier en ik doe jou een plezier. Aan het eind van de week zien we dan hoe het ervoor staat.'
'Zeg het maar.'
'Nou, je favoriete Mickey Mouse-eenheid, onze oude vrienden van de Geheime Dienst zijn...'
Er klonk een koor van gekreun. Het personeel van de Geheime Dienst was arrogant, waren volgens hun reputatie de beste schutters in de federale dienst, zeer opzichtig, zeer lichtgeraakt en altijd moeilijk om mee samen te werken omdat ze hun werk voor alles stelden.
'... rustig aan, meiden... hoe dan ook, ze sturen een bewakingsgroep hierheen, want, eh, over drie weken komt *Flashlight* hiernaar toe. Jawel, de man zelf. Maar goed, Washington wil dat we samenwerken met de

Geheime Dienst en het ergste is dat de hoge heren op Pennsylvania Avenue een hoge sturen om de samenwerking te leiden, omdat ondergetekende niet belangrijk genoeg is. Maar wij moeten voor ondersteuning zorgen. Dus heb ik een knaap nodig die boodschappen doet voor die hoge piet, om hem weg te houden van het bureau en om zo mijn leven wat makkelijker te maken. Dus hier gaat het om, Nick. Jij schenkt de koffie voor die vent in en kust zijn reet of daar waar hij ook maar gekust wil worden, en zorgt ervoor dat het contact met de Geheime Dienst soepel verloopt en dan geef ik jou wat ruimte voor dat onderzoek.'

Het was een overeenkomst waar Nick geen nee op kon zeggen, en dus zei hij ja, met graagte, maar dat duurde maar een seconde.

'Oké, nou ik je heb, maat, raad eens wie die hoge uit Washington is.'

Nick kreeg een rampzalig voorgevoel.

'Ik weet het niet.'

'Sorry. Ja. Die kerel komt nu eenmaal, het spijt me. Het is Howdy Duty.'

Howdy Duty was de bijnaam van Howard D. Utey, bijzonder assistent van de Directeur, vroeger hoofd van de contraspionage, vroeger assistent-directeur van de afdeling Georganiseerde Misdaad, een van de hardste leiders van de ordehandhaving van het bureau en een man die gehaat en gevreesd werd door iedereen die hem kende.

Maar vooral door Nick, want in 1968 was Howard D. Utey, Howdy Duty, snel op weg naar de top, het hoofd van het bureau in Tulsa geweest. Howdy Duty had aan de andere kant van de microfoon gezeten toen Nick zijn schot afgevuurd had.

Howdy Duty was Basis geweest, en had in zijn oren gegild toen hij de enige vrouw waar hij ooit van zou houden in haar ruggegraat schoot.

8

Bob ging snel even alles na, buiten de caravan. Als ze er geweest waren dan hadden ze dat verdomd voorzichtig en professioneel gedaan. Hij kon nergens sporen van hun binnendringen zien, geen onregelmatigheden in het zand, zelfs geen tekenen van geschuifel van voeten waar ze hun sporen hadden geprobeerd uit te wissen. Maar het belangrijkste was dat de hond Mike er weliswaar wat ruiger uitzag, maar niet dood was en Bob wist dat Mike, als er iemand op het terrein rond de caravan probeerde te komen zou doden of zelf zou sterven. Sam Vincent had het dier tijdens Bobs afwezigheid gevoerd en Mike, ten dele morsige Beagle en ten dele God-mag-weten-wat uit de Ouachita's, besprong hem toen hij het draaihek opende, zijn tong nat en slobberig, zijn ogen warm maar treurig. Mike was al net zo'n eenkennig schepsel als zijn baas, een geweldige maat die geen andere vrienden leek te kunnen maken en zich gewoon geheel in dienst van Bob stelde.

Bob aaide hem en Mike huilde van genot, toen gaf hij hem wat te eten, terwijl hij de verschillende sloten opende – eerst die van de caravan, keurig netjes zoals hij hem achtergelaten had, toen de wapenkluis, waar alle geweren glommen in hun laagje olie, en ten slotte de werkplaats waar de problematische Winchester 70 – dat koppige kreng – nog steeds uit elkaar genomen op de werkbank lag.

Hij keek ernaar en voelde het verlangen zich weer in zijn geheimen te verdiepen. Waarom verraadde het hem nu? Verveelde het hem nu trouw te zijn en te weinig aandacht te krijgen? Had hij een slap karakter, was het geen wapen dat je kon vertrouwen als de zaken er slecht voorstonden? Of was hij gewoon moe, een wapen van een jaar of vijftig oud, een oud stuk staal dat iets van zijn innerlijke sterkte verloren had?

Maar terwijl hij ernaar keek, wist hij dat hij er zich niet aan kon geven, hoeveel pijn het hem ook deed. Hij had nu iets te doen, iets dat hij zo graag wilde doen dat hij nooit gedacht had dat het hem ooit nog pijn kon doen.

Hij herinnerde zich hoe hij daar lag met Donny bovenop hem, terwijl Donny's warme bloed over hem heenstroomde en zich vermengde met dat van hemzelf en de vliegen die zich eraan te goed kwamen doen en de majoor die vanaf de helling schreeuwde: 'Beweeg je niet, Bob, verdomme. Er komt zo een bombardement met brandbommen en dan roken we die smeerlap uit.' Hij herinnerde zich dat hij dacht aan die tijd in An Loc.

Donny had daar in dat verdomde open veld met zijn M-14 staan schieten op de spleetogen en had zo het vuur naar zich toe getrokken, terwijl de arme Bob, uit zijn schuilplaats gejaagd als een vlucht kwartels, naar de veiligheid van de heuveltop omhoogkrabbelde te midden van een regen van vernietiging. De grond was overal om hem heen één enorme eruptie van de inslaande granaten, totdat hij de top ten slotte bereikte en ze beiden neerdoken, lachend als gekken, nu ze aan de dood ontkomen waren. Ze waren in een roes door het gevoel van gevaar en hielden zielsveel van het geweldige plezier van hun beroep en het gevoel steeds op het randje te leven, dat alle genot zo oneindig plezieriger maakte.
'O, Christus, Bob, je had die uitdrukking op je gezicht moeten zien toen je die helling opkwam. Verdomme, ik barstte bijna van het lachen.'
'Jij verdomde zak. Waarom ging je niet in dekking. Het heeft geen zin dat we er allebei aangaan.'
'Godver, Bob, het was het waard om je zo bang te hebben gezien.' En hij barstte in lachen uit.
Hij herinnerde zich zijn oude droom: hij en Donny en Donny's prachtige jonge vrouw, Julie, een paar honden, wat goede, oude whiskey uit Arkansas voor de koude nachten, ergens in de Ouachita's met z'n allen samenwonend, ver weg van de beschaving, met hun geweren, terwijl ze iedere dag jaagden en elke avond dronken. Het was een belachelijke droom, besefte hij nu, belachelijk als zo vaak, omdat de wereld zoiets nooit toe zou staan; maar hij was jong en dom geweest toen hij die droom voor het eerst gehad had.
En hij herinnerde zich het moment waarop de majoor binnenkwam en hem zag, zijn been boven hem opgehangen in een cocon van gipsverband, de hele linkerzijde van zijn lichaam verlamd.
'Ik wist niet dat ze iemand hadden die zo goed is,' had de majoor gezegd. 'Het was een geweldig schot.'
'O, dat was het zeker. Het was een geweldig schot.'
Ik wil hem te pakken krijgen! dacht Bob. O, Jezus, ik wil hem te pakken krijgen. Maar het duurde een jaar voordat zijn lichaam weer in zo'n staat was dat hij een geweer vast kon houden en tegen die tijd had hij de geruchten gehoord: een blanke. Een specialist. Iemand die daarheen gehaald was voor één opdracht. Maar tegen die tijd was ook de oorlog al voorbij.
En nu voelde hij zichzelf beven of huilen. De warme tong van de hond slobberde over zijn open hand en bracht hem terug naar het heden. Hij schudde zijn hoofd een beetje om de herinneringen te verjagen en was zich er plotseling van bewust hoe wankel hij zich voelde.
O, jij, vuile Rus, wat wil ik jou graag te pakken nemen voor wat jij van mij afgenomen hebt!

Toen beheerste hij zich en voelde zich weer zijn nieuwe ik worden; hij voelde zich oké. Hij was weer Bob, die nooit met anderen sprak dan drie of vier mannen in Blue Eye, Sam en dokter LeMieux, sheriff Tell, wijlen Bo Stark als hij nuchter was, en die minstens honderd schoten per dag afvuurde of het nu regende of dat de zon scheen, en zijn leven volledig aan zijn geweren gegeven had, zodat hij nooit meer iets zou voelen.
Hij voelde zich oké, hij had werk te doen en daar was hij nu klaar voor.

Bob werkte het, levend op cafeïnevrije koffie en kant-en-klaar-maaltijden, op zijn eigen manier uit. Dat wil zeggen: hij was er achttien, twintig, tweeëntwintig uur mee bezig, gezeten aan de keukentafel onder het vage licht van een lamp of het grauwe licht van de winterzon. Alleen in de ochtend ging hij er even uit om Mike uit te laten en hij sliep 's nachts een paar uur. Hij deed het langzaam, zorgvuldig, nooit versnellend of vertragend. Hij bestudeerde kaarten en plattegronden, tekende diagrammen, berekende maten met zijn rekenmachine, bekeek bouwtekeningen van de gebouwen en maakte notities voor zichzelf.
Hij was natuurlijk een jungleschutter, een buitenman. Maar het scheen hem toe dat een stad gewoon een ander soort jungle was, zodat dezelfde lessen van toepassing waren. Een schutter had dezelfde dingen nodig, dezelfde volmaakte harmonie van elementen voor hij een schot zou vuren. En op die kennis baseerde hij zichzelf.
Ten eerste zou een schutter een open schootsveld moeten hebben. En daarmee bedoelde Bob niet alleen een open vuurbaan. Hij had natuurlijk een baan naar het doelwit nodig, maar het was net zo belangrijk dat er geen groepering van gebouwen in het oosten of het westen stond, zodat de algemeen heersende winden afgebogen werden en zo onvoorspelbare energiebanen opwekten, waardoor de baan van het schot onzeker werd.
En dan was er de afstand. De *Worry Zone* van de Geheime Dienst, tragischerwijs niet-bestaand in 1963, zou zich nu zeker tot bijna een kilometer van het doelwit uitstrekken – dat betekende een afstand van zo'n negenhonderd meter waar geen enkel raam open kon, waar op elk dak agenten zouden staan, waar helikopters zouden rondcirkelen en waar overal controlepunten zouden zijn. De Rus zou tenminste op een afstand van duizend meter zitten, misschien zelfs meer dan twaalfhonderd meter. Daar moest hij een goede plaats vinden om te schieten. En het moest ook een veilige plaats zijn met een makkelijke, onopvallende in- en uitgang en een makkelijk te bereiken vluchtroute. En het moest hoog boven de grond zijn met betrekking tot een goed uitzicht, maar niet te hoog. Neerwaarts schieten onder een hoek had altijd zijn invloed op kogelbanen, vooral over grote afstand, maar er was een kritiek punt waarna de kogelbaan te irrationeel en onbeheersbaar werd. Bob schatte dat Solaratov ten-

minste zo'n drie verdiepingen hoog zou zitten, maar dat hij niet hoger dan de vijfde verdieping kon gaan.
En de temperatuur was ook van belang. Een zwaar en vochtig klimaat kon een forse invloed hebben op een kogelbaan, maar een koel klimaat zou nog riskanter zijn, omdat de kou de werking van het geweer stijf en ongemakkelijk maakte en een subtiel verschil veroorzaakte in de moleculaire structuur van het hout van de kolf en het metaal van de loop, laat staan in het lichaam van de man achter de trekker. Bob had honderden verhalen gehoord van goede mannen die dat uiterst belangrijke schot afgevuurd hadden op een twaalf-enterstier op een winterse vriesdag en vol afschuw toekeken terwijl de kogel zonder schade te berokkenen op tien meter afstand neerplofte en het beest wegvluchtte en de jager achterliet met het vooruitzicht van een bittere winter. Hij dacht niet dat de Rus zou schieten als het koud was, en ook niet in een bijzonder vochtig klimaat – te veel 'als', te veel 'misschien'. Als je het goed doet, moet de aarde zelf je bondgenoot zijn, waar het klimaat en het land en de zon en de hemel je vrienden zijn.
Hij zocht naar de mogelijkheid van een schot in een omgeving waar het tussen de tien en twintig graden Celsius was, op een bewolkte dag, bij voorkeur een kustplaats, waar de wind gematigd werd door barrières voor de kust en niet kwam aanloeien over een bevroren vlakte in het Midden-Westen of een bevroren meer.
Dan was er het probleem van het geluid. Het deed er niet toe welk wapen Solaratov deze keer gebruikte, maar hij kon geen geluiddemper gebruiken want die werkte alleen maar met een subsonische kogel. Zijn kogel moest een snelheid hebben van meer dan zeshonderd meter per seconde om een kans te maken op een hoofd- of lichaamstreffer op twaalfhonderd meter. Ze moesten een bijna geluiddichte kamer voor hem bouwen, een soort bunker met akoestische demping en slechts een zeer kleine opening om te kunnen zien en schieten, zodat het schot, ondanks de opening, nauwelijks te horen zou zijn en niet opgespoord kon worden. Dus dacht Bob aan een gebouwtje op een dak, zoals iets dat eruitzag als de behuizing van een verwarmingsinstallatie. En daaruit deduceerde hij weer dat het absoluut niet zomaar in elkaar geflanst zou zijn. Ze waren er nu waarschijnlijk al mee bezig, een bouwsel van enige complexiteit, makkelijk af te breken misschien, maar toch stevig genoeg om overtuigend te zijn.
Ze konden elk soort duizend-metergeweer gebruiken, van een .308 tot een .50 kaliber scherpschuttersgeweer dat, volgens zeggen, nu tot de inventaris van alle elite-eenheden behoorde. Zeer zeker zou de Rus een .50 zo te pakken kunnen krijgen. Dat vergrootte de afstandsfactor mogelijkerwijs tot zo'n zeventienhonderd meter en vergrootte dus ook de mogelijkheden.

Bob kreunde, een zeldzaamheid voor hem. Het leek een gigantische taak. Zijn hoofd bonsde pijnlijk. Hij keek op en kon niet zeggen of het dag of nacht was, keek op zijn Seiko-oerwoudhorloge dat hij gedragen had sinds hij het in 1971 voor twaalf dollar in een legerwinkel gekocht had en zag dat het bijna middernacht was. Hij zuchtte en ging weer aan het werk.

Plaats, tijd, afstand, wapen. Dat waren de punten van zijn kompas. Terwijl hij de documenten bestudeerde en honderden schietposities uittestte, kwam hij er de eerste keer niet uit. Hij probeerde het weer, geconcentreerder, dieper gravend. Hij trachtte zich de man voor te stellen, een schutter als hijzelf, weggezonken in zijn zandzakken, in een kleine kamer op zo'n anderhalve kilometer afstand, terwijl de president van de Verenigde Staten van alles deed, en toen klapte plotseling zijn hoofd uit elkaar in een grote rode wolk weefsel, een storm van beenderen en bloed en hersenen. Het zou weken duren voordat ze de plaats gevonden hadden vanwaar hij geschoten had. Misschien vonden ze die wel nooit.

Hij werkte gestaag door, opnieuw en opnieuw, traag en zeker, en dook er steeds dieper in, tot hij zich afvroeg of hij er ooit uit zou komen. Was er wel een oplossing? Kon het gedaan worden? Waar kon hij alles vinden? Hij...

Hè!

Hij zag het plotseling allemaal op zijn plaats vallen, zag het zichzelf voor zijn ogen organiseren.

Hij zag plotseling hoe het gebeuren zou, hoe het gebeuren moest. Hij wist waar.

Het was de derde dag, laat, ver na middernacht. Oké, dacht hij. Jullie klootzakken denken dat het 1972 is, veertienhonderd meter buiten de grens van Da Nang, terwijl Sluipschuttersteam Alpha over de helling kruipt.

Mooi niet.

Want deze keer ben ik er klaar voor.

9

'Nicky, Nicky,' zei Tommy Montoya, 'o, jongen, dit ken ik helemaal niet van jou.'

Montoya was een Cubaan, een spion van het zuiverste water, die af en toe wat opving dat hij doorgaf aan Nick Memphis, omdat hij werkte voor verscheidene agentschappen van de federale overheid en misschien ook nog wel voor anderen. Hij was een van die randfiguren, een beetje knapper dan goed voor hem was, die op een dag in de zee of in het Pontchartrainmeer terecht zouden komen met de krukas van een dieselmotor aan zijn enkel gebonden, terwijl er een school guppies in een gapende wond in zijn borst huisde. Maar tot dat moment zou Tommy Montoya nog oesters opzuigen en nu glimlachte hij terwijl hij een geopende schelp in een dikke hand hield en zijn dikke tong het glibberige ding loswrikte en het naar binnen zoog in één intens sensueel moment.

Nick probeerde zijn blik af te wenden. Christus, hoe kon iemand die dingen eten? Nick stond op het standpunt dat als iets niet bloedde als je het opensneed, dan stak je dat ook niet in je mond. Maar de Cubaan was nog steeds nuttig. Hij wist veel dat niemand anders wist – over bureaucratie, bijvoorbeeld.

'Nicky,' zei hij weer, 'je weet dat je het hele circuit moet volgen. De DEA heeft het eerste recht op die afluisterdingen. Je vraagt het aan via...'

'Toe nou, Tommy,' zei Nick. Hij had haast om Tommy's spelletjes achter de rug te krijgen, omdat Howdy Duty die middag aan zou komen en hij klaar wilde zijn voor die er was, want als je op de verkeerde manier begon met Utey, dan kwam het nooit meer goed, zoals Nick maar al te goed wist.

Dus was hij zenuwachtig en pakte dit niet geweldig aan. Daarbij was de bar langs de rivier donker en barstens vol exotische mannen en Nick, gekleed in een blauw pak van popeline en een wit overhemd, voelde zich alsof er met enorme letters FBI op zijn voorhoofd geschreven stond, en hij wist dat de lange kolf van zijn Smith 1076 afgetekend stond in de stof van zijn jasje.

Hij praatte blindelings door en had alle illusie van finesse opgegeven. 'Stel dat ik er snel een nodig heb. Ik moet de bureaucratie omzeilen. Ik heb een grote overval op stapel staan, maar ik ben bang, zeg, dat er ergens een verrader is bij de DEA of bij mijn eigen bureau. Ik wil de beste afluisterapparatuur die er is en om het waard te maken heb ik, laten we

zeggen, genoeg geld vrijgemaakt van een slechte dealer, zodat ik in staat ben het bestaande tarief te betalen. Wat kan ik dan het beste doen?'
'Jij draagt toch geen microfoontje, mijn vriend? Jij probeert toch niet een afluisteraar af te luisteren, of een bedrieger te bedriegen? Ik heb altijd gedacht dat je tamelijk eerlijk was.'
Er werd gezegd dat Tommy aan land gekomen was met de 2506 Brigade in de Varkensbaai en twee jaar in Castro's gevangenissen doorgebracht had – en dat hij littekens als een hekwerk op zijn rug had. Hij had dat Latijnse – *cajones*, machismo, wat het dan ook is – die lugubere, maar niet-neurotische bereidheid tot geweldpleging die uit elke porie van zijn forse lichaam leek te stromen.
'Nee. Ik heb niets bij me, man, echt waar. Ik moet er gewoon achterkomen waarom een stelletje kerels krachtige afluisterapparatuur hebben gebruikt bij het vliegveld, een paar dagen geleden. Waar ze het vandaan kregen en snel, om iemand te doden.'
'Was dat die knaap die ze zijn ingewanden aan stukken gehakt hebben?'
'Precies.'
'Ooo, Nicky, dat is een rare zaak. Weet je, je hoort altijd van alles. Altijd, je weet wel, de spelers, de teams, als zoiets als dit gebeurt. Maar nu niet. Nicky, mijn vriend, kun je je dat voorstellen? Ik heb niets gehoord. Het is uitsluitend van buiten de stad. Het heeft niets met ons te maken, dat verzeker ik je.'
'Misschien niet. Maar het is tamelijk persoonlijk. Vooruit, Tommy. Ik zoek het alleen maar via de invalshoek van die apparatuur. Ik heb een bron die zweert dat die knaap de een of andere Salvadoriaanse spion was en ik heb ook geruchten gehoord dat hij in verband stond met de CIA, maar de CIA wil mij niets vertellen en zijn dossiers zijn zo verdacht onschuldig dat ik me afvraag hoe het kan dat iemand een heel leven kan leiden zonder zelfs maar een parkeerbon te krijgen.'
Tommy trok een zuur gezicht en maakte met zijn tong weer een oester los van de schelp. Hoe zo'n dikke man zoiets obsceens zo snel en sierlijk kon doen, verbijsterde Nick.
'Ik probeer erachter te komen hoe die kerels in godsnaam binnengekomen zijn om die vent te grazen te nemen. Ze hóórden dat hij mij probeerde te bellen. Met hele goede apparatuur. Waar kun je hier in godsnaam dat soort spul krijgen?'
'Tja,' zei Tommy ten slotte, 'ik denk dat je dan een van die *Elektrotek 5400* moet hebben, een draagbare parabolische richtmicrofoon, zeer modern. Je kunt er zelfs mee door geharde muren heen dringen. We praten over een miljoen dollar per apparaat. Zover ik weet zijn er maar zeven gemaakt – vier voor de DEA, twee voor de CIA en een voor een buitenlandse cliënt, zeer geheim.'

'Welk land?' vroeg Nick.
'O, dat zou ik niet willen zeggen, mijn vriend. Maar ik wil wel zeggen dat ze zelf met een vervelende oorlog te maken hadden.'
'El Salvador! Dat is het. Godverdomme.'
Hij zag het voor zich. Daar leefde hij voor: het magische verband tussen twee delen van een zaak.
Zijn gedachten maakten grote sprongen: *Elektrotek* gaat naar El Salvador in welk jaar? Zeg eind jaren tachtig, als we het land overstelpen met financiële hulp. Oké, die knaap Eduardo Lanzman is een spion, maar hij hoort iets. Iets belangrijks? Iets gevaarlijks? Het maakt hem doodsbang. Dus denkt hij: wie kan ik in godsnaam bellen? Natuurlijk is het duidelijk iets dat met spionage te maken heeft, dus hij wil niet naar zijn oude maatjes van de CIA gaan, nietwaar? Want hij heeft het niet duidelijk uitgezocht, weet niet precies wie wat doet tegen wie, wie aan wiens kant staat – o, ik weet heel goed hoe schimmig dat kan worden – dus moet hij een buitenstaander, iemand die véilig is, die hij kan vertrouwen, vinden om het te vertellen.
Dus denkt hij aan een oude maat bij de DEA die hem misschien kan helpen. Maar die knaap heeft ondertussen ontslag genomen. Dus denkt hij dan aan die FBI-agent, waar die knaap van de DEA hem over verteld heeft. Dus gaat hij ervandoor. Maar nu weten ze dat hij verdwenen is. Dus houdt hij zich ergens schuil, om hen op een dwaalspoor te brengen. Maar op de een of andere manier komen ze erachter dat hij naar New Orleans vertrokken is, dus hebben ze de tijd om de apparatuur hierheen te halen en hem op het vliegveld op te wachten. Ze zien hem. Ze volgen hem. Ze zetten het verdomde ding in werking. Ze vinden de kamer; ze penetreren die met de elektronische richtmicrofoon, die Salvadorianen. Ze pikken mijn naam op, dringen de kamer binnen en halen die arme Eduardo binnenstebuiten.
Tommy keek hem aan.
'Nick, je kijkt alsof je net een religieuze ervaring gehad hebt. Heeft de Maagd Maria tegen je gesproken?'
'Nee, maar wel iemand anders,' zei Nick. Normaal gesproken was hij niet godsdienstig, maar nu voelde hij even de aandrang om een kruisteken te maken voor Eduardo, die de deur opende in de verwachting niemand anders dan Nick te zien, maar die in plaats daarvan die moordenaars tegenover zich vond en een dood stierf die alleen een mandarijnse beul had kunnen bedenken... en toch was die man begaan genoeg om, nadat zijn moordenaars vertrokken waren en zijn ingewanden als vuile sokken in het bed lagen, en de shock genoeg van de pijn verdoofd had, naar het linoleum te kruipen om zijn boodschap door te geven.
ROM DO.

ROM DO?
Wat betekende dat? Wat was de leidraad, zo tergend, zo verdomd geraffineerd?
'Ik heb nog iets geks voor je. Die kerel liet een boodschap achter, geschreven met zijn eigen bloed. ROM DO, in hoofdletters. Wat zeggen de woorden ROM en DO jou, Tommy? Nou? Ik heb laatst dertien uur in de leeszaal gezeten om boeken over misdaad en spionage door te nemen, op zoek naar iets. Ik heb het de slimme jongens in Quantico van de afdeling Gedragswetenschap gevraagd, je weet wel, onze intellectuelen. Zij konden ook niets bedenken. Heb jij enig idee?'
'ROM DO? Zou van alles kunnen zijn, man.' Toen lachte hij. 'Gek, het doet me ergens aan denken.'
'Oké,' zei Nick. 'Zeg het maar. Vertel het me.'
'O, het is gewoon te gek.'
'Hoe gekker hoe beter, mijn vriend.'
'Je weet dat ik in eenenzestig op het eiland was, hè? Bahia de Cochinos, mijn vriend? De baai met de varkentjes?'
'Ja, dat wordt gezegd.'
'Oké, mijn bataljon was het eerste aan land bij Red Beach, vlakbij Playa Larga. Oké, wij gebruikten legeroproeptekens, net als het Amerikaanse leger, omdat we geloofden in Amerika en in die bloedzuiger JFK, man, we hielden gewoon van hem en wij hielden van onze kleine invasie.' Zijn woorden klonken onduidelijk door zijn plotseling opkomende bitterheid. Toen beheerste hij zich.
'Maar goed, later hebben ze dat veranderd. Oké, ze veranderden het en maakten het moderner. De *D*, bedoel ik.'
'Waar heb je het over?'
'De *D* werd Delta. *D* voor Delta. Niet meer Dog, maar Delta. Als je een radio-oproep deed en je oproepteken was een *D*, dan was je Delta. Deltacompagnie, Deltapeloton, Delta-eenheid, zoiets. Maar in het begin van de jaren zestig hadden ze het nog niet veranderd. *D* was Dog. *R* was Romeo. Het waren oproeptekens en ik zat in het tweede Bataljon, 2506 Brigade, *La Brigada*, en wij waren Romeo Dog Twee, er was een Romeo Dog Drie, Vier en Vijf en de knaap die de leiding had, buitengaats op het schip, de *patroon* was Romeo Dog Zes. "ROM DO?" Jouw knaap kruipt over de vloer, hij denkt niet helder meer, hij gaat dood. Hij stuurt je een boodschap uit het verleden. Romeo Dog. Gesnapt?'
'Romeo Dog? Nee, ik snap het niet,' zei Nick, terwijl hij over de informatie nadacht.
Wat was Romeo Dog in godsnaam?

Howdy Duty was niet veranderd. Hij was een van die mannen die niet konden veranderen. Maar dan: Nick was ook niet veranderd. Nick zou nooit veranderen; hij zou altijd een special agent zijn en nooit een leidinggevend agent. Misschien maakte hem dat niet zoveel uit, omdat hij in zijn hart wist dat hij niet het type was om bevelen te geven en hij was niet geïnteresseerd in macht of een mooi huis in de buitenwijk Virginia van Washington. Maar die geen-promotie-aantekening in zijn dossier betekende ook dat hij nooit deel uit zou maken van de echt interessante teams en dat hij nooit in Washington terecht zou komen. Hij zou nooit bij de Anti-Terrorismebrigade in de jaren tachtig en waarschijnlijk tot ver in de jaren negentig de crème, de la crème komen. Dat was het snel reagerende jungle-commandospul, geweren en speciale tactieken, en contacten met een paar bijzonder interessante andere agentschappen, de belangrijkste afdeling van allemaal. Hij zou nooit onderdeel worden van een Gijzelaars-reddingsteam. Dat was de elite: die jongens trapten deuren in en namen de boeven echt te grazen als de tijd daar was. En hij zou ook nooit iemand van de afdeling Georganiseerde Misdaad worden en dat was ook geweldig werk, waarbij je diep doordrong tot het hart van de maffia en je binnenging in een geheimzinnige maar fascinerende wereld. Als je het zover geschopt had, dééd je iets. Dat gold ook voor contraspionage, alleen was de waarheid dat je alleen maar Cubanen door Washington achtervolgde en de ambassades afluisterde. Maar het was wel interessant.

Nee, Nick zou altijd in kantoren van minder belangrijke, ver weg gelegen steden blijven; Baltimore of Richmond of Frederick, dichter bij Washington dan dat zou hij nooit komen en hoewel die steden minder dan honderdvijftig kilometer van de Grote Stad aflagen, lagen ze een universum verwijderd en de overstap van de een naar de ander, zonder een belangrijke tussenstop in New York of Miami of Los Angeles (waar Nick ook nooit zou komen) was enorm… onmogelijk volgens de werking van de Bureau-cultuur.

Toch betekende dat alles niet dat hij Howdy Duty haatte. Utey had gewoon de harde beslissing onder ogen gezien het incident in Tulsa zodanig te behandelen dat de FBI er zo weinig mogelijk schade van ondervond, en als hij daarbij zichzelf en zijn eigen carrière op de een of andere manier vereenzelvigde met de FBI, dan was dat niet zozeer een egoïstische als wel een hulpeloos besluit. Zo ging het gewoon; zo dacht hij nu eenmaal.

En dus was het moment waarop Nick Howard D. Utey oppikte bij het vliegveld van New Orleans niet zo erg gespannen of onbehaaglijk. Ze begrepen het allebei.

Howard stond op het trottoir buiten de aankomsthal voor binnenlandse vluchten en zwaaide toen hij Nick in de grijze overheids-Ford aan zag

komen. Hij had zelfs een glimlachje op zijn gezicht toen hij zich bukte om in te stappen en zijn tas op de achterbank wierp.
'Hallo, Nick. Jongen, jij ziet er geweldig uit. Nog steeds al dat haar, hè?'
'Zeker, Howard. Het wil gewoon niet uitvallen. Ik weet niet waarom.'
'Nick, het speet me te horen van Myra. Heeft ze op het laatst veel pijn gehad?'
'Nee. Ze is lange tijd in coma geweest. Ze hield gewoon op met ademhalen. Het was geen moeilijk einde. Ze had een hard leven, maar een makkelijk einde.'
'Nou, dat was dan een zegen, godzijdank.'
'Ik weet het, Howard,' zei Nick somber, terwijl hij zijn uiterste best deed hem niet Howdy te noemen, hoewel dat af en toe toch gebeurde en Utey, die zijn bijnaam heel goed wist, altijd net deed of hij het niet hoorde. Howdy Duty was in feite heel klein, klein en wezelachtig, maar niet stom of traag. Hij had zichzelf gewoon volledig aan de FBI gewijd en zich ertoe gezet op te klimmen met het geduld en het fanatisme van de arme jongen. En het lukte hem ook, onder andere door zekere politieke gaven; maar ook door zo hard mogelijk te werken.
'Noemen ze me nog steeds "Howdy Duty" Nick?'
'Ik ben bang van wel, Howard,' zei Nick terwijl ze wegreden.
'Dat geeft niet, zolang het maar achter mijn rug gebeurt en zolang ik nooit hoor dat de Geheime Dienst het opgepikt heeft, Nick, want dat zou ik als verraad beschouwen, niet tegen mij persoonlijk, maar tegen de hele FBI. Weet je, iedereen mag jou hier, Nick – iedereen mag jou óveral, dat is een van jouw gaven – en het zou iedereen goed doen als je wat ik zei rondvertelt. Ik weet dat het soms wel effectiever is om informatie onofficieel door te geven, dan via kantoormemo's. Oké?'
'Ja, Howard,' zei Nick. Typisch Howard. Hij stelde de regels vast en hield zich daaraan, tenzij het hem uitkwam ze te veranderen.
'Goed, Nick. Veel van wat we de komende weken gaan doen ligt op het terrein van samenwerking en verbinding. En daarom is het zo geweldig dat jij in het team zit. Jij hebt een geweldige gave om met mensen om te gaan. Denk niet dat dat onopgemerkt is gebleven. En je zult al je charmes nodig hebben, oké? Alles.'
'Zeker, Howard. Nou, wat wil je dat ik ga doen? Ik hoorde dat de presi...'
'Inderdaad, Nick. Op één maart vliegt de president hier 's ochtends naartoe voor een toespraak in het centrum van New Orleans. Hij zal aartsbisschop Jorge Roberto Lopez de Vrijheidsmedaille geven – je weet wel: de aartsbisschop van El Salvador die de Nobelprijs voor de vrede gekregen heeft.'
Natuurlijk wist Nick dat. Aartsbisschop Roberto Lopez was een gewaar-

deerd, Groot Man, de opvolger van de martelaar aartsbisschop Oscar Romero; hij had er onvermoeibaar aan gewerkt de twee kanten in die verbitterde oorlog, onlangs zo vreselijk verhard door het bloedbad van het Panter Bataljon, aan het praten te krijgen.
Nick herinnerde zich het nieuwsbericht: bisschop Roberto Lopez die te midden van de dode kinderen langs de rivieroever liep in zijn nederige, zwarte kleed met een nederig, zilveren kruis rond zijn hals, terwijl zijn ogen achter het ijzerdraadbrilletje vol tranen stonden. Een dichter, een deskundige op het gebied van middeleeuwse, Latijnse alchemie, een volkomen a-politiek man, die de liefde in zijn hart had om tegen NBC te zeggen: 'Ik haat de mannen die dit gedaan hebben niet. Ik houd van ze en ik vergeef ze. Ze te haten en hun straf te eisen is garanderen dat zulke verschrikkelijke praktijken blijven bestaan.'
'Sinds de oorlog is de populariteit van de president wat gedaald. Ik denk dat hij wat stemmetjes wil winnen via bisschop Roberto Lopez. Het kan hem zeker geen kwaad doen.'
'Misschien bewondert hij die knaap gewoon,' zei Nick, 'en hij is zeker niet de enige.'
'Hoe dan ook. Ik weet dat je je daar niet van bewust bent' – Nick wist dat hij bedoelde, op jóuw niveau – 'maar de relatie tussen de FBI en de Geheime Dienst is de laatste tijd niet erg vriendschappelijk geweest. Drie maanden geleden kregen we in Chicago een probleem met onderzoeken die door elkaar heenliepen – valsmunterij trok de afdeling Geldzaken aan en wij benaderden het als een zaak van de afdeling Georganiseerde Misdaad, en op de een of andere manier wisten we nooit dat de andere er was. Een arrestatie-actie raakte verward en een van onze mensen schoot een van de hunne neer. Hij doodde hem niet en ze zeggen dat hij over een maand of zes wel weer op de been is, maar de gevoelens zijn er niet beter op geworden.'
Nick schudde zijn hoofd. Dat zou vast wel. Niemand werkte graag samen met de Geheime Dienst, vooral in bewakingszaken, waarin de jongens met de zonnebrillen absoluut zakken waren en met onofficiële goedkeuring altijd de leiding overnamen. De gevoelens waren nooit erg vriendschappelijk. Niemand die al tien jaar voor de FBI werkte, wilde graag te horen krijgen wat hij moest doen door een jongen van drieëntwintig met een zonnebril, een oormicrofoon, een reversspeld en een Uzi in een koffertje. En toch was dat altijd weer wat er gebeurde.
'Het gaat zoals altijd, Nick, jij kent dat wel. De Geheime Dienst zal voor de manschappen zorgen, evenals voor de bewaking. Zij zullen hun eigen veiligheidsonderzoek instellen, maar wij zijn er om ze te helpen, het contact te onderhouden met de plaatselijke mensen en onderzoeken op te zetten waar zij geen tijd voor hebben.'

Wij moeten dus hun loopjongetjes zijn, dacht Nick somber.
'De directeur staat erop,' ging Howdy verder, 'dat wij wat grensherstel moeten plegen. En dat is onze taak. Jij en ik, Nick, moeten dat doen. Via jou zal ik alle middelen van ons New Orleanse kantoor ter beschikking van de Geheime Dienst stellen. In ruil daarvoor krijgen wijzelf wat autoriteit en op de dag dat *Flashlight* komt zullen we dan ook deel uitmaken van de operatie. Het is een goede kans, Nick; het is iets waarvan ik dacht dat je zou genieten en als het goed gaat zal ik jouw naam zeer zeker duidelijk noemen in de rapporten. Je hebt ook een grote vrijheid om te doen wat jij denkt dat het beste is. Wie weet? Het zou de verandering voor jou kunnen betekenen, en de kans om promotie te maken.'
'Ja, Howard, dat waardeer ik.'
Maar Nick wist dat Howard aan hem zou blijven kleven als goedkope parfum; zo werkte Howard, zo werkte de FBI; het was in Tulsa gebeurd en nu gebeurde het weer.
'Oké, Nick, ben je nergens mee bezig? Ben je er klaar voor? Hap Fencl zei dat je alles afgesloten had als je naar mij toe zou komen. Is dat zo?'
'Min of meer. Ik heb één zaak lopen, een moord die waarschijnlijk mogelijk gemaakt is met behulp van zeer moderne afluisterapparatuur. Weet je, het is gek, maar die vent was ook een Salva...'
'Moeten we hier niet afslaan?'
Ze reden net langs een verkeersbord dat linksaf wees met CENTRUM erop.
'Hè?'
'Ik logeer in het Hilton Hotel. Moesten we daar niet afslaan?'
'O, eh, nee, Howard, daar niet. Je zou er wel komen. Maar om deze tijd van de dag is het sneller om op de Eenenzestig te blijven en dan over te gaan op de Negentig. Begrijp je?'
'O, oké. Het is jouw stad. Maar ik zou daar afgeslagen zijn,' zei Howdy Duty. Hij wilde niet ontstemd klinken, dacht Nick, maar dat deed hij wel.

10

In elk van de vier steden zag hij er hetzelfde uit: een lange, slungelachtige man in laarzen en een overhemd van blauwe spijkerstof, gestreken en dichtgeknoopt tot aan de hals. Hij droeg een gewatteerde legerjas, een suède Tony-Uamas-broek en zijn zwarte, breedgerande Stetson, maar in Baltimore voelde hij er zich niet mee op zijn gemak en liet hem op zijn kamer.
In elke stad nam hij een kamer in een middenklasse hotel in het centrum, na ernaar toe gereden te zijn met een taxi. Hij at matig en dronk nooit en als hij niet op zijn kamer zat en kaarten bestudeerde, wandelde hij discreet langs het schootsveld, maakte notities, paste de afstanden af, keek naar de lichtval en de manier waarop de schaduwlijnen veranderden naarmate de zon langs de hemel schoof. Hij voelde de temperatuur en de kracht van de heersende winden, keek naar het inkomende en uitgaande verkeer en naar de plaatsen waar de president zou spreken als het schot afgevuurd zou worden. Hij liep eindeloos rond de gebouwen, ging hun lobby's binnen, maar hij riskeerde niets en deed geen enkele poging ergens binnen te dringen waar het niet toegestaan was. Zijn enige excentriciteit was een apparaat dat aangezien werd voor een ingewikkelde camera. In feite was het een *Barr & Stroud* prisma-optische afstandszoeker met twee lenzen, tachtig centimeter uit elkaar. Daarmee kon hij afstanden uiterst nauwkeurig bepalen.

In elke stad ontdekte hij dingen die op geen enkele kaart en in geen enkel boek stonden. Hij ontdekte kleine afwijkingen in de heuvelhellingen in Cincinnati, klein, maar genoeg om een schutter in verwarring te brengen. Hij zou hoger zitten dan hij dacht en zijn kogelbaan zou daardoor meer onderhevig zijn aan de zwaartekracht.

In Baltimore viel hem de wind op, die overwegend vanuit de haven kwam; hij had Baltimore nooit met wind in verband gebracht en het irriteerde hem. De gidsen en andere toeristische boeken zeiden er niets over, maar de zeemeeuwen, die als aanvalshelikopters boven een brandend dorp hingen, maakten het duidelijk genoeg. Hij stelde zich voor dat een kogel door deze winden zo heen en weer geblazen werd dat hij misschien zijn doel zou treffen, maar misschien ook wel niet.

In Washington zag hij de bomen. Het schot, aangegeven in de foto van het proefmodel van de Rus, zou door een aantal boomkruinen heen moeten. Toegegeven, in deze tijd van het jaar was het zicht tamelijk goed. Maar Bob dacht dat die takken het probleem zouden zijn. Het was net als

vuren door een labyrint en zelfs de kleinste obstructie kon een kogel met een zwaar kaliber en een snelheid van bijna negenhonderd meter per seconde af laten wijken in de gekste richtingen.
Dan waren de schuttersplatformen in Washington ook zeer onzeker. Het gebouw van het ministerie van justitie was het dichtste bij, maar de invalshoek naar het grasveld achter het Witte Huis was bijzonder scherp en als T. Solaratov vandaar zou schieten – ongeveer vierhonderdvijftig meter – zou hij een kwart-profiel als doelwit hebben, altijd de moeilijkste hoek in een lichaam, een duivels moeilijk schot, hoewel het Bob een paar keer gelukt was. Op bijna zestienhonderd meter afstand, vanaf het gebouw van het ministerie van landbouw zou de sluipschutter een veel wijder schootsveld hebben, en waarschijnlijk ook een vaster doelwit, omdat lichamen tijdens een toespraak veel minder heen en weer bewegen dan op en neer. Toch... schieten door boomkruinen op zestienhonderd meter afstand van een overheidsgebouw – en dan zei dat nog niets over de uitzonderlijke maskerade die nodig zou zijn om erin en eruit te komen – leek het moeilijkste van het moeilijkste, puur vanuit technisch standpunt.
New Orleans was een stad in het zuiden en dat stond hem beter aan. De lucht was zacht, de bries kalm. Van al de steden stond deze hem het meeste aan, en hij ontdekte al snel dat de beroemde huizenblokken van Bourbon Street waar al de films opgenomen werden, er maar een klein deel van uitmaakte. De stad zelf had iets slaperigs en nietszeggends over zich, en de zwarte mensen hadden nog die elegante waardigheid die alleen mogelijk is in het echte Zuiden.
Maar het probleem in New Orleans was de lucht, vol van de geur van zout water en de scherpe, overweldigende stank, als gevolg van kilometers moerassen. Het was bijna een tropisch klimaat en hoewel er accuraat in geschoten kon worden – Bob had het tenslotte gedaan – was het wel een schot dat gepland en geoefend moest worden. Dit was heel interessant. Als ze hier in New Orleans een .50 kaliber schot op een afstand van vijftienhonderd meter wilden afvuren, dan scheen het Bob toe dat ze hier zelf haast wel een eigen schietbaan van die afstand moesten aanleggen, omdat ieder moerasgebied zijn eigen bijzondere klimaat heeft, afhankelijk van de dichtheid van het zoutwater, de hoeveelheid gas in het moeras, de overheersende winden. Je kon een schot in New Orleans niet voorbereiden in Irak of zelfs in Rusland, behalve de meest vage aspecten ervan. Je zou het moeten doen onder verschillende weersomstandigheden om te zien wat de uitwerking van de vochtigheid op de kogel zou zijn.
Het zou misschien interessant zijn om dat uit te zoeken, dacht hij.
Na tien lange dagen op pad vloog Bob terug naar Arkansas, naar zijn caravan. Weer was die onveranderd, als voor hij vertrok. Weer begroette

Mike hem op zijn slobberige manier en hij besteedde enige tijd aan de hond, streelde hem, speelde met die fluwelige oren, liet hem voelen dat hij hem gemist had. Je moest een dier eigenlijk niet verwennen door te veel aandacht aan hem te besteden, maar Mike had daar zo'n behoefte aan dat het Bob ontroerde. Het was de langste tijd dat hij ooit van de hond weggeweest was. Mike hijgde en keek hem aanhankelijk aan. Hij klauwde met zijn poten op Bob, terwijl hij gek van genot werd.
'Hé, jongen, de baas is weer terug,' zei hij en weer verbaasde hij zichzelf met een lach. De waarheid was dat hij zich verdomd goed voelde. Hij was in De Wereld geweest, had zichzelf getest en was in één stuk teruggekomen en niet kapotgegaan. Het werk was fascinerend en wat hij gevonden had deed hem plezier: hij kon nauwelijks wachten om met het volgende deel te beginnen.
Hij ging naar de vrieskast en vond er wat chili, bevroren in een blok met de vorm van een baksteen en liet het ontdooien op het gasstel. Toen nam hij snel een douche en trok een schone spijkerbroek en een schoon overhemd, en laarzen aan. Toen ging hij een kilometer of zes wandelen met Mike. Tegen de tijd dat hij terugkwam, was de chili heet en rood, zoals hij het het liefste had. Hij at het snel op en dronk er grote glazen ijsthee bij en miste maar vaag het bier dat ooit zijn enige sensuele genot bij warm eten was.
Toen voelde hij zich moe maar voldaan. Hij ging naar de typemachine, die in de familie geweest was sinds zijn grootvader sheriff van Polk County geweest was in de jaren twintig, en begon langzaam en zorgvuldig te schrijven.
Bob verbaasde mensen altijd met zijn geletterdheid. Ze verwachtten dat een oud-artillerie-sergeant van de mariniers uit Arkansas een totale nul op het gebied van het opstellen van brieven was en zelfs, zeg, het verschil tussen een hoofd- en een kleine letter niet wist, niet wist wat een paragraaf was, of het verschil tussen een punt en een dubbele punt, of de betekenis van dat probleemgeval, de apostrof, niet kende. Maar hij wist daar alles van. Hij wist dat hij een kleine, kalme gave had om zich op papier duidelijk uit te drukken en het deed hem altijd plezier om dat te doen. En dat deed hij nu.
Hij schreef een document van tweeëntwintig pagina's waarin hij zijn analyse van de vier schietplaatsen uiteenzette en zijn voorspelling van T. Solaratovs voorkeuren. Hij wist natuurlijk vanwaar hijzelf zou schieten. Het maakte hem een beetje bang, omdat hij zag hoe makkelijk het gedaan kon worden, hoe, ondanks al de vooruitgang sinds 1963 en de mate waarmee iedereen het tijdperk van de hoogste veiligheid binnengetreden was, het nog steeds bijna onmogelijk was om een halt toe te roepen aan een man met een geweer en de wil en vaardigheid om dat te gebruiken.

Het was geen welsprekend document, maar het was direct, in militaire stijl geschreven.

Het is mijn overtuiging dat de persoon waarschijnlijk zal proberen de president neer te schieten op 1 maart van dit jaar in het Louis Armstrong Park in New Orleans. Hij zal schieten met een 750-greins .50 kaliber kogel met koperen huls van een afstand van ongeveer 1200 meter. Wanneer de kogel de president raakt zal hij een snelheid hebben van meer dan 450 meter per seconde en dat zal een kogelvrij vest, dat de president eventueel draagt, ook al gezien het gewicht van de kogel, zeker penetreren. Het schot zal vrijwel zeker afgevuurd worden tegen het eind van de toespraak van de president, die om 11.30 uur moet beginnen en vijfenveertig minuten zal duren. Hier zijn drie redenen voor. Ten eerste: op die dag valt er tussen 10.30 uur v.m. en 2.15 uur n.m. een schaduw over het podium (met een paar minuten speling) en aan het eind van de toespraak zal de president er middenin staan, waardoor het contrast tussen licht en donker minimaal zal zijn. Op een normale afstand zou dit geen factor zijn, maar op deze enorme afstand zijn zelfs de meest toevallige invloeden van belang. Ten tweede is de middag volgens de rapporten van het weerstation de kalmste tijd van de dag, terwijl de overheersende winden in de ochtend het felst zijn. Als hij de situatie zorgvuldig bestudeerd heeft, zal de Rus dit weten. In feite is de president alleen in New Orleans, van alle schietplaatsen in het schootsveld, op het kalmste moment van de dag, met Cincinnati als mogelijke tweede. En ten slotte biedt de plaats in New Orleans ten minste drie ontsnappingsroutes. Als hij schiet van de torenspits van de kathedraal van St. Louis in het Franse Kwartier, die op een afstand van twaalfhonderd meter van het doelwit staat, en hij een extern (daarmee bedoel ik niet-ballistisch) geluiddempingssysteem gebruikt, kan hij zich daarna zeer makkelijk terugtrekken langs de – gesloten – trap, zich onder de menigte op het plein begeven en daarin opgaan. Het is onwaarschijnlijk dat de plek vanwaar geschoten is direct gevonden wordt. Het zal minuten, misschien wel uren duren, omdat de afstand tot het doelwit zo groot is. Van de kerk zou hij zeer snel naar de Mississippi kunnen lopen, die op een afstand van minder dan achthonderd meter stroomt, en met een boot in het Bayoumoeras verdwijnen, waar het vrijwel onmogelijk is hem op te sporen. Hij zou ook kunnen vluchten via *Decatur*, een hoofdroute door de stad die op die tijd van de dag vrijwel zonder verkeer zal zijn. Ten slotte zou hij, als hij zeer in het nauw zit, opgepikt kunnen worden door een helikopter van het Jackson Square, vlak voor de kerk.

Toen noteerde Bob zijn aanbevelingen.

1. De Geheime Dienst moet zo vroeg mogelijk op de hoogte gesteld worden van de aanslagpoging van de Rus en moet aan onze zijde deel uitmaken van de actie. Maar het moet ze duidelijk gemaakt worden dat de operatie niet alleen het bewaken van het leven van de president betreft, maar ook om het gevangen nemen en ondervragen van het Sovjet-Iraakse schuttersteam, evenals de steuneenheden.
2. De radio-omroepen moeten gemachtigd worden en ook moeten er onderlinge bevoegdheidslimieten opgesteld worden, zodat de Geheime Dienst precies weet wat haar verantwoordelijkheid is en dit agentschap ook weet wat het kan doen.
3. Het controleren van de kathedraal van St. Louis moet onmiddellijk beginnen. Het is bijna zeker dat het schuttersteam voor 1 maart de plaats zal veranderen en aanpassen. Tegelijkertijd moet die surveillance uiterst discreet uitgevoerd worden, om de 'vogel' niet op te schrikken en te verjagen. Omdat het bijna zeker is dat de vijand de plaats zorgvuldig zal onderzoeken, is het af te raden gebruik te maken van directe surveillance – of verborgen afluisterapparaten. Ze zouden die zeer snel ontdekken. Een zeer goede manier zou kunnen zijn ze vanuit de lucht in de gaten te houden – F4J's die rondcirkelen op een hoogte van zo'n zesduizend meter – met infraroodcamera's die reageren op lichaamswarmte, op de manier waarop de luchtmacht dat in Vietnam deed toen de aanvoerlijnen over het Ho Chi Minh-Spoor vernietigd werden.
4. Een zoekactie vanuit de lucht van het Bayoumoeras en het moerasgebied rondom New Orleans moet onmiddellijk ingesteld worden om de voorbereidingsplaats van de Russen te ontdekken. Om zich aan te passen aan de weersgesteldheden van eind winter/vroege lente, zal het schuttersteam bijna zeker verscheidene schietoefeningen houden onder omstandigheden die zo identiek mogelijk zijn, zodat Solaratov precies weet wat hij moet verwachten wat betreft kogelgedrag, enzovoort.
5. De president moet natuurlijk gewaarschuwd worden, maar als hij zo dapper is als hij bewees tijdens de oorlog tegen Irak, dan zal hij erop staan deel te nemen aan de operatie om het schuttersteam te verleiden, in plaats van een dubbelganger te gebruiken of de toespraak af te gelasten. Zijn directe samenwerking is noodzakelijk.
6. Op de dag van de toespraak moet een scherpschuttersteam opgesteld worden in concentrische cirkels rond de plaats vanwaar de president zal spreken, als aangegeven op bijgaande kaart. Die posi-

ties zijn ruwweg zeshonderd meter uit elkaar vastgesteld en van de president af gericht, in plaats van naar hem toe. Elke eenheid moet uitgerust worden met een Remington Model – 40 A1 – geweer met Unertl 10 × vizier, geladen met M 852 *Match Accuracy Lake City Arsenal* 7.62 mm NATO-patronen om tegenvuur te geven als het Sovjet-Irakese team werkelijk schiet. (Ikzelf zou graag een van de teams leiden en zou mezelf graag opstellen op de plaats die op de kaart door een sterretje aangegeven is. Indien nodig kan ik, wanneer ik de juiste bevoegdheid krijg, het Sovjet-Irakese team uitschakelen voor het enig kwaad gedaan heeft. Ik zal de schutter van voren raken en de waarnemer – als die er is – in de linkerlichaamszijde. Een snel reactieteam kan hem bijna zeker bereiken voordat hij herstelt van de schok en een zelfmoordpoging zal ondernemen. Hij moet een interessante informatiebron zijn.)

7. Het ondervragen van gevangen Sovjet en/of personeel moet onmiddellijk beginnen, zodat we zo snel mogelijk op de verkregen informatie kunnen reageren. In Vietnam is het soms voorgekomen dat we niets meer hadden aan ondervragingsinformatie omdat we te traag reageerden.

Hij stopte met typen.

Dat was het.

Wat viel er nog meer te zeggen?

Natuurlijk was er nog één andere factor en dat was iets dat niemand kon inschatten. Geluk. Je kon er alleen maar voor bidden en misschien was het er en misschien was het er niet.

Hij keek op zijn horloge. Tijd om te gaan slapen. Morgen zou hij het rapport opsturen naar de mensen waarvan hij nu geloofde dat ze de CIA vertegenwoordigden.

Hij trok zijn kleren uit en kroop in bed. Mike sprong er ook op, want de grote, zachte, stomme hond vond het plezierig hem, hoe licht dan ook, aan te raken door de dekens heen.

Maar om vier uur werd Bob wakker, stond op en las het rapport nog eens over. Het leek goed. Maar hij kon niet meer slapen. Hij wist dat het dwaas was, maar hij voelde dat hij bespioneerd werd, of zoiets. Hij leunde achterover en probeerde na te denken over zijn gevoelens voor zijn nieuwe werkgevers.

Hij vertrouwde ze niet. Maar ze waren de enige die hij had.

En toen dacht hij: ik moet een uitweg hebben. Ik heb iets nodig waardoor die jongens mij niet te grazen kunnen nemen als het fout gaat. Hij probeerde erover na te denken wat dat zou kunnen zijn, maar hij kon niets bedenken.

11

Het was vernederend. Nick was een loopjongen geworden, een bediende, een dwaas. Hij haastte zich door de gangen met dossiers en koffie en donuts als een dienstmeisje. Howdy Duty liet hem nauwelijks met de mensen van de Geheime Dienst praten, en had die delicate taak vrijwel volledig zelf op zich genomen. Nick was aangesteld als hoofd-eunuch.
'Hé, Memphis, je hemd hangt uit je broek,' schreeuwde zijn ex-partner Mickey Sontag, toen Nick van de dossierkamer naar een vroegere opslagruimte rende. Op de deur van die ruimte stond nu de belangrijke titel GEZAMENLIJKE GROEP GEHEIME DIENST/FBI vermeld en in de ruimte hadden de federale lijfwachten en de hypocriete Utey hun kantoor ingericht.
'Ja, ja,' zei Nick hulpeloos, terwijl hij wist dat hij te laat was. Hij was razend omdat Ginny Feany, beheerster van de dossiers, de gegevens over ene Clark Clarkson, *white knight* van de Ku Klux Klan van Lafayette, niet snel genoeg had kunnen vinden.
'Jongens, ze jagen die oude Nick wel op, zeg.'
Nick was vierendertig: aan dat gelul over óude Nick moest een eind komen.
Maar 'ja, ja' was het enige dat hij kon bedenken.
In het kantoor praatte de hoofdman van de Geheime Dienst, Phil Mueller, zoals gebruikelijk weer als generaal Patton tegen een eenheid van zijn troepen, evenals tegen Howdy.
'En dit is de laatste?'
'Dat zegt hij, ja,' antwoordde Utey, voordat Nick zelf antwoord kon geven.
'Zelfs de niet-actieven, de gestopten, de gevangenen en de doden?'
'Allemaal, Phil.'
'Dus met jullie dossiers, met onze informatie en met het spul van de Nationale Misdaadlijst hebben we, hoeveel in totaal, misschien zo'n tweehonderdvijftig namen? Gesplitst in drie categorieën, Alpha's, Beta's en Charly's, die staan voor groot risico, mogelijk risico en moeten nagetrokken worden. Hoe is de verdeling? Kom je al door de Alpha's heen?'
'Eh, Phil,' zei een van de jongens van de Geheime Dienst, 'we werken er hard aan. Ik heb er drie teams op gezet. Dat is zes mensen voor zesenvijftig Alpha's. Ik heb een Beta-team en we hebben honderdvierentwintig Beta's en de rest is Charly's.'
'Hoe redden jullie het wat de tijd betreft?'

'Ik denk dat het ons met de Alpha's wel lukt, als we er een paar van onze andere mensen aan zetten. Ik denk dat we ook weinig problemen zullen hebben met de Beta's. Maar het zijn die verdomde Charly's die ons zorgen baren. Ik denk dat we geen mensen hebben om daar ver mee te komen.'
'Hm,' zei Mueller.
'Een idee, Phil,' zei Howdy Duty.
'Ja, Howard.'
'Misschien kan Nick de Charly's doornemen. Het meeste is toch telefoonwerk, hè? Gewoon controleren?'
'Hmmm,' zei Mueller.
'Hij zou het graag willen doen, hè, Nick?'
Nick zat daar en verwerkte alles wat er gebeurde.
Geweldig. Wat deze knapen deden – wat zij altíjd deden voor een bezoek van de Grote Man – was, in samenwerking met plaatselijke politie-instanties en samenwerkende federale agentschappen, een lijst opstellen van alle bekende mafkezen, halvegaren, rechtse en linkse idioten, overlevingsfanatici en anderen die pasten in het mogelijke risicopatroon. Die mensen werden dan onderzocht door teams om vast te stellen waar ze zich bevonden en hoe ze gesitueerd waren. Als er een teken van onbeheerstheid te bespeuren viel, werd er soms toestemming gegeven voor bewaking, maar vaker gebeurde het dat de kerels ruwweg opgepakt, geïntimideerd en weer vrijgelaten werden. Het was nauwgezet, vervelend werk, werkelijk het saaiste van het saaiste. Maar het was de strategie van de Geheime Dienst om precies vast te stellen waar alle halvegaren zaten voordat de Grote Man in het openbaar verscheen.
'Maar de bom...,' begon Nick.
'Kan wachten,' snauwde Mueller. 'Jij gaat spitten in die stapel Charly's, oké, Memphis?'
'Hij zal het wel doen,' verzekerde Utey hem. 'Je vindt het toch niet erg daar wat van je vrije tijd aan te besteden, hè, Nick?'
En wat zeg je dan? De goede FBI-man zegt niets; hij toont niets van zijn emoties; hij knikt alleen maar, houdt zich gedeisd en stelt zich achter het team op.
En daar wijdde Nick zich aan en verbeet zijn woede omdat het werk aan het Geheime Dienst-Explosievenonderzoek aan zijn neus voorbij zou gaan. En de jongens waren professioneel. Hij wilde ze aan het werk zien, want ze waren legendarisch. Ze doorzochten een bepaald gebied en als ze klaar waren, wist je dat er niets meer te vinden was, dat de honden geen explosieven gevonden hadden, dat de spectrometers geen ongebruikelijke radiogolven opgevangen hadden, dat er geen sluipschuttersholen of schuttersplatformen ontdekt waren.

En het was buitenwerk! Het betekende dat je wat deed! Het betekende dat je terug was in het veld, weg van al deze politieke onzin en alleen maar een loopjongen te zijn. Hij wist dat hij niet grondig genoeg was, dat hij de neiging had foutjes te maken. Hij vloekte in stilte toen hij zich bewust werd van zijn lot. Maar zijn gezicht bleef kalm en vriendelijk.
Toen het voorbij was kwam Herm Sloane, die niet zo onaardig was, langs, en zei: 'Jammer, Nick. Ik wist dat je er morgen even tussenuit wilde. We zijn gewoon overstelpt met werk.'
'Geen probleem,' zei Nick, kiezend voor de vrolijke noot, meestal de manier waarop hij zich door een onbehaaglijke situatie probeerde te slaan.
'Ik weet niet wie er erger is,' voegde Sloane er samenzweerderig aan toe, 'mijn baas die overal een grote bek opzet, of jouw baas die overal hielen likt.'
'Het is verdomd belachelijk,' zei Nick. 'Heb je die Charly's voor me?'
'Ben bang van wel, maat.'
Sloane overhandigde hem de stapel dossiers van de personen in de Charly-categorie. Nick keek er droevig naar. Het betekende uren en uren werk. Hij wist dat zijn onderzoek naar de dood van Eduardo Lanzman een farce was. Dat onderzoek kwam er gewoon niet van, omdat hij er niet aan toe kwam.
De namen waren prozaïsch, zielig, en terwijl hij de dossiers doorbladerde zag hij de gebruikelijke litanie van mislukking en haat, de gebruikelijke verdachten. Kleine mannetjes met grote grieven en een onzekere greep op de werkelijkheid, die alleen maar van belang waren omdat ze een geweer hadden of konden krijgen.
En toen zag Nick de naam van zijn held:
Bob Lee Swagger.
Bob de Doder, dacht hij. Jezus Christus!

In drie dagen van veertien uur wist Nick zesenvijftig van zijn zeventig Charly's te elimineren. Het was uitputtend werk, waarbij hij allerlei reclasseringskantoren belde, telefoonboeken en gevangenisdossiers doornam, praatte met politiemannen en advocaten en beheerders van verscheidene mortuaria. Van de zesenvijftig waren er meer dan de helft, negenentwintig, gewoon doodgegaan. Om wat voor reden dan ook waren ze op de Actieve Verdachtenlijst van de Geheime Dienst geplaatst. Daarom vermoedde Nick dat het een zeer oude lijst was: zo veel oude mannen. Zestien ervan zaten een gevangenisstraf uit. Vijf mannen zaten op dit moment in een inrichting voor geestelijk gehandicapten – dat waren de echte gekken, wiens moeilijkheden met de autoriteiten hen ten slotte als krankzinnig hadden geclassificeerd en die nu dus vegeteerden in het

een of andere gesticht aan de een of andere moerassige rivierarm. Zes anderen waren verdwenen, waren vertrokken uit de stad of de staat, waren er gewoon niet meer. Gelukkig waren zij nu 'iemand anders' zorg. Dat betekende dat er nog veertien opgespoord, nagetrokken moesten worden. Het was geen makkelijk werk, maar hij ging er fors tegenaan.
En ook Bob de Doder zat erbij.
Nick had voor het eerst over de grote sluipschutter van de mariniers gelezen in een artikel in een van die *Soldier of Fortune*-achtige tijdschriften die hij in die tijd las. Hij herinnerde zich de omslagfoto van de magere jongeman in camouflagekleuren en de intense blik in de ogen, het prachtige Remington-geweer dat hij droeg en de kop op de omslag: DE GEVAARLIJKSTE MAN IN LEVEN. De verhalen waren ongelofelijk. Bob de Doder had zevenentachtig mannen gedood in Vietnam; er werd gezegd dat hij een paar karweitjes opgeknapt had voor de CIA en, zijn meesterwerk, hij had een Noordvietnamees bataljon dat een geïsoleerd kamp van de Groene Baretten wilde aanvallen, te grazen genomen, in twee dagen tijd, en een stuk of dertig mannen gedood en zo het kamp gered.
Dat was toen Nick zelf probeerde een groot schutter te zijn in zijn harde tijd, vóór Myra en vóór Tulsa. Als hij er nu aan terugdacht, leek het allemaal zo helder en onschuldig. Je was een getraind man, je ging achter slechte jongens aan en omdat je zo goed was werden zij gedood.
Dat was in de tijd dat hij zijn ziel aan het geweer gewijd had en toen hij, hoe kort dan ook, een volgeling in de cultus van de sluipschutter geweest was. Hij huiverde een beetje bij de gedachte aan de ijdelheid ervan en herinnerde zich waar die in veranderd was in Tulsa.
Toch had hij, al die jaren later, veel respect voor Bob. Bob had nooit geaarzeld, had nooit iets tussen hemzelf en wat hij wilde bereiken laten komen en Bob had zichzelf onophoudelijk getest, terwijl Nick het maar één keer geprobeerd en spectaculair gefaald had. Zijn kogel was precies gegaan naar waar hij hem niet had willen hebben.
Dus was het met een gevoel van zich confronteren met zijn oude ik en zijn oude overtuigingen en de vergissingen van zijn eigen jeugd, dat hij zich ertoe zette Bob de Doder op te sporen. En als zo veel herinneringen bleek deze niet moeilijk op te duiken. Bob was niet moeilijk te vinden, dat wil zeggen: Bobs sporen. Op 3 februari had hij een kamer genomen in het Robert Oliver Hotel in het Franse Kwartier en die had hij op 4 februari weer verlaten. Twee dagen. Niemand herinnerde zich hem erg goed. Het enige dat Nick over hem te horen kreeg, was dat het een Westernachtige man was, zeer leerachtig, zwijgzaam, een man die geen enkele toenadering zocht, de hele dag uit was en zonder drukte weer wegging. Hij had een gekke camera bij zich, waarschijnlijk zo'n duur Japans ding.

Het een of andere zakenbezoek, dacht Nick. Hij had gehoord dat Swagger niet bij de mariniers had kunnen blijven vanwege zijn verwondingen. Waarschijnlijk was hij tegenwoordig een reizende vertegenwoordiger, of misschien een boer uit Arkansas, die voor zijn lol een paar dagen in de stad geweest was, wat foto's genomen had als elke andere toerist en toen weer teruggegaan was naar het zuiden.
Maar Nick bedacht toch een meer essentiële vraag. Waarom stond die knaap op de lijst van verdachten? Wie zette hem daarop? Hoe kom je daarop?
Hij controleerde de FBI-computer op gegevens over Swagger en ontdekte dat hij geen strafblad had. Er stond tenminste niets vermeld. Hij controleerde de Nationale Misdaadlijst en vond Swagger weer niet vermeld. Hij belde het ministerie van marine en kreeg te horen dat Bob ontslagen was in de rang van artillerie-sergeant. Hij kreeg een arbeidsongeschiktheidsuitkering na twaalf jaar actieve dienst en bijna drie jaar van herstel en intensieve revalidatie. Hij had geen enkele smet op zijn staat van dienst. Hij belde de Veteranenadministratie en ontdekte dat Bob nooit enige psychologische test aangevraagd of ondergaan had, evenmin als enige vorm van hulp. Er scheen niets op hem aan te merken te zijn. Maar waarom was hij dan in godsnaam op die lijst terechtgekomen? En wie hield hem zozeer in de gaten om vast te stellen dat hij hier in New Orleans geweest was?
Hij belde Herm Sloane.
'Hé, Herm...'
'Nick, we hebben het hier echt vreselijk druk. Wat is er?'
'Ik heb maar één vraag. Die Charly's, waar krijgen jullie die vandaan? Hoe komt iemand op de Charly-lijst?'
'Nou, de Alpha's worden meestal vastgesteld door de inlichtingendiensten, meestal het Bureau voor Onderzoek naar gevaarlijke groepen, of van andere bronnen van het ministerie van justitie of de DEA; eh, de Beta's zijn meestal kerels met een strafblad van lagere orde, kerels die veel bedreigingen geuit hebben, die constant problemen met de autoriteiten hebben en die de aandacht trekken; en jouw Charly's zijn briefschrijvers. Wij bewaren alle dreigbrieven aan de president of brieven die dreigend lijken. Waarom?'
'O, ik heb hier een Charly die me verbaast.'
'Luister, bel Tom Marbella op het ministerie van financiën in Washington. Hij beheert de briefdossiers; hij kan je er alles van vertellen.'
Een paar minuten later lukte het Nick Marbella aan de lijn te krijgen en die zei dat hij het na zou trekken en het hem zou laten weten. Enige tijd later – in feite was het de dag daarop – belde Marbella terug.
'Oké, ik heb het dossier voor me op mijn computerscherm. Jouw jongen

schijnt te menen dat hij de congressionele *Medal of Honour* had moeten krijgen,' zei Marbella.
'Hmm,' zei Nick, een geluid dat hij maakte als hij wilde aangeven dat hij nog wel aan de telefoon was, maar geen commentaar wilde geven.
'Drie weken geleden schreef hij een brief aan de president waarin hij uitlegde dat het Korps Mariniers hem belazerd had door hem de congressionele *Medal of Honour*, waar hij recht op had, net als zijn vader, niet te geven en dat hij nu zijn medaille wilde hebben en of de president die maar even op wilde sturen.'
'En daardoor komt hij dan op een lijst van de Geheime Dienst?'
'Hé, na drieënzestig kom je door àlles op een lijst van de Geheime Dienst te staan, vriend. We nemen geen risico's. We worden daardoor niet bepaald populair, maar we nemen geen risico's.'
'Stond er iets bedreigends in die brief?'
'Eh, tja, onze personeelspsychiater zegt van wel. Het is niet zozeer een uitgesproken bedreiging als wel een toon. Luister maar: ''Meneer, ik verzoek alleen maar dat de natie mij geeft wat mij toekomt, aangezien ik mijn land goed gediend heb in het oerwoud. Het is zeer belangrijk voor mij dat ik deze medaille krijg (uitroepteken). Hij is van mij (uitroepteken). Ik heb hem verdiend (uitroepteken). Er is geen alternatief, meneer, die medaille is van mij (uitroepteken).'' '
Nick schudde zijn hoofd. Als zovele anderen had ook de grote Bob de Doder, de kampioenstrijder van Vietnam, de meestersluipschutter, toegegeven aan ijdelheid. Het was niet langer genoeg alleen maar het onmogelijke gedaan te hebben en te weten dat jij en jij alleen dat volbracht had. Nee, in zijn overgave wilde Bob, net als zoveel anderen, roem, aandacht, waardering. Meer. Meer voor mij. Ik wil meer en ik wil het nu. Het is mijn beurt.
Dat kwam Nick zo vaak tegen op straat. Op de een of andere manier ging het in Amerika niet meer om ons of het team of de familie. Het was het ik-gevoel dat de mensen gek maakte. Ze verwachtten zo veel. Ze dachten dat ze zo belangrijk waren. Iedereen was een enigst kind.
Maar op de een of andere manier paste het helemaal niet bij Bob.
'Het lijkt mij vrij onschuldig,' zei Nick.
'Het zijn de uitroeptekens. Vier nog wel. Volgens ons geven uitroeptekens een neiging tot gewelddadigheid aan. Geen wil maar een néiging, een vermogen zich te laten gaan. Dat is tenminste de theorie, hoewel we in werkelijkheid ontdekt hebben dat briefschrijvers bijna nooit naar de wapens grijpen. Dat doen ze gewoon niet. Voor de meesten is het schrijven van die brief datgene wat hen tevreden stelt en dan voelen ze zich goed. Maar deze wordt verondersteld een geweldige schutter te zijn; dat was hij tenminste ooit. Hij gebruikte vier uitroeptekens. En het staat vast dat hij in New Orleans geweest is…'

'Ja, dat weet ik...'
'En dus hebben we hem op de Charly-lijst gezet. Ga hem na en kijk of hij opgewaardeerd moet worden naar de Beta...'
'Daar ben ik mee bezig.'
'Ik weet dat de Charly-lijst klote is, Memphis. Niemand wil graag de Charly-lijst doen. Meestal worden de jongens die net hun training achter de rug hebben daarmee opgescheept. Jij klinkt, eh, een beetje te oud voor Charly's.'
'Luister, ik doe wat mijn baas me zegt, dat is alles.'
'Dat waarderen we. Blij toe dat de FBI ons helpt.'
'Hoe wist je dat hij in New Orleans was?'
'Hè?'
'Je zei: ''Het staat vast dat hij in New Orleans geweest is.'' Hoe wist je dat?'
'Eh,' zei Marbella, 'dat staat hier. In het dossier.'
'Maar waar kwam die informatie vandaan? Ik bedoel, was het een verklikker, een ander agentschap, een politiebureau, het Pentagon, de Veteranenadministratie?'
'Hé, dat staat er niet bij. Weet je, dit spul komt van overal vandaan, soms uit zeer louche hoeken. Wat is er zo belangrijk?'
'Houdt iemand Swagger in de gaten?'
'Jezus, man. Ik ben wel de laatste die dat weet. En er staat hier niets over in. Het zijn gewoon maar ruwe gegevens, Memphis. Een deel ervan is accuraat, een ander deel niet. Het is aan jou om dat uit te zoeken, oké, maat?'
'Ja, natuurlijk. Hé, bedankt, hoor,' zei Nick en hing toen op.
Wat moet ik doen. Ik moet toch íets doen.
Hij belde de inlichtingendienst van de staat Arkansas en kwam er al snel achter dat Bob Lee Swagger geen gewoon of geheim telefoonnummer had. Hij belde de staatspolitie van Arkansas en hoorde daar dat Bob Lee Swagger niet op enige manier verdacht werd, maar van hen kreeg hij Bobs adres, dat gewoon Rural Route 270 in Blue Eye was. Ten slotte belde hij Vernon Tell, die de sheriff van Polk County in Arkansas was. Nadat hij zijn FBI-identificatiecode opgegeven had, werd hij snel doorverbonden met de sheriff zelf.
'Bob Lee? Bob Lee woont gewoon alleen op de berghelling. Dat is alles.'
'Hebt u problemen met hem?'
'Absoluut niet. Hij is niet de meest plezierige man in de omgang, zeker niet. Maar hij is een goede vent. Hij heeft zijn land eer bewezen in de oorlog en zijn pa heeft zijn land eer bewezen en Earls pa Lucas is in de jaren twintig nog sheriff hier geweest. Het is allemaal volk van Polk

County en ze doen geen vlieg kwaad als iemand hun niet eerst kwaad gedaan heeft.'

Maar het baarde Nick zorgen dat Bob alleen en eenzaam met een hoeveelheid wapens woonde. Het profiel van de alleenganger-schutter klopte te vaak om toevallig te zijn.

'Problemen met drank- of drugmisbruik?'

'Meneer Memphis, geloof me, ik zou liegen als ik niet zou zeggen dat Bob Lee een paar jaar geleden een probleem met de fles had en rare dingen uithaalde. Hij heeft altijd pijn, weet u, vanwege zijn oorlogsverwonding. Maar ik geloof dat Bob Lee op de een of andere manier zijn evenwicht teruggevonden heeft. Het enige dat hij van het leven wil, is vrijheid en dat hij met rust gelaten wordt.'

'Hoe staat het met medailles? Heeft hij daar ooit iets over gezegd? Zijn medailles belangrijk voor hem?'

'Voor Bob Lee? Laat me je wat vertellen, maat, ben jij in de oorlog, of zoiets, geweest?'

'Nee, sheriff.'

'Nou, maat, de enigen die geïnteresseerd zijn in medailles zijn degenen die later een hoge positie willen krijgen. Ik ben in 1943 en 1944 van de ene kant van Birma naar de andere kant getrokken met de *Marauders* van generaal Merrill en de enige man die een medaille wilde hebben, of dat ook belangrijk vond, werd later de enige gouverneur van Colorado die aangeklaagd werd. Nee, maat, Bob Lee geeft geen moer om medailles. Ik ben een paar keer bij hem thuis geweest en het zou je fors wat moeite kosten iets te vinden waaruit blijkt dat die man een van de dapperste mannen was die ons land ooit voortgebracht heeft.'

Op de een of andere manier deed dat Nick plezier.

En die avond, toen Herm langskwam en hem vroeg: 'Nick, heb je nog Charly's die op de Beta- of Alpha-lijst geplaatst moeten worden?' antwoordde Nick: 'Ja.' En hij had drie namen van mannen die gevaarlijk leken, maar die hij niet op had kunnen sporen.

Bob Lee Swagger stond niet op de lijst.

Eindelijk was hij uit het kantoor. Hij zat in feite in een moeras, maar hij was tenminste uit het kantoor.

Hij zat achterin een bestelwagen van de Geheime Dienst met Herm Sloane en zijn partner Jeff Till terwijl Till, de deskundige, zat te rommelen en te vloeken achter een controlepaneel. De bestelwagen was volgestouwd met elektronische apparatuur.

'Geen donder,' zei Till.

'Weet je zeker dat dat ding werkt?' vroeg Sloane.

'Ik ben nergens zeker van, verdomme,' zei Till, lichtelijk neurotisch.

'Alle lichtjes staan op rood, we zitten in de goede richting, maar geloof me, ik krijg niets anders dan gezoem en statisch gekraak. Ik word er gek van.'

Nick liet de twee maten om beurten de apparatuur, die vóór hem vaag oplichtte, vervloeken.

Buiten was niets dan moeras en hangende cypressen en de geluiden van het water en van allerlei diertjes die door de modder kropen. Ergens voor hen, op zo'n driehonderd meter afstand – in theorie, tenminste – lag een boerderij, die het hoofdkwartier was van het Blanke Baken van Raciale Zuiverheid, een fanatieke anti-negergroep, die volgens zeggen half en half deel uitmaakte van de cultuur van halvegaren van New Orleans. Het waren blanken met dikke buiken en tatoeages en *Ruger Mini-14*'s, hun favoriete wapen. Ze waren nog rechtser dan de Ku Klux Klan, jongens die uit de Klan waren gestapt omdat die te verdomde brááf geworden was. Dat wil zeggen: als ze bestonden. Zelf dacht Nick dat het een politiefantasie was, of liever een excuus; iedere onbehaaglijke misdaad kon geweten worden aan het Blanke Baken en zo op de lijst van onopgeloste misdaden geschoven worden, zonder dat er veel tijd en energie aan besteed hoefde te worden wat betreft een onderzoek. Hij had er eens een week aan besteed om iets over hen te weten te komen, maar had geconcludeerd dat er niets anders te vinden was dan vage haat en geruchten, gebaseerd op geruchten.

Maar op een tip die Sloane gekregen had van een detective van de afdeling Bende-informatie in New Orleans waren hij en zijn maat en, als plaatselijke vertegenwoordiger, de onwillige Nick Memphis eropuit getrokken, ver na middernacht, in de elektronische afluisterwagen van de Geheime Dienst, om de boerderij af te luisteren – als dat gebeurde met een parabolische microfoon was er geen bevelschrift voor nodig – en te horen wat de jongens van het Blanke Baken deden, of er jongens van het Blanke Baken waren en of dit de boerderij was waar ze bijeenkwamen. Nick kende zo al drie plaatselijke detectives, die zich nu vast laveloos dronken uit plezier, omdat ze drie federale blanke jongens uit het noorden de moerassen ingestuurd hadden om een nacht naar de cicades te luisteren. Maar hij zei niets.

'Het kan, verdomme, geen afgeschermd signaal zijn,' zei Till. 'Het is gewoon rotapparatuur. Het is niet eens digitaal, verdomme.'

'Misschien zijn er te veel bomen,' zei Sloane.

'Misschien is het deze rotapparatuur,' zei Till weer.

Maar Nick had het gevoel alsof hij in het ruimteschip *Enterprise* zat, zo geavanceerd was het allemaal.

'Wat is er verkeerd aan die apparatuur?' vroeg hij. 'Man, als wij een grote zaak hebben moeten we zoiets aanvragen in Miami.'

'We hebben al jaren geprobeerd iets beters te krijgen,' zei Till. 'Dit rotding wordt altijd ingezet zo'n twee weken voordat de Grote Man ergens komt. Maar het is in de jaren zestig gebouwd en zo achterhaald dat je er niets mee op kunt pikken! Het is gewoon troep!'
'Je hebt een Elektrotek 5400 nodig,' zei Nick argeloos.
'Jezus, ja!' zei Till. 'Absoluut, maar ik heb geen miljoentje liggen om te besteden aan het afluisteren van mensen. Jezus, ik probeer alleen maar te waken over het leven van de president, dat is alles. Hoe komt het dat jij van een Elektrotek gehoord hebt? Dat verdomde ding is een topgeheim.'
'Iemand had het erover. Zei dat er maar zeven van bestonden.'
'Nee, ze hebben er nog vijf of zes extra gebouwd. Ja, zou het niet geweldig zijn als wij er een hadden? Man, dan hoefden we dit smerige moeras niet eens in te gaan. We konden gewoon naar de parkeerplaats gaan en het ding richten.'
'De CIA en de DEA hebben ze, hè?'
'En bepaalde overzeese klanten met zeer goede connecties.'
'Ik hoorde dat een paar mensen in El Salvador er een hadden.'
'Dat zou me niets verbazen. Geen doodseskader kan zo'n ding missen. Ondertussen krijgen jongens als wij, die dit werk voor hun brood doen, rotzooi uit de jaren zestig om mee te werken. Man, ik geloof dat ik muziek van Country Joe and the Fish ontvang.'
Nick zweeg een ogenblik, terwijl Till rommelde met de apparatuur.
'Ik hoor iets,' zei hij ten slotte.
'Draait de cassetteband?'
'Ja, die draait prima. Eh, laat eens kijken of ik het kan versterken, zodat jullie het ook kunnen horen.'
Nick hoorde stemmen over de luidsprekers:
'Weet je, die jongens, zij, weet je, eh, ze kruipen daar in die bossen op zoek naar de oude *gata*, ik zal het je vertellen, eh, ze kruipen daar door die moerassen, zo hé, jonge, met die, het zijn net lichten, weet je, weet je wat ik bedoel, lìchten, en als die jongens echt dichtbij komen, *BENG, BENG!* weet je…'
'Het spijt me om het te zeggen,' zei Nick, 'maar ik denk niet dat de jongens van het Blanke Baken zijn. Tenzij ze een programma voor gelijke rechten begonnen zijn.'
'Godverdomme,' zei Sloane.
'Man, waar hebben ze het over?' vroeg Till verbijsterd.
'Alligator-jagen, denk ik. Die oude zwarten uit de bossen gaan er laat in de nacht op uit en lokken alligators met lichten en dan slaan ze hen hun kop in met bijlstelen. Volkomen illegaal, maar ze eten het vlees en verkopen de huid en de tanden. Stropen. Het is stropen. Willen jullie ze op-

pakken voor een samenzwering om te stropen? Het is drie tegen vijf en het is een federale zaak.'
'Verdomme,' zei Sloane weer. 'Die knaap zei dat het zo'n vijftig kilometer over *Parish* 547 was en dan links de onverharde weg op, en die moest je dan zo'n twintig kilometer volgen.'
'Ik denk dat hij je belazerd heeft,' zei Nick. 'Weet je, die oude smerissen van Louisiana zijn gek op zulke geintjes.'
'Ik geef hem aan,' zei Sloane woedend.
'Nee, doe dat nou niet. Zie je, hij heeft je te pakken. Je kunt niet bewijzen dat het niet echt was en als je te veel drukte maakt, ben jíj degene die de ondankbare hond lijkt. Luister, in mijn eerste jaar hier ben ik er de helft van mijn nachtdiensten voor niets op uit getrokken. Dat vinden ze hier een sport. Die jongens zitten op dit moment vast en zeker in de achterkamer van *The Alligator Club* en lachen zich kapot. Dat verzeker ik je. Maar jij hebt je werk toch gedaan? Daar gaat het toch om?'
'Jezus, Memphis, jij bent een wandelend bewijs van de menselijke vergevensgezindheid.'
'Het is zoveel makkelijker dan een harde jongen te zijn. Vooral in hùn stad. Nu kan ik het vrij goed met ze vinden, omdat ik me erdoorheen gewerkt heb en nooit klaagde.'
'O, kom, we gaan naar huis,' zei Till.
'Bedenk eens, Till, hoe dwaas je je had gevoeld als je hier geparkeerd zou staan met een Elektrotek 5400 van een miljoen dollar. Piekfijn aangekleed en nergens om naartoe te gaan.'
Beide agenten van de Geheime Dienst lachten en toen zei Till: 'Ik krijg nooit een Elektrotek te pakken, tenzij ik voor RamDyne ga werken, en dat zit er misschien aan te komen.'
Nick vroeg: 'RamDyne?'
'Heb je nooit van RamDyne gehoord?'
'Nee.'
'Dat is de federale hemel. Als je een erge fout maakt, of als je zwaar bedonderd wordt, maar je bent goed, weet je, echt góed, dan krijg je op een nacht misschien een telefoontje van RamDyne. Dan zit je goed. En je krijgt allerlei werk te doen dat de CIA vroeger altijd deed. Interessant werk.'
'Ach,' zei Sloane, 'het bestaat zelfs niet eens. Ik hoor jongens er af en toe over praten, maar ik ken niemand die ooit zo'n telefoontje gekregen heeft.'
'Maar het is wel leuk om aan het geld te denken, hè?' zei Till dromerig.

12

Bob kwam over de heuveltop en keek over het natte asfalt naar de caravan, zo'n anderhalve kilometer verderop, en de auto die ernaast geparkeerd stond. Hij trok zijn parka dichter om zich heen. De wind drong er dwars doorheen. Naast hem stond Mike, gespannen, zijn bek strak, terwijl er een zacht, woedend gegrom uit zijn keel kwam.

'Rustig, jongen,' zei Bob, terwijl hij probeerde wat zachtheid in de gespannenheid van het beest te strelen. Hij aaide over de harde nek en de fluwelige oren en na een seconde of zo negeerde Mike de vreemdelingen bij de caravan en keek Bob aan met een blik van verbazing in de diepe poelen van zijn ogen.

'Het is goed, jongen,' mompelde Bob zacht, 'het is goed. Dat zijn vrienden.' Hoewel er een sardonische toon in zijn stem klonk bij dat laatste woord.

Hij had zich al afgevraagd wanneer ze contact op zouden nemen. Het was een koude dag met veel natte sneeuw. Woeste, laag hangende wolken joegen over de Ouachita's heen. Hagel en natte sneeuw vielen in schuine banen neer, deden pijn op de huid, verzamelden zich in plassen op de weg, terwijl de wind tussen de bomen doorsneed.

Bob huiverde en liep verder.

De kolonel zat in de auto een krant te lezen. Payne leunde tegen de radiator aan.

'Goeie, Payne.'

'Hallo, Bob. Leuke hond.'

'Honden zijn niet leuk, Payne. Ze zijn goed of ze zijn slecht, wat betekent dat ze blijven of ervandoor gaan. Mike blijft.'

Payne keek hem aan met iets van een spottende grijns rond zijn donkere, grove trekken. Bob voelde de vijandigheid maar hij gaf er niet veel om. Bob maakte zich absoluut geen zorgen om Payne.

'Hoe is het met je mond?'

'Mijn vader sloeg me harder. En hij gaf me ook geen waarschuwing.'

Payne glimlachte en toonde een nieuw gebit.

'Oké,' zei de kolonel, die uit de auto stapte.

Payne deed meteen een pas achteruit.

'Stap in, Payne. Wacht in de auto op me.'

'Jawel, kolonel,' zei Payne, terwijl hij gehoorzaam in de auto stapte.

'Hallo, Swagger. Hoe gaat het?'

'Prima,' zei Bob.
'Leuke hond,' zei de kolonel.
'Zeker weten.'
'Een soort brak?'
'Brak en nog iets.'
'Nou ja. Kunnen we even praten?'
'Natuurlijk.'
Bob deed het hek open en Mike rende naar zijn hok, gehoorzaam als hij was. Bob nam de kolonel mee naar binnen.
Ze gingen aan Bobs tafel zitten en de kolonel haalde een beduimelde kopie van Bobs rapport te voorschijn.
'Ik mag wel zeggen dat dit een prima stukje werk is.'
Bob knikte.
'Het zal je misschien interesseren dat wij, onafhankelijk van jou, ook al voor een groot deel tot dezelfde conclusie gekomen zijn. We hebben ook nog wat meer informatie over Solaratov. We denken dat we een zeer betrouwbare waarneming van hem hebben buiten Huarte op Cuba. En waarom zou dat belangrijk zijn? De reden is dat het een moerassige streek is en, ook wat betreft het weer en de nabijheid van de zee, precies op New Orleans lijkt. Dus bereiden ze het schot daar misschien voor, in plaats van, zoals jij vermoedde, buiten New Orleans een proefbaan op te zetten.'
'O.'
'Maar we zijn het met je eens dat ze het zo goed als zeker in New Orleans zullen proberen.'
Bob knikte alleen maar.
Toen zei hij: 'Dus kan ik op die dag achter dat geweer zitten?'
De kolonel keek hem strak aan. Bob waardeerde een man die je het slechte nieuws zonder omwegen gaf, geen gelul, geen valse verontschuldigingen.
'Nee. Absoluut niet. Vergeet het maar.'
Bob zei niets.
'De mensen hogerop hebben dat beslist. Hij moet levend gepakt worden, discreet, om daarna te kunnen worden ondervraagd. Hij is een bron van informatie. Het gaat om meer dan persoonlijkheden. Het is een politieke kwestie. Het is plicht.'
Bob knikte.
'Ik weet dat je hem te grazen wilt nemen. Dat willen we allemaal. Maar we moeten professioneel blijven. We moeten hem als een aanwinst zien. Het gaat niet om rechtvaardigheid, of zo. Het gaat erom te doen wat nodig is.'
'Die knaap zal niet zo makkelijk aan het praten te krijgen zijn.'

'Dat laten we aan de FBI en de Geheime Dienst over. Dat zijn beroepsmensen.'
'Dus sta ik er buiten, wilt u dat zeggen?'
'Jij hebt je deel gedaan. We hadden je nódig. En nu is dat voorbij.'
Bob gromde. Het was net als in Vietnam. Bedankt en val maar dood.
'We zullen je een cheque sturen.'
'Het geld is niet nodig. Het was me een eer.'
'Het is niet veel. We wilden je niet beledigen. Het is een maandgage op het niveau van een artillerie-sergeant.'
'Prima. Bedankt.'
'Swagger, als ik die deur uitloop is het afgelopen. Je moet je er niet meer mee bemoeien, begrepen?'
'Ja zeker.'
'Ik heb een risico genomen, een groot risico, door je zoveel te vertellen. Je bent dingen te weten gekomen die geen enkele burger ooit gehoord heeft. We moeten je kunnen vertrouwen.'
'Absoluut,' zei Bob.
'Swagger, als jij in dat gebied opduikt met een geweer, als jij iets stoms doet om die Solaratov te pakken te nemen, kan je de hele operatie verpesten. Je zou zelf doodgeschoten kunnen worden, je zou die smeerlap kunnen laten ontsnappen. Wij vertrouwen op jouw discipline, jouw hulp.'
'Jawel, kolonel.'
'En dat betekent dat je je gewoon gedeisd moet houden. Heb je dat begrepen? Kun je professioneel zijn?'
'Ik ben altijd een professioneel man geweest, kolonel.'
Weer viel er een vreemde pauze in het gesprek. De kolonel wendde zijn blik af. Hij was duidelijk bezorgd. Bob keek hem alleen maar aan en was zich vaag bewust van het verstrijken van de tijd. Hij had behoefte aan een drankje. Voor het eerst in jaren had hij de uitzonderlijke behoefte een fles Tennessee-whiskey te openen en zich erin te verliezen en te zien waar hij de volgende ochtend of de volgende week terecht zou komen, in wiens bed, in welke gevangenis.
Verdomme.
'Maar ik begrijp niet...'
'Wat?'
'Welke geheimen kan die kerel hebben? Hij is een schutter, dat is alles. Hij gaat een geweldige president vermoorden. Laat mij daar zijn en dan kan ik hem te pakken nemen met een .308 met holle punt. Dat is wat hij verdient.'
De kolonel keek hem nog steeds niet aan.
'Ik ga je vertellen waarom we hem levend in handen moeten krijgen. Ik

ga je vertellen waarom dat absoluut nodig is. Het zou wel eens kunnen blijken dat jij niet de eerste Amerikaan bent die hij raakte en dat Donny niet de tweede was.'

'Is hij eerder in Vietnam geweest?'

'Hij is inderdaad al eerder op pad geweest. Maar dat was niet in Vietnam. We hebben een betrouwbare waarneming van hem in Mexico Stad, Swagger. Het staat op film, Mexico Stad. Achttien november, 1963. Onze mensen volgden hem. Maar ze raakten zijn spoor kwijt op het vliegveld. Op achttien november, 1963, waren er drie vluchten uit Mexico Stad. Naar Dallas, in Texas.'

De kolonel staarde hem lang aan.

'We hebben hier heel lang aan gewerkt, Swagger. We willen deze jongen te pakken krijgen. Hij is een oude vos en we willen hem grijpen, omdat we dan de antwoorden kunnen krijgen op een paar zeer interessante vragen.'

'Ik begrijp het,' zei Bob. 'Ik ging mijn boekje te buiten. Het spijt me.'

'Oké,' zei de kolonel. 'Overigens, mijn naam is Raymond Davis. Ik ben een hogere planningsofficier van de CIA, zoals je ongetwijfeld al geraden hebt. Deze operatie heeft de codenaam *Ginger Dragon* en er zijn meer dan driehonderd mannen bij betrokken. Je begrijpt toch dat àlles dat ik je verteld heb een absoluut topgeheim is?'

'Jawel, kolonel.'

'We hebben een paar doorgewinterde waarnemers nodig, Swagger. Mannen met telescoopvizieren, die Solaratov voor ons kunnen vinden, zodat wij hem kunnen grijpen. Ik denk dat jij de beste man voor dat soort werk bent.'

'Dat is wel waar, denk ik.'

'Geen geweren. Je moet ons alleen je ogen en je brein geven. Maak deel uit van ons team. Geen solowerk. Werk met ons samen om die man te grijpen. Zet hem de dood van Donny Fenn op die manier betaald. Dat is de manier waarop je hem pakt, Bob. Kun je hem zo pakken?'

'Ik pak hem,' zei Bob.

Hij had weer een van zijn slechte, slapeloze nachten en werd wakker, gewikkeld in doorweekte lakens, zijn heup pijnlijk kloppend, terwijl het beeld van Donny's levenloze ogen in zijn geheugen gegrift stond.

Díe verdómmeling, dacht hij, denkend aan de man die op hem gejaagd had, zoals hij op zoveel anderen gejaagd had.

Hij voelde zich wraakzuchtig en hij wist dat het hem stom en slordig kon maken en hij wilde weer dat hij een manier wist om zichzelf te beschermen, niet tegen hèn, wie ze dan ook echt waren, maar tegen zichzelf, voor zijn eigen begeren en toegeeflijkheid.

En toen kreeg hij een idee. Het was in feite erg eenvoudig: het betekende een paar minuten solderen, een zekere aanpassing, en dan was hij tenminste in één opzicht beschermd tegen hen, als ze hem op de een of andere manier wilden gebruiken.
Hij lachte erom toen hij klaar was. Het was maar zo'n kleine aanpassing. Hij zette de Remington .308 weer in elkaar, veegde het af met *Stealth* om het tegen vocht te beschermen en zette het terug in zijn geweerkluis. Hij zou graag de blik van iemand zien als ze daar de trekker van overhalen!
Hij sliep verder, zonder te dromen.

13

Onder de paraplu van het presidentiële bewakings- en voorbereidingsteam, aan de uiterste rand van de 'meewerkende bewakingsagentschappen' en ergens in die menigte, zittend in een auto met een kop koude koffie, een rode button op zijn revers en een gedragsprobleem, bevond Nick Memphis zich om half tien op de ochtend van de dag van de toespraak van de president. Hij was een van de vele duizenden politie- en FBI-agenten, militair personeel en dergelijke die hun weekend op moesten geven omdat de president – wiens populariteit in de Latino-gemeenschappen na de oorlog zo groot was, maar nu begon af te nemen – had besloten de Vrijheidsmedaille te verlenen aan de Salvadoriaanse aartsbisschop Jorge Roberto Lopez.

Nick zat alleen, wat hij minder plezierig vond. Op de een of andere manier had hij meer verwacht, omdat hij de afgelopen drie weken zo dapper met de Geheime Dienst samengewerkt had, trouw en gehoorzaam geweest was als een hond, alles gedaan had wat Howdy Duty hem vroeg, en er ook nog bij had geglimlacht. Maar op belangrijke momenten vallen alle organisaties terug op oorlogsvoering volgens de regels en tot Nicks spijt merkte hij dat de Geheime Dienst de FBI absoluut niet in de buurt van de grootse zichtbaarheid en verantwoordelijkheid wilde hebben. Dus was hij naar een uithoek van het bewakingsgebied verbannen. Erger nog, Mickey Sontag, zijn meest recente partner, was ziek, dus moest de arme Nick de dag alleen doorbrengen.

Hij zat nu zo'n vier straten verwijderd van de route van de stoet en de plaats van de toespraak in St. Ann Street in het Franse Kwartier, een straat of twee af van de felle kleuren van Bourbon Street en de menigte toeristen. Om hem heen stonden oude bakstenen huizen, allemaal zeer schilderachtig, allemaal in pasteltinten geverfd, allemaal met luiken voor de ramen. Voor hem, in de verte, kon hij de groteske smeedijzeren boog zien die de ingang tot het Louis Armstrong-park op North Rampart aangaf. Die boog was een van de redenen waarom het Witte Huis het park gekozen had: door die poort was de toegangsweg zo smal. Men was, als gevolg van de oorlog in de Perzische Golf, nog steeds bang voor terroristen. De zon scheen helder en af en toe stroomden er groepen mensen langs, in de hoop al vroeg een goede plaats te krijgen om de president langs te zien rijden, of om zijn toespraak te horen.

Afwezig luisterde Nick naar de bewakingsradiozender, Kanaal 21 op zijn

autoradio, terwijl Phil Mueller de hele operatie commandeerde vanuit een communicatiecentrum van de Geheime Dienst op het dak van de Gemeentelijke Gehoorzaal vlak bij de plaats van de toespraak.
'Eh, dit is Vliegveld, *Flashlight* is geland en taxiet nu naar de hangar.'
'Begrepen, Vliegveld, dit is Basis Zes.'
Nick herkende Muellers autoritaire stem over de radio. Hij wist dat Howdy Duty vlak naast hem zou staan, eigenlijk meer uit overwegingen van public relations, om het profiel van de FBI hoog te houden, dan om redenen van veiligheid. Nick probeerde iets voor Utey te voelen, positief of negatief. Maar hij kon zich er niet toe brengen de vent te haten, zelfs na Tulsa, al die jaren geleden. Nick had gewoon geen haat in zich, geen greintje.
'Alle teams op hun plaats. We wachten er nu op dat *Flashlight* uit het vliegtuig stapt.'
'Bedankt, Vliegveld. Meld alsjeblieft wanneer *Flashlight* uit het vliegtuig is en de stoet weggereden is.'
'Begrepen en uit, Basis Zes.'
'Eh, mensen, het uur Nul is bijna daar. Ik wil even een laatste controle uitvoeren om er zeker van te zijn dat iedereen op zijn post is. Dus wil ik dat jullie je op nummervolgorde melden.'
Een voor een meldden de bewakingseenheden zich in een storm van verveelde, bevelende stemmen, krakerig en dof over de vervormende omroep – allemaal, want Mueller hield zich aan de regels. Dat waren drie helikopterteams, meer dan vijftig man verspreid over de daken, misschien zo'n vijfenzeventig politie-eenheden bij verscheidene kruispunten en langs de route van de stoet, al de belangrijke uitkijkposten in de directe omgeving van de plaats van de toespraak, en natuurlijk de topmensen van de Presidentiële Bewakingseenheid, waarvan velen al vooruitgereisd waren en hun positie al ingenomen hadden.
Toen het Nicks beurt was meldde hij zich.
'Eh, Basis Zes, dit is FBI Vier, ik ben op mijn post in St. Ann Street. Eh, alle activiteiten normaal. Ik zie niets op de daken en ik heb ook geen zichtbare activiteiten in raamopeningen.'
'Oké, FBI Vier, houd je ogen open, Nick,' zei Mueller.
De persoonlijke herkenning deed Nick goed. Niet dat het ook maar iets betekende.
'Vier uit,' zei hij en bepaalde zich weer tot het in de gaten houden van wat er om hem heen gebeurde, wat niet veel was. Hij schoof onbehaaglijk heen en weer, omdat zijn Smith 1076 in het platte heupholster, boven zijn rechterbil, zat zoals dat voorgeschreven werd door de FBI, en hoewel het pistool plat was, in tegenstelling tot een revolver, drong het pijnlijk in zijn huid. Veel agenten stopten hun pistool heimelijk in het dashboard-

kastje als ze rondreden, maar Nick hield zich altijd aan alle regels, dus liet hij het pijnlijke ding onder zijn colbert zitten.
Terwijl hij daar zat, draaide hij de radio wat lager en probeerde zijn gedachten te concentreren op de zaak Eduardo Lanzman, want hij wilde zich er werkelijk aan wijden zogauw *Flashlight* de stad uit was. Het rapport uit El Salvador, dat net binnengekomen was, bleek teleurstellend te zijn: de Nationale Politie van El Salvador had geen Lanzman in zijn gelederen, en wie kon hier het tegendeel bewijzen? En Nick had de researchmensen van de FBI ook gevraagd iets uit te zoeken over die Ram-Dyne-eenheid waar Till het over gehad had, en hij dacht...
Maar toen hoorde hij het bericht over de radio: 'Eh, Basis Vier, *Flashlight* is uit het vliegtuig gestapt en de stoet staat op het punt te vertrekken.'
'Oké, mensen, opletten, nu,' zei Basis Zes. 'We gaan beginnen.'

'Eh, Basis Vier, *Flashlight* is uit het vliegtuig gestapt en de stoet staat op het punt te vertrekken,' hoorde Bob over de radio. Toen: 'Oké, mensen, opletten, nu. We gaan beginnen.'
'Dat is het, Bob, de zaak rolt nu.' Het was Payne, die vlak bij zat.
'Oké,' zei Bob, 'ik hoor het duidelijk en ben er klaar voor.' Maar hij wilde dat hij een geweer had en voelde zich een dwaas nu hij er geen had.
Hij zat op zo'n vierhonderd meter van de plaats van de toespraak van de president af in een kamer op de vierde verdieping van een oud huis op St. Ann Street, maar hij keek niet naar het park, hij keek de andere kant op naar en over het Franse Kwartier. Hij staarde door een Unertl 36× telescoopvizier dat hij zorgvuldig gericht had op de kerktoren, nog zo'n duizend meter verderop. Het was de toren vanwaar hij voorspeld had dat het schot zou komen. Payne en een geüniformeerde smeris van de politie in New Orleans zaten bij hem. Payne aan de radio, Timmons, de smeris, zat er gewoon bij.
Hij hoorde de bewakingsmensen op hun radio-omroep.
'Eh, Basis Zes, dit is Alpha Een, we naderen Eenheid Tien met ongeveer 45 mijl per uur, wij zijn er om ongeveer 11.30 uur, heeft u dat ontvangen?'
'Jazeker,' zei Basis Zes. 'Eenheden Tien en Twaalf, *Flashlight* en zijn vrienden komen zo dadelijk door jullie gebied heen.'
'Oké, Basis Zes, alles is hier in orde. Over en uit.'
Bob vond het net een grote lucht-grond-operatie in Vietnam, een samenspel van elementen die allemaal in volmaakte harmonie bewogen en geleid werden door de een of andere commandant over de radio, terwijl de verscheidene eenheden door wiens sector *Flashlight* reed hun meldingen doorgaven.
'Eh, Basis Zes, dit is *Ginger Dragon* Twee, op dit moment is alles rustig in onze zone,' hoorde hij Payne in de microfoon zeggen.

'Dat is begrepen, *Ginger Dragon* Twee, onze arrestatieteams staan klaar.'
'Zie je al iets?' vroeg Timmons hem nu. Hij was een grote, stugge man, wiens buik in zijn uniform spande. Hij leek nerveus te zijn.
Bob tuurde door de telescoop. Hoewel het doelwit zoveel verder weg was, kon hij drie bouwvallige gebogen openingen zien onder de spits van de toren, elk ervan voorzien van galmborden, elk ervan vuil en onaangeraakt.
'Het is het middelste raam,' zei Payne, nu kalm.
'Ik weet welk raam het is,' zei Bob. Waarom prááten die kerels zoveel? 'Ik zie geen beweging.'
'Misschien is hij er nog niet,' zei Timmons.
'O, hij is er wel degelijk. Het uur Nul is te dichtbij. Hij is er.'
Als hij er is, dacht Bob, dan zit hij daar. Hij zit nu heel stil en hoewel we hem niet kunnen zien, bereidt hij zich voor op het schot. Hij heeft dat schot, zo getrouw als maar mogelijk is, duizend, misschien wel tienduizend keer geoefend. Ik weet dat ik dat zou doen als ik in zijn schoenen stond. Maar hij is een beetje zenuwachtig. Hij zal alleen willen zijn en rust om zich heen willen hebben. Als er anderen bij hem in de ruimte zijn, zullen ze daar alleen maar zitten, zonder enig geluid te maken, zodat hij alle benodigde kracht kan verzamelen.
Volgens kolonel Davis had een zeer kundig FBI-team voor het afluisteren van ambassades, discreet lichtgevoelige sensoren in de klokketoren aangebracht, en de sensoren hadden geregistreerd dat er elke nacht tussen vier en vijf uur een werkgroep van vijf man de ruimte binnengekomen was om voorbereidingen te treffen. Bob nam aan dat ze geluidsisolatie aanbrachten op de muren en een schietplatform maakten voor de goede hoek tot de plaats van de toespraak op veertienhonderd meter afstand. Op het juiste moment zouden drie of vier galmborden weggehaald worden, hij zou richten en schieten en dan zou het team de galmborden terugplaatsen. Het moment van kwetsbaarheid zou zo'n tien seconden duren.
'*Ginger Dragon* Zes, we beginnen onze arrestatie-operatie.'
'Houd het discreet, arrestatieteams.' Bob herkende de stem van kolonel Davis, die deze operatie leidde, deze operatie die deel uitmaakte van het grotere drama van de aankomst en bewaking van de president.
'Godverdomme,' zei Payne, 'ze staan klaar om die smeerlap te grijpen.'
Bob keek op zijn horloge. Het was nu nog maar 11.15 uur, nog een uur voor het grote gebeuren.
'Man, ik hoop dat die teams er geen puinhoop van maken. Dat is een doodnerveuze man. Hij heeft zelf een stel waarnemers om zich heen die ervoor zorgen dat hij niet ontdekt wordt.'

'Dat zijn de besten die er zijn,' zei Payne. 'Die jongens hebben hier heel lang voor getraind. Er wordt vandaag heel veel betaald gezet, dat kan ik je wel vertellen. De tijd is gekomen.'
Er was nu iets filmachtigs en dramatisch aan Payne en dat irriteerde Bob.
'*Ginger Dragon* Twee, jullie hebben het beste zicht op het doelwit. Hebben jullie iets te melden?'
'Hij praat tegen jou, Swagger.'
'Dat is een nee. Maar als ze er zijn, dan zijn ze er gisteravond laat waarschijnlijk al gekomen. En ze zitten daar heel rustig. Zeg ze dat maar. Gebrek aan activiteit is te verwachten.'
'Eh, *Ginger Dragon* Zes, dit is *Ginger Dragon* Twee, eh, waarnemer heeft tot nu toe een negatief.'
'Weet hij dat zeker?'
'O, Jezus,' zei Bob. 'Zeg hem dat ze er zijn, godverdomme, en dat ik het wel zal zeggen als ik hem zie, en dat dat zal zijn op het moment dat hij schiet, en dat hij, godverdomme, zijn mensen dan maar zo snel mogelijk naar binnen laat gaan.'
Het was nu niet de tijd om te twijfelen aan het scenario. Ze geloofden er allemaal in. Ze hadden er gisteren de hele middag kalm over gesproken.
'Eh, we zijn hier nog vol vertrouwen, *Dragon* Zes,' zei Payne.
Dat is het wat operaties heeft laten mislukken en wat de dood van mensen in het veld veroorzaakt heeft – die plotselinge twijfel van het laatste moment, als de klap van een zweep: het veranderde mensen in debielen. Bob had het zo vaak gezien. Het was nu net wat sluipschieten niet was.
'Misschien moeten we wel eerder naar binnen gaan,' zei *Ginger Dragon* Zes.
'Als je dat doet, krijg je niets,' zei Bob. 'Hij zit er. Verdomme, ik vóel het. O, hij zit er, met zijn geweer en hij bereidt zich voor.'
Hij wilde dat hij ook een geweer had.
'Oké, Alpha-team, dit is Basis Zes, de aankomst van *Flashlight* wordt over vijf minuten verwacht.'

'Basis Zes voor Alpha. *Flashlight* is nu in jullie zone.'
'We zien hem, Basis Zes, dank je, goed werk.'
'Dakteam, dit is Basis Zes, enige activiteiten?'
'Nee, Zes, alles verlaten behalve onze mensen.'
'Houd me op de hoogte, Dakteam, we zijn nu bijna op het tijdstip van maximale kwetsbaarheid.'
'Begrepen, Zes.'
'Alle teams, maximale kwetsbaarheidsconditie, zet je schrap, mensen, zet je schrap.'
Zet je schrap! Nick voelde zich zo zeer erbuiten dat hij bijna moest la-

chen. Dit is jouw leven, Nick Memphis. Hij zat alleen in de auto in een zone die zo verlaten was dat hij de indruk wekte geplunderd te zijn, of op een scène uit een science-fiction film *Na het einde van de wereld* leek. Al de toeristen hadden zich weggehaast om een glimp van de president op te vangen. Hier zat hij, ver van de gebeurtenissen verwijderd.
Toen zag hij hem. De stoet reed snel over North Rampart Street, het hek naar het park werd snel even geopend en erdoorheen schoten de Lincoln van drie miljoen dollar van *Flashlight*, waar geen enkele kogel in door kon dringen, zestien motoragenten van de politie van New Orleans, de bestelwagen van de bewakingseenheid en twee wagens vol verslaggevers en televisiemensen. En toen waren ze verdwenen.
Man, dacht Nick, ik zit zo ver aan de buitenkant dat er geen binnenkant is.
Hij probeerde alert te blijven vanwege het ritueel en de grote Smith in het platte holster hielp hem daar wat bij. Het wapen deed hem pijn, maar op een vreemde manier genoot hij ervan.
Toch voelde hij zich steeds een beetje schuldig. Hij had het makkelijkste deel van de taak gekregen, want hij wist dat de veertig minuten van Maximale Kwetsbaarheid, waarin *Flashlight* onbeschermd was, de meest angstwekkende – en opwindende – waren voor de geheime agenten die de operatie nu uitvoerden.
'Eh, Alpha Vier aan Alpha Response, ik heb een verdachte in de vierde rij, links. Kunnen we een team op hem afgestuurd krijgen, en rap?'
Het was het team dat de menigte in de gaten hield.
'Alpha Vier, de Latijnsamerikaanse knaap, met de zwarte overjas, hè?' kwam Muellers reactie van het dak van de Gemeentegehoorzaal vlak naast het podium, dat voor een ondiepe vijver opgebouwd was.
'Dat is hem. Hij heeft een onzekere, gespannen blik en zijn handen heeft hij in zijn zakken. Ik kan niet zien of hij alleen is.'
'Eh, oké, Alpha, we gaan erop af.'
Het team bewoog snel voorwaarts om de man die ze als een mogelijke verdachte beoordeeld hadden, af te zonderen. Nick benijdde het team om de actie, zelfs als het op niets uit zou blijken te lopen, zoals in negenhonderdnegenennegentig van de duizend keer.
'Oké, Alpha Vier, de man heeft net zijn dochtertje opgetild om de Grote Man te zien, en hij heeft nog drie kinderen bij zich.'
'Terugtrekken dan, Alpha Vier. Goed werk.'
Nick hoorde gejuich en gelach door de lege straten weerklinken. De president had een grapje gemaakt. Hij keek op zijn horloge. Ze liepen een beetje achter op het schema. Het was bijna twaalf uur en de toespraak zou om 11.45 uur beginnen, maar de president was nog maar net begonnen te praten. Hij had de plattegrond van de plaats gezien en het verbaas-

de hem hoe precies deze gebeurtenissen voorbereid werden. Er was zelfs een repetitie voor de Bewakingseenheid geweest om hen te laten wennen aan de bewegingen, aan de hele situatie, zodat ze de plaats tenminste een beetje kenden als er iets verschrikkelijks gebeurde.
Maar Nick kon zich van de plattegrond herinneren waar *Flashlight* zou staan en waar de aartsbisschop, geflankeerd door zijn eigen lijfwachten. De rest van de knapen op het podium waren volgelingen, twee stafassistenten, en *Mr. Football*, zoals de kolonel van de Luchtmacht genoemd werd. Hij stond altijd een discrete drie meter achter *Flashlight* met een aktentas vol nucleaire afvuurcodes van die dag. Nick kon zich hen voorstellen daar op dat podium in de glorie van de menigte, die gelukkige mannen die de wereld regeerden, en die zich deze dag aan het eind van hun leven niet eens meer zouden herinneren.
'Eh, Helikopter Vier, dit is Basis Zes. Kun je een halve cirkel naar rechts van zo'n achthonderd meter maken? Ik heb een melding van de politie van New Orleans van activiteit op een dak. Het betreft sectie Lina-Dertien-Tango. Een agent daar zegt dat hij denkt dat hij iets zag. Mijn schuttersteam in die zone zegt dat het vals alarm is, maar neem toch maar een kijkje, oké, grote jongen?'
'Dat is een grote ja, Alpha Zes,' kwam de stem van de helikopterpiloot, en Nick hoorde het ding overkomen, een zwarte *Huey*.
'Eh, Basis, alles oké, hier. Jouw agent moet een spook hebben gezien.'
'Oké, Helikopter. Goed werk.'
Het gebrul van de helikopter werd minder.
Nick was weer alleen op het maanoppervlak.

'Tijd?' vroeg Bob, en hij verstond het antwoord niet door het gebrul van de helikopter. Toen het geluid afnam vroeg hij het weer.
'Elf zesenvijftig, maat,' kwam Paynes antwoord.
Bob ademde zwaar uit, een stomme handeling omdat het zijn oogplaatsing tegen het vizier beïnvloedde. Hij knipperde, raakte het beeld kwijt en zag toen een zwarte halve maan in zijn gezichtsveld, omdat hij het vizier niet goed richtte. Zijn hart bonsde.
Godverdomme! Rustig, man, prentte hij zichzelf in.
En daar was het weer. De boog in de toren, volmaakt duidelijk, en de oeroude galmborden die het beeld afschermden. Hij staarde ernaar alsof hij zichzelf erdoorheen wilde gieten, en hoopte ten zeerste dat wat hij daar wilde zien, er ook was. Het was zo ver weg, veertienhonderd meter van het doelwit, maar net dichtbij genoeg voor een schutter van wereldklasse als T. Solaratov.
Waar zit je, smeerlap?
En toen zag hij hem. Hij zag de sluipschutter.

Het was een vaagheid in het licht achter de galmborden, een beweging, een samenkomst van lijnen. Terwijl hij in zijn geest zijn uiterste best deed het spel van licht en donker om te zetten in een beeld, besefte hij dat de schutter zich, zo'n vier meter naar achteren, op een schietbank, klaarmaakte voor het schot. En in de volgende seconde vormde het geheel zich in zijn hoofd. Want nu zag hij ook de sobere bewegingen van de anderen in de ruimte, zeer traag, zeer rustig, maar toch: beweging. Er zat een man achter een vizier naast de schutter en twee mannen, verder van het raam af. En toen zag hij hoe, met de traagheid van de beweging van een glazenier, een galmbord en toen een tweede en nog een derde weggehaald werden. De diagonale opening onder de boog was zeven centimeter breed. Erachter zag hij iets bewegen of verstrakken.

Zeer rustig zei Bob: 'Payne, hij is er. Ik heb hem. Over een minuut of zo gaat hij schieten. Stuur die jongens naar binnen, nú, godverdomme. Stuur ze naar binnen. Hij is er, hij is er.'

'*Ginger Dragon*, we hebben hem, actie, actie, actie,' zei Payne.

'Je hebt hem,' schreeuwde Timmons, de agent, 'je hebt hem.'

'Stuur die jongens naar boven, snel,' zei Bob, 'hij is klaar om te schieten.'

Jezus, hij wilde dat hij een geweer had. Het was zijn schot. Het was een schot dat hem al die jaren in leven gehouden had – om die smeerlap daar te hebben, die man die Donny Fenn doodde, de man die zijn heup kapotschoot en een einde maakte aan het leven waarvoor hij geboren was, om hem precies te hebben waar de Remington wilde gaan, precies waar hij hem kon richten. Zijn trekkervinger begon te bewegen en hij stelde zich de terugslag voor terwijl hij het geweer afvuurde. Hij kon de trekker helemaal overhalen en een .308 met holle punt afvuren en die rotzak naar de hel sturen, zijn hart en ruggegraat helemaal over New Orleans verspreiden.

'Godverdomme, waar zijn ze? Laat ze opschieten. Hij gaat…'

'Alle eenheden, oprukken, *Ginger Dragon*, actie, actie, actie,' hoorde hij Payne in de microfoon roepen.

Waar waren ze? Er zou een helikopter boven moeten hangen, FBI-mannen in zwart die afdaalden, mannen die van alle kanten aanvielen, mannen met geweren, doelbewust, om te voorkomen…

'Waar zijn ze?'

Bob zag de vlam toen Solaratov vuurde.

'Bob?'

Hij draaide zich om en Payne schoot hem van een afstand van twee meter in de borst.

Nick geeuwde en…

Hij hoorde het geluid van een schot.
Hij verstijfde erdoor. De wereld leek stil te staan en zijn hart voelde aan als een brok steen.
Toen ontplofte de radio.
'*Mijn god, Flashlight is neergeschoten!*'
Hij ging rechtop zitten en slikte weer.
Het schot kwam van vlakbij.
'We liggen onder vuur op het podium, *Flashlight* is getroffen en neergestort, mijn god!'
'Alpha-Actueel, Alpha-Actueel, alle eenheden, Alpha-Actueel!'
Actueel was het codewoord. Het betekende dat iemand schoot, of geschoten had, op de president.
'Doctoren, medisch personeel naar het podium. Haal die mensen daar weg.'
'Dokter, dit is Alpha Vier, we hebben u zo spoedig mogelijk nodig. De man is getroffen en gevallen, o, Christus!'
'Uit de lucht, Alpha Vier, jouw dokter is er al. Lig je nog steeds onder vuur?'
'Nee, Alpha Zes, ik denk dat het twee, misschien drie, schoten waren. Ik weet niet… o, Christus, er ligt hier overal bloed.'
'Dit is Basis Zes. Alle eenheden hebben toestemming om te vuren als jullie een doelwit hebben. Dat zijn jullie, schuttersteams.'
'*Waar zit die verdomde dokter? Er ligt hier overal bloed. Er zijn mensen neergeschoten!*'
Nick luisterde er gefascineerd en vol afschuw naar.
'Hebben we een plaatsbepaling van het schot?'
'Het was een ver schot, Phil, ik denk dat het van ergens daar achter Rampart Street kwam, uit een van die verdomde huizen, misschien dat hoge wel.'
'Oprukken, mensen.'
'Absoluut niet, dit is Basis, godverdomme. We moeten de helikopter laten landen om de Grote Man hier weg te halen.'
Maar ik, dacht Nick. Ik moet wat doen. *Ik moet wat doen.* Hij stapte uit de auto en haatte zichzelf voor de vijf seconden of zo die hij verspild had.
Zonder het te willen had hij plotseling de Smith in zijn hand. Zijn duim ging omhoog en haalde de veiligheidspal over.
Hij rende in de richting van het schot, links in het grote huis op nummer 415 St. Ann Street.

Payne sleurde hem naar een andere kamer. Hij voelde het bloed op zijn borst, warm als urine. En het was zoveel. Het voelde net als de vorige keer.

In het felle licht kon hij, terwijl zijn hoofd heen en weer zwaaide en zijn benen gevoelloos werden, een schietbank zien, opgebouwd uit blokken cement en verweerde stukken hout en erop lag een geweer, enigszins naar beneden gericht, op een laag zandzakken. Het was een Remington 700 met een zware loop en een Leupold Ultra 10× vizier.
De agent van de politie van New Orleans praatte dringend in de microfoon van zijn radiozender.
'Basis Zes, dit is Victor-Zeven-Twintig, ik heb blanke verdachte met geweer neergeschoten op vijf-één-vier St. Ann Street. Stuur versterking. Ik herhaal, Basis Zes, dit is Victor-Zeven-Twintig, ik heb verdachte op de zolder van vijf-één-vier St. Ann Street neergeschoten. Stuur versterking.'
Toen keek Bob naar het geweer.
Het was zijn eigen geweer.
'Ik heb hier het gewonde slachtoffer,' zei Timmons. 'Stuur mensen hierheen. Stuur een ambulance. Stuur een dokter. Snel!'
'Oké, laat hem daar liggen,' zei de kolonel die uit de schaduw stapte, terwijl Bob op de grond gleed, 'en laten we maken dat we hier wegkomen.'
Bob zat daar en voelde hetzelfde als wat hij gevoeld had op die helling toen de kogel door zijn heup was gegaan: geschoktheid, haat, pijn, maar voornamelijk woede over zijn eigen stomheid.
Het was afgelopen met hem. Zijn ademhaling was traag en ruw als een trein die uit de rails gelopen was en nu over de klinkers rommelde. De hydrostatische schok die door hem heen geschoten was met het binnendringen van de kogel bracht al zijn organen in de war. Hij voelde het bloed in zijn longen. Hij voelde nog geen pijn, maar wel die vreemde sensatie van verlies, van vervaging, van het leven dat uit hem wegvloeide.
Maar toen knapte er iets in hem.
Nee, je laat het niet gebeuren
Je bent al eerder aangeschoten
Je kunt je erdoorheen vechten
Wees een marinier
Hij haalde diep adem en in zijn woede en trots vond hij iets dat door kon gaan voor energie en zonder het proces te forceren stond hij op, weer verbaasd dat hij helemaal geen pijn voelde, en met een vreemde, vastberaden pas begon hij naar de deur te lopen.
'Jezus, hij is gek geworden!' hoorde hij de angstige kreet van de smeris en toen klonk er weer een schot. De kogel raakte hem hoog in de schouder en ketste af op het bot – een zware inslag en een gloeiende pijn – maar toen was hij de deur uit en er waren maar twee treden te gaan naar een raam. Hij sprong erdoorheen, voelde het raam versplinteren, en te midden van een regen van glas viel hij door helder zonlicht, God mag weten waarheen.

Nick keek verward om zich heen. Hij was de binnenplaats van het grote, bakstenen huis ingelopen, omdat hij de agent over de radio had horen zeggen dat hij een verdachte getroffen had. Maar dat was op nummer 514. Hij was op 415. Hij hoorde het gebrul van een overvliegende helikopter. Hij hoorde loeiende sirenes.
Maar hij stond in het zonlicht en vroeg zich af of hij terug moest gaan naar de straat om het nummer te controleren. Misschien was hij in het verkeerde gebied, dacht hij. Het leek hier net een doolhof. Het gebouw was verwaarloosd en vervallen, omgeven door veel meer huizen. Jezus, stuk voor stuk konden ze het huis zijn waaruit de oproep gekomen was.
Hij verstijfde en vroeg zich af wat hij in godsnaam moest doen, waar hij naartoe moest gaan, wie het bevel had gegeven. Het pistool werd zwaar in zijn hand. Hij voelde zich idioot en dramatisch en tegelijkertijd wilde hij dat hij een zonnebril droeg, omdat het zonlicht zo fel was.
Toen hoorde hij, recht boven zich, iets dat klonk als het breken van honderden ijsblokjes en hij keek op in het stralende licht. Te midden van een wolk glassplinters was een man dwaas genoeg uit een raam op de vierde verdieping gesprongen. Nick keek toe terwijl hij met een angstwekkende acceleratie naar beneden viel, maar zo'n vijf meter onder het raam landde hij met een verbijsterende, stof opwerpende klap op het schuine dak van een erkerraam, rolde er vanaf en viel weer verder. Deze keer wist hij als door een wonder van sierlijkheid en behendigheid beheersing over zijn lichaam te krijgen, zodat hij op zijn voeten neerkwam, half en half op de houten trap die langs de zijkant van het huis liep. Hij sprong van de trap af.
Nick staarde verbijsterd naar hem.
De knaap zag eruit als de dood in eigen persoon, mager en blond met spleten van ogen en een diepbruine huid. Hij droeg laarzen, een spijkerbroek en een blauw werkhemd. Hij zat onder het bloed en toen hij probeerde te gaan staan, viel hij achterover. Maar toen wist hij zich toch weer rechtop te houden.
Nick richtte de 10 mm en gilde: 'Sta stil, sta stil, FBI, godverdomme, sta stil!'
De man viel op zijn knieën toen vermoeidheid en bloedverlies hem overweldigde en zijn hoofd zakte naar voren. Hij leek bijna in elkaar te zakken en Nick rende naar voren, terwijl hij de handboeien uit hun houder aan zijn riem rukte. Hij ging achter de man staan en werkte een van de boeien met zijn vrije hand om een pols, terwijl hij de Smith in zijn andere hand hield. Hij rook de geur van bloed en zweet en voelde de man huiveren en kreunen.
'Ze hebben me belazerd,' zei de man maar steeds. 'Ze hebben me zwaar belazerd, belazerd, belazerd.' De stem was er een uit het diepe zuiden, en klonk als een getokkelde banjosnaar.

Terwijl hij de geboeide hand omhooghield, schoof Nick de Smith terug in de holster en tastte naar de andere pols om die naar de boeien op te brengen.
Even wist Nick dat hij hem had en toen veranderde alles, want de man schoot, met een kracht die Nick verbijsterde, onder hem omhoog en Nick verloor zijn evenwicht, tastte naar zijn Smith, maar tegen die tijd was het te laat, terwijl de man onder hem in een slang leek te veranderen.
De wereld barstte uiteen toen Nick, deskundig onderuit gehaald met een judogreep, neerstortte, waardoor zijn adem uit hem geperst werd. Hij probeerde zich op te richten, maar in plaats daarvan zag hij de man boven zich, die zijn hele blikveld vulde, maar deze keer was die gespannen als een cavaleriesoldaat met een sabel, behalve dat er geen sabel was, maar een elleboog die tegen Nicks jukbeen klapte.
In de volgende seconde voelde hij, te midden van het gebrul in zijn hoofd en de schok, een hand naar zijn pistool grijpen, terwijl hij zwakjes probeerde het te voorkomen.
'Nee, God!' schreeuwde hij, greep de hand, maar faalde zelfs toen.
Nu stond de man over hem heengebogen, het pistool op zijn hoofd gericht. De mond van de loop leek hongerig en zwart en kon elk moment een vlam uitspuwen, en dat zou dan alles zijn.
Nick was dood. Hij aanvaardde zijn eigen dood, voelde het in zich opkomen. Maar toen keek hij verbaasd langs het pistool naar het boven hem hangende gezicht van de man, dat een angstige uitdrukking had. Het leek alsof hij opkeek in het gezicht van een gehangene, vol lijden en wanhoop, en met toch iets vreselijks en blijvends in die grijze ogen.
Medeleven, dacht Nick, maar hoewel hij het herkende kon hij het niet geloven.
Toen ging de man ervandoor, half rennend en bloed verliezend.
Nick stond op om hem te achtervolgen, maar er floot een kogel langs zijn hoofd, afgevuurd van boven, en joeg een wolk stof op bij de voeten van de man. Er klonken nog twee schoten, weer twee missers, en toen was de man het hek uit en zat hij in Nicks auto.
O, Jezus, dacht hij, want in zijn haast had hij de sleutel in het contactslot gelaten.
De auto startte, trok op en was verdwenen.
'Godverdomme, godverdomme, ik heb hem gemist, verdomme heb de smeerlap twee keer geraakt, verdomme.'
Nick draaide zich om en zag een dikke, bezwete politieagent naar hem toerennen, de trap af. Hij schreeuwde onophoudelijk en zwaaide met een Beretta die hij in een dikke hand hield.
'Ik ben van de FBI! Meld het!' schreeuwde Nick, toen hij de radiozender van de man zag.

‘Eh, Basis Zes, waar zitten jullie? Dit is Victor Zeven-Twintig. Ik heb de verdachte twee keer geraakt, maar hij bleef, verdomme, lopen en hij heeft een kerel besprongen en is er met zijn auto vandoor. Wat is het nummer, maat?’
Eh! Nick wist het niet. Hij had de auto die ochtend uit de FBI-garage gehaald.
‘Het is een verdomde Ford, beige, weet het nummer niet. Een Taunus, geloof ik. Ze hebben het nummer wel bij de garage. Maar er zit een radio in, hij zal er wel naar luisteren. Wie ben jij?’
‘Timmons, afdeling Verkeerspolitie. Ik zag iets op de vierde verdieping bewegen op het verdomde dak. Ik heb een helikopter opgeroepen, maar zij zagen niets. Ik ging naar binnen, hoorde het schot en betrapte die vent. Hij viel me aan en verdomd als ik niet een kogel dwars door zijn borst schoot, zodat hij ondersteboven ging. En twee minuten later staat die vent weer op en rent weg. Ik schoot nog eens en trof hem in de schouder, maar toen sprong hij verdomme door het raam. Ik heb nog drie keer op hem geschoten toen hij jou op de grond had, maar ik miste.’
Nick schudde zijn hoofd alleen maar. Hij probeerde het allemaal op een rijtje te zetten, maar één ding wist hij zeker en dat was dat hij diep in de problemen zat. Je wapen kwijtraken aan een man die een aanslag op de president gepleegd heeft, terwijl die al twee keer getroffen was, was ongetwijfeld slecht voor je carrière.
‘Man, ik ben verneukt,’ zei hij in een uitbarsting van zelfmedelijden.
‘Jezus, zit er maar niet mee,’ zei de agent. ‘Ik heb ze wel eerder zo geraakt zien worden. Misschien leg je ze dan niet neer met één schot, maar binnen tien minuten bloeden ze dood. Reken maar dat hij nu al dood is. Ze vinden hem vast een kilometer hiervandaan, platgereden tegen een container, of zo.’
‘Nee,’ zei Nick, wetend dat het lot hem niet zo gunstig gezind kon zijn. ‘Deze vent niet.’
Hij draaide zich om.
‘Pak dat ding en meld een vol alarm. Bob Lee Swagger, van Blue Eye in Arkansas en van het Amerikaanse Korps Mariniers.’
‘Kèn je die vent?’ vroeg de agent.
‘Ja,’ zei Nick, terwijl hij allerlei soorten pijn in zijn lichaam voelde, waarvan de geestelijke pijn met betrekking tot de komende dagen nog het ergste was. ‘Ja. Ik ken hem.’

Bob reed door golven van hallucinaties, slipte door rechter- en linkerbochten, zag steegjes voorbijschieten en was nog het bangst voor de helikopter. Hij wist dat als die hem te pakken had hij al bijna dood was, want een helikopter kon hem bijhouden.

Maar er kwam geen helikopter. Binnen een seconde hoorde hij over de politieradio van de auto waarom.
'Basis Zes, die dokter is klaar met *Flashlight* en andere gewonden aan boord. Hou de lucht vrij zodat ze zo spoedig mogelijk naar het Traumacentrum vervoerd kunnen worden.'
'Begrepen, Traumacentrum, ik wil alle helikopters op grondniveau terwijl we de Grote Man naar het ziekenhuis brengen. Is er al nieuws?'
'Veel bloed, dat is alles wat ik kan zeggen, Basis Zes, en de doktoren werken hard. Laat het zorgen maken aan ons over. Hij is nu in onze handen.'
Toen klonken er andere berichten door de radio en het werd een wilde boel van geruchten, mogelijkheden, van mannen die om aandacht en assistentie schreeuwden. Hij hoorde een aantal keren omroepen: 'Vijf-één-vier St. Ann Street' en 'de vluchtende verdachte', maar dat verbijsterde hem; hij had niet in vijf-één-vier gezeten. Vijf-één-vier was een zijstraat verder en aan de andere kant van de straat. Waar kregen ze dat nummer vandaan? Wat was er aan de hand? Toen had hij het. Ja, zo goed hadden ze alles voorbereid. Timmons geeft het verkeerde adres, alsof hij in de war is. Alle teams gaan naar het verkeerde huis, een zijstraat verder. Zo hebben Payne en de kolonel de tijd ervandoor te gaan.
Hij reed verder langs verlaten straten en nu begon er een nieuw probleem bij hem op te komen. In zijn hoofd had hij het gevoel alsof hij zich weer in Vietnam wilde wanen. Hij vocht ertegen en voelde zich als twee mannen, een zwakke die terug wilde keren en een sterke die dat niet toestond. In Vietnam was hij ook getroffen en als je eenmaal getroffen bent, voelt dat altijd hetzelfde aan. Hij gleed weer even terug, zwevend in de tijd, terwijl het dode verleden als een enorme film voor hem langsgleed. Die dag was er een enorme pijn geweest en de pijn die hij nu voelde, bracht die herinnering weer boven. De pijn van de heup was allesoverheersend geweest.
Deze pijn was scherp en verbijsterend, maar hij wist dat hij die aankon. Hij had vaak genoeg veel ergere pijn gehad. Dit was niets. Hij gnuifde, probeerde Vietnam uit zijn geest te bannen en zich te concentreren op Jack Payne en de gelukkige gloed in zijn varkensoogjes toen hij de trekker overhaalde.
Hij voelde zich wegglijden in gevoelloosheid en haatte zichzelf voor dat moment van totale verbijstering, toen hij neergeschoten werd.
Stommeling. Hij was een makkelijk doelwit voor ze geweest, omdat hij Solaratov zo graag te pakken wilde nemen. Dat was het. Dat was een geweldige truc die ze met hem uitgehaald hadden. Die smeerlappen van de CIA hadden op de een of andere manier ontdekt wat er gebeurd was met hem en Donny, en hoe ze neergeschoten werden door een sluipschutter

terwijl ze over de heuveltop kwamen en ze maakten zo gebruik van zijn meest innerlijke gevoelens. Figuren van de CIA, die aan iets groots en duisters en ingewikkelds werkten, hadden gebruik gemaakt van zijn stomheid en zijn kwetsbaarheid en zijn begeren.

Nu moet ik het bloeden stoppen, want anders ga ik dood. Hij keek om zich heen. Op de zitting naast hem lag een zak waarop stond *Dunkin' Donuts*. Hij pakte hem op en haalde er een stuk keukenpapier uit. Hij verfrommelde het tot een prop en stopte het in de intredewond, degene die zo erg bloedde.

Zo. Het was niet veel, maar het was alles wat hij had.

Hij wist precies waar hij naartoe ging, als hij maar zo sluw kon blijven om er te komen.

Tenslotte had hij het bestudeerd. Er was maar één ontsnappingsroute. Nu had hij nog maar één probleem en dat was het feit dat hij stervende was. Of was dat wel zo? Zou hij nu al niet dood moeten zijn? Om de een of andere, gekke reden was de eerste kogel dwars door hem heen gegaan en hij vermoedde dat het een ronde kogel was geweest, zeer doordringend, en dat het alle belangrijke lichaamsstructuren gemist en ook geen slagaders geraakt had. Wat de treffer in zijn schouder betrof, dat deel van zijn lichaam was totaal verdoofd, maar er was niet veel bloed te zien en hij had een gevoel, misschien was het alleen maar een illusie, maar dat deed er niet toe, dat er geen botten gebroken waren. Dus reed hij verder, nu niet meer op volle snelheid, maar kalmer aan. Maar hij moest van die auto af, dat was zeker. Die auto betekende zijn dood.

Hij reed naar het water.

In water lag veiligheid.

'Attentie, alle eenheden. Verdachte rijdt in een FBI-auto, een beige Ford Taunus achtentachtig, nummerplaat Sierra-Doggie een-vijf-negen-Lima, dat is Sierra-Doggie een-vijf-negen-Lima. Verdachte is gewapend en gevaarlijk, en hoogst waarschijnlijk is het ene Bob Lee Swagger. Ik herhaal, alle eenheden, hij is gewapend en gevaarlijk, benader hem voorzichtig.'

O, verdomme, dacht hij.

Maar Bob had het water gezien.

Hij reed de weg af, wierp een wolk stof achter zich op en baande zich een weg door onkruid en rottende planten. Hij wist niet precies wat hij deed, vanwege het bloedverlies. En natuurlijk maakte de razernij hem krankzinnig. Hij kon zich er niet toe brengen een beslissing te nemen. De auto schoot gewoon voort en hij had een gevoel van bevrijding, van verlossing, net als op het moment dat hij door het raam gesprongen was, en toen was er plotseling geborrel en duisternis om hem heen en hij werd meegezogen. In de ruimte van de cabine rees de waterspiegel, terwijl de

auto zonk. Hij rees mee, totdat hij met zijn hoofd tegen het dak van de auto stootte. Hij voelde het water door de open ramen naar binnen storten en hij wist dat hij nu dood zou gaan, gevangen onder het wateroppervlak.
Maar weer hielp zijn woede hem en die bevrijdde een laatste stoot energie en adrenaline en met de helft van zijn lichaam en de kracht van zijn benen lukte het hem het portier open te krijgen. Hij werd bijna opnieuw geboren. Het water was warm, groen nu, en hij rees het zonlicht tegemoet en toen proefde hij plotseling de lucht. De duik vanaf de oever had de auto zo'n vijf meter van de kant af terecht laten komen. In de lucht maakte een helikopter een bocht over de rivier, zoals de *Huey's* dat in Vietnam gedaan hadden. Maar hij was op grote afstand en kon Bob niet zien.
Hij draaide zich op zijn rug en zwom naar de oever. Ten slotte dreef hij tussen groen riet dat heen en weer wuifde in de stroming.
Op zo'n achthonderd meter afstand voeren boten heen en weer, maar de rivier was hier zo breed dat ze wel een kalm meer leek. Zijn haar op zijn schedel geplakt, zijn natte overhemd zwaar tegen zijn huid, zijn lichaam verdoofd van de vermoeidheid, waadde Bob wazig rond. Hij kon het niet geloven dat hij nog in leven was en zich nog kon bewegen. Het leek een wonder.
Hij vond een rottende boomstam, drijvend tussen het riet. Als hij daar bleef, zou hij doodgaan of gevangen genomen worden en hij wist dat hij ze, bij dat laatste, niet allemaal kon doden – Payne en de kolonel, en Solaratov, die het allemaal mogelijk gemaakt had. Als het Solaratov was. En als dat niet het geval was, zou hij degene die het wel was doden. Dat was wat hij wilde.
Bob deed zijn riem af en aarzelde even toen hij tot zijn verbazing het pistool, dat hij genomen had, tussen zijn broekband vond. Goddank was het van roestvrij staal en kon dus waarschijnlijk niet roesten. Maar hoe stond het met de kogels, konden die corroderen? Hij wist het niet. Had hij een keuze? Hij stak het in zijn broekzak, waar het goed zou blijven zitten. Toen gespte hij de riem vast rond de boomstam, wikkelde de lus rond zijn arm en zette af. Verbazend snel schoof de stam naar het midden van de rivier, waar de stroming hem meevoerde. Hij voelde zich opmerkelijk goed. Af en toe kwam er een helikopter over, maar ze konden hem niet zien tegen de boomstam. Toen het donker werd, vervloekte hij de flitslichten die af en toe op de oever te zien waren. Maar Bob liet zich gewoon voortdrijven gedurende de middag en de nacht en tegen zonsopgang was hij precies waar hij wilde zijn. Hij was in de rimboe.

14

De hoofdartikelen treurden natuurlijk over het overlijden van een groot man, maar de andere artikelen beperkten zich al gauw tot de schuldvraag.
'En hij is dus teruggekeerd,' stond er de volgende dag in *The Washington Post*, 'het slonzige mannetje met de grief en het geweer.'

> De grief maakt hem niet bijzonder; alleen het .38 kaliber geweer doet dat wel. Als een karakter uit onze meest duistere, atavistische nachtmerries, keert hij terug en verzekert zich een plaatsje in de geschiedenis. Of, zoals de FBI heeft beweerd, de dader van de aanslag van gisteren in New Orleans Bob Lee Swagger blijkt te zijn, de held van de Vietnamoorlog die het nu slecht gaat en die verbitterd is, omdat zijn land hem de congressionele *Medal of Honour*, die hij meende verdiend te hebben, niet verleend heeft, of als het blijkt dat het een andere man met waanideeën over wat hij verdient, is, doet er niet toe. Wat belangrijk is – wat belangrijk geweest is sinds 1963 – is dat alleen in dit land geschiedenis geschreven kan worden met vuurwapens, vanwege het feit dat vuurwapens beschikbaar zijn. Kleine mannetjes kunnen voor een ogenblik en schijnbaar groot worden, omdat er vuurwapens beschikbaar zijn. In het geval van Lee Harvey Oswald was het een goedkoop Italiaans geweer uit een dump. In het geval van de tragedie van gisteren was het een krachtig Amerikaans sportgeweer, gemaakt door Remington. Weer doet dat er niet toe. Wat er toe doet, is dat wapens geen ander nut hebben dan te doden en dat ze zo vaak doden, heeft als resultaat gehad dat de illusie van de Amerikaanse 'sportman' vals geworden is. Wordt het niet tijd dat iedereen in het spoor van weer een bloedige, Amerikaanse tragedie, een typisch Amerikaanse tragedie, waarbij geweren en niet-uitkomende dromen gemoeid zijn, begint toe te leven naar de dag waarop alleen politiemensen en soldaten en een paar boswachters wapens hebben?

Daarentegen nam *The New York Times* een meer geo-politiek standpunt in:

> De vreselijke gebeurtenissen, gisteren in New Orleans, bevestigen alleen maar weer dat wij als een natie nog niet geheel hersteld zijn

van de grote ramp die de oorlog in Vietnam was, ondanks onze bijna bloedeloze overwinning op Saddam Hoessein, vorig jaar. Een Vietnamveteraan, met veel decoraties en in hoog aanzien gehouden door zijn vrienden, misschien verbitterd door de glorie van de recente strijd tegenover het gebrek aan eigen glorie, verviel duidelijk tot een staat van haat, zozeer dat hij een vreselijke daad kon stellen en daarbij zijn eigen, vaststaande heldendom bezoedelen, evenals de reden waarom hij twintig jaar geleden zo dapper vocht. Het is te hopen dat Robert Lee Swagger, de artillerie-sergeant van het Korps Mariniers en kampioenscherpschutter, die gisteren blijkbaar zijn achtentachtigste doelwit getroffen heeft, levend gevangengenomen wordt, opdat zijn psyche onderzocht en de oorzaak van zijn gewelddadigheid uitgebannen wordt. Het eerste belang hier moet dat van het recht zijn. Als sergeant Swagger inderdaad schuldig is aan deze misdaad, dan moet hij gestraft worden. Maar we hopen dat de straf gemengd wordt met genade. Als zoveel andere mannen was sergeant Swagger een produkt van zijn tijd. De wonden waaraan hij de laatste twintig jaar leed, zijn wonden hem aangedaan door zijn land, dat zo vreselijk weinig belang gesteld heeft in Swaggers worstelingen, evenals die van de mannen met wie hij diende. Daarom is hij, hoewel geen slachtoffer, zeer zeker een tragedie. Als hij opgepakt wordt – als hij niet al dood is, zoals bepaalde rechtshandhavingsofficieren aangenomen hebben, gezien de ernst van zijn verwondingen – zal er misschien aandacht besteed worden aan die zaken; of misschien ook wel niet. En dan zal Bob Lee Swagger misschien eindelijk – en dat zal dan het belangrijkste van die zaken zijn – vrede met zichzelf krijgen. Als dat gebeurt, kunnen wij, als natie, misschien ook vrede met onszelf hebben, wanneer we eindelijk het slechte van onze acties in Vietnam aanvaard hebben, zowel als onze ellendige positie in de wereld, zolang we onze invloed op andere naties proberen uit te oefenen. Eens te meer is aangetoond dat onze manier, de 'Amerikaanse manier', die van dood en verderf is.

The Baltimore Evening Sun vroeg zich af:

Wie heeft behoefte aan een aanvalsgeweer dat in staat is een man dood te schieten op een afstand van meer dan vierhonderd meter? Zeker niet de duizenden kinderen die elk jaar weer als gevolg van deze geweren in militaire stijl overlijden, noch de duizenden andere burgers, gedood door zulke meerschots lange-afstandgeweren, als die gehanteerd worden door drughandelaren in de straten van

> onze steden. Evenmin de onschuldige dieren, door zulke wapens in onze bossen afgeslacht. Alleen de machtige wapenlobby, drugdealers en demente mensen die dieren voor hun plezier doden, hebben er behoefte aan. Het Congres zou snel moeten handelen om een ban uit te spreken over multischots aanvalsgeweren voor lange afstand met krachtige telescoopvizieren. Op die manier kunnen we het leven een kans geven.

In feite was het niet het gezicht van de vermoorde man dat op de omslag van *Time* en *Newsweek* verscheen, maar dat van Bob. In een ogenblik was hij wereldberoemd geworden, in de eerste plaats vanwege de aanslag, ten tweede door zijn wonderbaarlijke ontsnapping en ten derde door wat hij vertegenwoordigde: de krankzinnige schutter uit het zuiden met al die oorlogshistorie in Vietnam, die nu zijn eigen, kronkelige route gekozen had. Hij was Lee Harvey Oswald en James Earl Ray en Byron De La Beckwith, samengevoegd in één mythische figuur, het norse, blanke stuk vuil, de yankee-hatende schutter, een karakter uit een verhaal van Faulkner met een geweer.

De zaak werd al snel uitgewerkt door de FBI. Nick Memphis' identificatie van de verdachte, slechts minuten nadat het schot afgevuurd werd, verhaastte het hele geval slechts met een uur of zo, en de media- en politiecomputernetwerken waren veel sneller en gecompliceerder dan ze in 1963 waren geweest.

Het geweer, bijvoorbeeld, was met behulp van het serienummer opgespoord via het *Naval Post Exchange*-systeem, waar het geïdentificeerd werd als zijnde aangeschaft in 1975 door een officier van de scherpschutterseenheid van de Mariniers en bedoeld als een geschenk bij het afzwaaien van Bob Lee Swagger, artillerie-sergeant van het Korps Mariniers. Bobs handtekening op een ontvangstbewijs werd ontdekt. Er volgde al snel het feit dat de nieuwe loop, een roestvrij staal model van Hart, geïnstalleerd was door een wapensmid in Little Rock, Don Frank geheten. Frank had het serienummer in zijn dossiers en bevestigde dat hij het werk in 1982 gedaan had voor Bob Lee Swagger.

Met die informatie ter beschikking kregen agenten van het FBI-kantoor in Little Rock om acht uur 's ochtends een bevel tot huiszoeking los en trokken naar Blue Eye, braken de sloten van Bobs bezit open en onderzochten de inhoud van zijn leven zeer zorgvuldig.

Daar vonden ze nog meer belastende bewijzen – kaarten, tekeningen, schetsen en aantekeningen met betrekking tot de vier steden waar de president van de Verenigde Staten zou spreken in de maanden februari en maart, met diagrammen van de plaatsen waar de toespraak plaats zou vinden. De aantekeningen waren in het bijzonder belastend: 'Wind, hoeveel wind?' had Bob geschreven. 'Welke tijd het beste om te schieten?' had Bob zich afgevraagd. 'Welke afstand? Kiezen voor een grote afstand, of dichterbij proberen te komen?' En: '.305? .50? Misschien een soort .305 – .50?' Ze vonden ook reçu's van vliegtickets en hotelrekeningen die aangaven dat hij naar alle vier de steden gereisd was, en andere teams van agenten kwamen er algauw achter dat hij daar inderdaad geweest was. En ten slotte vonden ze een Barr & Stroud-afstandszoeker, voor het berekenen van de exacte afstand tussen schutter en doelwit, een onmisbaar hulpmiddel voor een sluipschutter.

Ze vonden ook tweeëndertig geweren in zijn geweerkluis, evenals zeventien handwapens, en een lege plek waar de Remington 700 een plaats gehad had voor hij eruitgehaald was voor zijn reis naar New Orleans, en meer dan tienduizend patronen.

En ze vonden nog iets zeer treurigs, iets waar gedurende vele weken veel over gesproken werd in de pers: in een ondiep graf vonden ze het lijk van Bobs hond, Mike, door zijn kop geschoten met een twaalf-millimetergeweer, want, zoals de hoofdagent die de leiding had op het NBC-nieuws zei: 'Hij wist dat hij waarschijnlijk niet terug zou komen en dat er niemand was die op Mike kon passen, want Mike was waarschijnlijk het enige levende wezen in de wereld waar Bob van hield.'

Wat betreft de hond was er één tegenstrijdig commentaar van Bobs vriend, de oude ex-openbare aanklager en oorlogsheld Sam Vincent, die er nooit een seconde in geloofd had dat Bob het schot afgevuurd had, en die Bob ooit eens geholpen had het tijdschrift *Mercenary* aan te klagen.

'Ik kan u dit vertellen,' zei hij tegen de journalisten die hem opgespoord hadden. 'Wie dit Bob ook aangedaan heeft, heeft goed werk geleverd. Hij heeft hem erin laten lopen, hij ontnam hem zijn reputatie, hij maakte hem een misdadiger en de meest gehate man van Amerika. En hij heeft jullie ertoe gebracht jullie leugens in jullie kranten en tijdschriften en op de televisie te brengen. Ik kan je wel zeggen dat hij goed werk gedaan heeft, maar hij heeft één vergissing gemaakt. Hij heeft Bobs hond gedood. En in deze streek beschouwen we onze honden als familie. En zo is het een persóónlijke kwestie geworden.'

Dat curieuze stukje plattelandswijsheid van Arkansas werd uitgezonden in het avondnieuws, maar niemand besteedde er veel aandacht aan, want niemand wilde zich bezighouden met de bittere gevoelens van een oude man.

Andere ooggetuigen werden opgespoord om het fenomeen dat Bob Lee Swagger geworden was, te bespreken. Zijn vaders legendarische heldhaftigheid werd uit de dossiers gelicht, evenals diens dood op rijksweg US 67 in de nacht van 23 juli 1955, als brigadier van de staatspolitie van Arkansas en een van de zeven mannen in Arkansas die in de Tweede

Wereldoorlog een congressionele *Medal of Honour* gekregen had. Een aantal oude mannen uit Arkansas die de beide mannen gekend hadden, verscheen op de televisie in het nieuws.
'Moeilijk te geloven dat een zoon van Earl Swagger zoiets zou kunnen doen,' zeiden ze unaniem. 'Hij was een van de dapperste, eerlijkste, netste mannen op de wereld. We dachten allemaal dat Bob net zo was, maar zo zie je maar dat je nooit kunt zeggen hoe een man zal worden.'
Een paar ex-marinierscherpschutters werden opgespoord, zij hadden samen met Bob in Vietnam gezeten. Maar een ervan wilde op de televisie verschijnen en 'interessante' dingen zeggen – en alleen maar op voorwaarde dat zijn gezicht niet getoond werd. Hij was nu een autoverkoper.
'Bob was gewoon een geweldig schutter, maar hij had die kilheid,' zei de man, 'die kilheid in het hart waardoor je een doder wordt. Van ons allemaal, en tijdens de drie jaar dat het peloton opereerde zijn er zo'n vijftig man gekomen en gegaan, was hij zeker de beste. Maar zover ik weet zijn we allemaal teruggegaan naar ons burgerleven, ervan overtuigd dat we ons land zo goed mogelijk gediend hadden. En de meesten van ons hebben zich na veel problemen weer aangepast aan dat burgerleven.'
De man ging verder met zijn uitleg van zijn eigen psychologische problemen met het leven met zijn eigen slechtheid en zijn eigen fascinatie met geweld. Hij had vaak deelgenomen aan hulpprogramma's, had een lange geschiedenis van alcoholisme en pas onlangs had hij zijn evenwicht weer teruggevonden. Later, toen vastgesteld werd dat hij een oplichter was, werd het alleen maar uitgezonden op *Entertainment Tonight.*
Op de derde dag werd het ballistische rapport vrijgegeven door de FBI. Het begon met het slechte nieuws dat de kogel – die breed uitgezet was terwijl hij door beenderen en hersenen heenploegde en toen uittrad en iets hards raakte, misschien een spijker in het podium – te zeer vernield was om te zien uit welk geweer het afgevuurd was. Maar de eerste resultaten van tests, uitgevoerd op de metaalstructuur van de kogel door middel van een neutronenactiviteitsanalyse toonden aan dat die volmaakt overeenkwamen met kopersporen gevonden in de Hart-loop van roestvrij staal van Bobs Remington-geweer. In het grendelkanaal werden twee gedeeltelijke vingerafdrukken gevonden en die werden al snel, met behulp van de dossiers van het Korps Mariniers, herkend als zijnde van Bob. De lege huls die op de vloer gevonden werd, was inderdaad uit de kamer van de Remington afgevuurd. De huls zelf kwam waarschijnlijk uit een bestelling – .308 Winchester *Nickel Plated*, Lot no. 32 B 0424, gemaakt door de *Federated Cartridge Company*, in Anoka in Minnesota – die Bob opgestuurd gekregen had door Bob Pease *Accuracy* in New Braunfelds in Texas. Hetzelfde type hulzen, sommige geladen, sommige nog niet aangeraakt, werd in zijn werkplaats gevonden.

En als laatste was er de brief. Aangrijpend, wanhopig, onbeholpen en naïef, werd het algauw de meest beroemde brief in de Amerikaanse cultuur: Bob die de president vertelde dat hij de congressionele *Medal of Honour* wilde omdat hij die verdiend had. Het was de brief waardoor hij op de Charly-lijst van de Geheime Dienst terechtgekomen was, en als een idiote FBI-agent de boel niet in het honderd had laten lopen, was het de brief die het leven van een man had kunnen redden. Maar dat was het, het belangrijke punt van het motief.

In dit alles werd er nergens getwijfeld aan de schuld van artillerie-sergeant (b.d.) Bob Lee Swagger uit Blue Eye in Arkansas in de zaak van dood door een geweerschot in New Orleans in Louisiana op één maart. Dat was ten slotte voor het eerst uitgesproken op de vierde dag, toen een televisieverslaggever mevrouw Susan Swagger Preece uit Highland Junction in North Carolina, opspoorde. Zij was eens de vrouw geweest van Bob Lee Swagger en was nu getrouwd met de eigenaar van een ijzerwarenwinkel.

Ze was een verbitterde, kleine vrouw, die haar gezicht vrijwel geheel verborg onder een hoofddoek en achter een zonnebril. De verslaggever trof haar toen ze van de Cadillac van haar echtgenoot naar het kantoor van diens advocaat liep.

Nee, ze had er geen idee van waar Bob was en twijfelde er ten sterkste aan of hij, als hij in leven was, contact met haar op zou nemen. Dat was allemaal voorbij, zei ze, en het leven was te kort om meer dan eenmaal betrokken te raken bij Bob Swagger.

Maar ze had een laatste gedachte.

'Maar ik kan u dit wel zeggen,' zei ze, zich even omdraaiend, 'als Bob Lee Swagger het in zijn hoofd gehaald heeft een kogel op de president van de Verenigde Staten van Amerika af te vuren, dan zou de president van de Verenigde Staten dood zijn en niet een Salvadoriaanse aartsbisschop. U wilt mij vertellen dat Bob Swagger op iemand mikte, miste en iemand anders raakte? Bob Lee Swagger heeft nog nooit iets gemist waarop hij gemikt heeft, en dat is de zuivere waarheid.'

15

Miljoenen mensen zagen het binnen enige minuten. Maar Nick Memphis zag het pas na drie dagen en dan nog maar per ongeluk.
Hij zat in het centrum van de mensenjacht op Swagger in het hoofdkwartier van de FBI, onderzocht aanwijzingen en hield zich gedekt in de kolkende atmosfeer van het gebouw, dat er nu zo op gericht was de sluipschutter te vinden dat het niet in staat scheen te zijn aandacht te besteden aan een paar kleinere details... zoals hemzelf, bijvoorbeeld. Maar hij wist dat Moeder FBI eraan toe zou komen. Hij wist dat het onvermijdelijke niet vermeden kon worden, en dat hij zich in een luchtbel van illusie bevond. De bijl zou vallen. Op hem. Spoedig.
Maar op dit moment concentreerde hij zich volledig op de details van de verslagen en de meldingen dat Bob gezien was, die zich nu uitstrekten over zeven staten. Bob was overal. Bob was in Alaska. Bob was in Californië. Bob was in werkelijkheid de broer van Lee Harvey Oswald. Bob had een tankstation in Tuscaloosa in Alabama overvallen. Bob was een dansleraar in New Haven in Connecticut. Hij had, wat op een grappige melding leek, een waarneming in Everett Springs in Georgia, waar een ex-marinier, die Bob tijdens de oorlog kende, zwoer dat hij hem tegengekomen was op een bergpad in de Blue Ridgebergen. En Nick vroeg zich af hoe het mogelijk was dat Bob, met twee negen-millimeterkogels in zijn lichaam van New Orleans naar Everett Springs in Georgia, in de verdomde Blue Ridgebergen had kunnen komen.
Maar de onderzoekers hadden niet veel op kunnen duiken. De auto was gewoon verdwenen. Geen enkele verklikker wist iets, terwijl ze toch fors onder druk gezet werden. Helikopters hielden de wegen in de gaten en zo'n honderd agenten waren betrokken bij de achtervolging, waarvan veel beroepstrots afhing. Maar duizenden wegversperringen en honderdduizenden foto's hadden niets opgeleverd.
Waar was die verdomde kerel gebleven?
Plotseling stak Hap Fencl zijn hoofd naar binnen.
'Hé, Nick, we hebben eindelijk de televisiebeelden van CBS. Kom je kijken?'
'Ehhh...' aarzelde Nick. Er gebeurde iets vreemds in hem. Nee, eigenlijk wilde hij het niet zien, zelfs als de cameraman toevallig de beste positie gehad had om de kogelinslag, het neervallen van slachtoffers en het dekkingzoeken na de aanslag vast te leggen, en zelfs nu de zakken van CBS

zo verwaand geweest waren niet meteen samen te werken met de arme jongens van de FBI, die alleen maar tot taak hadden de moordenaar gevangen te nemen, en zelfs hoewel NBC en CBS en de drie afdelingen in New Orleans, die het moment op de band hadden staan, het hen direct toegestuurd hadden, ná het uit te zenden. Ondanks dat alles voelde Nick er niets voor. Zijn hele tegenspoed lag erin opgesloten: de verschrikking van zijn eigen gemiste schot werd nu op de een of andere manier herhaald door het vreemde patroon in het leven van zijn held. En heimelijk kon een bepaald gedeelte van Nick nog steeds niet geloven dat de grote Bob de Doder, de kampioen van Vietnam en zo'n zevenentachtig man-tegen-man-gevechten in het oerwoud, de man die nooit miste op de een of andere manier... gemìst had.

Bob de Doder mag misschien een heleboel vreselijke dingen geweest zijn, maar hij was een geweldig schutter. Hij miste nooit, zo meende Nick, evenals Bobs vrouw en twee of drie anderen.

'Kom op, maat, je kunt net zo goed eens komen kijken naar de oorzaak van al de drukte. Je zult er vroeg of laat toch mee te maken krijgen, vriend.'

Hap zei dat met een boosaardige grijns, niet zozeer om wreed te zijn, maar eerder om hartelijk en gespierd te zijn en om zo de spanning te verminderen, want iedereen wist dat het gedaan was met Nick. Dus kon Nick de uitnodiging nauwelijks afslaan.

Hij liep een paar minuten later een verduisterde kamer binnen en werd begroet met geloei en gefluit – iedereen had zo hard gewerkt, drie dagen van achttien ononderbroken uren, dat ze zich nu even moesten uitleven door Nick te pesten.

'Hé, held, waar heb jij verborgen gezeten?'

'Nicky, waarom heb je de klootzak niet neergeschoten toen je de kans had? Ik heb mijn vrouw al in drie dagen nauwelijks meer gezien en ik word zo geil als boter, maat.'

'Nick, jongen, laat je niet op je kop zitten. Je hebt prima werk gedaan, alleen is er dat kleine detail, dat je hem hebt laten gaan.'

'Ja, ja,' zei hij in antwoord op zijn vrolijke kwelgeesten, 'ik kwam alleen maar even kijken of jullie, clowns, even goed waren als jullie zeggen dat jullie zijn. Drie dagen en jullie hebben hem nog niet gevonden.'

'Oooo, dappere woorden uit het land van de wandelende dood.'

'Oké, heren,' zei Howdy Duty, die zichzelf tot coördinator van de jacht op Swagger had laten benoemen, 'mond houden en kijken. Vooruit maar, Hap.'

'Oké, jongens,' zei Hap, 'dit is een ruwe, onbewerkte band, met de groeten van onze goede vrienden, de klootzakken van CBS, die veel meer geld verdienen en véél meer schade veroorzaken dan wij. Onderaan het beeld zie je de tijd, die bij de officiële uitzending uitgewist wordt, maar die voor ons zeer nuttig is. Ik heb de band ingesteld op dertig seconden vóór het eerste schot – aangenomen, en daar zijn we nog steeds niet zeker van, dat er meer dan één schot was.'

Het televisiescherm kwam tot leven en daar was *Flashlight.* Zijn knappe, tamelijk karakterloze gezicht was vertrokken in een nogal onovertuigend masker van passie. Het was een close-up, alleen hij was in beeld en hij zong de loftrompet van deze Latino die zoveel gedaan had om de problemen op te lossen die er waren ontstaan tussen, zoals *Flashlight* het stelde, 'onze twee grootse landen' en er zo onvermoeibaar aan gewerkt had 'verzoening, herstel en erkenning' te bewerkstelligen.

En daarom, concludeerde *Flashlight,* is het mij een groot genoegen aartsbisschop Jorge Roberto Lopez de hoogste beloning die wij in dit land kennen voor burgerprestaties, toe te kennen, namelijk de Vrijheidsmedaille.

Op het scherm verschenen nu twee beelden: de bisschop, gekleed in bescheiden zwart en met een stralende glimlach op zijn gezicht, komt over het podium naar voren, rechts van de president om de hand van de president te schudden en om te buigen om de zijden guirlande met het stukje verguldsel eraan, om zijn dikke nek te aanvaarden. Hij draait zich om en staat met zijn rug naar het publiek. Dan buigt hij zich voorover, terwijl de president het ding opheft en over zijn...

'Dat is het,' zei Hap Fencl, terwijl het beeld stilstond. 'Wat we heel veel zullen horen, als de jongens van de afdeling Samenzwering er eenmaal achterkomen hoe ze dit aan kunnen pakken, is hoe het komt dat Bob niet schiet als de president praat en hij een makkelijk frontaal of hersen doelwit heeft. Waarom wacht hij tot de president zich omgedraaid heeft en de Latino in de vuurlijn is komen te staan? Weet iemand een antwoord?'

Het was stil. Maar Nick wist het.

'Hap?'

'Ja, Nick?'

'Eh, de reden is dat een hoofdschot veel te riskant is op een afstand van, zeg, vijfhonderd meter. Niet omdat hij op zo'n afstand een hoofd niet kan raken, want reken maar rustig dat hij dat wel kan. Maar omdat het hoofd het meest beweeglijke deel van het lichaam is en de meeste lichaamsbewegingen bij het hoofd beginnen. Dus is het hoofd bijna nooit in rust, omdat de nekspieren zo krachtig zijn en omdat de reactietijd tussen impuls en actie bijna nihil is. Dus is het hoofd geen goed doelwit, niet voor een professioneel schutter tenminste. Maar tegelijkertijd maakt hij zich zorgen over een eventueel kogelvrij vest, zodat hij geen schot door het lichaam kan afvuren. Zie je, hij wacht tot *Flashlight* zich een beetje omdraait en zijn armen opheft, zodat hij door de armopening van

het kogelvrije vest kan schieten. Hij wil een schot door de borst, van de ene naar de andere kant, vlak voor de oksel, onder een hoek van ongeveer vijfenveertig graden. De kogel gaat van links naar rechts en klapt uit elkaar en moet zo de hele borst, met de organen, kunnen vernielen. Voor hij de grond raakte, zou de man al dood zijn. Droeg *Flashlight* een kogelvrij vest?'
'Dat wil de Geheime Dienst niet zeggen. Dat is erg goed, Nick.'
'Jammer dat je afgedaan hebt,' zei iemand in het donker.
Er klonk wat gelach en zelfs Nick moest glimlachen.
'Oké, nou krijgen we het goede stuk,' zei Hap. 'Tijd voor het hersenschot, jongens en meisjes.'
Door de een of andere oorzaak schoot de aartsbisschop op, alsof hij plotseling kramp in zijn rug kreeg, en Nick dacht dat hij getroffen was; maar nee, het leek gewoon een van die toevalligheden in een zeer kort moment dat de man, om welke reden dan ook, zijn hoofd niet boog om de guirlande van de president in ontvangst te nemen, maar het ophief en zo precies in de vuurlijn stak, waar Swaggers kogel het schuin van achteren vol trof.
Het moment, verstild in het beeld op de videoband, was verbijsterend: rijpheid is alles, zei koning Lear, hoewel Nick die zinsnede opgepikt had uit *Catch-22* van Joseph Heller, toen Snowdon achterin het vliegtuig stierf, maar daar was het bericht toch weer. De mens was materie. Steek hem aan en hij zal branden. Laat hem zinken en hij zal verdrinken. Schiet hem in het hoofd en zijn hoofd zal ontploffen.
Het hoofd van de aartsbisschop leek te verdwijnen in een plotselinge wolk van beweging, een vlek op de lens, alsof de atomen zich individueel oplosten. In feite was het natuurlijk een .308 kaliber 200-greins kogel die het hoofd trof, met een snelheid van zo'n vierhonderd meter per seconde, de schedel binnendrong, zich daarbinnen opende als een tulp en materie woest uiteen liet barsten en het linkeroog van de aartsbisschop wegschoot en zo een bloederige massa in het van afschuw vertrokken gezicht van de president van de Verenigde Staten spatte.
'Op het moment dat de kogel door zijn hoofd gaat, is hij gewoon een lappenpop,' zei Hap.
Er heerste even een bijna heilige stilte, terwijl het ogenblik van de dood van de man in verstilde grandeur op het scherm te zien was.
'Het is een beetje moeilijk om het van deze hoek te zeggen, Hap, maar zijn we er zeker van dat de president het doelwit was? Jezus, volgens mij is dat een schot in de roos,' zei iemand.
'Ik wil dat soort gepraat niet horen,' zei Howdy Duty, die zich voor het eerst en snel liet gelden om die afvalligheid de kop in te drukken. 'Dat is nu precies de onzin die in 1963 begonnen is en ons tot op de dag van

vandaag lastig valt. Ja, de president was absoluut het doelwit, dat kun je zien aan de manier waarop het hoofd omhoogkwam in de vuurlijn.'

Maar Nick zat daar maar te staren naar dat moment van de dood, terwijl de hersenen zich als een rode golf uitstortten over het gezicht van de president, die nog niet was begonnen te reageren. Hij had zoveel gedacht aan het neerschieten van een persoon op lange afstand – het was eens zijn leven geweest, vóór Myra, zijn trots dat hij het kon doen, goed kon doen, levens te redden, een held te worden – en nu trof hem iets dat hem in verwarring bracht.

Hij probeerde zich erop te concentreren, het uit alle andere gegevens te pikken, maar...

'Nick? Nick? Hé, wil iemand Nick wakker maken? Hij slaapt!'

'O, ja. Sorry. Wat is er, Hap?'

'Nick, jij hebt vroeger wat scherpschutterstraining gehad. Is het enigszins mogelijk dat hij niet op *Flashlight* geschoten heeft?'

'Ehh...,' aarzelde Nick.

'Nou, Nick?' vroeg Howdy Duty.

'Kon er een hoekbepaling gemaakt worden met behulp van het trefpunt en de loop van de kogel door het lichaam, waardoor er vastgesteld kon worden dat het schot wel degelijk in dat huis afgevuurd werd?'

'Nee. We hebben het rapport uit Washington net binnengekregen. Ze hebben het in hun grote ballistische programma ingevoerd, en het beste waar ze mee konden komen was een boog van zo'n zeven graden. En in dat gebied staan zo'n negentien gebouwen met ramen, waaruit je uitzicht hebt op het podium. Maar we hebben ze allemaal doorzocht en het enige waar we bloed en een geweer vonden en waar toevallig ook een lege huls lag, was het pand waar Bob de Doder een negen-millimeterkogel door zijn lichaam kreeg en jou je Smith afnam,' zei Hap.

'Nou, dat is het dan,' zei Nick. Hij liet het zo en meende dat hij zijn twijfels maar beter wat langer voor zich kon houden, in plaats van de irritatie van Howdy Duty te riskeren, en zijn carrière nog enigszins veilig te wanen.

'Oké, we gaan verder,' zei Hap.

Door de kracht van de kogel viel de aartsbisschop nu voorwaarts en smakte tegen de president en toen vielen ze met z'n tweeën neer in een vreselijke hoop.

'Aartsbisschop Roberto Lopez slaat tegen *Flashlight* aan, na hem met hersenweefsel en bloed bespat te hebben, maar tegen die tijd is de kogel al weer uit het lichaam getreden en dringt in het hout van het podium,' vertelde Hap verder, 'waar hij ontdekt zal worden door onze ballistische deskundigen, maar hij is te zeer verminkt om nog van nut te zijn bij een ballistisch onderzoek. Niettemin: één kogel, twee mannen geveld, tijds-

bestek: viereneenhonderdste van een seconde. Geweldig stukje schietwerk.'
Het drama voltrekt zich verder, nu in het ware tijdsverloop. Binnen seconden halen de mannen van het Alpha Bewakingsteam van de Geheime Dienst Uzi's te voorschijn, God mag weten waarvandaan, en omringen de president, zodat niet nog meer kogels hem kunnen bereiken. Het lijkt een tafereel van totale anarchie rond het podium, maar de Alpha-jongens blijven kalm en volkomen doelbewust.
'Hé, die Alpha's weten hoe ze hun werk moeten doen,' zei Hap.
'Jammer dat het zulke zakken zijn,' zei de stem van een grappenmaker.
Het drama leek dan over te gaan in dooreenschietende patronen van lichten en kleuren. Het was duidelijk dat de Alpha-jongens van de Geheime Dienst de cameramensen terugdrongen en even werd het beeld volkomen wazig. Toen het weer helder werd, stond er een klein groepje mannen gebogen om de president die op zijn rug ligt, maar probeert op te krabbelen. Aartsbisschop Roberto Lopez ligt bijna in zijn schoot, en dat hoofd met die vreemde, lege aanblik, lijkt meer op een ballon dan op een schedel. De jongens van de Geheime Dienst springen heen en weer. Dan komt er een dokter op het podium en ze buigen zich voorover om hem er door te laten. Een paar seconden later lijkt de wereld op te lossen; deze keer is het de stormvlaag, veroorzaakt door de Eerste-Hulphelikopter die klaarstond en die nu traag maar dringend neerkomt. De camera zwenkt ernaartoe, terwijl er artsen en mensen met draagbaren uitspringen en naar *Flashlight* en het Alpha-team toerennen. Kreten, geschreeuw, verwarring. Het herinnerde Nick aan een spelletje straatbasketbal, onzinnig en wild.
En toen had hij het, wist hij wat er zo vreemd aan de schietpartij was.
'Kunnen we nog eens teruggaan naar het moment van inslag?' vroeg hij.
'Wie denk je dat je bent, een barbaar?'
'Kom op nou, Hap, laat me dat moment zien.'
Er klonk wat gemopper, maar Hap spoelde de band terug en drukte toen *PLAY* in, en het drama vertoonde zich nogmaals op het beeld, het omhoogkomen van de oude man, de plotselinge, verbijsterende aankomst als een blikseminslag van de kogel, de sneeuw van beenderen en weefsel, en Nick dacht aan zijn eigen schieten.
Ik compenseerde te veel, dacht hij. Ik wist dat de kogel, onder die schuine hoek naar beneden, verticaal niet zoveel zou afwijken. Dat was het effect van die hoek. Dus compenseerde ik te veel, schoot te laag en trof Myra. Deze Swagger weet evenveel af van schieten als van zijn eigen twee handen en de geur van zijn eigen zweet. Hij weet waar de kogel zal inslaan. Dat betekent dat de kogelafwijking verticaal zal zijn. Hij zal te hoog of te laag raken. Als hij op de oksel van de president mikt en als de kogel te hoog gaat, treft hij de president in het hoofd of de nek; gaat de

kogel te laag dan komt hij tussen de ribben of in zijn heup terecht.
Maar déze schietfout was lateraal. Het was verdomme op hetzelfde niveau als de oksel van de president, want de man knielde... maar het was een laterale fout, een mikfout die niets te maken had met het meest moeilijke aspect van een schot, het spel van de neerwaartse hoek over de lange vierhonderd meter naar het doelwit. Zou een windvlaag die kogel uit zijn koers geblazen hebben?
Hij herinnerde zich dat het op 1 maart ongewoon rustig weer geweest was met een wind van minder dan acht kilometer per uur. Het was mogelijk maar niet waarschijnlijk.
Nick besefte plotseling dat de schietfout onbegrijpelijk was. Hij zou over de president heenschieten, of hij zou onder de president doorschieten, maar hij zou er niet rechts naast schieten. Die knaap niet.
Nick slikte. Hij bevond zich nu op een punt waar hij helemaal niet wilde zijn: het kon alleen maar betekenen dat Bob Lee Swagger vanaf het begin op de aartsbisschop gemikt had.
En toen besefte hij ook welk een slecht nieuws dat voor iedereen was: op dit moment luidde de enige beschikbare theorie om de gebeurtenissen tot een eenheid te smeden dat die gemene, norse, razende blanke zuiderling van een Swagger op de president had geschoten. Dat was begrijpelijk. Het was logisch – maar alleen maar als Swagger op *Flashlight* geschoten had.
Maar als Swagger niet op *Flashlight* geschoten had... dan opende zich een verbijsterende zee van mogelijkheden.
Nick voelde dat hij voor een vreemd ogenblik stond, alsof hij zijn hele verpeste leven voor zich langs zag komen en plotseling wist hij dat hij van het rechte pad af zou wijken.
Want hij wist nu dat Swagger onschuldig was en dat de reden waarom hij medeleven in de ogen van de scherpschutter gezien had toen die met de grote Smith in zijn hand over hem heengebogen stond, was dat de scherpschutter nog steeds, volgens zijn eigen standpunten, een moreel man, een eerbaar man was – een man die geen onschuldigen doodschoot en Nick, dwaas en onhandig, was een onschuldige geweest.
'Nick?'
Het was Howdy Duty.
'Nick, ik ben bang dat ik je moet vragen vandaag even in mijn kantoor te komen. Oké?'
O, klote, dacht Nick.

De koe was niet bang voor kolonel Shreck.
Haar ogen waren kalm en dof, hoewel enorm. Ze hadden iets teders en stoms.

De koe kauwde haar eten, schoof af en toe met een hoef door het stro, of boog haar grote, vriendelijke kop om een nieuwe bos hooi uit haar baal te trekken.
'Schiet op het beest,' zei kolonel Shreck.
Hatcher knielde, tuurde en vond toen waar hij naar zocht. Hij hief een 9 mm Beretta 92 op en schoot de koe in de borst en trof haar precies in een punt dat met verf aangegeven was.
Dobbler kromp ineen bij het afgaan van het schot, zelfs terwijl hij oordempers van een zeer goede kwaliteit op had. En hij had het gevoel dat hij misselijk zou worden, hoewel hij zich sinds de gebeurtenis al zweverig gevoeld had. Hij dwong zichzelf weer naar het dier te kijken. Hij had nog nooit iets zien sterven, laat staan iets dat zo enorm en warmbloedig was.
Maar de koe leek geen belangstelling te hebben om te sterven. Ze schokte een keer op toen de kogel haar trof en uit de zwarte opening van de wond stroomde een smal straaltje bloed. Maar haar kop kwam weer omhoog en ze bleef kauwen en vriendelijk naar haar publiek staren.
'Natuurlijk heeft ze een groot voordeel,' zei Hatcher, terwijl hij opstond. 'Ze heeft geen conceptionele vaardigheden. Ze kan niet begrijpen wat er zojuist met haar gebeurd is. Swagger zag het wapen natuurlijk en wist wat er gebeurde. Vandaar zijn ineenstorten en aanvankelijke reactie op de schok. Maar psychologisch gesproken is dat het. Dat is het schot op Bob. Zelfde afstand, zelfde munitie, zelfde hoek, midden door de borst.'
Dobbler bestudeerde het dier. De koe leek hem op haar beurt te bestuderen, totdat het haar verveelde. Toen boog ze haar kop en nam weer een bos hooi. Hij had weer het gevoel dat hij moest overgeven. Hij vocht om zijn gedachten erbij te houden, maar kon het zweet over zijn gezicht voelen lopen.
Dobbler keek toe hoe Shreck naar het dier staarde. De kolonel leek er in een soort woeste, geconcentreerde felheid op uit al het leven uit het dier op te zuigen. Zijn donkere ogen staarden naar haar lichaam zonder een spoortje onbehagen of spijt, alleen maar grote nieuwsgierigheid. Zij besteedde geen aandacht aan hem.
'Ze is getroffen en de kogel is door haar borstholte gegaan en er aan de andere kant weer uitgekomen,' zei Hatcher. 'Maar het doodt haar niet. Het írriteert haar zelfs niet. Dat gebeurt maar al te vaak. Misschien herinnert u zich de beroemde "schietpartij in Miami" in mei 1987, waar een kerel die Michael Platt heette, tien keer geraakt werd, één keer door de longen, voornamelijk met Winchester 9 mm holpuntkogels en bleef schieten tot hij twee FBI-agenten gedood en vijf gewond had.'
'Ik dacht dat waar het bij een holpuntkogel om gíng,' zei kolonel Shreck, 'was dat die openging en weefsel en organen aan stukken scheurde.'

'Hij is niet opengegaan,' zei Hatcher. 'Als dat wel gebeurd was, was het hem nooit gelukt de auto te bereiken, laat staan dat hij die FBI-agent te grazen genomen had. Dat weten we omdat in Paynes verslag staat dat hij bloed op de achterkant van zijn overhemd zag. Het kan niet anders dan dat die kogel dwars door hem heengegaan is zonder open te barsten.'

'Waarom is hij niet opengegaan?' vroeg Shreck.

Ten slotte antwoordde Hatcher: 'Uit ons onderzoek is gebleken dat de meeste problemen met te lichte verwondingen met de 9 mm Zilverpuntkogels, gepaard gingen met de munitie van de eerste generatie. Ze zijn begonnen het te maken in het midden van de jaren zeventig. Toen traden de ergste problemen ook op. Als een gevolg daarvan hebben ze de omtrek van de holte veranderd, evenals de samenstelling van het koper rond het lood. Sindsdien zijn de resultaten veel beter geweest: tot zo'n drieënzeventig procent van de doelwitten werd met één schot gedood. Maar Timmons moest zijn munitie via de officiële instanties krijgen. Anders zou er reden zijn een komplot te vermoeden. En we denken dat de politiemunitie een oudere partij was, aangeschaft in 1982. Maar we móesten die wel gebruiken, want anders hadden we ons op zeer gevaarlijke grond begeven. We vertrouwden er gewoon op dat hij – of Payne, die erop stond dat hij zou schieten – een dodelijk schot af zou vuren. Als hij het hart getroffen had, zou er geen probleem geweest zijn. Als de kogel opengebarsten was en het hart gemist had, zou er ook geen probleem geweest zijn. Ongelukkig genoeg miste hij het hart èn ging de kogel niet open.'

'Verdomme,' zei Shreck. 'En waarom miste Payne het hart?'

'Dat zou u aan Payne moeten vragen, kolonel Shreck.'

'Dat heb ik gedaan.'

'Vergeet niet, kolonel,' zei Hatcher, 'dat het hart in de wijdsheid van de borst een tamelijk moeilijk doelwit is. Het is veel kleiner en ligt verder naar rechts dan de mensen denken. Ik heb met hem gesproken over de anatomie van het lichaam, maar in het donker en de spanning van het moment...'

Hatcher maakte de zin niet af.

'U bent een arts, dokter Dobbler. Wat is de medische prognose?'

Dobbler schraapte zijn keel. Dit had hij onderzocht.

'Swagger zou kunnen sterven door bloedverlies of een infectie. Maar het is mogelijk dat de kogel dwars door hem heengegaan is en weinig schade veroorzaakt heeft. Als hij slim genoeg was om het bloeden te stoppen – en dat ìs hij vast en zeker, omdat hij al eerder gewond geraakt is – zal hij genezen en als er geen infectie optreedt zal hij over een week of twee weer de oude zijn.'

Shreck keek alsof hij op het punt stond te gaan lachen.

‘Laat mij u nu,’ zei Hatcher, ‘als contrast tonen wat het effect van een latere 9 mm kogel is.’
‘Natuurlijk,’ zei Shreck.
‘Dit is een 147-greins Hydra-Shok van de federale eenheden. Deze kogel heeft een pen in het midden van de holte om uiteenbarsting te bevorderen. Ik denk dat u een dramatisch verschil zult zien.’
Plotseling was Dobbler weer misselijk. Hij wilde niet toekijken terwijl de man een dier doodschoot en dan praatte over het gewicht van de kogel en de hoek van de wond en de grootte van de tijdelijke wondholte. Het leek hem obsceen: tenslotte was het nog steeds doden, onnodig, zinloos, alleen maar om een mysterieuze nieuwsgierigheid te bevredigen.
Dobbler wendde zijn blik af. Door de open deur van de stal kon hij de golvende heuvels van Virginia zien.
‘Een moment,’ zei Shreck. ‘Dokter Dobbler, kunt u uw aandacht erbij houden?’
Dobbler glimlachte en draaide zich om om toe te kijken. De kogel werd afgevuurd. De koe trapte om zich heen, een verbazende uitbarsting van energie voor zo’n onverstoorbaar dier. Toen schokte haar zware kop, éénmaal. Bijna onmerkbaar veranderden haar trekken, terwijl ze huiverde en haar knieën verslapten, toen de kogel als een gekartelde hoeveelheid gloeiend metaal haar hart openscheurde. Toen gaf ze zich over. De grote kop gleed voorwaarts en viel toen opzij terwijl de ogen nietsziend open bleven staan. Ze lag stil in een donkere, groter wordende plas bloed.
Dobbler glimlachte zwak, bang voor gezichtsverlies in het bijzijn van Shreck, maar dacht even dat het wel meeviel. Toen kotste hij volop over zijn kleren.
Maar Shreck merkte het niet eens. In plaats daarvan keek hij toe hoe het dier stierf, wendde zich toen tot Hatcher en zei: ‘Nu weet ik tenminste wat ik ze moet vertellen.’

‘Ehh,’ zei Howdy Duty spijtig. Hij keek Nick aan over zijn brilletje met halve glazen, zijn gezicht verwilderd van moeheid. Hij had, evenals de anderen, achttien uur per etmaal gewerkt, met zes uurtjes slaap, en de gevolgen begonnen duidelijk zichtbaar te worden. Maar hij zou beleefd blijven, wist Nick.
‘Ga zitten, Nick.’
Nick ging zitten. Het grauwe licht in het kantoor gaf Howdy Duty’s huid de kleur van oud perkament. Zijn ogen waren niet te zien achter de halve manen van de brilleglazen. Hij had een air van lichtelijke afwezigheid.
‘O, Nick, wat moeten we met jou aan?’
Nick wist daar niets op te zeggen. Hij had altijd vermoed dat hij weinig

succes op zijn werk had, omdat hij nooit goed geweest was in het bedenken van grappige antwoorden op retorische vragen die leidinggevende agenten op onbehaaglijke ogenblikken stelden. Dus zei Nick, als gebruikelijk, niets; hij liet zijn forse lichaam in de stoel onderuitzakken en haalde diep adem.

'Nick, vertel me eerst eens even over dat Charly-geval. De Geheime Dienst doet er fors moeilijk over. Je weet wat een klootzak die Mueller kan zijn.'

'Nou,' zei Nick, terwijl hij even slikte, 'misschien heb ik wel een fout gemaakt. Maar Jezus, Howard, er stonden meer dan zestig namen op die Charly-lijst, en ze stonden onderaan wat betreft hun belang. Dat zeiden de jongens van de Geheime Dienst zelf. Ze willen het niet toegeven, maar volgens hun was het strikte routine, als gewoonlijk. Maar ik heb er echt hard aan gewerkt, Howard. Hoe heet hij ook alweer, Sloane, zei me zelf dat ik goed werk gedaan had. Ik heb de meesten opgespoord. Ik heb aanbevolen dat drie ervan op de Beta-lijst gezet moesten worden, en dat stond ze helemaal niet aan, want dat betekende dat zíj meer werk hadden.'

'Maar je hebt Bob Lee Swagger gemist.'

'Niet echt. Ik heb hem eruitgepikt en inlichtingen ingewonnen. Ik heb sheriff Tell in Polk County gebeld om te vragen of hij de laatste tijd problemen met hem gehad had. Hij had rustig op zichzelf gewoond. Ze zeggen van dat soort jongens dat ze vlak voor een schietpartij onrustig worden. Bij Swagger was daar geen teken van. Hij paste in geen enkel patroon en zijn sheriff stond voor hem in. De enige reden waarom hij op die lijst stond, was die brief en dan ook alleen nog maar omdat er vier uitroeptekens in die brief stonden. Vier uitroeptekens! Het leek mij erg onschuldig. Ik kan niet zeggen dat ik het nu anders gedaan zou hebben.'

'Oké, Nick. Ik neem aan dat je prestatie adequáát was. We kunnen niet vierentwintig uur per dag, zeven dagen per week onderschéidingsvermogen verwachten. Nick, ik denk dat ik je kan behoeden voor de Geheime Dienst, want zij willen dat er bij de FBI koppen rollen om hun hachje te redden. Het was, in feite, hun operatie en zij werden verslagen.'

'Absoluut.'

'Maar ik heb met de directeur gesproken en we hebben het gevoel dat onze positie sterk is. Zij zouden kunnen klagen dat wij ons werk niet goed gedaan hebben wat betreft de Charly's en dan kunnen wij terugklagen door te zeggen dat zij zo weinig personeel ingezet hadden, dat ze de Charly's zelf niet konden afhandelen. Dat is dan een patstelling en ik denk dat ze zich dan wel rustig zullen houden. Maar dan, Nick, die poging tot arrestatie. Die heb je fors in het honderd laten lopen.'

'Ik weet het, Howard. Die heb ik verziekt.'

'Het zag er slecht uit in de krantenberichten. En het ziet er ook niet goed uit binnen de FBI zelf. We worden verondersteld dat soort situaties aan te kunnen.'
'Ik weet niet wat ik moet zeggen, Howard, het was een wanhopige situatie. Misschien... ik weet het gewoon niet, Howard.'
'Nick, in 1986 zat je in Tulsa in een wanhopige situatie en die heb je toen ook niet juist aangepakt.'
Nick zweeg. Toen zei hij ten slotte: 'Howard, ik wil alleen maar een FBI-agent zijn. Dat is alles wat ik ooit gewild heb.'
'Nick... de directeur heeft de beslissing aan mij overgelaten.'
Nick haatte het dat hij moest smeken. Maar hij probeerde zich een leven voor te stellen zonder het enige dat evenveel voor hem betekende als zijn vrouw en dat was de FBI. Nu moest hij al zonder Myra leven. Maar hij kon zich niet voorstellen dat hij zonder de FBI moest leven.
'Ontsla me alsjeblieft niet, Howard. Ik weet dat ik de laatste tijd niet op de top van mijn kunnen geweest ben. Maar een paar maanden geleden heb ik mijn vrouw verloren... het is gewoon geen makkelijke tijd geweest.'
'Nick, bij deze zaak hebben we mankracht nodig. Ik ga je een week op nonactief stellen, zonder gage, maar dat gaat pas over drie maanden in. Maar dan moet het, vrees ik, toch gebeuren.'
Nick knikte. Het betekende dat hij een maand daarna weer helemaal van voren af aan moest beginnen. Het had hem jaren gekost om in New Orleans terecht te komen. Maar het betekende ook dat hij, voorlopig tenminste, kon blijven.
'Ik neem aan dat ik dan overgeplaatst word.'
'Nick, je weet hoe het werkt. En ik zal een aantekening in je dossier moeten plaatsen. Net als die andere.'
'Ja.'
'Nick, ik vind het helemaal niet leuk.'
'Oké, Howard.'
'Ik probeer je zoveel mogelijk tegemoet te komen.'
'Ik weet het en ik waardeer het,' zei Nick.
Ik weet het en ik waardeer het! Zak, als jij zestien jaar geleden je grote bek dichtgehouden had, zou ik die smeerlap precies tussen de ogen geraakt hebben en zou ik zitten waar jij nu zit en zou jij nog in Tulsa zitten.
'Je bent nog steeds bij de FBI, Nick.'
'Dat waardeer ik, Howard.'
'Maar nu geen vergissingen meer, hè, Nick? Heb je het begrepen? Je kunt je niet nog een misser permitteren.'
'Die zal er niet zijn, Howard. Dat beloof ik.'

16

Toen Bob vlak voor zonsopgang op de dag na de schietpartij uit het water kroop, kookte het in zijn hoofd van woede en flitsende beelden en waanvoorstellingen. Zijn lichaam was even gevoelloos als de boomstam waaronder hij had gedreven en lichtelijk opgezwollen en zacht van de lange onderdompeling. Hij rook naar dieselolie van de uitstoot van de schuiten, die beneden New Orleans op het wateroppervlak dreef. Hij schatte dat hij zo'n tachtig kilometer voortgedreven was. Om hem heen zag hij honderden dwergdennen, een labyrint van modderige moerassen en dicht op elkaar staande cypressen. Kleine beestjes haastten zich voort en verstijfden dan, een vogel maakte een vreemd, droevig geluid, een kreet van pijn. Toen werd ook die stil.

Je gaat dood, dacht hij.

Er was hier niets anders dan het oerwoud, zonder enige afwisseling, genadeloos. En gauw genoeg zouden er ook mensen zijn, mensen die op hem jaagden.

Je bent weer waar je begon, alleen ben je ouder en zwakker.

Hij strompelde een paar passen en viel toen op zijn knieën. Wanneer had hij voor het laatst gegeten? Dat moet gisteren geweest zijn: ontbijt. Hij was twee keer beschoten, had zijn laatste druppel adrenaline verbruikt met daar weg te komen, en had achttien vreselijke uren onder een verdomde boomstam hangend in de rivier gedreven met alleen zijn neusgaten maar boven water.

Zo lag het dus: eten of sterven.

Het deed er niet toe of de wond geïnfecteerd was. Als hij niet at, zou hij snel wegteren en binnen een paar uur zou hij ten prooi vallen aan het oerwoud.

Maar ik geloof dat ik wel ergere dingen meegemaakt heb.

Maar dat was niet zo. Er was geen helikopter die hem naar een veldhospitaal kon brengen. Er was niets anders dan deze rimboe en daarbuiten een hele wereld die eropuit was hem de das om te doen.

Het moet even na zonsopgang geweest zijn. De lucht was zeer fris en schoon en rook even zuiver als de adem van een baby. Het zonlicht was nog zwak. Het was tijd dat de dieren op jacht gingen naar voedsel, dat wist hij snel genoeg.

Toen voelde Bob plotseling wat hards tegen zijn been en besefte hij dat het er de hele nacht geweest was. Hij haalde het pistool uit zijn broekzak.

Het was een groot roestvrij stalen Smith & Wesson .45 automatisch pistool, hun nieuwe Model 4506. Nee. Bij God, nee, het was dat geweldige tien-millimeterpistool dat de FBI was gaan gebruiken. Hij vroeg zich af hoe het zat met de munitie. Hij was volledig vertrouwd met een .45, omdat hij door de jaren heen met een verscheidenheid van Colts, honderdduizenden .45 patronen afgevuurd had. Maar dit nieuwe ding, een 10 millimeter? Hij wist het niet.

Een man zonder een wapen heeft geen overlevingskans, dacht Bob. *Als een man een wapen heeft, heeft hij een kans.*

Met een duim die zo dik als een baksteen leek, haalde hij de magazijnsluiter over. Het magazijn viel eruit en hij zag dat de agent het tjokvol holpuntkogels geladen had. Het leken net een stel koperen paaseieren. Hij keek even om te zien of er ook een kogel in de kamer zat en het koper van de patroon glom hem tegemoet. Zouden ze de onderdompeling weerstaan hebben? Er was maar één manier om daar achter te komen. Hij schoof het magazijn weer op zijn plaats, voelde het vastklikken en spande met dezelfde baksteenachtige duim de hamer.

Hij leunde achterover en wilde dat hij meer kracht had om een positie of een spoor te vinden, een plek om vanaf te jagen, een goede plaats om vanaf te schieten, een steunpunt, wat dan ook. Hij had niets van dat alles. Alleen het pistool. Boven zijn hoofd sijpelde het zonlicht door het dichte bladerdek. Het licht was nog niet zo fel, want hij schatte dat het nog geen acht uur was. Of werden zijn ogen slechter? Zakte hij weg in bewusteloosheid, leeggebloed als een te snel en slecht geschoten hert?

Hij hallucineerde weer. Vreemd, op dit moment dacht hij aan Donny Fenn, en al de angstige ogenblikken in het Vietnamese oerwoud en hoe Donny op de echt krankzinnige momenten een beetje begon te lachen, een hysterisch gegiechel.

Donny, jongen, je zou vandaag lachen als je de oude Bob zou zien en wat er van hem geworden is. Hier zit hij nu op zijn natte kont in een moeras en wacht op de dood of een beest.

Maar Bob kon niet lachen. Hij probeerde zich te ontspannen. Het leek erop dat hij zich vaag herinnerde dat hij enige tijd geleden een hele nacht in de regen gezeten had om te wachten op Tim, de hertebok met de witte staart en het twaalftakkige gewei. Dat was een lange, natte wachttijd, hè? O, dat was nog eens jagen geweest. Hij herinnerde zich hoe Tim uit het struikgewas te voorschijn gekomen was, als een geest of zoiets, en hoe hij het geweer gericht en gevuurd had en wist hoe goed het schot geweest was. Dat was nog eens een nacht, hè? Hij had Tim boven de ruggegraat geraakt met een kogel van epoxy, die moet minder dan 25 grein gewogen hebben toen hij de flank raakte, maar de klap had hem zo'n minuut of vijf totaal verlamd.

Hij herinnerde zich hoe hij het gewei afgezaagd had.
Niemand gaat jou doden om je kop aan de muur te hangen, dacht hij.
Vooruit, jongen. Maak dat je wegkomt.
Hij herinnerde zich hoe het beest wegsprong toen het uit zijn verdoving kwam, vol leven, barstensvol.
Hij lachte dwaas.
Ze hebben verdomme geprobeerd mijn hoofd aan de muur te hangen.
Toen keek Bob op en daar zag hij het. Laat, het dronk laat. Misschien waren er hier, zo diep in het moeras, geen mensen en dus was er ook niets te vrezen. Bob wist het niet. Hij hoorde alleen maar het geluid van brekende takjes, zag iets kleurigs.
Het was het een of ander lelijk, gevlekt varken. Bob zag het te voorschijn komen tussen de bomen, misschien zo'n vijfenzeventig meter van hem af. Het was zo lelijk als de nacht, en toch huilde Bob bijna voor de tweede keer in zijn leven toen hij het zag. De eerste keer was geweest toen hij, negen jaar oud, alleen de heuvel opgegaan was, nadat majoor Benson was komen vertellen dat zijn pa bij Fort Smith doodgeschoten was.
Maar Bob huilde niet. Hij bereidde zich voor om te schieten.
Het verdomde pistool was nieuw. Plotseling voelde het anders aan dan zijn oude Colt *automatic*, alsof het tegen hem in wilde gaan. Hij klemde zijn linkerhand over de rechter, duwde zijn linkerduimnagel op zijn rechter, drukte zijn ellebogen tussen zijn knieën en worstelde tegen de trillingen van de uitputting, die hij in zijn polsen voelde.
Frontvizier, frontvizier, frontvizier.
Dat was het. Dat was de sleutel, de rots waarop de kerk gebouwd was. Met een pistool moest je scherpstellen op het frontvizier en het doelwit in de verte een soort wazige vlek laten worden. Anders gebeurde er helemaal niets.
Frontvizier, frontvizier, frontvizier.
In de keep van het achtervizier zag hij de grote rode wand van het front. Het was rotsvast, zo groot als de rots van Gibraltar of Mars. Bob verdween er voor zijn gevoel helemaal in, terwijl het varken een soort waas was, waarvan de details in de verte verdwenen waren, alleen maar een beweging tegen de roerloze, groene achtergrond.
Hij hoopte dat die verdomde agent het goed afgesteld had. Hij hoopte dat het water de ontsteking of het kruit niet verpest had.
Bob concentreerde zich zo op het schot dat hij de knal niet eens hoorde, evenmin als hij de terugslag voelde toen hij het grote pistool afvuurde. Wat hij zag was dat de ruggegraat van het varken doorboord werd door het lood, dat toen het door de taaie huid heendrong uiteenbarstte. Het trof en brak de ruggegraat.
Het dier gilde toen de dood hem besprong, en toen werd het gegrepen

door een schok van woede. Het probeerde weer op zijn nu krachteloze en wankele poten te gaan staan, maar omdat zijn ruggegraat gebroken was, was het daartoe niet meer in staat. Toen viel het, na een laatste huivering, stil.

Bob stond moeizaam op. Nog steeds zweverig, nog steeds drijfnat, voelde hij de dood in zijn eigen ledematen, drijvend door zijn lichaam, op hem jagend. Maar hij liep verdwaasd door en bleef alleen maar bij zijn verstand door de stank van het verbrande kruit dat zijn neus opsnoof te midden van de overvloedige geuren van het moeras, iets bekends waarop hij zich kon concentreren. Hij strompelde naar het varken en viel ernaast neer.

Het woog zo'n vijfendertig pond en het was ongeveer een meter lang. Het stonk naar mest en afval. De snuit was wonderlijk sierlijk, alsof die gevormd was door een engel. De oogleden, wollig langs de gesloten ogen, waren ook teer, als van een kind.

Het kogelgat was een lelijke blaar boven de schouder, maar er was niet veel bloedverlies. De kogel was in het lichaam blijven steken, in tegenstelling tot de kogel die Payne op hem afgevuurd had, en dat was de reden waarom hij leefde en het varken dood was. Stom van Payne om zoiets kleins als een negen te gebruiken. Payne had zich niet gehouden aan de enige ware morele jachtwet: gebruik genoeg wapen.

Op een dag zal ik genoeg wapen op jou gebruiken, Payne.

Snel trok hij zijn jagersmes uit de speciale zak van zijn spijkerbroek en dankte God niet alleen voor een goed jagersmes dat al die jaren scherp gebleven was, maar ook voor het feit dat hij altijd zo koppig geweest was het bij zich te steken, een mes, evenzeer beschouwend als een deel van zijn dagelijkse aankleden als sokken en laarzen.

Terwijl hij het dier omdraaide zodat hij ten slotte de zachte buik voor zich had, had hij even een inzinking. Hij voelde zich alsof hij even uit zijn eigen lichaam gevallen was. Een golf van hallucinaties overweldigde hem. Hij vergat alles. Maar toen kwam het terug en hij zat weer met het mes naast het dode dier en hij sneed het snel open.

Bob was op zoek naar de lever die hij snel vond, een schat tussen het geronnen bloed, en uitrukte. Hij voelde warm aan omdat hij vol zuurstofrijk bloed zat.

De lever was het voedzaamst en smakelijkst van alle rauwe vlees. Bob beet er een stuk af en was verbijsterd door de intense, rijke smaak. Hij werd er duizelig van. Hij at nog wat meer, uitgehongerd kauwend. Het verbaasde hem dat hij zoveel honger had, dat hij er zo wanhopig veel behoefte aan had. Hij at en at tot de lever op was.

Ik leef, dacht hij.

Toen hoorde hij het gebrul van een helikopter en liet zich vallen. Een

Huey vloog laag over de rivieroever en blies de bomen links en rechts plat, terwijl hij voorbij kwam.
Ze zoeken naar me, dacht hij, terwijl hij even een golf van spijt voelde voor de complicaties van zijn leven. Toen raapte hij het karkas op, slingerde het over zijn schouder en drong dieper het moeras in.

17

Dobbler vond het feit dat Shreck af en toe afwezig was beangstigend. De mensen hier bij RamDyne waren harde kerels, politieagenten of soldaten, of een ander stel, afstandelijke technocraten. Beide groepen bejegenden de grote, zachte psychiater met een houding die typerend voor hun beroep was: respectievelijk minachting of onverschilligheid. Dus zat de dokter het liefste in zijn groezelige kleine kantoortje als Shreck er niet was om hem te steunen in deze vreemde wereld.

De kantoren van RamDyne – hoewel kantoren niet helemaal het juiste woord was – stonden te midden van de vrachtlaadstations en pakhuizen van het vliegveld Dulles, net ten zuiden van Washington, D.C. Ze waren een rommelige samenstelling van tijdelijke industriegebouwtjes, afgesloten door een dubbel hek met een dubbele spiraal van prikkeldraad, zwaar bewaakt door gewapende mannen. Op het bord naar het wachthuisje bij de enige ingang stond alleen maar BROWN EXPORTS, zonder een bedrijfsvignet of wat dan ook. Het had een prozaïsche, onverwachte aanblik en de wacht bij het hek, die Dobbler altijd fel aankeek alsof hij hem na een vol jaar dienst nog niet herkende, paste precies bij de bunkermentaliteit van het geheel.

Dobblers kantoor was een groezelig hokje dat niet passend was voor een assistent-professor aan een universiteit in Idaho. Het had een betonnen vloer en meubilair uit een dump en zag eruit als het kantoor van een mislukte leraar die nooit tot grote hoogte zou rijzen en altijd overgeleverd zou zijn aan de grillen van zijn afdelingschef. Er zaten zelfs tralies voor de ramen, een ironie die Dobbler niet ontging. Het fluorescerende licht was van een verkeerde sterkte, waardoor het schaduwen wierp, hoe je er ook in ging zitten, dat wil zeggen, als het niet vaag flikkerde.

Maar het was niet zo dat dokter Dobbler het ergste kantoor had. Dat van kolonel Shreck, in een ander gebouw, was even minderwaardig. Het was alleen een beetje groter en er stond een door de motten aangevreten sofa onder het raam, dat uitzicht bood op vrachtvliegtuigen die opstegen of landden. Het had zelfs geen grotere kluis, maar precies hetzelfde, gehavende model als dat van Dobbler. De dokter vroeg zich vaak af of die ook dezelfde combinatie had!

Dobbler zat nu in zijn kantoor en probeerde zich te concentreren op het probleem waaraan hij werkte. Hij vond de stilte onheilspellend, alsof er een betovering was uitgesproken door de ongelooflijke ontsnapping van

Bob Lee Swagger. En dat was in feite het probleem waar Dobbler nu mee zat.
De laatste woorden van Shreck waren eenvoudig geweest.
'Dokter, neem de documenten weer door. Vertel me waar die klootzak naartoe gegaan is.'
Dobbler antwoordde aarzelend, als altijd.
'U d-denkt dus niet dat hij dood is?'
'Natuurlijk niet. Ik moet een paar dagen de stad uit,' zei Shreck. 'Probeer ervoor te zorgen dat ik een rapport heb als ik terugkom. Ik heb het grootste vertrouwen in u.'
Voor Dobblers ogen vervaagden de papieren en werden dan weer duidelijk.
Concentréér je, prentte hij zichzelf in. Een man is op de vlucht. Hij heeft geen vrienden. Waar gaat hij naartoe? Waar kan hij naartoe gaan? Wie wil zich met hem bemoeien?
Hij had dossiers vol gegevens, verzameld door de afdeling Research, met de eerste beoordeling van de persoon, evenals zijn eigen psychologische rapporten.
Zwaar ademhalend begon hij ze door te bladeren. Bobs leven vóór zijn rekrutering had schijnbaar uit twee dingen bestaan: zijn geweren en zijn lange wandelingen door de Ouachita's. Hij verborg zich voor de wereld, dacht Dobbler, voelde zich onwaardig.
Er was nergens een blijk van een warme, persoonlijke relatie, tenminste niet buiten Polk County. Zijn enige vriend was die nurkse, oude Sam Vincent, die hem geholpen had het tijdschrift aan te klagen. Als hij nog in leven was, zou hij eventueel kunnen proberen terug te keren naar Polk County, en misschien naar Sam Vincent. Maar nu, op de vlucht, waar zou hij naartoe gaan? Hij kon nergens een indicatie vinden – geen zusters, geen broers, geen oude maten van de Mariniers, geen vrouwen, niets. De man was te veel een soort verbannen strijder – Achilles die in zijn tent zat te mokken kwam hem even in de gedachten – om behoefte te hebben aan enig gezelschap.
Zelfs de financiële rapporten, opgedoken door een kredietagentschap, bevestigden dat patroon. Het was duidelijk dat Bob zijn financiën met ijzeren discipline onder controle hield – hij kon goed rondkomen van zijn veertienduizend dollar overheidspensioen, omdat hij weinig onkosten en uitgaven had. Hij had geen belangstelling voor kleren behalve voor hun functionaliteit, hij reisde niet en had ook verder geen afleiding. Er was geen rapport over wat hij gedaan had met de dertigduizend dollar die hij van het tijdschrift ontvangen had bij de regeling buiten de rechtbank om. Hij had een creditcard – een Visa van de *First National Bank* in Little Rock – maar dat leek meer uit gemak te zijn. Hij kon zo telefonisch be-

stellingen doen voor onderdelen en munitie en zo de tijd en moeite voor het invullen van bestelformulieren besparen. Hij kocht zijn kleren in Gander Mountain in Wisconsin, zijn kruit bij Mid-South Shooter's Supply en een paar andere zaken. Hij leefde om te schieten, dat was alles. En, nam Dobbler aan, hij schoot om te leven.

Zou hij naar schutters vluchten?

Dit was een vreemde wereld voor Dobbler, dus probeerde hij zich in te leven. Toen besefte hij, gebaseerd op het weinige dat hij van de schutterscultuur afwist, dat er daar geen plaats voor Bob was. Dat soort mensen was meestal zeer conservatief, zeer Amerikaans en van het platteland. Zij hadden geen sympathie voor een man die een schot gelost had op de president van de Verenigde Staten. Dat liet hem niet veel anders over dan...

Na verscheidene uren van minutieus speurwerk had hij nog niets gevonden. Hij keek om zich heen. Het was laat in de middag. Het was zeer rustig. Hij kon nergens een antwoord vinden. Hij stond op het punt het op te geven. Misschien zag hij morgen...

En toen zag hij het.

Hij keek, knipperde met zijn ogen, kneep ze halfdicht en keek weer. Het was zo weinig. Het was bijna niets. Het kon haast niet.

Het was een telefonische bestelling van december 1990 op Bobs Visakaart.

Een bedrijf dat Wilheit heette, in Little Rock. Het telefoonnummer stond erbij.

Het leek... bekènd.

Hij bladerde door de kredietrapporten en keek naar de andere Visa-rekeningen en vond niets tot... december 1989. Wilheit.

Snel vond hij december 1988... Wilheit.

De rekening was ruwweg hetzelfde; vijfenzeventig dollar.

Wat was Wilheit?

Hij draaide het nummer en wachtte tot de verbinding gelegd werd via schakelstations en satellieten. De telefoon ging over, veraf, en toen werd er opgenomen.

'Hallo, Wilheit, kan ik u helpen?' zei een stem in het voor Dobbler bijna onverstaanbare accent van Little Rock.

'Eh, ja. Wat verkopen jullie eigenlijk?'

'Wat verkópen wij?' vroeg de stem.

'Ja. Wat voor een bedrijf zijn jullie?'

'Wij zijn een bloemisterij, maat. Wij verkopen bloemen.'

'Aha,' zei Dobbler en hing op.

En aan wie zou Bob Lee Swagger in godsnaam elk jaar in december bloemen sturen? Een kerstorganisatie? Maar dat was helemaal niets voor Bob.

Jack Payne voelde zich niet plezierig.
Evenals de twee andere mannen die toen in de kamer geweest waren, werd hij in zijn geest achtervolgd door de wederopstanding van Bob Lee Swagger.
Sinds die tijd had hij zich weinig laten zien in de nabijheid van de kolonel, omdat hij wel wist dat hij zich waarschijnlijk moest verantwoorden voor het verpeste schot.
Maar hoe kon het verpest zijn?
Nou, had iemand in het team gezegd, waarschijnlijk was die verdomde Zilvertip niet opengebarsten, dat was alles. Hij was dus dwars door het lichaam gegaan en Bob was over de schok heengekomen en ervandoor gegaan. Hij was een marinier, zie je, en mariniers zijn taai.
Nee, Jack dacht dat het iets anders was. Het was het feit dat hij geen geluk met een pistool had. De waarheid was dat hij pistolen haatte. Daarom droeg hij de Remington met afgezaagde loop, want daarmee miste je met zes twaalf-kaliber kogels tot je beschikking, nooit. Toen Payne voor het eerst in Vietnam was – hij was toen nog maar een magere korporaal – was hij eens op weg geweest naar de latrine, toen er plotseling een spleetoog op hem afkwam met een bajonet op een oud Frans grendelgeweer, en met moordlust in zijn ogen. Jack had zijn karabijn ergens laten liggen en trok een .45 en vuurde zeven kogels af op de man, die hem als een gek aanviel. Hij miste zeven keer. Miste ze allemaal, viel op zijn knieën en wachtte op de bajonet. Het volgende dat er gebeurde was dat de een of andere vent de spleetoog van een afstand van dertig meter met een machinepistool in tweeën schoot – hij schoot hem letterlijk in tweeën – en dat Jack in leven bleef om door te vechten. Maar hij haatte dat moment want hij had in zijn broek gepist en gepoept toen hij door zijn knieën zakte, omdat hij wist dat hij verloren had en te zwak was om er iets aan te doen.
'Hé, korporaal, je kunt maar beter een paar luiers aanschaffen,' had de leider van zijn team na het vuurgevecht tegen hem gezegd en het hele godverdomde team was in lachen uitgebarsten. Dat had hij het meeste gehaat, de woede van de vernedering. En toen had hij gezworen dat hij nooit meer een pistool zou dragen en dat hij zichzelf nooit meer zou vernederen.
Maar nu had Swagger hem tweemaal vernederd.
Dat is oké, had Payne zichzelf ingeprent. Ik krijg je nog wel eens voor de loop en dan schiet ik twee, drie, misschien wel alle zes die kaliber-twaalf kogels in je lijf, vuile smeerlap. Een paar van de jongens in het team denken dat je een soort rambo-achtige macho bent, een soort superman, een jongen uit het diepe zuiden vol lef en leer. Maar ik niet, Swagger. Die twaalf-kalibers zullen je wel reduceren tot je ware grootte.

Toen herinnerde Jack zich iets en hij grinnikte.
Ik ben al begonnen me met je te amuseren. Ik heb je verdomde hond doodgeschoten.

Duizend aanwijzingen, duizend keer niets. De man was gewoon verdwenen. Nick, nu meer een kantoorbediende dan een feitelijke FBI-agent, zat twaalf uur achter elkaar op zijn kantoor en zag iedere afzonderlijke aanwijzing in het niets oplossen, ieder verslag, ieder spoor doodlopen.
De andere mannen wilden liever niet in gesprek gezien worden met Nick. Ze ontkenden het, natuurlijk, maar hij merkte dat de jongens, als hij bij een groepje ging staan, er een voor een vandoor gingen, zodat hij ten slotte naar de muur stond te staren. Alleen Sally Ellion zei altijd gedag, omdat ze te knap en te populair was om ook maar enig gevaar te lopen dat haar carrière bezoedeld zou worden. Ze zei hem zelfs een keer dat het haar speet dat hij in de problemen zat.
'Ik weet zeker dat het niet jouw fout was,' zei ze.
'Ik weet zeker van wel,' antwoordde hij.
'Ik hoorde dat je misschien naar een ander kantoor ging.'
'Ja. Nou, voorlopig nog niet, pas nadat deze zaak achter de rug is. Ze hebben mankracht nodig. Iémand moet de koffiekopjes afwassen. Maar ik ga inderdaad waarschijnlijk weg. Misschien is dat nog niet zo gek. New Orleans is niet werkelijk een succes geworden. Ik kan ergens anders opnieuw beginnen.'
'Ik weet dat je het goed zult doen, Nick,' zei ze, 'waar je ook heen gaat.'
Hij glimlachte. Ze was een aardig meisje.
Ondertussen werd er door de mensen in het kantoor op Bob gewed en met een kans van acht op één werd aangenomen dat hij dood was. Niemand kon zo volledig ontsnappen aan de grootste federale mensenjacht in de geschiedenis, zonder een spoor achter te laten. Vooral een man die, volgens de rapporten, geen vriend in de wereld, geen netwerk van helpers, geen organisatie, geen naasten had. Hij was de totale en absolute alleenganger.
Maar ondertussen bediende Nick de topmannen, waste voor hen af en verdroeg zijn vernedering met zoveel waardigheid als hij maar op kon brengen. En misschien was het toen hij de koffiepot uitspoelde dat hij zijn goede idee had.
Doe het nou niet, zei hij bij zichzelf.
Je zit al diep genoeg in de problemen.
Man, ze smijten je er meteen uit, als ze je betrappen.
En het is helemaal niet jouw stijl om iets te doen dat niet volgens de officiële regels gaat.
Maar... het is zo'n góed idee.

En als alle goede ideeën, was het een simpel idee.
Hij bleef maar denken aan de man die hij drie maanden daarvoor aan stukken gesneden in dat motel gevonden had, vóór de moord op Roberto Lopez. Het leek hem zeker niet toevallig dat de man een Salvadoriaan was, zoals Wally Deaver hem verteld had, zelfs waar zijn papieren evenals de FBI beweerden dat hij Eduardo Lachine uit Panama-stad in Panama was. Maar er was maar één man die Lanzman gezien had. Dat was Deaver, in Boston, toen hij een DEA-man was en in 1990 met Bush op de drugconferentie in Cartagena in Colombia geweest was.
Waarom zou hij Wally niet een foto van het lijk sturen. En op die manier kon hij erachterkomen...
Hij probeerde te bedenken wat het zou betekenen als een Salvadoriaanse geheim agent vermoord was in New Orleans, een paar maanden voor de moordaanslag op een Salvadoriaanse aartsbisschop die gehaat werd door het regiem van zijn eigen land. Maar hij kreeg er hoofdpijn van en ging weer aan het werk.

De generaal leunde voorwaarts, met glanzende witte tanden en ogen die schitterden van vreugde en bracht een dronk uit.
'Op onze vriend, *El Colonel* Raymond Shreck. Een groot man. Werkelijk een geweldig man.'
Hij hief zijn glas dat gevuld was met een dure wijn.
De generaal was een keurig verzorgde, glimlachende man, die Esteban Garcia de Rujijo heette en door grote felheid in een veelheid van hardbevochten gevechten op achtendertigjarige leeftijd de commandant geworden was van het Vierde Bataljon (Luchtcommando), Eerste Brigade, Eerste Divisie ('Atlacatl') van het Salvadoriaanse leger. Zijn eenheid had de bijnaam *Los Gatos Negros* – het Panter Bataljon – vanwege hun zwarte baretten.
'Dank u, generaal,' zei Shreck in het Spaans.
Shreck droeg zijn oude uniform met de commando-insignes, en dat van de Speciale Eenheden. Zijn Corcorran-paralaarzen waren glanzend zwart en zijn broekspijpen zaten er losjes ingestopt. Hij droeg zijn groene baret onder zijn epaulet. Het uniform paste hem nog perfect en de vouwen waren messcherp. Zijn borst vol onderscheidingen, waaronder het *Distinguished Service Cross*, het *Purple Heart* en de *Silver Star* met de *Oak Leaf Cluster*, allemaal van hemzelf, werd gedomineerd door de *Combat Infantry Badge*.
Shreck en de generaal – en een derde man – zaten aan een eettafel in een huis zo groot als een museum, te midden van zo'n achthonderd hectare landbouwgrond in de heuvels net ten noorden van de zeehaven Acajatla in het noorden van El Salvador. Het huis was niet van de generaal, nog

niet tenminste. Het behoorde toe aan een andere man die ook de Rujijo heette – de vader van de generaal. Sinds de Spanjaarden het gebied veroverd hadden in 1655 was het in bezit geweest van de Rujijo's.

De derde man, die naast kolonel Shreck zat, was een kleine, vrolijke oudere heer die Hugh Meachum heette. Vroeger had hij gewerkt voor het planbureau van de CIA en sinds hij op grove wijze ontslagen was in 1962 was hij een staflid van het Buddings Instituut voor Buitenlandse Politiek in Washington, D.C. Als de generaal *el gato negro* was, dan was Hugh Meachum, een connaisseur van pijpen en wijnen en ironie, *el gorríon*, de mus.

'De generaal is zeer tevreden over jou, Raymond,' zei Meachum. 'En dat mag ook wel. Je hebt hem zeer zeker uit de brand geholpen.'

'De brand, ja,' zei de generaal, die een opleiding had gevolgd, eerst aan El Salvadors Nationale Militaire Instituut en daarna aan het *National War College* in Washington, D.C. en het *General Staff College* in Fort Leavenworth in Kansas.

'Het is niet makkelijk een priester te doden,' zei de generaal. 'Zelfs niet een communistische priester.'

'De generaal gelooft dat aartsbisschop Roberto Lopez een communist was,' zei Meachum. 'Dat gelooft hij werkelijk.'

Shreck wist dat dat iets was dat Meachum amuseerde. Zelf was Meachum vaak verbijsterd over de ware barbaarsheid van deze mensen. Ze waren tot alles in staat en het kostte heel veel bewonderenswaardige diplomatie om te voorkomen dat ze totaal wild werden. Ze waren in staat duizenden te doden. De generaal hàd duizenden gedood.

'Een uitstekende operatie,' zei de generaal. '*Muy excelente*. De wereld denkt dat een gekke Amerikaan probeert de president van de Verenigde Staten dood te schieten en per ongeluk de vrome man naast hem raakt. En niemand weet dat het hem om de gerechtigheid van het doden van een communistische priester gaat.'

Hij had een pokdalig gezicht en een donkere snor. Hij was gekleed in avondkledij, inclusief een cumberband van rode tartan. Hij droeg een glanzende roestvrij stalen Colt 10 mm Delta Elite in een schouderholster. Shreck had de ivoren kolf opgemerkt toen de generaal vooroverboog om de wijn in te schenken.

'Het was een dure operatie,' zei Shreck.

'En toch goedkoop.'

'En absoluut noodzakelijk,' zei Hugh Meachum. 'Die aartsbisschop wilde het onderzoek naar het Panter Bataljon laten heropenen. En de president luisterde naar hem. En wat zou dàt een boel mensen in opperste verlegenheid gebracht hebben.'

'Het was fantastisch,' zei de generaal. 'Maar vertelt u mij eens, kolonel

Shreck. De geweldige schutter die deze communistische priester geveld heeft. Een gewèldig schutter, nietwaar?'
'Een geweldig schutter, ja,' zei Shreck.
'Wie kan zo'n schot afvuren? Wat een schot! Het is waarlijk een verbazingwekkend schot.'
'Dat was het inderdaad,' zei Shreck. Hij zou zelf ook wel graag willen weten wie dat schot afgevuurd had. Wie het ook was, de kerel kon schieten, misschien wel beter dan Bob Lee Swagger.
Shreck keek naar Meachum, wiens ogen schitterden alsof hij een beetje te veel gedronken had.
'Ik zou het,' zei de generaal, die zijn glas hief, 'als een eer beschouwen die man op een dag de hand te schudden.'
Ik ook, dacht Shreck.
'Wij zullen uw gevoelens natuurlijk overbrengen,' zei Hugh Meachum.
'Het was *muy excelente*,' zei de generaal. '*Perfecto*. Nummer een.'
Shreck zei bijna, ja, afgezien van de klootzak die ontsnapte. Maar Meachum had hem gewaarschuwd daar niet over te praten. De generaal was nogal lichtgeraakt.
Shreck keek snel om zich heen in de grote eetzaal van het landhuis van de Rujijo's. In het schemerlicht buiten zag hij een enorme tuin die golvend afdaalde naar een vijver, een volmaakt ovaal, zodanig aangelegd dat hij het zonlicht op schitterende wijze weerkaatste in de schemering. Erachter lag het oerwoud; en daarachter lag de zee, een glanzende band op zo'n kilometer of drie afstand.
'U moet weten, kolonel Shreck, dat het voor ons niet perfect ging.'
'O?' vroeg Shreck.
'Maar maakt u zich geen zorgen.'
'O jee,' zei Hugh Meachum. Hij nam weer een slok wijn.
'Een verrader. Ja. Een verrader.'
Shreck knikte, wachtte en dacht: o, verdomme, wat nu?
'Die achter ons plan kwam. En vluchtte.'
'Slordig,' zei Hugh Meachum. 'Zeer slordig. Zekere personen zullen zeer ontstemd zijn.'
'Geen zorgen,' herhaalde de generaal.
'En waarom niet, generaal?' vroeg Shreck.
'De verrader werd zelf verraden. Hij hield zich verborgen in Panama. Toen hij ten slotte dacht dat hij veilig was, vluchtte hij naar New Orleans. Naar de FBI. Maar wij wachtten hem op. Herinnert u zich het fantastische elektronische afluistervoertuig dat uw organisatie aan onze geheime dienst leverde?'
'Ja,' zei Shreck.
'Daarmee hebben we hem opgespoord. We verzekerden ons ervan dat

het onze Eduardo was en toen elimineerden we hem op een manier die aan iedereen die daarvan afweet de ernst van onze bedoelingen duidelijk maakt.'
Shreck knikte.
'En nu drink ik,' zei de generaal, 'op mijn dappere *compadres* en op de glorieuze toekomst van onze twee naties.'
'Bravo,' zei Hugh Meachum.
Loop naar de hel, dacht Shreck.

De volgende ochtend stond Shreck, terwijl hij wachtte op de helikopter die hem naar het vliegveld zou brengen voor de vlucht terug naar de Verenigde Staten, op het grote grasveld voor het huis en keek naar de zee. Het was een grijze dag, winderig en vochtig, met een voor de tropen verbazende kilheid in de lucht. De kilheid deed hem denken aan de ochtenden in Korea, toen hij nog maar een jongen was, en al die keren in Korea dat hij gezworen had dat hij het nooit meer koud wilde hebben in de ochtend, wat er ook gebeurde.
Maar nu had hij het koud.
'*El Colonel*, voelt u zich goed?'
Het was generaal de Rujijo, nu in zijn camouflagegevechtspak met zijn zwarte baret. De vernikkelde Colt *automatic* hing in een schouderholster onder zijn linkerarm.
'Prima, generaal,' zei Shreck.
'Het lijkt wel alsof u een kou opgelopen hebt, kolonel.'
'Nee, generaal. Helemaal niet.'
'Goed. Ik heb een klein presentje voor u. Uit mijn eigen archieven.'
Hij klikte met zijn vingers en een bediende bracht hem een koffertje. De generaal haalde er een zwarte, plastic doos uit, die Shreck herkende als een videocassette.
'Ik leg al de operaties van mijn bataljon vast,' zei de generaal. 'Voor trainingsdoeleinden. Dit is een kopie van de actie bij de rivier de Sampul. U zult het zeer leerzaam vinden te zien hoe goed onze troepen hun lessen geleerd hebben.'
Shreck had de neiging de man zijn schedel in te slaan. Maar hij glimlachte grimmig en nam de cassette aan.
'Ik heb er nog veel meer,' zei de generaal. 'U mag deze hebben.'
'Ja, generaal. Dank u generaal.'
De generaal glimlachte met hoffelijke waardigheid, salueerde en toen Shreck het saluut beantwoordde, draaide hij zich om en liep weg.
Shreck keek op zijn horloge. De helikopter was laat. Er gebeurde nooit iets op tijd in dit godverdomde land.
'Kolonel, u lijkt vandaag uiterst somber.'

Natuurlijk was het de oude Hugh, die nooit zo dronken was als hij eruitzag, zelfs hoewel hij, om elf uur 's ochtends, een glas gin-tonic in zijn hand en een rozige schijn op zijn gezicht had.
'Die klootzak heeft me net een videotape gegeven van de actie bij de rivier de Sampul. Ik denk dat hij daarmee wil zeggen dat wij allemaal in hetzelfde schuitje zitten, of we het willen of niet. Als hij ten onder gaat, ontvangt een belangrijk persoon de tape en vervolgens gaan we allemaal ten onder.'
'De generaal is een praktisch man.'
'Ik word kotsmisselijk als ik eraan denk dat een smeerlap als de Rujijo denkt dat hij ons te pakken heeft. Hij doet me denken aan sommige van die rotzakken van spleetooggeneraals in hun verdomde parapakken, die er in vijfenzeventig met een paar honderd miljoen vandoorgingen.'
'Raymond, ik heb altijd waardering gehad voor je tact. Je zegt nooit wat je denkt, nietwaar?'
'Ik word niet betaald om te denken, meneer Meachum. Ik heb niet op Yale gezeten, zoals u. Dat weten we allebei.'
'Natuurlijk niet. Tja, de generaal. Hij heeft zijn nut. Hij is een vreselijk man, zeer zeker een oorlogsmisdadiger. Een groot importeur van *la cocaína.* Maar hij en hij alleen was niet verantwoordelijk voor wat er met de troepen van het Panter Bataljon gebeurde bij de Sampul. Wij hebben ook ons steentje bijgedragen aan de rommel. Jij ook, kolonel. Jij was er ook. Dat waren jouw trainers, daar in het veld. En als we verondersteld worden verantwoordelijke volwassenen te zijn, dan moeten we de rommel opruimen.'
Dat stelde Shreck natuurlijk niet tevreden: het was te makkelijk.
'We deden wat we deden,' zei hij, 'en we wisten precies wat de consequenties waren, evenals de risico's – en de kosten. Wij deden het omdat wij geloofden dat op de lange duur veel meer levens gered konden worden dan er verloren gingen.'
'Inderdaad. Dat is tenslotte het soort analyse waar men ons voor betaalt, nietwaar? Maar datzelfde principe gaat op voor deze laatste operatie, die jij zo goed uitvoerde in New Orleans. Het kostte ons twee mannen – een intellectuele bisschop met een verbazend koppige, moralistische trek en een verslagen oorlogsheld die een complete geweergek is. Als we die mannen niet gebruikten en de bisschop op de een of andere manier zijn zin had gekregen en het uit zou komen van het Panter Bataljon, wie wat deed en waarom, dan zullen links en rechts in dit bloedige landje nóóit bij elkaar komen. Er zal geen verdrag gesloten worden. De gevechten zullen voortduren, de duizenden zullen blijven sterven...'
'Kom nou, meneer Meachum, daar maakt u zich helemaal geen zorgen om. Waar u bang voor bent, is dat de linksen hier zullen winnen, zelfs

hoewel het communisme verbrokkelt, of verbrokkeld is als in de rest van de wereld en we ze er goed van langs gegeven hebben in de Perzische Golf. Dat is waar u bezorgd over bent.'
De oude man gaf een van zijn ondeugende Meachum-glimlachjes ten beste en trok zich toen terug achter een masker van vaagheid.
'Ach, Raymond, geloof maar wat je wilt en voor welke reden dan ook. Maar wat betreft één gezond principe moet je het toch met me eens zijn. Die man, Swagger, moet gevonden en vernietigd worden.'
'We krijgen hem wel.'
'Nu we het daarover hebben. Ik heb een idee gekregen. De *Elektrotek 5400*. Zeer geavanceerd, nietwaar?'
'Dat weet u ook wel.'
'Het lijkt me erg jammer dat ding daar in New Orleans te laten staan tot de generaal uitgedacht heeft hoe hij het weer door de douane kan loodsen. Ik besefte plotseling hoe nuttig het voor jou kon zijn bij de jacht.'
'Jezus,' zei de kolonel.
'Ja, ik dacht wel dat je dat plezier zou doen. Zie je, Raymond, zelfs hoewel je dat niet gelooft, zorgen we wel degelijk voor onze mensen. Dat is altijd zo geweest. En dat zal ook altijd zo blijven. En als ik jou was zou ik die tape vernietigen.'
'Reken maar,' zei Shreck, terwijl hij naar het verdomde ding in zijn hand keek.

18

Hij reed door het heldere zonlicht. Er was nergens schaduw te zien. Het zonlicht gaf een felle schittering. Het witte zand ving het op en kaatste het terug. Hij reed met zijn ogen half dicht, omdat hij geen zonnebril had. Hij reed maar door, omdat hij niet wilde stoppen en een kamer huren, want hij wist dat zijn gezicht het meest bekende van Amerika was. Hij leefde van chocoladerepen en *Twinkies* en blikjes Coke die hij uit automaten bij verafgelegen tankstations haalde en dankte God dat hij een paar honderd dollar bij zich had. Hij reed in een cocon van pijn en woede. Hij had zichzelf gewoon opgedragen te rijden en dat deed hij dus.

Nu was het heet. Hij reed in een woestijn. De magere cactusplanten die op de lage hellingen groeiden zagen eruit alsof ze hem zouden kunnen doden. In een religieus deel van zijn hersenen had hij het idee dat ze net crucifixen leken, hoewel hij natuurlijk niet katholiek was, maar een soort baptist, in de tijd dat zijn pa nog in leven geweest was. Vóór hem was de weg een rechte, trillende band in de hitte. Er hingen luchtspiegelingen boven en er dreven zandwolkjes overheen. En hij reed maar verder.

Hij hield een snelheid van honderdtien aan, zo'n acht kilometer boven de snelheidslimiet. Dit was zijn derde gestolen auto, een Mercury Bobcat van 1986, maar voor hij een auto stal, verwisselde hij altijd de nummerplaten met die van een andere auto. Dat was een oude truc die hij op Parris Island van een taaie, zwarte jongen, die waarschijnlijk allang gesneuveld was in Vietnam, geleerd had.

Het was vreemd: na de lange, natte tocht door het moeras waarbij hij zo zuinig mogelijk was met zijn patronen, joeg om in leven te blijven en alleen maar schoot als hij zeker was, kwam hij uiteindelijk in iets wat op beschaving leek, terecht. Hij smeet het wapen weg en pikte een auto. En toen reed hij zo'n achttien uur achter elkaar tot hij in de woestijn belandde. Tien uur in Texas. Hij was korter in New Mexico. Nu zat hij in Arizona. Texas was allang geleden, hoewel tien uur een hele tijd was. Hij wist dat hij èr bijna was. En wat was èr? Misschien niets. Misschien was dit het. Maar hij had geen andere keus. Hij had erover nagedacht. Nee, er was geen andere plaats waar hij naartoe kon gaan, want overal anders zou hij gepakt worden, omdat ze overal naar hem uitkeken. Maar hier had hij een kans.

Hij kwam over een heuvel heen. Voor hem lag een kleine stad in de woestijn, een aantal gebouwen met helder glimmende golfplaten daken.

Hier zou ook wel een soort wet zijn, maar daar gaf hij niet om. Ver weg kon hij de paarse toppen van de bergen zien, maar dichterbij alleen maar deze verspreid staande gebouwen in de woestijn. Hij ging langzamer rijden. Algauw kwam hij de stad in.
AJO, ARIZ. stond er op een bord. *Pop.* 7.567.
Hij reed verder, terwijl hij zijn ogen afschermde tegen het felle licht. Bank, uitgaanscentrum, winkel voor diepvriesmaaltijden, twee tankstations, één straat, een paar duurdere huizen waar met behulp van veel water iets geproduceerd was dat een gazon voor moest stellen, een McDonalds-zaak, een Burger King, nog een tankstation, de lagere school van Ajo en toen ten slotte het Sunbelt caravanpark.
Bob reed er naar binnen. Hij had zo ver gereden voor zo'n verlopen plaatsje, hè? Er stonden misschien zo'n honderd caravans, evenals zo'n honderd palmbomen. Ze leken in zijn ogen allemaal op elkaar.
Hij ging er ten slotte nog bijna onderdoor. Er flitste pijn op achter zijn ogen en zijn hele lichaam voelde jeukerig aan, alsof hij een vreselijke huidziekte had. De wond waar de kogel zijn borst binnengedrongen was, deed vreselijk veel pijn.
Ga ik het redden? vroeg hij zich af.
Hij reed de straatjes tussen de caravans door en zag mensen uit cartoons, dikke Amerikanen in korte broeken, vrouwen met krulspelden in hun haar, tientallen nukkige, ruwe kinderen.
Ik moet er vreselijk uitzien, dacht hij.
Maar niemand lette erop. Ze waren allen verdiept in hun eigen drama's.
Hij kende het adres uit zijn hoofd. Alle brieven waren ongeopend teruggestuurd, gestopt in een iets grotere envelop. De bloemen, ieder jaar in december, rond de veertiende. Waarschijnlijk gooide ze ze gewoon weg. Ze had nooit een bedankbriefje gestuurd. Toch was ze ook nooit verhuisd. Ze had haar naam niet veranderd of had geen enkele poging gedaan om iemand te worden die ze niet was. Ze liet hem gewoon niet in haar leven toe. Hij was het rotte verleden en daar ging te veel pijn mee gepaard.
Bob keek naar haar caravan: hij was sjofel maar goed verzorgd, met nette kleine bakken vol bloemen voor de ramen. Daar herkende hij de hand van een vrouw in. De caravan had witte, plastic randen. Netjes, heel netjes.
Stel dat ze niet thuis was? Maar de auto stond er; hij nam tenminste aan dat het haar auto was. En de naam was de hare, precies zoals hij dat verwacht had. Stel dat er een man was? Waarom niet? Ze was een vrouw, moest er dan geen man zijn?
Maar hij dacht niet dat die er zou zijn.
Hij schakelde de motor uit en het lukte hem naar de deur te strompelen. Hij klopte aan.

Hij had de vrouw nog nooit in levenden lijve gezien, alleen maar op een foto. Maar toen ze de deur opende, herkende hij haar meteen. Hij had zich altijd afgevraagd hoe ze er werkelijk uit zou zien, al die keren in Vietnam terwijl hij naar haar foto keek. Ze was toen een jonge schoonheid geweest en nu was ze een niet-meer-zo-jonge schoonheid, maar wel nog steeds een schoonheid.

Het gezicht was wat te hard, een paar rimpels, maar niet zo veel. De ogen, achter een leesbril, waren grijs en drukten op geen enkele manier verbazing uit. Haar haar was blond, maar niet geblondeerd. De slanke, lange vrouw voor hem keek hem aan met ogen die even uitdrukkingsloos waren als de woestijn.

Ze droeg een spijkerbroek en een soort pullover-overhemd, geen make-up en had haar haar in een korte paardestaart. In haar hand hield ze een boek met een kleurig omslag, de een of andere roman.

'Ja?' vroeg ze en hij zag even een schok over haar gezicht gaan.

Hij had geen idee wat hij moest zeggen. Hij had in geen jaren met vrouwen gepraat.

'Sorry,' zei hij, 'sorry dat ik u lastigval, mevrouw, en sorry dat ik er zo slecht uitzie. Mijn naam is Swagger. Bob Lee. Ik heb uw man bij de mariniers gekend. Een beter man bestond er niet.'

'Jij,' zei ze. En toen nog eens: 'Jij.' Toen schoot er plotseling een grimas over haar gezicht. Hij zag hoe ze de details opnam: zijn gezicht dat onder het vuil zat; zijn smerige overhemd waarop de bloedvlek nu bijna roze geworden was; de bloeddoorlopen ogen; de scherpe stank van een man die geen hygiëne meer kende. Waarschijnlijk zag ze zijn totale weerloosheid ook. Hij wist dat hij zich volkomen aan haar overleverde. Hij voelde hoe hij begon te wankelen.

'Mijn god, je ziet er vreselijk uit.'

'Nou, ik heb de hele verdomde overheid achter me aan gekregen voor iets dat ik niet gedaan heb. Ik heb vierentwintig uur achter elkaar gereden. Ik ben naar u toegekomen omdat...'

Ze keek hem aan alsof ze wilde zeggen: dat moet wel een erg goede reden zijn, jongen.

'... omdat hij zei dat hij u in zijn brieven alles over mij verteld heeft. Nou, zo was ik op mijn best, en als u geloofde wat uw man midden in een oorlog zei, dan gelooft u mij nu misschien als ik u vertel dat wat zij over mij zeggen niet waar is en dat ik u vreselijk nodig heb. Dat was wat ik te zeggen had. U kunt me binnenlaten of u kunt de politie bellen. Wat er ook gebeurt, op dit moment maakt het me weinig meer uit.'

Ze staarde hem alleen maar aan.

'Wilt u me helpen, mevrouw Fenn? Ik kan nergens anders naartoe, want anders zou ik daar wel zijn.'

Haar blik gleed over zijn lichaam.
Ten slotte zei ze: 'Jij.' Ze aarzelde even. 'Ik wist dat je zou komen. Toen ik erover hoorde, wist ik dat je zou komen.'
Hij ging naar binnen en ze bracht hem naar haar bed, en trok de deken en de lakens opzij.
Hij viel neer op het bed.
'Ik zal de auto achter de caravan zetten,' zei ze en dat was het laatste dat hij zich herinnerde voor hij wegzakte.

Bob droomde over Payne. Hij droomde over dat moment waarop hij Solaratov had zien vuren en Payne hem geroepen had en hij zich omgedraaid had en het pistool afgegaan was. De heldere vlam had de kamer opgelicht, het geluid was enorm geweest en daarna had hij het gevoel alsof hij een trap kreeg toen de kogel door hem heen drong. Hij droomde dat zijn knieën knikten van de vreselijke woede die hij voelde over zijn eigen machteloosheid terwijl hij op de vloer viel.
Het herhaalde zich steeds maar weer in zijn hoofd: de flits van het schot, de val, het gevoel verloren te hebben. Hij meende vaag dat hij schreeuwde.
Ten slotte werd hij wakker.
Te oordelen aan het licht was het ochtend. Zijn wonden waren pas verbonden en zijn arm hing in een mitella voor zijn borst. Hij was ook schoon. Iemand had hem afgesponsd. Hij was uitgekleed. Met zijn goede hand trok hij de deken dichter om zich heen, omdat hij zich nog kwetsbaarder voelde. Hij knipperde met zijn ogen, slikte, en besefte plotseling dat hij een vreselijke dorst had. Zijn benen deden pijn; zijn hoofd deed pijn; er zat ook een verband om zijn arm en ook daar had hij pijn. Ja, daar was hij ook geraakt. Hij was het bijna vergeten.
De details zweefden voor zijn ogen: de gaatjes van het akoestische plafond, allemaal netjes op een rij; gordijnen, en hoe het felle zonlicht erdoorheen scheen door een soort patrijspoort. De kamer waarin hij lag was klein en donker, afgezien van de straal zonlicht. Naast hem op het tafeltje stond een karaf vol ijswater.
Hij richtte zich op, schonk een glas water in en dronk het in één lange teug op.
'Hoe voel je je?'
Ze was geruisloos in de deuropening komen staan.
'O, nou, ik geloof dat ik nog wel een tijdje zal blijven leven. Hoe lang heb ik...?'
'Drie dagen.'
'Jezus.'
'Je sliep, je gilde, je huilde, je smeekte. Wie is Payne? Je bleef maar om Payne schreeuwen.'

'Payne? O, laat me eens kijken. Dat is een kerel die me een geintje geleverd heeft.'
'Waarom denk ik dat er niet veel mannen zijn die jou een geintje geleverd hebben?'
'Misschien niet. Maar hij is er één van.'
'In de kranten staat dat je een psychopathische doder bent, een gek met een geweer. Ze denken dat je niet in New Orleans bent, maar in Arkansas. Of dood. Sommige mensen denken dat je dood bent.'
Hij zei niets. Zijn hoofd deed pijn.
'Ik heb de president niet vermoord.'
'De president?'
'Ik zou de president nooit vermoorden.'
'Het was de president niet. Heb je niet naar de radio geluisterd?'
'Mevrouw, ik heb een week lang in een moeras gezeten en om de twee dagen een dier gedood om in leven te blijven. In de auto's – Jezus, ik heb alleen maar gereden.'
'Nou, het was de president niet. Ze zeggen dat je op de president mikte, maar dat je een aartsbisschop raakte.'
'Ik heb van mijn leven nog nooit iets gemist waarop ik gemikt heb. Daarbij, met dat geweer...'
En toen zweeg hij.
'Dat zei Donny ook. En dat geloof ik ook. Maar ze hebben bewijzen. Vingerafdrukken, onderzoek van het geweer, dat soort dingen.'
'Nou, misschien zijn ze niet zo slim als ze denken. Misschien ben ik niet zo gek als zij beweren. Een bisschop?'
'Mijn god, je weet het ècht niet... of je bent de beste leugenaar die ik ooit ontmoet heb.'
'Ik zou nooit een priester neerschieten. Ik zou niets of niemand neerschieten. Ik heb al in geen tien jaar meer geschoten om te doden.'
Bob schudde somber zijn hoofd.
Een priester doodschieten, dacht hij. En toen dacht hij: daar ging het allemaal om. Daar ging het altijd allemaal om.
En toen dacht hij: en ze hebben het mij allemaal uit laten zoeken. Ik heb voor hen de beste manier uitgedokterd. En toen hebben ze het tegen mij gebruikt.
Toen kwam er een andere gedachte bij hem op.
Hij haalde diep adem.
'Zeg, stond er iets in die kranten over mijn hond?'
'O,' vroeg ze. 'Weet je dat niet?'
'Hebben ze hem afgemaakt?'
'Ze zeggen dat je dat zelf gedaan hebt.'
'Wat ze zeggen en wat er gebeurd is, zijn twee verschillende dingen,' zei

hij. Maar het kwetste hem dat de mensen zoiets konden zeggen.
Hij keek toe hoe zij naar hem keek.
'De smeerlappen. Om zo'n geweldige hond af te maken. O, die vuile smeerlappen.'
'Het is gek. Je bent de meest gezochte man van Amerika. En je eerste vraag gaat niet over jezelf, maar over een hond. En ik kan zien dat je er kapot van bent dat hij dood is.'
'Die verdomde oude hond hield van mij en ik wilde dat ik een betere vriend voor hem geweest was. Hij verdiende meer dan hij kreeg.'
'Dat geldt voor bijna iedereen. Luister, je moet wat rusten. Wat jij allemaal meegemaakt hebt, de lichamelijke inspanning, het bloedverlies. De meeste mannen zouden eraan doodgegaan zijn. Ik weet dat een aantal Indianen het overleefd zou hebben, maar ik ken niet zoveel blanken die dat gekund zouden hebben.'

Hij sliep weer, hoewel deze keer zonder dromen. Toen hij wakker werd was zij er ook weer. Hij at wat en doezelde toen weer in. En toen hij de derde keer wakker werd, was ze er nog steeds. Ze zat naar hem te staren.
'Hoe laat is het?'
'Hoe laat? Het is dínsdag, zo laat is het. Je hebt achttien uur geslapen.'
'Ik voel me alsof ik nooit meer kan lopen.'
'O, ik denk dat je er wel bovenop komt. Je hebt heel veel geluk gehad. De kogel is dwars door je heen gegaan, zonder veel schade aan te richten. Je was zo slim die wond dicht te stoppen met een prop van het een of ander. Dat heeft waarschijnlijk je leven gered. Ik heb je vol penicilline gepompt om infectie te voorkomen.'
'Wat zeggen ze nu over me?'
'O, ze laten nu de psychiaters en psychologen aan het woord, omdat ze geen echt nieuws hebben. Er wordt heel veel getheoretiseerd over het motief. Je woede op je vader omdat hij stierf, hoe dat een woede op de president werd. Jouw woede omdat je niet een even grote held werd als – heb ik de naam juist? – Carl Hat...'
'Hitchcock. Carl Hitchcock.'
'Ja. Dat soort gepraat.'
'Dat is het ook alleen maar: gepraat. Ze weten er geen donder vanaf. Mijn pa was een grote held. En ik heb nooit om medailles gegeven. Hij niet en ik ook niet. Praten is goedkoop.'
'Daar heb je zeker gelijk in, sergeant.'
Hij wendde zijn blik verbitterd af. Het noemen van zijn vader had hem van zijn stuk gebracht. De mensen hadden het recht niet zijn vader bij dit alles te betrekken.

'Je moet je er niets van aantrekken,' zei ze. 'Ze hebben er een circus van gemaakt. Maar dat doen ze tegenwoordig altijd.'
Hij keek weer naar haar.
'Ik moet je bedanken. Wat je doet is...'
'Nee, je hoeft me niet te bedanken. Ik wist bijna meteen dat je niet op de president of op die aartsbisschop hebt kunnen schieten. Als je dat in je had, zou Donny het al die jaren geleden gezien hebben. Hij zou het opgemerkt hebben.'
Bob kon haar niet aankijken. Het aanhoren van zulke oordelen, zo duidelijk gesteld, had het vreemde effect hem ineen te laten krimpen. Hij voelde zich klein en onzeker en zelfbewust. Hij moest haar de waarheid vertellen.
'Als hij je vertelde dat ik een soort held was, dan moet ik je uit de droom helpen. Ik ben tien jaar lang dronken geweest en ik sloeg regelmatig de enige vrouw die ooit van me hield. Maar ik heb mezelf ook verbitterd laten worden. Dat was misschien nog het ergste. Ik heb hen de gelegenheid gegeven me te pakken en me een stuk van mijn mannelijkheid af te nemen.'
Er verscheen een verbaasde blik op haar gezicht.
'Wie? O, je weet wel. Slimme jongens, die zijn overal, weten overal antwoord op, vertellen je altijd wat er niet goed is en waarom je je moest schamen voor wat je gedaan hebt.
Maar het ergste van alles was dat ik stom was. Ik liet een paar slimme jongens in mijn leven komen en me overhoop halen. Hele slimme jongens. Ze kenden al mijn zwakke plekken en drongen diep in me door, waar ik dacht dat niemand kon komen. Ik weet niet hoe ze dat konden doen. Ze maakten een dwaas van me. Jezus, ze maakten de meest gehate man van het land van me. Nou, maar het lijkt erop dat ik het overleefd heb. En nu is het mijn beurt. Ik moet blijven tot ik beter en sterker ben en tot ik mijn volgende stap uitgedacht heb. Het spijt me dat ik je hiermee opgescheept heb. Ik kon nergens anders naartoe. Dus vraag ik je: laat me alsjeblieft blijven om beter te worden. Een paar weken, misschien een maand. En dan kan ik mijn problemen ook bestuderen en bedenken wat mijn volgende stap zal zijn. Ik kan je niet veel anders dan dankbetuigingen geven. Wil je erover nadenken?'
Ze keek hem scherp aan. Toen lichtte haar gezicht op in een glimlach waardoor hij volledig van de kaart raakte.
'Jezus,' zei ze, 'het is zo fijn weer een man in huis te hebben.'

19

De pas gepromoveerde adjunct-inspecteur Leon Timmons was dronken en high. Hij zeilde, hij zweefde. Hij voelde zich zo goed.
'Hé, Payne, hé, verdomme, jongen, wij, wij hebben het voor elkaar, hè?'
Payne gnuifde. Ze zaten in Big Sam's op Bourbon Street. Op het podium danste een wellustige vrouw heen en weer. In Paynes ogen zag ze eruit als een levend stuk vlees dat aan een haak in een vleespakhuis hing.
'Verdomme,' zei Timmons, 'verdomme, jongen, dat is een forse meid, hè, Payne?'
'Ze is een forse meid,' zei Payne. 'Ze is, verdomme, anderhalve meid.'
'Godver!' zei Timmons, terwijl zijn ogen oplichtten als koplampen.
Payne nam een lange teug van zijn glas Dixie-bier. Dat was het enige wat hij wel mocht in New Orleans en hij was blij dat hij hier niet zo veel langer hoefde te blijven.
Iemand zette een fles bier voor Timmons neer.
'Hè?' vroeg Timmons.
'Leon, liefje,' zei de serveerster, 'die meneer daarginds zegt dank je wel tegen de man die bijna de man doodschoot die bijna de president doodschoot.'
Timmons hief de fles in een groet aan zijn weldoeners, die een groep tandartsen uit Dayton bleek te zijn. Ze applaudisseerden voor hem in het rossige licht van de lampen en gingen toen weer door met fluiten en loeien naar Bonnie Anne Clyde en haar rokende .45's op het podium.
'Je bent een hele held,' zei Payne.
'Verdomme, ja. Weet je, Payne, ik heb nog niet gehoord of president hoe-heet-hij-ook-alweer me op het Witte Huis gaat ontvangen. Jezus, die oude zou me eigenlijk de reiskosten ook nog moeten vergoeden.'
'Absoluut,' zei Payne. 'Je hebt zijn leven gered, man. Je hebt voorkomen dat Bob Lee Swagger hem vermoordde en je hebt Bob de Doder, de grote sluipschutter zelf, bijna te pakken gekregen.'
'Inderdaad,' zei Timmons, die nu vrijwel zeker geloofde dat hij het schot afgevuurd had. Hij vertelde Payne het verhaal nogmaals tot in de details, met hier en daar een forse overdrijving. Payne luisterde somber. Ten slotte zei Timmons: 'Weet je, misschien word ik zelfs wel de Politieagent van het Jaar.'
'Misschien kan je je verhaal wel aan een filmmaatschappij verkopen, maat.'

'Ik ben je al voor, Payne. Ik heb al een agent in Hollywood. Een hele belangrijke vent. We gaan bonken geld verdienen.'
'Jij hebt geen agent nodig. Je hebt al bonken geld.'
'Je kunt nooit te veel geld hebben,' zei Timmons. 'Te veel geld bestaat niet.'
'Hmmm,' zei Payne.
Timmons blik ging weer naar Bonnie Anne Clyde. Hij likte over zijn lippen. Zijn gezicht had de harde uitdrukking van een man die gezien had wat hij mocht en die mocht wat hij gezien had.
'Ik geloof dat je die meid best kunt krijgen,' zei Payne. 'Het lijkt me zo dat het haar plezier moet doen wat tijd door te brengen met de held van New Orleans, die bijna de man doodschoot die bijna de... nou, je weet wel.'
'Ik geloof dat je gelijk hebt,' zei Timmons.
Met een arrogante knik van zijn hoofd riep hij de manager. Snel vertelde hij die wat hij wilde.
'Ik ben zo terug,' zei de kerel.
'Jezus, ik denk dat ik vannacht verwend zal worden,' zei Timmons begerig.
'Zeer zeker, Leon. Reken daar maar rustig op,' zei Payne.
De manager kwam terug nadat Bonnie het podium verlaten had en vervangen werd door juffrouw Suzie Cue en haar acht ballen.
'Oké, dit is de afspraak,' zei hij. 'Ze zegt: ja zeker, alles voor adjunct-inspecteur Timmons. Het enige is, zie je, dat ze een vriend heeft, een gemene smeerlap van een nikker. Wat ze dus wil is, eh, discretie. Stilte. Niets dat Ben kwaad zal maken, want Ben zal haar haar hoofd inslaan als hij haar met een andere man betrapt.'
'Oké,' zei Timmons. 'Hoe gaan we het dus doen?'
'Om middernacht bij de achteringang. Hij is een brandweerman en zijn dienst begint om half twaalf. Jij ontmoet haar daar dus, zij neemt je mee naar haar bed, jij spuit haar lekker vol, maar, mijn vriend, Ben weet er niets vanaf, zij is met een beroemdheid het nest ingedoken, en de wereld hobbelt vrolijk verder.'
'Ja, dat is prima,' zei Timmons begerig.
'Ik wens je een plezierige tijd,' zei de manager, een kleine ratachtige man met een dun snorretje.
Dus zaten Payne en Timmons nog een paar voorstellingen uit en probeerden de Dixie-brouwerij failliet te drinken, of die tenminste overuren te laten maken, alsof ze een stel marinelui waren die voor het eerst sinds de jaren zestig met walverlof waren. Timmons dikke haardos, die in vreemde lokken van zijn grote, heroïsche voorhoofd hing, glom van het vet. Hij was klaar voor een geweldige nacht. Ondertussen zat Payne daar maar en verzonk steeds in zichzelf.

Tegen de tijd dat het bijna middernacht was, was Timmons laveloos dronken. Payne stond op, wees op zijn horloge en Timmons stond moeizaam, maar gehoorzaam op. Zijn dikke lichaam wankelde onzeker heen en weer.

'Ik ben er klaar voor,' zei hij bronstig.

'Vooruit dan, grote jongen,' zei Payne, terwijl hij hem door het smalle gangpad en Bourbon Street optrok.

Het was druk op straat. Het leek op een feest in de hel. Studenten, toeristen uit het noorden, grote groepen zeelui, een paar aristocratische typen in blauwe blazers en kaki broeken met hun vaalgele, broodmagere vrouw op sleeptouw, alles krioelde door elkaar langs de smalle straat. Overal hing rook. Langs de hele straat hadden zich rijen gevormd, sommige om de striptenten binnen te komen, of in de shows van transseksuelen, sommige om T-shirts te kopen in de armzalige souvenirwinkeltjes, sommige om in de chique restaurants zoals Antoine's of Arnauds binnen te komen. Een paar ongelukkige muurbloempjes keken neer van de balkons, boven het tafereel.

'Waar gaan we nu naartoe?' vroeg Payne, terwijl hij het drukke gedoe bekeek. 'Ik kan het niet geloven dat ik rondsluip om te vermijden dat ik een grote nikker van zijn stuk breng.'

'Verdomme,' zei Timmons, 'het heeft geen zin die jongen kwaad te maken als madam haar lekkers gratis en voor niks aanbiedt. Misschien wil jij ook wel wat als ik klaar ben.'

'Hoe lang ben je bezig? Twintig seconden?'

'Ha! Ik kan zo'n merrie een halve nacht lang berijden!'

'Nou, bedankt, maar ik zie het niet zo zitten. Het is niets voor mij om als tweede in het zadel te zitten.'

Ze liepen tussen de luidruchtige menigte door en werden opzijgeduwd door een stel zeelui. Payne haatte zeelui, omdat hij in het leger gezeten had, waar je zeelui behoorde te haten. En ergens voelde hij wel wat voor een gevecht. Hij wilde zijn dikke vuist in het meisjesachtige gezicht van een leerling-vlieger van Pensacola rammen en toekijken hoe de jongen ineenklapte en bloed en tanden uitspuwde. Maar hij liep gewoon verder. De nacht was blauw. De volle maan stond boven de lage, pastelkleurige gebouwen van de wijk. Het deed hem aan een oerwoudstad denken. Zoals Saigon. Maar er waren geen spleetogen. Heel veel nikkers, heel veel rijke jongens en mooie meisjes, heel veel actie; geen spleetogen. Hij herinnerde zich het gevoel van oorlog en verdoemenis en de wat-geeft-het-morgen-gaan-we-toch-dood lol waar hij zo van gehouden had toen hij nog een magere en gevaarlijke jonge sergeant in Vietnam was, zwevend op amfetaminen, net terug van een lange, krankzinnige maand met veel gevaar in de verdomde rimboe.

Payne zuchtte, overweldigd door melancholie. De hele wereld leek hier op Bourbon Street te zijn, zich verdringend door de smalle straat en vol begeren om te neuken of geneukt te worden, behalve hij. Hij stond afzijdig. Jack Payne was anders. Hij deed het harde werk.
Naast hem beefde Timmons van de seksuele spanning. Er werd gezegd dat hij naar elk bordeel in New Orleans kon gaan en zich uitgebreid laten verwennen, omdat hij zo vriendelijk en behulpzaam was voor bepaalde mensen, maar er waren altijd nieuwe ervaringen en sensaties. Dus was hij nu zeer opgewonden.
'Ze is anderhalve meid,' zei hij weer.
'Absoluut,' zei Payne. 'Waar gaan we, verdomme, naartoe?'
'Hierheen. Naar rechts en dan sla je achter het restaurant naar links en dan het steegje in. Ze wacht aan de achterkant, op de parkeerplaats voor de dansers.'
'Jij kent deze stad als je broekzak, hè?'
'Ja, ik ken hem heel goed,' zei Timmons, die zo vol verwachting was dat hij bijna zong. Hij was een gelukkig man.
Het werd minder druk toen ze van Bourbon Street Toulouse Street insloegen. En toen zagen ze de steeg, een smalle opening waar net een auto doorheen kon, tussen de oude bakstenen gebouwen. Ze liepen de steeg in. Het stonk er naar oud vuil en pis.
Maar vóór hen leek iets te gebeuren. Het was moeilijk te onderscheiden, maar het leek erop dat een grote zwarte man een kleine blanke man aftuigde.
'Ik geloof,' zei Payne, 'dat dat een misdaad is. Of niet?'
'O, verdomme,' zei Timmons. Hij tastte onder zijn jasje en haalde uit de holster, hoog op zijn heup, de beroemde Beretta te voorschijn en sprong met een politiepas naar voren en schreeuwde: 'Halt, politie! Godverdomme, jongen, stop daarmee.'
Payne keek hem na met iets dat niet precies droefenis was, want hij walgde echt van Timmons, maar met een soort gevoel van kameraderie. De twee hadden tenslotte veel gebeurtenissen gedeeld en elk van hen was gaan beseffen dat ze hetzelfde pad bewandelden.
'Godverdomme, stòp, zeg ik je!' schreeuwde Timmons. Hij vuurde een schot in de lucht en stormde toen nog harder naar voren. Het verbaasde hem een beetje dat de zwarte man er niet vandoorgegaan was, zoals dat meestal gebeurde. Hij stond plotseling stil toen hij zag dat de zwarte man ook een pistool had, dat plotseling uit het niets verscheen.
'Wat heeft dat...' begon Timmons, toen de eerste kogel hem in de keel en de tweede, een onderdeel van een seconde later, onder het linkeroog raakte. Het waren maar .25's, uit een rotpistooltje dat al een afwijking vertoonde op een afstand van drie meter. Maar nu was de afstand net twee meter.

Timmons stierf terwijl hij graaide naar de wond in zijn gezicht, die bloed spoot als een gebroken waterpijp.
De zwarte man rende langs Jack Payne heen en knipoogde hem even toe. Het was Morgan State, van de eenheid, Paynes tweede man, een geweldig schutter, een ijskoude vent met veel gevechtservaring. Toen was hij verdwenen.
De toerist huilde en bloedde als gevolg van de mishandeling, maar verder was hij niet gewond, zoals dat gepland was, want een onschuldige getuige was nodig geacht.
De sirenes begonnen te loeien en binnen een paar minuten zou de eerste politieauto er zijn.
Payne verdween in de duisternis.

Ze had tijdschriften, kranten, alles dat ze in Ajo kon krijgen of vinden zonder drukte te maken, meegebracht.
Na tien minuten lezen las Bob de vermelding van Mikes dood. Daar stond het, zwart op wit. Op de een of andere manier maakte dat het officieel.
Langzaam legde Bob het tijdschrift neer en staarde uit het raam. Hij kon de heldere woestijnlucht zien, het hete, vlakke blauw van de hemel, een eindeloze wreedheid van het felle licht.
Hij zat daar het grootste deel van de ochtend te treuren om Mike en probeerde uit te denken wie hem zou hebben afgemaakt. Toen wist hij het natuurlijk. Om zijn geweer uit de caravan te halen, hadden ze Mike natuurlijk moeten doodschieten. Mike zou ze er niet ingelaten hebben, hij zou op zijn post gebleven zijn, wat er ook gebeurde; en als ze hem verdoofd hadden zou dat sporen achtergelaten hebben.
Hij las de zin weer.
'Swagger was zich er duidelijk van bewust dat hij na zijn daad niet terug kon komen om voor de hond te zorgen en daarom schoot hij het dier door de kop met een 12-kaliber geweer en begroef hem in een ondiep graf.'
Oké, dacht hij, *je hebt later wel tijd om te treuren. Nu heb je werk te doen.*
Maar de pijn die hij voelde verbaasde hem. Ergens in zijn geest besefte hij dat hij tot nu toe een soort illusie gekoesterd had. Hij zag zichzelf weer terug bij de caravan terwijl Mike naar hem toekwam en zijn slappe wangen tegen hem aandrukte en hem aankeek met de stomme, adorerende ogen.
Oké, dacht hij, *jullie hebben mijn hond afgemaakt. Nu heb ik werk te doen, zodat ik het jullie betaald kan zetten.*
Zonder zich te haasten las hij langzaam elk artikel, van het eerste dat Ju-

lie had kunnen vinden – en dat was ook het minst accurate – tot het allerlaatste. Er was niets op zijn gezicht te zien. Hij zat op het bed en las alles, helemaal. En toen las hij alles nog eens.

Hij zag zichzelf blootgelegd, binnengedrongen, binnenstebuiten gekeerd. Hij was een makkelijke prooi voor iedereen; allemaal hadden ze een theorie, een idee, een gevoel. Hij besefte dat hij niet langer zijn eigen meester was; zijn privé-ik was voor altijd van hem afgenomen.

Ze hadden gelijk – maar ook ongelijk, vreselijk ongelijk. Ze bekeken hem vanuit zo'n vreemd standpunt.

'Swaggers *Navy Cross* is een weerspiegeling van zijn agressieve aard en zijn roekeloze wil om te doden en is een voorbode van de tragische gebeurtenissen op 1 maart,' zei *Time*.

Het was de op één na hoogste onderscheiding die zijn land hem kon geven; en in die twee dagen in het dal van de An Loc had hij zo'n honderd levens gered. Ze lieten het op een misdaad lijken.

'Geweld is ingeboren in de Swagger-clan. Zijn vader, Earl Swagger, vernietigde op een ochtend op Iwo Jima drie machinegeweernesten en keerde terug naar dit land na gewelddadige daden van ordehandhaving, met als climax een bloederig vuurgevecht waarbij hij twee mannen doodde, maar zelf het leven liet langs Highway 67 vlakbij Fort Smith.'

Ze veranderden zijn oude pa, die alleen maar zijn plicht deed voor zijn land en zijn staat, in een soort mentor in de moord. Er stond niets bij over de levens die zijn pa gered had door het zijne te geven in het gevecht tegen Jimmy en Bub Pye op die vreselijke avond.

Er was een artikel waarin werd verteld van zijn rechtszaak tegen *Mercenary*, dat een foto van hem op het omslag geplaatst had en hem de gevaarlijkste man van Amerika noemde. Er stond in hoe de sluwe Sam Vincent hen dertigduizend dollar uit de zak geklopt had en hij waarschuwde al die persmuskieten om uit zijn buurt te blijven. Maar *Time* merkte droog op: 'Het valt te betwijfelen of Swagger zijn zaak deze keer kan winnen.'

Hij schudde zijn hoofd bij het lezen van dit alles en vroeg zich af wat het was dat de mensen zo gek kon krijgen. Waar komen die mensen vandaan? Hoe leren ze dat soort dingen? Is er een school waar ze dat leren? Wat geeft ze, verdomme, het recht om je leven gewoon over te nemen en ermee te doen wat ze willen?

Ze hadden niets over het hoofd gezien. Niets was heilig voor ze geweest. Het interieur van zijn caravan was gefotografeerd. Zijn boeken waren vermeld: de schrijvers vonden het grappig dat zulk een gewelddadig man te midden van wapenhandleidingen en klassieke werken over geweren en schieten, ook dichtbundels had staan van Siegfried Sassoon, Wilfrid Owen en Robert Graves, hoewel ze opmerkten dat het 'alleen maar verbitterde oorlogspoëzie' gold. Daar zag hij zijn geweerrek in alle details, alle wapens beschreven en beoordeeld door verslaggevers, die teleurgesteld leken te ontdekken dat hij geen, zoals zij dat noemden, 'aanvalswapens' had. Zijn schietbaan was in een diagram weergegeven. Zijn twee overwinningen in de IPSC-kampioenschappen van de staat Arkansas werden uitgebreid besproken. En hij zag schematische voorstellingen van het schot dat hij in New Orleans zou hebben afgevuurd van St. Ann Street nummer 415 naar het Louis Amstrong Park. De dwaasheid van die seconde werd minutieus beschouwd en geanalyseerd, de fysieke en ballistische gegevens gedetailleerd besproken, de kogelbanen weergegeven in stippellijntjes naar kleine x'en die de plaats aangaven waar de kogel ingeslagen was. Alles leek zeer overtuigend, alles was totaal verkeerd. Hij zag foto's en video-opnamen van wat er gebeurde op het podium: de val en de schok van de man die hij zou hebben 'getroffen', de aartsbisschop van wie hij nog nooit gehoord had.

Hij werd verbijsterd door de compleetheid van dit alles. Ze waren zo zorgvuldig geweest, ze hadden het zo perfect voorbereid en, en dat was nog het ergste, ze kenden hem zo goed.

Niet die verdomde journalisten, die nergens vanaf wisten, maar zij, die CIA-jongens, wie dat ook waren. Ze hadden hem door en door gekend. Het was alsof ze zijn leven geleid hadden of dat ze in zijn brein doorgedrongen waren.

'Je lijkt zo gekwetst,' zei ze.

'Die mensen wisten zoveel van me af,' zei hij. 'Het is angstig hoe zorgvuldig ze waren. Niet dat ze er de tijd voor namen, maar dat ze zoveel wìsten, ze wìsten hoe mijn brein zou werken.'

Hij dacht terug aan het moment waarop hij werkelijk gepakt was: toen ze te voorschijn kwamen met de trofee die hij echt niet kon afwijzen: de Russische scherpschutter Solaratov die, zo besefte hij nu, waarschijnlijk helemaal niet bestond. Het was zo perfect. Ze wisten hoe wanhopig hij zou zijn.

Toen las hij in *Newsweek* dat de vent die hij besprongen had toen hij uit het huis in St. Ann Street kwam, Nick Memphis was en dat hij van de FBI was.

En dat deed hem aan iets denken. Memphis, Memphis, waar had hij die verdomde naam eerder gehoord? Het irriteerde hem enige tijd tot hij het zich plotseling herinnerde. Memphis was die knaap in Tulsa die misgeschoten en de een of andere vrouw geraakt had. Het was het typische mislukte schot, de scherpschutter die het verknoeit. En hij, Bob, had dat alles in Maryland nog eens overgedaan voor de slimme jongens, terwijl ze hem meesleepten met hun 'Accutech' gedoe.

Hij vroeg zich af of Memphis er ook bij hoorde. Toen herinnerde hij zich de verbijstering van de man, de domme uitdrukking op het brede gezicht, zijn geworstel, de makkelijke manier waarop de 10 mm uit de holster kwam, en hij betwijfelde het. Als hij een van 'Hen', zoals Bob ze nu gewoon beschouwde, was, dan zou die Nick Memphis waarschijnlijk wel op hem hebben staan wachten. Daarbij zou hij zijn auto niet opengelaten hebben met de sleutel erin.

Er stond een foto van de kerel bij, een vaag beeld, genomen voor het hoofdkwartier van de FBI in New Orleans.

'Agent Memphis, wiens arrestatie van de verdachte mislukte, haast zich naar zijn auto', stond er bij de foto.

Het was dezelfde man, net zozeer in de war, deze keer met een ernstige en enigszins verlegen trek op zijn gezicht.

Jij verprutste het, en nu gaan die mensen je daarvoor aan het kruis nagelen. Jij verprutste het bijna even erg als ik, dacht hij.

Bob las verder, zoekend naar antwoorden.

Maar er waren alleen maar vragen.

20

Hier ben ik, dacht Nick, in Arkansas.
Hij zat in het tijdelijke werkhok in het Holiday Motel in Mena in Arkansas en waadde door de stapels papieren die te maken hadden met de overplaatsing van de eenheid van New Orleans naar Polk County. Toch lukte het hem niet te erg te treuren over het overlijden van Leon Timmons, twee dagen geleden in een steegje in New Orleans, geveld door een overvaller. Hij wilde dat het hem niet zoveel genoegen deed en hij wilde dat de publiciteit – HELD-AGENT GEDOOD IN STRAATMISDAAD – zou stoppen, want zijn eigen incompetentie was een deel van dat verhaal.
'Jij hebt die arme Leon toch niet neergeschoten, hè, Nick?' vroeg de altijd grappige Hap Fencl. 'Weet je, met je gezicht zwart gemaakt en met een klein wegwerppistool?'
De anderen hadden gelachen. Ze konden het ook niet opbrengen de brallende Timmons te betreuren, want hij had de FBI zo'n slecht figuur laten slaan.
Maar Nick glimlachte alleen maar grimmig en bleef op zijn post als het pispaaltje van de operatie. Buiten het raam golfden de groene en overdonderende Ouachita's in het late middaglicht tot in Oklahoma. Hij concentreerde zich weer op het document, een ooggetuigenverslag van de staatspolitie van New Mexico. Een automobilist beweerde dat hij Bob de Doder in levenden lijve gezien had, rijdend over de autosnelweg in een Mercedes 1986. Dat was het gebruikelijke element in de waarnemingen, alsof Bob zo brutáál zou zijn om op klaarlichte dag door te gaan, want zeer zeker zouden zijn moed en doorzettingsvermogen hem op de been houden. Die mensen hadden hun eigen voorstelling van Bob, hadden hun eigen ideeën over wat hij allemaal kon doen en kwamen met de vreemdste dingen op de proppen.
De telefoon ging, en iemand anders nam op.
'Hé, Nick, het is voor jou.'
Nick draaide zich om naar de telefoon.
'Nick Memphis.'
'Nick, ik ben het, Wally Deaver.'
Nick voelde een schok van opwinding in zijn borst.
'Wally, Jezus, hoe is het met jou? Heb je de foto's gekregen?'
'Ja,' zei Wally, en de toon in zijn stem stond Nick niet aan.
'Is het hem niet?' vroeg hij snel. 'Is dat niet de knaap waar je mee ge-

sproken hebt in Cartagena? Dat is niet Eduardo Lanzman van de Nationale Politie van El Salvador?'
'Jezus, Nick. Dat is het vreselijke ervan. Ik wilde dat ik het met zekerheid kon zeggen. Ik wou dat ik het je gewoon kon zèggen. Maar... ik weet het niet. Ik heb Eduardo alleen maar tijdens die vergaderingen gezien en die duurden maar een dag of twee. Twee dagen, meer niet. En een aantal van ons is uit eten gegaan, heeft wat gedronken. Ik kan niet zeggen dat ik hem goed kende. We hebben elkaar ons kaartje gegeven, weet je, zoals agenten dat doen. En dan, die foto's...'
'Ja?'
'Nick, de dood is voor niemand gunstig. Misschien is dit dezelfde kerel. Misschien niet. Het zou kùnnen. Misschíen. Misschien is hij het. Maar... misschíen is hij het niet. Je hebt geen pasfoto?'
'Die leek, verdomme, helemaal niet.'
'Heb je enig bevestigend bewijs?'
'Niets. Het klopte allemaal, tenminste voor zover we dat konden zeggen. Je weet dat ik het niet verder uit kan laten zoeken. En de Salvadorianen zeggen dat ze hem helemaal niet kennen, maar dit gaat via onze formele verbinding met ze en die valt onder het State Department en dat betekent dat het over zoveel schijven gaat...'
'Ja, daarom ben ik eruitgestapt, Nick. Te veel schijven. Luister, Nick, zonder bevestigend bewijsmateriaal valt er verder weinig mee te doen, ben ik bang. Ik bedoel, ik denk niet dat ermee in een rechtszaal...'
'Nee, oké, ik begrijp het.'
'Geweldig.'
'Maar vertel me dan tenminste of het zou kùnnen. Misschien, op de een of andere manier? Mogelijk?'
'Oké, Nick. Ja, ja. Het zóu kunnen.'
'Geweldig, Wally.'
'Maar je moet er je carrière niet om verwedden.'
'Nee, oké,' zei Nick. 'Dat zal ik niet doen.'
Maar hij besefte dat hij dat al gedaan had.

Ze verbond hem opnieuw.
'Jij moet een hele taaie kerel zijn, sergeant Swagger. Als ik het zo bekijk is er geen enkel wapen dat ze niet op je huid uitgeprobeerd hebben. Je bent een menselijk proefkonijn.'
'Ze hebben zich op me uitgeleefd, mevrouw.'
'Ik tel... hoeveel kogelwonden? Dat wil zeggen, óude schotwonden. En dan zijn er de twee níeuwe schotwonden, met als resultaat dríe gaten. In totaal komt het aantal gaten op... vijf? Zes? Je bent een stuk Zwitserse gatenkaas, sergeant.'

'Ik ben maar drie keer geraakt. Twee keer de eerste keer in Vietnam, de tweede keer niet en toen de erge wond, de kogel in de heup die een einde maakte aan de derde keer. Ze moesten me met draad en lijm in elkaar zetten. Ik snap gewoon niet hoe ze dat deden. Ik dacht dat ik voor de rest van mijn leven rijp voor een rolstoel was. En dat ene gat is niet van een kogel.'
'Waar dan wel van?'
'Je zult het niet geloven. Van een gordijnroe.'
'Kijk, dàt is nog eens een nieuw wapen. Je vrouw, vermoed ik, en ik wil wedden dat ze er een goede reden voor had.'
Hij lachte.
'Mijn tante. Mijn moeders zuster. Een lief mens. Ik hielp haar in de boerderij. In 1954. Ik was acht. Ze verloor haar evenwicht en de gordijnroe die ze ophing viel en zij kwam erbovenop terecht. De roe ging zo mijn zijde in. Het bloedde enorm, maar het deed niet zo'n pijn. Het bloedde heel erg.'
'Ja, dat wil ik wel geloven.'
'Dat was voor mijn pa stierf. Het jaar ervoor. Het was een gelukkig jaar, dat weet ik nog wel. Nou wil ik wat vragen: hoe lang denk je dat het zal duren voordat ik weer uit bed kan? Hoe langer ik hier zit, des te meer breng ik je in gevaar.'
'Nog een paar weken. Maak je geen zorgen. De buren hebben hier al vaker mannen zien wonen. Ik ben geen groentje meer, weet je.'
Hij knikte vaag. Het deed hem weinig genoegen en hij wilde het eigenlijk ook niet onder ogen zien.
'Hoe lang is het geleden?' vroeg ze.
Sinds wanneer? vroeg hij zich af.
'Je weet zelfs niet meer hoe het heet? Je weet wel. Met een vrouw. Vrouw. Vrouwelijk.'
'O, dat? Ik weet het niet.'
'Een maand? Een jaar? Tien jaar?'
'Geen tien jaar. Meer dan een jaar. Ik weet het niet zeker.'
'Kon je er zo makkelijk buiten?'
'Ik had andere dingen om me mee bezig te houden.'
'Ik geloof je niet.'
Hij zweeg even en dacht erover na.
'Ik wilde de complicaties niet. Iemand zei: ''Vereenvoudig, vereenvoudig.'' '
'Ann Landers?'
'Nee,' zei hij ernstig, 'het was de een of andere oude kerel die Thoreau heette. Als ik het goed begrijp is hij ook op zijn eentje gaan leven. Maar goed. Ik wilde vereenvoudigen. Geen behoeften, geen verlangens. Alleen maar geweren. Krankzinnig, nu ik erover nadenk.'

'Dus werd jij de Henry Thoreau van Walden in Arkansas?' vroeg Julie.
'Ik was op mijn best met een geweer in mijn handen. Ik heb altijd van geweren gehouden. Dus besloot ik op zo'n manier te leven dat ik alleen maar een geweer nodig had. En dat is me gelukt.'
'Was je gelukkig daar in je caravan in de bergen, zonder mensen om je heen?'
'Ik wist het toen niet. Als ik er nu aan terugdenk geloof ik wel dat ik het was. Ik werd grootgebracht en daarna getraind er niet veel over na te denken hoe ik me voel.'
Het was op de namiddag van de derde dag nadat hij wakker geworden was. Het zonlicht vulde de kamer met een oranje gloed. Het licht leek bijna vloeibaar en alles wat het bescheen had een bijna volmaakte sereniteit. Haar gezicht had een ernstige uitdrukking aangenomen in dit fantastische licht, en hij hield van de slinkse manier waarop ze hem liet inzien hoe belachelijk hij kon zijn. Ze leek hem een soort engel, zo stralend dat hij haar krachtige blik niet meer kon verdragen en in plaats daarvan uit het raam keek naar de bergen, die als de tanden van een woeste, oude beer op de rand van de wereld stonden. Hij herinnerde zich hoe hij in het oerwoud naar haar foto gekeken had. Donny had die altijd bij zich.
'Waarom is het dat mannen als jij altijd zo alleen moeten zijn?' vroeg ze.
'Waarom willen jullie op jezelf wonen en situaties creëren waarin jullie tegen íedereen in kunt gaan om te bewijzen hoe slim en taai en dapper jullie zijn?'
Daar had Bob geen antwoord op.
'Zie je, jullie maken het zo vreselijk voor ons,' zei ze. 'Voor de vrouwen. Want normale mannen willen net als jullie zijn. Ze leren over jullie van je filmversies en ze proberen net zo laconiek te zijn, net zo stoïcijns. Ze spiegelen zich aan jullie voorbeeld, maar hebben het lef of de kracht niet om zich werkelijk zo op te stellen. Dus sluiten ze zich af van ons, doen net alsòf ze jullie zijn en jullie macht hebben en wij kunnen nooit tot hen doordringen. Weet je dat Donny iedere dag weer doodsbang was? Hij was zo bang. Hij was geen held. Hij was een bang kind, maar hij geloofde in jou.'
'Het doet er niet toe of hij bang was. Hij deed zijn werk. Dat maakte hem een man. Dat maakte hem een geweldig man.'
'Ik had liever een iets mindere man gehad die nu nog in leven was en die naast me in bed zou liggen en die de vader zou zijn van de kinderen die ik nooit gehad heb en nu ook nooit zal hebben. Het feit dat hij "een man" was heeft mij verdomd weinig goed gedaan. Het is hetzelfde soort waanzin dat maakt dat die Indianenjongens elkaar op zaterdag aan stukken snijden. Wat hebben ze eraan, vraag ik me af.'
'Het kan niet uitgelegd worden,' zei hij. 'Het kan heel dwaas zijn als het

zover komt, jazeker, mevrouw. Het heeft weinig zin. Maar ik heb gewoon geleerd om niemand kwaad te doen behalve de man die mij en de mijnen kwaad doet. Ik heb geen andere ster om mijn koers op te bepalen. Dat en mijn plicht te doen zoals ik die zie. Als ik me aan die twee regels hield zou ik oké zijn.'
Het was zo stil dat je zou denken dat het de laatste seconde voor het afgaan van een atoombom zou zijn, en dus het einde van alle leven op aarde. Maar in plaats daarvan hoorden ze, door de metalen wanden van de caravan, het gekrijs van een kind.
Hij zag iets in haar ogen en op haar gezicht dat hij nog nooit eerder gezien had: pijn.
'En ik denk dat de grap is dat niemand van ons geeft om dat soort man, het soort dat jij wil zijn. Wat wij willen is het soort dat blijft en er de volgende ochtend ook nog is. Dat het gras maait. Dat een cheque meebrengt, elke week. Dat soort man. En ik zie nu hoe gek dat is,' zei ze, terwijl haar smart plotseling voelbaar was. 'Jij komt hier binnen en ik zorg voor je, lap je op, verberg je auto en raak hier zo diep bij betrokken dat ik er nooit meer vanaf kan komen en nooit, nooit meer een normaal leven kan leiden... en jij geeft er niets om. Jij moet weer weggaan. En een ''man'' zijn.'
Na enige tijd zei hij: 'Ik kwam hier niet alleen omdat ik dat moest. Ik kwam omdat ik dat wilde. Langgeleden in Vietnam, toen Donny Fenn me de foto van zijn jonge vrouw liet zien, was er een ogenblik dat ik hem haatte omdat hij zo'n vrouw op hem had wachten. Een deel van mij wilde dat hij het niet zou overleven en dat ik jou zou hebben. Maar dat ging voorbij toen ik zag wat een verdomd goede jongen hij was en hoe hij het allerbeste verdiende. En dat had hij ook, dat zie ik nu.'
Ze raakte hem aan. Een vrouw had hem in jaren niet aangeraakt, hem wèrkelijk aangeraakt, zodat hij er haar verlangen in kon voelen. Misschien had geen enkele vrouw hem ooit zo aangeraakt. Het was zeker vele jaren geleden.
'Wat wil je van me, sergeant?' vroeg ze.
'Ik weet het niet,' zei hij. 'Het maakt het moeilijk terug te gaan. De waarheid is dat ik altijd ben blijven denken aan die foto en de fantastische vrouw die op Donny Fenn wachtte.'
'Is dat de reden waarom je bleef schrijven?'
'Ik denk het wel. En jij stuurde ze gewoon terug, ongeopend.'
'Ik wist dat ik verloren zou zijn als ik ze opende.'
'En ben je nu verloren?'
'Nee. Ik denk het niet. Ik weet waar ik naartoe ga. Ik kan het niet tegenhouden. Rechtstreeks naar een ramp en ik wìl het niet eens voorkomen.'
Hij trok haar tegen zich aan. In de kus lag een uitzonderlijk gevoel van

verlossing. Hij voelde zichzelf wegglijden, door een pijp, omringd door warme, dringende, genezende vloeistoffen. Hij dacht dat hij zou glijden tot hij doodging. Hij werd ook overweldigd door gladheid. Alles aan haar was glad. Hij had zich nooit kunnen voorstellen dat iemand zo glad kon zijn.

De explosie, zo lang verwacht, leek zich op te bouwen totdat hij niet langer tegengehouden kon worden en schokkend uit hem kwam in een serie ontladende krampen. Hij viel door vloeren naar een vaste bodem, steeds weer even opgehouden door een volgende vloer. Hij viel en hij viel en hij viel, verbijsterd door de afstand van de val en door het feit dat hij zover van zichzelf verwijderd raakte.

'Mijn god,' zei hij.

'O, mijn god,' zei zij.

De dagen gingen voorbij. Zij had dagdienst en in die tijd bleef hij in de caravan en las hij wat zij meebracht van haar tochten naar zeven boekwinkels en alle krantenkiosken in Tucson. Hij vroeg haar alles mee te brengen. En dat deed ze ook. Hij las alles, de gebeurtenissen van twee weken geleden, toen drie weken en toen vier weken geleden. Hij las over de moord op Kennedy en over andere beroemde moordaanslagen. Hij maakte uitgebreide aantekeningen en werkte hard om te proberen een lijn in het materiaal te vinden.

Toen hij las dat de politieheld van New Orleans, Leon Timmons, vermoord was in een van die domme, zinloze stadsongelukken, doodgeschoten door een overvaller tijdens een poging een misdaad te voorkomen, verbaasde hem dat helemaal niet. Hij haalde alleen maar zwaar adem. Timmons was een schakel geweest. Natuurlijk moest hij sterven. Deze jongens sloten zichzelf af en lieten geen aanwijzing in hun organisatie achter. Ze waren professionelen. Dit irriteerde hem, maar het luchtte hem ook op. Het betekende dat hij niet terug hoefde te gaan naar New Orleans, want er was nu niets meer in New Orleans. Maar waar zou hij naartoe gaan? Hij wist het nog niet.

Op een avond zond het NBC nieuws een special over de zaak uit. Hij nam het op op de videorecorder, en maakte notities. Hij bekeek het keer op keer, de diagrammen, de interviews, de speculaties. Maar in het bijzonder bekeek hij dat vreselijke moment waarop de kogel uit het niets gekomen was en de president gevloerd leek te hebben, terwijl het in werkelijkheid de andere man was, aartsbisschop Roberto Lopez, die tegen hem opgeklapt was toen de kogel zich in hem geopend en zijn hersenen vernietigd had.

Bob dacht: het was een geweldig schot.

Op een afstand van meer dan twaalfhonderd meter van die verdomde

kerktoren schieten op een zeer gecompliceerd beeld, hoe goed zijn vizier ook was, en onder een neerwaartse hoek. Heel veel problemen om op te lossen, en jij loste ze allemaal op.
O jee, o jee, jij bent geweldig goed, dacht hij.
Er waren niet meer dan vijf, misschien zes mannen op de wereld die zo konden schieten, of het perfecte zelfvertrouwen hebben alles te willen riskeren om het te doen.
Bob besefte dat de schutter de sleutel was.
Het hele plan, al de ingewikkelde verleiding van hemzelf, de manipulaties, de voorwendselen, alles hing af van het fragiele vertrouwen dat de schutter dat schot goed kon afvuren.
Een geweldig schot, dacht Bob.
Hij dacht aan de man daarboven in de toren, achter die galmborden, wachtend en zich voorbereidend.
Zou mij dat schot gelukt zijn? vroeg Bob zich af.
Hij was er niet zeker van. Het was precies op de rand van wat hij met een geweer kon doen. Wie het ook was, het was een geweldig schutter.
Bob herinnerde zich de fantastische .308's met gedraaide nek die hij in zijn geweer had gebruikt, toen ze hem voor de gek hielden in dat Accutech-geval in Maryland. Dat waren precisiepatronen. Al het andere aan Accutech was nep, maar die patronen waren echt. Wie ze ook maakte wist precies hoe een patroon samen te stellen voor een accuratesse op lange afstand van wereldklasse. Niet veel mannen konden dat doen: het bracht je in de wereld van microbewerking, van toleranties die zo miniem zijn dat de meeste gereedschappen die niet eens meer kunnen registreren, van geweerlopen die zo gepolijst en volmaakt zijn, dat ze op zich al een juweel waren. Het was een exclusief deel van de schutterswereld.
En ook hier waren het maar een paar dozijn mannen die dat deel kenden.
En het geweer zelf. Waar krijg je een geweer dat zo goed in elkaar zit dat je erop kunt rekenen dat het een 200-greins .30 kaliber kogel in een vlak van, zeg, tien centimeter kan mikken op een afstand van twaalfhonderd meter? Dan praat je over .833 mm afwijking over achthonderd meter. Hij wist dat een meester-wapensmid een geweer kon bouwen dat technisch in staat was tot zo'n schot, maar dan moest je ook nog iemand vinden die er alles uit kon halen wat erin zat. Toen herinnerde hij zich het Model 70 dat hij op de baan van Accutech afgevuurd had, het laatste schot, laat op de dag, het schot dat een soort kopie was van hetgeen dat Donny gedood had. Hij had geschoten met een Model 70 waar hij nog steeds naar verlangde. Het was een geweer met een kamer die zo dicht en stevig was dat hij van plastic gemaakt leek te zijn en een lader en een trekker zo soepel dat je erop kon blazen om hem over te laten gaan. Hij herinnerde het zich: nummer 100 000. Dat was zo'n geweer. Er konden niet meer dan

drie of vier van de miljoenen Modellen 70 die Winchester maakte, zo zuiver zijn.
Wie zou zo'n geweer bezitten? Toen herinnerde hij zich dat iemand hem verteld had dat een man een aantal duizend-meterkampioenschappen met dat geweer gewonnen had.
En terwijl hij dacht begon hij zich af te vragen hoe het zat met het enige aspect dat hem tot nu toe niet duidelijk geworden was, het enige dat niet klopte.
Dat was de kogel.
Als ze de aartsbisschop neer zouden schieten, moesten ze aannemen dat de politie de kogel terug zou vinden. En dat die kogel ook werkelijk uit zijn geweer afgevuurd zou zijn, even onherroepelijk als een vingerafdruk. Ze konden niet weten dat de kogel verminkt zou zijn. Dat was een kans van een op duizend.
Waarom zou dat hun niet bezorgd gemaakt hebben? Het zou hun hele plan in de war kunnen brengen. Als de kogel niet klopte met de diameter van de loop van Bobs geweer, dan zou het hele plan uit elkaar vallen. Op de een of andere manier hadden ze iets uitgedokterd om dat probleem te omzeilen. Op de een of andere manier had híj dat uitgedokterd.
De kogel, dacht hij.
Het raadsel van de verdomde kogel, op zijn manier even kwellend als de beroemde 6.5 mm van de aanslag op Kennedy die door het lichaam van één man en de borst en de pols van een andere man was gegaan en toch niet beschadigd was. Toch was het een kogel die ongetwijfeld uit het geweer van Lee Harvey Oswald afgevuurd was.
Het was alsof de twee raadsels het spiegelbeeld van elkaar waren, of verschillende kanten van een munt.
Maar ze hadden kogels, dacht hij. Ze hadden kogels van mijn geweer.
Hij had ze voorzien van kogels, afgevuurd uit zijn geweer, in Maryland.
Hij leunde achterover.
'Bob?'
'Sstt.'
'Bob, wat ben...?'
Hij hield zijn hand op om haar het zwijgen op te leggen. Toen was het weg.
'Verdomme.'
'Wat?'
'O, ik...'
Toen had hij het. Het was mogelijk. Hij had nooit van iemand gehoord die het gedaan had, en er was ook geen enkele reden dat iemand het zou doen, maar... ja, het was mogelijk.
Je graaft een .308 kogel, afgeschoten uit een bepaald geweer, uit het zand. Hij is verder in prima staat en heeft ballistisch dezelfde eigen-

schappen als een nieuwe kogel. Je kunt een .308 kogel laden in een .300-H & H Magnumhuls, een veel langere patroon met een veel grotere hoeveelheid kruit en daardoor een veel groter bereik. Op de een of andere manier moest je de kogel beschermen en dat hield hem enige tijd bezig. En toen herinnerde hij zich plotseling een oude techniek die papierstoppen heette. Hierbij werd een kogel in nat papier gewikkeld voor die in een patroon geladen werd. Het papier werd dan hard en vormde een soort beschermende laag. Je moest de patroon wel afvuren uit een geweer met een groter kaliber, misschien een .318. Maar zelfs dat was eenvoudig: zet een andere loop op het geweer en vuur Bobs kogel ermee af. Het papier beschermt de ballistische herkenningstekens en wordt dan weggebrand tijdens de vlucht. En dan treft Bobs kogel, afgevuurd door dat andere geweer, doel, en doet zijn vreselijke werk.

O, wat ben jij een slimme jongen geweest, dacht hij.

Maar... als jij zo slim was, waarom moest ìk het dan voor jou uittesten? Ik was je benen, nietwaar? Dat was er een onderdeel van. Ik was er niet alleen om gebruikt te worden, maar ook om het denken, het zien, het plannen te doen. Waarom? Waarom kon jij het niet doen? Waarom kon jij zelf niet naar de plaatsen gaan om te zien wat ik zag?

Op een dag reed hij naar Tucson en ging, verborgen achter zijn nieuwe baard en een zonnebril, naar een achterafgelegen wapenwinkel in het Mexicaanse deel van de stad. Hij keek niet eens naar de geweren aan de muur, maar liep door en vond achterin de winkel, zoals gebruikelijk in dit soort zaak, een grote stapel oude wapentijdschriften. *Guns & Ammo* en *Shooting Times*, een grote maar flodderige serie van *The American Rifleman*. De tijdschriften waren niet erg nuttig voor hem, omdat ze veel te vol stonden met afbeeldingen van nieuwe wapens. Maar een ervan kon hij wel gebruiken: *Accuracy Shooting*, dat ging over bankschieten. Beschrijvingen van vervelende technocraten die werkten aan geweren die zo nauwkeurig waren dat je er de hele dag mee door hetzelfde gat kon schieten. Hijzelf was er sinds het eind van de jaren zeventig op geabonneerd. Maar deze waren ouder, uit het midden van de jaren zestig.

Bankschieten was het laboratorium van alle schutterswerk. Als je de sport serieus nam, moest je tijd doorbrengen aan de laad- en de schietbank. Al het andere hing ervan af. Als zijn jongen het ergens van geleerd had, dan was het van bankschieten. Het tijdschrift, zo las hij, was begonnen als een nieuwsbrief van de eerste Amerikaanse bankschutters club, die in het begin van de jaren vijftig opgericht werd in de staat New York, naar aanleiding van het werk van mannen als Warren Page, Harvey Donaldson en P.O. Ackley in de jaren twintig en dertig. Ze stond vol lange en oninteressante verhalen van schietwedstrijden van jaren geleden, on-

bekende namen van grote schutters en niet meer gebruikte kalibers als .222½ en de 7 × 61 *Sharpe and Hart*.
Hij kocht ze allemaal en die avond begon hij ze te lezen. Toen hij ze allemaal uithad, vond hij er meer en las die ook. Hij zocht alle tweedehandswinkels af naar meer oude exemplaren. Als hij die vond las hij ze op zoek naar iets, maar wat dat was kon hij niet zeggen.
Ik zal je vinden, oude smeerlap, dacht hij, want hij nam aan dat zijn doelwit een oude man was. Alleen oude mannen konden zo schieten want het is een uitstervende vaardigheid, niet vaak meer uitgeoefend door de jongeren. Er was maar één jongere man die dat schot afgevuurd zou kunnen hebben, maar dat was een illusie. Bob probeerde het uit zijn geest te bannen, want het verpestte alles voor hem.
Het is niet T. Solaratov, prentte hij zichzelf in. Absoluut niet. Dat kan niet.

In de avonden bedreven ze de liefde. Urenlang. Soms voelde hij zich net een zuiger die maar doorpompte.
En ten slotte, nadat hij door de laatste van zijn vloeren gevallen was en hij daar lag alsof iedere atoom in zijn lichaam in rust was, voelde hij hoe hij zichzelf overgaf aan de vermoeidheid. Hij kon geen vinger meer verroeren.
'God,' zei ze. 'Je moet dit al die tijd bij Walden Pond opgespaard hebben.'
Hij gnuifde.
'Ik geloof dat ik het nog wel goed doe.'
'Dat zou ik ook zo zeggen,' zei ze.
Ze lagen daar en ademden zich weer terug op aarde.
Het vreselijke van haar was dat ze het zaad van de mogelijkheid in zich droeg. In haar zag hij een ander leven. Hij besefte dat hij niet hoefde te leven met de haat voor de wereld, en dat hij zich niet hoefde te wijden aan zijn geweren als een soort krankzinnige jezuïet. Hij hoefde niet in een kleine caravan in de mistige bergen te wonen en iedere bezoeker met achterdocht te bejegenen.
De wereld zat vol mogelijkheden. In een flits zag hij hen ergens samen, gewoon van elkaar genietend, zonder enige complicaties. Op de een of andere manier had het met water te maken: hij zag hun tweeën aan een strand, misschien wel Myrtle Beach in South Carolina, of misschien buiten Biloxi of Galveston, of zoiets. Hoe dan ook, zand, water en zon en niets anders in de wereld.
'Waar denk je aan?' vroeg zij. 'Je had bijna een glimlach op je gezicht. Wat was het?'
Hij wist dat hij verloren was als hij het haar vertelde. Hij zou niet terug

kunnen keren van de zachtheid. Hij lag daar en de verleiding craan toe te geven rees onweerstaanbaar in hem op. Hij wilde dat het hem opslokte. Hij kon zichzelf voelen verdwijnen in het verlangen.
'Iets van de mariniers.'
'Dat is een leugen.'
'Ja. Ik dacht eraan hoe plezierig ik dit vond. Het is een leven waar ik van zou kunnen houden. Maar ik moet je eerlijk vertellen dat het misschien een vergissing was. Misschien kost of geeft het me te veel om me aan vast te houden. Ik moet alles los kunnen laten. Het is alsof ik aan het onderhandelen ben. Ik moet in staat zijn op elk moment weg te lopen, anders kan ik niet winnen. Ik moet bereid zijn te sterven, op welk moment dan ook, of ik kan nooit winnen. Elke man in een oorlogssituatie kan je dat vertellen: je moet altijd bereid zijn je leven op te geven. Als je te veel aan thuis denkt, verlies je je scherpte.'
Ze keek hem aan met die kalme, grijze ogen.
'Ik had gelijk, ik wist het. Laat me proeven, en dan trek je je terug. Dan ga je op je kruistocht.' Ze lachte bijna. 'Ik wilde dat ik je kon haten, Bob. Je bent een echte, grote klootzak. Maar jou haten zou hetzelfde zijn als het weer te haten. Het heeft gewoon geen zin.'
'Het spijt me. Ik heb nog nooit zo'n goede tijd gehad. De beste tijd. Heel speciaal. Nog zo'n tijd en ik zou nooit meer weggaan.'
'Nee, dat is een leugen. Je zou toch weer weggaan. Ik ken jouw soort. Jij zou altijd weer weggaan.'
'Je hebt gelijk,' zei hij. 'Ik zou weer weggaan. Ik moet wel.'
Ze moest daarom lachen.
'Jij bent ècht een rotzak.'
Bob knikte. Er was niet veel op zijn ernstige gezicht te zien.
'Wanneer?'
'Ik denk dat het morgen zover is.'
'Zo gauw?'
'Ja. Het wordt tijd. Ik heb een paar ideeën. Ik heb zelfs een soort plan.'
'Ik had gewoon nooit gedacht dat het al zo gauw zou zijn.'
'Hoe gauwer ik vertrek, hoe gauwer ik weer terugkom.'
'Je liegt weer, Bob. Je komt niet terug. Binnen een week ben je dood.'
'Heel waarschijnlijk,' zei hij. 'Het is niet zo'n best plan. Maar het is het enige dat ik kon bedenken. Maar eerst heb ik een paar dingen te doen.'
'En wat zijn dat?' vroeg ze, terwijl ze probeerde geen verdriet te tonen.
'Ik moet mijn bergplaats in de bergen opgraven, daar heb ik dertigduizend dollar en een paar geweren verborgen, zodat ik in mijn eigen onderhoud kan voorzien en mezelf kan verdedigen. En dan,' zei hij, 'moet ik mijn hond begraven.'

21

Shreck liep nooit door een deur, hij plofte erdoorheen als een granaat. Hij ramde de deur bijna uit zijn scharnieren terwijl hij er, voorovergebogen en met een vastberaden pas, doorheenstormde.
Dobbler keek op bij het horen van het geluid, en Shreck was al bij hem. Hij had de drie meter van de drempel naar het bureau binnen een halve seconde en in niet meer dan twee passen afgelegd.
'Kolonel Shreck, ik...'
Dobbler had het gevoel dat hij als het ware door een stier opgewekt werd voor een plotselinge inspectie en hij deed een onhandige poging om op te staan, maar de strenge man gebaarde ongeduldig dat hij moest blijven zitten.
'Ik ben al laat, Dobbler. Ik ben net aangekomen.'
'Mijn god, kolonel. Voelt u zich wel goed?'
'Moe. Uitgeput.'
'Jetlag? U zou uw schoenen uit moeten trekken en blootsvoets op het tapijt moeten lopen en...'
'Dokter, ik heb u gevraagd na te denken over Swaggers verdwijning. Kunt u uw gedachten samenvatten?'
'Natuurlijk, natuurlijk,' zei Dobbler, verbijsterd. Shreck was nog nooit zijn kantoor binnengekomen. Bijna altijd was Dobbler naar Shreck toegekomen.
Dobbler begon onsamenhangend te praten over zijn ontdekking van de vreemde rekening van de bloemist in Little Rock, zijn aanvankelijke belanding op dood spoor toen hij hoorde dat de bloemist geen dossiers bijhield, en zijn laatste initiatief: het nazoeken van gegevens in de computer door de techneuten van de afdeling Research. Maar halverwege zijn verhaal besefte hij dat Shreck niet luisterde.
'Dat klinkt zeer veelbelovend. Maar ik wil weten wat er in zijn hoofd omgaat. Wat gaat hij doen?'
'O,' zei Dobbler, enigszins gebelgd omdat hij het compliment dat hij verwachtte, niet kreeg. 'Nou, Payne zegt dat de FBI zijn basis nu verplaatst heeft naar Arkansas. Zijn thuisgebied. Ze geloven dat hij daarnaar toe gaat.'
'Wat denkt u?'
'O, dat zal hij zeker,' zei Dobbler vaag.
'Waarom gelooft u dat?'

'Omdat hij moet doen wat wij verwachten en ons nog steeds wil verslaan.' Dobbler glimlachte. 'Dat is nu werkelijk aan de gang. Bobs ijdelheid. Zijn verlangen niet alleen om te overleven maar ook om te overwinnen. Ons te straffen voor onze misleiding van superioriteit. Hij moet ons nu bewijzen wie de echte man is.'
Shreck knikte gespannen.
'Stel dat de FBI hem levend grijpt. Wat zal hij ze kunnen vertellen?'
'Ah, ik twijfel of hij levend gegrepen zal worden. Hij is in een zeer gewelddadige staat. De druk op hem is ongelofelijk. Hij...'
'Maar, stel dat.'
'Het zou hem krankzinnig kunnen maken. Ze zullen hem natuurlijk niet geloven. De val is te nauw, te goed opgezet. In feite kan het hem geestelijk kapotmaken. Ik weet niet of hij wel kan functioneren onder die omstandigheden.'
Shreck luisterde aandachtig naar hem. Toen zei hij: 'Oké, goed. Dat is zeer nuttig.'
'Dank u, kolonel Shreck,' zei Dobbler.
'Het is een goede zaak dat we een man van Harvard in onze staf hebben, dokter Dobbler. Want ik kan op u rekenen als het gaat om consistentie. Jij zit te lullen. Altijd. Volledig. Dat is een gave, Dobbler.'
Dobbler was verbijsterd.
'Ik...'
'Jij stomme zak, weet je nou helemaal niet hoe de geest van een man werkt? Vooral een man als Swagger? Zie je de verdomde grap van dit alles niet in? Zie je, we hebben plannen gemaakt voor zijn dood, maar misschien hebben we hem zijn leven wel teruggegeven. We hebben hem aangenomen. Hij is terug te midden van de levenden en hij heeft een oorlog uit te vechten. En hij kan al zijn talenten en vaardigheden volledig aanwenden. Dat is het erge: hoe langer dit doorgaat hoe meer hij ervan geniet en hoe sterker hij wordt. En hij zal ervan genieten. Hij zou ons er eigenlijk voor moeten betalen. We geven hem meer lol dan hij sinds de oorlog gehad heeft.'

Het was de ochtend van de laatste dag. Ze stond om vier uur op en maakte het ontbijt klaar zodat het klaarstond toen hij om vijf uur wakker werd. Maar hij wilde de liefde bedrijven – zo gauw, na de laatste nacht en na wat zij aangenomen had dat de laatste keer was – dus moest zijn ontbijt wachten. Het smaakte fantastisch toen ze het ten slotte aten.
Toen nam hij een douche en verbond zij zijn wonden.
'Jezus, jij bent een harde jongen, zeg,' zei ze. 'Ik heb schotwonden nog nooit zo snel zien herstellen.'
De armwond zag er het lelijkst uit: een rauwe plek aan de buitenkant van

zijn linkerbiceps, ongeveer acht centimeter boven de elleboog. Maar het was gewoon gekneusd en verbrand vlees dat uiteindelijk zonder complicaties zou genezen.

De borstwonden waren nu harde korsten ter grootte van een kwart dollar en zouden op den duur vergroeien in littekens.

'Doet het geen pijn?'

'Ik verdraag het wel.'

'Dat wil ik wel geloven.'

Bob had zijn baard laten staan. Hij was een grote, gebruinde man met een dikke bos blondbruin haar en een krachtige borst. Zijn ogen waren hard en klein; zijn mond was een streep van concentratie. Hij was een man in blauw. Ze was een *Gap*-winkel in Tucson binnengegaan en had, met baar geld, drie blauwe spijkerbroeken en drie zwarte Levi's gekocht, en tien blauwe, katoenen werkoverhemden. Ze had ze allemaal gewassen. Ze had ook een paar bruine Nacona-laarzen gekocht en twee dozijn paar witte sokken. Het zat allemaal in een plunjezak, achterin zijn gestolen auto.

'Bob...'

Bob nam een laatste teug koffie.

'Je weet dat je hier ook gewoon kan blijven, hè? Over een tijdje zouden we dan kunnen verhuizen. We zouden ze altijd een stap voor kunnen zijn.'

Er verscheen een vage glimlach rond zijn gespannen gelaatstrekken.

'Natuurlijk. Maar dat doe ik niet. Weet je, zelfs als ik daar nu zo binnen zou lopen en tegen ze zou zeggen: ''Hé, jullie hebben de verkeerde jongen voor je'' en zij zouden kijken naar wat dingen die ze over het hoofd gezien hadden en zeggen: ''Verdomme, Swagger, je hebt gelijk'' dan nog zou ik het niet doen. Want dat betekent dat ik er alleen maar vanaf ben en dat is niet genoeg. Ik weet wat het is om te leven met onbetaalde rekeningen en geen mogelijkheid te hebben ze te kunnen voldoen. Nou, deze keer ben ik van plan ze te betalen, volledig.'

Hij draaide zich om en keek haar ontwijkend aan en ze zag een vreemd en krachtig licht in zijn ogen. Ze zag ook dat hij niet langer de man van een maand geleden was, die wanhopige, bebloede, half krankzinnige vluchteling, die op haar stoep gestaan had.

Ze kende deze man niet. Dit was de Bob waar Donny van gehouden had, zo geconcentreerd dat je zijn kracht zelfs nu, zittend in de slaapkamer terwijl hij zijn overhemd dichtknoopte, kon voelen. Ze was nu een beetje bang voor hem.

'Julie, luister goed. Als ik weg ben moet je elk oppervlak in huis afschrobben met ammonia, want dat is het enige waarmee je vingerafdrukken weg kunt krijgen. Gooi al je schalen en glazen en borden en messen en vorken weg. Je weet wat je moet doen, hè?'

'Ja,' zei ze.
'Herhaal het nog eens voor me.'
'Over vijf dagen rijd ik vier uur in welke richting dan ook tot ik een telefooncel vind. Dan bel ik... eh, het nummer is drie-drie-één, vier-vijf-twee, zes-zeven-acht-drie en gebruik ik mijn *Lurleen*-accent: plat, grof, van het soort meisje dat Elvis in bars in Tupelo oppikte voor hij in de Ed Sullivan show verscheen...'
Hij glimlachte.
'Dan vraag ik naar Memphis. Agent Memphis.'
'Ja.'
'Ze zullen je testen. Ze zullen je vragen wat de naam van de hond is, en die was niet Pat, zoals ze in de kranten zetten, maar Mike. Ik ben niet één keer geraakt, zoals ze zeiden, maar twee keer. Dat moet je ze vertellen.'
'Dat weet ik allemaal. Dan vertel ik hem wat je mij verteld hebt.'
'Ja.'
'Dan hang ik op en rij weg.'
'Hoe lang aan de telefoon?'
'Niet meer dan twee minuten.'
'Vergeet niet genoeg kleingeld voor de telefoon mee te nemen. Je hebt tenminste voor tien dollar aan kwartdollarmunten nodig.'
'Oké.'
'Dan rij je terug. Ik kan me in de verste verte niet voorstellen dat ze je op kunnen sporen. Je weet niets van mij af, je hebt nog nooit van mij gehoord, ik besta niet. Niemand zal erachter komen.'
'En dan komt het grappige deel,' zei ze bitter. 'Jij wordt vermoord. De FBI vermoordt jou in een wegrestaurant ergens in Arkansas.'
'Misschien. Maar ik heb nog een paar kaarten achter de hand.'
'O, Bob.'
De zon kwam nu op boven de oostelijke rand van de woestijn en de hemel was bloedrood. Een ogenblik lang leek de kamer zelf doorweekt van het bloed – er was overal bloed, rood en glinsterend en nat en zwart. Maar het meest van alles was er bloed in de smalle ogen van Bob Lee Swagger.
Ze huiverde en probeerde aan andere dingen te denken.

'Nick!'
Het was Howard en hij klonk nogal kwaad.
'Eh, ja, Howard?'
'Kun je even hier komen, alsjeblieft?'
'Natuurlijk.'
Nick liep naar het kleine kantoortje vanwaar Howard de operatie leidde.
'Nick.'

Howard vroeg hem niet te gaan zitten. Dit was geen goed teken.
'Nick, wat heb je nú weer gedaan?'
'Nou, gewoon, weet je. Voornamelijk verslagen doorgenomen van Bobs activiteiten nadat ze hier vanuit Washington binnengekomen zijn, en contact onderhouden met de plaatselijke agenten, en de alertheid van de reactieteams nagegaan. Je weet wel, Howard, er klaar voor zijn en...'
'Ik kreeg net een woedend telefoontje van Ben Prine in Washington. Hij is het hoofd van *Cointelpro.*
Hij zegt dat er een verzoek van dit kantoor is uitgegaan om inzage te krijgen in FBI-dossiers over een privé-bewakingseenheid die RamDyne heet, met mijn toestemming. Ik heb nèrgens toestemming voor gegeven. Weet jij hier iets vanaf?'
Nick was geen goede leugenaar. Zijn keel vulde zich met speeksel en hij was verbijsterd door zijn plotselinge gebrek aan zelfvertrouwen en helderheid van denken.
'Het was alleen maar om je tijd te besparen, Howard. Ik weet dat je het druk hebt met je grote zaak, dus heb ik het verzoek gewoon onder jouw naam gedaan... eh, het is gewoon een soort...'
Hij kon geen woorden meer vinden.
Howard keek hem woedend aan.
'Wat denk je dat je doet, Nick? Wat voor spelletje speel je eigenlijk?'
Nick stamelde een verward verslag van zijn onderzoek van de zaak Eduardo Lanzman, de informatiebron die hem had verteld dat Lanzman een Salvadoriaan was, zijn idee dat er een geavanceerde elektronische afluisterwagen bij gebruikt zou kunnen zijn, zijn onhandige ontdekking van de geheimzinnige RamDyne-firma, die gebruik scheen te kunnen maken van dergelijke apparatuur. Hij praatte half en half onsamenhangend door over het toeval van een Salvadoriaanse agent die misschien wel vermoord was door de Salvadoriaanse geheime politie, een paar weken voor de verdachte 'toevallige' moord op een Salvadoriaanse aartsbisschop die gehaat werd door bepaalde elementen van het Salvadoriaanse regime. Maar hij zag wel dat hij weinig indruk op Howard maakte.
'Ik heb alle gebruikelijke kanalen uitgeprobeerd en ving overal bot. Helemaal niets. Dus probeerde ik wat initiatíef te tonen en...' Hij zweeg onzeker.
'Nick,' zei Howard, terwijl er een trek van diepe droefenis op zijn minzame gezicht verscheen, 'ik ben zeer teleurgesteld in jou. Waarom ben je met dit alles niet bij mij gekomen?'
'Nou, Howard, dat, eh, hèb ik ook gedaan, maar jij zei...'
'Nick, we hebben een volledig duidelijke zaak wat Bob Lee Swagger betreft. We hebben de middelen, het motief en de gelegenheid. We hebben wat indirecte ballistische bewijzen. We hebben ooggetuigen, waaronder

– vergeet dat niet – jezelf. Nick, wat denk je in godsnaam dat je doet? Aan welke kant sta jij?'

'Howard, er is iets dat ik je al lang had willen vertellen over de ballistiek. Ik vraag me af of het technisch mogelijk is...'

'Oké, Nick, dit is de manier waarop de zaken uit elkaar vallen. Lagere officieren die op zichzelf allerlei dingen doen en geen verslag uitbrengen aan hun meerderen. Ongeautoriseerde uitlekking aan de pers. Het is het begin van het einde van Bureau-discipline en dat is het begin van het einde van het Bureau.'

'Howard, ik...'

'RamDyne heeft er heel sterk mee te maken, inderdaad. Vooral met onze neven in Langley, te midden van een half dozijn andere geheime agentschappen. Zij doen een heleboel dingen waar wij officieel geen toestemming voor hebben. Soms komen die zaken niet zo goed over. Soms zijn ze nogal dubbelzinnig. Soms doen ze klein kwaad om een groot kwaad te voorkomen. Hun geheimen worden zeer streng bewaard. Als je ze aanpakt of iets blootlegt zonder het verband duidelijk te zien, kan het je nu precies daar brengen waar je niet wilt zijn en allerlei problemen veroorzaken voor allerlei mensen. Heb je dat begrepen?'

'Ja, Howard.'

'Nick, je wordt niet verondersteld het grote geheel te zien. Dat doen andere mensen. Jij wordt verondersteld de taken uit te voeren die wij je opdragen, en ze goed te doen. Wij leggen de verbanden wel. Jij moet de boeven vangen.'

'Ja, Howard.'

'Nick, het spijt me dit te moeten doen. Ik dacht dat je misschien opnieuw begonnen was na je falen in het verleden en dan had ik je schorsing misschien kunnen voorkomen. Maar het mocht niet zo zijn. Ik onthef je vanaf heden van je werk. Je vliegt terug naar New Orleans, meteen, en dan begint je schorsing. Het spijt me dat het zo moet gaan. Een aantal jaren geleden faalde je. Ik dacht dat je hard gewerkt had en over die fout heengekomen was. Maar je blijft falen, Nick. Je bent een alleenganger. Je bent geen teamlid. Je wilt te veel en je wilt het te snel.'

Nick besefte dat hij net terzijde geschoven was. Het trof hem met een kracht die hij niet meer gevoeld had sinds de dood van Myra.

'Vanaf het begin heb je erop gestaan alles op jouw manier te doen, Nick. Als je Swagger naar de Alpha-categorie overgeheveld had, als je hem gevangengenomen had, als... o, Nick, je hebt alles zo slècht gedaan. We hebben wanhopig geprobeerd je te helpen. En nu doe je ons dìt aan.'

'Het spijt me, Howard,' stamelde Nick verbijsterd. 'Ik wist niet dat het zo ernstig was. Ik probeerde mijn werk goed te doen en ik...'

'Nick, dat is alles wat ik voor je heb. Ik wil dat je...'
'Nick?'
Het was Hap Fencl die zijn hoofd naar binnen stak.
'Neem me niet kwalijk, Howard,' zei hij, 'maar ik heb een vrouw aan de lijn die zweert dat ze weet waar Bob Swagger is en erop staat dat ze met Nick praat.'
'In godsnaam, Fencl,' flapte Howard eruit, 'ze is waarschijnlijk alleen maar...'
'Ze zegt dat hij een armwond had. We hebben die informatie niet vrijgegeven.'
Het was lang stil.
Ten slotte gebaarde Howard vol walging naar Nick dat hij de telefoon op kon nemen.
'Het is lijn veertien,' zei Hap.
'Nick Memphis,' zei een stem als uit een slecht Country & Western lied, hoewel die een beetje theatraal en onecht klonk. 'Meneer Memphis. Bob Lee is een tijd bij me geweest en hij is al die tijd mijn man geweest, maar nou is hij weg.'
'Met wie spreek ik?' vroeg Nick.
'Met niemand,' zei ze. 'Maar ik heb uw foto in het tijdschrift gezien en als u de knaap bent die Bob Lee moet vangen dan kunt u zich maar beter klaarmaken, want hij komt eraan.'
'Wanneer?'
'Hij is hier vandaag weggegaan. Als hij hard rijdt kan hij er in een dag of drie zijn. Hij is een beetje gek geworden, weet u? Ik heb hem gesmeekt om niet weg te gaan.'
'Hoe weet ik...?'
'Omdat hij zei dat zijn hond Mike heette, niet Pat zoals in de kranten stond.'
Nog een valstrik om nepbellers uit te sluiten.
Nick haalde diep adem en gebaarde naar Hap dat het tijd werd het telefoontje na te trekken.
'Hij zegt dat hij thuiskomt om zijn hond te begraven,' zei de vrouw. 'Gaat zijn hond begraven en trekt er zich niets van aan wie hij daarvoor dood moet schieten.'
'Ik...'
'Doe hem niets, meneer Memphis. Hij heeft niemand kwaad gedaan.'
Toen hing ze op.

De beveiligde telefoon ging over.
Shreck keek op naar de mannen in zijn kantoor.
'Eruit,' zei hij.

Nadat ze vertrokken waren nam hij de telefoon op.
'Shreck.'
'Hallo, Raymond,' zong de stem van de oude man. 'Hoe gaat het vandaag met je?'
'Meneer Meachum, het kan u niets schelen hoe het met mij gaat. Wat wilt u?'
'Ik wilde dat jij de eerste was die het goede nieuws hoorde. Ik hoorde van een vriend dat het ministerie van justitie contact opgenomen heeft met het ministerie van buitenlandse zaken om de Salvadorianen mede te delen dat er formeel besloten is het onderzoek naar de wandaad van het Panter Bataljon niet te heropenen. De aartsbisschop is er niet meer en er is niemand die er enige aandacht aan besteedt.'
Dat vrolijkte Shreck enigszins op.
'Nou, dat is tenminste iets.'
'Precies. Natuurlijk zullen generaal de Rujijo en zijn collega's en naasten zeer blij zijn. Bepaalde mensen in bepaalde agentschappen in deze stad zullen heel wat makkelijker ademhalen. Het verleden zal vergeten mogen worden. Wij kunnen nu weer verdergaan. Het is de eerste dag van de rest van ons leven. Ik moet je nogmaals feliciteren, kolonel. Je hebt het onmogelijke laten gebeuren. Uitzonderlijk.'
'Dank u, meneer Meachum.'
'Alles behalve dat losse eindje en dat is maar een heel klein eindje.'
'We zijn ermee bezig, meneer Meachum.'
'Uitstekend,' zei de oude man. 'Ik wist dat ik op je kon rekenen.'

'Oké,' zei Howard, 'ik wil scherpschutters op die twee gebouwen, zie je? Laat ze om vier uur vannacht hun post innemen. Ik wil ze daar morgen de hele dag hebben zitten, zelfs als hij er pas de dag daarop kan zijn. Je kunt het nooit weten.'
'Ja, Howard,' zei Hap Fencl. 'We zullen ze er posten. Goede jongens. Nick? Hij is de beste schutter.'
'Nee. Nick niet. Nick blijft bij me. Heb je dat gehoord, Nick?'
'Ja. Ik heb het gehoord,' zei Nick, die zich nog steeds wanhopig vastklampte aan zijn lidmaatschap van de eenheid, nu zijn verbanning naar New Orleans uitgesteld was door het vooruitzicht van de actie.
Ze stonden voor het nieuwe gebouw van rode baksteen van het Gezondheidscentrum van Polk County, dat ook het lijkenhuis van de streek huisvestte. Het lijk van Mike de hond was ernaar toe gebracht.
Het was een heldere middag en de groene Ouachita's staarden op hen neer. Ze bevonden zich ongeveer anderhalve kilometer buiten Blue Eye, vlak bij Route 270, waarbij Route 71 naderde en Mena binnenging. Het verkeer raasde over de weg.

'En ik wil geweerteams klaar hebben staan. Zeg, viermanseenheden zouden in actie kunnen komen.'
'Ja, Howard,' zei Hap. 'Eh, wat voor lading? Wil je dat ze dubbelnul of hertenpatronen gebruiken?'
'Hmmm,' zei Howard.
'De jongens schieten liever met de dubbelnulpatronen, omdat ze niet zo'n terugslag geven en je hoeft niet zo precies te mikken. En Howard, met die hertenpatronen heb je een stuk lood van .70 kaliber dat met een snelheid van zeshonderd meter per seconde vliegt. En als je dan per ongeluk een burger raakt, Christus, dan zul je eens wat lezen in de kranten.'
'Hij zal waarschijnlijk geen kogelvrij vest dragen,' zei Howard. 'Oké, neem de dubbelnulpatronen maar.'
'Howard, wil je samenwerken met het kantoor van de sheriff?' vroeg Hap. 'Die oude Tell is nu al tamelijk geagiteerd.'
'Nee, ik denk het niet. Dit is onze operatie, dit is een federale zaak, en wij handelen hem af. We lichten de sheriff wel in nadat we de arrestatie gedaan hebben. Nick?'
'Ja, Howard,' zei Nick, die ongelukkig naast Howard in het kleine groepje agenten vlak buiten de hal stond.
'Nick, ik wil dat jij in de commandopost blijft om de communicatie te verzorgen. Of wil je vandaag nog afreizen?'
'Nee, Howard, ik blijf hier wel tot...'
Maar Howard had zich al van Nick afgewend.
'Ik wil ook mensen in het lijkenhuis en op de vloer en in het kantoor hebben. Ik wil een observatiepost vlak bij de scherpschutters hebben, zodat iedereen die het terrein opkomt geïdentificeerd kan worden.'
'Als we een positieve identificatie hebben, geef je ons dan een groen licht?' vroeg Hap.
'Ja.'
Even was het stil. Groen licht. Haal de trekker over. Schiet om te doden zonder te waarschuwen. Het was een zeldzame operationele voorwaarde.
'Ik wil hem hier op het terrein te pakken krijgen, niet binnen. Anders krijgen we misschien met een gijzelingsituatie of wat dan ook te maken,' zei Howard. 'Die man is gevaarlijk. Hij zou tijdens het knipperen van een oog een half dozijn mannen neer kunnen schieten en dan heb ik plotseling met meer doden te maken dan Miami.'
'Howard,' zei Nick, hoewel hij wist dat het zinloos was, 'in New Orleans had hij me onder schot met mijn eigen pistool en hij had me zo dood kunnen schieten, maar hij deed het niet. Hij is niet schuldig bevonden aan...'
'Nick, je stelt me werkelijk teleur.'
'Ja, Nick,' zei Hap. 'Howard heeft gelijk. We moeten die kerel te pakken nemen als we er de kans voor hebben.'

Nick knikte verbitterd. Maar stel nu dat hij onschuldig was? Toen besefte hij dat het er niet werkelijk meer toe deed.
'Oké, Hap, laat de mannen hun post innemen, en rustig. Ik wil hierbij zo weinig mogelijk drukte. Het is mogelijk dat Bob in deze gemeenschap sympathisanten heeft en dat hij vooraf gewaarschuwd wordt.'
'Howard, hij zal dit gebouw ook in de gaten houden voordat hij naar binnen gaat,' zei Nick. 'Zo werkt hij. Hij is heel zorgvuldig. Je moet die mensen heel goed verbergen. Die knaap kan een valstrik op een kilometer afstand ruiken.'
'Nicky, wij zijn ook beroepsmensen, vergeet dat niet,' zei Hap. 'Hé, we gaan goed werk verrichten. Hij zal niet weten wat hem getroffen heeft, Nick. Als hij zich laat zien.'
'Nick, kom met me mee,' zei Howdy Duty. 'Ik wil met de administrateur praten en dit alles in orde maken. Ik heb je diplomatieke gaven misschien nodig.'
Nick en Howard gingen de hal/wachtkamer binnen. Het was een saai overheidskantoor dat rook naar nieuwheid en plastic – het gebouw was nog maar een jaar of wat oud – waar beige stoelen tegen beige wanden stonden en één gebaarde kerel bij de balie stond en met een zwaar accent tegen het meisje daar, stond te praten.
Howard leidde Nick naar de balie en ze wachtten beleefd in het, verder lege, kantoor terwijl de boer, of bergman of wat het dan ook was, doorratelde over de verdomde overheid of zoiets, en het meisje half en half luisterde en maar bleef zeggen: 'Maar de papieren zijn nog niet kláár.'
Ze liet hem gewoon wat stoom afblazen en na enige tijd leek hij tot rust te komen en stapte achteruit. Howard drong hem opzij en liep naar de balie, terwijl hij zijn identificatiekaart te voorschijn haalde en zich voorstelde als onderdirecteur Utey, FBI.
Pas toen keek Nick op naar het gezicht van de man die ze opzijgedrongen hadden en ondanks de blonde baard en de diepbruine huidskleur besefte hij dat hij in de grijze ogen van Bob de Doder keek.

22

Nick was snel. Bob was sneller.

'Niet doen, maat,' zei hij, terwijl de .45 Colt automatic als een blauwe flits uit het niets opdook en op Nicks borst gericht werd. Bobs stem was dodelijk kalm, dodelijk serieus.

Nicks hand was naar zijn eigen Smith geschoten. Zijn vingers waren rond de kolf geklemd – in feite was het een uitstekende reactie volgens FBI-normen – maar als Bob dat had verkozen was hij nu al drietiende van een seconde dood geweest.

Nick hief zijn handen op.

'Hé, wat...' vroeg Howard.

'Doe het rustig aan, jongens. Jij ook, jongedame. Ik ben hier alleen maar gekomen om mijn oude hond, Mike, te halen, en niemand hoeft dood te gaan voor zoiets stoms als een hond die al een maand of wat dood is, hè, Memphis?'

Er klonk een vreemd vrolijk gegrinnik in zijn stem.

Het meisje achter de balie leunde achterover en haar ogen werden zo groot als schoteltjes. Ondertussen snapte Howard het nog niet allemaal.

'Wie...'

'Howard, het is hem, het is Swagger. Hij is ons voor geweest... nee, hij heeft ons bedònderd. Is dat niet zo?'

'Jij, oudere vent, doe niets stoms, zelfs al zie je er stom uit. Haal je wapen te voorschijn, met je linkerhand, en leg het op de balie, net als de jongen hier.'

'Meneer Swagger, er zitten overal federale agenten...'

'Opschieten, oude man, dan ben je braaf.'

Het verbijsterde Nick hoe kalm Bob was.

Howard haalde zijn grote Model 19 te voorschijn en legde die voorzichtig op de balie.

'Jongedame, pak die pistolen op bij de loop en stop ze in die prullenbak daar.'

Ze deed wat haar gezegd werd, over haar hele lichaam bevend.

'Nu wil ik dat je daar bij de muur op de vloer gaat liggen, jongedame, in elkaar gerold en met je handen op je oren. En daar blijf je gewoon liggen. Ook als je hoort schieten. Er zal je niets overkomen als je daar blijft liggen.'

Het meisje, een blondine met een somber gezicht, deed wat hij zei en zakte neer op de vloer.

'Swagger,' zei Howard, 'geef het op. Je komt er toch niet uit. Als we je vandaag niet te pakken krijgen lukt het ons morgen wel. We hebben hier duizend man aan werken.'
'Houd je mond, meneer,' zei Bob. 'Nu komen jullie met me mee, glimlachend alsof we oude vrienden zijn. Jullie lopen voor mij uit. Vergeet niet dat ik de derde van drie kogels door jullie heen kan jagen voordat jullie de eerste twee voelen. Nou, vooruit. We lopen door drie ruimtes en dan slaan we rechtsaf. En dan, Memphis, ga jij tegen die man daar, een dokter Nivens, geloof ik, zeggen dat het lichaam van de hond vrijgegeven moet worden voor verdere tests in Washington. Jij komt het ophalen. Dan lopen we naar buiten naar mijn pick-uptruck en dan rijd ik weg. En niemand hoeft gewond of gedood te worden voor een verdomde hond. Oké?'
'Swagger, wij hebben zes achtmansteams in het gebied geposteerd. We kunnen hier binnen drie minuten een scherpschuttersteam hebben. We hebben helikopters en honden. Je krijgt het nooit voor elkaar. Het is te laat. Je had niet terug moeten komen.'
'Ik ben teruggekomen om mijn oude hond te begraven en niemand zal me tegenhouden. Nou, laten we gaan.'
Met z'n drieën liepen ze stijfjes door de zwaaideuren.
'Nou, hierheen en dan naar links. Jullie hebben hem in het lijkenhuis voor mensen gestopt. Dat is goed, want hij is beter dan de meeste mensen. Dat kan ik je wel vertellen.'
Ze bereikten het lijkenhuis.
'We zijn er, Memphis. Maak hier geen puinhoop van zoals je dat in Tulsa gedaan hebt. De eerste keer moet het raak zijn, Big.'
Nick verbleekte. Het was zijn schande, uit het verleden in zijn gezicht gesmeten. Hoe had hij dat geweten?
'Ja?'
Het was Nivens, de streekpatholoog die de lijkschouwing op Mike uitgevoerd had.
'Eh, dokter Nivens, mijn naam is Nick Memphis, FBI,' zei Nick. Hij haalde zijn identificatiekaart te voorschijn en met z'n drieën keken ze de kleine dokter aan.
'We eh, hebben besloten het hondelijk naar Washington te sturen voor verder onderzoek en...'
'O, God. Bob, Jezus, niet schieten...'
De dokter had Bob herkend nog terwijl Nick sprak. Dus trok Bob zijn Colt en zei: 'Nou, doe geen domme dingen, dokter. Ik kom hier alleen maar om mijn verdomde, oude hond te halen. Geef hem aan die jonge dwaas, hier.'
Maar bij het zien van het pistool gaf de dokter zich gewoon over. Hij

was een van die natuurlijke slachtoffers die het met graagte opgeven. Hij zakte op zijn knieën en smeekte tegen Bob hem niet dood te schieten, want hij had drie kinderen, een hypotheek, een zieke vrouw.
'Waar is de hond, verdomme?' vroeg Bob.
De dokter mompelde iets over nummer 7 en Bob gaf Nick een zet in de richting van lade nummer 7. Nick liep ernaar toe. Hij had een Colt Agent .38 in een nylon holster dat rond zijn enkel gegespt zat. De FBI stond een tweede wapen tegenwoordig toe voor eenheden die een grote kans hadden met misdadigers in contact te komen. Maar het probleem met een enkel-wapen is zijn slechte bereikbaarheid. Het zou hem nooit lukken het pistool te trekken en een schiethouding aan te nemen voordat Bob hem al verscheidene dozijnen keren geraakt had. Maar hij wist dat Howard ook een pistool aan zijn enkel had en hij was bang dat Howard, nu woest van schaamte om zo makkelijk beetgenomen te zijn en met het vooruitzicht van een geruïneerde carrière, door zou slaan, het pistool zou proberen te trekken en zichzelf en waarschijnlijk alle anderen in de ruimte zou laten doden.
Nick trok de lade open. Erbinnen was het koel. De hond, gewikkeld in een lijkenzak, was licht genoeg. Hij tilde hem eruit.
'Oké,' zei Bob, hem aankijkend, de dokter aankijkend, de arme Howard aankijkend, 'breng hem hierheen.'
'Swagger, geef het op,' zei Howard, 'voor een onschuldige geraakt wordt.'
'Meneer,' zei Bob, hoffelijk als altijd, 'als u zich nergens mee bemoeit zal niemand iets overkomen. Het enige dat ik wil is mijn hond begraven.'
Plotseling hoorden ze sirenes.

'Kolonel?' Het was een van Paynes mannen, een ex-politieagent, die Shreck in de gang achterna kwam.
'Ja?'
'Het is Jack in de Elektrotek 5400 in Arkansas. Hij heeft net een FBI-rapport van buiten Blue Eye opgepikt. Ze hebben Bob Lee Swagger te pakken in het Gezondheidscentrum van Polk County. Op dit moment roepen ze hun gevechts- en scherpschuttersteams op en de plaatselijke en staatsagenten brengen allemaal wapentuig in de aanslag.'
Shrecks ogen kregen de kleur van kogellagers.
'Ik wil dat je naar de afdeling Operaties gaat en het over de kortegolf op de luidspreker laat uitzenden. Ik ben er over een paar seconden. En laat iedereen de ruimte verlaten. Ik wil hier naar luisteren zonder een hoop stom geklets van de teams.'
'Jawel, kolonel.'
'Oké,' zei Shreck.

Hij voelde niets: geen opwinding, geen duizeligmakende schok van blijdschap, geen opluchting. Hij was een professioneel man. Maar diep in zijn geest had hij even een moment van plezier. Het was bijna voorbij.
Hij haastte zich naar de afdeling Operaties.

'Oké,' zei Bob, naar Howard en de dokter gebarend. 'Ga op de vloer liggen. Houd je hoofd naar beneden en doe geen domme dingen. Jij, dikke, kom met me mee. Jij draagt de hond.'
Snel stapten ze de zwaaideuren door en lieten de verbijsterde slachtoffers achter in het lijkenhuis.
'Wacht even,' beval Bob.
Hij ging naast de deuren staan en twee seconden later barstten ze open en stormde Howard erdoorheen met zijn kleine .38 in de aanslag. Bob sloeg hem neer met een soort onverschillige, achterwaartse klap van de loop van de .45 tussen de ogen en Howard viel met een doffe plof op de vloer, terwijl het kleine pistool wegkletterde.
'Wat een stommeling, hè?' zei Bob laconiek tegen Nick, die dit alles met verbijstering aanschouwd had. 'Nou, hierheen.' Bob wees de weg aan met zijn .45, terwijl de sirenes buiten luider klonken.
'Je hebt elk aanvalsteam van zes staten achter je aan,' zei Nick.
'Big, jij bent hier om de hond te dragen, dus waarom houd je die mond van jou niet dicht, hè?'
Overal in het gebouw kwamen ze bange mensen tegen die krijsend wegvluchtten of flauwvielen. Maar geen agenten. Howard had nog geen mannen het gebouw binnengehaald en zou dat waarschijnlijk ook niet doen tot de evacuatie voltooid was.
Nick voelde zijn Colt Agent in zijn enkelholster schokken. Maar nog steeds kreeg hij geen kans het pistool te trekken, niet onder de ogen van de griezelig alerte Bob, die hem door de gang duwde, God mag weten waarheen.
'Waar gaan we naartoe?' vroeg hij.
'Houd je mond, Big,' zei Bob.
Plotseling bulderden de luidsprekers door de gangen.
'Dames en heren, de FBI verzoekt u in uw kantoor te blijven. Blijkbaar loopt er een misdadiger in uw gebouw rond.'
'Jezus,' zei Nick, 'nou hebben ze je te pakken.'

Een staatspolitieauto vloog over Route 71 van Mena naar het Gezondheidscentrum met loeiende sirene langs die Elektrotekwagen, die discreet op een parkeerplaats naast de weg geparkeerd stond. Achter de politieauto volgde er nog één en nog één. Erboven vloog een helikopter.

In de wagen zei een magere ex-agent, die Eddie Nicoletta heette maar Eddie Nickles genoemd werd: 'Hij is erbij.'
Maar Jack Payne zei niets. Hij zat gewoon te luisteren naar de gesprekken van de wetshandhavingseenheden over de radio. Er was niets op zijn kwaadaardige, kleine gezicht te zien.
De radio kwetterde maar door.
'Commando, ik heb net drie staatsteams binnengekregen.'
'Oké, goed, Victor-Michael-Vijf, ik wil dat je ze aan de achterkant posteert en ze laat samenwerken met ons scherpschuttersteam.'
'Begrepen, commando. Hebben we het groene licht?'
'Nee, Victor-Michael-Vijf, er is een federale agent gegijzeld, ik herhaal, er is een federaal agent gegijzeld. Ik geef het sein als het zover is.'
'Maar als we hem nu recht in het vizier krijgen?'
'Eh, we nemen zo weer contact met u op, Victor-Michael-Vijf,' zei de stem van commando.
'Verdomde federalen,' zei Nicoletta, 'ze nemen het commando over en dan weten ze verdomme niet wat hun beleid is. Ik herinner me die keer, toen ik voor de narcoticabrigade werkte, dat...'
'Kop dicht, Nickles.' Toen draaide hij zich om naar Pony, een communicatietechnicus van Panter Bataljon, die echter Pinto heette en vroeg: 'Krijgen ze dit in het hoofdkwartier te horen?'
'Luid en duidelijk,' zei de Salvadoriaan. 'Ik kan je verzekeren, man, met dit spul zou je een radiostation kunnen beginnen.'
Weer brulde er een helikopter over hen heen.
Ik wìl erbíj zijn, dacht Jack Payne plotseling, toen hij een verlangen in zich voelde oprijzen als een opgeblazen ballon.
Maar hij verroerde geen vin.
'Raak die knop niet aan,' zei hij.

Bob stond stil en trok aan het hangslot van een deur waarop stond: ALLEEN VOOR MONTEURS. Op magische wijze klikte het slot open.
Ze stapten een klein hok binnen. Op de vloer lag een rooster en Bob boog zich voorover om het te openen. Eronder kon Nick een metalen ladder zien.
'Zo komen we eruit, Big. Werk je dikke lijf die ladder af en ga dan plat op je buik liggen, armen en benen gespreid. Als je iets stoms uithaalt, zal ik je botten hier achter moeten laten. Jammer voor een grote jongen als jij om te moeten sterven voor een dode hond.'
Nick worstelde zich naar beneden met het hondelijk in zijn handen. Hij kon Bob boven hem voelen, de gapende opening van de .45 op hem gericht. De man droeg het wapen licht, makkelijk, alsof hij ermee geboren was.

Onderaan de ladder keek hij omhoog, en daar was Bob met het pistool op hem gericht. Gehoorzaam ging hij op de vloer liggen, terwijl Bob het rooster sloot en naar beneden kwam.
'Nou gaan we hierheen,' zei hij.
Nick moest het toegeven. Ja, hij was onder de indruk. Bob kende het gebouw op zijn duimpje. Hij had de vrouw bij de ingang achtergelaten, zodat zij de agenten binnen kon halen, want hij wilde daar veel drukte en chaos. Hij was er zeker van dat hij er wel uit kon komen. Maar dat lukte hem niet met de hond, dus moest hij wachten tot er een man kwam die sterk genoeg was om Mike te dragen, terwijl Bob zich bezighield met de obstakels.
Verkenning, herinnerde Nick zich. Een goede scherpschutter verkent het gebied altijd voordat hij opereert. Hij gaat er nooit blindelings in. Hij weet waar alles is, hij bereidt ontsnappingsroutes voor, ontwijkingsmanoeuvres, hij heeft altijd een plan.
Aan het eind van de nauwe tunnel kwamen ze bij een tweede ladder. Deze keer ging Bob het eerst, met zijn rug naar de sporten, het wapen op Nick gericht. Nick volgde hem, de hele tijd onder schot gehouden, en had moeite het lichaam van de hond de ladder op te sleuren. Maar Bob hielp hem totaal niet. Tenslotte lukte het hem, zwaar hijgend.
'Die verdomde hond is zwáár, zeg,' zei hij.
'Je zou het eens moeten proberen met een pak van dertig kilo op je rug in het oerwoud onder een temperatuur van negenenveertig graden Celsius, Big,' zei Bob. 'En houd je mond, nou. Dit stuk zou wel eens wat moeilijk kunnen worden.'
Ze stonden nu in een ander hok, dicht op elkaar in het donker. Erbuiten konden ze beweging horen, het gekraak van een radio, het zachte gemompel van ernstige mannen.
'Laat die hond niet vallen,' fluisterde Bob.
Toen duwde hij de deur open. Ze stonden in een soort garage, zo'n zeventig meter van het hoofdgebouw van het Gezondheidscentrum. Buiten zag Nick drie politieauto's die voor het gebouw opgesteld stonden. Agenten hurkten achter de wielen en richtten jachtgeweren of wapens met een vizier. Maar Bob en Nick bevonden zich al voorbij de auto's.
'Nou lopen we hier naar buiten, we rennen niet. Ongeveer honderd meter verderop zie je een schuur met een generator erin. Erachter staat een rode pick-uptruck. Daar gaan we naartoe. Eén plotselinge actie van jou, maat, en dan weet je wat je te wachten staat.'
'Ja,' zei Nick.
'Vooruit dan.'
Ze liepen naar buiten, het heldere zonlicht in, en keken niet achterom. De verdomde hond werd zelfs nog zwaarder. Nicks armen deden er pijn van.

Hij zag de schuur van de generator naderbij komen, en vroeg zich af wanneer Howard in godsnaam zo helder was om zich te realiseren wat er gebeurde en zijn scherpschutters het groene licht gaf de twee wandelende mannen neer te schieten. De kogels zouden om zijn oren fluiten en omdat die jongens op een grotere afstand dan zeven meter absoluut niet konden mikken, wist hij dat hij er dan geweest was. Wat het nog erger maakte was de drukte achter hem: er arriveerden nog twee of drie helikopters, terwijl het leek alsof zo ongeveer alle sirenes van de wereld afgingen, alsof er de een of andere politieconventie in Little Rock gehouden werd.
Maar ze bereikten de schuur en erachter vonden ze de rode truck.
'Leg de hond achterin,' zei Bob, die het portier opende en er een karabijn met een korte loop en een hefboomlader uithaalde.
'Instappen, Big. Jij rijdt en ik houd je onder schot met dit geweertje.' Hij spuwde kalm in het stof.
'Jezus, nou rijden we dus rustig weg? Alsof niemand het zal merken? Er moeten hier nu zo'n vijfhonderd man zijn.'
'We gaan gewoon door de achteruitgang en dan de heuvel op.'
'Welke achteruitgang? Er is geen achteruitgang.'
'Ik denk dat je verrast zult zijn, maat. Nou, vooruit. De sleutel zit erin en vergeet niet dat ik je onder schot heb.'
Plotseling hing er een helikopter boven hen die het stof opjoeg en de bomen platboog.
'Jullie daar in die truck,' klonk de stem door de luidspreker, 'uitstappen, want anders schieten we.'
'Verdomme,' zei Nick.
'Gas geven,' zei Bob.
Terwijl hij zich uiterst sterfelijk voelde gaf Nick gas. Met een verbijsterende sprong schoot de wagen weg en joeg zijn eigen stofwolk op, terwijl hij langs het hek reed.
De schaduw van de helikopter bleef boven hen hangen. Sirenes klonken luider. Om de hoek van het gebouw kwam een vloot politieauto's als een detachement van de cavalerie achter hen aanstormen.
'Nu naar links, links,' gilde Bob.
Maar er was niets anders dan een stalen hekwerk.

In de afdeling Operaties zaten de mannen stil met ernstige gezichten. Niemand keek iemand anders aan. Over de luidsprekers hoorden ze het drama zich afspelen.
'Alle eenheden, alle eenheden. Ik heb de verdachte binnen het hekwerk, dat is hem, godverdomme. Ik zweer het, godverdomme...'
'Dit is Commando, dit is Commando, alle eenheden. Blijf op je post. Ik

Waar was Bob?
Hij knipperde met zijn ogen, schudde zijn hoofd en wrong zich los uit de truck. Zijn hand schoot naar beneden naar zijn enkel en hij trok de .38 Agent. Waar was hij?
Toen hoorde hij een gegrom en hij keek door de achterruit van de cabine en daar zag hij Bob de lijkenzak met Mikes lichaam uit de laadbak tillen. Er zat ook bloed op zijn gezicht en toen hij het lichaam tegen zich aan hield, zag Nick hem even aarzelen. Er was een tederheid in zijn houding die Nick nooit achter Bob Lee Swagger gezocht had.
Toen draaide Bob zich om en begon weg te rennen.
Nick had hem te pakken.
'Stop!' Hij stak de .38 in zijn ineengeslagen handen naar voren en haalde de hamer naar achteren met zijn duim. Hij had de cilinder geladen met *Glaser* veiligheidspatronen. Op deze afstand kon hij gewoon niet missen.
'Godverdomme, blijf staan!' brulde Nick. Hij rende naar voren, knipperde het bloed uit zijn ogen en voelde hoe hij begon te trillen als een kind dat zonder jas in de koude regen liep. Hij leunde tegen de motorkap van de truck, drukte zijn ellebogen op de kap en gleed in een schiethouding. Het was een goede positie. Hij had Bob precies in de inkeping achterop en de korrel voor op het pistool.
Bob zelf knipperde ook wat bloed weg, terwijl hij nadacht over deze nieuwe situatie.
'Leg de hond neer, je handen achter je nek en ga op je knieën zitten, Swagger. Ik zweer het, als je wat raars uithaalt dan schiet ik je ruggegraat aan diggels. Dit zijn *Glasers.*'
'Jezus, Big,' zei Bob, 'als jij me neer wilde schieten, had je het al lang gedaan.'
Toen knipoogde de klootzak naar hem! En hij draaide zich om en begon weg te lopen, de hond onder zijn arm, de Winchester karabijn onder de andere.
Schíet hem néér! beval Nick zichzelf. De trekker was als een vloek tegen zijn vinger. Hij wilde die vloek maar al te graag uitbannen, om een eind te maken aan al zijn falen.
Maar voor het doodschieten van een man zijn twee dingen nodig: een overweldigende angst voor je eigen dood, die Nick absoluut niet had; of overtuiging. En het bleek dat hij ook die component miste.
Hij miste niet verticaal, maar horizontaal, dacht Nick maar steeds terwijl hij daar stond en Bob weg zag rennen.
Bob bereikte het veld en schoot er zo'n honderd meter overheen naar een, zoals Nick nu zag, plattelandsbegraafplaats die ook wel eens op een prentbriefkaart stond, gelegen onder een groot dak van oude bomen, vlak

bij een vervallen, houten kerk. Hij zag Bob over de stenen muur klimmen en daar, tussen de verzakte, zwartgeworden grafstenen, de hond neerleggen in een, hoogstwaarschijnlijk, al op maat gegraven gat en een schop pakken, die ook al deel uitgemaakt moest hebben van het meesterplan. Met zeven krachtige halen bedekte hij de hond met aarde. Toen raapte hij de Winchester op en ging de kerk binnen.
Nu hoorde Nick de auto's naderen, maar ze zouden niet op tijd komen. Bob was in de kerk en plotseling rende er een klas zwarte kinderen door de deur naar buiten. Op dat moment stopte de eerste politieauto, terwijl de inzittenden hun Magnums en geweren in de aanslag hielden en dekking zochten. Toen arriveerde er een tweede, een derde en toen nog tien, toen twintig. In minder dan een minuut was er een heel leger agenten bij de kerk, alert en wachtend. Op dat moment kwam de laatste kerkganger, een gebogen zwarte heer de kerk uit.
Ze hebben hem te pakken, dacht Nick.
Iemand schreeuwde in zijn oor.
'Je hebt niet geschoten! Je had hem te pakken, godverdomme,' zei de stem. Hij draaide zich om. Het was een harde staatspolitieman. Achter hem keek zijn maat Nick minachtend aan.
Daar zal ik ook voor moeten boeten.
'Godverdomme,' zei een andere staatspolitieman, terwijl hij Bobs .45 omhooghield, na die in de truckcabine gevonden te hebben, 'hij is verdomme léég!'
Nick hoorde via een megafoon een oproep aan Bob zich over te geven. Even was het stil. Toen vulde de lucht zich met het geluid van schoten en draaide Nick zich vol afschuw om. De agenten schoten gasgranaten in de kerk. Hij keek toe hoe de zware granaten door de lucht vlogen en er witte rook, als vlokken katoen, uit de gebroken ramen van de kerk begon te stromen. Een rookwolk sprong te voorschijn, en een vlam, en toen een andere vlam uit een ander raam, en de kerk begon te branden.

Jack Payne stond buiten de afluisterwagen met zijn verrekijker. Boven zijn hoofd vloog een helikopter van het TV-Nieuws voorbij en even later schoot een bestelwagen van het TV-Nieuws langs, op weg naar de massa lichtflitsen en loeiende sirenes. Jack kon het gepraat van de agenten horen via het afluisterapparaat in de wagen.
'Godver, hij staat in brand. Dat droge hout.'
'Komt hij naar buiten?'
'Ik zie geen donder. Ik ga...'
'Nee, Victor-Michael-Drieëndertig, blijf op je post en hou je ogen open. Heeft iemand die verdomde FBI-mensen gezien?'
'Ze komen eraan, Charlie.'

Op dat moment stoven vier zwarte auto's langs Jack heen, op weg naar de kerk.

Maar het was te laat. Jack keek naar de rook die lui omhoogdreef. Door de verrekijker kon hij de vlammen zien.

'Jezus.'

Het was Eddie Nickles, die naast hem stond.

'Godver, ze hebben hem verbrand. Man, hij is nu helemaal geroosterd, verdomme.'

'Houd je bek,' zei Jack. Hij wist niet waarom, maar hij had de neiging de jongere man neer te slaan.

23

Shreck keek naar de brandende kerk. Toen die niet meer dan een rokende massa puin was, drukte hij op de *rewind*-knop en keek er nog eens naar.
En elke keer weer herhaalde een serieuze televisieverslaggever het nieuws ademloos.
'Achter mij ziet u de brandstapel van de beruchte Bob Lee Swagger, de man die geprobeerd heeft de president te vermoorden. Politieagenten van de staat Arkansas en van de FBI hebben hem naar deze herderlijke plaats achtervolgd na zijn dramatische poging het lijk van zijn hond te kidnappen. Na de oproep van de agenten om naar buiten te komen heeft Swagger het vuur op hen geopend. Een traangasgranaat heeft het oude bouwwerk in brand gestoken. De kerk heeft nu twee uur lang gebrand. Volgens de politie zal men pas tegen de ochtend door de, dan afgekoelde, puinhopen naar het lichaam van Bob Lee Swagger kunnen gaan zoeken.'
Shreck zag een tafereel uit de holocaust. De vlammen vraten zich een weg door het bouwwerk, van het dak naar beneden. Ze dansten er wild doorheen en veroorzaakten een trage, vettige rookkolom.
Hij drukte weer op de *rewind*-knop.
Het was donker in de kamer. Drie of vier mannen van Jack Paynes operationele eenheid zaten er en Dobbler was ook binnengekomen, een van de zeldzame keren dat hij zich buiten zijn celachtige, kleine kantoortje vertoonde.
'Draai het nog eens,' zei Shreck.
De televisiemensen, die er waren naar aanleiding van geruchten over federale activiteiten en door het afluisteren van de politiezenders op de radio, hadden goed werk gedaan. Ze hadden vanuit verschillende hoeken opnamen gemaakt. Vanuit een helikopter leek het op een lijkverbranding. Shreck zag de brandende kerk te midden van de devote kring van politieauto's, iets terzijde van het kleine bosje en de oude begraafplaats. Het hele beeld trilde van de hitte van de vlammen.
'Niemand kan daar levend uitkomen,' zei iemand in de donkere kamer.
'Man, die vent is gebakken.'
Toen sprak Shreck.
'Er is niets bewezen totdat ze het lijk gevonden hebben en een lijkschouwing gedaan hebben. Daarvoor zegt het niets.'
Maar toch keek hij er weer naar. De vlammen bulkten feloranje omhoog

terwijl ze zich een weg vraten door het oude gebouw, dat in een weiland te midden van bergen stond op een prachtige, zonnige dag in Arkansas.
'Ik denk dat het voorbij is, meneer,' zei iemand. 'Ik denk dat we er een streep onder kunnen zetten.'
'Maar waarom moest hij nou zoiets stoms doen voor een hond? Die vent was een schoft, maar hij was geen stommeling.'
'Maar hij was geobsedeerd,' zei Dobbler, in het donker. 'Die hond was belàngrijk voor hem. Voor hem was het niet stom. Voor ons wel, ja. Maar voor Swagger was het zo belangrijk dat hij er wel voor terug móest komen.'
'Ik geloof het pas als ze me zijn tanden brengen,' zei Shreck.
Zijn blik ging terug naar het televisiescherm. Hij drukte op de *rewind*-knop.

Hap vond hem de volgende dag.
'Hier, hier ligt hij, godverdomme,' riep hij nadat hij het luchtmasker, dat de mannen droegen om zich te beschermen tegen de wolken as, omhooggeschoven had. Er kropen twintig agenten en vijftien staatspolitiemannen op handen en voeten tastend en zoekend door de overblijfselen van de *Aurora Baptist Church*, terwijl de verslaggevers zo'n honderd meter verderop, als toeschouwers bij een carnaval, op afstand gehouden werden door nog drie agenten en een touw.
De agenten verzamelden zich rond Hap. Nick drong zich door de menigte heen. Zijn hoofd deed pijn van het pak slaag dat hij gekregen had en hij was bang dat de hechtingen het niet zouden houden, maar hij moest dit zien.
Wat er overgebleven was van Bob Lee Swagger was niet prettig om te zien. Bobs gezicht was weggevreten door de vlammen en daardoor waren zijn tanden, even zwart geblakerd als de andere restanten van hem, bloot komen te liggen. Zijn ruggegraat was kromgetrokken; die leek op een boog van een Apache indiaan, een beetje gekrompen en met veel inkepingen. De rest van zijn lichaam was een samenraapsel van losse lichaamsdelen, zwart als kool, zonder enige verbinding.
Een van de agenten liep weg om over te geven.
Staande in wolken van asstof in het geraamte van de oude kerk schoof Nick zijn masker omhoog en zag wat er gebeurd was. Tijdens zijn laatste moment op aarde, terwijl de ongelooflijke hitte hem al begon te verzengen, was Bob naar het altaar toe gekropen. Het vuur verzengde hem en spuwde zijn beenderen uit. Hij had zijn plicht gedaan; hij had die verdomde hond begraven. Dat was zo belangrijk voor hem, belangrijk genoeg om ervoor te sterven. Was dat edelmoedigheid of totale krankzinnigheid? Moeilijk te zeggen; en op de een of andere manier was dat ty-

pisch Bob Swagger. En daarna viel er niets meer te doen. Wat al zijn gewapende en gevaarlijke vijanden niet voor elkaar konden krijgen, had een enkele traangasgranaat in de dakbalken van de kerk binnen een paar seconden gedaan. Passend? Nee. Te veel pijn. Dood door het vuur was geen herschepping. Kruisiging was net zo pijnlijk, maar hier werd er een nagel door elke vierkante centimeter van je huid gedreven.

'Rot om zo dood te gaan,' zei iemand. 'Hij mag dan een engerd geweest zijn, maar het is rot om zo dood te gaan.'

'Wie gaat hem in een lijkenzak stoppen?'

'Ik niet,' zei Nick het eerst en het luidst. Hij had willen toezien hoe deze hele zaak uitgespeeld werd in de wetenschap dat zijn eigen einde – of tenminste dat van zijn carrière – naderde. Er was hier niets dat hij als relikwie wilde hebben; beenderen van heiligen, in wezen gewoon beenderen, maakten hem misselijk.

Hij liep de ruïnes van de kerk uit. Het voelde goed aan weer op vaste grond te zijn, in plaats van te schuifelen door as en verkoolde houtsplinters.

Hij stond terzijde terwijl anderen naderbij kwamen om te kijken. Hij vroeg zich af of het zo ook gegaan was in 1934 toen ze Dillinger te pakken gekregen hadden en iedereen kwam kijken en een vinger of een zakdoek in het bloed van de beroemde gangster doopte.

De verslaggevers voelden de ontdekking aan en werden onrustig. Nick kon ze naar voren zien dringen, tegen het touw aan. Het was Howard die ze tot rust bracht met het nieuws. Nick zag hoe de televisieverslaggevers zich om hem verdrongen en zag toen dat de fotografen klaar waren. Nu hadden de jongens van het lijkenhuis de restanten van Bob in een plastic zak gedaan. Ze waren tenminste zo netjes hem op een draagbaar te leggen, in plaats van de zak zo naar de bestelwagen van de lijkschouwer te dragen.

Nick voelde zich plotseling afgepeigerd en bedacht hoe plezierig het zou zijn als hij dit alles eindelijk achter de rug zou hebben. Hij had geen cent meer, want hij had alles uitgegeven om Myra te onderhouden en binnenkort zou hij geen baan meer hebben, maar ach, hij leefde nog en hij...

Toen zag hij iets dat hem misselijk maakte.

Hij liep naar de begraafplaats.

'Wat zijn jullie aan het doen, verdomme?'

Twee zwarte mannen groeven de hond die Bob begraven had op terwijl twee camera's het tafereel opnamen en twee televisieverslaggevers ervoor poseerden.

'Ik vroeg wat jullie daar deden.'

De zwarte mannen keken hem alleen maar dom aan.

'Hebben jullie toestemming om hier te graven? Dat is bewijsmateriaal.'

'Hé, chef,' zei een van de verslaggevers terwijl hij op Nick afkwam. 'Het is niets om u over op te winden. We doen alleen ons werk maar. U bent van de FBI, hè? En hoe voelt het nu Publieksvijand Nummer Eén...'
De microfoon werd onder zijn neus gedrukt en Nick zag de camera op zich afkomen. Hij zag ook dat Howard met een geschokt gezicht aan kwam rennen om het over te nemen.
'Nick,' riep Howard, 'Nick, je hebt geen toestemming om nu met de pers te praten. Meneer Baker, ik moet u verzoeken...'
Nick draaide zich om. De microfoon was er nog steeds, groot als een vuist en vlak onder Nicks neus en de verslaggever die, zoals Nick nu zag, behoorlijk wat make-up op had en wiens haar in verstijfde perfectie gelakt was, vroeg hem volkomen serieus wat hij gevóeld had toen hij de kerk zag branden...
'Nick, nee...'
Hij hoorde Howard roepen terwijl zijn vuist de korte afstand, misschien niet meer dan vijfentwintig centimeter, vooruit schoot en de interviewer recht op zijn mooie mond trof. Hij had zich in maanden niet zo goed gevoeld. De clown struikelde angstig achteruit, tanden en bloed uitspuwend, terwijl de hele menigte persjongens bevend ruimte voor hem maakte.
Nu was Nick helemaal woest geworden, draaide zich om naar de gravende mannen en brulde dat ze op moesten donderen, waarop ze er haastig vandoor gingen. Daar stond hij dus een ogenblik, al zijn vijanden overwonnen. Kijk mij eens, ma, ik voel me prima. Ik voel me príma.
Toen was Howard bij hem en verscheidene anderen trokken hem achterwaarts en duwden hem op de grond. Een staatspolitieman pakte hem veel ruwer aan dan noodzakelijk was.
'Nou kun je hard zijn tegen verslaggevers, hè?' snauwde hij, 'maar gisteren, toen het van belang was, durfde je niet.' En toen gaf hij Nick zo'n krachtige zet dat hij een paar passen achteruitdeinsde en zijn waardigheid volledig kwijt raakte.
Voor het eerst besefte Nick hoezeer die smerissen hem moesten haten. Hij had het nog niet goed overdacht, omdat hij de nacht in het ziekenhuis gelegen had nadat ze röntgenfoto's van hem gemaakt hadden en zijn wonden gehecht waren. Maar ja, hij had Bob in het vizier gehad en de trekker niet durven overhalen. Drie minuten later waren het staatspolitiemannen die Bob omsingelden, Bob, die volledig gewapend en een van de meest gevaarlijke schutters ter wereld was. Als hij gewild had, zou hij Arkansas vol weduwen van staatspolitiemannen hebben kunnen achterlaten, zelfs met die antieke cowboy-karabijn van hem.
'Nick, verdomme, kalm aan, kalm aan,' fluisterde Hap in zijn oor, terwijl hij hem in een tedere maar krachtige omhelzing hield. 'Verdomme, wat

heb je? Jezus, je hebt een verslaggever geslagen. Zo dadelijk klagen ze je aan wegens mishandeling en die jongens van de politie van Arkansas zijn nou niet precies je fans, weet je.'
'Ja, ja,' zei Nick gemaakt wrevelig terwijl de smeris langzaam wegliep, Nick tartend hem achterna te komen. Ondertussen had Howard de verslaggevers voor zijn rekening genomen en hen geprobeerd uit te leggen dat Nick 'overspannen' was.
Hij voelde zich gewoon doodmoe. Zelfs ademhalen ging hem moeizaam af. Als hij nou maar een paar eeuwen kon slapen en dan wakker worden en alles op een rijtje zetten, dan zou het misschien weer zinvol lijken.
Howard was weer terug. Howard had geen vocabulaire voor woede, omdat hij in wezen geen bruut was maar een samenzweerder en een gladprater. Maar nu was hij wóedend. Nick kon het zien aan de strakke blik in zijn ogen en de harde, rechte lijn van zijn kleine mond.
'Howard, het spijt me. Ik had gewoon niet door hoe gespannen ik was. Ik wilde echt niet...'
'Memphis, het is afgelopen. Het is genoeg geweest. Vanaf dit moment onthef ik je officieel van je taken. Je bent ontslagen van deze zaak en uit dit team. Ga terug naar het hotel om te douchen en je koffer te pakken. Ik laat iemand je naar het vliegveld rijden. Je neemt een vliegtuig naar god weet waar – het kan me niet schelen. Ik zal je formeel je ontslag toesturen zogauw de beoordelingscommissie vergaderd heeft, maar vanaf nu ben je officieel op non-actief gesteld, zonder betaling, in afwachting van de beslissing van de commissie.'
'Howard, ik wil...'
'Memphis, houd je mond dicht. Jouw betrokkenheid bij de zaak is een ramp geweest. Het was mijn grootste vergissing. En nu opgedonderd. Ik wil je hier niet meer zien.'
'Oké, Howard. Het spijt me. Ik wilde alleen maar een goede FBI-agent zijn. Het spijt me dat ik er een puinhoop van gemaakt heb.'
Nick draaide zich om en liep naar zijn auto. Hij voelde zich licht in zijn hoofd. Hij had de aandrang om over te geven. Hap stond op hem te wachten.
'Nick, ik zal wel rijden. Ik geloof niet dat jij dat op het moment kunt. Ik denk dat het de reactie op de gebeurtenissen is.'
'Ik ben net ontslagen, Hap.'
'Ik weet het, Nick. Het spijt me echt.'
'Kun je me naar het vliegveld brengen? Nadat ik me gedoucht heb, bedoel ik?'
'Natuurlijk. Er gebeurt hier toch niets anders dan dat ze het puin gaan doorzoeken. En wachten op het voorlopige rapport van de lijkschouwer.'
Ze zeiden weinig op weg terug naar het motel. Nick douchte zich vlug,

smeet zijn kleren in een koffer en stond binnen twintig minuten klaar voor de rit naar Little Rock. Tijdens de rit viel hij zelfs in slaap. Terwijl ze naar de ingang van het vliegveld reden – om 5.45 was er een vlucht naar New Orleans – maakte Hap hem wakker.
Tijdens de vlucht sliep hij ook. Om een uur of zeven kwam hij aan. Het stationsgebouw was bijna verlaten en er stond natuurlijk niemand op hem te wachten.
Hij liep door de lege gangen naar de straat en nam een taxi naar huis. Dat kostte hem negentien dollar.
Thuis was het ook leeg. Hij voelde de afwezigheid van Myra als een scherp gemis. Hij probeerde niet te veel medelijden met zichzelf te hebben, want hij was nog jong – tamelijk jong tenminste, en hij wist dat de meeste mensen hem mochten en dat hij het in zich had een goede politieagent te zijn, hoewel misschien niet op federaal niveau.
Gewoon niet geschikt voor het grote werk, dacht hij somber. Hij haalde een blikje bier uit de koelkast en dronk het leeg terwijl hij naar CNN keek, maar het smaakte naar niets.
Op de televisie zag hij hoe ze het lijk van de hond door die twee zwarte mannen uit het graf hadden laten halen. Het was een close-up van de zak, een beetje ineengekrompen, met het lijk erin, die hij de dag tevoren van het lijkenhuis naar de auto gebracht had. Dat was een vreemde dwaze dag geweest. Het was moeilijk te geloven dat dat nog maar achtenveertig uur geleden was. Het leek tot een ander geologisch tijdperk te behoren.
'En nu dit,' zei de CNN-omroeper, een strenge, indrukwekkende zwarte man die op zijn plaats zou zijn geweest op de brug van een torpedobootjager. 'Lijkschouwingsdeskundigen van de FBI hebben aan de hand van het gebit de identiteit van het lijk, gevonden in de ruïnes van de *Aurora Baptist Church* bij Blue Eye in Arkansas, bevestigd als dat van Bob Lee Swagger, de marineheld die op de president van de Verenigde Staten geschoten en de aartsbisschop van El Salvador gedood zou hebben, en die vijf weken lang de meest gezochte man van Amerika geweest is. De doodsoorzaak was een geweerschot, zichzelf toegediend door het verhemelte in de hersens, terwijl Swagger ingesloten werd door de vlammen.'
Dus, dacht Nick, je stak de loop van het geweer in je mond en haalde de trekker over.
Het was passend dat niemand anders dan Bob Swagger zelf een einde aan zijn leven gemaakt had en daarmee voor altijd geheimen verzegeld had.
'Nou,' zei Nick tegen niemand in de kamer behalve tegen de klok, de omroeper en het blikje bier, 'wij hebben hem te pakken gekregen. Hoera voor ons.'

Julie Fenn hield zichzelf goed en wist op de een of andere manier de dag door te komen. Er was nog steeds een kleine kans, een gebed, íets. Terwijl ze door het felle licht van de namiddag naar huis reed, klampte ze zich eraan vast. Maar met de avond kwam het bewijs van het gebit en dat betekende het einde. Dat was het dan.
En op de een of andere manier wist ze ook door de volgende dag heen te komen. Het was niet makkelijk, maar ze was een sterke vrouw en had vele jaren ervaring in het inhouden van ellendige gevoelens. Maar genoeg was genoeg. De volgende dag belde ze naar haar werk en zei dat ze wegens familieomstandigheden een paar dagen vrij moest nemen. Dokter Martin zei dat dat in orde was, hij begreep het, maar er klonk iets door in zijn stem waaruit bleek dat hij het niet begreep. Maar dat kon haar niets schelen. Dokter Martin was zesentwintig. Hij had Julie veel meer nodig dan zij hem. Wie leidde de kliniek anders als zij het niet deed?
Dus zat ze in haar caravan en probeerde te huilen. Maar ze merkte dat ze niet kon huilen. Ze kon het niet en ze kon ook geen opluchting voelen. Het was altijd mogelijk geweest, vanaf die eerste seconde, toen er op de deur geklopt werd en zij die geopend had voor de man waarvan zij gedroomd had, de man die ze liefgehad en gehaat had, twintig jaar van lange nachten, die haar leven aan stukken gebroken had. Ze had gearresteerd kunnen worden als medeplichtige, of zoiets. Dan zou er tenminste die vreselijke roem zijn waarbij iedere engerd in de wereld denkt dat je zijn bezit bent en dat hij mag doordringen in elk aspect van je leven. En dan zie je dezelfde, slechte foto van jezelf in duizend kranten en niemand die met je probeert te praten of je fotografeert geeft in werkelijkheid ook maar iets om jou. Je bent gewoon het slachtoffer van die week.
Maar de wetenschap dat dat niet zou gebeuren, dat dode mannen niets vertellen en geen getuigen aangeven, bracht haar in het geheel geen soelaas. Zij wilde Bob gewoon bij zich hebben, haar Henry Thoreau met een geweer, de grappige manier waarop hij gezegd had: ‘Hij ging ook op zichzelf wonen.’ Het had haar ontroerd, dat trotse beetje kennis over een transcendentaal filosoof uit New England van ’s werelds beste mensenjager.
Zo plezierig om een man in huis te hebben.
Ze zette de televisie aan, want het was tijd voor het nieuws. NBC. Tom Brokaw keek deze avond ernstig en bezorgd. Hij vertelde het verhaal van Bob voor de zoveelste keer, het tragische verhaal van de Held van de Mariniers die de zoon van een held van de mariniers was en die tragisch afgedwaald was in zijn verbitterdheid en die toch zo heldhaftig gestorven was, dat iedereen hem ergens toch wel moest bewonderen. Het was het feit van de hond dat Bob tot een ongelofelijke nationale beroemdheid

maakte als hij, in zijn huidige staat van meest gezochte man van Amerika, nog beroemder kon worden.
'En zo,' besloot Brokaw, terwijl er een goedkoop ironisch toontje in zijn stroperige stem doorklonk, 'is een gewelddadig man, die een bisschop gedood zou hebben, gestorven omdat hij een onschuldig dier laatste eer wilde bewijzen.'
Toen kwamen er andere onderwerpen. Hondenliefhebbers hadden een petitie gehouden om ervoor te zorgen dat de hond begraven zou worden waar Bob dat gewild had. Er was een interview met een generaal van het Salvadoriaanse leger, die er zijn genoegen over uitsprak dat de moordenaar van de aartsbisschop de uiterste prijs betaald had, maar die enigszins verbijsterd was dat die man een soort gloed van heiligheid gekregen had vanwege zijn genegenheid voor een dier, terwijl hij dat dier in feite zelf gedood had en vervolgens de aartsbisschop. Men vroeg hem naar het bloedbad van het Panter Bataljon en hij zei dat er goede vooruitgang geboekt werd met het onderzoek.
Toen toonde NBC beelden uit Blue Eye en een interview met Sam Vincent, een advocaat, en die vroeg zich af waarom de FBI en de staatspolitie Bob hadden vermoord, want niemand had nog in een rechtbank bewezen dat Bob schuldig was. Maar de verslaggever bleef maar terugkomen naar de hond, de hond, de hond, hoeveel had Bob van de hond gehouden?
'O,' zei Sam ten slotte, 'ja, ik neem aan dat hij wel van die hond hield, maar Bob had een verdomd, praktische trek over zich en ik kan me absoluut niet voorstellen waarom hij zoiets stoms deed.'
De oude man keek met knipperende ogen in de camera.
'Hij was geen stommeling,' zei Sam Vincent, 'dat kan ik je verzekeren.'
Toen spuwde hij in het stof en liep weg.
Het verbijsterde haar ook en die nacht dacht ze erover na en probeerde de zin ervan in te zien. Het was een slapeloze nacht. Eén keer soesde ze weg en werd een uur later wakker met een hoofd vol herinneringen.
'Bob? Bob Lee?' riep ze in het donker. Er was geen reactie. Ze hoorde wat getik, wat vage andere geluiden, het geluid van een auto op de weg en, ver weg in de woestijn, het gehuil van een coyote. Maar verder was er niets. Of wel? Ze voelde iets, een aanwezigheid, of misschien gewoon dat ze bespioneerd werd. Ze huiverde en tastte onder het bed naar de Smith & Wesson .32 revolver, maar die nacht werd ze met rust gelaten.

Nick zat de hele verdomde avond voor de televisie, drinkend en nietsziend. Om een uur of elf, niet dronken maar een beetje wazig, wankelde hij naar bed. Die nacht had hij een droom waarin Bob Lee Swagger en Myra voorkwamen, evenals die vreselijke val de berghelling af. Weer zag hij de groene takken tegen de voorruit slaan, tot die kapotging. Toen zag hij de post van het portier op hem afkomen en stootte hij zijn hoofd ertegen.

Myra! schreeuwde hij in zijn droom, Myra, het was niet mijn bedoeling. Toen hij uit de truck stapte en naar zijn kleine .38 greep, zag hij Bob Lee Swagger en Myra over het gras dansen. Myra was blootsvoets en even levendig als een volksliedje. Haar hele gezicht straalde plezier uit.

Stop of ik schiet, schreeuwde hij, terwijl hij het kleine pistool stevig in zijn grote hand hield. Toen vuurde hij. In de droom vuurde hij even zeker als hij dat in het echt niet gedaan had. Myra's rug spatte zwart bloed en ze viel neer en huilde: Nick, je hebt mijn ruggegraat doodgeschoten, je hebt mijn ruggegraat doodgeschoten. En Howdy Duty was er ook en vertelde hem wat een slecht werk hij gedaan had en hoe hij zijn carrière geruïneerd had. En Bob danste weg de vlammen in.

Nick zat rechtop in bed en knipperde met zijn ogen. Hij was doorweekt van het zweet. Iemand schreeuwde. Hij was het zelf.

Daarna had hij moeite weer in slaap te vallen, hoewel hij rond zonsopgang mogelijk even wegdoezelde. Ten slotte was hij om ongeveer half negen in de ochtend klaarwakker, onzeker en met een kater. Zijn hoofd deed pijn en hij moest zich scheren. Dit was dus het leven na de FBI. Weer een zinloze dag die zich voor hem uitstrekte. Hij had geen zin verder te gaan, maar besloot uit gewoonte zich te scheren en een kop koffie te drinken. Toen trok hij een licht zomerpak aan en een wit overhemd, net alsof hij gewoon naar het kantoor ging.

Ik ga toch naar het kantoor, besloot hij. Hij moest zijn bureau uitruimen, afscheid nemen en hij moest nog wat administratie verzorgen. Het was de enige plaats waar hij zich gelukkig gevoeld had, en hoewel dat geluk niet onecht was, besefte hij, kon hij er zich niet van afwenden. Oké, ik ga, dacht hij. Vroeg of laat moet het toch. Ik kan het net zo goed nu doen.

Nick reed naar het centrum, parkeerde op zijn gebruikelijke plaats en ging naar boven met de gebruikelijke lift. God, het was allemaal zo bekend. Hij kon zich niet voorstellen dat hij dit nooit meer zou doen. Hij liep naar binnen, door de hal en deur met het opschrift ALLEEN VOOR PERSONEEL en verder de gang door. In alle ruimtes waren al mensen bezig. Klerken werkten aan dossiers of zaten voor computers, secretaressen typten, speciale agenten liepen met een air van gewichtigheid rond. Nick kende de ritmes van het gebouw, de geur van de vertrekken, en wist wie van de drie mensen die de koffiemachine verzorgden de beste koffie zette, en wanneer de hoofdagent binnen zou komen en hoe lang hij over zijn lunch deed en wat er gebeurde als hij binnenkwam en wat als hij dat niet deed, en wie er deze week in de rechtbank zou getuigen en wie niet. Hij kende de snelste weg het gebouw uit. Hij wist waar de geweren en M-

16's bewaard werden voor aanvalsgebruik; hij wist wie deze week leider van het aanvalsteam was (iedere week was dat iemand anders); hij wist wie nieuw was in het kantoor en wie spoedig gepensioneerd werd, en wie produceerde en wie niet en – een subtiel verschil – wie leek te produceren, maar het in feite niet deed.

En hij hield er zo verdomd veel van.

Hij ging de grote ruimte waar de agenten aan hun bureaus zaten, binnen. Op een politiebureau zou de ruimte de Teamkamer genoemd worden, maar hier heette hij gewoon de cel. Het was er vandaag verrassend rustig, want Howdy Duty had natuurlijk voornamelijk agenten uit New Orleans gekozen voor de grote actie in Arkansas. Nick ging naar zijn bureau, nam zijn sleutel uit zijn zak en opende het bureau.

Op een normale dag zou hij nu zijn pistool afdoen en in de bovenste lade, rechts, stoppen. Vandaag had hij geen pistool.

In plaats daarvan opende hij de grote la in het midden. Er was zo weinig te zien. Een paar dossiers van zaken die hij voor anderen bedoeld had, een paar potloden, een paar notitieblokken. Dat was alles. De lade was zo leeg.

Voor hem aan de muur hing een foto van Myra, vijf jaar geleden genomen. Hij was van zeer dichtbij genomen en ze glimlachte en het zonlicht scheen op haar gezicht. Je kon haar gebrek niet zien. Ze zag eruit als een vrolijke, knappe jonge vrouw die haar hele leven voor zich had.

Op het bureau zelf lag de *Annotated Federal Code* en de grote, groene *Federal Bureau of Investigation Regulations and Procedures*, plus een stapel formulieren met doordruk voor het rapporteren van gebeurtenissen, voor het registreren van onderzoeksrapporten, voor het vastleggen van arrestatiebevelen en een klein, roze stapeltje memo's, dat, snel doorgebladerd, niets belangwekkends opleverde.

'Nick?'

'Nick?'

Hij keek op. Het was een knaap die Fred Sandford heette, een andere speciaal agent. Nick kende hem niet zo goed. Hij was niet meegeweest naar Arkansas.

'Hallo, Fred.'

'Hé, ik wilde je alleen maar zeggen dat het me spijt hoe het daarginds voor je afgelopen is. Ik weet zeker dat je er niets aan kon doen.'

'Ik heb gewoon mijn best gedaan,' zei hij, 'en het liep gewoon niet zo goed als ik gehoopt had.'

'Ik wilde je ook nog zeggen dat mijn broer politiechef in Red River in Idaho is. Je bent altijd een goede detective geweest, Nick. Ik kan hem eens bellen. Misschien zoekt hij wel iemand.'

'Eh, bedankt. Op dit moment weet ik nog niet zeker of ik bij de orde-

handhaving blijf. Te veel drukte voor te weinig bevrediging en te weinig geld.'
'Zeker. Je hebt helemaal gelijk. Maar, als je van gedachten verandert...'
'Dat waardeer ik, Fred, echt waar. Ik denk eraan om terug te gaan naar de universiteit om mijn doctoraal te halen. Misschien ga ik dan lesgeven. Iets plezierigs en rustigs.'
'Natuurlijk. Wat je zegt.'
Toen was hij weer alleen. Hij nam de foto van de muur en haalde het dossier LANZMAN te voorschijn, in de hoop dat een laatste bestudering een patroon zou blootleggen dat hij tot nu toe niet gezien had. Maar weer liep het op niets uit. De reden waarom die arme kerel zo lang geleden op een zo vreselijke manier aan zijn einde gekomen was in die motelkamer bij het vliegveld, zou volledig onbekend blijven, RamDyne of geen RamDyne. Iemand doodde hem en zou er niet voor gestraft worden. Jammer. Je probeerde me te bereiken en iemand nam je te grazen met een miljoen dollar aan elektronische apparatuur, en de moord valt gewoon door de mazen heen, zoals éénenzeventig procent van alle misdaden in dit land en daar kan ik geen donder aan doen.
Toen kwam Haps secretaresse, een overgedienstige vrouw die Doris Drabney heette, langs. Er stond geen sympathie in haar ogen of op haar gezicht, maar hij zag ook geen huichelarij. Er was gewoon niets op haar gezicht te zien. 'Je moet nog wat papieren tekenen,' zei ze.
Nick was een beetje bang voor haar.
'Je bedoelt, over de, eh...'
'Je non-actief, ja. Kom op weg naar huis even langs mijn bureau, alsjeblieft.' En toen draaide ze zich om en liep weg.
Nick keek haar na. Er was iets stijfs en gewrichtloos aan de manier waarop ze zich bewoog. Ze was een van die personen die zich zo lieten opslokken door de FBI dat die haar hele leven vulde. Totdat de FBI haar persoonlijkheid werd. Ze was een beroepskracht op de ergst mogelijke manier, zo opgaand in het bureauleven dat een ander leven zelfs niet eens mogelijk was.
Nou, dacht hij, dat zal mij niet gebeuren. God mag weten wat dan wel, maar dat niet.
En plotseling had hij niets meer te doen.
Hij keek neer op de kartonnen doos met daarin zijn weinige bezittingen. Toen keek hij om zich heen naar een vriend, een collega, iemand om hem te omhelzen of hem aan te kijken, of aan te geven dat men hem nog mocht, of Jezus, dat hij nog leefde. Maar overal in het bureau leken de andere agenten te druk bezig te zijn. Er was een soort stilte over hen gevallen.
Ja, oké, ik snap het, dacht hij.

Hij ging naar Doris Drabney, die stijf achter haar bureau zat.
'Ja, ja, je moet eens kijken, je moet dìt en dìt en... o ja, dìt tekenen.'
Zonder iets te voelen tekende hij de formulieren. Eén ervan had te maken met zijn overheidskrediet, één had te maken met zijn verzekeringspolis, die na dertig dagen vanaf vandaag ophield van kracht te zijn, en één was een formele erkenning van het feit dat hij voor onbepaalde tijd en zonder betaling op non-actief gesteld was, afhankelijk van een vergadering van de beoordelingscommissie met betrekking tot zijn zaak enzovoort, enzovoort.
'Is dat alles?'
'Dat is alles. Je krijgt wel bericht van de hoorzitting.'
Het is gedaan met me, dacht hij.
'En je laatste loon wordt ingehouden tot je het pistool terugbrengt.'
'Wàt?'
'Nick, dat Smith & Wesson Model 1076 dat je kwijtraakte tijdens het incident van de toespraak. Dat was overheidseigendom. Vergeet je niet dat je een verloren-tijdens-het-werk-rapport hebt ingediend? En dat het werd afgewezen? Je moet dat pistool betalen. Het kostte vierhonderdvijftig dollar.'
Hij keek haar zwijgend aan.
Dat pistool is nu waarschijnlijk versmolten met Bob Swaggers beenderen, dacht hij. Of het ligt in een moeras of een oceaan, of daar waar Bob dan ook geweest was voor hij stierf.
Hij draaide zich om om weg te gaan.
'O, en je moet ook even spreken met Sally Ellion van de afdeling Dossiers.'
O! Sally! Ze was een klein, knap, zeer zuidelijk meisje met, wat mensen noemden, 'persoonlijkheid'. Ze had al honderden vrienden gehad en liet de ene na de andere vallen voor de volgende. Hij had haar op de een of andere manier altijd gemogen, ondanks het feit dat ze hem een beetje angst aanjoeg. Wat zou zij in godsnaam willen?
'Waarvoor?'
'Ik heb geen flauw idee.'
Dus dit was het laatste. Hij ging op zoek naar de jonge vrouw, die natuurlijk haar lunchpauze had en hij moest een half uur wachten tot zij terugkwam van de cafetaria. Hij voelde zich dwaas en belachelijk. Eindelijk zag hij haar binnenkomen, vrolijk lachend en met een lichte zwaai van haar schouders terwijl ze liep. Ze had waarschijnlijk elke avond van haar leven een afspraak gehad, dacht Nick. Haar zaterdagavonden waren één lang feest. Ze had waarschijnlijk ook altijd afspraken met voetbalspelers. Hij keek naar haar en voelde zich nog dieper wegzakken in zijn depressie.

'Hallo, eh, Sally, eh, iemand zei...'
'Nick, hallo! Heb ik je laten wachten? Goh, dat spijt me. Die vingerafdruktechnici. Ze wilden me gewoon de cafetaria niet uit laten gaan.'
Geweldig. Hij had hier gezeten als een vis aan een lijn, Howards nieuwste trofee, zodat het hele kantoor hem kon bewonderen, terwijl die luie clowns zich bezighielden met Sally.
'Maar goed,' ging ze verder. 'Ik heb iets voor je. Het is vandaag net binnengekomen. Waar ben je geweest? Ik heb gisteren naar Arkansas gebeld en ze zeiden dat je weg was, maar je bent hier gisteren niet meer geweest.'
'Eh, ik heb mezelf een vrije avond gegund. Je weet wel, een beloning voor een goed verrichte taak.'
'Ssst,' zei ze. 'Zeg dat niet te hard. Iemand zou je kunnen horen en denken dat je het meende.'
'Wat dat betreft kan ik niet meer gekwetst worden. Maar goed, wat is er, ik moet echt...'
'Het is maar ten dele officieel. Ik wilde je iets zeggen. Ik wilde je vertellen hoe ik je bewonderd heb voor wat je voor je vrouw gedaan hebt. Hoe je bij haar gebleven bent. Ik vind dat geweldig. Er zijn niet veel mannen die zoiets gedaan zouden hebben.'
'O,' zei Nick, van zijn stuk gebracht. 'O, nou ja, het leek me gewoon het enige dat ik kon doen, dat is alles. Weet je, ik hou er niet van om zaken halverwege in de steek te laten. Zo ben ik nu eenmaal. Dat is alles. Koppig. Stom, maar koppig. Net als een muilezel.'
Ze lachte.
'Nou,' zei ze, 'dat is geweldig. Zo zijn er niet veel. Heel veel mensen hebben jou in de steek gelaten.'
'Mmm,' gromde Nick, die niet wist wat hij nu nog moest zeggen. 'Ja. Mmmm.'
'Maar góed,' zei ze, na een minuut waarin het ten eerste duidelijk werd dat ze wilde dat hij iets zei als: 'Zeg, waarom gaan we niet eens ergens lunchen of wat drinken?' en ten tweede dat het hem niet lukte ook maar een begín te maken met die uitnodiging, 'maar góed, ik dacht dat je wel wilde weten dat het gekomen is.'
Haar ogen waren helder en lief. Ze was zo knap. Het maakte hem kwaad dat ze zo knap was op de laatste dag van zijn carrière en dat zij gewoon maar doorkletste over dingen die hij niet begreep.
Nick knipperde met zijn ogen.
'Hè?'
'Je weet wel. Herinner je je de laatste keer dat ik met je praatte niet meer?'
Hij kon het absoluut niet meer op een rijtje zetten in zijn hoofd.

'Jij wilde dat dossier uit Washington, maar zij wilden het niet opsturen, omdat je geen fiat had.'
'Jíj?' vroeg hij verbijsterd. 'Maar daar heb je de handtekening van een hoofdagent voor nodig en, eh, ik bedoel...'
'O, meneer Utey heeft getekend. Hij wist niet precies wat het was en daarbij had hij het zo druk dat het hem weinig kon schelen, denk ik, en jij was zijn rechterhand en zo.'
Hij besefte plotseling in een verbijsterende flits dat Sally Ellion zo bezig was het favoriete meisje van het kantoor te zijn, dat ze nog niet door had dat hij ontslagen was.
Ze glimlachte weer.
'En je hebt het. Het fiat.'
'Hmmm,' zei hij. Hij wist niet precies waar dit toe zou leiden.
'En dus gaven ze toestemming dat je een kopie kreeg. Ik heb het net van de repro-afdeling gekregen.'
Ze gaf hem een dikke stapel computerpapier.
Erboven stond TOP GEHEIM/ALLEEN VOOR HOGER PERSONEEL.
Nick keek ernaar.
Het was het RamDyne-dossier.

24

Shreck, nu alleen in zijn kantoor, was verbaasd over het feit dat hij zo weinig uitgelatenheid voelde. Het deed hem denken aan hoe hij zich voelde toen hij in 1953 in Korea een heuvel afkwam. Hij was toen zeventien jaar oud. Geen opluchting, geen schuldgevoel, alleen maar een soort verdoofdheid. Hij wist dat het een klassieke post-gevechtspsychose was. Emotionele en fysieke leegloop en als je dan weer kracht opdeed, verviel je in een staat van verdoving.

Maar het was hem maar eenmaal overkomen, in Korea, omdat het zo nieuw voor hem was. In alle andere operaties die eindigden in triomf of bitterheid, maar altijd in overleving, had hij zich ongelofelijk verlicht, opgeladen, héél gevoeld. Die verdomde Swagger had hem werkelijk geïrriteerd. Een harde kerel, een gevaarlijke kerel, net het soort kerel dat de hele boel kapot kon laten gaan. Toen het telefoontje ten slotte kwam, was het een soort anticlimax. Dobbler had de contactpersoon bij de FBI zonder problemen kunnen ontmoeten en die had hem het feitelijke forensische rapport, compleet met röntgenfoto's, overhandigd. Vanaf dat moment babbelde Dobbler maar door tegen Shreck, kon zich niet beheersen, sprak te duidelijk, en kletste te veel. Maar waar het om ging was duidelijk. De röntgenfoto's klopten. Alles was prima. Bob was dood. Het was voorbij.

Shreck voelde zich een beetje verlicht, maar niet veel. Hij was een man van weinig pleziertjes; alleen plicht en de taak beschouwde hij als zodanig. Maar dit was werkelijk zijn grootste triomf. Hij dacht eraan dit weekend te gaan kleiduivenschieten. Misschien zou hij een nieuwe auto kopen. Maar hij wilde voornamelijk…

Toen ging de beveiligde telefoon.

Hij keek er een seconde naar voor hij hem opnam.

'Shreck.'

Het was Hugh Meachum.

'Kolonel, we hebben een probleem.'

TOESTEMMING *LANCER* NOODZAKELIJK.

ALS U GEEN TOESTEMMING VAN *LANCER* HEEFT, STOP DIT DOSSIER DAN DIRECT TERUG IN DE MAP, SLUIT HEM AF EN BRENG HEM TERUG NAAR HET PUNT VAN UITGIFTE. U MOET DE *LANCER*-COMMISSIE OP DE HOOGTE STELLEN ALS U DIT DOSSIER OP EEN ONGEAUTORISEERDE WIJZE ONDER OGEN GEKREGEN HEBT.

Nick keek er verbijsterd naar. Tijdens zijn jaren bij de FBI was hij een aantal vreemde bevelen tegengekomen, maar dit had hij nog nooit meegemaakt. Hij knipperde met zijn ogen, maar de waarschuwing verdween niet. Hij voelde zich bijzonder schuldig. Praktisch vanaf zijn geboorte had Nick gehoorzaamd aan regels, opschriften, bevelen, richtingaanwijzingen, snelheidsbeperkingen, wettige bepalingen, alles. Maar tegelijkertijd was de opwinding van het illegale van wat hij deed heerlijk en duizelingwekkend, zelfs nu hij nauwelijks adem kon halen en zijn hoofd pijn deed op de plaats waar hij het tegen het portier van de truck gestoten had.

Hij zat in zijn souterrain. Het was al over negenen en na de hele middag gewacht te hebben was hij eindelijk de trap afgekomen, had het licht aangedaan en was gaan zitten in een oude tuinstoel. Het rook er naar vocht en hout en olie. De kale lamp trilde een beetje. Verder was het doodstil.

Lancer, dacht hij, terwijl hij nogmaals diep adem haalde.

Lancer? Hij wist dat de FBI en de CIA in hun vele jaren van operationeel bestaan elkaar vaak in de wielen gereden hadden. En soms deed de CIA, strikt gecontroleerd (in theorie, tenminste) iets dat in strijd met de wet was. Dus moest de *Lancer*-commissie die elite-groep op het hoogste niveau van de FBI zijn die op de hoogte gehouden werd van deze malversaties en ervoor zorgde dat geen FBI-operatie actief werd om de dader te grijpen en daarbij een geheime daad van de CIA blootlegde, of CIA-personeel in gevaar bracht.

Dat was, vermoedde hij, de *Lancer*-commissie.

En terwijl hij naar de vroegste documenten keek, zag hij dat de *Lancer*-commissie al zeer lang geleden haar macht had laten voelen.

LANCER ADVISEERT GEEN VERDERE ACTIE IN DEZE ZAAK. NATIONALE VEILIGHEIDSBELANGEN STAAN OP HET SPEL (ZIE ANNEX) was een van de eerste van dergelijke verordeningen, gedateerd in 1964, toen agenten in Los Angeles een pakhuis ontdekt hadden dat vol lag met vijftienhonderd Armalite-geweren die op weg waren naar de presidentiële garde van het, toen onbekende, land, Vietnam. Toen hij verder las ontdekte hij dat het pakhuis het eigendom was van een zaak die RamDyne *Security* heette, met een adres in Miami. Hij floot. Hij wist dat Armalite de eerste naam was van het geweer dat later de M-16 heette, toen het in gebruik genomen werd door het leger en het Korps Mariniers van de Verenigde Staten. Wie er ook de hand kon leggen op Armalite's in zo'n grote hoeveelheid, vóór ze officieel in gebruik genomen werden, wist *a.* dat ze in gebruik genomen zouden worden en *b.* investeerde er veel geld in. Wie kon dat zijn? Er was maar één antwoord.

Dus dat betekende dat RamDyne de CIA was.

Of niet?
Terwijl hij door de documenten bladerde, begon de zinsnede *LANCER* ADVISEERT GEEN VERDERE ACTIE IN DEZE ZAAK. NATIONALE VEILIGHEID STAAT OP HET SPEL (ZIE ANNEX B) plotseling regelmatig op te duiken. RamDyne *Security* en de *Lancer*-commissie hadden het zeer druk aan het eind van de jaren zestig, begin jaren zeventig. Steeds weer verscheen het fiat met betrekking tot verschepingen van Bangkok naar Manila – en niet voor enveloppen, vermoedde Nick. RamDyne *Security* had een contract om Zweedse K's te importeren naar iets dat de SOG – *Special Operations Group* – heette en zijn basis vlakbij de grens met Laos had. RamDyne *Security* kocht tienduizend overbodige M-1 karabijnen van de republiek Taiwan en verscheepte ze naar Phnom Penh in Cambodja voor ongespecificeerd gebruik. RamDyne *Security* importeerde tweeduizend paar Hiatt-handboeien voor de politiemacht van Saigon. RamDyne *Security* verscheepte vijftig verouderde T-28 trainingsvliegtuigen naar de luchtmacht van Cambodja. RamDyne groeide en groeide en werd rijk terwijl de oorlog zich uitbreidde.
Maar tegen het midden van de jaren zeventig had de actie zich verplaatst. Het materiaal doorlezend, merkte Nick gefascineerd op dat RamDyne connecties had in het Midden-Oosten. Het was bijvoorbeeld de tussenhandelaar van de M-16's die de Israëlische commando's in Entebbe gebruikten en voor veel van de zeer geavanceerde elektronische apparatuur die de specialiteit was van de Israëlische luchtmacht.
Wie zijn zij? vroeg Nick zich af. Want hoewel hij meteen zag dat alles wat RamDyne deed in het belang van Amerika was, zag hij ook dat er enorme sommen geld bij betrokken waren voor apparatuur, training en kennis in…
… in oorlogsvoering?
Nu ja, niet precies. Wat RamDyne verkocht was iets dat, hoewel essentieel voor oorlogsvoering, niet precies oorlogsvoering was, en het was zeker niet volgens de normen. Nee, het was iets anders, een meer pure vorm van de rol van een regering.
RamDyne verkocht macht.
Dat was het: wapens, ondervraging, marteling, politiemethoden, financiele overboekingen, luchtvaartelektronica, wat dan ook… altijd: macht. De manier waarop een impopulaire regering aan de macht blijft, of een zwakke regering in het zadel blijft, of een geïsoleerde regering vijanden die vele malen groter zijn afslaat. RamDyne had geen neurose over het gebruik van macht.
Maar wie was RamDyne? Het kon niet precies de CIA zijn. Te veel geld, te geheimzinnig. Nick zag in hoe RamDyne de CIA kon helpen, zonder ooit echt de CIA te worden. Er zou een vreemde relatie tussen die twee bestaan. De een zou gebruik maken van de ander. Maar wie was RamDyne?

De enige aanwijzing die *Lancer* ooit bood, was het tantaliserende: RAMDYNE INFO OPGENOMEN IN ANNEX B, antwoordde *Lancer* op een verzoek van de FBI, IS TOP-GEHEIM EN MAG SLECHTS IN HET UITERSTE GEVAL VERSPREID WORDEN.

Weer Annex B, dacht Nick. Verdomme, wat zou ik graag Annex B in handen willen krijgen.

In het begin van de jaren tachtig begon RamDyne actief te worden in Midden-Amerika.

LANCER ADVISEERT GEEN VERDERE ACTIE IN DEZE ZAAK. NATIONALE VEILIGHEID STAAT OP HET SPEL (ZIE ANNEX B). Het verscheen in verband met een verscheping van *Fleshette*-munitie op weg naar Guatemala-Stad, vermoedelijk voor gebruik door de Contra's in de oorlog tegen de Sandinisten. Op het vliegveld J.F. Kennedy in New York was een krat vol Fleshette-bommen per ongeluk opengebarsten. In die tijd was het illegaal Fleshette-bommen te exporteren, omdat ze het best bewaarde geheim van de oorlog waren. De plastic pijltjes bleven onzichtbaar op röntgenfoto's, dus dokters konden niet opereren om bomscherven te verwijderen, dus genazen de gewonden niet, dus was de medische infrastructuur van de Sandinisten theoretisch overbelast. De krat, valselijk opgegeven als een verzending medische goederen, werd geëxporteerd door RamDyne *Security*.

Het volgende dossier gold een verzending ondervragingselektroden, veedrijfstokken, zwepen, wapenstokken en P-24 gummistokken voor Pakistan. Maar de douane had de lading in New York onderschept en de FBI gealarmeerd.

LANCER ADVISEERT GEEN VERDERE ACTIE IN DEZE ZAAK. NATIONALE VEILIGHEID STAAT OP HET SPEL (ZIE ANNEX B).

De lading was verzonden door RamDyne *Security* van St. Paul in Minnesota.

Nick Memphis sloeg de bladzij om. En toen ontdekte hij de meest klassieke actie van RamDyne en eindelijk begreep hij het.

Het was RamDyne's betrokkenheid bij het elite-jagers bataljon van de Salvadoriaanse luchtcommando's, Los Gatos genaamd.

En toen zag Nick dus wat RamDyne verkocht. Het was, besefte hij, iets meer dan macht. Of het was in het begin gewoon macht geweest, maar het was verworden tot iets anders.

Hij las over het Panter Bataljon en begon toen te huilen.

Het was een prachtige, vrolijke dag. Dobbler was er in tijden niet uit geweest. Hij was een heremiet geweest, een vampier die alleen op kunstlicht en informatie geleefd had.

Maar nu was hij buiten, voor het eerst sinds de gebeurtenissen in New

Orleans, en de hemel hing vol wollige wolken en de oranje vlek van het zonlicht zakte naar de horizon. Het was dat magische uur, vlak voor de schemering, waarin volmaakte helderheid de wereld reinigt van al haar groezeligheid.

De dokter haalde diep adem en genoot van de heerlijke geur van de lucht. Hij liet zich liefkozen door de zon. Hij liep langs de helling bij het Jefferson Memorial in Washington, D.C. Om hem heen stonden, als soldaten tijdens een rustperiode van een parade, duizend Japanse kersebomen, volop in blad. Het water was diepgrijs en kalm. In de verte zag hij het Lincoln Memorial, nog een tempel voor een dode president. En in een andere richting het Washington Memorial, die blanke, witte toren.

Maar Dobbler dacht niet aan dode presidenten en hun Romeinse tempels of obelisken. Hij dacht niet aan de ondergaande zon, of het drukke verkeer, of wat dan ook, hoewel hij er wel van genoot. Hij dacht aan tanden. Heerlijke, heerlijke tanden. Tanden die nooit liegen. Die niet kunnen liegen. Die niet in staat zijn tot bedrog.

Want hij had ze nu in zijn tas, en zou ze niet meer laten gaan. Hij had overleefd.

Hij had de tanden natuurlijk niet echt in zijn tas, maar Bob Swaggers dentale röntgenfoto's afkomstig van zijn tandarts in Blue Eye, in Arkansas plus röntgenfoto's van de zwartgeblakerde kaken, gevonden in de as van de Aurora Baptist Church, genomen door de uiterst begaafde technici van het misdaadlaboratorium van de FBI in Washington D.C., hemelsbreed op nog geen anderhalve kilometer van waar Dobbler nu liep.

Maar noch de dokter, noch kolonel Shreck had de technici vertrouwd. Ze hadden geduldig tot het juiste moment gewacht en toen had de kolonel weer een van zijn geheimzinnige telefoontjes gepleegd – Dobbler wist niet eens naar wie – en Dobbler was naar Washington gegaan. Hij had de twee series röntgenfoto's gekregen, die bij RamDyne een meer formeel onderzoek te wachten stonden. Maar hij kon gewoon niet wachten. Hij sloop een openbaar toilet binnen en hield de twee röntgenfoto's tegen het fluorescerende licht. Eén voor één tekende hij de overeenkomsten aan. Ja, ja, er zaten drie vullingen aan de linkerzijde in de tweede kies, de hoektand en de snijtand. Ja, de eerste had ruwweg de vorm van een ster. De tweede was kleiner, ruwweg gevormd als een horlogeglas, en de derde leek op de kaart van Sicilië. Dan zag hij op beide foto's dezelfde verzakte linker onderkaak, waar drie kiezen om de een of andere, onduidelijke reden een beetje naarbinnen stonden, terwijl de middelste wat gedraaid was. Dat waren de belangrijkste overeenkomsten en hij kon vele minder belangrijke zien. In feite kon je beide röntgenfoto's over elkaar heenleggen en hoewel de schaal niet helemaal klopte was het duidelijk dat dezelfde mond gefotografeerd was.

Dat was het. Een man kan liegen tegen zijn psychiater, zijn dokter, zijn vrouw, zijn baas, tegen God of zijn moeder, maar zijn tanden en kiezen vertellen alles. Zij kunnen niet liegen. Zij leggen alle geheimen bloot. Zij bekennen. Zij zijn ondubbelzinnig.
Dus had Dobbler Shreck gebeld en toen was hij wat gaan wandelen tot bij de vloedhaven. Het was tijd om van het leven te genieten, een leven dat plotseling zeer weelderig en vol mogelijkheden leek. De hele wereld lokte, bood haar genoegens aan aan dokter Dobbler. Hij was gewoon volmaakt gelùkkig.
'Dokter Dobbler!'
Dobbler draaide zich om, verbijsterd dat iemand hem kende en zag alleen maar een grijze sedan, onopvallend, en erin een man die er ook onopvallend maar hard en als een agent uitzag. Hij herkende hem als iemand van RamDyne.
'Dokter Dobbler. Kolonel Shreck heeft ons gestuurd. Ze hebben u nodig.'
'Maar...' Dobbler hief zijn tas op als om te protesteren en hen af te weren. Kijk, hier zit het in, wilde hij zeggen, het is voorbij. Dit is het bewijs dat het voorbij is, eindelijk. Hier zit het in.
'We zitten met grote problemen,' zei de man, en Dobbler zag angst in zijn ogen.

Officieel was het het Vierde Bataljon (Luchtcommando's) van de Eerste Brigade (Luchtcommando's) van de elite Acatatl-Divisie – maar iedereen noemde het het Panter Bataljon.
Nick las verder. In april 1991 was de eenheid, zo'n 250 man, een harde elite-groep, getraind in oerwoudoorlogsvoering, van het Salvadoriaanse leger, teruggetrokken van de frontlinie – anti-guerrilla-acties in de bergen voor een intensieve training in psychologische oorlogsvoeringstechnieken. Omdat de pers in die tijd zeer achterdochtig was over de enorme populariteit van de president, als gevolg van de Golfoorlog, was die uiterst fel en cynisch over Amerikaanse militaire hulp aan vreemde landen. Vandaar dat de opdracht niet aangenomen kon worden door Amerikaanse militairen of mensen van de CIA. Via een ingewikkeld schema van heimelijk verkregen overheidsgelden had die RamDyne-organisatie het contract gekregen. En een maand lang hadden mannen van RamDyne, veteranen van de meest louche speciale eenheden in de geschiedenis, de jonge Latino's in een geïsoleerd oerwoudgebied getraind in ondervragingstechnieken, bevolkingsbeheersing, inlichtingen vergaring, hinderlaag- en anti-hinderlaagacties, scherpschutters- en anti-scherpschutterstechnieken. Een totale snelle cursus in de smerige technieken van psychologische oorlogsvoering.

Maar er was iets vreemds aan de hand in dat kamp.

'Volgens hardnekkige, maar onbevestigde berichten,' stond er in het FBI-verslag van het onderzoek dat doorgestuurd was naar de Inlichtingencommissie van de Senaat, maar nooit officieel erkend werd omdat het te gevoelig lag, 'hebben de Amerikaanse trainers die jonge soldaten aangespoord met voodoorituelen, gedachtenbeheersingsprocessen en dierofffers. Dat alles is de normale professionele militaire training verre te boven gegaan.'

Het dossier noemde verscheidene van de trainers en terwijl Nick het dossier doorlas, kon hij niets verbazingwekkends zien. De trainers waren afkomstig uit de verscheidene Amerikaanse elite-eenheden die sinds de oorlog in Vietnam overal in de wereld geheime oorlogen gevochten hadden. De aanvoerder was een ex-luitenant kolonel van de Groene Baretten, genaamd Raymond Shreck uit Pottstown in Pennsylvania. Hij was een zwaargedecoreerd veteraan uit de oorlog in Korea, waar hij met negentien jaar de jongste sergeant van het leger van de Verenigde Staten geweest was. Hij was een van de eerste Groene Baretten en had geholpen de vrijwilligers voor de Varkensbaai te trainen in het begin van de jaren zestig. Hij was toen een jonge majoor. Daarna was hij drie keer in actie geweest in Vietnam tot hij in 1968 voor de krijgsraad veroordeeld werd voor het executeren van een verdachte Viet Cong-agent. Op de een of andere manier had de CIA zich over hem ontfermd. Het jaar daarop trad hij in dienst bij RamDyne. Zijn tweede man was sergeant John D. ('Jack') Payne uit de stad New York, een voormalige onderofficier van de Speciale Eenheden, ook met een uitzonderlijke gevechtshistorie in Vietnam. Maar na de oorlog had hij zich moeilijk kunnen aanpassen en was betrapt in een fraudezaak waar duizenden dollars mee gemoeid waren en in plaats van een gevangenisstraf en oneervol ontslag, had hij zelf in 1978 ontslag genomen.

Ik wil wedden dat jullie een stel harde smeerlappen zijn, dacht Nick.

Dus misschien waren Payne en Shreck, gekrenkt vanwege de manier waarop hun carrière geruïneerd was, met hun uitzonderlijke staat van dienst en hun volledige bereidheid zich voor de volle honderd procent te geven, wel de ware auteurs van wat er vervolgens gebeurde. Maar er waren ook andere auteurs. Er was de meer en meer hysterische rechtse tendens van de regering van El Salvador.

Er was een verbijsterende overwinning van de linksen, waarbij een bataljon regeringstroepen was gaan slapen zonder wachtposten op te stellen waardoor ze de volgende ochtend achtentwintig man verloren, alles voor de lenzen van de camera's van het Amerikaanse televisienieuws. Er was de druk van Washington die riep om resultaat, resultaat, resultaat, iets waarmee aangetoond kon worden dat het Amerikaanse beleid werkte. En

er was de woede, de vrees, de bravoure van het Panter Bataljon zelf.
Op 8 juni 1991 was het Panter Bataljon door de lucht vervoerd van het geheime trainingskamp in de bergen naar het Ocalupodal, vijfhonderd kilometer verderop, om operaties uit te voeren tegen een goed georganiseerde guerrilla-infrastructuur. Toen de Panters – zo genoemd vanwege hun zwart- en groengestreepte gevechtskleding en hun zwarte baretten – het dorp Cuembo binnentrokken, werden ze af en toe beschoten door scherpschutters in een bomenrij buiten het dorp. De commandant, brigadier-generaal Esteban Garcia de Rujijo, zond een verkenningsteam het dorp in. Terwijl het team over het dorpsplein trok, kwam het onder een knap opgezet kruisvuur te liggen. Met twee automatische wapens werd het hele team doodgeschoten. Toen verminkten de guerrilla's de lijken en trokken weg.
Het was het dorp Cuembo dat de ongebreidelde woede van het Panter Bataljon voelde. Latere (maar onbevestigde) rapporten vermeldden pertinent dat Amerikaanse trainingsofficieren met het Panter Bataljon meetrokken, Cuembo in, maar dat werd nooit bewezen. Wat ongetwijfeld vaststaat is dat het Panter Bataljon op de namiddag van 9 juni 1991 meer dan tweehonderd mannen, vrouwen en kinderen doodde in minder dan twee uur. Ze werden naar de oevers van de rivier de Sampul gedreven en daar gedood door de automatische wapens van de Panters. Dagenlang dreven er dode kinderen in de Sampul.
Hij trok een gezicht, knipperde met zijn ogen, en besefte dat hij, van woede of van afschuw, was begonnen te huilen.
Bevend bekeek hij de laatste bladzijde. Nee, het was niet het befaamde Annex B, dat waarschijnlijk ergens opgesloten lag in het *National Security Office* of het Pentagon of het hoofdkwartier van de FBI of in Langley. Maar het was toch iets zeer interessants.
Het was een exportorder voor een Elektrotek AMSAT LC-L5400 VOERTUIG VOOR ELEKTRONISCHE RICHTAFLUISTERING, voor gebruik door de Salvadoriaanse militaire inlichtingendienst, vrijgegeven door de douane, geleverd door RamDyne.
Het was het soort apparaat waarmee mannen konden luisteren naar een wanhopige man in een hotelkamer die het hoofdkwartier van de FBI in New Orleans opbelde en vroeg naar ene Nick Memphis, waarna ze naar binnen gingen en hem zo lang met bijlen bewerkten tot hij dood was.
LANCER ADVISEERT GEEN VERDERE ACTIE, stond erop gestempeld. NATIONALE VEILIGHEID STAAT OP HET SPEL (ZIE ANNEX B).

Het was een oorlogsvergadering.
Shreck, de hard uitziende, zwarte man die Morgan State heette, en de ernstige Hatcher zaten op hem te wachten.

'Kolonel Shreck, ik...'
'Luister, Dobbler, ik heb snel een beoordeling nodig. Probeer het deze keer niet bij het verkeerde eind te hebben.'
Shrecks gezicht was gespannen. Hij leek op het standbeeld van een middeleeuwse Duitse ridder in de wapenkamer van het Metropolitan Museum of Art, waardoor Dobbler korte tijd gefascineerd werd toen hij een kind was.
'Vlak voordat Swagger gedood werd, heeft hij enige tijd doorgebracht met een FBI-agent. Wat ik nu moet weten is, of hij gepraat zou hebben. Als we het incident nader beschouwen zijn ze niet langer dan vier minuten samen geweest, alles onder hoge spanning. Is het mogelijk dat Swagger de agent in die periode iets heeft verteld, hem van zekere feiten heeft overtuigd?'
'Eh...' zei Dobbler, tijd rekkend.
Maar dan: 'Nee. Nee, dat is niet mogelijk. Swagger was een in zichzelf gekeerde, zwijgzame man. Dat hebben we hier gezien. En hij kon niemand vertrouwen en hij kon ook niet geweten hebben wie hij zou kidnappen. Nee, het is niet waarschijnlijk.'
'Mogelijk heeft hij hem iets gegeven,' zei Morgan State.
'Maar kolonel Shreck, er bestond geen direct verband met ons. Wij hebben onder valse namen geopereerd en we hebben geen sporen achtergelaten. Wat kon Swagger geweten hebben?'
De kolonel knikte nauwelijks merkbaar.
'Mag ik vragen wat er gebeurd is?' vroeg Dobbler.
'Vertel het hem,' zei Shreck tegen Hatcher.
'We hebben van een vriend gehoord dat een FBI-agent, Nicholas Memphis genaamd – de agent die Swagger kidnapte – inzage gevraagd heeft in het FBI-dossier over RamDyne. En op de een of andere manier – stom, ongelofelijk stom – is dat, door een van die bureaucratische blunders, toegestaan. Hij heeft het dossier. Hij kende Swagger en hij heeft het dossier.'
'Allemachtig,' zei Dobbler, terwijl hij een koude rilling van vrees over zijn rug voelde gaan. 'Zou hij ermee naar de pers kunnen gaan? Of naar een politicus? Of naar...?'
'Het doet er niet toe,' zei Shreck ongeduldig, terwijl hij zich naar Morgan State omdraaide. 'Haal Payne. Zeg hem dat we die Memphis te pakken willen nemen, willen ondervragen, en al zijn geheimen uit hem gehaald willen hebben. Daarna kan Payne hem doden.'

25

De telefoon ging. Nick onderbrak het afwassen van zijn ontbijtspullen en ging hem opnemen.
'Ja?'
'Nick?'
'Eh, ja?' De stem, een vrouwelijke, had iets bekends over zich.
'Nick, je spreekt met Sally Ellion van...'
'Ja, hallo, wat is er?'
'Nick, je hebt me zo in moeilijkheden gebracht.' Ze fluisterde.
'O, het dossier.'
'Ik wist niet dat je op non-actief was.'
'Ah. Ja, ja, het was stom van me om dat niet te zeggen. Het spijt me heel erg. Ik ben niet eerlijk geweest. Ik had die verdomde zaak die ik heel graag opgelost wilde hebben. Ik dacht... o, het was zo stom. Ik dacht dat ik me er op kon concentreren zolang ik op non-actief was.'
'Nick, ik heb bevel dat dossier onmiddellijk terug te sturen per speciale koerier.'
'O, Jezus. Ik hoop dat je er geen moeilijkheden door krijgt.'
'Ik moet dat dossier hebben. Je had er niet eens het gebouw mee mogen verlaten.'
'Ja, maar ik kon niet in het gebouw blijven, dus kon ik het daar ook niet lezen, hè? Maar goed, Sally, het spijt me dat ik je teleurgesteld heb. Ik ben er klaar mee. Over tien minuten rij ik hier weg en binnen een uur heb je het dossier terug. Oké? En kan dit een geheim tussen ons blijven? Ik bedoel: het feit dat ik het echt gelezen heb?'
'O, ja. Dat móet. Ik kan ze niet vertellen dat je er het gebouw mee verlaten hebt. Schiet alsjeblieft op.'
'Ik kom eraan.'
Hij nam snel een douche en trok daarna een grijs pak aan. Op een vreemde manier deed het hem plezier een doel in zijn leven te hebben, zelfs als het alleen maar het afleveren van het dossier betrof.
Wat hij gelezen had bleef hij maar overdenken. Hij herinnerde zich de vreemde boodschap van de man die misschien de Salvadoriaanse geheim agent was. ROM DO was het bericht in bloed, voor het uitgewist werd. Misschien de beginletters van de woorden *Romeo Dog*, de leger-radiocode in het begin van de jaren zestig voor de letters R en D, en het oproepteken voor de Varkensbaai-invasie in 1962? R en D. Ram en Dyne. RamDyne...

Het was bijna iets. Maar het was nog steeds niets. Waarom schreef hij niet RA DY, waarom ROM DO, wat had dat met de radiocodes bij de Varkensbaai-invasie te maken? Wàs het van de Varkensbaai-invasie?
Hij schudde zijn hoofd, want hij voelde er pijn in opkomen. Hij geloofde nu dat hij een aanwijzing had – maar geen wettig vastgesteld bewijs, want dat was heel wat anders – dat deze RamDyne-organisatie betrokken was bij de moord op Eduardo Lanzman en, daarom, mogelijk, bij de moord op aartsbisschop Jorge Roberto Lopez. Hij wist dat hij zich nu op zeer vage paden begaf, de schemerige wildernis van een gebied waarin je jezelf binnen een paar seconden kon verliezen en zo paranoia kon worden, dat niets meer enige zin leek te hebben. Alles in hem zei hem eraf te blijven. Hij had er niets mee te maken.
Maar het idee… die kerels die maar op hun eigen houtje opereerden. Wie hield ze in de gaten? Wie betaalde ze? Shreck, Payne, de anderen? Aan wie gaven ze hun verslagen? Aan die *Lancer*-commissie. Wie heeft die opgericht? Waar kwamen ze in 1964 vandaan, plotseling rijk en invloedrijk genoeg om de order voor vijftienhonderd Armalite-geweren in de wacht te slepen. Wie waren zij?
Annex B zou het hem kunnen vertellen.
Ik moet dat Annex B te pakken krijgen, prentte hij zichzelf in. Maar wat was Annex B, verdomme?

'Daar gaat hij,' zei Tommy Montoya in de wagen, 'dat is mijn kleine Nicky.'
Jack Payne, die door de telescoop keek, terwijl Nick Memphis van zijn kleine huis in een buitenwijk naar zijn Dodge liep en instapte, gromde alleen maar.
'Nemen we hem nu te pakken, Payne?' vroeg Tommy.
'Nee. Ze verwachten hem. Laat hem eerst dat verdomde dossier terugbrengen en dan schieten we hem overhoop als hij weer naar buiten komt. Wat ik nu wil, is iemand in zijn huis. Hij moet daar een wapen hebben. En anders heeft hij daar wel een keukenmes of een scheermes. Ik wil het hebben. We gebruiken het als we hem koudmaken, na ons gesprekje.'
'Jack, man, geen probleem. Ik doe dat huis wel,' zei een van de andere teamleden.
'Oké, Pony, prima, ga je gang maar. We wachten wel op je.'
'Wil je Memphis niet achtervolgen?' vroeg Edwards, de chauffeur.
'Nee. Laat Pony het huis binnengaan en een mooi wapen uitzoeken. En geen vingerafdrukken, hè, Pony?'
'*Si*, Jack, oké, begrepen.'
'Oké, vooruit maar, maat.'
Pony stapte uit de Elektrotek 5400-wagen die op een discrete afstand van

Memphis' huis geparkeerd stond. Jack keek hem na. Hij was gekleed als een werkman. Hij liep naar het huis, klopte op de deur en liep toen brutaalweg achterom.
'Hij komt wel binnen,' zei Edwards, die altijd Mr. Ed genoemd werd. 'Ik heb hem bezig gezien met sloten. Hij is net een genie met sloten.'
'Geweldig,' zei Jack.
Het was waar. Binnen dertig minuten was Pony terug. Zijn trofee was een Colt Agent.
Payne, die plastic handschoenen droeg, klikte het wapen open en haalde er voorzichtig een patroon uit.
'Jezus,' zei hij, 'Glasers.' Terwijl hij naar de kogel met blauwe punt in de koperen huls keek en zich de loden kogeltjes, in de huls bij elkaar hangend als druiven aan een tros, voorstelde, zei hij: 'Die rotdingen maken spaghetti van je.'
'O, Nicky,' zei Tommy Montoya. 'Je zit in de puree, mijn vriend.'

'Hallo, ik...'
'Ssst,' fluisterde ze, terwijl er een woedende uitdrukking op haar knappe gezichtje stond. 'Leg het daar neer,' beval ze op dezelfde samenzweerderige fluistertoon.
'Ja, oké.'
Hij zette de doos met het RamDyne-dossier op haar bureau en zette een pas achterwaarts. Ze keek er niet direct naar. Hij stond daar gewoon en kon het woedende gevoel verraden te zijn van haar nek – het enige dat hij kon zien – voelen stralen.
'Sally, het...'
En ten slotte keek ze op.
Haar gezicht drukte pijn uit. Ze probeerde te tonen hoeveel pijn hij haar gedaan had. Haar pijn doen? Hij kende haar niet eens! De plotselinge sfeer van intimiteit verbijsterde hem een beetje. Hij besefte plotseling dat dit knappe, idiote meisje zichzelf verbeeldde dat ze verliefd op hem was. Eén van die verliefdheden die vanaf een afstand aangewakkerd werd gedurende een periode van maanden. Hij had deze gebeurtenis niet kunnen vermoeden en nu het zover was, bracht het hem in verlegenheid. Hij had het gevoel alsof hij een zeer breekbaar geheim eigendom van haar gebroken had. Hij voelde zich onwaardig. Maar ook geïrriteerd. Hé, ik heb nooit geweten dat ik iets voor je betekende, zie je?
'Heb je nog moeilijkheden gehad?' vroeg ze ten slotte. 'Ik bedoel, om in het gebouw te komen?'
'Nee. Nee. Weet je, het is grappig, maar zelfs nu ik geen identificatie meer heb, laten ze me er nog in. Ja weet je, hoe heet hij ook alweer, Paul van de bewaking. Hij zwaaide gewoon naar me, zoals hij dat de laatste

vier jaar elke dag gedaan heeft. Ik denk dat sommige mensen het nieuws niet gehoord hebben.'
'Dat kan je wel stellen, ja.'
Hij liet de stilte enige tijd tussen hen hangen en probeerde te bedenken hoe hij die minder onaangenaam kon laten worden.
'Het spijt me,' zei hij ten slotte. 'Ik had het je moeten vertellen. Maar ik zat met deze zaak in mijn maag. Het had niets te maken met mijn blunders van de laatste twee maanden. Ik wilde die zaak gewoon niet in rook laten opgaan, zelfs nu mijn carrière ten einde is. Jij hebt mij het verdomde dossier gegeven. Ik had gewoon niet de wil om het te laten liggen.'
Ze slikte.
'Het spijt me voor wat ze met je doen. Ik weet zeker dat het niet jouw schuld is.'
'Dat is het wel. Ik dacht dat ik zo slim was, maar ik maakte niets anders dan blunders. Luister, ik moet hier weg voordat ik je in moeilijkheden breng. Die zul je toch niet krijgen, hè?'
'Ik denk het niet. Zolang als ze het dossier uiterlijk morgen maar krijgen. En ik moet een formulier tekenen waarin ik verklaar dat het nooit buiten het kantoor geweest is.'
'Dus je moet voor mij liegen?'
'Ja.'
'Zie je, ik breng vrouwen ongeluk. Luister, Sally, het was stom van me om dat te doen. Het spijt me. Zou ik... ik weet het niet, het goed kunnen maken? Kan ik je uitnodigen voor een etentje, of zo?'
'Ik heb vanavond een afspraak.'
'Ja, natuurlijk. Ik begrijp het. Oké, het spijt me nogmaals. Nu ga ik ervandoor en...'
'Morgenavond heb ik geen afspraak.'
'O. Eh, nou. Eh, kan ik je dan voor het gebouw oppikken om, zeg, zes uur? Misschien kunnen we dan naar het Franse Kwartier gaan en oesters eten, voordat het vol toeristen loopt.'
'Zes uur,' zei ze. 'En maak je geen zorgen over het liegen. Het is geen probleem.'
'Bedankt, Sal. Geweldig bedankt.'

Het was prachtig weer. Nick liep langs de hoge gebouwen in het centrum van New Orleans. Hij had niets te doen en moest alleen maar de tijd doden. Terwijl hij zijn hele leven taakgericht bezig was geweest, voelde hij zich plotseling opgewekt. Uitgelaten dacht hij eraan naar het Franse Kwartier te gaan, daar een lekkere lunch te nemen en dan terug naar huis te lopen om wat te slapen. Hij voelde zich genezen van zijn depressie. Hij had een afspraak met een aantrekkelijk meisje, hij was nog jong ge-

noeg. Hij kende veel mensen. Hij zou zich er wel doorheenslaan. Hé, misschien was dit wel helemaal niet zo erg. Hij had genoeg geld om de komende weken door te komen.
Leef eens een beetje, Nick. Je hoeft niet je hele leven lang een FBI-slaaf te zijn. Misschien zou Sally hem aantrekkelijk vinden, misschien niet. Als het gebeurde, gebeurde het. Maar er was net een wereld voor hem opengegaan. Het is verbazingwekkend hoe goed de glimlach van een vrouw je kan doen.
Op dat punt in zijn overpeinzingen – hij stond in de schaduw van de grote kantoorgebouwen en werd opzijgedrukt door de anonieme menigte – hoorde hij zijn naam roepen.
'Nicky! Hé, Nicky, Nicky!'
Hij draaide zich om en zag zijn oude verklikker, Tommy Montoya, die een soort dierlijke, Latino-aantrekkingskracht uitstraalde. Rond zijn nek schitterde een gouden ketting.
'Tommy!' riep hij. 'Tommy, verdomme, ik ben blij dat ik je zie. Hé, ik was van plan je te bellen. Heb je even de tijd? Ik wil je wat vragen.'
'Natuurlijk, Nicky, geen probleem.'
Nick liep naar Tommy en binnen een seconde sprongen drie andere mannen op hem af.
'Hé, wat...'
Ze probeerden zijn armen te grijpen. Hij sloeg om zich heen, meende dat hij een van hen met zijn elleboog in het gezicht stootte, maar terwijl ze hem omklemden met hun enorme gewicht, voelde hij dwars door zijn jasje heen de prik van een naald in zijn onderrug. En plotseling verloren zijn benen hun kracht en hij klapte voorover, terwijl hij allerlei lichten zag ronddraaien en een vaag gevoel van slaap en overgave voelde. Toen viel hij, schijnbaar een lange tijd, en heel vaag meende hij een bestelwagen te zien stoppen.

Nick werd in het donker wakker op de vuile vloer van de bestelwagen. Hij kon het tsjirpen van krekels horen en op de een of andere manier voelde hij een stinkende, zware oerwoudatmosfeer om zich heen.
Hij probeerde rechtop te zitten, maar dat lukte hem niet vanwege zijn geboeide handen. Zijn hoofd voelde aan alsof iemand er hydraulisch zes ton plastic afval door zijn neusgaten ingepompt had.
'Jack, hij komt bij.'
'O, geweldig. Hallo, Nick, hoe voel je je? Man, die sodiumpentothal geeft je een klap als een vrachtwagen, hè?'
'Wie ben jij, verdomme?'
'Een gewone werker, maat. Zet hem rechtop.'
'Oké, Jack.'

De naam *Jack.* Die kwam hem bekend voor.
Ruwe handen tilden Nick op. Het felle licht van een zaklantaarn scheen in zijn ogen. Zijn hoofd bonkte. Hij kon vaag de silhouetten van vier mannen onderscheiden.
'Weet je waar we het over gehad hebben? Hoe snel je het met ons eens zou zijn en dan ook met ons mee zou werken. Ik denk dat een goede agent als jij zijn fouten snel zou inzien en alles zou opbiechten. Tommy hier zegt dat je een koppige klootzak zult zijn en ons de hele nacht bezig zult houden. Maar weet je, Nick? Het doet er niet toe. We hebben genoeg tijd en hoeven nergens anders naartoe. En vergeet niet: iedereen praat uiteindelijk. Niemand is een held.'
'Tommy is een stuk vuil.'
'Nicky, ik heb je altijd gemogen.'
'Jij stuk vuil!' schreeuwde Nick.
'O, Nick is een harde jongen, hè?' zei de zwaardere, kleinere man. Nick kon een ingewikkelde blauwe tatoeage rond zijn dikke armen zien.
Hij herinnerde zich het RamDyne-dossier. *Jack.*
'Jij bent Payne, hè? De Groene Baret. Jij was bij het bloedbad bij de Sampul. Man, jij moet wel erg trots op jezelf zijn, smeerlap.'
'O, Nick, Nick, Nick. Dat was een prachtig stuk werk. We hebben die dag tweehonderd communisten doodgeschoten, zodat dikke klootzakken als jij in hun fijne kleine landje konden blijven zitten, zonder aan iets te hoeven denken.' Hij lachte op een afschuwelijke manier. 'Dat is wat we doen, Nick. Weet je, dat is ons werk.'
'Hé, Jack, dat moet je hem eigenlijk niet vertellen.'
'O, al onze geheimen zijn veilig bij Nick, nietwaar Nick? Nick is een van de goede agenten, hè?'
'Payne, je bent een smerige rotzak,' zei Nick, met een dronken gevoel van bevrijding door de drugs in zijn lichaam. 'Maak de handboeien los, man, en dan ruk ik je verdomde hart uit je lijf. Jouw specialiteit is het doodschieten van kinderen. Ik heb het dossier gelezen. Laat me je wat vertellen, smeerlap, ik zou je het wel eens willen zien opnemen tegen een FBI-gevechtsteam, in plaats van tegen vrouwen en kinderen in een rivier. We zouden je nog eens wat anders leren, smeerlap.' Nick gilde bijna.
Payne lachte. Tommy lachte.
Nick keek achter zich en zag de duisternis en stilte van de bayou van Louisiana. God wist waar ze waren. Kilometers en kilometers verwijderd van de beschaafde wereld. Hij hoefde niet te rekenen op hulp of genade. Naast de bestelwagen zag hij zijn eigen auto geparkeerd staan. Hij wist wat dat betekende. Het betekende dat ze hem zouden doden op een manier die op zelfmoord leek en de auto bevond zich daar om te verklaren hoe hij daar gekomen was.

'Oké, Nick, dit kan op de harde of de makkelijke manier gaan. Wat zal het worden?'
'Hoe dan ook ga ik er, verdomme, aan dood, klootzak.'
'Dat hoeft niet,' zei Tommy. 'Als we je in laten zien hoe wij werken voor de nationale veiligheid wil je misschien wel met ons samenwerken. Wij doen wat gedaan moet worden. Wees, verdomme, blij dat iemand dat doet in dit verdomde land. We zijn net als de verdomde Romeinse centurions, man. Wij houden de barbaren op een afstand. Zo is het toch, hè, Jack?'
'Precies.'
'Smeerlappen als jullie zeggen altijd dat je iets voor het land doet. Jullie zijn de barbaren, smeerlap.'
Toen spuugde Nick in Paynes gezicht.
Er flitste iets ontzagwekkends en melancholieks in Paynes blik. Zelfs in de duisternis kon Nick de naakte razernij voelen. Op dat moment wilde Payne zijn ogen uitrukken. Maar hij beheerste zich professioneel en veegde het speeksel van zijn voorhoofd.
'Jack,' zei een van de anderen, 'hij zal je uit vrije wil niets vertellen.'
Paynes ogen vernauwden zich.
'Nee, verdomme, je hebt gelijk. Dat is het wel. Oké, spuit hem maar vol.'
Nick voelde hoe zijn mouw opgeschoven werd.
'O, Nick, wij hebben iets geweldigs voor je om je tong losser te maken.'
Hij voelde de prik, voelde hoe de naald in zijn ader gleed en toen de vreemde dikte terwijl datgene wat ingespoten werd zijn aderen vulde.
'Oké, Nick, ontspan je maar, laat het met je gebeuren,' zei Tommy.
Nick probeerde ertegen te vechten.
'Het is zeer geraffineerd spul. Fenobarbital B, heel ingewikkeld. Het modernste van het modernste voor CIA-ondervragingen. Toemaar, vecht er maar tegen. Hoe meer je ertegen vecht, hoe meer je praat.'
Nick voelde niets. Toen voelde hij alles. Lichten gingen aan en toen weer uit. Hij voelde zijn wil tot niets verschrompelen. In zijn zwakheid en doodsangst verlangde hij er alleen maar naar te behagen.
'Oké, Nick,' zei een stem van zeer ver weg. 'Nick, Nick, Nick. Vertel ons een verhaal. Loopt de tape, Pony?'
'Ja.'
'Nick, hoe hoorde je voor het eerst van RamDyne?'
Nick probeerde een manier te bedenken om het te weerstaan, maar dat leek absoluut belachelijk. Waarom zou hij ze niet geven wat ze wilden? Dat deed iedereen.
'Ik... ik...'
'Prima. Ga verder.'

'Ik was op surveillance met de Geheime Dienst, vóór het bezoek van *Flashlight.* Eh, één van hun agenten zei dat RamDyne de beste surveillance-apparatuur exporteerde naar Midden-Amerika en ik was op zoek naar...'
En daarmee liep hij als het ware van stapel. Hij praatte en praatte en praatte. Hij kon gewoon niet zwijgen. Het bleef maar uit hem stromen. Het leek alsof hij gepurgeerd werd. Al de informatie die hij verzameld had, al zijn twijfels over Bob Swaggers schuld, al zijn angsten, zijn doodsangst, en het ergste van alles: zijn eigen onbekwaamheid, het kwam er allemaal uit. Hij praatte voor zijn gevoel dagenlang, jarenlang. Aan het eind putte hij ze uit. Hij versloeg ze door te praten.

Het was zonsopgang. Zelfs de krekels waren stil, hij had met zijn praten zelfs de krekels het zwijgen opgelegd. Buiten kwam de zon op en maakte de dag bleek en groen. Nick zag dat alles buiten groen was. Het was een woeste waanzin van groen, een gevaarlijk groen. Ze waren vlakbij een rivier of een moeras. Er waren overal bomen. De weg was onverhard. Hij was zo moe. Het enige dat hij nu wilde was rusten.
Maar ze lieten hem opstaan.
'Ik wil gaan slapen,' zei hij.
'Nee. Jij wilt gaan pissen, hè?' zei Tommy.
'Nee. Ik wil slapen.'
'Verdomme. Laat hem rondlopen, oké?'
'Heb je alles, Jack?'
'Hé, kan jij je iets bedenken dat ik niet heb? Die knaap zou de vogels uit de lucht praten.'
'Eh, laat mij eens zien. Laat me de lijst controleren.'
'Dat is allemaal gedaan. Het staat allemaal op de lijst.'
'Oké, jij weet wat je moet doen, Tommy, hij is jouw maat. Handel jij het maar af. Pony, jij blijft bij hem. We laten jullie hier. Wacht tot hij pist. Ondertussen moet ik die cassette zo snel mogelijk wegbrengen.'
'Oké, Jack.'
Nog steeds onder de invloed van de drug kon Nick alles tenminste op een rijtje zetten. Hij had geen wil en hij had geen trots.
'Wat gaan jullie met me doen?' vroeg hij.
'Wat denk je, zak?' zei Payne. 'Jij bent te ver gegaan. Jij bent aan het rommelen geweest, waar je helemaal niet mocht rommelen, en nu zul je daarvoor moeten boeten. Iemand moet nog steeds het uiterste doen, klootzak. Jij had dit helemaal niet hoeven ontdekken. Het was jouw keuze. Maar nu is het gedaan met je, maat.'
'Nationale veiligheid staat op het spel. De Lancer-commissie verzoekt dat er geen verdere actie ondernomen wordt. Zie Annex B,' citeerde

Nick, maar de ironie was verspild aan hen.
Payne en de anderen stapten in de bestelwagen en reden weg. Nick keek de wagen, die een stofwolk in de lucht achterliet, na.
Nick keek om zich heen. Eigenlijk was het daar best wel mooi. Het was er totaal verlaten, maar er was een soort verbreding van de rivier waar het moeras even overging in een brede geelgroene grasstrook. Een paar honderd meter verderop stond een dichte bomenrand en het land leek soppig. Maar hier, in het vage ochtendlicht, was de grond stevig. Zijn auto stond er geparkeerd en nog een andere.
Nick draaide zich om. Tommy en de ander keken hem onheilspellend aan. Hij rukte aan zijn handboeien. Ze gaven niet mee. Hij kon wegrennen, maar waarheen? Er was niets om naartoe te rennen.
'Dit is allemaal verkeerd,' zei hij. 'Ik heb helemaal niets verkeerd gedaan.'
'Het heeft niets te maken met ''iets verkeerd doen''. Het gaat erom dat je te veel weet. Zo gaat dat nu eenmaal, man. Zo gaat dat altijd,' zei Tommy. 'Wil je een Coke of een kop koffie? We hebben een thermosfles, Nicky.'
'Nee.'
'Nick, het spijt me dat ik het moet zeggen, maar je bent geen superman. Vroeg of laat zul je toch moeten pissen. Dat is gewoon de aard van het beest.'
'Wat is zo belangrijk aan dat pissen?' vroeg hij.
'Je hebt een te hoge concentratie feno-B in je. Als je pist, zakt het tot een niveau dat niet meer opgemerkt kan worden. Daarom moeten we wachten, zie je? Sorry. Geniet maar van de ochtend. Ontspan je. Het betekent niets.'
'Jij hebt makkelijk praten.'
'Nicky, ik heb een hoop kerels zien sterven. En mijn tijd zal ook gauw genoeg komen. Dus laten we er zo snel en zo makkelijk mogelijk een eind aan maken. Ga nou niet huilen of smeken of wat dan ook.'
'Val dood. Ik ga niet huilen of smeken.'
'Dat doen ze meestal,' zei Pony. 'Dat doen ze meestal.'
Nick wachtte tot zijn blaas hem verried. Hij vocht ertegen, maar kon het ten slotte niet meer. En toen zei Tommy: 'Hé, waarom kwel je jezelf zo? Het doet er toch niet echt meer toe. Waar of niet?'
Dus zei hij uiteindelijk: 'Ik moet pissen. Maak mijn handen los.'
'Vergeet het maar, maat. Dat weet je wel. Pony, maak zijn broek los voor hem. Maar raak hem niet aan. Het moet natuurlijk blijven.'
God, wat haatte hij ze! Het waren de kleine tekenen van behulpzaamheid, de lichtelijk berouwvolle manier waarop ze te werk gingen.
Pony, jong en gespierd, nauwelijks merkbaar een Latino, deed zijn broek

los. Nu kon hij zichzelf leeg urineren, een laatste, lange, uiteindelijk uitstervende boog leven in het heldere ochtendlicht en het felle groen van het moeras.

'Oké,' zei hij ten slotte. 'Klootzakken. Maak er een einde aan.'

Ze deden hem zijn broek weer aan en leidden hem naar de rivier. Die klotste tegen de modderige oever aan. Een libel danste in het zonlicht, groot en voorhistorisch, als iets dat een miljoen jaar opgesloten gezeten had en nu bevrijd was. Nick werd op zijn knieën gedrukt.

Hij voelde hoe er een riem rond zijn pols gegespt werd. Toen zat er plotseling iets om zijn arm, iets dat aan de riem bevestigd zat. Jezus, ze hadden hier apparatúúr voor! Zo uitgedacht was het, zo volmaakt. Ze hadden een procedure. Ze hadden dit duizenden keren gedaan!

Er werd iets in zijn hand gedrukt. Zijn vingers herkenden de bekende vormen van zijn Colt Agent. Hij probeerde de trekker over te halen, maar die bewoog zich niet. Ze hadden er iets tussen gedrukt. Hij voelde hoe er tape over zijn knokkels gebonden werd, zodat het kleine pistool in zijn greep vastzat.

'Hou zijn hoofd achterover, Pony,' zei Tommy. Pony greep Nick bij zijn haar en trok zijn hoofd naar achteren. Het deed verdomd veel pijn.

'Vuile smeerlappen,' gilde hij. 'God, doe me dit niet aan, doe me dit niet aan. Tommy, Christus, alsjeblieft, ik was je maat.'

'Nee, Nicky. Jij was alleen maar een FBI-agent, man. Ik kan je niet helpen. Ik heb mijn werk te doen, man.'

Nick hoorde een klik achter zich en de boeien van zijn rechterhand vielen weg. Maar meteen werd zijn arm weer bewegingloos gemaakt door de volle kracht van Tommy Montoya's greep.

'Oké, Nicky, ga nou niet vechten. Het is zo voorbij.'

'Alsjeblieft, doe het niet,' smeekte Nick.

'Oké, Nick, daar gaan we.'

De man dwong Nicks arm omhoog, zodat de hand bijna tegen zijn slaap drukte. Zijn eigen hand was zijn vijand. Nick vocht met alle kracht die hij in zich had, maar de twee mannen stonden zodanig over hem heengebogen dat ze hun volle kracht konden gebruiken. Hij zag zijn hand naar zijn hoofd komen, geleid door de beide, gespierde armen van zijn moordenaar. Het was duidelijk hoe het moest gebeuren. De arm zou omhoogkomen tot de loop zijn slaap raakte. Dan zou Tommy datgene wat hij achter de trekker geklemd had weghalen – ongetwijfeld een verbeterde zelfmoordkopieerplug, onderdeel nummer 4332 uit de RamDyne-catalogus, beschikbaar voor uw vriendelijke geheime politie – en aan Nicks wijsvinger trekken. Het pistool zou Nick door zijn hersenen schieten. Hij zou tussen het riet van de rivier gevonden worden met zijn hand om zijn eigen pistool geklemd, in de buurt van zijn eigen auto. Er zou geen ander

bewijs zijn. Ze hadden overal aan gedacht. Het was allemaal zo verdomd beroepsmatig gedaan!
Nick worstelde tegen zijn eigen hand.
'O, Jezus. O, Christus, niet doen.'
'Alleen... eh, bijna klaar. Vecht er nou niet tegen, verdomme, vecht er níet tegen...!' En het pistool rees en rees totdat Nick het ten slotte de dunne schaal van de slaap voelde raken. Het voelde aan alsof iemand een muntstuk tegen zijn hoofd drukte. In zijn ooghoek kon hij zien hoe Tommy hard aan het werk was om zijn eigen gehandschoende vinger half over de trekker te leggen en zich klaarhield om de plug weg te halen.
'Kijk uit, Pony,' waarschuwde Tommy zijn maat om uit te kijken niet bespat te worden, 'ik ben bijna zover, eh...'
Tommy Montoya's hoofd explodeerde.
Het geluid van het schot bereikte hem.
Aan de andere kant van de rivier zag hij een wolk woedende, witte vogels oprijzen met een wild gekletter, ruw opgejaagd door het geweerschot.
Nick, half bevrijd van wat hem tegenhield, draaide zich om naar de andere man, Pony, die het nog niet begreep en verbijsterd toekeek.
Maar Nick begreep het.
'Het is gedaan met je, smeerlap,' zei hij, en precies op dat moment raakte de tweede kogel Pony middenin de borst en ging dwars door zijn hart heen. Hij viel om zijn as draaiend neer, terwijl zijn doorboorde hart bloed spoot.
De vogels kraaiden en fladderden in de lucht. De wind begon te fluiten.
Nick ontspande zich. Zijn arm deed pijn. Hij wilde het pistool weggooien maar dat lukte niet, omdat het aan zijn hand vastgeplakt zat. Hij nam aan dat de sleutel in de zak van een van die clowns zat.
Hij keek om en zag een man de rivier doorwaden. Hij was lang en mager en gebruind, nu zonder baard. Hij droeg een spijkerbroek en een verschoten blauw overhemd. Hij droeg een baseballpet met het woord RAZORBACKS erop. Hij had harde, grijze, smalle ogen, meedogenloos, scherp, zonder angst. Zijn mond stond grimmig.
Hij droeg een Remington 700-geweer met een dikke loop en met een telescoop van bijna dertig centimeter erop. Hij droeg het als een man die het een en ander afwist van geweren.
Hij liep naar Nick toe.
'Morgen, Big,' zei Bob de Doder.

26

Nick keek hem met een domme, verliefde blik aan.
'Jij ziet er verdomd zielig uit, maat,' zei Bob. 'Geketend en gebonden als een wasbeer in een zak na een jacht. Die jongens waren van plan je af te maken.' Nick zag hem naar elk van de lijken toelopen en ze aftasten op zoek naar sleutels en papieren.
Hij haalde twee sleutels uit de zak van wijlen Tommy Montoya en kwam terug om Nick zijn handboeien af te doen.
'Godverdomme,' zei hij vol afschuw, 'die jongens hadden zelfs een apparaat voor nep-zelfmoorden.'
Hij trok het tape van Nicks vuist af. Nick bleef hem dwaas aankijken terwijl hij de kleine Colt Agent losmaakte. Die viel op de grond. Swagger bukte zich en raapte het pistool op.
'Je gaat me toch niet doodschieten met dat pistooltje hè, Big? Ik was er de vorige keer niet zo zeker van.'
Zwijgend schudde Nick zijn hoofd.
'Hier. Verlies het niet. Nu, vooruit maat, we moeten die twee stukken menselijk vuil in het water smijten en het gebied min of meer van sporen ontdoen. We willen de staatspolitie van Louisiana niet achter ons aankrijgen, nietwaar? Nou, ik niet, hoor. Ik heb voor de eerste honderd jaar genoeg politie gezien.'
Met die woorden legde hij zijn geweer op de motorkap van Nicks auto en boog zich over een van de lijken heen. Terwijl hij zich vooroverboog, zag Nick dat hij een Colt .45 *automatic* hoog in zijn riem in een heupholster droeg. Het pistool was handgemaakt met een laag vizier en een gevechtsgreep van neopreen. Het was het soort pistool dat een man die veel over pistolen nagedacht had zou dragen, evenals de drie reservemagazijnen in Sparks-magazijnhouders op de andere heup.
Bob sleurde de beide lijken naar de rand van de rivier en smeet ze er zonder enige vorm van ceremonie in. Ze dreven traag mee met de stroom, aan de oppervlakte gehouden door de luchtbellen in hun kleren. Beide lijken hadden een bloedspoor achter zich.
'We gaan vandaag een paar verdomde alligators blij maken, dat is zeker,' zei Bob. 'Nou, vooruit, jongen, zit daar niet als een pad op een rotsblok. In de benen!'
Maar Nick had een soort nareactie die hem totaal ongeschikt maakte voor welke vorm van actie dan ook. Hij staarde Bob alleen maar aan,

ogen en mond wijdopen, terwijl Bob naar de stationcar van de mannen liep. Hij vond er niets van belang in, startte de motor, reed de onverharde weg af, richtte de wagen op het moeras, stapte uit en boog zich voorover, waarna hij met één hand het gaspedaal indrukte. De auto schoot met slippende banden weg, brak door de rietkraag heen, plonsde de rivier in en verdween onder de waterspiegel in een verwarring van geborrel en olievlekken.

Hij draaide zich om.

'Nu jouw auto, maat. We kunnen geen bewijsmateriaal achterlaten. Op een dag zal ik je een nieuwe kopen. Oké?'

Nick keek toe hoe hij het ritueel herhaalde en zijn kleine Dodge, eens de trots van zijn leven, verdween in het zwarte, rustige water.

'Oké, jongen, laten we nog even snel rondkijken. Zoek alles op wat hier niet hoort. Vooruit nou, jongen, zit daar nou niet alsof er geen leven meer in je zit. Dóe iets. Godver, jij bent ook een luie yankee-zak, zeg.'

Tegen deze tijd kon Nick uit zichzelf opstaan, maar hij gaf geen antwoord en liet het grootste deel van de controle over aan Bob.

'Oké. Het is tijd om ervandoor te gaan.'

Ze liepen bijna een kilometer de weg af en vonden daar een witte pickuptruck, geparkeerd onder een paar bomen. Nick, nog steeds zwijgend, stapte in. Voorzichtig haalde Bob een geweerfoedraal achter de zittingen vandaan, veegde de Remington af en stak hem in het foedraal en stapte toen ook in. 'Doe je veiligheidsgordel om, verdomme,' zei hij. 'Ik wil niet dat je door de verdomde voorruit heen schiet.'

Nick staarde voor zich uit en nam niets werkelijk in zich op, terwijl moeras plaatsmaakte voor velden en gewassen. Ze reden door Louisiana heen in Bobs witte, ratelende pick-uptruck en lieten de bayous en New Orleans kilometers en kilometers achter zich.

Ten slotte vroeg Bob. 'Honger? Achter de zitting vind je een zak met een verdomde boterham en een thermosfles koffie.'

'Nee, dank je,' zei Nick. Het waren de eerste twee woorden die hij sprak.

Een uur later, net voorbij de grens met Arkansas, stopten ze bij een eethuis langs de weg in een stad die Annalisle heette.

'Ik wil een hamburger,' zei Bob. 'Ik heb honger.'

Hij stapte uit de auto en ging naar binnen. Nick keek hem na. Hij keek niet om, hij staarde recht voor zich uit, zijn schouders hield hij kaarsrecht. Nick bewoog zich ten slotte en liep achter hem aan. Bob zat in een open hokje, achterin. Er kwam een meisje en ze bestelden een hamburger en koffie voor Bob en roereieren voor Nick.

Nick zei ten slotte: 'Bedankt. Dat was fantastisch schieten.'

'Ik moest wachten tot ik ze goed in het licht had,' zei Bob. 'Ik wilde niet schieten met het zonlicht in mijn ogen. Ik was bang dat die verdomde vogels op zouden vliegen en ze verraden zouden waar ik zat. Maar het lukte.'

'Hoe herlaad jij zo snel?'

'Oefening, maat. Ik heb in mijn tijd fors wat met geweren geschoten.'

'Ik zag je doodgaan. Ik zag die kerk branden. Ik was erbij toen ze het lijk vonden.'

'Maat, ik was het dichtste bij de dood toen ik wegliep van jou en dat Colt-pistooltje van je. Jij was de enige man die me die dag had kunnen doodschieten.'

'Ik begrijp niet...'

'Ik was daar al meer dan drie dagen. Het lijk dat jullie vonden, was van een zielige oude jongen die Bo Stark heette. Hij pleegde zelfmoord in een garage in Little Rock en werd begraven op de begraafplaats daar, door mijzelf en dominee Harris, vorig jaar, een paar maanden voor dit alles begon.'

'Maar de tand...'

'Bo ging naar dezelfde tandarts als ik, Doc LeMieux. De nacht voor onze ontmoeting in het Gezondheidscentrum heb ik ingebroken en zijn röntgenfoto's verwisseld met de mijne. Het was heel makkelijk, want Doc LeMieux heeft alleen maar plaketiketten op de dossiers. De oude Bo heeft tenslotte toch nog wat goeds in de wereld gedaan, zelfs al was het een paar maanden nadat hij die verlaten had.'

'De vlammen. Jij zat in...'

'Ik zat nergens in, Memphis. Terwijl die kerk brandde, zat ik in een kalksteengrot op een diepte van zes meter en dertig meter naar het westen. Ik dronk er een Colaatje en at een pasteitje. Onder het altaar zat een valdeur, daar gebouwd in de tijd dat de mensen weggelopen slaven hielpen ontsnappen naar het noorden, totdat ze uitgerookt werden door een stel boeven uit de heuvels. Die verhalen heb ik zelf gehoord van mijn grootvader. Ik wist dat de kerk af zou branden. Ik wist dat hij in zou storten. Ik wist dat dominee Harris geld inzamelde om een nieuwe kerk te bouwen. Iedereen is nu gelukkig. Vooral jullie: als jullie een lijk vonden, zouden jullie zeker niet verder in de verdomde ruïnes gaan graven.'

'Jezus,' zei Nick.

'Ik ben een heel voorzichtig man, Big.'

'Jezus,' zei Nick weer.

'Ik moest de vrijheid hebben om een paar dingen na te trekken. De enige manier waarop ik dat kon doen, was als ik dood was. En zo heb ik die dingen nagetrokken. En toen besloot ik dat ik hulp nodig had. De enige man die ik kon vertrouwen ben jij, want jij had de kans om me dood te schieten en toch deed je het niet. Dus ging ik naar je huis toe. Maar toen

ik daar kwam, zag ik een kerel met jouw auto wegrijden. Hij was een van de knapen die ik een paar maanden geleden op een schietbaan in Maryland gezien had. Was Payne er ook?'
'Ja.'
'Dat dacht ik al,' zei Bob. 'Die jongen komt overal. Payne heeft me in New Orleans neergeschoten. Payne heeft mijn hond doodgeschoten in Blue Eye. Vroeg of laat komt de tijd dat ik met hem afreken.'
Het meisje bracht het eten. Nick ontdekte dat hij uitgehongerd was.
'Wie waren het,' vroeg Bob, 'weet je dat?'
Nick was er een beetje trots op dat hij kon antwoorden. Dit zal tenminste indruk maken op Bob Lee Swagger.
'Het is een organisatie die RamDyne heet.'
'Een dekmantel van de CIA? Ik dacht zelf dat het de CIA was. Alleen die werkt zo professioneel.'
'Nee, ze zijn niet de CIA. Ze zijn iets anders – maar misschien wel bedacht door de CIA in 1964, zeker onder bescherming van de CIA, zeker nuttig voor de CIA. Maar ze zijn een organisatie op zichzelf geworden, en ze zijn trots op hun professionalisme en hun vaardigheid het juiste, het harde te doen. Het zijn smeerlappen, dat kan ik je wel vertellen. Ze hebben nogal wat smerigs uitgehaald. Terwijl jullie vochten, verkochten zij overal in Vietnam martelwerktuigen en geweren aan de geheime politie.'
'Weet je ook namen van die jongens?'
'Je kent Payne. Ex-Groene Baret-sergeant. De commandant is een ex-Groene Baret-kolonel...'
'Rauwe kerel, een jaar of vijftig, diepliggende ogen, heeft veel meegemaakt?'
'Ik heb hem nooit gezien. Zijn naam is Shreck. Heeft veel gevochten, maar werd in 1968 veroordeeld voor de krijgsraad omdat hij een Vietcong-verdachte geëxecuteerd heeft.'
'Ja, dat wil ik wel geloven. Ik heb hem ontmoet. Keihard.'
'Maar RamDyne was er al voordat Shreck de leiding kreeg. Hij leidt het nu dan, maar het was er al vóór hem. Het... het is op de een of andere manier verbonden met andere zaken. Ik weet niet precies wat ze deden. Jij wel?'
Bob lachte.
'Ik heb een paar ideeën.'
'Vertel het me dan. Vertel me alles. Je zult nooit een beter gehoor krijgen.'
'Oké,' zei Bob. 'Laten we eerst nog wat koffie nemen, en tijdens de rit zal ik je dan alles vertellen.'
Ze betaalden voor het eten en de koffie en gingen terug naar de pick-up-truck. Bob draaide de wagen in noordelijke richting en begon te vertellen, te beginnen met het bezoek van de mannen van Accutech, al die

maanden geleden. En Nick had niet te veel gezegd: hij was een geweldig luisteraar. Hij was een en al oor.

Bob praatte meer dan anderhalf uur. Af en toe onderbrak Nick hem met een vraag.
'Die munitie in Maryland? Was die accurater dan de fabrieksnorm?'
'Accurater dan welke norm dan ook. Beter dan die die ik zelf maak. Wie het ook was die die munitie maakte, hij wist nogal wat af van precisieherladen voor accuratesse.'
'Weet je wie het zou kunnen zijn?'
'O, daar heb ik wel een idee van.' Hij ging over op een ander onderwerp.
'Waarom wist je niet dat je belazerd werd in New Orleans? Ik bedoel, je wìst dat er iets anders aan de gang was, dat ze niet precies waren die ze voorwendden te zijn.'
'Je hebt gelijk. Ik ben een verdomde dwaas geweest. Ik denk dat ik die Russische schutter, die T. Solaratov, zo graag te pakken wilde nemen, dat ik erdoor verblind werd. Ik had zolang aan hem gedacht, niet wetend wie hij was, alleen maar wat hij gedaan had, en alleen maar gedroomd hoe ik achter hem aan zou gaan. Dus werd ik roekeloos en hebzuchtig. Het resultaat werd de dood van meer dan één man, en verdomme bijna ook die van mij.'
'Wàs er een Solaratov? Bestaat hij echt?'
'Ik weet er niets vanaf. Wat ik wel weet is dat die jongens mij een hele lange tijd bestudeerd hebben als een insekt op een speld. Zo slim zijn ze. Ze wisten hoe ze in mij moesten komen en hoe ze me als een sleutel konden omdraaien. Het maakt me nu nog razend als ik eraan denk hoe stom ik was en hoe slim die jongens het spelletje gespeeld hebben. Ik heb het gevoel alsof ze me van binnenuit aangerand hebben.'
'Waarschijnlijk hebben ze jou laten bestuderen door een psychiater. Die CIA kent tegenwoordig de doctrine van de psychiatrie, en er zit veel CIA-doctrine in RamDyne.'
Wat betrof het onderwerp van zijn herstel wilde Bob niets anders zeggen dan dat een vriend hem geholpen had. Maar Nick kon het wel raden. Hij wist dat het een vrouw was. De vrouw die hem gebeld had, de vrouw met het namaak Western-accent.
Over zijn ervaringen na de bloedige ontsnapping uit New Orleans wilde Bob ook maar weinig kwijt.
'Ja,' zei hij, 'ik dacht vaak genoeg dat ik de pijp uitging. Maar op de een of andere manier bleef ik doorgaan.'
Nick bedacht op dat moment hoe vreemd het was dat Bob en hij zoveel om elkaar heen gedraaid hadden in deze hele verdomde rotzooi, hoeveel keren ze elkaar bijna tegengekomen waren. Hij huiverde.

'Ik moet je wel zeggen dat ik je weinig hulp kan bieden, als je ooit gepakt zou worden. Als die kerels zo professioneel zijn als jij beweert, dan zullen ze geen enkele vergissing gemaakt hebben. Die toestand in Maryland? Die zal...'

'Inderdaad,' zei Bob. 'Dat was mijn eerste reisdoel na mijn dood. Alles daar is verdwenen. De caravan die hun hoofdkwartier was? Weggesleept. Het bleek dat ze een optie hadden om een oude schietclub op te kopen, vijfentwintigduizend dollar gestort hadden en de optie toen lieten verlopen. De club staat nu weer te koop. Het verbaasde me niet erg.'

'Ja. Je weet dat de forensische en ballistische bewijsvoering tegen jou overweldigend is, hè? Ik heb het laboratoriumrapport van de FBI gelezen. Ze hebben jouw geweer met jouw vingerafdrukken en jouw geladen patroon en... de kogel. Ze konden de tekening erop niet bepalen, omdat de kogel te zeer verminkt was en...'

'Ja, ik heb het in de krant gelezen. Daarom hebben ze geen schiettests met het geweer uitgevoerd.'

'Ja. In de rechtbank willen ze niet zeggen dat ze het geweer uitgeprobeerd hebben, maar dat de kogel niet paste. Dat zou er niet goed uitzien voor een jury.'

'Ik snap het.'

'Maar ze hebben een zeer geavanceerde proef, waarmee het metaalresidu in de geweerloop getest wordt. En het bewees dat de kogel die de aartsbisschop trof van hetzelfde materiaal gemaakt was als het metaalresidu. Daar is weinig tegenin te brengen.'

'Ik heb uitgedacht hoe ze het gedaan hebben, of tenminste hoe ze het gedaan kònden hebben.' Hij legde het uit aan Nick.

'Oké,' zei Nick, 'ja, ik begrijp het. Zelfde kogel, ietsje grotere boring, papierstoppen. Maar... je moet een manier bedenken om een júry te overtuigen. De jury zal iets dat zo technisch is niet kunnen volgen. Ze zullen alleen maar naar de neutronenanalytische test kijken... en dan, meneer Swagger, bent u verloren.'

Bob knikte.

'Ze hebben me zeer zorgvuldig te grazen genomen. Maar misschien zijn ze wel niet zo slim als ze wel denken.'

'Laat me je meteen maar vertellen,' zei Nick, 'dat je het beste een hele goede advocaat kunt nemen. Ik kan de FBI opbellen en dan kunnen we een soort overeenkomst uitwerken. Met mijn bewijs en...'

Maar Bob keek hem alleen maar aan.

'Maat, ik geloof niet dat je het begrijpt. Die jongens hebben mijn hònd afgemaakt.'

'Ik zeg je dat dit de twintigste eeuw is. Je kunt niet zomaar de oorlog verklaren aan mensen, niet in Amerika. En dat soort houding zal...'

'Nou moet je eens goed luisteren, Memphis. Zelfs als ik hier nu als een vrij man uit te voorschijn kon komen, deed ik het nog niet. Die jongens zouden uit elkaar gaan en een nieuwe identiteit aannemen, of wat ze dan ook doen. We zouden ze nooit te pakken krijgen. Ze zijn te verdomde slim. Ze zouden ongestraft blijven. En binnen een jaar of wat, als de storm geluwd is, zouden ze weer aan de gang gaan. Wat ik van plan ben is een geit vast te binden en ze ernaartoe te lokken. Zij denken dat ze op de geit jagen, maar de geit jaagt op hen. En wie is de geit? Ik ben die verdomde geit. Het enige is dat deze geit tanden heeft. Deze geit bijt. Dit wordt hard en gevaarlijk werk, Memphis. Er zal geschoten worden en sommige mensen zullen doodgaan. Het zal niet erg plezierig worden en we zullen er alleen voorstaan. Het ìs een oorlog. Ik ben hem niet begonnen, maar bij God, ik ben van plan hem af te maken. Nou, Big, hoe zit het... doe je mee of doe je niet mee?'

Nick dacht aan de gloed in Paynes varkensoogjes; en aan RamDyne met zijn bereidheid hard op te treden. En hij dacht aan de grove manier waarop hij behandeld was. En hij dacht eraan hoe zelfverzekerd en kalm en geweldig deze jongens dachten dat ze waren. En hij dacht eraan hoe zij een oorlogswandaad uitgedacht en vrouwen en kinderen neergeschoten hadden.

En hij dacht eraan hoe graag hij weer deel wilde uitmaken van een gevechtsteam.

'Oké,' zei hij. 'Ik doe mee.'

Er flikkerde iets hards en metaalachtigs in Bobs ogen, als de glans van een koperen patroon dat een lichtstraal weerspiegelt voordat de grendel erachter dichtklikt.

'En nu?' vroeg Nick. 'Ik heb een paar geweldige ideeën over Annex B. Het lijkt me dat...'

'Ho eens even, Big. We gaan eerst met een man spreken over een geweer.'

27

'Deel van lichaam gevonden in bayou', meldde de vrolijke kop.
'Ga verder,' zei Shreck, 'lees door.'
Dobbler kneep zijn ogen halfdicht.

'*Lafayette.*
Het gedeeltelijke lichaam van een man werd gisteren drijvend aangetroffen in de rivier bij Spencerville, Lafayette. Hulpsheriffs zeiden dat het slachtoffer, dat met behulp van vingerafdrukken geïdentificeerd werd als Tomas Garcia Montoya, uit McDonoughville, duidelijk het slachtoffer van een alligatoraanval was, omdat zijn lichaam vanaf de borst tot aan de benen, verdwenen was.
De doodsoorzaak werd echter vastgesteld als zijnde een geweerschot in het hoofd.
Montoya, een immigrant uit Cuba, had als zijn beroep opgegeven "consultant" maar bij de politie en andere ordehandhavingsagentschappen stond hij bekend als een betaalde informant. Hij was vierenvijftig jaar oud.
Hulpsheriffs vermoedden dat hij het slachtoffer was van de escalerende drugoorlog in de plattelandsgemeenten van de staat; een strijd om de beheersing van de drugroutes die gevoerd wordt tussen de traditionele bendes en de nieuwkomers die de cocaïnekartels in Midden-Amerika vertegenwoordigen.
Montoya was in het hoofd geschoten met een zwaarkaliber geweerkogel.
"Alleen een geweerkogel van een groot kaliber richt zo'n enorme schade aan," zei de lijkschouwer van Lafayette, Robert C. LaDoyne. "Gezien de schotwond en de weefselverplaatsing is deze man doodgeschoten met een holpuntkogel van .30 kaliber of zwaarder." De hulpsheriffs zeiden dat dit een aanwijzing zou kunnen zijn van de intrede van een nieuw soort professionele doder in de drugoorlog.
"De jongens van de bendes geven de voorkeur aan de .22 met geluiddemper van dichtbij," zei hulpsheriff Ed.P.St. Etienne. "De Colombianen schieten het liefst met kleine machinepistolen en vuren honderden kogels af in hun slachtoffers. Maar deze jongen is iets totaal nieuws." '

'Voor ons is hij niet nieuw, hè, Dobbler?' zei de kolonel.
'Nee,' zei Dobbler en slikte. 'Hoe is het in godsnaam...? Hij is dood! We zagen de...'
'Dobbler,' snauwde de kolonel. 'Kijk me aan.'
Dobbler keek in de krachtige, donkere ogen van de kolonel en voelde de volle kracht van zijn woede.
'Tommy Montoya was een free-lancer die we gebruikten als we in het zuiden opereerden. Hij was samen met Nick Memphis. En nu is hij dood, gedood door een scherpschutter. Dat betekent maar één ding en daar kun je maar beter zo snel mogelijk aan wennen. Oké? Comprendez, amigo?'
Dobbler slikte met een ellendig gevoel.
'Ja,' zei hij. 'Ik begrijp het.'
'Swagger leeft. Hoe, waarom, ik weet het niet. Ik geef er zelfs geen donder om, want het maakt niets uit. Waar het om gaat is deze nieuwe realiteit: hij vormt nu een team met de enige man in Amerika, buiten die in de juiste kringen, die ons dossier gelezen heeft. Dus weet hij, vanaf het begin, meer dan wie dan ook die in het verleden achter ons aan gezeten heeft.'
Hij keek Dobbler met een harde blik aan.
'Voor het geval je het niet doorhebt, dokter, wij zijn in staat van oorlog. Die smeerlap wil ons opsporen en aan stukken schieten. Maar wat wij gaan doen is hem eerst aan stukken schieten. Luister je, dokter psychiater van Harvard? Geen gelul. We moeten dicht genoeg bij hem komen, de loop tegen zijn hoofd zetten en zijn hersenen aan stukken schieten. Want anders doet hij het met ons.'
De blik van de kolonel bracht Dobbler in de war. Hij slikte.
'Wat wilt u dat ik...'
'Wat ik van u wil, is een idee hoe zij zullen opereren. Hun relatie, hoe zal het gaan? Zullen ze met elkaar op kunnen schieten? Zullen ze ruzie met elkaar hebben? Zullen ze een goed team vormen?'
'Eh,' aarzelde Dobbler, onvoorbereid, 'eh, Bob zal de sterke van de twee zijn. Hij zal de jongere man domineren. De jongere man is geen probleem. FBI-getraind. Hij zal orthodox en tobberig zijn. Nee, Swagger is gevaarlijk, omdat hij een onconventionele geest heeft. Hij zal ons instinctief, briljant en improviserend als een gek aanvallen. Hij zal...'
'Waar zullen ze naartoe gaan?'
'Bob zal naar zijn uitvalbasis gaan. Als hij in New Orleans was om Memphis te ontmoeten of te redden, dan zal hij hem naar de Ouachita's brengen. Daar voelt hij zich het veiligst. En het gevoel van veiligheid...'
'Onze kansen hem daar te pakken te krijgen zijn nihil. Niet op zijn gebied. Oké,' zei Shreck, vooroverleunend, 'laat me je een vraag stellen. Heb je ooit gejaagd?'

'Gejaagd? Goede God, nee. Ik bedoel, het is zo... barbáárs.' Zonder het te willen verscheen er een vage trek van walging op zijn gezicht.
'Ja, nou, dat moet je nu allemaal terzijde schuiven. Stel jezelf voor als een jager. Het is jouw taak een manier te bedenken waarop we deze taaie oude kerel en zijn nieuwe maat in een hinderlaag kunnen lokken. Jaag op hem, dokter. Je hoeft hem niet te doden – daar zorgen wij wel voor – maar jij moet op hem jagen.'
Dobbler knikte ongerust. En hij merkte iets dat hij nog nooit eerder gezien had.
Hij slikte.
Shreck is bang.

Een paar dagen later was Nick in een weerbarstige stemming.
'Wat is dit nou, in godsnaam?' vroeg hij. 'Waarom gaan we...'
'Ik geloof dat ik je meer mocht toen je net een baby was en je me met open mond aankeek. Nu doe je hem niet meer dicht. Praten, praten, praten, je lijkt wel een vrouw. Nou, hou nou je mond eens en laat het verdomde praten aan mij over. Oké? Ik wil niet dat je alles aan die oude kerel gaat uitleggen en hem in een coma laat raken.'
Er klonk absoluutheid door in Bobs stem, terwijl hij door de vuile voorruit naar een enorme boerderij op een stuk land, net buiten Fort Supply in het westen van Oklahoma keek.
'Je kunt maar beter...'
'Glimlachen, jongen. Die oude baas geeft zijn informaties niet zomaar prijs aan vreemdelingen, maar hij weet meer van het vak af dan wie dan ook. Kom mee.'
Bob stapte uit. Hij droeg een Stetson van stro en hij had een grijs jasje gevonden voor over zijn blauwe overhemd. Plotseling leek hij vreemd genoeg op een soort cowboyheld.
'Ik begreep nog steeds...'
'Kop dicht, Big. Je zult het wel zien.'
Bovenaan de trap zat een oude dame op de veranda in een schommelstoel. Ze keek hem gewoon aan en maakte geen welkomstgebaar. Ze had een waaier in haar hand. Het was heet en stoffig en de zon stond boven de heuvels achter een dunne massa wolken.
'Goedendag, mevrouw,' zei Bob.
'Wat moet je?' vroeg de oude dame.
'De kolonel spreken.'
'De kolonel spreekt tegenwoordig met niemand meer.'
'O, ik weet van een .270 nummer 70 van voor vierenzestig, die ooit van een beroemde boef is geweest. Dacht dat hij belangstelling had.'
'Hij heeft genoeg geweren.'

‘Er is niet zoiets als genoeg geweren, mevrouw. Het spijt me dat ik dat zo zeg.’
De vrouw keek hem achterdochtig aan, stond toen moeizaam op en gilde naar binnen: ‘Rate? Rate, ben je daar? Vent hier zegt dat hij weet van een Model 70.’
‘Nou, stuur hem dan naar binnen, meid,’ klonk een stem uit het donkere interieur.
Bob liep naar binnen en Nick volgde hem.
De kamer was groot. De eigenaar had ooit elk groot en gevaarlijk schepsel op aarde gedood en nu keken de koppen van zijn slachtoffers neer op hun doder, een plompe man van in de zeventig die in een *Eames*-stoel zat te lezen in een exemplaar van – Nick knipperde met zijn ogen, controleerde het nog eens, maar ja het was waar – *The New York Review of Books.*
Hij stond niet op. De beesten staarden naar hen. Het meeste van het meubilair was van hout, glanzend en duur, en er stonden overal Indiaanse potten en er hingen Indiaanse dekens. En ook waren er boeken, honderden en honderden boeken. En geweren. Nick had nog nooit zo veel geweren en zo veel boeken in één ruimte gezien.
‘En wie mogen jullie wel zijn?’ vroeg de oude man. Hij nam een deken van zijn schoot en toonde een revolver, zwaar verchroomd, met een loop van twaalf centimeter, en hij had vrolijke, slimme ogen. Er stond geen spoortje angst in die ogen. Nick had nog nooit een man gezien die zo weinig angst had.
‘De naam is Bob Jennings, uit Arkansas. Ik handel wat in top-geweren. Dit is mijn maat, Nick.’
‘Nou, meneer Jennings, ik moet zeggen dat ik de meeste handelaars in top-geweren in dit land ken, omdat ik veel geld aan ze uitgegeven heb. Kan niet zeggen dat ik veel van u gehoord heb.’
‘Ik ben net in deze handel, meneer,’ zei Bob. ‘Ik begin nog maar net een reputatie op te bouwen. Maar weet u die knaap die doodgeschoten werd door de FBI, die Bob Lee Swagger?’
‘Die boef die op de president schoot, maar een arme bisschop raakte?’
‘Die, ja.’
‘Heb van hem gehoord.’
‘Nou, hij had een .270 van vóór vierenzestig, met een nieuwe loop van Douglas en gezet in een stuk Engels walnotehout door Loren Eccles uit Chisolm in Wyoming. Het had het serienummer 123453, wat betekent dat het ongeveer in 1946 gemaakt werd. Een prachtig geweer. Hij was een man die gek was op prachtige geweren.’
‘Dat wil ik wel geloven. Er zijn mensen die zeggen dat als hij de president had willen doodschieten, hij dat ook gedaan zou hebben.’

'Tja, wie zal het zeggen? Nou is het toevallig zo dat zijn bezit uiteindelijk vrijgegeven wordt door de FBI en het is ook zo dat zijn vader, Earl, een zuster had die Letitia heette en dat was mijn moeder. Bob Lee was mijn neef, hoewel ik hem in jaren niet gezien had. Een chagrijnige kerel, als ik het me goed herinner. Als zijn enige levende verwant krijg ik dus zijn geweren in bezit en omdat ik weet dat u het Model 70 zo waardeert zou ik wel zover gebracht kunnen worden ervoor te zorgen dat u het krijgt.'
De sluwe oude kerel bekeek Bob van top tot teen en schoot toen in een kakelende lach.
'Ik geloof dat ik een familiegelijkenis zie,' zei hij. 'Tsjonge, het leven is vol verrassingen.'
'En omdat niemand meer afweet van het Model 70, kan ik geen betere man bedenken die dat geweer waard is dan kolonel Rathford Marin O'Brien, auteur van *The Classic Rifle*, de eerste jager op groot wild van dit land en onze grootste, levende deskundige op het gebied van het Model 70 geweer, Winchesters beste model.'
'Het klinkt naar een wapen waar ik wel belangstelling voor zou hebben. God weet dat ik genoeg geld verloren heb aan interessante geweren. Als ik niet zo verdomd veel oliebronnen had, zou ik misschien niet zoveel geld uitgeven, maar ik ben te oud voor vrouwen en ik heb het doden een paar jaar geleden opgegeven, dus vormen interessante geweren en de dwaasheden van de Newyorkse intellectuelen mijn laatste zwakheden. En wat zou de prijs moeten zijn?'
'Meneer, ik zal u niet beledigen door over geld te praten,' zei Bob. 'Ik geef u dat verdomde geweer voor informatie. Dat is het enige wat ik wil. Wat informatie.'
'Ze zeggen dat een man die weinig vraagt altijd veel wil nemen.'
'Misschien zeggen ze dat, meneer, en misschien hebben ze wel gelijk. Maar ik weet dat Bob Lee Swagger vond dat u een groot Amerikaan was en het zou hem plezier doen als een van zijn geweren in uw collectie terecht zou komen. En hij zou het een goede ruil vinden.'
'Oké, dan jongen. Stel je verdomde vragen. Wat is het dat ik zou weten en dat zoveel waard zou kunnen zijn; dat geweer zou namelijk op de grote show in Las Vegas makkelijk vijftienduizend dollar opbrengen, als hij authentiek bevonden werd...'
'De Tiende Zwarte Koning.'
O'Brien keek hem aan en plotseling glommen zijn ogen vol begrip.
Hij wierp een korte blik op Nick, vond hem oninteressant en keek toen weer naar Bob.
Wat gebeurt er in godsnaam? dacht Nick.
'Jezus, jongen,' zei kolonel O'Brien. 'De Tiende Zwarte Koning is verdomme een mysterie.'

Dobbler kon het niet langer uithouden in zijn kantoor. De muren leken op hem af te komen en zijn geest leek niet langer te functioneren. Hij had daar urenlang gezeten en nagedacht over manieren om Bob te pakken te krijgen, maar het was een totale mislukking geworden.
Nu zwierf hij dus over het RamDyne-terrein, af en toe bukkend als er een 747 gierend overkwam op weg naar de landingsbaan van het vliegveld. Hij wist dat hij in zijn onderbewuste vaak een probleem kon oplossen, als hij er zich bewust niet rechtstreeks mee bezighield. Het gebeurde dus als het ware onder de oppervlakte. Hij bad ervoor dat hij nu zo'n flits van inzicht kreeg. Maar hij zag alleen maar blauwe lucht, vliegtuigen en rommelige gebouwen.
Hij bereikte ten slotte een grote, golfplaten loods, achterop het terrein. Op het bord, naast de deur, stond: OPERATIONELE GARAGE. GEEN TOEGANG VOOR ONBEVOEGD PERSONEEL.
Waarom ging hij er naar binnen? Omdat het er stond. Niemand hield hem tegen toen hij naar binnen liep en in het duister knipperde hij met zijn ogen om ze aan het weinige licht dat er was te laten wennen. Hij stond in een tamelijk grote, garage-achtige ruimte. In het midden stond een aantal mannen gebogen over werkbanken ingespannen te werken. De geur van benzine, vet en een soort chemisch middel hing zwaar in de lucht. Hij hoorde het geklik en gekets van metalen delen. Hij glimlachte naar een van de mannen, die gewoon doorwerkte met een minachtende blik in zijn ogen.
Toen zag hij dat ze bezig waren met geweren. Machine- of aanvalsgeweren, ingewikkeld, gevaarlijk uitziend. Ze klikten ermee, zetten ze in elkaar, vetten ze in en deden er wat andere dingen mee. En er waren ook kogels, kratten vol kogels, en een paar van de mannen vulden er magazijnen mee. Ze zagen er allemaal uit als barbaren. Het waren woeste jongens, hetzelfde soort harde, angstaanjagende schooiers dat hem in de troostvolle zorg van Russell Isandhlwana gedreven had. Sommigen hadden kortgeknipt haar, anderen paardestaarten; ze hadden allemaal tatoeages en slechte tanden. En de geweren: dat kon hij wel zien. Ze waren gek op die verdomde geweren.
Er was zoveel spanning tussen de mannen en hun wapens. Zoiets had hij nog nooit eerder gezien. Wat hielden ze van die wapens.
De geweren, dacht Dobbler.

'Nou,' zei kolonel O'Brien, 'ik denk dat je het idee hebt dat je dat verdomde geweer kunt vinden en er een half miljoen dollar aan kunt verdienen. Vriend, ik wed dat je achter een fantasie aanjaagt. Ik denk dat het ergens in een onbekend gat begraven ligt, samen met zijn arme, laatste eigenaar.'

Bob kon hem niet vertellen dat hij het verdomde ding in januari van het vorige jaar afgevuurd had.

'Nou, je weet dat de Tien Zwarte Koningen tien extra-verfijnde Model 70 geweren waren van het model dat bekend stond als het Stiere-Geweer, met een zware, extra lange loop, die het bedrijf in 1950 uit wilde brengen als Presentatie Geweren. Die tien geweren – serienummers 99 991 tot 100 000 – hadden kolven die gemaakt waren van een blok zwart Amerikaans walnotehout van een boom die omgehakt was in Salem in Oregon. Om de een of andere reden was dat hout ècht zwart. Dat wil zeggen: het hout was zo oud en dicht dat het bijna ebbehout leek. De geweren waren zo prachtig dat iemand op de proppen kwam met de naam "Zwarte Koningen". Ik heb verschillende ervan in mijn handen gehad. Het waren prachtige geweren, geloof me.

De geweren werden toen aangeboden aan de gebruikelijke grote mannen en bevinden zich nu in verschillende musea over de hele wereld. Behalve de laatste – serienummer 100 000 in de duizend meter kaliber...'

'.300 H & H Magnum,' zei Bob.

'Je zegt het, maat. Die werd aangeboden aan een medewerker, Art Scott, die vele jaren lang de expert-schutter van Winchester geweest was. Art was een geweldig geweerschutter. Hij won de Wimbledon-cup en de duizend-meterwedstrijd in Bisley in Engeland, en hij won de nationale wedstrijden in Camp Perry en hij is verschillende keren Schutter van het Jaar van de NRA geweest. Hij had misschien de beste schutter kunnen zijn die dit land ooit voortgebracht heeft, tot die man in Vietnam op het toneel verscheen.'

'U moet Carl Hitchcock bedoelen,' zei Bob.

'Dat is hem.'

'Ga verder, kolonel,' zei Bob. 'Wat gebeurde er met de Tiende Zwarte Koning? Dat stond niet in uw boek. U schreef: "Op een dag zal het tragische verhaal van de Tiende Zwarte Koning bekend worden, maar nu, nu het nog niet ten einde is, zal ik het niet beginnen." '

'Nou het is een treurig verhaal. De Tiende Zwarte Koning was de enige van de tien die regelmatig in competities gebruikt werd. Het mechanisme was zelfs speciaal gemaakt van een nieuw Zweeds staal, zodat het enorm sterk was en de zware ladingen, die de duizend-meterschutters afvuren, kon weerstaan. Het werd niet alleen gebruikt door Art, die toen de zestig al gepasseerd was en een beetje van zijn scherpte verloren had, maar ook door zijn zoon, Lon. Lon Scott was een fijne jongeman, knap en blond, een student van Yale, een schutters schutter. Hij had zijn hele leven voor zich. Hij werd in 1954 toegelaten tot de juridische faculteit van de universiteit van Harvard. Hij had alles, inclusief de Tiende Zwarte Koning en de erfenis van zijn vaders schutterskennis, geleerd tijdens het opgroei-

en in een schuttersfamilie. Een vader-zoonband die in bepaalde gebieden bijna heilig is. Schiet jij ook, jongeman?'
'Af en toe,' zei Bob.
'Het is niet zo eenvoudig als mikken en de trekker overhalen, weet je?'
'Dat heb ik gehoord, ja.'
'Maar goed, in 1954 werd Lon Scott vierde op de Nationale Duizendmetergeweerkampioenschappen in Camp Perry. Het seizoen was voorbij. Hij had nog een paar patronen over en hij en zijn vader gingen er op een middag op uit om ze te verschieten. Maar je kent de vloek van het geweer. Als je denkt dat je het onder de knie hebt, straft het je voor je ijdelheid, keert het zich tegen je en vernietigt alles wat je ooit verdiend of van je leven gemaakt hebt. Een geweer kan wreed en wraakzuchtig zijn. Er gebeurde een van die stomme ongelukken waarbij de grondwet van veiligheid – behandel ieder geweer alsof het geladen is – niet in acht genomen werd. Een zeer gevoelige trekker, één van hen die het geweer in het foedraal stopte, een veiligheidspal die net niet genoeg overgehaald is. Art Scott schoot zijn zoon in de ruggegraat, per ongeluk, en verlamde hem vanaf zijn middel tot aan zijn tenen. Hij veroordeelde hem tot een leven in een rolstoel.
Twee jaar lang lag de jongen in het ziekenhuis en kreeg hij fysiotherapie. Alles dat hij voor zichzelf gewenst had en dat Art voor hem gewild had, was verdwenen. Een week na het ongeluk gebruikte Art hetzelfde geweer op zichzelf. Hij schoot zich een kogel door zijn hoofd in de jachthut van de familie in Vermont. In die seconde van zorgeloosheid verloor de jongen alles: zijn benen, zijn leven, zijn vader.'
'Wat gebeurde er met hem?'
'Toen hij herstelde vernietigde hij het geweer niet. Je zou toch denken van wel, hè? Maar dat deed hij niet, want hij geloofde dat het wapen alleen maar een stuk gereedschap was en geen schuld had. Maar het had hem wel wat gedaan. Hij nam de taak op zich het geweer onder de knie te krijgen. In het midden van de jaren vijftig concentreerde hij zich volledig op de discipline van het geweer en zo was hij na vijf jaar een van de beste duizend-meterschutters, want uit zithouding kon hij natuurlijk nog steeds schieten. Hij won het kampioenschap in 1956 en '57. Hij was ook een geweldig bankschutter. Maar ik vraag me af wat het gevolg kan zijn voor een vitaal jong persoon, als zijn leven op een zo vreselijke manier wordt afgebroken door een kogel?'
Nick, die al de tijd dat ze daar geweest waren gezwegen had, sprak ten slotte.
'Ik denk dat ik dat wel weet. Ik was getrouwd met een vrouw die per ongeluk betrokken werd bij een schietpartij en daardoor verlamd raakte. Als je een goed persoon was, zoals mijn Myra, word je nog beter. Maar

als je een slecht persoon was – in wezen slecht – dan kan het je tot iets heel vreselijks maken. Ik sprak met de doktoren als ik Myra een keer per week naar de therapie bracht. Ze vertelde me een keer dat niemand méér verbitterd was dan een sterke, stevige man die voor altijd aan een rolstoel gekluisterd zat.'
'Is dat wat er met Lon Scott gebeurd is?'
'O, dat zou ik niet willen zeggen,' zei de kolonel. 'Dat is iets tussen hem en God.'
'Wat is er wel gebeurd?'
'Hij gaf het op. Hij verdween. Niemand weet waar hij naartoe ging. Maar hij was wel degelijk een genie. Hij was een van de eersten die de wereld van de micro-precisie binnentrad. Hij was bijvoorbeeld de eerste die het belang inzag van nekdraaien voor precisiemunitie om de maximale accuratesse te krijgen. In 1963, zijn laatste jaar als wedstrijdschutter, schoot hij op de Nationale Bankschutterskampioenschappen in Lake Erie in Ohio, een serie over driehonderd meter die niet verder uit elkaar lagen dan zeven millimeter. De laatste paar jaren is dat verbeterd, nu de apparatuur zo verbeterd is, maar het was het langst staande accuratesserecord in de Amerikaanse geschiedenis: dertien jaar. En dat was de laatste keer dat iemand hem ooit zag.'
'Er moeten toch geruchten geweest zijn?' zei Bob.
'O, de gebruikelijke onzin. Dat hij dit of dat was. Het meest waarschijnlijke was dat hij er gewoon vandoorging en verder leefde. Niets dramatisch. Dat is alles. Maar dat geweer – dat zou tegenwoordig een half miljoen dollar waard zijn, wil ik wedden.'
'U zei dat Lon Scott een genie was?'
'Dat was hij, neem ik aan. Hij wist het beste uit een geweer te halen, dat kan ik wel zeggen. Hij, Warren Page, P.O. Ackley, Pop Eimer, een stel anderen.'
'Nou, kolonel O'Brien, dank u wel. Ik heb veel van u geleerd. Ik zal ervoor zorgen dat u het geweer van Bob de Doder krijgt, dat kan ik u verzekeren.'
'Ja, die oude Bob de Doder. Dat is ook zoiets interessants. Ik kan maar niet begrijpen hoe een knaap als hij zo verkeerd terecht kon komen.'
'Misschien werd hij misbruikt door slechte mensen.'
'Nou, dat zou ik graag willen geloven. Ik haat het als een held zo op het slechte pad gebracht wordt. Hebben jullie ooit *Othello* gelezen, heren?'
'Ik lees geen toneelstukken,' zei Bob.
'Ik heb het op school gelezen,' voegde Nick er zwakjes aan toe.
'Nou, Bob doet me aan *Othello* denken. Een geweldig soldaat, een goed man. Bedrogen, om de tuin geleid, misbruikt door een Iago voor het een of andere vreselijke doel. Dat toneelstuk was een tragedie, een van de

beste van meneer Shakespeare. Net als het leven van de arme Bob... een Amerikaanse tragedie.'

'Nou,' zei Bob, 'ik geloof niet dat meneer Shakespeare veel ophad met een gelukkig einde, maar de Bob Lee Swagger die ik al die jaren terug kende mag dan misschien zo koppig als een verdomde ezel geweest zijn, maar hij was ook geen stommeling. Dus misschien komt het op de een of andere manier toch nog wel goed. Gegroet, kolonel.'

'Nou, ik hoop het, jongens,' zei de kolonel met een spoor van vrolijkheid in zijn stem. 'Want ik ben te oud voor tragedies. Ik hou van een gelukkig einde.'

Terwijl ze wegreden raakte Nick meer en meer geagiteerd. Ten slotte kon hij zich niet meer inhouden.

'Wat had dat, verdomme, allemaal te betekenen? Waarom hebben we drie dagen gereden om...'

'Ik had gelezen over vijf grote schutters in het eind van de jaren vijftig. Lon Scott was er toevallig een van. Ik moest een ervan in verband brengen met dat verdomde zwarte geweer. Ik dacht dat als iemand ons iets kon vertellen, het die oude man zou zijn.'

'Maar wat hebben we...?'

'Snap je het nou nog niet, jongen? Die jongens wilden me niet alleen gebruiken als een afleiding. Absoluut niet. Ik moest naar alle plaatsen gaan om ze te onderzoeken. Ik moest de hoeken bekijken, ik moest de posities vaststellen, ik moest de wind uittesten. Ik moest het allemaal voor ze uitwerken. En waarom? De echte schutter zou dat zelf willen doen... tenzij hij dat niet kon. Hoeveel slaap ik wel niet verloren heb om dat uit te denken. En waarom kon hij dat niet? Dat kon hij niet omdat hij in een rolstoel zit, weet je nog? Ik verving, verdomme, zijn benen.'

Nick schoot recht omhoog. Natuurlijk!

'We hebben net de naam gehoord van de man die Roberto Lopez in New Orleans doodschoot. Begrijp je het niet, verdomme, alles wat die jongens gedaan hebben hing af van één ding. En dat was dat ze een schutter van wereldklasse tot hun beschikking hadden. Ze zouden er niet eens aan begonnen zijn, als ze niet een kerel hadden die een stilstaand doel kon raken over een afstand van twaalfhonderd meter, zoals hij dat in New Orleans deed. Dat was een fantastisch schot. Er zijn maar zo'n zeven, misschien acht mannen in de wereld die het zelfvertrouwen hebben om zo'n schot af te kunnen vuren.'

'Maar dat alles heeft geen enkele waarde voor de rechter,' protesteerde Nick. 'En we weten absoluut niet waar die Lon Scott zit! Als hij nog in leven is! Niets. Die oude man kon ons niets vertellen over waar die kreupele schutter te vinden was! We moeten op zoek gaan naar Annex B. Dat is...'

'Jij bent de meest weerbarstige man die ik ooit ontmoet heb. Als iemand jou een gratis glas bier gaf dat voor negentiende vol was, zou je klagen over dat tiende deel dat je niet kreeg. Luister, als ik een naam heb, kan ik hem vinden. Schutters zullen hem kennen. Dat is een klein wereldje. Hij zal sporen achtergelaten hebben, dat zul je zien. En als we hem vinden, zullen we hen vinden.'
Ze reden weg, het hobbelige pad af.

28

Dokter Dobblers vingers waren zwart van de drukinkt. Hij zat, laat in de nacht, alleen in zijn kantoor en sloeg geconcentreerd bladzijde na bladzijde om. Hij werd omringd door stapels tijdschriften, sommige duur en opzichtig, andere verbazingwekkend primitief. Maar na een diepgaand onderzoek was hij tot de conclusie gekomen dat dit blaadje zijn routekaart naar Bob Lee Swagger was.

Het was goedkoop gedrukt op krantenpapier en de inkt maakte zijn vingers vuil. De woorden waren vaak nauwelijks leesbaar, bijna altijd teruggebracht tot het hoogst noodzakelijke, zonder enige lay-out, alsof de drukkers zoveel mogelijk informatie kwijtwilden. De foto's waren wazig en vaak niet goed te onderscheiden. Het blad had van een andere wereld kunnen komen.

Dobbler sloeg een van de dunne bladzijden om, met een gevoel alsof hij dieper en dieper wegzakte in een zonderlinge wereld.

> Tokarev *Military TU*-90. Gratis munitie $ 119 p.s.
> *Bangers Distribution*, Amerika's beste Coltverzenders, biedt u de Colt-Gold Cup-ten – $ 669.99 p.s./per 2 of meer $ 649.99 p.s.
> Abonneer u nu op *Machine Gun News* – speciale introductieprijs.
> Paragon maakt het u makkelijk om munitie te kopen.
> Maryland/Howard County Wapenshow 10-11 november.
> De Wapenkelder – Prijzen zijn lager in de kelder.
> Machinegeweerombouw-video's.

En zo ging het verder, honderdvijfennegentig pagina's lang. Het blad heette *The Shotgun News*, hoewel slechts een deel van het nieuws in beslag genomen werd door geweren. Als het schoot of te maken had met schieten, kon je het in *The Shotgun News* vinden.

Dobbler was gefascineerd. Overal zag hij geweren, geweren van allerlei vormen en beschrijvingen, voor elke smaak en portemonnee. Er waren goedkope en dure bij, onschuldige en ontzagwekkende, belachelijke en prachtige.

Hij dacht na over de mannen die ze zo fel adoreerden, wiens leven verbonden was met hun ingewikkeldheden of bevrijd door hun mogelijkheden.

Wat zagen ze hier allemaal in?

Een passie voor orde en regelmaat, bijvoorbeeld. Zoveel van de geweercultuur had te maken met onderdelen, eenheden, systemen, dingen die in elkaar pasten. Er waren hele instellingen die alleen maar bestonden om onderdelen van verouderde wapens te verkopen. Dus was er ook een puzzelaspect aan verbonden, een idee van orde brengen in de chaos.
Macht? Die verdomde dingen hadden zo'n verdomd duidelijke bedoeling dat een van de factoren zeer zeker ook macht was. Maar ook schoonheid. Hij was verbijsterd te ontdekken dat sommige ervan vreemd genoeg erg mooi waren. Hij had met name een voorkeur voor een wapen dat Luger heette, en een ander, de *New Frontier single action*.
En vrijheid, of tenminste de illusie daarvan. Voor Dobbler was vrijheid per definitie iets intellectueels, maar hij nam aan dat het voor iemand in een meer primitieve wereld iets fysieks was – vrijheid van beweging, vrijheid van irritatie, vrijheid van bedonderd te worden. Vrijheid buitenshuis. En een man die een geweer in zijn hand houdt, moet een geweldig gevoel hebben. Geen enkele regering kan je absoluut beheersen. Jij hebt altijd de laatste optie.
En mannelijkheid. Er was niets zachts of vrouwelijks aan geweren: ze waren te direct, te bruut. Het fallische idee, zo provocerend voor volgelingen van Freud, leek hem hier van weinig nut. Als deze geweren al penissen wáren, dan waren de kopers ervan zich zo weinig bewust van zichzelf dat ze het niet wisten, of er niet om gaven.
En dan weer: gegevens. Wat hem betreft was een geweer een geweer, maar voor sommige van deze mensen was het duidelijk een eindeloze bron van informatie – een geschiedenis, een serie specificaties, een betrokkenheid bij een bedrijf, gewoonlijk een collectief bedrijf, een band met zekere tradities, een gehele hiërarchie van betekenissen die weer meer betekenissen tot gevolg had en ontcijferd moest worden als een rune-achtige code. Het was niet genoeg om alleen maar te schieten: er was bijna iets Borgesiaans aan de doolhoven die die verdomde dingen in de geest opwekten.
De klok tikte de tijd weg en de pagina's vlogen voorbij en na enige tijd keek hij niet langer naar de advertenties van de geweergroothandels, maar in plaats daarvan raakte hij gefascineerd door andere zaken: de tientallen kolommen persoonlijke advertenties, gericht op meer indirecte behoeften. Het waren net de persoonlijke advertenties in *The New York Review of Books*, alleen voor geweren en alles wat daarmee te maken had.

REMINGTON 25, geweer in uitst. cond. 25.20. 99% origineel, uitst. boring, hout prima, SN 26827, 100% onveranderd, deze pompgeweren zijn geweldig, slechts $ 895.

Pré-64, M70 220 SWIFT, *Super grade*, 98% perfect, mooi donker hout, fabrieksgesteend laadmechanisme, uitst. boring, $ 1.595.

LUGER-gids en prijslijst, 200 + verzamelaars-Lugers en toebehoren opgenomen in elke tweemaandelijkse gids. Maak $ 1 over voor een proefex. of $ 5 voor een abonnement.

MILITAIRE GEWEREN UIT JAPAN, 1989, derde druk, $ 37. Franco! Stuur een geadresseerde en gefrankeerde envelop voor beschrijving. Bij uw dealer of bij Fred Honeycutt, 6731 Pilgrim Way, Palm Frond Village, FLA 33411.

DISCOUNT GLIN BOOKS: GRATIS VERZONDEN.

GEWELDIG nieuw boek, Winchester, *Een Amerikaanse Legende*, Wilson, $ 58.50. *Colt Encyclopedie II*. Cochran, $ 58.50. Discount Gun Books, PB 762, Nescopeck, PA 18635.

Hij was geconcentreerd bezig de lijsten van oude geweren, nieuwe boeken en ladingsonderdelen en magazijnen voor pistolen die niet meer gemaakt waren sinds de Eerste Wereldoorlog te lezen, toen er zich een gedachte in zijn geest begon te vormen.

Ze verborgen zich diep in het bos, na vele verlaten houtbanen te hebben gevolgd. Het was een kleine jachthut van één kamer, jaren geleden gebouwd, een hut bestaande uit houten blokken en een houten dak. Bob schoot snel drie eekhoorns met een Mini-14 en begon ze toen te villen voor de stoofpot.

'Is er iets dat ik zou moeten doen?' vroeg Nick.

'Niet in de weg lopen,' zei Bob.

'Ik denk dat we moeten...'

'Memphis, hou op met me alles úit te leggen. Oké?'

Nick, razend op zichzelf en Bob, had nog nooit iemand gekend die zo gewend was aan stilte en zo ongeïnteresseerd was in conversatie, zich zo verborg achter een onaangedaan gezicht. Maar het was niet de onaangedaanheid van ontspanning – dat was een totale illusie, zag Nick nu, want het was een soort masker om de wereld op afstand te houden, terwijl de eigenaar ervan sluw twee stappen vooruit dacht.

'Waar zijn we?' vroeg Nick.

'Ouachita's,' zei Bob. 'Niemand kan ons hier vinden, tenzij we dat willen.'

'O,' zei Nick. 'Eh, wat denk je dat we nu moeten doen?'

Bob ging gewoon door met het villen van de eekhoorns.
'Ik heb er nog niet over nagedacht.'
'Nou, ik wel,' zei Nick.
'O?' zei Bob.
'Ik geloof nog steeds dat Annex B de verdomde sleutel is. Waar ìs Annex B? Nou, het moet wel in Washington zijn. In feite is àlles in Washington. Ik denk dat we daarheen moeten gaan. We kunnen daar wat rondneuzen. Misschien ontdekken we er iets over. Dan...'
Na het *dan* wist hij niets meer te zeggen.
'Maar denk je niet dat ze daar ook wel aan gedacht hebben?' vroeg Bob.
'Eh...' zei Nick.
'Er is één ding dat ik weet. In een oorlog ga je niet naar de plaats waar ze je verwachten. Dan kom je in een lijkenzak terecht.'
'Maar, dan... wat?'
'We houden ons hier nog een paar dagen gedekt tot het stof is gaan liggen. Ik zal morgen een hert schieten, zodat we goed zullen eten. Dan bedenk ik wel wat.'
'Luister, als een professionele misdaadopsporingsambtenaar met twaalf jaar ervaring moet ik je vertellen dat we gewoon niet...'
'Meneer Biggetje Memphis, ik ben niet zo'n knappe regeringsman. Ik heb alleen maar gestudeerd aan de universiteit van Vietnam. Ik weet niets van wat voor opsporing dan ook. Maar ik weet wel dat de sleutel tot deze hele rotzooi een zeldzaam geweer is, dat tenminste eenmaal in dodelijke omstandigheden gebruikt is. En ik weet dat de eigenaar ervan een van de beste schutters in Amerika en een van de grootste ballistische technici is en ook dat hij bijna veertig jaar in een rolstoel gezeten heeft. En ik heb zo'n gevoel dat hij voor dat RamDyne werkt. Dat is de enige kaart die ik heb en dat is dus ook de kaart die ik speel. Laat me er nu over nadenken. Ga maar een wandeling maken, of zo. Maar verdwaal niet. Ik heb geen tijd om naar je te zoeken.'
Nou, misschien ga ik ook wel wat nadenken, dacht Nick. Hij had zichzelf opgeworpen als de enige die de geheimen van Annex B ging ontrafelen.

Dokter Dobbler bevochtigde nerveus zijn lippen, slikte een paar keer, en klopte toen op de deur.
'Ja?'
'Kolonel Shreck?'
'Ja, kom binnen, dokter.'
Dobbler stapte Shrecks kantoor binnen en vond Payne en de kolonel in een diep gesprek.
'Wat is er, dokter?'

'Eh, ik heb een... een plàn.'
De kolonel keek naar Dobbler. Russell Isandhlwana had altijd zo naar hem gekeken, meer medelijdend dan wat dan ook. In zekere zin waren Russell en de kolonel hetzelfde. Ze namen gewoon wat ze wilden hebben. En Dobbler wist dat hij ze allebei wanhopig graag een genoegen wilde doen.
'Oké,' zei Shreck, wachtend op meer.
'Bob is te alert en achterdochtig om hem te pakken te krijgen op de manier zoals we gehoopt hadden. Hij kijkt altijd goed uit. We moeten hem verslaan op zijn sterkste punt: geduld. We moeten hem iets voorhouden dat zo subtiel is dat nog geen één op de duizend mannen het zou opmerken. Maar we moeten het voor hem neerleggen en hem eraan laten ruiken, het terugtrekken, weer laten ruiken, keer op keer tot hij er zeker van is dat er geen gevaar dreigt. We moeten hem heel langzaam aantrekken, nooit te gretig zijn, heel zorgvuldig en gedisciplineerd. We moeten evenzeer als hij bereid zijn ons terug te trekken als de condities ons niet aanstaan. We moeten nog geduldiger zijn. Dan en alleen dan...'
Shreck was ongeduldig.
'Dat klinkt prachtig. Vertel me nu hóe.'
'Ja, kolonel,' zei Dobbler. 'Oké. Het gaat hierom. Is het niet zo dat er ergens in de dossiers van deze organisatie iets te vinden is over een man die zorg draagt voor het schieten? Echt. Er moet een schutter zijn. Een uitstekende schutter. Tenslotte heeft íemand dat schot in New Orleans gelost.'
Shreck dacht even na, maar zei even niets. Toen zei hij: 'Ga verder.'
'Ik garandeer u dat Bob geïnteresseerd is in die schutter. Bob zal gebiologeerd zijn door hem. Waarschijnlijk is Bob zich in theorie al bewust van zijn aanwezigheid en probeert hij een naam voor die man te zoeken, en een locatie. En zeer zeker heeft Bob het geweer opgemerkt dat een dergelijk man gebruikte. Per slot van rekening heeft hij het toch zelf gehanteerd in Maryland, tijdens de rekruteringsperiode, nietwaar?'
'Ja.'
'Mijn idee is dat we Bob de naam van de schutter op de meest subtiele manier voorhouden.'
'En wat moet die manier zijn?'
'Er is een tijdschrift, *The Shotgun News* genaamd, dat driemaal per maand uitkomt. Duizenden bijzondere of zeldzame geweren worden in elk exemplaar aangeprezen via ingezonden advertenties, evenals andere voorwerpen – ladingapparatuur, onderdelen, dumpkleding, munitie... en boeken. Dat verraste me. Maar het is waar. Die mannen die van wapens houden, worden er op de een of andere manier toe gedreven alle gege-

vens over hun liefde vast te leggen. Ze hebben een hele andere literatuur, een parallelliteratuur, gecreëerd. En evenals de gewone literatuur bepaald wordt door ideologische verschillen tussen links en rechts, is dat ook het geval bij de wapenliteratuur, hoewel het niet zozeer links en rechts alswel traditioneel en progressief is. Hoe dan ook, wat ik opmerkte was een grote mate van guerrillapublikatie – eigen publikatie, als u wilt. Het fascineerde me een boek te zien over Japanse militaire geweren, dat per postorder te koop werd aangeboden voor zevenendertig dollar! Stelt u zich dat eens voor. Iemand is zo gefascineerd door Japanse geweren, dat hij de moeite neemt er een boek over te schrijven – meer een catalogus, vermoed ik – maar goed, hij doet al die móeite en dan zijn er werkelijk mensen die gek genoeg zijn om zevenendertig dollar op te sturen voor...'

'Terzake, godverdomme!'

'Ja, het spijt me. Waarom geen... boek? Een door ons gepubliceerd boek over de geschiedenis van dat geweer dat Bob in Maryland hanteerde. Gepubliceerd door de een of andere onbekende onderzoeker – fanatiekeling in een klein stadje. Aangeprezen in *The Shotgun News*. Bob zal dat zien, dat garandeer ik u. En dan denkt hij: hmmm. Hier is iemand die iets af weet van dat geweer en de achtergrond ervan. Misschien heeft hij in zijn onderzoek iets gevonden dat hem verder kan helpen. En dus benadert hij die onderzoeker. Dat moet hij wel. En op die manier lokken we hem naar een afgelegen plek en...'

'Een bergtop.' Payne sprak voor het eerst. 'Hij moet een berg opgedreven worden, zodat hij op een gegeven moment niet verder kan. Neem hem te pakken met een heleboel mannen.'

'Ja, drijf hem op en tref hem met veel mannen. Meer mannen dan hij aankan.'

'En waar halen we een heleboel nieuwe mannen vandaan?' vroeg Payne.

'Dat zoek ik wel uit,' zei Shreck.

Ze zaten tot laat na zonsondergang buiten de hut. Het was alsof Bob de ether ingevlogen was. Nick besefte dat hij nooit eerder de werkelijke betekenis van het woord concentratie gekend had. Er was geen betere concentratie als die van een scherpschutter. Nick was bijna bang om tegen hem te spreken.

Bob zat bij het vuur en staarde erin. Het vuur knetterde en wierp kleine vonken de lucht in, terwijl zijn gespannen, magere gezicht erdoor verlicht werd. Zijn ogen staarden strak voor zich uit.

Ondertussen probeerde Nick zich in zijn afzondering op Annex B te concentreren. Hoe vind je iets dat diep begraven ligt in de dossiers van de FBI, vooral wanneer je op non-actief gesteld bent en je enige bron met toegang tot het computersysteem gecompromitteerd is. Maar hij was ervan overtuigd dat het hem zou lukken, als hij een nette, ordentelijke methodiek kon vinden. Misschien zou hij de een of andere jongen van de High School kunnen vinden die in het systeem in kon breken. Dat deden ze altijd, tegenwoordig. Of misschien als hij naar iemand als Hap Fencl ging en het hem op een nette, ordentelijke manier uit zou leggen. Misschien zou Hap de gevreesde Howard D. Utey kunnen passeren en naar de hogere bazen gaan en zo... maar zelfs terwijl hij die luchtbel van fantasie opwekte, barstte die. Hap was niet zo erg als Howard, maar in zekere zin was hij net als Howard: de oude FBI, hecht verbonden aan de bureaucratie, persoonlijk zeer aardig, maar niet in staat zover te gaan dat hij de FBI-wetten geweld aan zou doen. Je kon niet naar Hap gaan tenzíj je Annex B al had.

Nick gnuifde plotseling. Zo was ik eens ook. En moet je me nu eens zien: ik kampeer in de bossen en voer een privé-oorlog tegen een geheim agentschap die half officieel en half niet-officieel is. Annex B: daar lag het antwoord. Hij was er zeker van. Annex B zou hem het antwoord geven.

Ergens in het donker schoot een dier weg met een kreet. Het vuur was bijna uitgebrand en aan de andere kant ervan zat Bob nog steeds afwezig en diep in gedachten verzonken.

Hij wilde dat Myra er was om mee te praten. Zij zou vast wel een idee hebben, of tenminste bereid zijn naar hem te luisteren. Hij miste haar. Godverdomme, hij miste haar zo.

'Memphis?'

Hij keek op. Bob staarde hem fel aan.

'Hè? Ja?'

'Memphis, ben jij bereid hard te werken? Ik bedoel hard, smerig vervelend werk? Het soort dat niemand meer wil doen? Wil je dat een week voor me doen? Twaalf, achttien uur per dag?'

Nick slikte. Dat was zijn specialiteit, zijn enige talent. Tegen iets aan te leunen, niet met veel denkwerk maar met pure, botte wilskracht, totdat hij, of het, in stukken brak.

'Ja, oké.'

Toen zag Nick iets dat hij nog nooit gezien had, niet in al hun uren samen, niet na het vuurgevecht, niet tijdens de lange gesprekken over RamDyne en de wereld waarin zij leefden.

In het licht van het vuur zag Nick Bob de Doder glimlachen.

'Dan heb ik hem te pakken,' zei hij, zijn oorlogsogen totaal geconcentreerd. 'Hij is van mij. De jongen die de trekker overhaalde. Ik heb hem.'

De gekwelde president zat in marmeren wijsheid op zijn troon, omringd door Dorische zuilen en het rubberen gebons van tweehonderd paar atletiekschoenen op de vloer. Geschreeuw weerkaatste in de enorme koepel van het dak. Een school bezocht het Lincoln Memorial.

Enige vorm van orde was al lang verdwenen en een vorm van respect was er nooit geweest. De schoolkinderen renden wild in het rond.

'Barbaren,' mompelde Hugh Meachum, met de steel van zijn pijp in zijn mond, zich hullend in een dichte rookwolk. 'Ze hebben geen enkel gevoel voor decorum, hè?'

De oude man was gekrenkt. Shreck zei niets.

'Er zou eigenlijk een manier moeten zijn om de tong van kinderen chirurgisch te verwijderen en op te slaan, als ze leren spreken,' zei Hugh. 'Dan, wanneer ze afgestudeerd zijn en zich onderscheiden hebben op hun werk, zouden ze een petitie in mogen dienen om hun tong terug te krijgen.'

'Ik denk niet dat dat mogelijk is, meneer Meachum,' zei Shreck.

'Verdomme, kolonel, sta me niet te paaien. Dat haat ik. Nu, u hebt om deze ontmoeting gevraagd. Ik neem aan dat het nieuws niet goed is. Bepaalde mensen zullen niet blij zijn, kolonel, dat kan ik u wel vertellen. Nu, wat is er?'

Een geïrriteerde, uitgeputte leraar kwam voorbij, een bende dolle kinderen volgend.

'Een eind waarvan we dachten dat we het afgewerkt hadden,' zei Shreck, 'is onklaar geraakt.'

'En dat betekent?' vroeg Hugh, terwijl hij weer aan zijn pijp trok. Het aroma van gin hing om hem heen.

'Dat betekent dat Bob Lee Swagger niet dood is. Hij is springlevend. En hij jaagt op ons. Dat betekent dat hij op ons allemaal jaagt.'

Hugh schudde zijn hoofd, tastte in zijn zak en haalde er een fles uit.

'Een slok, kolonel?'

'Nee, dank u.'

Hugh nam een snelle slok. Het leek hem goed te doen.

'Oké. Jullie moeten hem vinden en doden. Dat begrijpt u toch zeker, hè?'

'We hebben een plan. Het is knap. Het ziet er veelbelovend uit.'

'Ja, ja.'

'Maar ik heb twee problemen.'

'Maar twee?'

'Het ene is makkelijk. Het andere...'

Hij zweeg even.

'Oké. Nummer één?'

'Nummer één is mankracht. Ik wil geen enkel risico nemen. Ik wil veel mannen. Hij kan er twintig of vijftig doden en ik wil er vijftig meer hebben, om hem neer te schieten. Ik kan geen nieuwe rekruten aannemen. Daar hebben we geen tijd voor.'

‘God, kolonel, u kunt niet van ons verwachten dat wij u van mannen voorzien. Goede hemel, het risico is...’
‘Nee, nee. Ik heb mannen. Maar ze zijn niet hier. Ik moet toestemming op hoog niveau hebben voor een vlucht vanuit het zuiden van een Hercules en een landing daarvan zonder dat de douane ernaar taalt. Dat kan toch geregeld worden, hè? Uw medewerkers kunnen zoiets onbelangrijks toch wel voor elkaar krijgen? Ze vliegen hierheen, doen hun werk en vliegen weer weg. Ze zullen niet langer dan een week in het land zijn, dat zweer ik. Niemand zal ze zien.’
Hugh dacht na.
‘Ik neem aan dat daar wel voor gezorgd kan worden. En wie laat u daarvoor opdraven, kolonel Shreck?’
‘Ik heb goede, harde mannen nodig, mannen die in een strijd geweest zijn, meneer Meachum. De enige plaats waar ik die snel genoeg en in voldoende hoeveelheid vandaan kan halen, is El Salvador.’
Hugh keek hem aan.
‘Precies,’ zei Shreck. ‘Ik haal de compagnie van het Panter Bataljon die wij getraind hebben, hierheen. Het is hun rommel die we nog steeds opruimen. Zij kunnen die berg opgaan, achter Bob Lee Swagger aan.’
‘God,’ zei Meachum. ‘Oké. Dat kan wel geregeld worden, denk ik. U geeft me de details maar op het juiste moment. En wat is nummer twee?’
Shreck aarzelde, slikte. Dit was datgene dat hij niet plezierig vond. Hij wist dat hij zich hier op gevaarlijk terrein begaf.
‘Vooruit, vooruit,’ zei Hugh ongeduldig.
‘Mijn mensen hebben hem nooit gezien,’ zei Shreck. ‘We hebben er geen idee van wie hij is of wat hij deed. We weten alleen maar dat hij beter kan schieten dan wie ook ter wereld. En we weten dat hij niet mobiel is, want hij moest werken op basis van Bobs rapport en kon het niet zelf uitzoeken. En we hadden het gevoel dat hij ooit beroemd was, in zekere zin, of tenminste een bekendheid. Dus er moet een geschiedenis zijn. En we hebben het geweer onderzocht. We weten dat het gebruikt werd om kampioenschappen mee te winnen.’
Hugh keek Shreck fel aan.
‘Onder andere, ja,’ zei hij. ‘De geheimhouding was belangrijk, zeer belangrijk. Er zijn dingen die u niet hoeft te weten. Ik zei u al dat ik dat deel voor mijn rekening zou nemen. Zodat u en uw mensen er niets mee te maken zouden hebben. Dat zei ik toch? Nu, wat kan dit alles te betekenen hebben, kolonel?’
‘Voor ons plan hebben we lokaas nodig. Die Swagger is een gevaarlijke tegenstander, maar hij heeft zwakheden. Hij had een zwak voor een Russische scherpschutter die hij ervan verdenkt dat die zijn beste vriend doodgeschoten heeft. Mijn staf-psychiater, Dobbler, had dat plan be-

dacht. En het werkte, meneer Meachum. We kregen Swagger op een presenteerblaadje aangereikt. Maar we konden hem daar niet houden.'

'Nee, dat is duidelijk.'

'Nu, volgens Dobbler heeft Swagger die andere schutter op de een of andere manier áángevoeld. En hij zal hem als een even grote uitdaging beschouwen als de Rus. Ik wil hem als lokaas voor Swagger gebruiken. Het hoeft niet te ingewikkeld te zijn, maar wel authentiek. Ik wil zijn medewerking.'

'Als lokaas?'

'Ja. Niet fysiek. Maar we hebben naam, achtergrond, geschiedenis, verrichtingen, dat soort dingen, nodig.'

'Nu, laat ik u vertellen dat hij en ik elkaar al heel lang kennen. In feite zaten we bij elkaar op school. Zijn leven is... opmerkelijk geweest. Kolonel, zijn identiteit is het enige geheim dat ik liefst wil bewaren.'

'Als wij Swagger niet te pakken krijgen, schiet hij ons aan stukken, meneer Meachum.'

Hugh dacht na.

'Ik moet het hem vragen,' zei hij. 'Ik peins er niet over het zonder zijn toestemming te doen.'

29

Ze stopten buiten het huis. Het begon al fors te schemeren in Syracuse in New York. Nick droeg een pak, een wit overhemd, een das, onlangs allemaal gekocht met geld uit Bobs bezit van dertigduizend dollar dat hij in een gordel rond zijn middel droeg. Bob had ook een pak en een das gekocht – hij zag er bijna beschaafd uit.
Nick draaide zich om en keek naar het huis, en slikte moeizaam.
'O jee,' zei hij plotseling. 'We zijn er...'
Dit was het moeilijkste en zijn maag voelde aan alsof er een grote klomp ijs in zat.
Bob kauwde op een tandestoker en keek voor zich uit door de voorruit van de gehuurde Buick.
'Het moet gebeuren, Memphis.'
Nick ademde lang uit. Hij bleef maar lucht uitblazen terwijl hij de melancholie door zich heen voelde kruipen.
'Als ik over deze streep ga, zou ik weleens niet meer terug kunnen komen.'
'Als je niet over deze streep heengaat, zouden ze je wel eens aan de verkeerde kant kunnen doden.'
'Dat helpt me niet veel,' zei Nick. 'Niet zoals ik opgegroeid ben.'
De streep was die van de misdaad. Het had hem beziggehouden sinds Bob hem het plan voorgelegd had. Maar het was de enige manier.
'Is dit het?'
'Ja, ik ben bang van wel. Er is geen andere manier om te krijgen wat we willen en om het snel te krijgen. Je moet het zo zien: die jongens van RamDyne schieten je over een paar dagen waarschijnlijk toch van de sokken, dus wat maakt het uit?'
Bob glimlachte weer naar hem.
'Oké,' zei Nick. Hij wist dat hij tot nu toe in zijn avonturen niets illegaals gedaan had, hoewel hij de elasticiteit van de wet wel eens tot het uiterste getest had. Maar dit was anders. Hij stond op het punt zich als FBI-agent uit te geven, terwijl hij dat niet meer was. Het was een aantasting van de Federale Code 28-02.4, en er stond een flinke straf op, hoewel hij, als hij ervoor gearresteerd werd, binnen zes maanden weer vrij zou zijn – tenzij iemand erg kwaad op hem was. Maar hij wist ook dat hij nooit meer voor de FBI zou werken.
'Oké,' zei Nick. 'Vooruit dan maar. En Howdy Duty kan naar de hel lopen met zijn plicht.'

'Dìt is jouw plicht,' zei Bob.
Ze klopten op de deur en een klein meisje deed open. Nick haalde zijn identiteitskaart te voorschijn.
'Hallo,' zei hij. 'Mijn naam is Nicholas Memphis en ik ben een speciaal agent van de FBI. Kan ik je vader misschien even spreken, liefje?'
Ze dook naar binnen en een paar minuten later verscheen er een ernstige, magere man met een vest aan.
'Ja?' vroeg hij, terwijl hij een hand door zijn haar haalde.
'Meneer Porter, mijn naam is Nicholas Memphis en ik ben een speciaal agent van de FBI. Dit is mijn medewerker, speciaal agent Fencl.'
'Meneer,' knikte Bob.
'Heb ik...?'
'Nee, nee meneer,' zei Nick snel. 'Maar als onze informatie juist is, is het op dit adres dat u de redactie en verzending verzorgt van *Accuracy Shooting*, de nieuwsbrief van het bankschieten?'
Porter slikte.
'Eh, ja, dat is juist. Ik ben verzekeringsdeskundige, maar ik doe al zo'n vijftien jaar aan bankschieten. Tien jaar geleden heb ik het redacteurschap overgenomen. Liefdewerk, in feite. Het kost me tijd en geld. Maar ik heb er een aantal goede vrienden aan overgehouden en ik heb er veel plezier aan.'
'Ja, meneer. Dat begrijpen we.'
'Meneer Porter,' zei Bob, 'we zoeken naar een man die mogelijk betrokken is bij verscheidene schietpartijen.'
'O, God...' zei Porter.
'En volgens onze informatie was hij ooit een van de beste bankschutters van het land.'
'O, nee,' zei Porter. 'Zo zijn bankschutters niet. We praten hier niet over overlevers, weet u, AK-47's, dat soort. Dit zijn gewoon mensen die graag spelen met hun volledig nutteloze geweren en munitie, en op kaartjes schieten. Jee, ze zitten alleen maar en schieten en vloeken, dat is alles. Het is het meest vervelende wat je ooit gezien hebt. Het is een enorme uitdaging om het te doen, maar om ernaar te kijken...'
'Onze informatie is zeer betrouwbaar, meneer Porter. Weet u, er zijn er altijd één of twee die de groep een slechte naam kunnen geven.'
'God, het is zó onschadelijk,' zei Porter. 'Ik zou het verschrikkelijk vinden als de kranten hierachter kwamen en zouden zeggen dat bankschieten een training voor sluipschutters was...'
'Meneer Porter, het laatste wat wij doen is praten met de pers, daar kunt u verzekerd van zijn. Wat wij zouden willen doen is uw abonneelijst doornemen. Dit is een oudere man.
Eind jaren vijftig was hij actief in de bankschutterij en wij geloven dat

als hij een abonnee is, hij dat al heel lang geweest is. We hebben begrepen dat het blad in het begin van de jaren zestig begonnen is als een clubnieuwsbrief.'
'Ja, inderdaad. Zoekt u naar een naam?'
'Nee, meneer, hij leeft bijna zeker onder een valse naam. Maar we hebben verscheidene andere gegevens en als we van u een serie namen krijgen, kunnen we ze vergelijken met andere lijsten en kunnen we zoeken naar overeenkomsten. We kunnen u verzekeren dat we uw informatie strikt vertrouwelijk behandelen.'
'En ik neem aan dat u met een dagvaarding komt als ik weiger.'
'Meneer Porter, dit is een vriendschappelijk bezoek, niet een vijandig. Als u een advocaat wilt vragen hier te komen om u van advies te dienen, dan is dat prima. Wij kunnen dan even wachten.'
'Nee, nee,' zei Porter. 'Nee, komt u maar binnen. Willen jullie misschien koffie?'
'Nee, dank u, meneer,' zei Nick.
Porter leidde hen door een aantal plezierig ingerichte kamers, tot ze uiteindelijk zijn werkkamer bereikten, waar een IBM-computer en een Epson-printer op een bureau stonden. Langs de wanden waren planken aangebracht en Nick herkende vele standaardwerken over ballistiek, veel handleidingen over het laden van munitie, maar ook *Crime and Punishment*, *Portnoy's Complaint* en *The Great War and Modern Memory*, allemaal boeken die hij ooit nog eens wilde lezen. Aan één wand hing een serie omslagen van *Accuracy Shooting*.
'Ik ben twee jaar geleden overgegaan op de computer,' zei Porter. 'Het begon gewoon te veel te worden om het zonder te doen. Ik kan elke uitgave nu in één keer doen. En ik heb heel veel hulp van vrijwilligers. En mijn vrouw helpt met het typen. We hebben er heel veel plezier aan.'
'Ja, meneer,' zei Nick. Bob hield zich wat afzijdig en liet het praten aan Nick over. Geweldig, dacht Nick, ik zit er zo diep in dat ik er nooit meer uitkom.
'Nu, ik heb zo'n zevenentwintigduizendvijfhonderd abonnees, meneer Memphis. Wilt u dat ik de hele lijst uitprint, of zo?'
'Is er een manier waarop u die chronologisch op kunt splitsen? Bijvoorbeeld, de vroege abonnees apart? De eerste abonnees. We zijn ervan overtuigd dat onze man al vrij vroeg van u gehoord heeft en een van uw eerste abonnees was.'
'Hmm,' zei Porter. 'Weet u, ik denk niet dat ik die lijst op die manier te voorschijn kan halen. Ik heb het programma zodanig opgezet dat de lijst alfabetisch loopt. Als ik een nieuwe abonnee krijg, voeg ik hem toe aan de lijst en dan komt die automatisch op de juiste plaats terecht.'
'Ik begrijp het.'

‘Hoe wierf u uw abonnees, meneer Porter?’ vroeg Bob.
‘Nou, ik heb advertenties verzameld uit *The Shotgun News* en de dure geweertijdschriften. En verder zit er natuurlijk een inschrijfformulier bij elk exemplaar van het tijdschrift.’
‘Nee, ik bedoel aanvànkelijk. Toen het begon. Dat eerste jaar, wat was dat, 1964? Hoe is het begonnen?’
‘Nou, als ik het wel heb, begon het nogal informeel als een nieuwsbrief van wedstrijdresultaten. En af en toe stond er een technisch artikeltje in. De mannen wilden allemaal communiceren over waar ze mee bezig waren. En mensen die gewoon geïnteresseerd waren in de sport, de experimenten of wat dan ook, begonnen te vragen of ze een exemplaar toegestuurd konden krijgen. En ik geloof dat ze voor het eerst abonnees begonnen te krijgen in 1964, nadat de nieuwsbrief een echt tijdschrift geworden was.’
‘Die eerste verzoeken om een abonnement. Zeg, de eerste duizend. Enig idee wat daarmee gebeurd is?’
‘O, Jezus. Heb ik ze weggegooid? Ik heb al dat spul gekregen van de oude Milt Omahundro, die het toen in elkaar zette. God, ik... Nee, ik geloof dat ik nog een paar kartonnen dozen in de garage heb staan.’
‘Zouden we die kunnen zien?’
‘Natuurlijk. Deze kant op.’
En hij leidde hen naar de garage, waar tegen een van de muren een stapel kartonnen dozen stond.
‘O, Jezus, ik weet gewoon niet...’
‘Meneer Porter,’ zei Bob. ‘Laat ik u een voorstel doen. Als u me wat koffie brengt, zoals u aanbood voordat deze jongeman nee zei, dan doorzoek ik die dozen met plezier voor u. En ik zal er verdomd goed voor zorgen dat we het hier even netjes achterlaten als we het aantoffen. Akkoord?’
‘Nou, dat is het beste aanbod dat ik in weken gehad heb.’
Bob en Nick gingen aan het werk en het was Bob die het hardst werkte. Hij deed zijn jasje uit en vouwde het netjes op en toen wierp hij zich op de taak met diezelfde intensiteit die Nick altijd verbijsterde. Af en toe pauzeerde hij even om een slok koffie te nemen, maar over het algemeen werkte hij gestadig door.
Hij zou een goede agent zijn, dacht Nick, die tot nu toe altijd de beste werker geweest was.
Hij was met de laatste doos bezig en het was Bob die het vond: de eerste duizend abonneeformulieren voor *Accuracy Shooting*, nu vergeeld van ouderdom. Vele ervan waren gewoon brieven met een bijgesloten cheque en ze vertoonden nog steeds de indruk van een paperclip of de gaatjes van een nietje. Sommige waren registerkaartjes of briefkaarten. Er

waren maar een paar formulieren. Het was een doos vol oude herinneringen die bijna tot stof uiteenvielen. Het was moeilijk ernaar te kijken en te bedenken dat zoiets banaals – een doos vol vergeten brieven en formulieren – de sleutel zou kunnen bevatten tot iets zo monsterlijks als het doodschieten van aartsbisschop Roberto Lopez in New Orleans.

'Allemachtig,' zei Porter. 'Dat was nog eens een tijd geleden. Ik was die helemaal vergeten. Ik wist niet eens meer dat ik die nog had.'

'Meneer,' zei Nick, 'wat we willen doen is een ontvangstbewijs voor dit materiaal voor u uitschrijven en we zullen het aan u teruggeven als we ons onderzoek afgesloten hebben.'

'O, ik weet het niet. Als ik ze gevonden had, zou ik ze zelf misschien wel weggegooid hebben. Waarom nemen jullie dat verdomde spul niet gewoon mee en als jullie het kwijtraken, dan is dat des te beter.'

'Jawel, meneer, maar ik schrijf met alle plezier een ontvangstbewijs uit.

'Nee, gaan jullie nu maar. Ik heb nog wat werk te doen.'

De volgende dag reisde Shreck naar het zuiden en reed via Virginia Noord Carolina binnen, volgens gecompliceerde richtingaanwijzingen. Daar, in de schaduw van het Blue-Ridgegebergte, net over de staatsgrens, sloeg hij een particuliere weg in en reed die ongeveer anderhalve kilometer af, tot hij bij een elektronisch hek kwam. Hij stapte uit de auto en drukte op de knop van een intercomsysteem.

'Ja?' vroeg een stem.

'Mijn naam is Shreck,' zei hij.

'Oké,' antwoordde de stem.

Het hek gleed open en Shreck stapte in en reed nog een meter of tweehonderd verder. In de schaduw van een heuvel van een meter of honderdtachtig hoog stond een prettig-uitziende boerderij, weids, schitterend. Shreck had altijd in appartementen geleefd, bijna als een monnik. Maar even was hij onder de indruk bij de aanblik – het was prachtig en als hij ooit een eigen huis zou hebben, moest het zoiets zijn. Wie deze knaap ook was, hij had geld. Hij parkeerde en stapte uit. Een cementen helling leidde naar de dubbele deuren. Het huis had geen stoep.

Shreck liep de helling op en merkte dat de deur open was.

'Ik ben in de werkplaats,' hoorde hij de stem door de luidspreker zeggen.

Shreck liep door het huis, door de brede deuren ervan, over het zonneterras. Achter het huis kon hij de schietbaan zien, de witte doelwitten ervan opgesteld aan de voet van de heuvel.

Ten slotte bereikte hij de achterkant van het huis en stapte hij door weer zo'n brede deur. Een man die er tien jaar ouder uitzag dan hij was, zat opgevouwen in een rolstoel. Hij draaide voorzichtig een koperen patroon

in zijn hand rond, terwijl hij die bewerkte met een apparaatje dat een sleutelachtig handvat had.
'Hallo, kolonel Shreck.'
'Hallo, meneer Scott.'
Lon Scott had kort, keurig geknipt haar boven het lange gezicht en het adellijke profiel. Zijn ogen waren donker en zijn gespierde onderarmen en handen vertoonden tientallen aderen. Maar zijn lichaam was afschuwelijk verwrongen. De ruggegraat was krom als een boog, met daaronder zijn verlamde benen, akelig dun. Hij kon zijn lichaam niet in conditie houden, dus had het een laag vet gekregen en zijn maag bolde grotesk op. Eens knap, zag hij er nu wanstaltig uit.
Shreck probeerde geen reactie te tonen, maar hij wist dat er iets van afschuw in zijn blik te lezen was. En hij wist dat Scott het opgemerkt had.
'Niet erg plezierig om te zien, hè? Dat kan een kogel in de ruggegraat doen met een gezonde, opgroeiende jongen, kolonel. Hij wordt in een geranium veranderd.'
'Het spijt me, meneer. Ik...'
'Het geeft niet. Ik kan ertegen. Nu, mijn vriend Hugh Meachum zei dat u slecht nieuws voor mij had. Vertel het maar, kolonel. U ziet er niet uit als het soort man dat eromheen draait.'
'Jawel, meneer,' zei Shreck. 'Het is een los eind. Een detail dat niet weg wil gaan. New Orleans. De man die we als pispaal gebruikt hebben.'
'De marinier?'
'Ja. Er zou met hem afgerekend worden, maar door een dwaas toeval overleefde hij een schot door de borst vanaf korte afstand. De kogel moet zijn hart op een haar gemist hebben. En nu is hij terug en vormt een team met een FBI-agent.'
'Die marinier. Is hij goed?'
'Uitmuntend.'
'Zo goed als u? Ik begrijp dat u nogal een strijder bent.'
'Beter.'
'Maar u hebt een plan?'
'Inderdaad. Het is onze overtuiging dat hij hypergevoelig is voor zaken uit de schutterscultuur. Hij zou bijvoorbeeld dat geweer van u, dat hij in Maryland gebruikte, herkend kunnen hebben. Het is ons idee een advertentie te plaatsen in *The Shotgun News* voor een soort boek, in eigen beheer uitgegeven, zoals dat vaak gebeurt in die wereld, over beroemde geweren of schutters, of zo. En als hij die advertentie ziet, wil hij vast en zeker de auteur benaderen. En dan nemen we hem te pakken.'
'Waarom hebt u daar mijn toestemming voor nodig?'
'Nou, meneer, wij vinden dat we het beste af zijn als we zo dicht mogelijk bij de authenticiteit komen bij alles wat we leren door middel van an-

dere bronnen. Hij is een zeer zorgvuldig man. En dat is de reden dat wij... informatie, maar ook uw toestemming nodig hebben.'

Lon Scott knikte.

'Mijn verleden? Mijn familie? Dat soort dingen?'

'Jawel, meneer.'

Scott scheen even een merkwaardig moment door te maken. Het was een vreemde rilling, iets tussen een huivering en gesnuif in. Alsof hij bijna lachte of bijna stikte.

'Mijn vader,' zei hij ten slotte. 'Mijn arme, oude vader.'

'Ja, meneer.'

'Ik begrijp het.'

'Er zijn alternatieven,' zei de kolonel, die nu met veel moeite zijn gezicht strak hield bij het zien van Lon. 'We kunnen hopen dat we er goed vanaf komen, terwijl Swagger en de FBI-agent ons aantasten. We hebben onze sporen goed uitgewist... maar ze hebben ons steeds weer verrast. Misschien vinden ze toevallig wat en tegen die tijd zou het te laat kunnen zijn. Mijn oorlogstheorie is altijd geweest: agressief aanvallen. Ik werd eens een vleesmolen genoemd. Maar ik ben van mening dat je uiteindelijk levens spaart door agressief te reageren.'

Lon luisterde aandachtig en verbrak die aandacht slechts voor een ogenblik om wat speeksel op te hoesten en het in een kwispedoor, die de kolonel nog niet opgemerkt had, te spuwen.

'Er zijn natuurlijk risico's aan verbonden. Het eerste is dat we hem uw naam moeten voorhouden. Ik begrijp dat u zeer hecht aan uw privacy.'

'Mijn naam is niet meer in de pers verschenen sinds ik in het begin van de jaren zestig gestopt ben met bankschieten. Ik weet zeker dat ik nu vergeten ben. Het beangstigt me natuurlijk. Het is zoiets miniems... maar natuurlijk is er de vage mogelijkheid van informatie zoeken, die misschien leidt tot het leggen van verbanden... maar ja, wie weet? De doos van Pandora. Die zaken gaan een eigen leven leiden.'

'Ja, meneer. Het is alleen dat ik het gevoel heb dat er geen andere manier is. Swagger zou al het andere doorzien. Hij zou jarenlang aan ons knagen, tot aan onze dood. We zouden geen kant meer opkunnen. We moeten hem elimineren, of anders is alles verloren.'

Scott zuchtte. Hij leek ook overmand te worden door melancholie.

'Tsjonge, jonge, jonge,' zei hij ten slotte. 'Na al die jaren.'

'Ja, meneer.'

'En ik neem aan dat deze man, als hij niet gestopt wordt, ook een risico oplevert voor Hugh.'

'Ja, meneer.'

'Nu, ik heb veel aan Hugh te danken, kolonel Shreck. Hij is een groot man. Hoelang hebt u hem gekend?'

'Sinds 1961, meneer, toen we de invasiemacht voor de Varkensbaai trainden in Guatemala. Hij heeft sinds die tijd, wat mijn carrière betreft, constant voor me gezorgd.'
'Zo is Hugh. Hij neemt verantwoordelijkheden. Hij is zòrgzaam. Hij laat je worden wat je talenten je toelaten. Zonder hem zou ik mezelf verloren hebben in mijn verbitterdheid. Ik heb een overeenkomst gesloten met Hugh en die is in ons beider voordeel uitgevallen. Ik doe mee. Wat u ook zegt, wat u ook wilt. Ik doe mee.'
'Ja, meneer. Dank u, meneer. Zoals ik zei, meneer Scott, uw naam, uw familie...'
'Ja, weet u, u hebt daar werkelijk de roos getroffen. Mijn vader was in de jaren dertig een beroemd man. Het verhaal over wat hij allemaal verrichtte met de Tiende Zwarte Koning en waar het toe leidde... ja, het zóu een geweldig Amerikaans boek kunnen worden. En in de schutterswereld is zijn naam zelfs nu nog direct te herkennen. Ja, ik zal u wat data geven waar u wel wat aan zult hebben.'
'Dank u.'
'Maar ik wil er iets voor terug hebben.'
'Ja, meneer?'
'Ik wil er tot aan het eind bij betrokken zijn. Als ik het lokaas moet zijn, laat hem dan naar mij toekomen. Hier. Ik zal mijn deel doen. Deze plaats is er uitermate geschikt voor. Afgelegen, toegang tot een berg, alles wat u nodig hebt. Uw jongens kunnen hem *Bone Hill* opdrijven.' Hij gebaarde over zijn schouder en Shreck kon de heuvel achter het huis zien, de flanken bedekt met struikgewas, de top kaal. 'Daar zal hij sterven, op de top van *Bone Hill*.'
Dat was precies wat Shreck gewild had. Eens te meer had de grote Lon Scott de roos getroffen.
'Dat zal het allemaal veel makkelijker maken, meneer,' zei Shreck.

'En nu?' vroeg Nick. 'We hebben hier meer dan duizend namen. Eén daarvan is misschien vals, het pseudoniem van een man die zichzelf bijna dertig jaar geleden liet verdwijnen. Hoe gaan wij ze met z'n tweeën in godsnaam schiften?'
'Hij kan zijn naam veranderen, Memphis. Hij kan zijn adres, zijn uiterlijk, zijn manier van praten veranderen. Maar één ding kan hij niet vervalsen en dat is zijn bénen.'
Memphis keek hem aan. Bob hurkte in het schemerdonker van de motelkamer, zijn gezicht verloren in de schaduwen.
Nick moest het toegeven. Ja, het was zeer netjes uitgedacht, elegant zelfs. Maar hij moest een stap verdergaan.
'Is er een soort register van gehandicapte personen waar ik niets vanaf

weet? Ik bedoel, we kunnen toch niet duizend mannen opbellen, wiens adressen van dertig jaar geleden we kennen, en ze vragen of ze verlamd zijn?'

'Zo'n register is er. We splitsen het en maken een lijst per staat. Dan bel je in elke staat de overheidsafdeling voor motorrijtuigen op en je vraagt wie op die lijst geregistreerd staat als een gehandicapte. De computers van de staten moeten daar zeer snel achter kunnen komen.'

'Verdòmme!' schreeuwde Nick. 'Je hebt gelijk, verdomme. Ja, ja. Dan hebben we die duizend in een telefoontje of vijftig verminderd tot een paar. Hoeveel zouden er kunnen zijn? En dan kùnnen we ze controleren.'

'Precies, Big. Ik verwed er een dollar onder dat één van die mannen Lon Scott is. Het zou leuk zijn erachter te komen hoe hij zich al die jaren verborgen heeft kunnen houden en hoe het komt dat zijn beroemde geweer in handen kwam van een organisatie die belangrijke mensen vermoordt om geld te verdienen.'

Nick begon de volgende ochtend te bellen in een gehuurde zolderruimte, vlak bij de universiteit in het centrum van Syracuse, zo gauw de telefoonmaatschappij de telefoonlijnen aangesloten had. Hij gebruikte zijn FBI-codenummer, dat hem overwicht gaf bij het leidinggevend personeel en zo was hij in staat binnen een paar uur de computerzoekactie in zes staten te beginnen. Maar het was uitputtend, vreselijk werk, en Nick was verbijsterd iets in zichzelf op te merken wat hij zichzelf nog nooit toegestaan had: dromerigheid.

Hij zag zichzelf op pad, hij zag zichzelf een beetje als Bob: vrij, aan niemand verantwoording verschuldigd. Hij dacht erover na: zou ik mijn eigen leven kunnen uitvinden, in plaats van dat de FBI dat voor me doet? Hij was een man van vele meesters geweest en had altijd met graagte gedaan wat zij zeiden. Nu dacht hij erover zijn eigen meester te worden.

Ondertussen nam Bob de antwoordtelefoontjes aan op de andere lijn.

'Agent Fencl, FBI,' zei hij dan, terwijl hij probeerde zijn accent van Arkansas te onderdrukken. 'Ja, meneer, maar agent Memphis is telefonisch in gesprek. Kan ik uw boodschap aannemen? Ik zal die aan hem doorgeven. Ja, mevrouw. Kunt u dat misschien spellen? Ja, en is er ook een adres bekend? Hartelijk dank, u bent ons zeer behulpzaam geweest.'

Het kostte hen drie dagen. Uiteindelijk hadden ze zeven namen – dat wil zeggen: zeven mannen die zich onder de eerste duizend abonnees van *Accuracy Shooting* bevonden en die tussen 1964 en nu een gehandicapten-autoregistratie gekregen hadden.

'Foei,' zei Nick. 'Al dat werk voor zeven namen. Als ik nu nog bij de FBI zat, zou ik alleen maar de agenten in de betreffende staten op hoeven te bellen om ze te vragen die kerels na te trekken. Binnen een half uur zou

ik hun rapport binnen hebben. Maar ik neem aan dat onze volgende stap is om die zeven stuk voor stuk zelf na te trekken.'
'Ja. Natuurlijk weet ik niet hoe de echte Lon Scott eruitzag. Maar ik weet wel dat hij in 1963 uit het zicht verdween en sindsdien niet meer gezien is. Dus het lijkt mij dat we er als eerste achter moeten komen hoe oud die kerels zijn. We kunnen degenen die in 1962 niet minstens twintig waren af laten vallen, en ook diegenen die in 1962 nog niet gehandicapt waren. Misschien brengt dat het aantal wat terug.'
'Nee, wacht eens even,' zei Nick. 'Nee, we doen dit verkeerd. Luister, bekijk het eens zo: de knaap die we zoeken, de echte Lon Scott, heeft één opvallende eigenschap – en die is dat hij een nieuwe identiteit heeft. Nou de klassieke manier waarop je een nieuwe identiteit opbouwt, is dat je die overneemt van een kind dat op of rond de tijd van je eigen geboorte ter wereld kwam, maar dat al binnen een paar jaar gestorven is. Zie je, niemand legt ooit een verband tussen geboorte- en overlijdensbewijzen. Dus neem je de naam van een kind dat een paar jaar na de geboorte gestorven is, van een grafsteen of uit een overlijdensbericht uit een oude krant. Dan schrijf je naar de afdeling geboorteregisters van de overheid en je zegt dat je die en die bent en dat je een uittreksel uit het geboorteregister wilt hebben. En dan gebruik je dat als basis voor je nieuwe identiteit. Ja?'
Ja, inderdaad. Bob knikte. Voor het eerst keek hij bijna alsof hij onder de indruk was.
'Ga verder,' zei hij ten slotte.
'Dus bellen we de plaatsen waar de zeven namen wonen, we bellen de afdeling overlijdensregisters en we zoeken uit welke van de zeven overleden is. En als dat bij een het geval is, weten we dat iemand die naam gebruikt heeft als basis voor de nieuwe identiteit. En dat moet onze man zijn, nietwaar?'
Bob keek hem lang en indringend aan.
Toen zei hij: 'Je hebt eindelijk iets waardevols gezegd, hoewel je véél te véél uitlegde. Vooruit dan, aan het werk.'

'De advertentie verschijnt vandaag,' zei Dobbler, 'onder de rubriek "Boeken en Tijdschriften" van *The Shotgun News*. Hij is niet meer dan een paar zinnen groot. Hier is de kopij.'
Hij gaf die aan Shreck.

> ART SCOTT: AMERIKAANSE SCHUTTER. Het ware verhaal van de beroemde scherpschutter van de jaren dertig, die de Nationale Duizend-meterwedstrijd vier maal won in de jaren dertig en veertig, en nog tweemaal in de jaren vijftig, met zijn beroemde Tiende Zwarte

Koning Model 70 .300 H & H Magnum. Compleet met foto's uit familie-archieven en munitiegegevens. Franco $ 49.50, of te bestellen bij James Thomas Albright, Postbus 511, Newtsville, N.C. 345-555-0967. Visa, Mastercard.

'Lon Scott wordt er niet eens in vermeld,' zei Shreck.
'Nee, dat kan ook niet. Te voor de hand liggend. Het moet subtiel zijn. Als het te zeer voor de hand ligt, merkt hij dat het een valstrik is en komt hij nooit dichtbij. Hij heeft het verband gelegd met de Tiende Zwarte Koning, dat garandeer ik u! Die dingen kun je niet forceren!'
Hij schreeuwde bijna en vergat tegen wie hij sprak.
Shreck deed gewoon een pas achterwaarts.
'Hoe weten we dat hij de advertentie zal zien?' vroeg hij.
'We vertróuwen hem. Misschien ziet hij hem niet meteen. Maar als hij reist, zal hij met mensen praten die hem wel gelezen hebben. Hij zàl hem vinden, dat garandeer ik u. En hij zal de instructies in de advertentie gehoorzamen.'
Als het nummer gebeld werd, werd dat automatisch doorgeschakeld naar een antwoordapparaat in het hoofdkwartier van RamDyne.
'Wat ze horen is een boodschap om hun Visa- of Mastercardnummer en hun adres te vermelden,' zei Dobbler. 'Dus laten ze hun stem achter op de band. En dat is zeer belangrijk. Ziet u, we hebben de stemmen van zowel Swagger als Memphis opgenomen: Memphis tijdens zijn ondervraging in het moeras en Swagger tijdens uw gesprekken met hem in Maryland. Toen hebben we hun stemmen tot een elektronische handtekening omgewerkt en die hebben we op hun beurt in een computer ingevoerd. Ieder telefoongesprek dat we binnenkrijgen wordt automatisch in de computer ingevoerd en direct gecontroleerd aan de hand van de stemherkenning. Als ze met elkaar kloppen weten we dat meteen.'
'En dan...?'
'En dan halen we hem binnen. Langzaam. Heel langzaam, vertrouwend op ons instinct en onze inschatting van Swaggers karakter. We halen hem binnen en vernietigen hem. Het is net met lokaas op een roofdier jagen. Het onderzoek is het lokaas... of zijn illusie dat hij hier levend uit te voorschijn kan komen.'
Shreck knikte.
'Het ìs knap,' gaf hij toe.
Dobbler keek naar Shreck en besefte dat hij voor het eerst niet bang voor hem was.

De week daarop waren ze er zoveel keer bijna, dat ze er haast gek van werden. Ze zaten bijna de hele dag aan de telefoon op de zolderruimte in Syracuse en na het sluitingsuur van de bedrijven in de laatste staat gingen ze een wandeling maken, aten wat en ontspanden zich. Ze vormden een vreemd stel: de lange, magere man van middelbare leeftijd die een beetje ingehouden was, en dan de dikkere, vriendelijkere, jongere man met zijn blonde, vlassige haar, zijn warme bruine ogen, wiens massa een indruk van grote kracht gaf. Ze praatten bijna nooit als ze wandelden en aten. Ze leken een behagen te scheppen in hun stilzwijgen.

Toen stelde Bob op een avond een vraag over de stoel: 'Wat voor gevolg heeft het voor een mens? De stoel?'

Eerst dacht Nick dat hij het had over de elektrische stoel en dacht dat Nick, in zijn FBI-carrière, op de een of andere manier een executie meegemaakt had. Maar toen besefte hij dat Bob zich iets herinnerde dat hij tegen kolonel O'Brien gezegd had. Stoel. Rolstoel.

'Ach, je gaat er kapot aan. Ik denk dat ik hem meer haatte dan zij. Want het was mijn fout, mijn verdomde schuld. Soms lag ik 's nachts naar haar ademhaling te luisteren. Je kon het verdomde ding in het maanlicht zien staan. Het was net of hij je uitlachte.'

'Stel dat jij erin zat? Stel dat je daar door je eigen pa in terechtgekomen was en dat hij zich in zijn verdriet door zijn kop geschoten had? Wat zou je dan doen?'

'Ik weet het niet,' zei Nick.

'Nou, verdomme, denk na. Geef me een antwoord. Ik moet weten waarom die kerel deed wat hij deed.'

'Jezus, bitterheid, denk ik. Het zou je geestelijk zo kunnen verminken, dat je de hele wereld haatte. Dat gebeurde natuurlijk niet met haar. Zij was te speciaal en beschaafd. Maar bij iemand anders? Ik denk dat het je makkelijk tot geweren zou kunnen drijven, op zoek naar het gevoel van macht dat het geweer wèl maar je lichaam níet meer heeft. Het geweer zou een verlamming kunnen complementeren. Het zou hem zeer, zeer gevaarlijk kunnen maken. Maar er zijn zoveel moordenaars op deze aarde die niet gehandicapt zijn. Wat is er zo bijzonder aan één die het wel is?'

Bob keek hem een beetje droevig aan.

'Je snapt het nog steeds niet, hè, Big?'

'Wat?'

'Kom mee, we kunnen maar beter teruggaan. We moeten morgen weer telefoneren.'

Maar naarmate de tijd verstreek leek de kans op de grote doorbraak kleiner te worden. Al de telefoontjes waren gevoerd, soms twee of drie keer. In steeds grotere cirkels probeerden ze de overlijdensbewijzen in overeenstemming te brengen met de zeven namen, geduldig zoekend door de streken en toen de staten. Maar op de een of andere manier leek het verband steeds minder duidelijk te worden.

'Ik ben bang dat we die verdomde kerels op moeten gaan zoeken om ze te bekijken en dan zien we wel verder,' zei Bob. Hij las in het laatste nummer van *The Shotgun News* dat hij net in een krantenkiosk gekocht had. Dat deed hij elke week, Nick mateloos irriterend. Het was zo'n smerig blad, vol tekst en groezelige zwart-wit foto's van tweedehands geweren. 'Het Vod' noemde Bob het met een gegnuif van vrolijke minachting. Er stonden niet eens verhalen in – alleen maar pagina's en pagina's advertenties.

'Weet je, ik vraag me af of het zoeken naar Annex B misschien niet het meest verstandige is, op dit moment. Als we samenwerken met Sally Ellion is er misschien nog een mogelijkheid om in het computersysteem van de FBI te komen. Ze is zeer slim. Ze mag me. Ik denk...'

'Je wilt dat aardige, jonge meisje gewoon aan de haak slaan, Big. Waarom geef je dat niet gewoon toe?'

'Nee, ze is een áárdig meisje. Ik wil gewoon...'

De telefoon ging.

'Agent Memphis.'

'Meneer Memphis. U spreekt met Susan Jeremiah van het registratiekantoor van Clark County in Noord Carolina.'

'O, ja, ik herinner me u. Ik heb een paar dagen geleden met u gesproken. Over de zeven namen...'

'Inderdaad.'

'En u kon mij niet helpen?'

'Nee, meneer. Maar ik bleef erover nadenken. Een van de namen op de lijst was een James Thomas Albright. En er stond geen James Thomas Albright op mijn lijst van overledenen van 1935 tot 1945.'

'Nee. Dat vertelde u...'

'Maar ik bedacht toen dat er wel een Albright wàs. Een Robert Parrish Albright, die op tweejarige leeftijd stierf in 1938, hier in Clark County.'

'O?' zei Nick.

'De namen leken zoveel op elkaar. Ik werd heel nieuwsgierig en bleef er maar over nadenken. Dus ben ik onze naamsregisters gaan controleren. Weet u, met een geldig geboortebewijs kan men bij de rechtbank verzoeken om een wettige naamsverandering.'

'Natuurlijk.'

'En tot mijn verbijstering ontdekte ik dat een zekere Robert Parrish Albright van deze streek in juni 1963 een verzoek ingediend heeft om zijn naam te veranderen in James Thomas Albright. Het verzoek werd toegewezen en niemand heeft ooit de moeite genomen de veranderde naam te controleren aan de hand van de overlijdensbewijzen. Niemand wist dat de echte Robert Parrish Albright in 1938 overleden is.'

Nick slikte. Hij had het gevoel alsof hij achter een sluier keek die iemand jaren geleden zorgvuldig opgehangen had. Voor hem was het een van die vreemde, geweldige momenten waarop een onderzoek – dat tot nu toe uit zoveel losse aanleidingen en valse aanwijzingen bestaan had – plotseling ergens toe leidde. Hij voelde een korte, felle schok.

'Dank u, mevrouw Jeremiah. Hartelijk dank.' En toen draaide hij zich om naar Bob, terwijl hij probeerde laconiek te blijven.

'Ik heb hem gevonden,' zei hij.

'O, ja,' zei Bob geeuwend. 'James T. Albright uit Noord Carolina. Hé, ik heb hem ook gevonden.' Hij hield *The Shotgun News* omhoog. 'De stomme klootzak heeft een boek geschreven!'

De spanning was enorm: al die telefoontjes van over heel de Verenigde Staten. Het had Dobbler niet moeten verbazen dat het er zoveel waren, maar dat deed het wel.

'Hallo, mijn naam is Walter Murbach uit Sherman Oaks in California. Ik ben zeer geïnteresseerd in het boek over de Tiende Zwarte Koning. Mijn Visacardnummer is…'

Er waren tientallen van dat soort telefoontjes en binnen een week of twee waren het er honderden geworden. Het werden er meer dan achthonderdvijftig, allemaal serieus, geen van hen Bob of Nick Memphis.

'Ik denk niet dat het ons zal lukken,' zei Shreck.

'Het werkt,' zei Dobbler. 'Ik ken Bob. Hij is bijna een jaar lang mijn project geweest. Ik ken hem. Dit is de enige manier.'

Shreck gromde vol ongenoegen.

En zo wachtten ze. En zo gingen één, twee dagen voorbij. Dobbler zat thuis in zijn appartement door oude exemplaren van *The American Rifleman* te bladeren toen het telefoontje kwam.

'Dobbler.'

'Dokter Dobbler, u spreekt met de telefoonoperatieofficier. Wij denken dat we een positieve identificatie hebben op een telefoontje dat we ongeveer zeven minuten geleden ontvangen hebben. De computeranalyse heeft een bijna volmaakte overeenkomst met Memphis opgeleverd.'

'Welke naam heeft hij opgegeven?'

'Eh… speciaal agent Nicholas Memphis, FBI.'

Ja, dit is speciaal agent Nicholas Memphis, FBI. Ik bel voor meneer Albright. Wij hebben reden een gesprek te willen hebben met Lon Scott, de zoon van Art Scott, en vragen ons af of meneer Albright misschien weet waar hij zich bevindt. Het nummer is vier-vier-twee, drie-één-twee, drie-

nul-acht-nul. Ik wil eraan toevoegen dat weigering om mee te werken als een overtreding van de wet kan worden beschouwd.

'Gefeliciteerd,' zei Shreck. 'Vertel me nu hoe we het verder spelen.'
'Dank u, kolonel,' zei Dobbler, heimelijk zeer tevreden. 'Nu, eh, wat de voortzetting van de operatie betreft. Dat kan maar op één manier, en dat kan ik niet sterk genoeg benadrukken. Onder geen beding moeten we tot het laatste moment agressief lijken. Bob is abnormaal alert voor agressie. Hij leeft in een permanente gevarenzone, nooit geheel in rust, altijd de horizon afturend naar gevaar. Zijn radar is constant in werking. En als hij een bedreiging voelt, gaan zijn alarmbellen af. We moeten niets forceren. Niemand mag naar hem staren. Er moet geen enkel idee van een valstrik gegeven worden. We moeten uiterst voorzichtig te werk gaan. Nu. Wie gaat hem opbellen?'
'U,' zei Shreck.

De telefoon ging.
'O, jee,' zei Nick.
'Neem op,' zei Bob.
'O, jee,' zei Nick nogmaals. Het was ongeveer een week sinds ze getelefoneerd hadden.
'Vooruit,' zei Bob.
'Agent Memphis,' zei Nick, na de telefoon opgenomen te hebben.
'Ja, u spreekt met James Albright. Ik moest u bellen. Ik heb het antwoordapparaat nu pas afgeluisterd. Ik... wat heeft dit allemaal te betekenen?'
'Dank u wel dat u mij terugbelt,' zei Nick zo beleefd mogelijk. 'Het is ons bekend geworden dat u een boek hebt uitgegeven over Art Scott, de doelwitschutter?'
'Ja. Ik heb Art jaren geleden gekend. Ik heb hem een van zijn laatste kampioenschappen zien schieten. Hij was een geweldig...'
'Wij hebben redenen te vermoeden dat een geweer dat in het bezit is van Lon, de zoon van meneer Scott, wellicht gebruikt is in een ernstige federale misdaad...'
'De Tiende Zwarte Koning? Weet u waar die is?'
'Eh,' zei Nick, een beetje uit zijn evenwicht gebracht, 'nee, nee, we hadden gehoopt dat ú dat misschien zou weten.'
'Ik wou dat dat zo was. Dat geweer zou tegenwoordig tienduizenden dollars waard zijn.'
'Nu, wij proberen Lon Scott te localiseren. Hij schijnt dertig jaar geleden verdwenen te zijn.'
'Dat is een groot mysterie. Ik wilde dat ik u kon helpen.'

'Hmm. Ja. In uw advertentie stelt u dat u wat persoonlijke eigendommen van Art Scott hebt...'
'Ik heb al zijn notitieboeken, zijn aantekeningen over munitie, de resultaten van zijn experimenten, veel van zijn medailles en lintjes. Maar niets persoonlijks, nou ja, een paar dagboeken waar ik nooit veel aandacht aan besteed heb.'
'O, juist. Meneer Albright, het is van het grootste belang dat wij Lon Scott, of zijn stoffelijk overschot localiseren. Ik heb het vermoeden dat er in zijn vaders eigendommen gegevens te vinden zijn die voor ons van belang kunnen zijn. Misschien zou ik een team naar u toe kunnen sturen om het materiaal te onderzoeken?'
'Is dat alles wat u wilt? Jezus, waarom hebt u dat niet eerder gezegd? Natuurlijk, kom maar. Ik wil u het spul met alle plezier laten zien.'
'Hartelijk dank.'
De man aan het andere eind van de telefoon gaf hem instructies hoe te rijden en Nick zei hem dat hij er over twee dagen op donderdag om half tien 's ochtends zou zijn. Meneer Albright zei dat dat prima was. Hij ging toch nergens naartoe.

'Niet slecht,' zei Shreck.
'Heb ik niet te veel de nadruk gelegd op de oude jongens toestand?' wilde Dobbler weten.
'Nee,' zei de kolonel, wiens sluwe ogen half dichtgeknepen waren uit concentratie. 'U hebt de familie even genoemd. U hebt uw afstand tot "Lon Scott" aangegeven. Wat zij denken is dat ze een volgende stap krijgen, niet de laatste stap. Nu is het enige dat we moeten doen wachten. Ze komen op het aas af.'

Het wachten was het moeilijkst voor Payne, de man van actie. Daarom reisde hij, zonder bevolen te worden, naar het midden van Virginia en het trainingsterrein van RamDyne. De mannen van het Panter Bataljon, zijn oude *compadres* in de strijd, waren aangekomen om de aanval op het Fort Bob voor te bereiden.
Daar keek hij toe hoe de magere, jonge soldaten oefenden. Hij keek toe hoe ze van hun namaakhelikopters wegtrokken, de heuvel op, die een volmaakte kopie van *Bone Hill* was, onder zwaar automatisch geweervuur, en de top aanvielen, waar Bob alleen zou zitten met geen ander wapen dan een Colt automatic, zoals bekend zijn favoriete wapen.
Zelfs brigadier-generaal de Rujijo was op deze missie meegekomen.
'Zijn er niet te veel mannen, *sergento*?' vroeg hij Payne. 'Het is maar één man, nietwaar?'
Het was een logische vraag. Met een basis van volautomatisch dekkings-

vuur, plus het vuur van de troepen die naar boven trokken zouden er – zo had Payne berekend – in minder dan twee minuten meer dan tienduizend kogels op de top afgevuurd worden. Voor één man?

'Hij moet *el grande hombre* zijn,' zei de Rujijo.

'Zo geweldig is hij nou ook weer niet,' zei Payne. 'Mijn jongens zouden hem zelf ook wel te pakken kunnen krijgen.' Maar toch deed de vertoning hem plezier. De kogels die rauw omhoogschoten en tegen de top insloegen, hadden die letterlijk aan flarden gescheurd. Er was geen enkele plek waar Bob zich kon verbergen. Het was het land van de grote borstwond en de uittredingswond die zes keer zo groot was als de intredingswond.

Het plan was eenvoudig. Het peloton van het Panter Bataljon – bijna honderdtwintig mannen, allen zwaar bewapend met Israëlische Galli 5.56 mm aanvalsgeweren – zou paraatgehouden worden op een klein, niet meer gebruikt vliegveld op zo'n drie kilometer van Lon Scotts huis, volkomen zonder dat het doelwit het wist. Als Bob er was, zou degene die voor Lon speelde – wie dat zou zijn, was nog niet bepaald – een signaal in werking stellen door zijn hand gewoon van de leuning van de rolstoel af te nemen. Zo werd een foto-elektronische cel geactiveerd. Binnen seconden zouden de vier helikopters met daarin elk acht man de lucht in gaan en de mannen binnen twee minuten droppen, klaar voor de aanval. Vier minuten later zouden de helikopters de tweede lading droppen en dat zouden ze herhalen tot alle honderdtwintig mannen op de plek waren. De ontscheepte troepen, evenals de mannen van RamDynes eigen Actie-Eenheid, zouden naar de voorkant van het huis trekken. Als Bob de val zag, zou hij bijna zeker via de achterkant het huis uitvluchten, langs het zwembad en over de schietbaan en dan Bone Hill, zeshonderd meter van pijnbomen, geulen, erosie en bochtige weggetjes met erboven een kale top, ontdekken. Het was bijna zeker dat de scherpschutter naar boven zou klimmen. Naar boven, tot hij nergens meer naartoe kon gaan.

30

Lon stond erop. En Lon kon zeer koppig, eigenwijs en ongelofelijk vastberaden zijn.
'Meneer Scott, dat kan niet,' zei Shreck. 'Wij hebben bijzonder kundige mensen voor dit soort zaken. Dat is niets voor u. Het is veel te gevaarlijk.'
'Het is mijn huis. Ik ben het lokaas,' zei hij. 'Dus zal ik het doen.'
'Zogauw hij u in uw rolstoel ziet, zal hij weten wie u bent.'
'Prima. Dat maakt niets uit.'
'Stel dat hij u doodschiet?'
'Dan heb ik een goed leven gehad. Gezien mijn beperkingen heb ik een fantastisch leven gehad. Als het gebeurt, gebeurt het. Maar dat zal het niet.'
'Waarom niet?'
'Die marinier. Zo is hij niet. Hij zou zijn pistool niet kunnen trekken en een man in een rolstoel kunnen doodschieten, ongeacht welke misdaden de man in de rolstoel begaan heeft, en ongeacht het feit dat hij, zo gauw de helikopters landen, zal begrijpen dat het met hem gedaan is. Hij zal het nog niet doen. Ik ken hem. Ik kende veel mensen zoals hij onder de schutters uit het zuiden, voordat ik mijn benen verloor. Mijn vader leek veel op hem. Nee, hij zal het niet doen. Hij barst van het eergevoel.'
Shreck moest toegeven dat Scott waarschijnlijk gelijk had. Dobbler, dè expert op het gebied van Bob Lee Swagger, had zijn instemming met Scotts beslissing betuigd.
Maar het was Shreck zelf die nieuwsgierig was.
Hij keek naar de misvormde man, wiens goedgevormde hoofd nu idioot naar links wegzakte, omdat Scott een ogenblik lang de beheersing erover verloren had.
'Waarom? Wat hebt u eraan?'
Lon glimlachte vanuit zijn rolstoel en Shreck huiverde. Lons strakke, ijzige blik boorde zich in hem. Buiten kon hij de hamers en breekijzers horen stoten en scheuren, terwijl een werkploeg van het Tijger Bataljon de rolstoelhelling afbrak.
Ten slotte antwoordde Lon Scott.
'Ik wil de kans hebben hem in de ogen te kijken. Ik wil het moment met hem delen. Ik wil dat hij me ziet en weet wie ik ben en wat ik heb gedaan met wat me gegeven is. Ik wil oogcontact met hem en ik wil zien wat er

tussen ons gebeurt in de laatste seconden als hij weet dat het met hem gedaan is. Wij moeten dit moment samen hebben, Bob en ik. Wij staan aan de top van ons beroep.'

Shreck dacht: dat wordt een hele ontmoeting: een topontmoeting van doders van wereldklasse, allebei vreemd moedig.

'Oké, meneer Scott, maar doet u geen dwaze dingen. Probeer hem niet te slim af te zijn. Laat hem binnenkomen, haal uw hand van de elektronische cel en verberg uzelf. Het Panter Bataljon is hier binnen een paar seconden. En dan schieten we hem overhoop. Daar gaat het gewoon om: hem doden voordat hij ons doodt.'

'Prima.'

De surveillance was zeer beperkt, mannen zonder radiozenders die de opdracht hadden naar niets te staren, niemand aan te kijken, maar alleen maar te hopen dat wat ze moesten zien zou verschijnen. Ze waren opgesteld langs verschillende wegen in het gebied, in koffiebars, tegenover winkelcentra, in restaurants.

En het gebeurde, laat die nacht. Een rode gehuurde Chevrolet stopte op de parkeerplaats van het Danville Sheraton Hotel, en vanuit het duister op het dak van het gebouw aan de andere kant van de straat keek een RamDyne-waarnemer toe hoe een grote, lenige man uitstapte, zich uitstrekte in het fluorescerende licht en toen het motelkantoor binnenstapte. Hij kwam even later weer naar buiten en reed de auto naar een andere parkeerplaats. Toen liepen hij en een andere man, fors en blond, de buitentrap op naar het balkon van de eerste verdieping en gingen elk één van twee kamers in die naast elkaar lagen. De waarnemer zag ze even later weer naar buiten komen, naar de auto toe lopen, en kon die volgen op zijn rit naar de Pizza Hut, een halve kilometer verderop. Toen belde hij het hoofdkwartier.

Binnen tien minuten stopte de Elektrotek 5400-wagen discreet aan de overkant van de straat.

'Wil je dat ik probeer hun kamers af te luisteren?' vroeg Eddie Nickles.

'Nee,' zei Payne, die nog niet helemaal geloofde dat dit echt gebeurde. 'Nee, we weten niet eens zeker of ze het zijn.'

Maar het was wel zo. De Chevrolet stopte en Payne keek toe hoe Bob Lee Swagger, levensgroot, uitstapte, zo'n tweehonderd meter van hem vandaan. Hij zou die loop overal herkennen. Hij hinkte nog steeds vaag met het ene been vanwege zijn oude wond. Payne had hem wekenlang bestudeerd en maandenlang over hem gedroomd.

Jezus, als hij nu een geweer met een goede nachtkijker had. Met een infraroodkijker kon hij Bob zo doden, terwijl hij met zijn maat de trap opliep naar de eerste verdieping. Hij zou de punt op het midden van zijn

rug richten en de trekker overhalen. Hij kon zo zijn ruggegraat verbrijzelen. Het zou even lang duren als het de kogel kostte de afstand te overbruggen.
Maar het enige wapen dat hij had, was zijn Remington met afgezaagde loop in de speciaal-gemaakte holster, onder zijn gevechtsjasje.
'Is het hem?' zei Eddie Nicoletta.
'Ja, verdomme,' zei Payne scherp.
'Godver, man, ze zien eruit alsof ze niets vermoeden. Man, we zouden het kunnen doen, jij, ik, de jongens. Hard en snel. We trappen de verdomde deur in, jij laat je Remington werken, ik schiet een magazijn leeg, en dan is het voorbij, man. We hebben het voor elkaar en wij zijn nog helden ook.'
'Denk je dat hij niet altijd een geladen wapen bij zich heeft? Eén tiende seconde nadat je door die deur springt ben je dood. Die kerel is verdomme een kampioen en dat weet jij ook wel. Hou nou je mond dicht en laat me nadenken.'
Hij draaide zich om naar de Elektrotek-technicus.
'Kun je de microfoon op hun kamer richten?'
'Geen probleem,' zei de man. 'Als er niet zoveel bijgeluiden zijn, krijgen we hem zo duidelijk als wat door.'
Plotseling ging de kamerdeur van de jongere man open en hij rende over het balkon en begon opgewonden op Swaggers deur te bonzen.
'Die kerel is verdomd opgewonden, Payne.'
'Schiet op,' zei Payne tegen de technicus.
De man bewoog de lange, met schuim overdekte microfoon en draaide aan allerlei knoppen.
'Zet de luidspreker aan,' zei Payne. 'En laat de tapes draaien.'
Twee stemmen kwamen naar voren uit het rumoer, terwijl de man scherpstelde.
'... veelbelovender, echtwaar. Dat verzeker ik je.'
Ja, dat was Memphis.
'Ik weet het niet.'
Dat was Swagger. De stem was zeer duidelijk met zijn zware accent van Arkansas.
'Luister deze keer nou eens naar mij, oké?'
Bob zweeg.
'Ze zei dat ze me op de hoogte zou houden van het gecomputeriseerde dossier en de codewoordstructuur. Dat is tenminste al iets. Dat is beter dan de vage hoop na te jagen dat er iets te vinden is in dagboeken van dertig jaar terug.'
'Memphis, ik hou er gewoon niet van ergens op af te gaan zonder dat er een reservegeweer in de buurt is.'
'Luister nou, Bob, alsjeblieft, deze ene keer. Als we Annex B te pakken

kunnen krijgen, hebben we namen. Niet namen als ''Payne'' en ''Shreck''. Dat zijn de jongens op de voorgrond. Annex B geeft ons de mannen die de werkelijke macht hebben – de mensen die geen geweer vasthouden, maar alles uitdenken en de bevelen geven. Námen. Adressen. Het is de enige manier waarop we die kerels te grazen kunnen nemen. Anders verliezen we. Bob, ik moet naar haar toe om haar over te halen weer met ons samen te werken.'

Er klonk iets dat leek op een storing, maar toen besefte Payne dat het Swagger was die zuchtte.

'Ik haat het ergens blind op af te gaan,' zei hij ten slotte.

'Het is een oude man die een boek geschreven heeft over een schutter die in de jaren vijftig overleden is. Jij hebt geen steun nodig. Wat jij nodig hebt is wat geduld. Jij moet daar de hele middag zitten om die dagboeken door te lezen. Misschien ontdek je iets, misschien niet. Maar dat was jouw idee, niet het mijne. Ondertussen ga ik naar New Orleans om haar te ontmoeten en dan krijgen we misschien een idee waar we mee te maken hebben. Dan... dan kunnen we naar de FBI gaan. Met het bewijsmateriaal kunnen we dagvaardingen krijgen. We kunnen ze aanklagen en onszelf redden. Het kan ons zo lukken.'

Maar Bob herhaalde alleen maar: 'Haat het om ergens blind in te gaan, zonder ondersteuning.'

'Hij is een voorzichtige klootzak, hè?' zei Nickles. 'Bange schijterd.'

'Daarom maakt hij geen vergissingen,' zei Payne.

'Ik heb gebeld,' zei Nick. 'Ik kan met een taxi naar het vliegveld van Richmond rijden. Om acht uur gaat er een vlucht naar New Orleans, waar ik om tien uur kan zijn.'

Even zakte het gesprek weg.

Ten slotte zei Bob: 'Verdomme. We zien elkaar weer hier overmorgen om twaalf uur. En wees voorzichtig, verdomme. Wees voorzichtig. Jij hebt ook geen rugdekking.'

'Ik ga alleen maar naar New Orleans,' zei Memphis, stralend van genoegen, als een man die verliefd is.

'Christus,' zei Nickles. 'Moeten we hem volgen?'

Payne dacht na. Toen zei hij: 'We hebben niet genoeg mensen. We kunnen dat verdomde joch altijd nog te pakken krijgen. Nee, het gaat om Swagger. We blijven bij Swagger en pakken hem morgen.'

Dobbler zat alleen in zijn kantoor. Het was laat, al over zevenen, en hij dacht eraan op de sofa te slapen in plaats van naar huis te gaan. Dan, morgen...

Nu, morgen zou alles als vanzelf gaan. Bob zou de berg opgaan. Het Panter Bataljon zou de berg opgaan.

Maar Dobbler wist dat hij te opgewonden was om te slapen. Zijn geest was vol mogelijkheden. Hij keek weer op zijn horloge. Er waren maar zeven minuten voorbijgegaan. De tijd kroop.
Hij besloot aan het werk te gaan. Hij ging achter zijn bureau zitten en keek naar de Bob Swagger-folders voor hem, een met RELATIES erop, een andere met ZUIDELIJKE AFKOMST, een derde met OUDERS en een vierde met SCHIETEN erop. Toch kon hij zichzelf er niet toe brengen ze te openen. Wat viel er, zo laat in het proces, nog te leren?
Toen keek hij naar zijn bak met inkomende post. Gek, hij had het nog niet eerder opgemerkt: een bruine kantoorenvelop. Wat kon dat betekenen? Hij haatte post van binnen het kantoor. Het betekende altijd moeilijkheden. Hij had een impuls om het ding in de prullenbak te gooien.
Maar zuchtend opende hij hem toch maar. En dat was maar goed ook.

In de commandotent bij het verlaten vliegveld, vlak bij het huis van Lon Scott, sliep Shreck al bijna toen het telefoontje doorkwam. Het kostte hem enige tijd voordat hij precies begreep waar Dobbler zo opgewonden over praatte. Toen verstond hij het.
'Ja. Ze hebben wekenlang geprobeerd in het FTD-computersysteem binnen te dringen, en het is ze eindelijk gelukt! Maar goed, ze hebben alle FTD-verzendingen nagetrokken...'
'Waar heb je het over, Dobbler?'
'Bloemen. Bloemen! Tien jaar lang heeft Bob één keer per jaar bloemen naar iemand gestuurd. Een knaap van de computerdienst heeft alle computerdata van de bloemisten in Little Rock nagetrokken en ze gerangschikt naar data. En in opdracht van Bob is er ieder jaar op elf december, gedurende de laatste tien jaar, een verzending gegaan naar een vrouw in Ajo in Arizona. Rozen.'
'Ik...'
'Kolonel Shreck, er ìs een vrouw in Swaggers leven. Het is de enige vrouw die hij kent. Het is de vrouw die hij liefheeft. Haar naam is Julie Fenn. Het is de weduwe van zijn grote vriend, Donny Fenn!'
'Ajo, Arizona?' herhaalde Shreck, en dacht na. Toen zei hij: 'Goed werk, Dobbler.'
Toen riep hij een assistent. 'Ga Payne halen,' zei hij.

31

Payne vertrok voor zonsopgang, nadat hij om een uur of twee een vlucht had geboekt voor half elf van Richmond naar Tucson. Hij vond deze hele actie tamelijk belachelijk: Bob zou waarschijnlijk allang dood zijn voor hij, Payne, zijn eindbestemming bereikte. Wat had het voor zin? Tegen die tijd was de vrouw onbelangrijk. Maar hij was niet degene die vragen stelde bij kolonel Shrecks opdrachten.

Terwijl hij wegreed, waren de mannen van het Panter Bataljon opgestaan en maakten ze zich klaar voor de dag. Payne kende dit deel van het ritueel: de voorbereiding op de strijd. Hij had het tijdens de laatste twintig jaar zelf misschien wel duizend keer gedaan. Hij kon de spanning in de soldaten voelen, evenals hun rauwe energie en hun begeren om te beginnen. In het donker hoorde hij de mannen vloeken en gespannen praten, of lachen. Sigaretten gloeiden op, een paar mannen hoestten, een paar mannen huiverden.

Maar heimelijk deed het hem genoegen te vertrekken. Zoals nog nooit iemand gedaan had, behalve die spleetoog die met zijn roestige geweer en bajonet binnen de omheining gekomen was, had Bob hem angst aangejaagd. Hij had de klootzak in de borst geschoten, had het bloed rond zien spatten, had hem neer zien vallen. En toen was hij opgestaan. Hij had hen opgespoord. Hij had twee jongens doodgeschoten in het moeras. Er stond een groot bloedbad te gebeuren. Het beangstigde Payne, want hij wist dat hij níet kon waar Bob wèl toe in staat was.

Terwijl het kamp achter hem verdween, kwam een gevoel van opluchting over Payne. Laat die harde jongens het maar tegen Bob Lee Swagger opnemen. Ze zouden hem wel krijgen, want zij hadden geen respect en wisten niet wie hij was, of gaven er niet om wat hij gedaan had. Voor hen was hij gewoon een van de vele *gringos*. Zo moest Bob Lee Swagger tenslotte gedood worden: met stupiditeit en overweldigende vuurkracht.

Maar hij wist dat Bob een fors aantal mee zou nemen in de dood.

Bob werd om ongeveer half tien wakker en nam op zijn gemak een douche. De mannen in de afluisterwagen hielden de microfoon op zijn kamer gericht en hoorden alleen maar het geluid van stromend water en de rustige geluiden van een man die zich klaarmaakte om een redelijk vriendelijke wereld tegemoet te treden. Er was geen enkel gevoel van druk of wanhoop, geen spoor van vrees.

Om kwart over tien verliet hij zijn kamer, betaalde zijn kamer, wierp zijn tas in de kofferbak van de huurauto en ging toen het restaurant van Howard Johnson binnen en bestelde een lekker ontbijt. Twee roereieren, drie stukken bacon, toast en jam. Hij kocht de *Danville Courier* en las hem op zijn gemak door. De richtmicrofoon in de wagen, zo'n tweehonderd meter achter de Pizza Hut geparkeerd, bleef steeds op hem gericht.
'Mevrouw, kan ik nog een kop koffie krijgen?'
'Natuurlijk. Mooi weer, hè?'
'Ja, zeker.'
'Eh, laat ik eens denken. Had u melk en suiker?'
'Nee, mevrouw. Zwart, daar hou ik van.'
Hij deed zo'n veertig minuten over zijn ontbijt. Toen stapte hij naar buiten in het felle zonlicht, een lange, krachtige man in een spijkerbroek en een werkoverhemd met een corduroy jasje, met paarlemoeren knopen. Hij zette zijn zonnebril op en stapte in om weg te rijden.
'Bravo-Zes, dit is Bravo-Vier, het doelwit is op weg,' zei de leider van het observatieteam in zijn zender. 'Het doelwit is op weg.'

Gezeten in de operatiehut naast het vliegveld van Millersville, waar vier zwart geschilderde Huey-helikopters stonden te wachten, ontving Shreck het bericht met een grimmige blik.
'Generaal de Rujijo! Laat uw sergeants de eerste vier teams inladen.'
De Latino-officier grijnsde en zijn witte tanden schitterden fel.
Hij draaide zich om en blafte iets in het Spaans. Mannen begonnen in de helikopters te stappen. Ze waren zwaar bewapend, hun gezicht was zwart gemaakt met verf, geweren in de draaghouding, ze waren behangen met munitiegordels voor de automatische wapens en droegen hun zwarte baretten schuin op hun hoofd. Met een gegil kwamen de motoren van de helikopters tot leven en het ritmische geluid ervan samen met het gebrul van de stormwind, opgeworpen door de rotorbladen, werd onderdeel van het drama.
'Het is een goede dag voor een strijd, denk ik,' zei de Rujijo. 'Mijn mannen zijn zeer begerig. Ik zal trots op ze kunnen zijn, dat weet ik zeker. En dan hebben we die hele zaak achter de rug.'
Shreck knikte, maar zei niets. Hij keek op zijn horloge.
Het zou Bob ongeveer een half uur kosten om de laatste vijftig kilometer naar *Skytop* af te leggen.
Hij nam de telefoon op en draaide het nummer van Lon Scott.
'Hallo.'
'Meneer Scott, hij komt eraan. Een half uur.'
'Oké.'
'Hoe voelt u zich?'

'Prima. Is alles klaar?'
'Dat garandeer ik u. De rapporten maken duidelijk dat hij niets anders verwacht dan oude documenten.'
'Goed,' zei Lon Scott. 'Ik ben nieuwsgierig naar hem.'
'Niet nieuwsgierig zijn, meneer. Help ons alleen maar hem te doden. Als hij binnenkomt, haalt u uw hand van de fotocel. Binnen twee minuten zijn de eerste vier teams er, vierentwintig zwaargewapende mannen. Binnen tien minuten liggen er meer dan honderdvijftig manschappen rond de heuvel. Haal geen geintjes met hem uit. Laat hem maar gewoon lopen.'
'O, dat begrijp ik ook wel,' zei Lon.

Het hoofdkwartier was nog nooit zo verlaten geweest. Dobbler had het gevoel alsof hij alleen in het gebouw was. Bijna alle anderen waren zo betrokken bij het drama in Noord Carolina dat ze bij kolonel Shreck en het Panter Bataljon waren, of naar huis gegaan waren. Dobbler had ook het vreemde gevoel dat er mensen verdwenen, een nieuw leven tegemoet gaand. De ratten die het zinkende schip verlieten, dat soort ideeën.
Dobbler was klaar met typen. Hij was bang dat zijn eigen aandeel in het project over het hoofd gezien zou worden in de opwinding van de eindelijk geslaagde jacht op Bob. Dus was hij achter zijn bureau gaan zitten en had een lang memo van negen pagina's getypt, waarin hij zo bescheiden mogelijk zijn eigen rol in de zaak Bob Lee Swagger vastgelegd had. Per slot van rekening was die behoorlijk geweest: hij had de methode ontwikkeld om Bob aanvankelijk in de val te laten lopen; hij had de methode ontwikkeld volgens welke Bobs 'tweede leven' bepaald werd, en hij had de vrouw tot wie Bob zich gewend had, gevonden.
Hij deed het zo goed, hier! Het was fantastisch! En nu was het gewoon een kwestie van wachten. Hij keek op zijn horloge, zag dat het halverwege de ochtend was en wist dat Bob nu op weg was naar de valstrik.
Hij besloot dat het rapport te belangrijk was om over te laten aan Ram-Dynes onverschillige kantoortransportsysteem. Hij liep door de verlaten gangen en ging naar het gebouw met Shrecks kantoor. Hij probeerde de deur, maar die was op slot. Verdomme!
'Dokter Dobbler?'
'Wat? O, je verraste me!'
Het was een van de bewakers.
'Eh, ik moet dit rapport in kolonel Shrecks kantoor achterlaten. Heb jij een loper?'
'Dokter Dobbler, hij houdt er niet van dat er iemand in zijn kantoor komt.'
'De kolonel heeft me zelf net gebeld. Hij heeft dat rapport nódig.'

Dobbler verbaasde zichzelf over zijn eigen gevatheid. Hij wist dat zijn zelfvertrouwen groeide, sinds de arrestatie was hij nog niet zo gevat geweest. De zwakke ogen van de man staarden hem verward aan. Hij kon niet op tegen Dobblers autoritaire blik. Binnen seconden had de bewaker aan de dokter toegegeven, de deur geopend en hem naar binnen gelaten.
'Ik wacht hier buiten wel tot u klaarbent,' zei de bewaker.
'Nee, ik sluit wel af. Ik moet ook nog wat papieren opzoeken.'
'Ja, meneer,' zei de man een beetje verward.
Dobbler ging naar binnen. Vreemd genoeg durfde hij het licht niet aan te doen. Hij voelde zich ook vreemd opgewonden. Hij drong binnen in Shrecks ruimte, zij het onschuldig, maar de ervaring was opwindend.
Maar de kamer was even weinig indrukwekkend als altijd. Hij leek geen enkele persoonlijke trek te hebben. De kolonel hield zijn excentriciteiten, als hij die al had, strikt voor zich. Er hingen geen schilderijen aan de muur, het bureau was leeg, er lagen nergens losse vellen papier. De ruimte had de geschrobde, bijna antiseptische aanblik van de beroepsmilitair over zich. In het vage licht kon Dobbler de kringen zien die het polijstapparaat achterliet in de was op de linoleum vloer. Die kringen, die het licht opvingen en weerkaatsten, vormden in deze ruimte het enige bewijs van spontaniteit.
Dobbler legde het rapport op Shrecks kale bureau. De kolonel kon het niet over het hoofd zien. Het werd tijd weg te gaan, maar hij wilde niet dat er een einde kwam aan de ervaring. Hij had zich in jaren niet zo machtig gevoeld. Zijn blik vestigde zich op de oude kluis in de muur achter het bureau van de kolonel. Hij voelde een krachtige steek van nieuwsgierigheid en ondeugendheid. De kluis was het evenbeeld van die in zijn eigen kantoor, die hij vrijwel nooit afsloot. Hij dacht na over de combinatie – zou die misschien dezelfde kunnen zijn?
Hij keek even om zich heen, om er zeker van te zijn dat hij alleen was, liep naar de kluis en draaide de knop rond. Hij trok. Er gebeurde niets.
Hij lachte.
Natuurlijk niet. Wat stom.
Hij draaide. En draaide terug. Toen trok hij weer aan het handvat.
De deur ging open.

De observatiepost was verborgen op een heuveltop, anderhalve kilometer verwijderd van de ingang van *Skytop*. De jonge Eddie Nicoletta bemande de post, omdat hij met Payne op de observatiemissie in Blue Eye was geweest en wist hoe Bob eruitzag. Hij zat in een gat dat ongeveer eenmetertwintig diep was en gluurde door een smalle opening achter een namaakstruik, op een richel van de heuvelhelling. Voor hem stond een Celestron 8, een acht-inch waarnemingstelescoop, het beste van het bes-

te, twintig kilo Schmidt-Casse-grain-optiek, die opgedraaid kon worden tot 480×, en dat was waar hij nu op stond.
Het was vermoeiend door de zoeker te turen, die onder een rechte hoek op de kijker zelf aangebracht was. Het geheel zag eruit als een enorme stalen buis, bovenop een stevig statief. Nickles hoofd en nek deden pijn.
De Celestron 8 stond gericht op de weg die naar *Skytop* liep en op een deel van het asfalt van de tweebaansweg die erlangs liep. Af en toe kwam er een vrachtwagen of een auto te voorschijn uit het trillende, verkorte perspectief, leek zichzelf samen te stellen uit pure lichtflitsen, en bewoog zich dan door zijn gezichtsveld. Jezus, hoewel ze anderhalve kilometer van hem af waren, kon je gezichten onderscheiden. Er werd gezegd dat je met een van deze dingen op honderd meter afstand de krant kon lezen en Nickles geloofde dat graag.
Maar af en toe moest hij gewoon opkijken om niet gek te worden. Wat hij dan zag, was de achthonderd meter onverharde weg naar het huis zelf, hoewel hij het gebouw van één verdieping niet kon zien, omdat het onder bomen stond. Wel kon hij onderscheiden dat het vrij groot was, het huis van een man die er financieel goed bij zat, of meer dan goed. Erachter lag een zwembad, een cementen baan die leidde naar wat op een schietbaan leek (waarom cement? vroeg Nickles zich af) en daarachter de dominerende heuvel die ze Bone Hill noemden.
Bone Hill was zwaar bebost tot ongeveer halverwege zijn hoogte van zo'n negentig meter, maar dan, naarmate de helling steiler werd, was er alleen maar taai gras en hier en daar een dun boompje. De top was kaal, afgezien van het gras en wat in het rond liggende stenen.
Daar gaat hij naartoe, wist Eddie Nickles. Daar gaat hij naartoe als de helikopters er zijn en de eerste Latino's met hun wapentuig aan komen stormen. Hij zal rennen en rennen en rennen, steeds naar boven, maar algauw zal hij nergens meer naartoe kunnen gaan.
Nickles zag het al allemaal voor zich. Dat deed hem plezier.
'Bravo-Vier! Bravo-Vier, ben je daar, verdomme?'
'Blijf opletten, verdomme, Nicoletta. Hij kan er nu elk ogenblik aankomen.'
'Ja, kolonel,' zei Nickles.
Hij drukte zijn oog weer tegen de kijker en zag een Coca Cola-vrachtwagen uit het niets te voorschijn komen. Toen was de weg weer verlaten. Minuten gingen voorbij.
Hij zag het dak het eerst, niet meer dan een flits, bovenaan een helling in de weg. Toen zag hij het duidelijk, de rode Chevrolet waar ze gisteren ook in gereden hadden. Achter de glanzende voorruit zag hij één enkel, kalm silhouet.
Terwijl zijn spanning groeide, keek Nickles toe terwijl het gezicht duide-

lijk werd toen de auto in focus kwam: een paar harde ogen, een gespannen kaaklijn, een gevoel van vastberadenheid.
Zelfs op anderhalve kilometer afstand maakte Bob de Doder hem nog bang.
'Hij is er,' gilde Nickles in de microfoon, terwijl hij de oproepprocedure totaal vergat. 'Bob de Doder is er.'

Bob stopte bij de afslag naar *Skytop* en stapte uit. Wat hij zag was kilometers en kilometers vruchtbaar landschap van Noord Carolina, golvende heuvels, een paar harde rotsformaties, veel groen. Het was een hete, droge herfst geweest en hoewel het al oktober was, waren de bladeren nog niet verkleurd.
Hij haalde diep adem terwijl hij rondkeek en zijn getrainde blik observeerde alles en zag niets gevaarlijks. De hemel was diepblauw, zonder een enkele wolk. De zon stond hoog. Het leek op de een of andere manier alsof de dag zich inhield, kalm en onschuldig.
Bob haalde nogmaals diep adem, stapte weer in de auto en reed over de door een dubbele rij wuivende populieren omzoomde weg naar het huis. Hij stopte op het grindplein dat bezoekers wachtte.
Hij liep de treden op en klopte aan.
'De deur is open,' klonk een stem van binnen. 'Komt u maar binnen, agent Memphis.'
'Bedankt,' zei Bob, terwijl hij de brede hal doorliep en een prachtige woonkamer binnenging, waarvan een wand van de vloer tot aan het plafond bekleed met boeken. De open schuifdeuren gaven toegang tot een juweel van een zwembad – hij kon de chloor in de lucht ruiken – en erachter zag hij de helling van een grote, groene heuvel.
'Meneer Albright?' riep hij.
Hij hoorde het gezoem van een elektromotor en toen zag hij een man in een gemotoriseerde rolstoel te voorschijn komen.
'Mijn naam is niet Memphis,' zei Bob.
'Dat geloof ik ook niet. Ik geloof dat u Bob Lee Swagger bent.'
Bob keek de man kalm aan. Hij zag de krachtige schouders, de lange armen, en het misvormde lichaam, zacht en verwrongen en gekluisterd aan de rolstoel; de benen, mager en bizar.
'En ik geloof dat u Lon Scott bent.'
'Ja, dat ben ik.'
Bobs hand schoof in de zak van zijn spijkerbroek. Ongehaast haalde hij er de .45 uit en haalde met zijn duim de veiligheidspal over. Het stond nu op scherp en het kostte niet meer dan twee pond druk op de trekker om Lon Scott te doden. Maar Scott bleef stil zitten, blijkbaar ongewapend.
'Jij zult me niet doodschieten. Ongeacht wat we je aangedaan hebben,

geloof ik nog steeds niet dat jij het soort man bent die een gehandicapte in een rolstoel dood zou kunnen schieten.'

'Gehandicapte? Voor een gehandicapte was dat een geweldig schot in New Orleans, maat. Jij trof die bisschop over een afstand van veertienhonderd meter.'

'Het was twaalfhonderd meter. Ik heb een andere loop van .318 kaliber op de Zwarte Koning gezet en eenzelfde kogel gebruikt als die je in Maryland afschoot, in een groter kaliber patroon vastgezet met 59 grein IMR-4895.'

Bob hief zijn pistool en richtte het op de gezwollen buik van Lon Scott. Hij vroeg zich af of er etter uit zou komen als hij schoot. Het was alsof hij op een tumor of een larve of zoiets mikte. Hij kneep de trekker iets terug.

Maar Scott werd niet bang. Het was alsof hij er werkelijk geen donder om gaf of Bob schoot of niet.

'Het is voorbij. Zogauw ik je gezicht zag, heb ik mijn hand hier van de leuning afgehaald en een foto-elektronische cel blootgelegd. Daarmee heb ik een signaal uitgezonden. Op dit moment komen ze er al aan. Tientallen mannen. Het geeft niets of je die trekker overhaalt. Wil je me als gijzelaar nemen? Ga je gang maar. Ze schieten je, dwars door mij heen, dood.'

Bob liet het pistool zakken.

Hij hoorde het gebrul van de helikopters. Buiten begonnen de bladeren te beven onder de windstoten van de rotorbladen en de vibratie vulde de lucht, terwijl de helikopters daalden om de eerste teams uit te laden. Het deed hem aan Vietnam denken. De snelle komst van de helikopters, de inzet van de mannen, de genadeloze insluiting van de prooi. Het was de klassieke luchtaanvalstactiek.

'Bob,' zei Lon Scott boven het geluid uit. 'Ze zullen er binnen een paar seconden zijn en als die Latino's eenmaal aan de gang zijn kun je ze niet meer tegenhouden. Laat me je redden. Laat me je een nieuw leven geven. Wij zijn dezelfde man.'

Bob zette de pal van zijn Colt weer op veilig, schoof hem weer in zijn spijkerbroek en glimlachte toen.

'Maak jezelf niets wijs, onderkruipsel. Ik ben een soldaat. Jij bent alleen maar een moordenaar. En wat jij gedaan hebt, maakt iedere man die ooit van een geweer gehouden heeft, een verdachte in zijn eigen huis. Ik weet wie jij bent. En jij hebt nog niets gezien.'

Toen draaide hij zich om en rende het huis uit.

Dobbler keek in de kluis. De inhoud was zeer prozaïsch. Hij zag een pistool, het een of andere automatische wapen. Er lag een stapel rekeningen, een paspoort en een rijbewijs, beide vals. De kolonel had plannen voor een snelle ontsnapping gemaakt. Verstandige voorbereiding voor een man in zijn soort werk.

En dat was alles. Geen familiejuwelen, geen duistere geheimen, niets dat Shreck maar in de verste verte in een kwaad daglicht kon zetten. Dobbler was een beetje teleurgesteld. Hij had wat meer verwacht. Hij legde het paspoort en het rijbewijs terug en voelde zijn vingers ergens tegenaan stoten. Hij haalde het voorwerp uit de kluis. Het was een zwarte, plastic video-cassette, zonder enig opschrift.

Dobbler stond in het verduisterde kantoor. Hij kon elk geluidje in het gebouw horen, maar geen enkele menselijke activiteit. Hij staarde naar de cassette, nieuwsgierig, een beetje bang. Hij keek rond en ja, de grote Sony-televisie stond nog steeds op de tafel aan één kant van de kamer. Op een plank eronder stond een VCR-recorder.

Hij liep erheen en schoof de cassette erin.

Zijn vinger beefde terwijl hij op de PLAY-toets drukte.

Bob rende door de open deur naar het zwembad en zag drie mannen op hem afkomen. Ze waren net om de hoek van het huis komen stormen, hun wapens op scherp, hun vingers strak om de trekker. Ze zagen hem.

Ze waren snel. De geweren kwamen omhoog... Bob vuurde drie Zilverpunt-kogels af in wat één uitbarsting leek, maar wat in werkelijkheid drie gerichte schoten waren, afgevuurd in drietiende van een seconde, waarbij het wapen bewoog van terugslag naar mikhouding naar terugslag naar mikhouding, met een snelheid die niet meer gemeten kon worden. Hij doodde er twee direct met schoten door de borst. Ze waren al gestorven voordat hun knieën doorknikten en ze omvielen. De derde, getroffen in de keel, begon indrukwekkend over het cement te bloeden. Toen sprong Bob, die nauwelijks de tijd genomen had om te schieten, van het zwembad weg, viel in de dichte struiken en begon zich er een weg doorheen te banen in de richting van de heuvel.

Toen hij de helling bereikte, stopte hij lang genoeg om zijn jasje weg te gooien en zijn Colt snel te herladen. Hij klom tussen de kromgegroeide pijnbomen door omhoog, terwijl hij zich vastgreep aan pollen gras. De bomen waren hier vrij klein en af en toe rende hij gevaarlijk over een stuk open terrein. Achter hem kon hij de helikopters horen, die meer mannen aanvoerden. Dit was een grote operatie. Ze gooiden alles wat ze hadden in de strijd tegen hem. Nu en dan werd er in zijn richting geschoten en één keer scheerde een kogel langs hem en wierp een wolk stof en scherven op. Hij kromp ineen, maar bleef klimmen.

Even stond hij stil en nam de situatie in zich op. Ze zochten de heuvel naar hem af met verrekijkers, maar hij wist dat ze zouden wachten tot alle man-

nen er waren zodat ze de verdomde heuvel konden omsingelen, voordat ze naar boven zouden komen. Zo zou hij het tenminste doen en hij wist dat die kerels professioneel waren. Hij keek en meende beweging te zien: de troepen verzamelden zich in hun teams onder de dekking van de bomen. Beneden was het huis zichtbaar en Lon Scott, gezeten in zijn elektrische rolstoel praatte bij het zwembad met iemand in camouflagegevechtskleding. Ze wezen naar de heuvel. Bob kon het gezicht van de andere man niet goed zien. Maar hij kon wel vermoeden hoe het eruitzag.
Hij draaide zich om. De heuvel was hier vrij steil en er was nauwelijks dekking. Toen was er nog zo'n dertig meter over kaal terrein te gaan, naar boven naar de top. Hij schoof de Colt terug in de holster. De top was een kale knobbel die afgetekend stond tegen de blauwe, zuivere lucht. Het zweet stroomde langs zijn gezicht en in zijn ogen. Hij knipperde met zijn ogen.
Nu moest het gebeuren. Dit was het ergste gedeelte, het open gedeelte. Zouden ze scherpschutters hebben? Zouden ze een kerel hebben met een goed geweer en een vaste hand, die een rennende man op honderdtachtig meter neer kon schieten? Het werd tijd om daar achter te komen.
Bob trok zich op aan het groene gras, haalde diep adem en begon aan de laatste klim over het kale terrein naar de heuveltop, terwijl hij dacht: er zijn heel veel mensen gestorven op heuveltoppen.

'Daar gaat hij,' zei Lon, wiens gezichtssterkte, evenals die van Bob, nog steeds uitzonderlijk was.
Shreck zag hem een seconde later, een man die wanhopig naar de top van de heuvel rende. Hij richtte de verrekijker en door de vergrotende lenzen zag hij een lange, hoekige gestalte moeiteloos over de laatste meter kale grond schieten.
'Ik had hem kunnen raken,' zei Lon.
'Het doet er niet toe,' zei Shreck. 'Het is toch gedaan met hem. Het is voorbij.'
Een paar schoten klonken lager op de heuvel toen verscheidene mannen van het Panter Bataljon, die Bob in het oog kregen, hun geweer in de aanslag brachten en vuurden. De kogels sloegen naast hem in en één keer meenden ze hem te zien wankelen, maar hij herstelde zich en wierp zichzelf over de rand, uit het zicht.
'Generaal de Rujijo!' blafte Shreck.
De Rujijo, die naast zijn radioman en twee lagere officieren gestaan had, kwam snel naar hem toe.
'Hoe is de situatie?'
'Kolonel, we hebben nu alle honderdtwintig man op de grond. Ik wacht alleen nog op bevestiging van mijn tweede peloton, aan de andere kant

van de heuvel, dat ze hun positie ingenomen hebben. Dan laat ik mijn aanvalstroepen in twee groepen naar boven gaan, en binnen een paar minuten heb ik dekkingsvuur in werking, stuur mijn laatste aanvalsteam omhoog en breng u het hoofd van die man.'
'Zolang ik zijn lijk maar heb,' zei Shreck.
Hij draaide zich weer om naar Scott.
'We hebben hem nu te pakken.'
'Ik vraag me af waar hij aan denkt,' zei Scott. 'Het zou zeer interessant zijn om te weten wat zo'n man denkt op zo'n moment.'
Shreck zei: 'Ik zat ooit op een heuvel te wachten op de dood. Je denkt eigenlijk bijna nergens aan. Het enige is dat je wou dat je nog een dag te leven zou kunnen krijgen, dat is alles. Maar die klootzak denkt er waarschijnlijk aan hoeveel van ons hij kan neerschieten voordat wij hem te pakken krijgen. Nou, ik heb een laatste overdenking voor hem.'
Plotseling zwaaide generaal de Rujijo naar hem.
'Kolonel Shreck. De ring is compleet. Zullen we oprukken?'
'Eén moment,' zei Shreck. Hij wendde zich tot Scott. 'Ik wil die smeerlap naar de hel sturen terwijl hij al het slechte nieuws gehoord heeft.'
'Kolonel Shreck,' zei Scott. 'U moet het niet tot iets persoonlijks laten worden. Dat zou Hugh niet willen.'
'Hugh kan naar de hel lopen,' zei Shreck, 'het is altijd persoonlijk.'
Hij hief de megafoon naar zijn mond.

Bob lag boven op de heuvel. Hij was volkomen buiten adem. Beneden, zo'n honderdtwintig meter onder hem, kon hij het huis zien, Scott in zijn rolstoel en een paar officieren en verscheidene onderofficieren, die rond het zwembad stonden.
Plotseling klonk er een luide stem.
'*Bob Lee Swagger. Bob Lee Swagger. Jij weet wel wie ik ben. Swagger, ik wilde je laten weten voor ik de troepen op je afstuur, dat we de vrouw in Ajo in Arizona gevonden hebben.*'
Verdomme, dacht Bob.
'*Ik heb Payne gestuurd. Payne zal haar doden. Misschien is ze al dood.*'
Swagger schoof van de rotsen weg.
Hij hoorde fluitjes, terwijl de troepen op begonnen te rukken.

Payne ondervond geen enkele tegenslag. Het ging zo makkelijk, de vlucht naar Tucson, de huurauto, de rit van zo'n uur naar Ajo. Hij vond de caravan zonder moeite. Hij parkeerde de auto, liep naar de deur en klopte.
Toen ze opendeed vroeg hij: 'Verpleegster Fenn?'
'Ja?' Zij was het soort vrouw dat Payne nooit gehad had. Hij had hoeren

over de hele wereld gehad, lusteloze vrouwen met verschrompelde tieten, of jonge en stomme en arme en wanhopige vrouwen. Seks met hen te hebben betekende niets. Het was net zelfbevrediging en uiteindelijk kreeg Payne genoeg van allebei, tenzij hij dronken was.
Maar op de een of andere manier had deze vrouw klasse. Het maakte hem woedend dat Bob ooit zo'n vrouw had gehad en hij nooit.
'Bent u niet degeen die met hem samen was?' vroeg hij.
'Ik weet niet precies wat...'
'U weet wel, hèm. Bob Lee Swagger. Degeen die probeerde de president dood te schieten in New Orleans.'
Haar gezicht verloor alle kleur. Ze was geen goede leugenaar.
'Ik... bent u van de politie?'
'Mooi van niet, dame,' zei hij en trok zijn Remington met afgezaagde loop, terwijl hij binnenstapte. Nu voelde hij zijn overmacht over haar. Hij kwam dichterbij, dreef haar tegen de muur, stond tegen haar aan met de grote monding van het wapen tegen haar keel gedrukt.
'Wat is...'
'Hou je mond en luister. Je verdomde vriendje is in leven, voor het geval je dat niet wist, maar nu is hij dood, ik bedoel echt dóód. Nou ga je zitten en hou je rustig, want anders schiet ik je, verdomme, zelf dood. Hou je mond en doe wat ik je zeg.'
'Ik weet niet...'
'Kop dicht. Nou houden we ons een tijdje gedekt. Probeer geen geintjes uit te halen. Geloof me, ik ben anders dan welke man die je ooit ontmoet hebt, en als het moet schiet ik je door je hoofd en loop weg zonder om te kijken.'
'Ik begrijp het,' zei ze.
'Swagger kan je nou niet helpen,' zei hij. 'Een paar jongens hebben hem op een verdomde heuveltop gedreven en ze hebben geen greintje genade in hun donder.'
Ze keek hem aan. Toen zei ze: 'Hij heeft al eerder op heuveltoppen gezeten, stommeling. Begrijp je het nou nog niet? Hij is dòl op heuveltoppen. Daar hoort hij thuis.'

De beelden waren onduidelijk, korrelig, moeilijk te onderscheiden. Soldaten, brandende hutten, mensen die overal naartoe renden; dat alles gevangen in de schokkerige, slechtomkaderde haast van de onervaren cameraman.
Dobbler slikte.
Toen zag hij kolonel Shreck en Jack Payne en een derde man, een Latino-officier met een zwarte baret en een spiegelende zonnebril. Alledrie droegen ze exotische camouflage-uniformen en waren zwaar bewapend.

Ze stonden over een kaart gebogen.
Dobbler draaide de cassette sneller door.
De beelden schoten vlug voorbij, lachwekkend en schokkerig als een vaudeville-act. De soldaten staken hutten in brand en het leek op de beelden die hij had zien nemen in de Oekraïne in 1943, waar de SS-mannen de dorpen in brand gestoken hadden toen ze zich terugtrokken. Maar dit was zo totaal verschillend, want deze soldaten waren jong en sterk en ze hadden zoveel plezier.
Terwijl de cassette verder draaide verlieten de troepen het dorp en leken een helling af te gaan. De camera zoomde in en hij kon zien wat de reden daarvoor was. De dorpelingen waren naar het water ontsnapt. Ze stonden in de stromende rivier, maar werden aan weerskanten tegengehouden door kleine groepjes soldaten met machinegeweren. Ze stonden huiverend in het water. Hij kon zien dat het voornamelijk vrouwen en kinderen waren.
Dobbler zag de harde, jonge mannen naar de rand van het water lopen.
Hij liet de cassette weer op normale snelheid draaien.
Nu zag hij Shreck en de krachtige Latino-officier met elkaar praten.
Hij hoorde Shreck zeggen: 'Zeg ze dat ze het af moeten handelen. En laten we er dan als de donder met de helikopters vandoor gaan. Geen verkrachtingen. Doe het werk en wegwezen, generaal.'
De generaal gaf een bevel en de camera richtte zich weer op het water.
'Nee,' schreeuwde Dobbler in het lege kantoor. 'Nee!'
Maar het hielp niet.
De kogels van de machinegeweren van *Los Gatos-Negros* drongen in de mensen in het water, wierpen schuim en bloed op, sloegen ze neer.
'Nee,' herhaalde Dobbler, keer op keer, 'nee, nee, nee.'

Bob hoorde een stem.
'Ik had niet gedacht dat het je zou lukken deze verdomde heuvel op te komen, oude man,' zei Nick Memphis.
Bob draaide zich op zijn buik en zag Nick naar hem toekruipen.
'Big, er zit nog wel wat leven in die oude botten van mij,' zei Swagger. 'Nou, waar is mijn...'
Memphis, gekleed in zijn zwarte FBI-gevechtsuniform met de Mini-14 op zijn rug, schoof Bob een lang foedraal van canvas toe. Bob trok de rits open, tastte in het foedraal en haalde er de Remington 700 V met het 12× Leupoldvizier uit, terwijl hij het foedraal met een ruk van zijn pols in het zand wierp.
Zijn vinger haalde de veiligheidspal over terwijl hij het geweer naar zich toetrok en wist dat het geladen was met vijf M852 7.62 mm Match-patronen, elk met een 160-greins holpuntkogel met bootvormige staart.

32

Shreck luisterde naar generaal de Rujijo.
'Al mijn mannen hebben hun posities nu ingenomen, kolonel Shreck, en ik ga het sein geven op te rukken.'
'Goed,' zei Shreck. 'Ga uw gang.'
De Rujijo wendde zich tot zijn radioman en tastte naar de microfoon om er bevelen in te blaffen. Hij was een levendige, krachtige man in camouflagegevechtskleding, zijn gezicht mager en leerachtig, zijn ogen verborgen achter het spiegelende oppervlak van de zonnebril. De zwarte baret was diep over zijn ogen getrokken, de Uzi hing zwierig voor zijn camouflagejasje. Op zijn kraag had hij een heldere, zwarte ster.
Wat er toen gebeurde zag Shreck zeer duidelijk. De generaal sprak zeer beslist in het Spaans toen de kogel hem trof, binnendrong in de onderhelft van de schedel vlak boven de ruggegraat, naar voren schoot en zijn kaak verbrijzelde.
Shrecks gezicht werd volledig ondergespat. Shreck knipperde met zijn ogen toen de kaakloze gestalte met de nietsziende ogen, op nog geen meter van hem af, voorover viel. Hij voelde een schok van schrik en onderdrukte het binnen een seconde door pure wilskracht en ervaring. Hij begreep dat de volgende kogel vanaf de heuveltop op hem gericht was. Hij liet zich vallen, draaide om zijn as, sprong met een halve salto van het platform rond het zwembad en verstuikte ondertussen zijn pols zwaar, maar het lukte hem wel uit de vuurlijn te komen.
In plaats van hem trof de kogel de Rujijo's aide-de-camp, de jonge majoor, midden in de borst. De derde kogel raakte de radio van de, nu vluchtende, radioman, vernielde het toestel en drong het lichaam van de soldaat zelf binnen. Hij viel en stierf aan een shock en aan bloedverlies.
Lon Scott zag de drie soldaten in minder dan twee seconden sterven en hij zag Shrecks snelle terugtrekken. Hij kreeg zo'n schok van paniek dat hij er bijna ter plaatse aan bezweek. Binnen een onderdeel van een seconde had hij zich hersteld, zette de motor van de rolstoel aan en draaide die snel rond. Te snel, want hij leunde voorover en besefte te laat dat hij zijn evenwicht verloor. Hij rukte zijn lichaam achterover, maar het was te laat. De rolstoel viel voorover en hij viel op het cement van het platform rond het zwembad en kon niets meer doen, vanwege het dode gewicht van de nutteloze onderhelft van zijn lichaam.

Hij was hulpeloos. Hij hoorde meer en meer schoten. De angst in hem rees tot een krankzinnig niveau.
'Aaahhh,' gilde hij.

Bob lag in een klassieke schiethouding. Het geweer gleed kalm rond op een harde, platte zandzak die Nick, samen met het geweer en heel veel munitie, naar boven gesleept had. Hij richtte het op de bomen, waar de meeste manschappen van het Panter Bataljon zich verzameld hadden, momenteel verward door het geluid van de schoten. Hij richtte het geweer op een andere officier, die in een radiomicrofoon sprak, en schoot hem in de borst. Hij draaide het geweer net een millimeter terwijl hij een nieuw patroon in de kamer klikte en schoot een andere man neer. Hij laadde, vuurde, laadde, vuurde, laadde, vuurde. Hij doodde vijf mannen in zeven seconden en toen trok hij de grendel open, graaide vijf patronen uit de doos vlak naast het geweer, rolde ze in de lader en ramde de grendel dicht.
In de volmaakte ❍ van het vizier werd hij de doder. Hij richtte het vizier op de gestalten die voor hem heen en weer schoten, twaalf maal hun normale grootte, twaalf maal zo verward en bang, twaalf maal meer wanhopig begerig naar leiderschap, en begon ze te vernietigen.
Hij jaagde schreeuwende mannen – sergeants en pelotonleiders, helden – op en schoot ze neer. Hij richtte op het midden van de lichamen en in de ruk van de terugslag zag hij nog steeds de directe verslapping, die aangaf dat het schot raak was. Als hij een man zag, trof hij hem. Als hij alleen maar een hoofd zag, schoot hij daarop, en als hij een hoofd trof schokte dat gebroken, bloed lekkend en vernietigd.
Hij schoot snel om de aanval te breken. Hij wist dat het gedaan was met hem, als ze aanvielen. Een team met automatische wapens probeerde naar links te trekken om zo onderdrukkend vuur te kunnen geven. Bob doodde de schutter en toen de lader het wapen uit zijn dode handen probeerde te rukken schoot Bob hem in de onderbuik. Een soldaat maakte zijn kameraden te schande door naar voren te rennen. Bob beloonde hem met een 168-greins holpuntkogel, die hem trof met een snelheid van zeshonderd meter per seconde.
'Kom op, smeerlappen,' zei hij hees, zijn hele gestel tot barstens toe vol adrenaline. Het was een totale herhaling van An Loc: een dal vol Noordvietnamezen en hier zat hij in zijn eentje om ze over de kling te jagen. Door het vizier kon hij zien hoe sommige mannen ermee ophielden. Ze bleven gewoon zitten en wachtten erop tot hij hun neer zou schieten. Anderen vluchtten, renden de weg over en lieten hun geweren achter. Een paar probeerden op te rukken naar de dekking van *arroyos*, maar tegen deze tijd grensde zijn gezichtsscherpte aan het bovennatuurlijke. Hij was

één goed geoliede machine, het geweer zozeer een deel van hem dat het organisch leek. Hij kon zich niet een tijd herinneren dat hij het geweer niet gehad had, niet een wereld van doelwitten gehad had. Hij gleed in een staat van krankzinnigheid, de verwrongen identificatie van de scherpschutter met een kwade God en hij schoot nog sneller en nog beter. Hij schoot en schoot en schoot, en af en toe werd er verward op hèm geschoten en was hij niet in staat erom te geven. Laat ze maar komen. Laat ze allemaal maar komen.

Lon Scott lag met zijn mond plat op het cement en luisterde naar het onophoudelijke geknal van het geweer, droog en veraf. Het was verbijsterend met welk een snelheid de man kon schieten. Af en toe hoorde Lon tussen de bomen een kreet of zag hij de stervensschokken van iemand die dodelijk getroffen werd. Hij wist dat het niet meer dan een paar seconden zou duren voordat het schieten wat minder zou worden en dan zou Bob zijn geweer rondzwaaien om hem te treffen. Met zijn krachtige armen probeerde hij zichzelf voort te trekken, vol haat voor het verminkte ding dat zijn lichaam was, vol haat voor zijn vader die hem dat, al die jaren geleden, aangedaan had, vol haat voor zijn leven en de vreemde loop die het genomen had. Hij begon te huilen. Hij had gedacht dat hij voorbereid was op de dood, maar dat was niet zo. Hij was doodsbang.

'Help!' gilde hij. Maar niemand kwam hem te hulp.

O, laat me alsjeblieft niet doodgaan, bad hij.

Plotseling hoorde hij voetstappen. De een of andere dwaas rende over het kale cement, boog zich naar hem over en hees Lon met ongelooflijke kracht over zijn schouder. De man rende, terwijl Lon op en neer danste en zich wanhopig vastklampte en de twee leken een eeuwigheid bloot te staan aan Bobs willekeur. Maar ze redden het en met een dierlijke sprong bracht de man hen in dekking achter het cementen platform. Lon botste tegen de knokige schouders en rolde er toen af.

'O, Christus,' zei hij tegen zijn redder, 'o, Christus, dat was het dapperste dat ik ooit gezien heb.'

Kolonel Shreck zei alleen maar: 'Nee,' en hij wees naar de top van de heuvel. 'Dàt is dapperheid. Die klootzak.'

Toen hoorden ze het geluid van een helikopter.

Toen de helikopter boven de boomgrens opsteeg, de zijdeur vol uitstekende geweren en op hem afkwam als een havik op zijn prooi, kwam Bob gewoon omhoog van zijn buik op zijn knieën en vond bijna automatisch de goede positie, zijn rechterelleboog – zijn sterkste kant – boven het niveau van het vizier gehouden alsof de arm een soort spandraad van het geweer was. Hij zag het witte gezicht van de piloot vaag achter de ruit, toen de helikopter omhoogkwam, zodat de wapens in de aanslag kwamen.

Hij vuurde. Loop naar de hel, dacht hij. Loop allemaal naar de hel.
De kogel drong laag door de ruit van plexiglas. Door het vizier zag hij het glas plotseling bijna ondoorzichtig worden door de inslag en erachter de doodskramp van een man die zwaar geraakt en op sterven na dood was.
Bob wierp zichzelf weer plat neer, legde het geweer terug op de zak en begon naar beneden te schieten, waar een groep mannen, die naar rechts gerend waren toen hij zich bezighield met de helikopter, rond de voet van de heuvel kwamen. Hij schoot er een, twee, drie, vier, vijf neer. Hij laadde de Remington met vijf verse patronen toen de helikopter, nu zonder piloot, omlaaggleed naar de bomen, er als het ware tegen vocht, maar toen neerstortte. Binnen een seconde ontplofte hij en wierp een fontein van olieachtige vlammen hoog in de lucht.
De felheid van de flits deed de kleuren van de dag even verbleken, evenals het helle groen van de bomen. Bob merkte het niet. Hij zocht naar doelwitten.
Kom op, dacht hij. Kom op, vecht tegen mij. Ik wil doorvechten.

Shreck zat met zijn rug naar de actie, onder de rand van het platform rond het zwembad in een inham bij het pad naar het huis. Hij hijgde zwaar van zijn renpartij met Scott over zijn schouder. Scott haalde ook al luidruchtig adem, en het zou zelfs wel kunnen dat hij huilde, maar hij besteedde er geen aandacht aan.
Twee meter gewapend beton beschermde hem tegen het geweervuur. Hij was veilig. Hij ademde zwaar en probeerde wat rustiger te worden. Uit het schieten, en toen de ontploffing van de helikopter, kon hij de loop van het gevecht opmaken. Hij begreep nu dat Bob Dobbler een stap voor geweest was, en Lon Scott op de een of andere manier zelf gevonden had. Hij had ze laten denken dat zij hem in de val lieten lopen maar het was andersom. Hij had ze verleid posities in te nemen waarbij hij in het voordeel was: een heuvel, gedekt schieten en een wereld vol bange, stuurloze doelwitten vóór hem.
Het schieten werd nu minder.

Aan de andere kant van de top zag Nick ze uit het bos te voorschijn komen. Zonder een vizier op de Mini-14 was het een fors schot voor een .223. Maar als hij een hele horizon moest verdedigen tegen een infanteriecompagnie met één enkel semi-automatisch geweer, wist hij dat hij ze maar beter zo snel mogelijk kon raken, dan ze de gelegenheid te geven in één ruk de top te bereiken. Hij kon Bob nog steeds aan de andere kant horen vuren. Nu was het zijn beurt.
Hij lag ook in de klassieke houding. Hij schoot door een aantal struikjes, die hij uit de grond gerukt en als een soort scherm opgeworpen had. Hij

ademde zwaar maar hij voelde zich verbazend kalm. Hij kon Bob nog steeds horen vuren, maar hij had er geen idee van wat er gebeurde aan die kant.
Voorzichtig haalde hij het geweer naar zich toe, vond wat hij dacht dat de korrel was, liet zijn beenderen het gewicht van het geweer dragen en tuurde zo lang tot de inkeping niet meer bestond. Hij zag alleen nog maar het lichaam van de leider, achter de korrel, voor op de geweerloop. Hij hoopte dat hij deze keer wat zou raken.
Vóór korrel, vóór korrel, prentte hij zichzelf in en dwong zijn oog zich daarop in te stellen, tot hij die haarscherp zag en het doelwit een vage vlek was. Waarom dat zo was, wist hij niet, maar het was de essentie bij het schieten.
Hij dwong de trekker over te gaan en dat gebeurde ook.
Het geweer stootte terug. Het beeld was verdwenen en een lege patroon sprong uit de lader. En toen hij weer kon zien zag hij niets.
'Godverdomme, geef mij dat geweer, je hebt weer gemist, stommeling,' schreeuwde Bob hem toe en rukte de Mini-14 uit Nicks greep. Hij drukte het tegen zijn schouder en vuurde de rest van het magazijn leeg, alle negenentwintig schoten. De patronen sprongen als een heldere waterval van schitterend koper uit de lader. Beneden hen, aan de andere kant van de bomen, konden ze de overlevenden van het Panter Bataljon ongecoördineerd naar dekking zien rennen.
'Ze zijn buiten het bereik van dat geweer,' zei Nick.
'O, ja? Nou, niet hiervoor.'
Hij trok de Remington weer naar zich toe, haalde de grendel over en ramde hem op zijn plaats.
Bob haalde zwaar adem. Zijn gezicht leek krankzinnig van woede terwijl zijn ogen harde, starende korrels geworden waren. Hij knipperde er een beetje vreemd mee. Zijn gezicht zat onder de vettige vlekken van alle geweerrook en zijn handen en overhemd waren bijna zwart. Hij bleef maar dwaas knipperen met zijn ogen.
'Jezus,' zei Nick weer. 'Laat ze toch lopen. Ze vluchten. Ze zijn gebroken. Wat bewijst dat nu nog?'
'Hij is niet gebroken,' zei Bob, woest wijzend naar een heuvel anderhalve kilometer van hen af. 'Daar zit een verdomde waarnemer, Donny. Ik heb de flits van zijn lens gezien. Hij heeft ons al die tijd in de gaten gehouden. Ken je de ballistische tafels?'
'Nee.'
'Nou, een verdomde .308 heeft een verticale afwijking van ongeveer vijf meter op een afstand van duizend meter. De wind is ongeveer acht kilometer per uur. Ik richt vijf meter omhoog en wat naar links, voor de windafwijking.'

Hij nam de schiethouding aan en mikte. Toen vuurde hij in vier seconden vijf schoten af, elke keer de grendel overhalend terwijl er een patroon wegsprong.
'Dat moet genoeg zijn. Kom mee, Donny.'
Nick staarde hem met open mond aan.
'Hè? Voel jij je wel goed?'
'Kom mee, Donny. Ik wil zien wat we neergeschoten hebben. Ik moet erachter komen wat ze met mijn vrouw gedaan hebben.'
'Bob, mijn naam is...'
'Kom mee, maat. Voor vandaag hebben we genoeg gedaan. Tijd om ervandoor te gaan.'
En met die woorden liep de scherpschutter de heuvel af, zijn geweer in zijn handen vol blaren, naar een plek anderhalve kilometer verderop, waar ze Bobs pick-uptruck twee dagen eerder verborgen hadden.
Nick rende achter hem aan.

Eddie Nickles dacht dat hij dood zou bloeden. Zijn Celestron 8 was verbrijzeld. Een kogel was door de lens gedrongen en had rammelend een weg door het binnenste van de kijker gevonden. Het was niets meer dan een koker vol gebroken splinters.
Hijzelf was twee keer geraakt, één keer bovenop zijn schedel – een schampschot, dacht hij – en in zijn been, een afketser die hem raakte nadat hij weggedoken was, huilend en het in zijn broek doend toen hij door de verrekijker plotseling zag hoe de lange man zich omdraaide en op hem mikte.
Hij wist dat hij het er nooit levend vanaf zou brengen. Hij zou dood zijn voordat er hulp zou komen. En daarbij was er gewoon niet veel hulp meer over. Hij had Bob zien schieten, de klootzak, en schieten en schieten. Hij wist wat dat betekende.
'Hé, klootzak!'
Hij keek op en zag de man zelf. Er stond een *Beach Boy* met stekelhaar naast hem.
'Je hebt me doodgeschoten,' hijgde hij.
'Dat betwijfel ik, maatje. Van wat ik zie zul je wel weer beter worden. Als je tenminste wat pit in je lijf hebt.'
'Schiet me alsjeblieft niet dood. Ik heb hier alleen maar zitten kijken.'
'Was Payne hier?'
'Nee. Nee, ze hebben Payne ergens naartoe gestuurd. Ze hebben hem eropuit gestuurd om je meisje te pakken te krijgen.'
'Godverdomme,' zei Bob.
'Ze maken haar af, Swagger. Die jongens maken iedereen af. Die knaap, Shreck, die de boel leidt, hij kan dat doen.'

Bob leek hierover na te denken.
'Was Shreck hier?'
'Ja.'
'Als hij niet dood is, en ik geloof niet dat hij dat is, vertel hem dan dat hij de vrouw met rust moet laten. Als hij me wil hebben, dan zal ik hem vertellen waar hij me kan vinden. Maar hij moet de vrouw met rust laten, want dan is wat er hier gebeurde te vergelijken met de zondagsschool, zo waarlijk helpe mij God.'
'Ik zal het hem vertellen.'
'Goed. Zeg hem dat hij in de Ouachita's naar me moet zoeken, want daar ga ik naartoe. Als hij mans genoeg is om alleen te komen dan kan hij me daar vinden.'
'Hij zal niet alleen komen.'
'Dat weet ik. Maar zeg het hem toch maar. Zeg hem dat hij de vrouw en Payne mee moet brengen. Zeg hem dat hij over twee weken op het stadsplein in Blue Eye moet zijn op zondag om negen uur in de morgen. Dat is de eerste zondag in november. We zullen er klaar voor zijn.'
Toen was hij verdwenen.

33

Het telefoontje kwam om half acht die avond.
'Vooruit,' zei Payne. 'Neem maar op.'
Ze nam de haak van de telefoon en luisterde.
'Ben jij Payne?' vroeg ze.
Hij nam de telefoon aan.
'Payne?'
'Ja.'
'Slecht nieuws. We hebben hem niet te pakken gekregen. Hij heeft òns in de val laten lopen.'
Payne luisterde als verdoofd naar de details.
'Ja,' zei hij ten slotte. 'Over twee uur. Geen probleem.'
Hij legde de haak op de telefoon.
'Het is jouw ongeluksdag, liefje,' zei hij, naar haar gezicht kijkend. 'Mijn opdracht was je dood te maken als ze Swagger te pakken zouden krijgen. Maar ik was gewoon van plan weg te lopen en te zeggen dat ik je gedood had. Maar ze hebben hem niet te pakken gekregen. Hij kreeg hen te pakken. Jouw vriendje heeft vandaag vierenveertig mannen doodgeschoten, liefje. En dat betekent dat jij en ik diep in de problemen zitten.'
Payne moest wel lachen. Swagger was veel beter dan goed. Hij was zo verdomde goed dat het beangstigend was. Hij kon de angst in Shrecks stem horen. Vierenveertig man dood, inclusief negen van zijn beste jongens, die in een helikopter waren geklommen om vuurkracht van een nieuwe invalshoek op Bob te krijgen, maar beloond werden met de dood in de vlammen. Het gevolg was tientallen gewonden, het Panter Bataljon over heel Noord Carolina verspreid, allerlei smerissen in de buurt aangetrokken door de rook van de brandende helikopter, een totale bende.
'Laten we gaan.'
'Waarheen?'
'Naar het oosten. Jouw vriendje zal je willen ontmoeten. Daar hebben we je voor nodig. Je moet een taak voor ons verrichten.'
'En als ik dat niet doe?'
'Dan maak ik er hier een eind aan. Is dat wat je wilt? Jij gaat gewoon met me mee, de woestijn in. Een helikopter pikt ons op en brengt ons naar het vliegveld van waar we over een paar uur met een privé-vliegtuig vertrekken. Geen probleem.'

'Ik ben dus het lokaas, hè? Jullie denken dus dat jullie Bob krijgen omdat jullie mij hebben, hè?'
'Dame, ik bedenk de plannen niet. Ik doe alleen maar wat ze zeggen.'
'Bob vreet jullie met huid en haar op. Bob maakt jullie af. Je bent dood, dat weet je toch, hè?'
Payne lachte. Het kreng had lef.
'Er is veel kwaad bloed tussen hem en mij, liefje. Heel veel, en er komt nog meer. Maar ik heb één ding dat hij wil en dat maakt dat ik een god voor hem ben.'
Ze keek hem aan.
'Ik heb jou, kreng.'

Adjunct-directeur Howard D. Utey van de FBI stond wijd en zijd bekend binnen zijn eigen organisatie en binnen verscheidene andere van de federale bewakingssector als de man die Bob Lee Swagger 'pakte'.
Zijn reputatie had zijn carrière geen kwaad gedaan. In feite was zijn promotie naar het adjunct-directeurschap en naar het mooie hoekkantoor op de vijfde verdieping van het Edgar J. Hoover-gebouw aan Pennsylvania Avenue in Washington, D.C., grotendeels een gevolg van de succesvolle mensenjacht. Daarbij was het beeld van de brandende kerk, gegrift in het nationale onderbewuste, een les voor diegenen die de veiligheid van de president van de Verenigde Staten geweld aan wilden doen, een les gegeven door de FBI en niet door de Geheime Dienst, die met geen enkele les naar voren gekomen was.
Overal waar hij keek zag hij serene rust. Tijdens zijn carrière had hij veel contacten opgebouwd, hard gewerkt. Hij had maximale prestaties opgewekt in de mensen onder hem, relaties gelegd met machtige mannen, zich snel ontdaan van hen die niet konden presteren. En het meest belangrijke was dat hij direct het verschil wist tussen hen die wel en niet konden presteren. Hij zorgde ervoor dat hij mannen onder zich had die net niet zo intelligent waren als hij en hij onderkende in het bijzonder de gevaren van talent, want aan de ene kant kon dat spectaculaire resultaten opleveren, maar aan de andere kant was het ook in staat tot duistere grieven en het likken van psychische wonden nadat er veel energie in geïnvesteerd was. Talent was niet permanent of trouw of plooibaar genoeg om te vertrouwen. Howard had een felle haat voor talent, en zorgde ervoor dat geen van de mannen die voor hem werkten ooit talent hadden. Hij had al zeven mannen met talent uit het kantoor gewerkt en er was er maar een die het tegen hem opgenomen had, de idioot Nick Memphis, eens zo fel en vol enthousiasme, zorgvuldig verraden tijdens elke stap van zijn carrière, maar toch zo koppig in zijn weigering de FBI te verlaten.
Maar nu had hij Nick ten slotte te pakken. Het was de hoorzitting. Op

non-actief gestelde agenten worden twee maanden lang naar huis gestuurd zonder salaris en dan moeten ze zich op een zekere tijd en plaats presenteren om zich te verdedigen. De meesten begrepen wel dat hun carrière voorbij was en namen stilletjes hun ontslag, in ruil voor goede getuigschriften. Sommigen vochten het onvermijdelijke aan op de hoorzitting, maar Howard had het pleit altijd gewonnen.

Maar niemand had ooit gedaan wat Nick net gedaan had. Niemand negéérde de hoorzitting gewoon, niemand kwam gewoon niet opdagen. Dat alleen – afgezien van al het andere – was al reden genoeg voor ontslag.

Howard haatte Nick niet. Hij beschouwde hem als een jongeman die de lessen van het team nooit geleerd had. In Tulsa had Nick, al die jaren geleden, zijn schot verprutst, omdat hij geweigerd had Howards controle te aanvaarden. En kijk eens hoeveel dat hem gekost had, evenals die arme, jonge vrouw die hij uiteindelijk getrouwd had.

Toen in New Orleans had Nick het weer verprutst, en nog eens. Het leek alsof hij niets geleerd had van de domper die op zijn carrière was komen te rusten. Hij dacht nog steeds dat hij het op zijn manier, instinctief, vertrouwend op zijn talenten en zijn lef kon doen. Een leider kan onder dergelijke omstandigheden geen soepele, professioneel gedisciplineerde eenheid aanvoeren.

Nu keek Howard naar het ontslagbevel dat voor hem lag. Hij hoefde dat maar te tekenen, zoals dat gedaan was door drie leden van de hoorzittingscommissie en dan zou Nick ontslagen zijn.

Dit deel van zijn werk vond hij nooit plezierig. Hij was geen wreed man die genoot van zijn macht. Waar hij van genoot was het systeem zelf en zijn eigen beheersing ervan. Hij geloofde dat wat in zijn belang was ook in dat van de FBI was. Nicks grootste zonde was dat hij geen teamspeler was. Hij kon zich niet bij het programma houden. Arme Nick. Gedoemd zijn hele leven een buitenstaander, een verliezer te zijn.

Howards pen hing boven het document. Hij aarzelde niet meer dan een seconde, toen...

'Eh, meneer Utey?'

Hij keek op. Het was zijn assistent.

'Ja, Robert.'

'Eh...' Robert was duidelijk niet op zijn gemak, en dat was vreemd want wat hij in Robert aanbevelenswaard gevonden had was zijn totale passiviteit. Robert had absoluut geen persoonlijkheid. Dat mocht Howard wel in een man.

'Wat is er, Robert?'

'Herinnert u zich die vreemde schietpartij, gisteren, in Noord Carolina?'

'Ja.' Wie zou dat niet doen? Onderdeel van de een of andere drugoorlog, een stuk of veertig doden, gewonde Latino's die kletsten over een hin-

derlaag en een slachtpartij, een DEA-onderzoeksteam dat er nu was om het uit te zoeken.
'Nou, meneer, ze hebben meer dan vijfenvijftig 7.62 mm patroonhulzen op die heuvel gevonden.'
'Ja?'
'We hebben net het laboratoriumrapport binnen. Er waren zeven complete afdrukken en vier gedeeltelijke bij. De computer heeft ze een paar minuten geleden uitgespuwd. Ik dacht dat u het meteen zou willen weten.'
Howard begreep nog steeds niet waar dit toe leidde. Op zijn niveau was hij niet langer verantwoordelijk voor locale onderzoeken. Was dat niet de taak van Bob Mettingly in de FBI/DEA-coördinatiecommissie?
'Eh, meneer, de afdrukken zijn volkomen positief.'
'Op welke manier?'
'Nou, meneer. Ze zijn van Bob Lee Swagger.'
Howard keek hem aan. Hij toonde geen enkele emotie op zijn gezicht. Hij voelde iets in zijn maag omhoogkomen.
'Dat moet een vergissing zijn. Swagger is dood en begraven. We hebben het lijk geïdentificeerd. Alles was...'
'Ik vertel u alleen maar wat de computer òns vertelt.'
'O, juist.'
'En, meneer, op de locatie is een huurauto ontdekt.'
'Ja?'
Nog meer slecht nieuws?
'Ga verder.'
'Hij is gehuurd door Nick Memphis.'
O, Christus, dacht Howard.

Nick werd wakker in de cabine van de truck toen Bob hem aanstootte. Hij had gedroomd van Sally Ellion. Sally lachte om een grap die hij gemaakt had. Er was iets aan Sally dat hij echt mocht. Het was...
Maar hij werd wakker, een beetje rillerig, zich bewust van het geschok van de truck, de grauwe lucht van de zonsopgang.
'Tijd om op te staan, Nick,' zei Bob.
'Ja,' zei hij. 'Je wilt dat ik rij? Geen probleem.'
'Nee,' zei Bob. 'We zijn er bijna en het is bijna tijd.'
Nick keek om zich heen. Hij zag ze naar het stationsgebouw van het vliegveld rijden. In de verte stond een klein straalvliegtuig klaar om op te stijgen.
'Wat...'
'Jij hebt werk te doen.'
'Waar heb je...'
'Over twintig minuten zit je in het vliegtuig naar New Orleans. Daar zul je om half acht aankomen.'

‘Waar heb je het in godsnaam over?’
‘Annex B. Je hebt het me anderhalve maand lang úitgelegd. Nu wordt het tijd om het verdomde ding te vinden.’
‘Maar...’
‘Niets maar. Die kerels hebben iemand. Een vrouw die me ooit geholpen heeft. Verdomd geweldige vrouw, de beste. Zij hebben haar en daar kan ik niets aan doen en dat weten ze, en daar genieten ze van. Het geeft ze al de verdomde overmacht die ze nodig hebben. Maar als het zover is dat we tegenover elkaar komen te staan, moet ik zelf wat overmacht hebben, want anders kost het haar haar leven. Ze gebruiken haar om mij te lokken en ze blazen mij omver en dan schieten ze haar neer en dan leven ze rustig verder, even tevreden als een varken in een bak stront. Je moet me wat overwicht bezorgen, Nick. Dat is het enige wat erop zit.’
Nick slikte.
‘Ik... ik weet niet of... Het is moeilijk. Misschien is het daar, of misschien is het in Washington, of misschien is het...’
‘Nick, jij hebt me al die tijd uitgelegd hoe verkeerd ik dit allemaal gedaan heb. Ik ben mans genoeg om te zeggen dat je gelijk had. Ik ben stom geweest en het is me alleen maar gelukt een paar mensen te doden. Nu is het tijd om een professioneel aan het werk te laten. Ik doe een pas opzij en jij gaat Annex B ophalen.’
Nick keek hem aan.
Hij probeerde na te denken.
‘Maar dat ligt waarschijnlijk in Washington. Het ligt begraven in het een of andere computerdossier in Washington waar alleen de mensen van de Lancer-commissie het mogen inzien en...’
Hij beheerste zich.
De woorden ROM DO vormden zich in zijn geest.
Het draaide allemaal om ROM DO. De boodschap die Eduardo Lanzman voor hem achtergelaten had, al die maanden geleden, op de dag dat zijn vrouw overleden was.
Eduardo Lanzman was gekomen om met hem te spreken.
Maar denk na, prentte hij zichzelf in. Hij zou niet zomaar gekómen zijn. Dat heeft al die tijd in mijn geest rondgespookt. Hij zou niet zomaar gekomen zijn met het een of andere dwaze verhaal. Hij was een professioneel, professioneel genoeg om te weten dat hij in de val zat, professioneel genoeg om te proberen zich te beschermen tegen elektronische afluisterapparatuur, zoals hij die inschatte volgens de laatste CIA-geruchten. En professioneel genoeg om te weten dat hij iets mee moest brengen, iets dat ik kon gebruiken om naar de hogere bazen te gaan om de aanslag te voorkomen.
Hij moet... Ik weet het niet, maar we hebben niets gevonden.

Misschien hebben zijn moordenaars het meegenomen.
Nee. Waarom bewerkten ze hem met bijlen? Om hem aan het praten te krijgen. Maar hij was een taaie klootzak, die maar in één ding geloofde, Nick Memphis van de FBI. Wat hij bij zich had, heeft hij verborgen. Tussen het vliegtuig en de motelkamer heeft hij het verborgen. En hij vertelde me waar – hij liet een boodschap voor me achter: ROM DO – Romeo Dog. R-D. RamDyne.
'Nick?'
'Hè?'
'Nick, we zijn er.'
De truck stond stil. Hij keek en ja, ze waren er.
'Vergeet niet,' zei Bob, 'dat je terug moet zijn op de eerste zondag van november. Kom naar de hut in de bergen toe. De dag vóór het jachtseizoen.'

Het was het meest absurde document ter wereld, dacht Shreck.
Hij keek naar Dobblers verslag op zijn bureau. Eén blik had hem al getoond dat het zelfbevredigende rotzooi was. Dobbler was hopeloos.
Shreck zat op de dokter te wachten. Er was werk te doen en ze hadden niet veel tijd meer over. Zijn gesprek met Hugh was niet erg goed gegaan. Hugh was in staat zeer onbeschaafd te zijn en in dit geval had hij Shreck niet teleurgesteld. Hij was een wraakzuchtige, verbitterde oude man, die raasde over nalatenschap, over erfenis, over verantwoordelijkheid. Hij was woedend dat de kolonel de arme Lon in gevaar gebracht had, na alles wat Lon doorgemaakt had. En nu moest Lon zoveel opgeven. Toen de kolonel hem vertelde dat Lon gelukkig leek te zijn, zelfs opgewonden over de hele zaak en die als een krankzinnig avontuur beschouwde en begerig op silhouetdoelen over duizend meter aan het schieten was in Virginia, was zelfs dat niet genoeg om Hugh tevreden te stellen.
Jullie Yale-jongens kennen elkaar zeer zeker al jaren, dacht de kolonel. Ik vraag me af hoe.
Hugh vroeg zich ten slotte openlijk af of hij verdomme nog iets voor de kolonel kon doen.
Shreck had hem gezegd dat hij niets nodig had. De situatie had zich ontwikkeld tot een spel van drie of vier man in Arkansas, over twee weken, en dat hij zou winnen of sterven, en dat zou dan dat zijn.
Er zou niets van bekend worden. Niets of niemand zou in verlegenheid gebracht worden. Lon Scott zou weer in de obscuriteit kunnen verdwijnen. De kolonel had de troefkaart in handen: de vrouw. Met de vrouw was hij in staat Bob te manipuleren zoals hij dat vroeger niet gekund had. Ze konden Lon Scott met een helikopter naar elk punt in het gebergte brengen en

hem daar installeren voor het schietwerk over lange afstand en Payne, waarschijnlijk de beste kleine-eenheidman die het leger ooit voortgebracht had, voor het werk dichterbij. Hijzelf had een gevechtservaring van twee oorlogen en hij had al twintig jaar eenheden geleid. Dan hadden ze de doortrapte Dobbler die voor het hersenwerk zorgde: hij had zijn waarde al bewezen. Ze hadden maar één ding nodig: eersteklas topografische kaarten van de Ouachita's met de kwaliteit van een satellietfoto.
Hugh was razend maar uiteindelijk zag hij in hoe weinig er van hem gevergd werd en hoezeer hij nog beschermd was. Toen hij besefte dat hij precies wist wie hij moest bellen, gaf hij toe.
Nu was er niet veel meer te doen dan te wachten. Lon bereidde het schot voor dat hij af moest vuren, Payne moest op het meisje letten en hij en Dobbler zouden de tactische en psychologische manoeuvres uitwerken. Het was gewoon een periode van wachten, rustig blijven, erdoorheen komen.
'Kolonel Shreck?' klonk een stem over de intercom. Het was een van de mensen die niet overleden waren bij de neerstorting van de helikopter.
'Ja?' vroeg Shreck.
'Ik kan geen antwoord krijgen bij dokter Dobbler. En ik heb drie keer gebeld. Niemand heeft hem gezien sinds hij twee nachten geleden uitgeklokt heeft.'
'Bedankt.'
Shreck keek naar het document vóór hem. Het duurde enige tijd voordat hij besefte dat het betekende dat Dobbler in zijn kantoor geweest was, maar niet meer dan dertig seconden daarna besefte hij dat de videocassette uit zijn kluis verdwenen was.

'Oké, wat hebben we?' vroeg Utey aan zijn mensen die bij elkaar zaten. Het was niet makkelijk geweest zich te laten benoemen als hoofd van het Bob Lee Swagger-team. Maar op de een of andere manier, door gunsten in ruil te vragen en gunsten in de toekomst te beloven en door hard te werken, was het hem gelukt, en zo had hij zijn oude team weer samengesteld en leidde hij nu de eerste bijeenkomst in New Orleans.
'Meneer,' zei Hap Fencl, 'dit zijn de gegevens. Ze hebben vijftien lege dozen Lake City M 852 7.62 mm Match-munitie op de top van die heuvel gevonden, voorraadnummer 543-101 B. Aan de hand van dat nummer zijn ze terechtgekomen bij een bedrijf dat Survival Inc. heet en in Tuscaloosa in de staat Alabama gevestigd is. Ik ben er gisterenochtend zelf naartoe geweest. Op vijftien augustus hebben ze duizend patronen verkocht aan twee mannen. De ene was een lange, magere kerel, midden-veertig, zeer zwijgzaam. De andere een zwaargebouwde blonde knaap, met stekelhaar, die de enige was die praatte. Ze konden Bob niet

positief identificeren, maar de verkoper was volkomen zeker van Nick Memphis.'
'Nick, Nick, Nick,' zei Utey.
'Howard,' vroeg Hap, 'is er enige mogelijkheid dat Nick diep in het geheim voor iemand op een hoger niveau werkt? Ik kan het niet geloven dat hij een afvallige is geworden. Nick is een goede FBI-jongen. Het zit hem gewoon in het bloed.'
Howard dacht daar zorgvuldig over na.
'Dat weet je natuurlijk nooit,' zei hij. 'Hij hield meer van de FBI dan omgekeerd, gezien zijn prestaties. En daar beginnen de problemen. Liefde kan zomaar omslaan in haat.'
'Ik kan niets slechts geloven over Nick. Hij was altijd honderd procent trouw.'
Dit verontrustte Howard. Hij kon geen mensen in het team hebben die een emotionele band aangingen met de prooi.
'Ga verder, meneer Fencl,' zei hij ijzig.
'Die gewonde Salvadorianen vertellen een verdomd vreemd verhaal. Het waren knapen van het Panter Bataljon, u weet wel, die zaak van die wreedheid vorig jaar, waarvan de CIA zei niets af te weten. Maar zij zeggen dat ze deze keer voor de CIA werkten en achter een belangrijke communistische agent aanzaten. En ze kwamen Superman of Rambo of wie dan ook tegen. Ze hebben op hun donder gekregen. En dat is alles wat ze zeggen, en de CIA houdt zich hier angstvallig stil over.'
'Hmm,' zei Howard.
'Was de CIA betrokken bij het Panter Bataljon?' vroeg iemand.
'Moeilijk te zeggen,' zei een andere agent. 'Volgens ons dossier was het een contractsamenwerking met een zaak die RamDyne heet en veel geheimzinnig werk voor de CIA doet, zonder de CIA erbij te betrekken. Maar we weten niet veel af van RamDyne. Als je ernaar vraagt word je steeds doorverwezen naar de Lancer-commissie, onze liaison-commissie met de CIA. Je weet het nooit precies met die bedrijven die het vuil van de CIA oppikken en afleveren. Soms raken ze zover buiten de geregelde orde dat ze totaal losslaan. Of misschien zijn ze dat wel vanaf het begin geweest.'
'Maar goed,' zei Hap, 'die commando's van Midden-Amerika dachten dat ze achter een communist aanzaten en toen kwamen ze Bob de Doder tegen op de boerderij van iemand die James Thomas Albright heet en sindsdien heeft niemand meer wat gezien van James Albright. En er zijn nergens papieren te vinden over die Albright. Geen dossiers, niets. Die knaap was ook nog gehandicapt. De DEA zweert dat er geen directe relatie is met drugzaken. Maar voor mij lijkt het daar wel op. Dus is de vraag waarom Bob oorlog voert met een bende Latino's? Of waarom voeren ze

oorlog met hem? Wie heeft ze verteld dat hij een communist was? Wie wil Bob dood? Wie wist dat hij nog leefde? Wij niet. De CIA? Zou de CIA...'

'Heren,' zei Howard snel om de geloofsverzaking de kop in te drukken, 'ik geloof niet dat we ergens komen als we de CIA of diens filialen gaan vervolgen. Onze eerste zorg is Bob Lee Swagger in te rekenen, voordat het bekend wordt dat hij nog in leven is. Het zou zeer vernederend zijn voor ons. Pas als we hem hebben, kunnen we het bekend maken. Is dat begrepen?'

'Howard, als de CIA...' begon Hap.

'Meneer Fencl, alstublieft,' zei Howard.

Er klonk wat gemompel, gegrom, en er werd wat geknikt.

'Oké, voorstellen?'

'Meneer,' zei één van de mannen, 'de laatste keer dat Bob in de problemen zat, ging hij terug naar Blue Eye en de Ouachita's. De meeste mannen zouden zo verstandig zijn dat niet voor een tweede keer te doen. Maar deze knaap gelooft in bepaalde zaken. Hij gelooft in thuis en bekendheid met het terrein. Als hij een spel gaat spelen, denkt u niet dat hij dat op zijn eigen terrein gaat doen?'

'Ja,' zei Howard. 'Inderdaad.'

Hij zweeg even.

'Oké,' zei hij, 'ik verplaats het Swagger-team naar Mena in Arkansas. We organiseren het net als de vorige keer. Meneer Fencl, ik wil dat u de contacten verzorgt met Sheriff Tell van Polk County en met de staatspolitie van Arkansas. Meneer Bryson, neemt u contact op met Milt Sillito van de DEA, want we hebben alle informatie die zij kunnen geven nodig. En meneer Nelson, ik wil dat u zorgdraagt voor de aanvalsuitrusting en de luchtdekking.'

'Arme Nick,' zei Hap. 'Ik hoop dat hij niet meer hooi op zijn vork genomen heeft dan hij aankan. Het enige wat hij ooit wilde zijn, was een FBI-agent.'

34

Nick zat op dinsdag om 10 uur 38 in de ochtend bij uitgang 24 in het gebouw van het internationale vliegveld van New Orleans. Deltavlucht 554 uit Mexico-Stad kwam aan. Terwijl de passagiers uitstapten en zich verspreidden in de aankomsthal stond hij op en voegde zich bij hen. Hij probeerde te kijken met de ogen van een ander.

Wat zou hij denken? Wat zou hij opmerken? Hoe zou zijn geest werken?

Eduardo Lanzman, als je dat was, jij stapte zes maanden geleden uit dit vliegtuig. Jij zag wat ik nu zie. Jij was een professioneel, jouw blik nam alles op, links, rechts, in de hele hal. Jij was bang, jij had iets bij je dat je dood kon betekenen, en je wist dat er op je gejaagd werd.

Dat was het. Dat was jouw hoop op vrijheid en jouw wanhopige poging het leven van aartsbisschop Jorge Roberto Lopez te redden. En waarom? Zelfs als je een geheim agent was, was je nog steeds katholiek opgevoed. Het doden van een aartsbisschop, gaat dat niet te ver? Of misschien verloor je iemand bij de Sampul, die dag toen het Panter Bataljon die mensen neermaaide in de roodgekleurde rivier.

Hoe dan ook. Wat zag je?

Nick liep met de passagiers mee door de hal. Toen kwam er een andere vraag bij hem op.

Waarom heb je me niet van hieruit opgebeld? Waarom wachten tot je in dat motel was?

Terwijl hij erover nadacht, vormde zich een antwoord in zijn brein. Omdat Lanzman dacht dat hij veilig was, dat hij niet ontdekt was. Hij bestudeerde de menigte en hij bestudeerde de tekens, en hij dacht dat hij goed zat, dat er geen probleem was.

Nick liet zich op zijn imaginaire tocht door de geest van Eduardo Lanzman naar buiten leiden naar de taxistandplaatsen. Het was niet erg druk.

Je wilt dit zo snel mogelijk achter de rug hebben. Je neemt een taxi, rechtstreeks naar het FBI-gebouw, nietwaar? Je vraagt mij te spreken. En als je moet wachten dan moet je wachten, dat is alles.

Nick hield een taxi aan.

'Ja?'

'Eh, weet u waar het FBI-gebouw is? Zeven-nul-één Loyola Street, in het Centrum.'

'Jazeker, maat. Stap in.'

Nick stapte in en de taxi schoot weg.
'Voor het eerst in de stad?' vroeg de man.
'Nee,' zei Nick, terwijl hij zich probeerde te concentreren.
Hij keek om zich heen terwijl ze het vliegveld verlieten, in de richting van de I-10, de grote autosnelweg over het stuk land tussen de grote rivier en het Pontchartrainmeer, waaraan de stad gebouwd is. Langs de weg was niets bijzonders te zien. Het landschap was saai, onopvallend, een stuk anoniem Amerika.
Terwijl ze de oprit opschoten en een onderbreking in de drukte op de I-10 opzochten, zag Nick de opzichtige parade van motels, rechts van hem langs Veterans Memorial Boulevard.
'Stop!' brulde hij.
'Hè?'
'Stop, verdomme! Ik zei dat je moest stoppen.'
'Wat...' raasde de taxichauffeur, een kale, zwarte kerel met een gouden tand, maar hij gehoorzaamde. Zijn naam, zo kon Nick lezen op zijn vergunning die op de rechter zonneklep geklemd zat, was JERRY NILES.
'En nu?'
'Hou even je mond.'
Nick zat na te denken. De taxi stond stil in de berm, terwijl auto's langsschoten op weg naar de stad.
Nee, dacht hij. Zo ver is hij niet gekomen. Want als hij naar het Palm Court Motel gaat, kan je daar niet komen als je eenmaal op de I-10 zit. Je moet al een beslissing nemen voordat je de oprit neemt.
'Maat?'
'Hou je stil,' zei Nick.
Wat zegt je dat?
Dat zegt je dat hij zijn achtervolgers voor de oprit in de gaten kreeg, bang was dat ze hem op de weg neer zouden schieten en zeer snel een beslissing nam om dat te voorkomen.
Het betekende ook dat hij precies wist hoe wanhopig ze waren – dat ze bereid waren een soort openbare scène te riskeren om hem tegen te houden. Professionele mannen werken het liefste in het geheim. Ze opereren alleen maar in het openbaar als ze geen andere keus hebben, tenzij ze Colombiaans drugtuig zijn.
'Ga achteruit en rij dan Veterans Boulevard op.'
'Hé, maat, ik kan hier niet achteruitrijden en...'
'Het levert je vijftig dollar extra op.'
'Oké, maar als er een smeris komt...'
'Ik ben een smeris,' zei Nick in een reflex, en wilde toen dat het nog waar was.
De chauffeur reed achteruit, voerde een kamikaze-achtige bocht van

tweehonderdveertig graden uit, riep veel getoeter en gekrijs van banden op, maar reed toen Veterans Boulevard op. Het Palm Court Motel was het derde motel vanaf de afslag.
'Stop hier,' zei Nick.
'Wil je dat ik...'
'Wacht even.'
Nick zat na te denken.
Hij is ontdekt. Hij weet dat ze hem op de hielen zitten. Wat hij ook heeft – documenten, een microchip, foto's wat dan ook – moet hij ergens verstoppen, waar hij het weer vandaan kan halen.
Verstop het. Ga het hotel in vóór ze hem in de gaten krijgen. Neem een kamer vlakbij de Coke-automaten, voor het geval ze elektronische afluisterapparatuur hebben, bel Nick Memphis en wacht dan.
Hij weet niet dat ze een Elektrotek 5400 hebben. Hij weet niet dat ze zijn telefoontje kunnen horen. Hij weet niet dat, als er op de deur geklopt wordt en hij vraagt wie daar is en er geantwoord wordt: 'Nick Memphis', hij daarmee zijn eigen doodseskader binnenlaat.
Hoe dan ook, dacht Nick.
Het cruciale punt is dat hij zijn pakje moet verbergen.
Nick dacht aan iets anders.
Eduardo, het is nu met je gedaan, je bent door die kerels met bijlen bewerkt, ze hebben je hart bijna uit je verdomde lijf gerukt. Maar op de een of andere manier kruip je naar de badkamer en op het linoleum schrijf je een boodschap in je eigen bloed. Nee, niet de naam van je moordenaars, maar iets anders.
Je schrijft... ROM DO.
Wat betekent dat? Wat is de boodschap?
ROM DO.
'Ik wil dat je teruggaat naar het vliegveld, waar je me oppikte en de rit dan nog eens doet.'
'Je meent het.'
'Jazeker.'
'Oké, maat. Hoop dat je een enorme onkostenvergoeding hebt.'
De taxi zwaaide rond en reed terug naar het vliegveld.
'Niet stoppen. Volg gewoon dezelfde route.'
Nick zag het landschap voorbij rollen.
Hier ergens ben je ontdekt, dacht hij. Je keek op, je zag een auto – die geen taxi was – die je volgde, en je raakte in paniek. Je zag ze, herkende hun profiel misschien, of hun auto. Maar het moest hier gebeurd zijn, langs deze saaie, korte toegangsweg, zonder vluchtmogelijkheid, schuilplaats, zelfs geen plaats om te stoppen.
Toen bereikten ze de parkeerplaats van het motel weer.

'Oké, maat?'
'Hou je mond,' zei Nick.
Hij zat daar en probeerde na te denken.
ROM DO.
ROM DO.
Hij keek om zich heen naar ROM DO. Maar de enige woorden die hij kon zien, waren in de taxi. JERRY NILES stond er in hoofdletters op het kaartje aan de zonneklep.

Dobbler voelde zich belachelijk. Hier zat hij, te midden van landstypen in het zeer kleine en onbeschofte stadje Blue Eye in Arkansas, een paar uur rijden ten westen van Hot Springs. Er was niets vriendelijks aan de stad. Wat was er gebeurd met de beroemde gastvrijheid van de kleine Amerikaanse steden? De mensen keken hem nors aan. Het was één van die typische stadjes met een groezelig, haveloos stadsplein rond een monument van de Confederale oorlog. Boven de hoofdstraat hing een banier waarop stond: DE HERTEN WORDEN HIER GESTOPT. Jagen. Dobbler huiverde. Hij voelde zich gevangen in deze godvergeten nachtmerrie, ingesloten door de bergen, overal om hem heen, die hoog boven de stad uittorenden.
Die bergen beangstigden hem. Dicht begroeid met pijnbomen en op deze regenachtige ochtend gehuld in mist, zagen ze eruit alsof ze je konden doden. Hij wilde er niet heengaan, maar hij moest wel. Daar zat Bob, ongetwijfeld.
Dobbler had werkelijk geen idee wat hij moest doen. De enige veiligheid die hij had, lag in de cassette, in zijn tas. Dat wil zeggen, als hij Bob Lee Swagger kon vinden. Niemand anders kon hen een halt toeroepen. Dat was het ironische. In Amerika, met zijn FBI en zijn honderden politieeenheden was er niemand anders die hen tegen kon houden dan Bob Lee Swagger, de man met het geweer.
Als die mensen iets wisten dan praatten ze niet, vooral niet tegen een buitenstaander als hij, in zijn flodderige pak en met zijn oosterse baard. Ze dachten waarschijnlijk dat hij een homo was. Hij kon maar beter uitkijken. Jongens van de High School sloegen hem misschien wel dood met schoppen, of trokken hem een jurk aan en sleepten hem achter een pick-uptruck aan door de stad, naar de grens van Polk County. Maar hij moest een plan bedenken. Er moest een plan zijn.
Hij had gedacht dat hij misschien terug zou kunnen gaan naar de, nu beruchte, Bob-plekken: de uitgebrande kerk, Bobs eigen, nog steeds verzegelde, caravan, twaalf kilometer buiten de stad, of het Gezondheidscentrum van Polk County, waar Bob de FBI – en RamDyne – zo verbijsterd had. Maar toen hij ze die ochtend bezocht had, was er niets meer over van hun glorie, eraan gegeven door de nationale media.

Misschien moest hij het via de invalshoek van de geweren proberen. Hij was naar een wapenwinkel aan de rand van de stad gegaan en had geprobeerd een gesprek te beginnen. Dat was een grote vergissing. De eigenaar keek hem aan alsof hij van Mars kwam, en vroeg hem grof of hij wat wilde zien of niet.
'Die daar,' zei hij zenuwachtig.
De man nam een groot geweer van het rek, opende de grendel en overhandigde het hem.
Het was zeer zwaar.
'Is dat er zo een als Bob Lee Swagger gebruikte?' vroeg Dobbler.
De ogen van de oude man vernauwden zich. Toen zei hij: 'In deze streek zijn er mensen die denken dat Bob niet gedaan heeft wat ze allemaal zeggen dat hij deed. Ze zeggen dat als Bob op de president geschoten had, wij nu een nieuwe president zouden hebben. Dat geweer is een Savage 110, kaliber dertig-nul-zes. Wil je dat geweer kopen of wil je er tegenop kruipen en net doen alsof je Bob Lee Swagger bent?'
Die vijandigheid had Dobbler bang gemaakt. Hij gaf het geweer terug en haastte zich de winkel uit. Nu was het drie uur later en het enige wat hij gedaan had, was dwaas rondzwerven, terwijl hij wenste dat hij wist wat hij deed.
Ik weet dat hij hier is, dacht hij. *Hier is hij naartoe gekomen, dat kan niet anders.*
Dobbler keek op naar de bergen. Ze zagen er in zijn ogen allemaal hetzelfde uit, dreigend. Het deed hem denken aan de eerste blik die hij wierp op het terrein van de gevangenis van Norfolk, en de doodsangst en kwetsbaarheid die hij voelde. Hij besloot zich wat te vermannen. Hij besloot moedig te zijn. Hij was vast van plan de bergen in te gaan, ja, daarheen te gaan en de man te zien die hij moest zien. Morgen.
Dobbler stapte in zijn huurauto en reed terug naar het motel. Hij voelde zich totaal verslagen. Hij ging naar zijn kamer en besefte dat hij zijn eerste dag hier totaal verspild had en dat het Shreck en zijn idioten niet lang zou kosten om te bedenken waar hij naartoe zou vluchten. Hij kon nergens anders naartoe.
Hij stapte uit de auto en liep naar zijn kamer. Hij rommelde met het slot en stapte de duisternis in. Plotseling voelde hij zich zeer zwak en hij wilde dat hij wat eten gekocht had.
Hij deed het licht aan.
'Hallo, klein mannetje,' zei Bob de Doder. 'Ik geloof dat jij en ik wat te bespreken hebben.'

Hij was bang dat ze een afspraak of een carpoolovereenkomst of zoiets had. Maar Nick had geluk toen hij om vijf over half zes in de middag te-

genover het FBI-gebouw op Loyola Street geparkeerd stond. Sally kwam alleen uit het gebouw, stak de straat over, ging de *Payless*-parkeergarage binnen en kwam er drie minuten later weer uit in een goudkleurige Honda Civic.
Hij volgde haar in het verkeer en probeerde zich te herinneren waar ze woonde, misschien had ze hem dat ooit verteld? Hij volgde haar gewoon naar de I-10 en toen naar het oosten, tot ze het meer bereikte. Toen reed ze in de richting van Gentilly Woods. Hij keek toe hoe ze stopte bij een *Fill-a-Sack*-winkel. Toen ze er een paar minuten later weer uitkwam met twee volle plastic zakken, besloot hij dat het tijd werd om in actie te komen.
'Sally! Hé, Sally!'
Hij rende over de parkeerplaats naar haar toe, maar toen zij zijn stem hoorde en hij achterdocht op haar knappe gezicht zag verschijnen, wist hij meteen dat hij niet hoefde te doen alsof hij haar toevallig tegenkwam.
'Nick! Wil je dat ik ontslagen word? Wat doe jij hier? Je hebt me gevolgd. Je hebt me gevòlgd!'
'Oké. Ja, inderdaad.'
'Nou, je mag van geluk spreken dat ik geen afspraak had.'
'Dat weet ik. Jij bent de meest populaire vrouw in New Orleans. Dat vergeet ik steeds.'
'Nick, jij zit diep in de problemen. Je zou mij ook veel problemen kunnen bezorgen.'
'Je hebt niemand toch verteld dat ik over de telefoon met je gesproken heb?'
'Wacht eens even. Je hebt niet precies met me gespróken over de telefoon. Als je iets wìlt, zoals een geheim regeringsrapport, dan praat je met me over de telefoon. Als je niets wilt dan heb je niet de beschaafdheid me zelfs maar te zien staan. En waarom denk ik dat je hier bent? Om me te vertellen hoe leuk je mijn jurk vindt?'
'Die is zeer mooi.'
'Om me te vertellen hoe lekker mijn nieuwe parfum ruikt?'
'Hé, die ruikt geweldig.'
'Om me te vertellen dat je me heel erg gemist hebt?'
'Dat is ook zo.'
'Wat wil je, Nick? Je wìlt altijd iets. En je wilt mij nog niet eens. Je wilt mij niet kussen of met me naar bed gaan, of wat dan ook. Jij wilt gewoon een gunst die me mijn baan gaat kosten.'
'Het is echt heel makkelijk. Het is zo makkelijk. Het kost je niet meer dan twee minuten. Ik weet dat je het kunt doen.'
'Wat is het? Meneer Utey's portefeuille stelen? Een M-16 uit de wapenkamer smokkelen?'

'Controleer een paar nummers voor mij. Dat kan je best wel. Je hebt een ingang in gemeentebestand, dat weet ik.'
'Ik wist het wel. Jongen, wat ben jij voorspelbaar, zeg. Nick, ik kan gewoon niet...'
'Denk je dat ik dit zou doen als het niet belangrijk was?'
'Het is altijd belangrijk. Het is altijd maar één kleine gunst meer. Waarom ga je niet gewoon naar Hap Fencl en leg je het hem uit? Iedereen màg je.'
'Eh... dat zou gewoon niet lukken. Geloof me. Sally, ik heb je nodig om in het kentekenbestand van de gemeente New Orleans te komen. Ik heb een naam of een nummer nodig... ik weet niet precies wat.'
'Waar heb je het over?'
'O. Taxi's. Heb ik dat niet gezegd? Tàxi's. Ik zoek naar... je, ik weet niet precies waarnaar ik zoek.'
'Wanneer?'
'Wanneer?'
'Wanneer! Wanneer heb je het nodig?'
'Ik hoopte... ik hoopte dat ik je uit eten kon nemen. Dan hoopte ik dat ik je terug mocht brengen naar het centrum. Dan hoopte ik dat je naar boven zou gaan om die nummers vandaag nog na te trekken.'
'God, Nick, jij verdient een medaille voor onbeschaamdheid. Ik bedoel: zelfs voor jouw niveau is dit een nieuw record.'
'Sally... Ik kan je niet eens vertellen waar dit om gaat, of wat ik gedaan heb, of met wie ik opgetrokken ben. Maar... vertrouw me, alsjeblieft. Dit is zó belangrijk.'
'O, Christus, Nick. Heb je een kwartje?'
'Een kwartje?'
'Een kwartje.'
'Ja.'
'Geef het dan.'
'Natuurlijk. Waarvoor...'
'Ik heb een afspraak. Ik ga die afzeggen.'
'O, eh... hè, met wie?'
'Norm Fesper.'
'Díe kerel? Hij is een advocaat, in godsnaam. O, toe nou, je kunt toch wel wat beters krijgen?'
'Dat is net gelukt,' zei ze en liep weg om te telefoneren.

Ze hielden haar opgesloten in een kamer in een golfplaten barak. De kamer stonk naar roest en oude verf, maar het was er warm en droog. Ze had een televisie. Ze brachten haar drie keer per dag eten, gewoon, voedzaam, traditioneel spul. Ze brachten haar tijdschriften en elke derde dag ver-

schoonde iemand het beddegoed. Tussen elf en twaalf en dan weer tussen drie en vier namen ze haar mee op lange wandelingen over de lege, golvende velden. In de verte kon ze de bergen zien.
Ze had twee bewakers. Beiden waren norse Latino's, die haar zo min mogelijk aankeken en haar behandelden met iets wat het beste beschreven kon worden als zachte vastberadenheid. Ze was een praktische vrouw en begreep dat het zinloos was hen te haten.
'Waar zijn we?' vroeg ze. 'Zijn we in Virginia of Maryland? Ik weet dat het ergens in het oosten is.'
Ze gaven geen antwoord. Maar ze wist dat het in het oosten was, want het begon koud te worden. Ze had de kou vergeten, nadat ze zoveel jaar in de woestijn geleefd had. Maar nu drong de kou zich in haar leven, kroop onder de wollen trui die ze gekregen had om over een trainingspak te dragen, of in het bed wanneer ze sliep. Als ze wakker werd, stonden er ijsbloemen op de ruiten en de dagen werden hard en scherp, de lucht pijnlijk blauw.
Uiteindelijk werd ze voor een man gebracht. Er stond geen greintje genade in zijn ogen. Hij zag eruit als een hulpsheriff die ze ooit gekend had, die in zijn carrière drie mannen gedood had. Hier was, begreep ze, eindelijk iemand die haar woede waard was.
'Waar ben ik? Waarom doet u mij dit aan?'
'Wij doen u dit niet aan, mevrouw Fenn. Uw vriend, Bob Lee Swagger, doet u dit aan.'
'Dat is gelul. Dit is gelul. Het is allemaal gelul. Bob Lee zou niets doen om mij kwaad te doen.'
'Ik ben niet van plan daar met u over te discussiëren. Bob Lee Swagger is een verrader en een moordenaar. We moeten hem arresteren. Hij is een gevaar voor zijn land.'
'Nog meer gelul. Bob Lee Swagger zou nooit iets tegen zijn land doen. Hij heeft drie lange perioden voor zijn land gevochten en bloed verloren in Vietnam. Hij is vreselijk gewond geraakt voor zijn land. Hij heeft meer dan een jaar in een ziekenhuis gelegen voor zijn land. Hij houdt van zijn land.'
De man wachtte geduldig tot ze uitgesproken was.
'Hij werd een moordenaar en een spion, uit op vernietiging. Hij moet gestopt worden. Daarvoor gebruiken we u. Het is onze plicht voor dit land.'
'Ik weet niet wie u bent en waarom u denkt dat u mij dit aan kunt doen, maar als ik u over ''plicht'' en ''dit land'' hoor praten, dan word ik kotsmisselijk. Ik denk dat jullie gewoon een bende gangsters zijn, en wat jullie proberen te redden is niet het land maar jullie eigen hachje.'
'U bent hier om ons te helpen hem tegen te houden. Dat is het enige wat ons op dit moment interesseert. Ik vertel u dit in goed vertrouwen, omdat

ik niet wil dat u ons haat. Ik wil dat u bereid bent medewerking te verlenen aan uw land en aan ons.'
'U bent niet mijn land.'
'Ik ben uw land,' zei hij. 'Ik ben het deel van uw land dat bereid is te staan achter wat gedaan moet worden, wat nodig is.'
'Maat, als jij denkt dat jij Bob Lee Swagger kunt verslaan dan ben je gewoon een van de vele dwazen die snel in de grond terecht zal komen.'
Het was natuurlijk pure grootspraak en terwijl ze het zei wilde ze dat het waar was en bad ze dat het waar was en wist ze dat dat niet mogelijk was.
Ze waren met te veel: deze vreselijke leider, de kleine engerd, Payne, met zijn tatoeages en kleine, angstaanjagende ogen, en al die robotachtige Latino's, en nog wat blank tuig, allemaal met geweren, allemaal doelbewust. Het was een bende, een mensenjacht, een strijdmacht. Hoe kon Bob Lee Swagger zich verdedigen tegen zo'n woede? Hij was gewoon een man, wist ze, en ze wist wat er met mannen gebeurde.
Ze gingen hem van haar afnemen.

'Hoe heb je...?'
'Ik heb hier nog steeds een paar vrienden, maat. Ze vertelden me dat een oostelijk type vragen gesteld had.' Toen sloot hij zijn mond en zweeg lang.
Ze reden schijnbaar urenlang. Bob bracht de witte pick-uptruck ver de bergen in. Ze hobbelden hard over onverharde wegen, glibberden door plassen, schoten door mistbanken heen en kropen langs de randen van klippen. Af en toe passeerden ze een verwaarloosde oude caravan of een vervallen hut. Eén keer drong er een zonnestraal door de somberheid heen en had Dobbler een beetje een uitzicht. Hij keek en zag een golvende groene wildernis van bergen, bossen en ravijnen. Hij huiverde. Een vreselijke plek.
Dobbler zei ten slotte: 'Jij... jij hebt een paar dagen geleden een heleboel mannen gedood.'
'Nou, zij probeerden hetzelfde met mij te doen.'
'Ik weet alles van jou af. Ik heb je maandenlang bestudeerd.'
'Ik kan me jou herinneren,' zei Bob plotseling, 'van die toestand in Maryland. Je keek alleen maar naar me, maat. Ik kon zien dat je dacht wat voor een exemplaar ik was. Jij dacht dat ik een speciaal soort wilde beer of zo was.'
'Jij bent een verbazingwekkende man. Jij bent achtervolgd door een van de meest genadeloze en efficiënte geheime organisaties van de wereld, voornamelijk samengesteld uit ex-CIA-mannen en ex-soldaten. Jij hebt ze vernietigd. Misschien zullen ze je nog doden, maar effectief gezien heb je al gewonnen. En dat weten ze ook. Je hebt ze verslagen.'

Bob spuugde uit het raampje.
'Maat,' zei hij, 'het is niet voorbij tot ik jouw kolonel Shreck in een verdomde lijkenzak gestopt heb, en zijn maatje Payne ook. En tot ik mijn meisje terug heb. En mijn naam gezuiverd heb. En waarom ben jíj hier, verdomme?'
'Om twee redenen, eigenlijk. Omdat ze een halt toegeroepen moet worden. En omdat jij de enige man bent die dat kan doen.'
'Je hebt een hele lange tijd je geld bij hen verdiend. Is het nu niet een beetje laat om de goede kant in het spel te kiezen?'
Dobbler hield zijn tas op.
'Hierin zit een cassette die precies toont wat ze doen. Ik wist dat niet. Ik dacht dat het allemaal spionagewerk was, het grotere werk, voor de veiligheid van het land. En ik neem aan dat ik me in een staat van ontkenning bevond. Weet je wat dat is?'
'Ik weet meer dan je denkt.'
'Ja, natuurlijk. Natuurlijk weet je dat. Maar goed, ik... ik keek naar die cassette. Dat was het eind van de loochening.'
'Wat staat er op die cassette?'
De dokter aarzelde even.
'Auschwitz in het oerwoud.'

Om 10 uur 12 zei ze dat het etentje voorbij was.
'Je probeert echt je best te doen, dat geef ik je na. En het was een heel gezellig etentje. Je bent een hele nette kerel. Dat wist ik altijd al. Maar jij wilt je nummer, hè? Jij laat mij betalen voor het doorbrengen van een paar uurtjes in jouw gezelschap. Ik moet jou die gunst verlenen, hè?'
'Eh, heb ik het er te duidelijk bovenop gelegd? Ik bedoel, was het te duidelijk?'
'Nou, we hebben gepraat over jouw jaar rechtenstudie en over mijn verbroken verloving met Jack Fellows en waarom ik mijn baan opgaf in diezelfde week en hoe lang het geleden is dat jij met een meisje uitgeweest bent – daar hebben we allemaal over gesproken. Maar ongeveer zes minuten geleden – toen ik praatte over mijn verliefdheid op Sam Hawks, de rugbyspeler van de High School?'
'Ja...'
'Toen was het op en had je me alle aandacht die je in je had gegeven. Nu ben je weer ZVP-Nick, Zaken-Voor-Plezier-Nick. Zo noemen de vrouwen op het kantoor je. Al die jaren met een gehandicapte vrouw en je hebt zelfs nooit naar een van ons gekéken. Mannen als jij liggen niet voor het oprapen, dat kan ik je wel vertellen. Nou, laten we die nummers van je maar gaan halen, oké, ZVP-Nick?'
'Oké.'

Hij betaalde de rekening en ze reden naar het FBI-gebouw.
'Nou, waar moet ik naar zoeken?'
'Oké. Ik wil dat je de licensienummers van plaatselijke taxichauffeurs op twee manieren doorneemt. Ten eerste volgens nummers. Ik zoek naar nummers met een opeenvolging van R, O, één, één, één, spatie, D, O, zoiets...'
'Allemachtig, dat is ook niet veel.'
'Oké, en dan wil ik namen. Van de vergunningen. Ik wil al de namen die beginnen met ROM of DO en alle namen die beginnen met DO en eindigen met ROM. En variaties van ROMDO of DOROM.'
'Nick?'
'Wat?'
'Nick, wat heeft dat in godsnaam...'
'Ik denk dat iemand die me met iets wilde bereiken, een boodschap achtergelaten heeft. Ik dacht eerst dat het de naam van een organisatie was. Maar nu begrijp ik dat dat helemaal verkeerd was. Hij probeerde me te vertellen hoe hij verborg wat hij voor me verborg. En er is maar één plaats waar hij dat kon doen, en dat was in de taxi die hem naar zijn dood bracht. Dus hij heeft zich òf de naam van de taxichauffeur herinnerd van het naamkaartje op de rechter zonneklep, òf het kenteken, toen de taxi wegreed. Zie je, hij moest de taxi op de één of andere manier identificeren. Dus ik...'
'Oké, oké. Ik zal het proberen. Ik kan je niets beloven.'
Plotseling leunde ze naar hem over en gaf hem een kus op zijn wang.
'Waar was dat voor?' vroeg hij.
'Omdat je een lastige zak bent,' zei ze. Toen stapte ze uit en liep het gebouw in.
Nick wachtte en wachtte. Tweemaal reed er een politieauto door de straat en richtte de straal van de zoeklamp op hem, maar Nicks blanke gezicht en colbert en das gaven de agenten het idee van klasse en ze reden door. Verder waren de straten verlaten. Hij wist dat de minimale staf in het kantoor bezig was – de FBI slaapt nooit, dat soort ideeën – en hij zag haar vóór zich, gebogen over het computerscherm, met achter zich het zachte rumoer en het gevoel van kalmte en rust in het kantoor op dat late uur. Hij had in het eerste jaar dat hij hier werkte vaak nachtdienst gehad en hij wist hoe slaapverwekkend het kon zijn.
Eindelijk kwam ze weer naar buiten, maar aan haar houding kon hij zien dat ze niet veel geluk gehad had.
'Geen succes?' vroeg hij toen ze instapte.
'Nick, ik heb van alles geprobeerd. Ik had niet veel om mee te werken.'
'Nee, je hebt gelijk. Heb je iets gevonden?'
'Nou, ten eerste werkte dat kentekennummeridee helemaal niet. Het

schijnt dat die van taxi's alleen maar numeriek zijn, geen letters. Vraag me niet waarom. Dus zijn er helemaal geen nummerplaten die beginnen met een R.'
'Verdomme, dat is waar ook! Ik geloof dat ik dat zelfs wel wist.'
'Misschien was het een 8, of een 5, en het nummer viel op de een of andere manier uit elkaar, of zo, maar...'
Ze zweeg onzeker.
'Oké. Een doodlopende weg. Hoe staat het met de namen? Heb je namen gevonden?'
Ze zuchtte en gaf hem het stuk papier. Hij opende het portier een beetje, zodat het licht in de auto ging branden.
'Het is niet geweldig. Het is zelfs niet veelbelovend. Er zijn twee voornamen en één achternaam die beginnen met ROM, terwijl de andere naam een DO in zich heeft.'
'Godver,' zei Nick teleurgesteld, terwijl hij zich een idioot voelde.
'Nick, neem het niet te zwaar op.'
'O, Christus, ik...'
Maar hij kon niet verder praten. Hij keek naar de verlaten straat. Eerst naar de ene kant, toen naar de andere kant. Weer een mislukking.
Hij keek naar de namen:
ROMNEY DONAHUE
ROMAN DOHENY
D'ORLY ROBARDS
En dat was het.
'O, Jezus,' zei Nick wanhopig.
'Is het niet goed?'
Hij dacht wanhopig na.
'Je hebt me precies gegeven waar ik om vroeg. Maar... waarom zou hij alleen maar een déél van de voornaam en een déél van de achternaam opschrijven? Ik kan het gewoon...'
Hij zweeg. De bedoeling van Lanzmans stervensbericht, ROM DO, leek plotseling veel nietszeggender.
Nou, dacht hij, het zou al heel toevallig zijn, maar hij zou ze toch na kunnen trekken, die taxi's onderzoeken en...
'Wat zijn die andere namen?'
'Nou, voor alle zekerheid heb ik alle taxichauffeurs genoteerd wiens voornaam met een R of een D begint en wiens achternaam met een D of een R. Dat was mijn eerste manier om ze te schiften. Voor het geval je het niet goed zag, of...'
'Nee, ik heb het absoluut goed gezien. Ik weet het zeker. Sally, die knaap schreef het in zijn eigen bloed op een linoleum vloer, terwijl hij stierf. Ik zag het op de linoleum tegels en toen zag ik het verdwijnen en...'

Nick zweeg plotseling.
Hij staarde naar de lijst.
'Nick? Nick, voel je je wel goed? Nick, wat is er...'
'Jezus Christus,' zei hij.
Hij wees naar een naam op de lijst.
'Stel dat het bloed ergens samenvloeide. Het verbond letters die niet verbonden moesten worden. En stel dat hij stierf voor hij klaar was?'
'Ik begrijp niet...'
'Kijk, Sally, kijk. Hij schreef een naam, maar de laatste twee letters vloeiden bovenaan samen. Het bloed liep door een barst in de tegel en voegde twee letters samen. En hij kon de naam niet helemaal vormen.'
Nick had een van die vreemde sensaties die je één of twee keer in een carrière hebt, als alles op zijn plaats valt.
'Een N en een I aan het eind van de eerste naam; ze vloeiden samen en vormden een M. En toen schreef hij de middelste initiaal. En toen kon hij de achternaam niet helemaal voluit schrijven. Maar hier is het.'
Hij wees ernaar, op de lijst.
RONI D. OVITZ, stond er. Sun Cab Co., 5508 St. Charles Avenue.

Het was een fantastisch stuk werk, erkende Shreck. Het Militaire Cartografische Agentschap had een meesterwerk gecreëerd. Weergegeven in veelkleurig plastic stonden de vele hoogten en toppen, kloven en valleien van de Ouachita's afgetekend. Hij was zes meter lang en bijna twee meter breed. Op de reliëfkaart, groen gekleurd voor bebossing, precies zoals de satelliet die vastgelegd had, was het gebergte opgedeeld in een warnet van hoogtelijnen. Ze stonden er allemaal: *Black Thorn*, *Winding Stair*, *Poteau*, *Mount Bayonet*, *Hard Bargain Valley*...
'Wat ziet u, meneer Scott?' vroeg Shreck.
De man in de rolstoel boog zich voorover en bestudeerde de vorm van het land vóór hem, met zijn gretige schuttersogen.
'Ruimte,' zei hij. 'Ik heb ruimte nodig. Veel ruimte.'
'Het zal wel uitlopen op de een of andere ruil. Wij hebben de vrouw; zij hebben Dobblers schat. Zij willen ruilen. Wij willen ruilen. Wij gebruiken het meisje. Wij trekken ze naar ons toe met het meisje.'
'Maakt u zich geen zorgen,' zei Lon. 'Laat mij het schot afvuren en ik garandeer u dat het mij zal lukken.'
'Meneer Scott,' zei de kolonel, 'het spijt me dat ik niet beleefd ben, maar dat wordt niet van mij verlangd. U stelt u op tegenover een oorlogsscherpschutter. U hebt geen enkele mobiliteit. Jezus, u heeft geeneens bénen. Het is mogelijk dat u tegenvuur krijgt, en dan snel moet reageren. En... uw handicap. Als het zover is, kan hij zich bewegen, u niet. En wat gebeurt er als wij geraakt worden, of als we ons moeten terugtrekken? Daar ligt u,

verlamd, op de grond, zonder enige hulp. Niemand zal u komen helpen. Er is niets anders voor u dan de dood.'
Scott staarde hem even strak aan. Het mooie hoofd en de brede schouders boven het verminkte lichaam en de dode benen: zelfs nu was Shreck er nog niet aan gewend geraakt.
'Weet u, kolonel Shreck, u hebt een gehandicapte een kans gegeven die geen enkele gehandicapte ooit gehad heeft.' Hij glimlachte, bijna spijtig. 'U hebt mij een kans gegeven ten strijde te trekken. En mij te meten met de allerbeste. U hebt mij een kans gegeven héél te zijn, al is het maar voor een paar seconden.'
Shreck zei: 'Ik weet niet wie u bent, meneer Scott, of wat u, verdomme, gedaan hebt. Maar dit wil ik wel zeggen, u hebt wel lef.'

Bij Sun Cab bleek alles algauw tot een anticlimax te worden. Ten eerste kwam er het nieuws dat Roni D. Ovitz, een Israëlische emigrant, twee maanden geleden bij een roofoverval neergeschoten was. Hoewel hij alleen maar een vleeswond opgelopen had, was hij uit het taxibedrijf gestapt en werkte nu als winkelbediende in de zaak van zijn broer in een winkelcentrum in een buitenwijk. Maar zijn taxi was nog steeds eigendom van Sun Cab en na een snelle controle van de administratie bleek dat hij op dit moment op pad was met een andere chauffeur.
De coördinator, geconfronteerd met twee mensen met ernstige gezichten en FBI-identificaties, aarzelde geen moment. Hij riep de taxichauffeur op binnen te komen, en die zette zijn klanten af in het Franse Kwartier en was binnen tien minuten terug in de garage.
'Wat is het probleem, Charlie?'
'FBI-problemen. Die twee agenten. Ze...'
'Hé, ik heb geen donder gedaan. Ik...'
'Nee, dat is oké, maat,' zei Nick met zijn kalme stem. 'Dit gaat niet om jou, maar om je taxi.'
'Die kar brengt ongeluk. Iemand schoot Roni Ovitz door de nek en daarvoor werd een knaap die Tim Ryan heette erin vermoord en...'
Maar Nick luisterde niet.
Oké, dacht hij. *Je zit op de achterbank van de taxi. Je weet dat je ontdekt bent. Je hebt nog maar een paar seconden. Wat ga je doen? De kofferbak? Hoe kan je daarin komen? Je kunt níet in de kofferbak komen.*
Onder de voorzitting? Nee. Dat zou de chauffeur zien. En wat het dan ook was dat je verstopte, zou hij er binnen een paar seconden weer uithalen.
Nick zei: 'Neem me niet kwalijk' tegen Sally en toen stapte hij in de auto, een Ford Fairlane uit 1987. Hij zat daar met gesloten ogen en rook de geur van de oude en vergane bekleding, de stank van honderdduizend

andere, onopvallende passagiers, die van benzine en olie, en, nam hij aan, één andere geur, die van angst. Roni Ovitz' angst. Tim Ryans angst. En, zeker tegen de tijd dat ze het motel bereikten en Lanzman wist dat hij waarschijnlijk gedoemd was, Lanzmans angst.

Jij was een ijskoude, zeg, dacht Nick. Jij hield tot het eind je verstand erbij. Wat het ook was dat je dreef – patriottisme, trouw, mannelijkheid – wat het dan ook was, het was krachtig en prachtig. O, jij was een man, mijn vriend. Een *hombre*. Absoluut.

Zijn vingers waren als vanzelf op de zitting gevallen en tastten blindelings rond in de overgang van kussen en rugleuning. Er was een kier, waar de bekleding losliet. Je kon er een document doorheen schuiven.

Nick stapte uit, draaide zich om, leunde naar binnen en stak zijn hand in de kier. Toen gaf hij een stevige ruk en de zitting kwam naar voren op zijn scharnieren. Eronder lag een weergave van de Westerse beschaving: snoeppapiertjes, sigarettepakjes, kammen, pennen, kwartjes en fiches, twee speelkaarten, een visitekaartje en een rol van het een of andere zware papier.

'Nick,' zei Sally over zijn schouder en wees. 'Is dat het?'

Nick raapte het op.

Hij rolde het papier voorzichtig uit. Hij zag meteen dat het de een of andere lichtgevoelige papiersoort was, dat niet gekopieerd kon worden. En terwijl hij het ontrolde meende hij de letters minder duidelijk te zien worden. Een uur in de zon en er zou niets meer van over zijn. Niemand kon dit vermenigvuldigen, behalve misschien de legendarische afdeling Forensische Documenten van de FBI.

De begeleidende brief was geschreven in het Spaans, geadresseerd aan een zekere generaal Esteban Garcia de Rujijo van het Vierde Bataljon (Luchtcommando), Eerste Brigade, Eerste Divisie ('Atlacatl') van het Salvadoriaanse leger. Hij was getekend door ene Hugh Meachum. Er stond niet bij wie of wat hij was. Zo goed Nick Spaans kon lezen, kon hij eruit opmaken dat de missie, mondeling besproken tijdens hun laatste ontmoeting, uitgevoerd werd door de zeer efficiënte organisatie die de generaal – daar was de schrijver zeker van – zeer goed kende, en dat het in ieders belang was als de zaak zo snel mogelijk volbracht zou worden. De schrijver nam ook de vrijheid wat achtergrondmateriaal – hoogst gevoelig! uiterst geheim! – bij te sluiten, zodat de generaal overtuigd zou zijn van het feit dat de beste professionele mensen ingezet waren, en dat het daarom van belang was dat hijzelf niets zou ondernemen, aangezien dat een ondermijning zou betekenen van de zaak waaraan ze allen zo toegewijd werkten.

Nick schoof de brief opzij om het document zelf te bekijken.

Het was Annex B.

35

Wanneer hij niet schoot, studeerde Lon.
Hij begon met het in zijn kop stampen van gegevens. Hij verdeelde de kaart in vierkanten van dertig bij dertig centimeter en probeerde ze in zijn geheugen te stoppen. Hij werkte alles uit, langzaam, stap voor stap, uiterst zorgvuldig. Hij zat daar in de hut van het veldhoofdkwartier in Virginia in zijn rolstoel en staarde onafgebroken naar het miniatuur berggebied in plastic, uitgespreid op de tafel en schommelde naar voren en naar achteren vanuit zijn buik.
Nadat hij het materiaal zo goed in zijn geheugen gestampt had dat hij het in zijn dromen kon zien, begon hij naar vuurlijnen te zoeken. Hij had een zekere afstand nodig, evenals hoogte, een goed standpunt, het licht achter hem, geen zijwinden, een overvloed aan camouflage. Eén voor één testte hij de mogelijkheden van zijn lijst van vereisten, vond en verwierp ze.
Tijdens zijn werk toonde hij geen emoties op zijn gezicht. Het was een koud Yankee gezicht, ijzig als New England, het gezicht van een man die de dood kende, omdat hij zelf half lijk was.
Ten slotte wenkte hij, na dagen studeren, kolonel Shreck.
'Hier,' zei hij. 'Ik heb het gevonden.'
Zijn vinger tikte op een dal, diep in de uitgestrektheid van de Ouachita's, ver, heel ver van de stad Blue Eye.
Shreck boog zich voorover om de naam te lezen die de stompe vinger aanwees.
HARD BARGAIN VALLEY, stond er.

Het verbijsterde Dobbler hoe banaal Bob hem vond. Hij had aangenomen, zeer ijdel, dat Bob hem fascinerend zou vinden, hem zou overstelpen met vragen, hem op de een of andere manier zou bewonderen.
Bob gebruikte hem zoals anderen hem gebruikt hadden, en Dobbler had zichzelf bevrijd van alles wat hem bezighield, als één enorme sessie bij de psychiater. Hij had alles opgebiecht: zijn zonden, zijn angsten, zijn zwakheden, zijn schuldgevoelens. Hij snikte zelfs een beetje tijdens zijn biecht, terwijl hij zijn opvoering heimelijk bewonderde.
Maar Bob had hem alleen maar aangekeken met toegeknepen ogen.
'Wat wil je?' vroeg Dobbler toen hij uitgesproken was. 'Zeg het en dan geef ik het.'

Bob keek hem zonder veel belangstelling aan.
'Vertrouw je me niet?' wilde Dobbler weten.
'Het maakt niet veel uit.'
'Waarom stel je me niet meer vragen?'
'Je hebt genoeg gepraat. Te veel.'
'Wil je niet weten hoe Shrecks geest werkt? Wat de relatie is tussen hem en Payne? Wil je niet weten...'
'Kun jij me vertellen hoe ik hem moet doden?'
'Eh... nee.'
'Dan weet jij niet wat mij interesseert.'
'Maar er is zoveel meer...'
'Jij denkt dat wat je me verteld hebt zo interessant is. Maar het maakt me geen donder uit, tenzij het me over een week een voordeel kan geven. Ondertussen bewaar je dat maar voor Memphis. Hij zal wel naar je luisteren. Ik wil gewoon dat je hier blijft en niet verdwaalt, oké? Jij bent gewoon een probleem erbij dat ik moet oplossen.'
Dat was het begin. Toen ging Bob verscheidene uren op stap met zijn geweer en liet Dobbler achter in de hut. Bob hoefde hem niet te vertellen dat het zijn dood betekende als hij in deze afgelegen gebieden zou verdwalen.
In de hut had Dobbler het altijd koud. Hij huiverde van zonsopgang tot zonsondergang, wierp hout op het vuur – 'Als je nou niet ophoudt dat verdomde hout op het vuur te gooien, dan laat ik het je zelf hakken,' had Bob kriegel gezegd – en hij zat daar, miserabel, ongevoelig voor de prachtige kleuren van de herfst, die overal uitbarstten als een soort napalm. Hij haatte ook de vuiligheid, het gebrek aan een toilet en toiletpapier, dag in, dag uit dezelfde sokken en onderkleren. Hij haatte zijn eigen stank en vroeg zich af waarom hij alleen maar vuiler werd en Bob er op de een of andere manier altijd uitzag om door een ringetje te halen.
Toen, op een avond, barstte de deur open.
Dobbler schokte doodsbang op, ervan overtuigd dat hij ontdekt was door een van de bandietengroepen van de kolonel. Maar het was een grote, kwade jongeman, met een bos blond haar en een gekreukeld pak die zo'n vier wapens onder zijn jas leek te dragen. Dit was Memphis, nam de dokter aan, en dat bleek ook het geval te zijn. Hij glimlachte en verwachtte dat hij iemand was die meer in zijn eigen wereld thuishoorde dan Bob.
'Wie is die zielige klootzak?' wilde Nick weten.
'Hij zegt dat hij één van Shrecks mannen is. Hij is aan onze kant komen te staan, omdat hij niet besefte dat die jongens Nazi's waren. Hij heeft een cassette met het bloedbad erop.'
'Wie ben jij, kerel? Werk je voor Shreck?'

'Mijn naam is David Dobbler. Ik heb gestudeerd aan de universiteit van Brandeis en de medische faculteit van de universiteit van Harvard. Ik ben een psychiater – hoewel het medisch tuchtcollege mijn vergunning enige jaren geleden ingetrokken heeft.'
'Hij was de slimme jongen die naar me keek alsof ik een insekt op een speld was, Big, in Maryland.'
'Jezus Christus.'
'Zoals ik meneer Swagger al vertelde heb ik onlangs ontdekt dat de daden van RamDyne niet, zoals mij verzekerd werd, in het belang van de natie waren, maar meer de avonturen van een eenheid van bandieten. Natuurlijk voelde ik...'
'Dat is allemaal gelul, maat,' zei Memphis, die de gave van de politieman had om zwakheden snel op te merken en ze met graagte gebruikte. 'Jij moet iets ontdekt hebben waarvan je dacht dat Shreck je ervoor zou vermoorden. En waarschijnlijk zou hij dat ook doen.'
'Dat zou hij zeker. Ik heb... bewijsmateriaal. Van een bloedbad.'
'Bewijsmateriaal,' gnuifde Nick. 'De wereld is vol bewijsmateriaal.'
'Zichtbaar bewijsmateriaal. Op een cassette.'
Bob wees naar de cassette, die op de schoorsteenmantel lag.
'Hij zegt dat ze het gefilmd hebben.'
'Vreselijke dingen,' zei Dobbler. 'Vrouwen, kinderen, in het water. De machinegeweren, de lachende soldaten, de bevelhebbers. De Amerikanen.'
'Heb jij die Shreck? Op bànd?' vroeg Nick verbijsterd.
'Ja. En die kleine Jack Payne ook. Ze gaven orders, leidden een Salvadoriaanse generaal. Het staat allemaal...'
Nick draaide zich om naar Bob.
'Jezus, misschien lukt het daarmee wel. Het zou zeker een motief kunnen zijn om die aartsbisschop te vermoorden, en daarmee kunnen we het onderzoek heropend krijgen en dan zouden er misschien ook andere dingen naar voren kunnen komen.'
Bob dacht daar even over na.
Toen zei hij: 'Hoor hem uit. Zoek uit wat hij weet. Ik ga er een tijdje vandoor. Jullie genieën kletsen zoveel, net biggen met hun vreten, dat ik er pijn in mijn kop van krijg.'

Het kostte tijd, maar Nick en Dobbler, eerst felle tegenstanders, vonden algauw raakvlakken. Bob verdween met zijn geweer en terwijl de twee praatten, hoorden ze verweg het geluid van schoten. Toen hij terugkwam keek hij ze zonder veel enthousiasme aan. Nick stond op en kwam naar hem toe.
'Nou, wat heb je allemaal uitgedacht, Memphis?' vroeg Bob.

'We hebben het allemaal,' zei Nick ten slotte. 'Met wat hij heeft en wat ik heb, kunnen we ze op laten sluiten. En we kunnen jouw naam zuiveren.'

Maar Bob ging gewoon naar de kast waar hij zijn reinigingsmateriaal bewaarde en begon het langdurige, vettige werk van het schoonmaken van het geweer en de loop.

In zijn afstandelijkheid was het niet zozeer dat hij tegenargumenten aanvoerde, maar dat hij zijn ongenoegen uitdrukte door zijn stoïcisme en de harde uitdrukking op zijn gezicht. Nick drong aan en toonde zijn trofee.

'Annex B. Dit is het.' Hij hield de groene map met documenten, die hij onder de achterbank in de taxi in New Orleans gevonden had, op. 'Het blijkt dat Annex B gewoon het FBI-afschrift is van het CIA-dossier zelf. RamDyne begon in 1962, vlak na de Varkensbaai. Wie begon het? Ik wil wedden dat het iemand was die vroeger bij de CIA zat en die actief betrokken was bij de planning van de invasie, maar die ontslagen werd toen de invasie mislukte. Lijkt dat logisch?'

Dobbler zei: 'Ja. De Varkensbaai was zwakheid, mislukking, gebrek aan lef. Ze haatten zwakheid.'

'Natuurlijk,' zei Nick.

'Neurotisch. En ik kan zien hoe de Varkensbaai, in hun ogen, het begin van de Amerikaanse zwakheid was – je ergens voor inzetten, dan van gedachten veranderen, eromheen draaien, beginnen te ondermijnen en je operatie ten slotte laten mislukken door je eigen twijfels. RamDyne stond voor doorzetten. Voor iets tot een goed einde brengen.'

'De naam komt zelfs van de Varkensbaai,' zei Nick. '*RamDyne*, grote R, grote D: het betekent niets anders dan R en D en dat slaat, volgens een knaap die ik kende, op Romeo Dog, dat is legertaal anno tweeënzestig, het oproepteken van het Tweede Bataljon van de Zesentwintigste Brigade bij *Red Beach*, het legeronderdeel dat afgesneden, in de pan gehakt en gevangen genomen werd. Dus door het RamDyne te noemen heeft iemand zo het verleden herinnerd en een koers gezet voor de toekomst. Klinkt dat juist, dokter?'

'Het waren fanatici,' zei Dobbler. 'Het waren ware gelovers. Ze hadden het idee iets uit de ruïnes op te bouwen, net als Hitler, neem ik aan. Ik begeleidde hen. God weet waarheen.'

Bob zat daar te luisteren naar het gesprek, terwijl hij de reinigingsstaaf met zijn kop van heldere bronzen haren en de *Shooter's Choice*-olie, door de loop haalde.

'Bob, we kunnen ze achter slot en grendel zetten. In de gevangenis. Een gelukkig einde is mogelijk. Er kan gerechtigheid zijn.'

'Hij heeft gelijk, meneer Swagger. Er is vreselijk onrecht gedaan. Maar de wereld kan weer hersteld worden. En sommigen van ons, hier – ook voor ons kan er redding komen. U kunt weer in vrede leven.'

Bob keek hem met een felle blik aan.
'Het zijn alleen maar woorden,' zei hij. 'In Vietnam hadden we een gezegde: ''Zegt niks''. En dat is het. Het zegt niets.'
Hij legde de staaf neer, haalde de Delrin-geleider uit de lader en begon de binnenkant van de kamer en de grendelmantel te bewerken met een zwart geworden tandenborstel. Hij richtte er zijn volledige aandacht op.
'Het is hier allemaal!' ontplofte Nick. 'Het meeste, tenminste. Ik weet niet precies welke missie het precies was waarvoor ze bijeenkwamen in het begin van de jaren zestig. Dat is in de geschiedenis verloren geraakt. En in het begin was het niet zo erg, toen ze voor de CIA werkten als een geheime organisatie die illegale lading verstuurde naar verscheidene vuurhaarden in de hele wereld. Het wordt interessant in negenenzestig als die gek van een Shreck gerekruteerd wordt, nadat hij uit het leger ontslagen werd, met de opdracht een operationeel en trainingsleger op te bouwen. Hij schijnt een soort Groene Baretten huureenheid te hebben gecreëerd. Die jongens hebben wat actie meegemaakt, zeg. Afrika in het begin van de jaren zeventig. Veel tijd in het Midden-Oosten eind jaren zeventig en begin jaren tachtig en, het laatste, veel tijd in Midden-Amerika. Elke keer als er een land was dat werk te verrichten had, maar zelf de capaciteit niet had, kon RamDyne een team harde smeerlappen op de been brengen. Maar nooit zo smerig als vorig jaar met het Panter Bataljon bij de rivier de Sampul. Hebben ze daar veel over gepraat, dokter?'
'Helemaal niet. Ze hadden een volmaakte beroepsdiscipline. Ik wist er niets vanaf totdat ik de band zag. En die zaak met de bisschop – ze zeiden dat hij een geheime guerrillastrijder was en dat hij het vredesproces probeerde te saboteren. Hij moest neergeschoten worden om de vrede te kunnen bevorderen. Hij was een vijand van de vrede.'
Nick leunde voorover naar Bob.
'Dit is het belangrijke deel. Tweehonderd burgers, de meesten vrouwen en kinderen, allemaal uitgemoord. Maar het was geen vergissing. Dat is het geheim van de Sampul. Hier is het altijd om geweest. Ze deden het met opzet.'
Nu had hij Bobs volledige aandacht.
'Hier is het,' zei Nick. 'Dit is het enige wat Annex B ook maar enige waarde geeft. Dit zet Shreck en Payne en al de RamDyne-figuren achter de tralies.'
Hij gaf het aan de dokter.
'Het is een brief van Shreck aan – de naam is onzichtbaar gemaakt, kun je zien hoe de grote jongens zichzelf beschermen – gedateerd 2 mei '91, verzonden via de diplomatieke kanalen van de ambassade in El Salvador. Lees het voor, dokter.'
Dobbler schraapte zijn keel.

Alleen voor: xxxxxxxxxxxx
Washington, D.C.
Re : Panter Bataljon trainingsoperaties, Ocalupo, Salvador.
Generaal de Rujijo stemt in met strafmaatregelen tegen de boerenbevolking, maar ontdekt dat zijn soldaten, gerekruteerd van diezelfde bevolking, onwillig zijn, zoals wij verwacht hebben. Mijn trainingskader heeft twee pelotons van het Panter Bataljon geïsoleerd en we hebben veel vooruitgang geboekt hen op het juiste niveau van bereidheid te brengen. We zullen in juni naar het district van de Sampul trekken en daar onze actie beginnen. Verwacht wordt dat we dan ook met ons reinigingsprogramma kunnen beginnen.

Was getekend,
Raymond F. Shreck

Het was even stil.
'Zie je,' zei Nick, 'het een of andere genie ergens in een kantoor wil die guerrilla's aan de vredesgesprekstafel krijgen. Maar er is geen druk op ze. Er gebeurt niets. Ze hebben een soort overeenkomst gesloten met de plaatselijke bevolking. Dus bedenkt hij dit idee: stuur er een gevechtsteam op af, zet de boeren op een rij en schiet ze omver. Het was een bloedbad uit een bestellijst. Bloedbad, zie de zomercatalogus, nummer 5554442. Waar het om ging was dat de boeren zo bang werden dat ze de guerrilla's nóóit meer zouden helpen. De guerrilla's moesten wel over vrede komen praten. En het ergste is dat het werkte. Waarschijnlijk is hij zelfs trots op zichzelf. Hij nam de harde beslissing. Hij verbeterde de wereld en het kostte maar zo'n tweehonderd vrouwen en kinderen. Dat is RamDyne, nietwaar dokter? Ik bedoel: dat is echt RamDyne.'
'De harde beslissing,' zei Dobbler. 'Ja, dat zouden zij gedaan kunnen hebben. Ja, dat toont de band ook.'
'Hoe dan ook,' zei Nick, 'de band en Annex B betekenen het einde van Shreck. Het hele verdomde programma is opgeblazen. En iedereen die ermee te maken heeft – inclusief de Lancer-commissie, dat dat gelul over de Nationale Veiligheid pikte – gaat eraan kapot. Totaal.'
Bob knikte grimmig.
'Er is maar één probleem,' zei Nick. 'Dit dossier werd naar de generaal gestuurd vóór de actie tegen de aartsbisschop. Het was bedoeld om te voorkomen dat hij op hol sloeg. En wat zal het een stank veroorzaken als het bekend wordt. Man, Watergate en de Iran-Contra-affaire zijn er niets bij. Maar misschien pleit het jou vrij. En misschien ook niet.'
Bob was klaar met de lader. Hij nam een spuitbus met geweerpoets en spoot het met een scherp, vochtig gesis in het trekkermechanisme.
'Het maakt niet uit,' zei Bob.

‘Hier is het plan,’ zei Shreck. ‘Heel eenvoudig. Zo brengen we Bob voor Scotts geweer. Scott zegt dat hij Bob met één schot kan neerschieten over een afstand, die zelfs voor Bob te groot is. Hij stelt een afstand voor van tussen de vijftien- en zeventienhonderd meter. Hij opereert op de uiterste rand van het terrein, waar zelfs Bob nog niet geweest is. En dat is ons voordeel. Zo doen wij het.’
Payne leunde naar voren om te luisteren.
‘Scott gaat afzonderlijk naar zijn plaats, een dag vóór onze aankomst. Hij zal Blue Eye vermijden, dus zal niemand hem zien of zelfs weten dat hij er is, en niemand zal kunnen geloven dat een man met zijn handicap zo diep in de wildernis door kan dringen. Hij zal gedropt worden met een parachute van grote hoogte, de nacht ervoor, in *Hard Bargain Valley*. Nicoletta gaat met hem mee. Nicoletta zal zijn benen zijn en hem de helling op brengen en een gevechtsputje voor hem graven. We droppen ook een ATV.
Ondertussen wordt ons aandeel in de operatie een ruilhandeltje. We hebben het meisje. Bob heeft de band. De vrouw zal meer voor hem betekenen dan de cassette voor ons. Wij nemen contact met hem op in Blue Eye, net zoals hij gezegd heeft. Wij bieden hem de vrouw aan, in ruil voor de cassette.’
Payne wilde de vrouw ook.
‘We bieden hem de vrouw en een nieuw begin,’ ging de kolonel verder. ‘We vertellen hem dat we ervoor kunnen zorgen dat hij niet langer een gezocht man is. Hij kan zijn gewone leven voortzetten, hij kan de vrouw hebben. Hij zal net doen alsof hij het aanvaardt, maar dat zal natuurlijk gelogen zijn. Hij zal de ruil doen en dan op zijn vaardigheden rekenen om terug te komen en ons van veraf dood te schieten. Maar dat kan hij niet doen totdat de vrouw in veiligheid is. En dat is het cruciale punt. Wij moeten hem voor zijn.’
‘Hoe regelen we die ruil?’ vroeg Payne.
‘We zeggen hem dat we bezorgd zijn over zijn vaardigheid ons op lange afstand neer te schieten. Wij kunnen hem die gelegenheid niet geven. Wij vertellen hem dat wij op drie november om tien uur ’s ochtends een vuurpijl zullen afschieten, een rode vuurpijl. Hij bepaalt de richting ervan met zijn kompas en heeft een uur om de plek te bereiken. Op die plek vindt hij een signaalpistool. Dan vuurt híj een vuurpijl af, om ons te laten weten dat hij zijn positie ingenomen heeft. Dan vuren wij een pijl af als antwoord. Weer heeft hij een uur de tijd om de plek te vinden. Opnieuw vindt hij een seinpistool waarmee hij ons laat weten dat hij er is. Op die manier sturen we hem door de bergen heen. Hij heeft nooit de tijd om zich voor te bereiden, omdat hij steeds voort moet trekken, zodat hij het pistool af kan vuren, zodat wíj ons seinpis-

tool af kunnen vuren. We leiden hem naar *Hard Bargain Valley*. Tegen die tijd zou hij uitgeput en wanhopig moeten zijn. In het midden van het dal wachten we hem op. Hij zal zich daar veilig voelen, want de dichtstbijzijnde schietplaats is op vijftienhonderd meter afstand en hij weet dat niemand zo ver kan schieten. Híj kan dat niet. En daarbij: hoe kunnen we de arme, gehandicapte Lon daar krijgen om zoiets zelfs maar te proberen? Als hij op honderd meter afstand is, zal hij Memphis sturen met de cassette en wij sturen jou met de vrouw. Als ik zie dat de cassette in orde is druk ik op een knopje op mijn horloge en dat zendt een hoge toon uit, die Lons radio op kan pikken. Als hij het signaal hoort, schiet Lon Bob neer op vijftienhonderd meter afstand. Jij en ik schieten Memphis neer. Dan is het voorbij.'
'De vrouw?'
'Payne, dat is een stomme vraag.'
'Ja,' zei Payne.

Nick keek hem even aan. Op de een of andere manier drong het even niet tot hem door, maar toen besefte hij dat Bob inderdaad gezegd had wat Bob gezegd had.
'Het maakt niet uit?' ontplofte hij. 'Ben jij gek? Het maakt wèl uit. Jij bent onschuldig! Dit alles gaat om het feit dat jij onschuldig bent! Niet omdat jij het bent, maar zo werkt het systeem: de onschuldigen krijgen hun vrijheid, de schuldigen gaan naar de gevangenis. Dit is Amerika. Daar gaat het om...'
Bob legde de schoonmaakspullen neer.
'Pork, dit hier gaat er niet om mij vrij te krijgen. Het gaat om iets anders. Er is een vrouw die goed voor mij was en die nu Paynes speelgoed is. Er was een hond die bij me bleef toen niemand anders dat deed en die in een graf terechtkwam. Er is een land dat denkt dat iedereen die in Vietnam vocht een krankzinnige scherpschutter is die op de president schiet en dat iedere man met een geweer een gek is. Dat zijn schulden die eerst afbetaald moeten worden. En dan zijn er die verdomde cassette en die brief. Ik wil niet dat dat verdomde ding als een film op de televisie afgedraaid wordt en dat al die journalisten rijk worden van en boeken schrijven over die brief. Mooi van niet. Niet zolang ik leef.'
'Je moet de kaarten laten vallen waar ze...'
'Ik bepaal waar de kaarten vallen. En dat zal zo gebeuren. Heel eenvoudig, we stoppen die jongens in een lijkenzak en redden die vrouw en dan handelen we die andere dingen af. Je doet met me mee, of je stapt hier en nu uit. Jullie eerst, dan Shreck en Payne en dan niets. Gesnapt?'
Nick keek naar Bob, die daar onaandoenlijk als een rotsblok zat. Hij voelde zich als een televisieman die tegelijkertijd Wyatt Earp en Wild

Bill Hickcock interviewde. Er was geen enkele toegeeflijkheid in Bobs woedende oprechtheid, zijn dwaze overtuiging dat hij zou doen wat hij moest doen.
'Jezus, jij bent een koppige zak, zeg,' zei hij. 'Er is maar één manier om je onschuld te bewijzen, en dat is met behulp van die brief en de cassette en...'
'Je doet het op mijn manier of je doet het helemaal niet. Dat is alles. Gesnapt? Als ik niet geloof dat je meewerkt dan breng ik je hier weg. Je kunt teruggaan naar New Orleans en dat meisje en mij het mannenwerk laten doen.'
Nick hoefde er geen seconde over na te denken. Hij deed mee. Altijd. Hij moest zien hoe het afliep. Hij had zichzelf aan deze vreemde kerel toevertrouwd en dus verkoos hij te blijven. Niet dat hij veel keus had.
'Natuurlijk,' zei hij ten slotte. 'Prima. We doen het zoals jij het wilt.'
'Ik heb jullie nog niet alles verteld,' zei Dobbler. 'En dat ga ik nu doen.'
Ze draaiden zich allebei om en keken hem aan.
'Datgene wat Shreck zo'n machtig tegenstander maakt. Een van mijn taken bij RamDyne was het interpreteren van psychologische tests. Toen hij daar kwam werken, is hij een keer getest. De toenmalige psycholoog was een idioot die het niet begreep. Maar de resultaten waren duidelijk. Shreck is meer dan alleen maar een psychopaat. Hij is een van die zeldzame mannen die absoluut niet bang zijn om te sterven. Die, in feite, willen sterven. Payne is net zo. Uiteindelijk zijn de acties van de meeste mannen puur uit zelfbehoud. Maar deze twee kan het niet schelen en zij werken anders. Ze hebben een zelfhaat die zo fel is dat de meters gewoon doorslaan.'
Even was het stil. Toen zei Bob: 'Weet je, meneer de dokter, jij moet wel uit een hele vreedzame plaats komen om dat zo bijzonder te vinden. Jij had de helft van de soldaten en de beide helften van de misdadigers van de wereld kunnen beschrijven. Om je de waarheid te zeggen, was ik ooit een van die jongens. Ik gaf er geen donder om om te overleven. Nu heb ik iets om voor te leven. Nu ben ik doodsbang om dood te gaan. Zal het me mijn alertheid kosten?'
Hij glimlachte bijna. Het was een van de weinige keren dat Nick ooit zo'n vriendelijke trek over de harde gelaatsuitdrukking zag spelen.
'Het zal verdomd interessant zijn om dat uit te vinden, nietwaar?' zei Bob.

36

Nick zei dat hij het zou doen.
Bob was streng. 'Geen geintjes. Geen heldendom. Als je de held speelt, zul je ons allemaal de dood injagen. Heb je dat begrepen?'
'Ja, ik heb het begrepen. Het lukt me wel.'
'Dat weet ik. Dat zeg ik je net. Je stemt in met alles wat ze zeggen. Je luistert goed en je stemt in.'
Nick stapte in de pick-uptruck en reed in het donker de berg af. Het was net voor zonsopgang en zeer nat en hier en daar hingen flarden mist in de dalen. Wat Nick betrof leek het alsof hij door een halfvergeten land uit zijn jeugd reed, alsof er draken tussen de hoge pijnbomen en in de diepe grotten verborgen zaten.
Na heel veel kronkelweggetjes en kruispunten bereikte hij vlak land, boerenland en een snelweg, reed langs de afgebrande kerk en kwam toen de stad Blue Eye zelf binnen. Zelfs in de regen zag die er feestelijk uit. Toen hij aankwam stond de zon al hoog aan de hemel. DE HERTEN WORDEN HIER GESTOPT stond er nog steeds op de banier die boven het stadsplein fladderde. Helder glanzende pick-uptrucks stonden langs de straat geparkeerd. In de rekken in de achterruit waren geweren zichtbaar. Overal kon Nick mannen trots rond zien lopen in hun feloranje jacks. Morgen was de eerste dag van het hertenjachtseizoen.
Nick parkeerde en drong zich door de menigte heen, die leek aangetrokken door het een of andere grootse pannekoekfeest, georganiseerd door de *Kiwani's* of de juniorleden van de kamer van koophandel. De jongens praatten over geweren en munitie, jachttechnieken, en over gigantische dieren die schot op schot geïncasseerd hadden en er toen vandoor gegaan waren. Er hing een algemeen gevoel van verwachting en een jachtkoorts in de lucht. Ze waren het er allemaal over eens dat de witstaartherten van Arkansas na een vochtige en vruchtbare zomer, overal te vinden zouden zijn. Het zou, zei iedereen, een geweldig jaar voor de oogst van hertevlees zijn.
Maar Nick, melancholiek als altijd bij de nadering van actie, negeerde dat alles, liep naar het plein en ging op een bank zitten, naast een standbeeld van een oeroude Confederale figuur in duivepoepgroen koper. Zo zat hij, een dreigende man in een spijkerbroek en een werkmansjas. Zijn Beretta had hij in een sneltrekholster, ondersteboven onder zijn linkerarm, nog geen tien centimeter van waar zijn rechterarm in zijn schoot lag.

Hij zat daar lange tijd en ten slotte – hij wist niet hoelang hij daar gezeten had – kwam er een man naast hem zitten. Het ging allemaal zeer soepel, maar alles wat die knapen deden ging nu eenmaal soepel. Ze waren zeer professioneel.
'Memphis?'
'Ja.'
'Goed. Daar,' zei de man. 'Kun je haar zien?'
'Nee,' zei Nick.
'Zie je die Plymouth Voyager? Het achterportier staat open. Daar zit ze. Kun je haar zien?'
Dat kon hij. Ze was een slanke vrouw van middelbare leeftijd, knap en beheerst, gekleed in een trui en een spijkerbroek en met een ernstige uitdrukking op haar gezicht. Er was iets stijfs aan de manier waarop ze zat. Naast haar zat Payne. Hij herinnerde zich Payne van het moeras en de zelfverzekerde, genotzuchtige manier waarop hij Nick ondervraagd had en toen gezegd had hem dood te schieten. En hij herinnerde zich Payne van Annex B: Payne van de rivier de Sampul.
'Ja, ik zie ze.'
'Wil je met haar praten?'
'Nee.'
'Heb je de cassette?'
'Reken maar. Maar we hebben meer dan dat. Ik heb Annex B ook weten op te duiken.'
'O,' zei Shreck.
'Daar staat genoeg in om jou en Payne drie keer op de elektrische stoel te zetten. Man, er blijft niets meer van je over.'
Shreck lachte.
'Deze keer niet, maatje. Ik zal je nu vertellen hoe dit moet gebeuren. We hebben die cassette nodig. Swagger denkt dat die vrouw belangrijk is. En wij weten allebei dat Bob een koppige, romantische trek heeft, nietwaar?'
Nick draaide zich om. Hij keek voor het eerst naar Raymond F. Shreck. Hij was niet teleurgesteld. Hij dacht aan het woord 'hard' en stelde zich voor hoe dat een soort bovennatuurlijk niveau aangenomen had. Kort gekapt, kalm en krachtig, zag de kolonel eruit als een vleesgeworden .45. Hij was één en al botte kracht, harde ogen. Hij zat kaarsrecht en Nick zag nergens een trilling of iets weifelends aan hem.
'Weet je, als het aan mij lag en ik nog bij de FBI zat, zou ik je zo snel inrekenen dat je je tanden op straat zou laten liggen.'
Shreck glimlachte.
'Maatje, al veertig jaar lang hebben mensen geprobeerd me dood te schieten. Ze zijn allemaal dood en begraven en ik ben er nog steeds. Dus

probeer me niet bang te maken. Daar is het een beetje laat voor.'
Hij droeg een Trebark-camouflagepak en een feloranje honkbalpet met in vergulde letters op de voorkant AMERIKAANSE JAGER EN ER VERDOMD TROTS OP. Zijn blik boorde zich als een aanvalsactie in die van Nick en ten slotte moest die zijn ogen afwenden.
'Vertel Swagger dat ik de vrouw zal doden als hij me belazert. Dan maak ik haar af. Snij haar keel af en laat haar voor dood liggen. Ik heb bakken vol geld en duizenden nieuwe identiteiten die ik aan kan nemen. Ik kan me in veiligheid brengen wanneer ik maar wil.'
'Maar jij wilt die cassette. En die documenten.'
'In feite geef ik geen zak om die documenten. Maar op die cassette ben ik te herkennen. Het is het enige absolute bewijs van mijn betrokkenheid. Het leven zou moeilijk kunnen worden als het bekend werd. Maar de mensen waar ik voor werk zouden zeer opgewonden raken over die documenten. Dus: breng ze ook maar, anders dood ik de vrouw. Nou: zo gaan we het spelen.'
Nick luisterde aandachtig terwijl de kolonel het plan ontvouwde.
Uiteindelijk overhandigde Shreck hem een kaart, een landmeetkundige kaart van de hoge Ouachita's met het beginpunt aangegeven en een 40 mm seinpistool.
'Wij willen niet dat Bob de Doder ons doodt. We moeten hem zien bewegen, zodat we weten dat hij zich niet ergens verschanst en ons neerschiet van een afstand van achthonderd meter.'
'Misschien hebben jullie wel een knaap om hem neer te schieten,' zei Nick.
'Absoluut niet. We kunnen hem niet doodschieten, omdat hij de cassette en Annex B misschien niet bij zich heeft. Hij heeft een zekerheid en wij hebben een zekerheid. Gezamenlijke afweer. Het heeft de wereld vijftig jaar in leven gehouden. Ik zal het zo regelen dat de uiteindelijke ruil in open gebied gebeurt, ver buiten het bereik van welk geweer dan ook.'
'Aha.'
'En als de ruil achter de rug is, lopen we er allemaal vandaan. Dan is het voorbij. En hij loopt ook vrij weg. Hij heeft zijn vrouw en zijn vrijheid. De FBI denkt dat hij dood is. Als hij zich rustig houdt, kan hij zijn hele leven terug hebben. Hij heeft een geweldige oorlog uitgevochten, maar die oorlog is nu voorbij. Het wordt tijd voor hem om te verdwijnen naar Montana of zo, waar voldoende herten en antilopen rondzwerven en waar hij de hele dag kan schieten en neuken.'

Laat in de middag van diezelfde dag reed er een onopvallende bestelwagen van een motel weg en reed naar een hangar van een klein burgervliegveld, dertig kilometer ten zuiden van Little Rock. Er zaten drie mannen in: één van hen was Eddie Nickles en een andere was een norse man met het hoofd en de schouders van een Griekse god en een gebroken lichaam, die alleen achterin zat in een rolstoel met zijn geweer op zijn schoot. Hij sprak met niemand. Het maakte Eddie Nickles zenuwachtig.

Evenals Bob maakte ook deze knaap hem bang, vooral omdat hij zwaar gehandicapt was. Hij had een uitstraling van de dood om zich heen, dat was zeker. Hij was net een slachter of een balsemer.

'Die knaap maakt me doodsbang,' zei Nick tegen zijn metgezel, een van de norse overlevenden van de Panter Bataljonaanval op Bone Hill, nog iemand die zijn moed verloren had.

Bij de hangar stopten ze naast een zilverkleurige, glanzende DC 3. ARKANSAS CENTRAL AIRLINES stond er in groene art deco-letters onder de raampjes. In de romp stond een dubbele laaddeur open.

Nickles stapte uit, liep naar het vliegtuig en praatte even met de piloot. Toen keek hij naar binnen en zag de ATV, een Honda-driewieler met dikke, zachte banden, om zich een weg te kunnen banen over het ruwe terrein en de steile hellingen van het terrein. Hij was vastgesnoerd op een brede plank met zwaar, geel touw. Er zat een dik pak, waarvan hij wist dat het een ladingparachute was, aan vastgebonden.

'Alles oké, chef?' riep hij naar de laadmeester, die nog steeds de laadtouwen controleerde.

'Okido, Jack,' zei de man.

Nickles liep terug naar de bestelwagen.

'Meneer, ik ga u nu inladen,' zei hij.

'Raak me niet aan. Doe de laadklep naar beneden en ga uit de weg.'

'Jawel, meneer.'

Nickles trok de laadklep neer. Hij ging opzij staan en keek toe hoe de man zich voorover bukte om de blokken onder zijn rolstoelwielen weg te trekken. Toen werkte hij zichzelf krachtig naar de rand, schoot de klep af en reed toen naar het vliegtuig toe.

De man droeg een zwarte honkbalpet en hij had zijn gezicht met zwarte en groene verf besmeerd. Hij droeg zwarte laarzen en een zwart en groen camouflagepak. Het geweer, verpakt in een plastic foedraal tegen het vochtige weer, lag op zijn schoot. In een zwart schouderholster droeg hij een Browning-*Hi-Power* pistool.

'Oké,' schreeuwde Nickles naar de laadmeester. 'We hebben de winch nu nodig.'

De man zwaaide het apparaat naar buiten en met een gezoem van de elektromotor zakte de draad, met de haak aan het eind ervan, van de katrol.

'Ik heb dit harnas voor u, meneer,' zei Nickles.

De man keek hem aan en herkende met een schok de woede en vernedering in hem: om zo hulpeloos te zijn te midden van al die robuuste mannen! Maar zonder te klagen schoot de man het harnas aan en trok het strak. Met strakke kaak en vastberaden blik aanvaardde hij de vernedering als een stuk vlees aan boord van het vliegtuig geladen te worden.

Lon was vrij. Hij viel in de duisternis en voelde de felle windstoten. Een ogenblik lang was hij weer een jongen, zwervend met zijn vader door de heuvels van Connecticut, dertig kilometer ten westen van New Haven. De zon was een bronskleurige vlek. De aarde schoot hem tegemoet.

Toen opende de parachute zich met een plof. Hij ritselde in de wind als een zeil. Hij herinnerde zich als jongen te hebben gezeild op de *Sound*. Zijn vader had hem leren zeilen. Dat waren prachtige tijden geweest.

Hard Bargain Valley trof hem met een harde klap. Hij lag in het gras. Hij worstelde met het harnas en toen viel de parachute van hem weg. Hij ging rechtop zitten. Een paar honderd meter van hem af kon hij de ATV zien. De parachute ervan bolde op in de bries die over de dalbodem trok. Maar er was nergens iets van Nickles te zien.

Hij keek op zijn horloge. Het was bijna vijf uur. En stel dat Nickles doodgevallen was, dat zijn parachute niet opengegaan was en hij op de grond terechtgekomen was met een snelheid van tweehonderdvijftig meter per seconde?

Lon lachte. Zou dat niet de ultieme grap zijn, na al het plannen maken dat hij tijdens zijn leven gedaan had?

Hij keek om zich heen, alleen op de bodem van het dal. In het oosten zag hij de helling, enorm en met gras bedekt. In het westen zag hij een rij bomen, waar het dal verder afdaalde naar het bos beneden. Hij zag ook andere bergen. Het was doodstil, behalve het geklapper van de parachute van de ATV.

'Meneer?'

Hij draaide zich om. Nickles kwam vanuit het zuiden aanlopen, met zijn geweer aan een draagband over zijn arm.

'Waar ben je in godsnaam geweest?'

'Mijn parachute ging te vroeg open en ik kwam zo'n achthonderd meter hiervandaan terecht.'

Lon besefte dat de jongen in paniek geraakt was, het hoogtemeterapparaat, ingesteld om de parachute op tweehonderd meter hoogte te openen, niet vertrouwd had en aan het noodkoord getrokken had. Maar dat maakte nu niet meer uit.

'Oké. Maak de ATV startklaar, haal de parachutes bij elkaar en laten we als de donder die helling opgaan.'

'Jawel, meneer.'

Payne maakte Julie Fenn vroeg wakker, achterin de bestelwagen, om een uur of vier, maar toen ze de donkere stad binnenreden krioelden de straten van de mensen.

Op de eerste dag van het jachtseizoen waren de herten het stomst en het minst alert, en de jagers trokken de bossen in om hun positie in te nemen voor dat eerste schot bij zonsopgang.

'Als je gewoon je mond houdt,' zei Payne tegen haar, 'dan duurt dit alles nog maar een dag. Dan is het allemaal voorbij en kun je weer naar huis.'

Maar hij loog. Ze had het gezicht van de andere man gezien. Ze wist dat ze daardoor gedoemd was. Er was iets heimelijk woests in zijn ogen. Hij kon naar haar kijken en met haar praten en het plan beramen haar te doden.

Maar ze had de laatste dagen moeite zich te concentreren. Ze was er niet zeker van welke drug het was: ze vermoedde dat het Amobarbital-B, of zoiets was, een krachtig verdovend middel dat de bijwerking had haar wilskracht te ondermijnen. Ze hadden de hoeveelheid ook geleidelijk aan vergroot. En nu waren er dagen dat ze zich niet meer kon herinneren wie ze was of waarom dit gebeurde. Ze was altijd zo moe en het enige wat ze wilde was weer gaan slapen en in Arizona wakker worden. Heel af en toe wilde ze dat ze iets had waarmee ze met hen kon vechten. Maar ze hadden haar haar enige wapens afgenomen.

Ze zetten haar op de bank achter hen en reden de berghellingen op over stoffige wegen, langs horden andere vierwielaangedreven voertuigen. Ze zagen mannen in het licht van de koplampen klauteren, terwijl hun hete adem in de nachtlucht bleef hangen en hun geweren schitterden en rammelden. Ze waren op weg naar hun jachtpositie.

En na enige tijd werd het aantal jagers minder om na verloop van tijd helemaal tot nul gereduceerd te worden. Ze reden eindeloos voort. Ze keek dromerig op met haar hoofd tegen de koele ruit. De sterren waren helder als vlammetjes en de lucht was scherp en toverachtig. Ze kon zichzelf er totaal in verliezen en voelde zich ertussen zweven, totdat de scherpe schok van een band op een wortelstronk haar terugbracht naar de werkelijkheid.

Met moeite concentreerde ze zich op een beschouwing van haar omstandigheden. Ze wilde hen doden. Ze wilde hen zien sterven, in de aarde zien smakken. Maar het deed haar pijn die gedachte te lang vast te houden. Ze voelde hoe het idee uit haar brein losbrak en weg begon te zweven, totdat ze het niet langer kon vatten of herkennen.

Maar altijd net voordat het verdween, had ze een laatste helder moment: *Ik hoop dat je daar bent, Bob*, dacht ze. *Ik hoop dat je het ze betaald zet.*

'We zijn er,' zei Payne. 'Dichterbij dan dit kunnen we met de auto niet

komen. Het eerste controlepunt is hier ongeveer drie kilometer vandaan en we hebben nog een paar uur de tijd. Geen probleem.'
'Geen probleem,' zei Shreck. 'Laten we ons klaarmaken.'
De twee mannen stapten uit en Payne opende de laaddeur. Binnenin zat de vrouw passief voor zich uit te staren terwijl Payne zich bukte over twee kogelvrije vesten van Kevlar, die op de vloer lagen. Hij gaf er een aan de kolonel.
'Bedankt,' zei Shreck.
Ze trokken hun jas uit, deden het zware vest aan en gespten het vast.
'Verdomd zwaar,' zei Payne.
'Maar het houdt bijna alles tegen, inclusief een verdomde .308 geweerkogel,' zei Shreck. Hij deed de laatste gesp vast en zei: 'Haal de vrouw.'
Payne stapte weer achterin de auto. Julie zat daar, slap achteruit geleund, met een afwezige uitdrukking op haar prachtige gezicht.
'Kom op, liefje. Tijd om met de grote jongens te spelen.'
Hij trok aan haar arm en opnieuw verbaasde het hem hoe licht ze leek te zijn. En ze was nu ook meegaand, nadat ze in Arizona zoveel pit getoond had. Ze leek totaal niet onderhevig aan de zwaartekracht. Je zou haar in een bepaalde richting kunnen duwen en dan zou ze gewoon verder zweven, totdat ze tegengehouden werd, of ergens tegenaan botste. God, als Bob de Doder eens wist wat Shreck met haar gedaan had. Maar over een paar uur zou Bob helemaal niets meer weten.
'Oké,' zei hij. 'Klaar.'
'Prima,' zei Shreck. Shreck had zijn geweer te voorschijn gehaald. Het was een onopvallend Marlin-hefboomgeweer met een vizier. Hij had zijn honkbalpet op en een duur camouflagepak en zag er helemaal uit als een welvarende jager, voor het geval ze een boswachter of iets dergelijks tegenkwamen, hoewel dat hoogst onwaarschijnlijk was. Ze kwamen liever niet in het bos op de eerste dag van het hertenjachtseizoen, tenzij het noodzakelijk was.
Shreck ging voorop. Hoewel de vesten zwaar waren en het terrein ruw en ze moesten klimmen, was het niet moeilijk en ze duwden de vrouw voort toen ze niet opschoot. Uiteindelijk werd de hemel oranjekleurig en kwam de zon op. Het leek erop dat het een heldere dag zou worden, met een van die felle luchten, diepblauw, en een forse, vochtige wind.
De eerste dag van het hertenjachtseizoen, dacht Payne. Een goede dag om te doden.
Verweg klonk een schot en daarna de rollende echo. Iemand had bloed laten vloeien. Het was een goed teken.

'Oké,' zei Bob. 'Laatste kans voor vragen. Nog vragen? We hebben het gisteren al honderden keren geoefend. Zijn jullie het alweer vergeten?'

Dobbler en Memphis keken naar hem. Nick was ernstig, stijf, maar vastberaden. Bob zag die mariniersblik, die Donny Fenn-blik, die zei: Hé, ik wil hier helemaal niet zijn, maar ik zie niemand anders. Hij zou het er wel goed vanaf brengen.

Maar Dobbler was een ander verhaal. Hij bevond zich op de rand van paniek. Bob zag hem over zijn lippen likken, over zijn kin wrijven, terwijl zijn ogen nerveus heen en weer schoten.

Dit was een hele nieuwe ervaring voor hem. Hij was onervaren. Zou hij zich goedhouden of ervandoor gaan? Bob wist het niet en de gok stond hem niet aan. Maar hij moest spelen met de kaarten die hij had.

'Dokter Dobbler?'

'Nee.'

'Memphis?'

'Dit is zo riskànt. Ik geloof...'

'Het is riskant. Maar heb jij een beter idee?'

'Jij zou het geweer vast moeten hebben. Niet...'

'Maak je geen zorgen, Nick.'

'Bob, je weet wat ik de laatste keer deed.'

'Ik weet wat je deze keer zult doen.'

'Het hangt allemaal af van mijn...'

'Jij bent de man die Annex B vond. Jij bent, verdomme, een FBI-agent, een van de besten. Je kunt het best.'

'Jij bent de oorlogsheld, ik niet.'

'Er bestaat niet zoiets als een held. Vergeet helden, Nick. Het gaat hier om het doen van werk en thuiskomen. Jij moet gewoon je werk doen en dan kom je thuis, dat zweer ik.'

'Maar jij...'

'Maak je geen zorgen over mij. Daar heb je niets mee te maken. Ik krijg waar ik voor getekend heb, oké?'

'Oké,' zei Nick somber.

De dokter probeerde iets te zeggen, maar de woorden bleven in zijn keel steken.

'Hé, dokter,' zei Bob, 'ik heb drie toers gehad in Vietnam, en ik heb fors wat meegemaakt. Het geeft niet als je doodsbang bent.'

Dobblers gezicht vertoonde een ongelukkige glimlach.

'Als Russell Isandhlwana me nu kon zien!' zei hij uiteindelijk.

'Ik weet niet wie dat is, maar hij zou het in zijn broek doen, dat garandeer ik je,' zei Bob.

Hij knipoogde met een tamelijk gelukkig gevoel, en toen gingen ze op weg.

'Oké,' zei Shreck. 'Tien uur. Klaar, Payne?'

'Laten we beginnen, kolonel.'
'Het gaat een lange dag worden. Vuur de eerste pijl af.'
Payne hief het seinpistool, haalde de trekker over en voelde een korte schok. Toen zag hij een rode boog fel licht omhoogschieten. Toen werd hij tegengehouden door zijn eigen parachute en begon spetterend naar de aarde te dalen. Binnen twintig seconden was hij uit. Binnen dertig seconden lag hij op de grond.
Ze liepen naar de kleine, zijden parachute en de uitgebrande, zwart geblakerde lichtpatroon.
'Laat een patroon achter,' zei Shreck. 'Een groene.'
Payne wierp een koperen lichtpatroon op de parachute. 'Nu gaan we naar onze volgende positie. Zij hebben een lange, zware klim voor de boeg, en wij hoeven helemaal niet zover te lopen. In feite moeten we ze aan zien komen.'
Ze duwden de vrouw voor zich uit en liepen naar de top van de helling. Het kostte hen weinig moeite, want de grond was vlak en steenachtig en de lucht helder. In vijftien minuten legden ze anderhalve kilometer af en toen liepen ze een kleine kilometer naar beneden de helling af. Daar vonden ze, in een bosje, de kano die Payne daar een paar dagen daarvoor verstopt had. Hij zette hem rechtop en plonsde hem in een stroompje. Toen stapten ze er alledrie in. Voortgedreven door het krachtige peddelen van Payne legden ze vijf kilometer af in de resterende tijd. Toen verborgen ze de kano en stonden weer voor een helling. Payne zocht in het struikgewas, trok er een lang touw uit en rukte het strak, zodat het kronkelde onder de spanning als een ontwakende slang. Halverwege de helling zat het vastgeklemd tussen de rotsblokken. Op dat punt hing een touw dat Payne nog hoger op de helling bevestigd had.
'Oké, mevrouw Fenn. Trek uzelf maar gewoon omhoog terwijl u klimt. Dat zult u veel makkelijker vinden dan zonder touw.'
Payne rolde het touw achter hem op en verborg het.
Toen ze de top bereikten, haalden ze geen van allen ook zelfs maar zwaarder adem.
'De telescoop,' zei Shreck. 'Ze zullen gauw genoeg op die top zijn.'
Payne haalde een foedraal uit zijn rugzak. Hij trok er een Redfield-Regal VI telescoop uit met een 20×-60× zoomlens, monteerde die op het statief en boog zich naar de zoeker over. Hij zette de lens op maximale vergroting en kreeg nu een helder beeld van de helling waarop ze zich eerst bevonden.
'Alles klaar, kolonel Shreck.'
'Nou, ze zijn laat. Zo vroeg in het spel zijn ze al te laat. Ze gaan verliezen.'
'Ze moesten een heel eind lopen. Dik zes kilometer, over twee hellingen

en dan moesten ze ook nog een stroom oversteken. Ze kunnen er nu pas zo'n beetje zijn.'
Eindelijk, drie minuten te laat rees de groene vuurpijl op en zweefde weer naar beneden.
'Oké, vuur snel. Geef ze geen tijd om te rusten.'
Payne vuurde een blauwe pijl af en pas op het laatste moment zag hij een figuurtje opduiken om een kompaskoers uit te zetten.
Nog maar net op tijd maat, dacht hij.
Een paar minuten later werden er drie gestalten zichtbaar op de top, drie kilometer van hen af. Zestig maal vergroot waren ze nog steeds niet groter dan mieren, maar wel herkenbare mieren.
En het werd meteen duidelijk wat het probleem was.
Voorop moest Bob lopen. Hij zag eruit alsof hij nog wel tien jaar door kon gaan.
Doodzonde dat ze geen geweren voor een afstand van drie kilometer maken, klootzak, dacht Payne. Anders zou ik je zelf nog neerschieten.
De middelste moest de jongere knaap, Memphis zijn. Hij herinnerde zich Memphis. Hij droeg een FBI-aanvalsjasje en de initialen erop waren bijna te lezen, voordat ze weer onzichtbaar werden in een gele vlek. Memphis' gezicht ging verborgen achter een masker van camouflageverf, maar zijn lichaam drukte onaandoenlijkheid en vastberadenheid uit.
Het probleem was de derde man.
Jezus, het was Dobbler. Zijn gezicht mocht dan beschilderd zijn als dat van een commando, maar hij was nog steeds herkenbaar door zijn verwijfde lichaam en dat gebrek aan kracht in zijn zwabberende ledematen.
'Het is Dobbler!' schreeuwde Payne. 'Kolonel Shreck, in godsnaam, ze hebben Dobbler meegenomen en hij ziet er helemaal niet gelukkig uit.'
Dobbler was op zijn knieën gevallen en zijn mond stond open – Payne stelde zich voor dat hij, zelfs op drie kilometer afstand, het gezeur kon horen.
'Ik kan hem zien schreeuwen. Jezus, ik kan hem zo horen: "Ik kan het niet, ik kan niet meer. Waarom ben ik hier ooit aan begonnen?", dat soort slappe gelul.'
'Laat mij eens zien,' zei Shreck.
Payne schoof opzij om Shreck door de telescoop te laten kijken.
'Swagger, stommeling,' zei Shreck minachtend, terwijl hij keek. 'Je had hem dood moeten schieten.'
Uiteindelijk zagen ze hoe de twee de liggende gestalte omhoogtrokken.
'Ik vraag me af hoe lang hij het zal uithouden,' zei Shreck.
Payne zou Dobbler doodschieten, net zoals hij wist dat Shreck dat zou doen. Als je het niet aankunt, dan ga je dood. Dat was alles. Dat was de regel. Hijzelf had ooit een kapitein doodgeschoten. De man was zwaar in

de fout gegaan tijdens een belangrijk gevecht en had zielig liggen huilen in de bunker. Hij wilde wedden dat Shreck dat ook wel eens gedaan had. Maar Bob niet. Bob was heimelijk een slappeling. Hij had niet wat Shreck en Payne hadden: hij kon de uiterste daad niet volbrengen. Daarom, nu het aankwam op lef en niets anders, zou hij verliezen.
Dobbler gaf het ten slotte rond één uur op. Het was verbazingwekkend dat hij het nog zo lang uitgehouden had. Ze zagen het gebeuren, nadat ze hun voorsprong vergroot hadden en op een volgende top een controle uitvoerden.
'Kijk, kolonel Shreck, kijk!'
Shreck boog zich voorover naar de telescoop en zag wat Payne gezien had: ongeveer tweeëneenhalve kilometer van hen af had Dobbler het opgegeven. Hij lag in het hoge gras en smeekte duidelijk om genade. Memphis leek de kwade man te zijn. Ze zagen hoe hij probeerde Dobbler op te tillen, maar die zakte gewoon weer in elkaar. Dobbler stond niet meer op.
En dat had zijn dure gevolgen. Wie zou er terugkomen voor hem? Shreck wist dat die twee dat niet zouden doen. Binnen twee uur zouden ze binnen het bereik van Lon Scotts geweer zijn. Dobbler zou omkomen in deze bergen, hoewel hij dat nu nog niet kon weten. Hij zou rondzwerven en iedere dag weer wat verder verdwaald raken. Misschien had hij geluk en kwam hij een groep jagers tegen, maar ze zaten nu zo diep in de Ouachita's, dat dat wel zeer onwaarschijnlijk leek.
'Als hij blijft is hij dood,' zei Shreck.
'En als hij gaat is hij ook dood,' zei Payne.
Bob leek wat afstand genomen te hebben. Hij stond alleen, terwijl Memphis tegen Dobbler schreeuwde. Ten slotte, zo kon Shreck net door de telescoop onderscheiden, zei hij iets. Hij draaide zich om en liep weg. Shreck zag hoe Memphis zich snel naar Dobbler vooroverboog. De gele letters op zijn jasje flitsten terwijl hij het opende om zijn eigen veldfles aan zijn gordel los te maken en die aan de ander te geven. Toen draaide hij zich om en rende achter Bob aan.

Shreck, Payne en de vrouw bereikten Hard Bargain Valley vanaf het zuidwesten, door een scherm van bomen en over een kleine kreek. Ze waren meer dan een uur voor op Swagger en Memphis, hoewel de twee achtervolgers de afstand veel kleiner gemaakt hadden na het achterlaten van Dobbler.
Het was niet makkelijk geweest, want er leidden geen wegen naar het dal en ze moesten verscheidene uren wanhopig klauteren over heuvels en door ravijnen, over stenige berghellingen en door dichte bossen.
En toen was er een enorme, gele opening. Anderhalve kilometer breed is

het één van de grootste, vlakste geologische fenomenen in heel Arkansas, praktisch een tafeltop, middenin de bergen.
Aan de ene kant is de helling waarvan men kan zeggen dat die het dal beheerst, hoewel hij niet erg hoog is en weinig observatiemogelijkheid biedt. Aan de andere kant is een bos, dat ten slotte naar beneden leidt, naar een ander dal en dan naar een andere berg. Zelfs de herten wagen zich niet op de vlakte van Hard Bargain Valley, omdat ze bosdieren zijn en zich kwetsbaar voelen in de open ruimte. Dus is het voornamelijk het rijk van de kraaien, die als slechte voortekens op de bries rondzweefden.
'Ik wil dat wij aan deze kant staan,' zei Shreck. 'We zullen de ontmoeting precies in het midden hebben, vijftienhonderd meter van de dichtstbijzijnde mogelijke schiethoogte.'
'Waar zit híj?' vroeg Payne. Payne werd altijd een beetje zenuwachtig van scherpschutters. Zelfs scherpschutters aan zijn kant.
'O, hij zit daar wel. Daar kun je op rekenen,' zei Shreck kortaf.

Lons stemming was minder geworden. Hij zat alleen in zijn schuttershol, vijftienhonderd meter verwijderd van het vlakke, gele centrum van Hard Bargain Valley, aan de westelijke rand ervan. Hij voelde zich plotseling vervloekt.
Het was als een heerlijke dag begonnen. Maar een paar uur geleden was er, op de helling vóór hem, een enorme rode hertebok verschenen. Het dier vervulde hem met een gevoel van vreugde. Hij herinnerde zich de hertejachten van zijn jeugd, voordat zijn vader hem neerschoot. In een impuls richtte hij het geweer op het hert. Het dier was ongeveer tweehonderdvijftig passen van hem vandaan, gigantisch in de vergroting van de 36× Unertl. Lon plaatste de kruisharen op het dier en voelde zijn opwinding terwijl hij met het idee speelde de schoonheid van het beest de zijne te maken, door die voor altijd uit te wissen.
Het dier, een gebaarde oude knar met twee stompjes op de plek waar eens zijn gewei geweest was, op de een of andere manier afgescheurd, stond even stil terwijl het vizier op hem gericht was. Het keerde zijn geweldige kop om en richtte zijn vrijpostige, kalme ogen op Lon. Het leek helemaal niet bang voor hem te zijn. Erger nog: het had geen respect voor hem. Dat maakte hem op de een of andere manier razend. Hij voelde hoe zijn vinger de trekker half overhaalde, zodat het dier op de rand van de dood balanceerde. De bok staarde hem brutaal aan, als om hem uit te dagen door te gaan en te schieten. Hij wist dat dit onmogelijk was: het dier kon hem zeker niet gezien hebben. Maar toch wierp het oude dier hem een hautaine blik toe, totdat Lon zich bewust werd van de druk in zijn trekkervinger en de zweetdruppels in zijn haarlijn. Hij liet de trekker los.

Het dier snoof, wierp zijn prachtige rode kop achterover in het zonlicht en liep toen weg met een aristocratische houding, als om hem te vernederen. Het maakte dat hij zich onwaardig voelde.
Toch voelde hij zich vreemd opgewonden.
Stìl, prentte hij zichzelf in. Het is níets. Maar hij kon het niet uit zijn geest bannen.
De uren waren voorbijgegleden. Nu bestudeerde hij somber de verre bosrand, op zoek naar menselijke activiteit. Hij had al voor de duizendste keer op zijn horloge gekeken. Het was al over drieën en het werd tijd dat de actie begon.
'Ah! Daar! Dáár!'
Hij zag hen door het telescoopvizier uit het bos te voorschijn komen en hun langzame tocht over het open veld maken. Hoewel het op deze afstand onmogelijk was details of gezichten te onderscheiden, kon hij ze herkennen aan hun lichaamsbouw. De lange was Shreck; de kleinere, ineengekrompen en gevaarlijk, was de kleine soldaat Payne. En de derde was de vrouw, het vastgebonden lokaas.
Hij zag ze over het veld lopen en onder hem stilstaan. Nu kon hij de gezichten onderscheiden, maar zij konden hem niet zien. Toen was er plotseling wat drukte: de beide mannen stonden rechtop en keken en wezen.
Ja, daar was hij, net zoals kolonel Shreck beloofd had, hoewel een beetje laat: een gele vuurpijl, nauwelijks zichtbaar in het felle zonlicht, zweefde achter de helling naar beneden.
Hij zag Payne een vuurpijl ten antwoord afvuren, zodat de achtervolgers wisten wat er nu moest gebeuren en waar het laatste deel van het spel gespeeld zou worden.
Lon ontspande zijn vingers en probeerde zijn lichaam tot alertheid aan te zetten, terwijl hij weer achter zijn geweer gleed.
Hij raakte de radio-ontvanger aan, waarop hij het geluid zou horen dat aangaf dat Shreck hem het groene licht gaf om te schieten. Hij raakte, als om hun magie aan te trekken, de .300 H & H Magnums aan, die voor hem lagen. Bijna tien centimeter lange, taps toelopende, koperen buizen, glinsterend, hun zware, holle neuzen stevig en op de een of andere vreemde wijze enigszins vettig.
Nu was het niet meer dan een kwestie van wachten.
De hertebok was tenslotte vergeten. Hij dacht alleen maar aan het vreselijk lange schot dat hij moest afvuren, het schot dat geen enkele man mocht maken, maar dat hij wist te kùnnen maken. Hij had het al eerder gedaan.

'Oké, Payne,' zei Shreck, terwijl ze stonden te wachten aan de overkant van Hard Bargain Valley. 'Dit is het makkelijke gedeelte. Maak haar klaar.'

'Ja, kolonel,' zei Payne.
Hij draaide zich om naar Julie.
'Oké, liefje,' zei hij. 'Dit is het laatste wat je moet doen.'
Ze keek hem aan met een gedrogeerde blik. Er was geen greintje wilskracht of weerstand in haar glazige ogen. Haar mond was in een dwaze half-glimlach vertrokken.
Payne deed zijn rugzak af en tastte erin. Hij haalde er zijn Remington 1100 semi-automatische geweer met afgezaagde loop uit. Er zaten zes kaliber 12 patronen in, die ieder negen .32 kaliber kogels bevatten. Mogelijk was het het meest dodelijke wapen voor de korte afstand, ooit gemaakt. In minder dan twee seconden kon het vierenvijftig dodelijke loden kogeltjes afschieten over een effectieve afstand van vijftien meter.
Hij liep achter de vrouw om.
'Ontspan je nou maar,' zei hij. 'Dit is niets. Maak je maar geen zorgen.'
Ze keek alsof ze zich nog nooit in haar leven zorgen gemaakt had.
Payne legde het geweer een ogenblik neer en haalde een rol zwart isolatietape uit zijn zak. Met snelle en zekere bewegingen trok hij het eind van het tape los, drukte het stevig op haar voorhoofd en begon het tape strak rond haar schedel te plakken.
Ze jammerde zacht, terwijl het plakkerige tape strak rond haar hoofd getrokken werd: over haar ogen, zodat ze niets meer kon zien, tussen haar lippen zodat ze niets meer kon zeggen, over haar neus, zodat ze nauwelijks meer kon ademen en rond haar haar, dat algauw aan het tape vastplakte, maar hij zei: 'Rustig maar aan, liefje, het is niets.'
Toen drukte hij het kleine geweer tegen haar hoofd en omwikkelde het met meer tape, rond de loop en rond haar hoofd, totdat ze met elkaar verbonden waren. Toen sneed hij het tape door.
Zijn linkerhand drukte hij rond de pistoolgreep van het wapen en stak zijn vinger door de opening voor de trekker. Hij voelde de spanning in die trekker.
'Kolonel Shreck?'
Shreck nam de rol tape over en ging door met afplakken totdat Paynes hand één was met de pistoolgreep en de trekker van het geweer in een stevig nest van tape. Shreck haalde de grendel over en beiden voelden ze het wapen trillen terwijl er een patroon in de kamer schoof en de grendel weer naar voren klikte.
'Je weet wat je moet doen?'
'Ja, kolonel,' zei Payne. In geval van moeilijkheden moest hij het hoofd van de vrouw afschieten en dan het wapen met de korte loop rondzwaaien en wie ze dan ook vóór zich hadden, neerschieten. Tegelijkertijd was hij onaantastbaar: geen kogel kon door zijn vest heendringen en een hoofdschot zou, of door de schok, of door het gewicht van zijn val, het

schot veroorzaken dat de dood van de vrouw tot gevolg had. Niemand kon voor held spelen, terwijl Payne als een soort boobytrap met de vrouw verbonden was.

Het ging niet erg goed. Deze typen van Arkansas waren niet erg mededeelzaam, hingen erg aan elkaar en toonden verschrikkelijk weinig belangstelling om te helpen.

Toch waren de rapporten die het hoofdkwartier van het Swagger-team – nu in de kelder van het kantoor van de sheriff – bereikten, aanhoudend, zij het vaag. Twee jagers die vóór het jachtseizoen op onderzoek uit waren geweest, hadden door hun verrekijker gezien hoe een gedrongen man, diep in de Ouachita's, touwen uitgelegd en vastgebonden had langs een helling. Ze waren niet dichterbij gekomen, want de knaap had er even uitgezien als een commando. En nee, ze konden die plek waarschijnlijk toch niet terugvinden.

'Misschien is het gewoon een andere jager,' zei Hap, 'die touwen klaarlegt om in het donker die helling op te komen op de eerste dag van het jachtseizoen.'

'Hmm,' was het enige wat Howdy Duty daarop wilde zeggen.

Toen was er iemand die kon zweren dat hij een magere, blonde man had zien praten met Sam Vincent, de advocaat die het tijdschrift aangeklaagd had uit naam van Bob. Hij was Bobs oudste vriend, tweede vader en jarenlange jachtvriend. De man zou Bob de Doder geweest kunnen zijn, en het gesprek vond plaats op een weg, kilometers verwijderd van een snelweg, waar de waarnemer, een postbode, toevallig langsgekomen was.

Maar Sam Vincent was een sluwe, oude kerel, en hij kende de wet even goed als wie dan ook.

'Meneer,' had de oude vos tegen Utey gezegd, vooroverleunend en hem strak aankijkend met een blik die bekend stond als de 'stoel-blik' (want in de jaren vijftig en zestig had Sam, als openbare aanklager van de staat, dertien mannen naar de elektrische stoel gestuurd) 'u weet verdomd veel beter dan ik dat ik niet gedwongen kan worden mee te werken, tenzij ik dat wil, en geen dwangbevel of bedreiging met lastigvallen door de overheid kan daar verandering in brengen. Als ik Bob Lee Swagger gezien heb en dat weiger te vertellen, dan heb ik een misdaad begaan. Dus in wezen' – en daarbij keek hij Utey met zijn oude, sluwe ogen scherp aan – 'vraagt u mij tegen mezelf te getuigen. Dat is in strijd met de Constitutie, jongeman. En tegen de wet van de staat Arkansas, Code D-547.1, *Conyers v. Mercantile Trust*. Gesnapt?'

Howard snapte het inderdaad, maar liet Sam wel in de gaten houden. Het mocht niet zo zijn: binnen een uur kwam er een bevelschrift binnen van het Hof van Arkansas, Derde District, rechter Buford M. Roubelieux, met een eis dat de overheid de reden zou geven voor de surveillance van een éénentachtig jaar oude burger als Sam Vincent en dat die surveillance, totdat de noodzaak aangetoond werd (de volgende beschikbare datum voor een hoorzitting was juli 1993), gestopt werd, op straffe van wetsvervolging.

Dat was het dieptepunt geweest.

Er waren geen hoogtepunten geweest.

Tot vandaag, kort geleden, toen de telefoon ging.

Hap nam hem op, luisterde een minuut of twee en zei toen: 'Ik bel u zo terug.'

Howard keek op. Twee van de andere mannen keken toe terwijl Hap op Howard afvloog. Ze verzamelden zich rond Howard en Hap.

'Ik weet niet of dit wat is,' zei Hap, 'maar ik kreeg net een telefoontje van een knaap van de *National Forest Service.* Hij zegt dat drie jagers, op verscheidene tijden vanochtend, militaire vuurpijlen de lucht in zagen gaan, diep in de Ouachita's.'

'Iemand in moeilijkheden?' vroeg een agent.

'Het lijkt meer op een signaal,' zei iemand anders.

'Maar er is geen brand uitgebroken,' zei Hap. 'De *Service* heeft een vliegtuig over het terrein gestuurd, maar er was nergens brand te zien. En de vuurpijlen leken op verschillende plaatsen afgevuurd te worden, uitgespreid over een gebied van ongeveer dertig vierkante kilometer.'

Howard dacht hier over na. Wie zou die vuurpijlen overdag afschieten? Wie zou die zelfs zien in het daglicht, tenzij je erop wachtte? Het moest een soort signaal zijn.

'Hebben ze een plaatsbepaling kunnen uitvoeren?' vroeg hij.

'Ja, een paar, maar die knaap van de *Service* zegt dat zijn mensen ze afgezet hebben op een kaart en de richting is grotendeels noord-noordwest.'

'Oké,' zei Howard. 'Waarnaar toe?'

'Er is een groot, vlak, bijna onbereikbaar dal daar, dat ze Hard Bargain Valley noemen,' zei Hap. 'Het is ver buiten de bebaande paden. De *Forest Service* zegt dat er vrijwel nooit jagers naartoe gaan, omdat de herten veel liever in de lagere bossen blijven. Het is er vlak en kaal en bijna anderhalve kilometer breed.'

Howard dacht na.

Hard Bargain Valley?

'Oké,' zei hij. 'Klaarmaken. Volledige gevechtsuitrusting. Bel het vliegveld. Ik wil dat de helikopter ons over tien minuten oppikt. Hap, bel de *Forest Service* op en zeg ze dat we een gids nodig hebben om ons naar Hard Bargain Valley te brengen.'

'Daar,' zei Payne, die ze het eerst zag.

De twee figuurtjes waren aan de overkant van het brede dal uit het bos te voorschijn gekomen.
Shreck keek naar ze door zijn verrekijker, maar ze waren te ver weg, zodat hij geen details kon onderscheiden. Hun gezichten waren groen geschilderd, als van commando's.
Hij snoof minachtend.
'Hij denkt dat hij ten oorlog trekt,' zei hij tegen Payne.
Payne stond op en trok de vrouw, die op haar hurken zat, mee omhoog.
'Oké, liefje. Loop heel langzaam. Val of struikel niet, want anders ben je er geweest.'
Ze kreunde en maakte toen een geluid door het tape.
'Kop dicht, mevrouw Fenn,' zei Shreck. 'Verdomme, ze is uit haar verdoving gekomen. Je had haar nog een injectie moeten geven.'
'Dat kan ik niet,' zei Payne. 'Niet nu ik zo vastgeplakt ben.'
'Luister, dame,' zei Shreck. 'Ik wil dat u weet dat het bijna voorbij is, nog maar een paar minuten. Wij doen de ruil en dan kunt u ervandoor gaan met uw vriendje. Dat is een veiligheidsmaatregel. Het geweer is niet eens geladen.'
Onder het tape kneep ze haar ogen in doodsangst samen.
Hij negeerde haar en gebaarde naar Payne haar in beweging te brengen.
Aarzelend liepen ze met hun drieën over het brede veld. Het was een heerlijke, zonnige herfstdag geworden, helder en zuiver, met een temperatuur van zo'n dertien graden. Om hen heen zagen ze de hellingen van de Ouachita's, evenals evenzovele golven, nu volop in felle kleuren.

De scherpschutter haalde kalm adem. Het werd tijd dat hij zichzelf tot rust wist te brengen voor wat hem te wachten stond. Het werd tijd al het andere buiten te sluiten. Het werd tijd zich te concentreren.
Hij voelde zijn lichaam gehoorzamen. Hij had geweten dat het dat zou doen. Hij vertrouwde zijn lichaam. Hij keek naar zijn doelwit, precies waar het zou moeten zijn, op de meest logische plaats. Het had niet eens de grootte van een mier, maar van het puntje op een i. Over een afstand als deze had hij nog nooit raak geschoten, maar hij was niet bang. Dit was een schot dat hij zichzelf al lange tijd schuldig was. Het werd tijd dat het hem lukte.
Zijn ogen verwijdden zich, zijn oren sloten zich af, zijn ademhaling ging langzamer. Hij gleed in een staat van tunnelvisie, waarbij zijn concentratie zo intens werd dat al het andere in de wereld wegviel en hij nauwelijks meer bewoog.
Hij haalde het geweer naar zich toe. Hij had nu geen tijd eraan te denken: hij kon het zich niet veroorloven zich bewust te zijn van het wapen, want hij moest er één mee zijn. Zijn wil was het ware instrument.

Nu gleed hij achter het vizier, vond het blikveld, terwijl wang en geweer zich samenvoegden en zijn vingers bijna automatisch hun plaats vonden. Dat was het geheim: alles hetzelfde te maken. Vereenvoudigen, vereenvoudigen. Jezelf tot niets te reduceren. Gewoon te zíjn.
Het was alsof hij alles precies wist. Hij kende de afstand, hij kende de hoek, hij kende de windrichting en snelheid, hij kende de kogelbaan en de snelheid ervan, hij kende de verticale afwijking en hoe het zijn energie onderweg zou verliezen. Hij had dat alles berekend en beschouwde nu zijn doelwit door de heldere cirkel van het vizier.
Zelfs vergroot was de man een klein, zeer klein voorwerp, nauwelijks als menselijk herkenbaar. Gewoon een bewegende punt. Hij zag de trilling in de zoeker terwijl hij zichzelf dwong minuscule correcties aan te brengen, niet zozeer denkend als wel voelend. Het moment was nu heel dichtbij.
Verpest het niet, prentte hij zichzelf in, *deze keer niet.*
Nick ademde een beetje uit. Lon Scott was precies waar Bob gezegd had dat hij zou zijn, net onder de top van de helling, waar de osagestruik geknakt was door het terreinvoertuig dat hem daar gebracht had. Hij zat in een schuttersputje en alleen zijn beschilderde gezicht en de geweerloop waren zichtbaar.

Toen ze honderd meter van elkaar af waren, hief Shreck zijn handen op.
'Geen wapens!' schreeuwde hij. 'Geen wapens, want anders is de vrouw dood. Begrepen?'
Elk van de twee mannen draaiden zich langzaam om, om te tonen dat ze geen zichtbare wapens droegen, en hielden toen hun handen boven het hoofd.
'Heb je de cassette, en Annex B?'
'Hier,' schreeuwde hij terug.
'Oké. Breng het spul hiernaar toe. Als ik gezien heb dat het oké is laten we het meisje vrij. Zie je hoe we haar hebben? Eén gekke beweging of blik van je, één stommiteit, wat dan ook, wàt dàn óók, vriend, en ze is er geweest. Payne doet het, dat weet je ook wel. De enige kans die ze heeft, is onze regels.'
'Jij trekt aan de touwtjes,' zei Bob. 'Doe een beetje voorzichtig met dat geweer, Payne.'
Traag en behoedzaam naderden de twee mannen elkaar, stijf en met hun handen hoog.
Ten slotte stond Shreck tegenover Bob de Doder, die niet meer dan twee meter van hem afstond, en keek hem aan. Hij leek even kalm als een vijver op een zomerdag.
'Hallo, kolonel,' zei een bekende stem.

Shreck keek naar de andere man, de jonge FBI-agent. Alleen was het hem niet, hoewel hij een zwarte FBI-gevechtsjas droeg en een honkbalpet, en zijn gezicht met groene verf was beschilderd. Het was dokter Dobbler.
Shrecks blik schoot terug naar Bob en hij besefte in een flits dat de situatie veranderd was. Hij drukte op de knop van het zendertje aan zijn gordel dat het sein voor Scott gaf om te schieten.
Verweg klonk het geluid van een geweerschot.

Het schrille geluid van het signaal verraste Lon een beetje en hij zag de kruisharen een beetje trillen en wegzwaaien van Bob.
Zó gauw? dacht hij.
Hij liet wat lucht uit zijn longen ontsnappen en schoof voorzichtig, als een geliefde, het vizier terug naar Bob en richtte het midden op zijn borst. Heel voorzichtig begon hij de trekker over te halen en…

Nick vuurde en in het onderdeel van een seconde dat het geweer schokte en het beeld vervaagde, wist hij dat het raak was. Toen het beeld hersteld was, keek hij snel weer door het vizier. De kogel had Lon Scott in het hoofd getroffen. Het was het hersenschot. Door de inslag leek het bloed alle kanten opgespat te zijn. Lon viel achterover en gleed weg in zijn schuttersputje. Alleen het geweer bleef nog zichtbaar.
In zijn eigen schuttersputje in de uitgestrektheid van Hard Bargain Valley, haalde Nick de grendel over en probeerde Bobs Remington op de groep van vijf in het dal te richten. Plotseling spoelde er een golf van zwakte over hem heen.
Jezus, dacht hij, *je hebt net een duizend-metertreffer afgevuurd*!
Hij begon te beven.

De vrouw gilde, maar Payne trok haar neer, draaide haar rond, zodat het geweer in Bobs richting wees, en raakte niet in paniek.
Bob zei tegen de kolonel: ‘Mijn jongen heeft jouw jongen net neergeschoten. Jullie zijn nu helemaal alleen.’
De kolonel was kalm. Misschien speelde er wel een vage glimlach rond zijn mond. Ergens, en niet op zo’n heimelijk niveau, was hij een gelukkig man.
‘Het maakt helemaal niets uit, Swagger,’ zei hij, snel nadenkend. ‘Ik zal je vertellen wat er gaat gebeuren. Er is niets veranderd. Het enige wat we willen is wegkomen. We lopen hier rustig weg met de vrouw en met de cassette en de documenten. Als je ons volgt is ze er geweest. Dus probeer geen stomme dingen. Leg je wapen neer. Heb je dat begrepen?’
‘Ik maak deze verdomde vrouw af,’ zei Payne. ‘Dat weet je. Het geweer

zit tegen haar hoofd getaped. Ik zweer je dat ik haar door haar hoofd zal schieten. Terug, jij.'
Bob liet de knapzak vallen. Alleen was zijn hand niet leeg. Hij had er een Remington 1100 semi-automatisch geweer in. De loop was afgezaagd en de kolf was ingekort tot een pistoolgreep.

Nicks tweede doelwit was Shreck. Hij trok het geweer uit Lons schuttersputje en richtte het op de vijf figuren, vijftienhonderd meter links van hem.
Godverdòmme!
Hij kon alleen de bovenkant van de hoofden zien. De actie werd uitgespeeld in een van die ondiepe geulen in de aarde, die over de bodem van het dal liepen en zijn doelwitten bevonden zich beneden zijn gezichtsveld.
Welke van de vijf was Shreck?
Hij kon het niet zien.
O, Christus, Bob, dacht hij.
Hij keek wanhopig om zich heen, op zoek naar een boom waar hij in kon klimmen om wat hoger te zitten, maar hij kon niets vinden. Hij wierp het geweer neer, trok zijn Beretta en voelde een hulpeloze woede in zich opkomen.

'Laat het geweer vallen,' zei Payne. 'Ik schiet haar door haar hersenen.'
'En dat doet hij ook, weet je,' zei de kolonel.
Hier staan we dan, dacht Bob. *We zijn van heel ver gekomen voor dit feestje. Laten we eens kijken wie het lef heeft voor het werk op korte afstand.*
Bob richtte het korte, gemeen uitziende semi-automatische geweer op Payne. Payne kon de gapende monding van de loop op hem gericht zien.
'Hij schiet niet,' zei de kolonel dringend. 'Payne, hij bluft, hij zal niet schieten.'
'Ik ga niet schieten,' zei Bob. 'Dit is de verdomde overeenkomst. Ik leg het geweer neer en jij snijdt het meisje vrij. Iedereen kan weglopen, oké?'
Dobbler trok zich zenuwachtig terug.
'Afgesproken,' zei de kolonel. 'De verstandige oplossing.'
'Oké,' zei Bob. 'Ik tel tot drie en dan leg ik het geweer neer. Niemand haalt gekke dingen uit.'
'Doe het heel langzaam, Swagger,' zei Payne.
'Eén,' zei Bob, en toen 'twee' en toen schoot hij.
Payne was verbijsterd dat het zo gebeurde. Die krankzinnige klootzak,

die gek, hij schoot echt, en als reactie schoot hijzelf ook, doodde de vrouw. Die vuile klootzakken die dachten dat ze geintjes uit konden halen met Jack Payne, soldaat en mensendoder.
En hij voelde het geweer schokken en wist dat de vrouw dood was, maar dat was ze niet, want ze viel op de een of andere manier achterover, gillend van angst, maar ongedeerd. Hij voelde de impuls om de trekker over te halen van zijn brein naar zijn vinger schieten en wachtte tot het geweer afging.
Pas toen besefte hij dat hij een denkbeeldige vinger aan een denkbeeldige hand samenkneep.
Swagger had van een afstand van zestig centimeter een lading door zijn elleboog geschoten en die letterlijk van zijn arm gescheiden. De hand greep nog steeds het geweer beet, op zijn plaats gehouden door het tape. Hij was gewoon niet meer met Payne verbonden.
Vol afschuw hield Payne zijn armstomp omhoog en keek toe hoe stralen helderrood bloed omhoogspoten in de herfstlucht. In die seconde trof hem de ongelooflijke pijn ervan.
'Rotzak!' gilde hij. 'Gore ròtzak!'
Bob drukte de loop van de Remington tegen Paynes brede borst en schoot een kogel door het Kevlar-vest heen. De kogel drong door het lichaam heen en bleef steken bij de ruggegraat. Payne verdween terwijl hij ineenzakte.
In hetzelfde onderdeel van een seconde ontwaakte Shreck uit zijn ongeloof, dat zijn acties vertraagd had, en hief de Marlin om Bob neer te schieten, maar hij was gewoon niet snel genoeg. Bob draaide zich om naar zijn nieuwe doelwit en was hem net een tiende van een seconde voor. Hij schoot twee kogels door Shrecks vest heen, zo snel achter elkaar dat de twee knallen als één klonken. Hun geluid weerkaatste tegen de bergen en rolde terug over de vlakte en trilde nog na in de lucht toen de benen van de kolonel knikten en hij achterover viel.
Shreck voelde geen pijn. Hij lag op zijn rug in het gele gras. Hij dacht aan landingszones, frontaanvallen, goede mannen die op verafgelegen plaatsen stierven, K-rantsoenen en C-4, en die verdomde plicht die hij nog nooit verzaakt had. Hij had altijd het harde werk gedaan.
Bob stond over hem heengebogen. Shreck knipperde met zijn ogen en voelde zijn vingers vederlicht worden. Hij had geen tenen, hij had geen lichaam. Hij had een enorme dorst en hij was flink in de war. Toen besefte hij het: het was eindelijk gebeurd.
'Ik handel in lood, vriend,' zei Bob, en vuurde nog een kogel op hem af. Hij drong dwars door zijn hart heen.

In een ogenblik was Bob bij Julie.

'Oké, oké, meid, het is oké,' zei hij en nam haar in zijn handen. 'Beweeg je niet, geen geruk, blijf kalm zitten. We hebben het bijna voor elkaar. Dobbler. Dòbbler, godverdomme, kom híer!'
Hij probeerde haar tot kalmte te dwingen, doodsbang dat een plotselinge beweging de trekker op de een of andere manier over zou laten gaan. Ze was verblind door het tape en maakte huilerige geluiden, maar nu had hij zijn armen om haar heengeslagen en klemde haar strak tegen zich aan, terwijl hij haar uit alle macht rustig probeerde te houden.
'Ontspan je, lieve meid, alsjeblieft, ontspan je.'
Hij tastte in zijn laars en trok er zijn vlijmscherpe *Randall Survivor*-jachtmes uit. Hij keek naar de banen zwart tape en was er eerst niet zeker van waar hij moest beginnen, bang als hij was dat hij door te woest te snijden een trilling zou veroorzaken, waardoor het geweer af zou gaan. Zeer voorzichtig begon hij het mes door de banen rond haar gezicht te halen, totdat hij het tape van haar gezicht kon trekken. Eén voor één trok hij ze weg maar het geweer bleef op zijn plaats.
'Oké, oké, we zijn er bijna, er gebeurt niets met je, we zijn bijna klaar.'
Voorzichtig draaide hij haar trillende hoofd, stak het mes in een stuk van het tape vlak onder de loop en begon te zagen. De scherpe snede ging door het tape, één voor één braken de afzonderlijke banen door. Maar het geweer bleef nog steeds tegen haar hoofd gedrukt en leek op een levend ding, bijna een slang met zijn tanden diep in haar huid gezonken. Hij wilde het niet aanraken. Hij kon zien dat de veiligheidspal overgehaald was en dat het gewicht van Paynes dode vinger nog steeds op de trekker lag.
Hij sneed nog een baan tape door en het geweer leek los te zitten en weg te glijden. Hij haalde zo scherp adem dat hij er bijna het bewustzijn door verloor en iemand leek vlak bij zijn oren op een keteltrommel te slaan. Toen knapte een volgende baan tape en het geweer viel weg. Bob had het ding, los van haar hoofd, in zijn hand.
Hij keek ernaar. Doorweekt van het bloed was één van Paynes tatoeages nog steeds zichtbaar. AIRBORN ALL THE WAY stond er. Daar heb je gelijk in, maat, dacht hij en smeet het ding zo ver hij kon weg. Het kwam zo'n vijftien meter van hem af in het gras terecht, en ging niet af.
'O, Jezus,' zei ze terwijl hij het laatste tape van haar gezicht trok.
'Het is voor elkaar, je bent veilig, het is ons gelukt.' Hij omhelsde haar en drukte haar stijf tegen zich aan.
Dobbler hurkte naast hen neer. Hij schoof een van haar oogleden omhoog, keek in haar pupil en voelde haar pols.
'Wat hebben ze je gegeven?' vroeg hij.
'Ik weet het niet,' zei ze.
'Nou, je lijkt me wel in orde. Bob, geef haar je jas. Het grote gevaar is

shock. Als we haar warm houden, zal het wel in orde komen.'
Ze lag achterover en trok de jas dicht om zich heen.
'Het is allemaal voorbij. We hebben het achter de rug, dat zweer ik je. Niemand kan je meer kwaad doen, nooit meer.'
Hij probeerde het zo aangenaam mogelijk voor haar te maken, daar in het gras en ze ontspande zich, hoewel ze zijn hand niet los wilde laten. Maar hij had nog wat anders te doen.
Hij trok de dokter van haar weg, totdat ze vóór de lijken in het gras stonden. Dobbler stond stil en staarde ernaar.
'G-god,' zei hij. 'Ik kan niet geloven dat we...'
Bob legde hem het zwijgen op.
Een goede meter uit elkaar lagen Payne en de kolonel in het gele gras. De ogen van de kolonel stonden open, die van Payne waren gesloten. Er stroomde nog steeds een rode delta bloed uit Paynes groteske stomp. Maar de vesten hielden het bloed van de borstwonden van de twee mannen tegen. Alleen de brandgaten op de plaats waar de kogels ingeslagen waren gaven de doodsoorzaak aan.
'Zie ze daar nou liggen,' zei Dobbler, half geschokt. 'Ik kan niet geloven...'
'Het zijn mannen. Als je op ze schiet gaan ze dood. Dat is alles,' zei Bob. 'Luister, we hebben niet veel tijd.' Hij tastte in zijn overhemd en haalde er iets uit. Dobbler zag dat het een geldgordel was.
'Hier zit zevenduizend dollar in. Dat is alles wat ik nog over heb van het geld van het tijdschrift. Ik wil dat jij het neemt.'
'Ik...'
'Luister nou maar. Ik wil dat je verdwijnt voordat die verdomde jongen met zijn insigne er is en zich herinnert wat hij voor de kost doet. Zie je die witte pijnboom aan het andere eind van het dal?'
Hij wees naar de boom.
Dobbler knikte.
'Bij die boom zul je een kreek vinden. Volg die ongeveer elf kilometer, voornamelijk bergafwaarts, tot je bij een rivier komt. Je kunt die zowel stroomafwaarts of stroomopwaarts volgen, dat maakt niet uit. Als je een beetje opschiet kun je morgen om een uur of drie uit het bos komen op U.S. Route twee-zeventig. Hou de Greyhound-bus aan die om een uur of vier langskomt op weg naar Oklahoma City. Neem het geld. Verdwijn. Begin een nieuw leven.'
Dobbler keek hem geschokt aan.
'Maar... jij hebt een getuige nodig. Je hebt iemand nodig om te getuigen. Je...'
'Maak je maar geen zorgen om mij, dokter. Jij hebt je deel gedaan. Het doet er niet toe wat er verder gebeurt. Als jij in de getuigenbank gaat zit-

ten gaat je leven voor altijd te gronde. Ik kan het weten. Ik heb het al eens meegemaakt. Neem je vrijheid en verdwijn.'

'Maar...'

'Maar niets,' zei Bob. 'Verdwijn nou, voordat dat verdomde joch hier is.'

Hij gaf de dokter een zet en keek toen toe terwijl de man, eerst aarzelend, maar toen geestdriftiger, in de richting van de witte boom liep. Algauw was hij verdwenen.

Bob ging terug naar Julie. Ze lag stil in het gras en haalde zacht adem. Hij knielde. Haar hand kwam omhoog en raakte de zijne aan. Hij boog zich voorover en kuste haar op haar lippen.

'We gaan heel veel tijd samen doorbrengen,' fluisterde hij. 'Dat garandeer ik je. Nu heb ik nog één klein ding te doen.'

Hij liep naar de knapzak, die nog steeds in het gras lag.

Hij opende hem en haalde er de groene, plastic map uit met Annex B en de begeleidende brief. Hij scheurde hem open en trok er het papier uit. Hij kon niet wachten tot het zonlicht zijn werk gedaan had. Hij haalde een Zippo-aansteker uit zijn zak. Er stond op: USMC en eronder SEMPER FI en hij was een souvenir uit de dagen dat hij nog rookte. Hij knipte hem aan, hield de heldere kleine vlam tegen de hoek van een van de bladzijden en keek toe hoe de vlam zich verspreidde. Binnen een paar seconden was Annex B verteerd. Hij hield het vast tot het niet langer mogelijk was en wierp het toen weg. Er bleef niets anders over dan wat as.

'Stop! Stop!'

Het was Nick die hem van een afstand van tweehonderd meter toeschreeuwde. Hij begon naar hem toe te rennen. 'Wat doe je? Jezus Christus!'

Maar Bob greep nu de videocassette. Hij legde hem op de grond, zette zijn laars erop en brak het plastic. Hij trok het tape eruit en stak het in brand. Het vlamde fel op en was binnen een paar seconden verdwenen.

'Jezus Christus, wat doe je, verdomme?'

Nick stond, rood van woede, voor hem.

'Dat is bewijsmateriaal. Dat is verdomme het bewíjs dat je, verdomme, vrij kan krijgen! Wat doe je in godsnaam?'

'Je weet wel wat ik doe,' zei Bob.

'Bob, ik...'

'Hou je mond nou eens, jongen, en luister. Het is voorbij. Die jongens liggen nou in verdomde lijkenzakken en wat zij deden gaat er ook in. En daar blijft het. Er is niets meer over om te vertellen.'

'Jij gaat naar...'

'Nick, jij redde mijn leven met dat schot. We staan nu gelijk en jij moet je eigen man zijn en je eigen beslissingen nemen. Je bent vrij van mij, snap je dat?'

Nick keek hem met open mond aan.
Toen hoorden ze de helikopter, draaiden zich om en zagen een Huey laag over het verre eind van het dal aan komen vliegen.
O, Christus, dacht Nick. Het is Howdy Duty-tijd.

37

Het verbaasde Nick dat ze zo hard werkten toen hij bereid was alles vanaf het begin te vertellen. Hij zag zelfs af van zijn recht op rechtshulp, zonder er zelfs maar een seconde over na te denken.

'Hé, ik heb het niet nodig. Dat zul je zien. Ik heb het niet nodig.'

Maar ze stonden erop hard te werken. Dat was de FBI-manier.

Ze hadden hem naar een bewaakt huis buiten New Orleans gebracht, een landhuis in Lafayette Parish, niet ver van een moeras. En daar werkten ze bijna een maand gestadig door. Hun eerste benadering was de vriendelijke, met zijn oude maat Hap Fencl en zijn ex-partner Mickey Sontag.

Een tijdlang was het net de goede oude tijd in het werkhok van het districtskantoor van New Orleans. Met zijn drieën wisselden ze verhalen uit en lachten honderduit en hadden een geweldige tijd. Maar onder de oppervlakte was het zeer serieus en Nick hield niets achter. Hij vertelde alles over zijn verkrijging van het RamDyne-dossier (hoewel hij wat extra nadruk legde op zijn pressie op Sally om haar zoveel mogelijk moeilijkheden te besparen) en over zijn kidnapping door Jack Payne en zijn bendeleden, zijn nepzelfmoord in het moeras, waar hij ternauwernood aan ontsnapte en de privé-oorlog die hij, samen met Bob Lee Swagger, tegen de agenten van RamDyne uitgevochten had.

'Je had die verdomde vent eens in een gevecht moeten zien, Hap,' hoorde hij zichzelf vol ontzag zeggen. 'Dat is de beste schutter die dit land ooit voortgebracht heeft. Hij mist niet, hij raakt niet in paniek, hij blijft altijd nadenken en hij geeft het nooit op. Hij is fantastisch.'

Hij zweeg ook niet over het gênante deel.

'Luister, ik kan het jullie maar beter opbiechten. Ik heb mezelf voorgedaan als een FBI-agent, terwijl ik officieel op non-actief gesteld was. Ik heb het tenminste tien- of twintigmaal over de telefoon gedaan en ten minste drie keer in persoon. Dus gaan jullie mij arresteren? Jezus, ik heb die zaak in New Orleans voor jullie opgelost, iets beters had jullie nooit kunnen gebeuren.'

Ze lachten en schreven alles op, stelden voorzichtige vragen en kwamen de volgende dag terug met meer vragen.

Maar ze vertelden hem ook niets anders.

'Waar is Bob? Wat is er met hem gebeurd?'

'Nick, ik geloof dat ze hem ook in een bewaakt huis hebben, en hem ook

ondervragen. De waarheid is dat ik het niet precies weet. Wil je dat we een andere keer verdergaan?'
'Nee, nee, geen probleem.'
Dit ging zo twee weken door.
Toen waren Hap en Mickey plotseling verdwenen. In plaats daarvan verschenen er twee kerels met harde ogen van, zo nam Nick aan, het top contra-inlichtingenteam: *Cointelpro*, ondervragingsexperts. Ze waren zeer, zeer slim, veel slimmer dan Hap en Mickey. En, natuurlijk, afstandelijk. Niet zozeer vijandig als wel ontoeschietelijk, uiterst professioneel. Het waren net haaien. Ze aten hem als het ware met huid en haar op en schenen de materie even goed te kennen als hij. Ze sneden erdoorheen – en door hem heen – op zoek naar kleinere inconsequenties, schijnbaar onbelangrijke afwijkingen, alsof ze de operatie uit elkaar wilden plukken en niet zozeer op zoek waren naar de waarheid.
Maar hij werkte mee, opnieuw, gretigheid biedend als zijn enige wapen. Hij verzweeg niets en vertelde alles, alles.
'Nou, de rekeningen waarmee hij de operatie financierde...'
'Het was geen *operatie*. We werkten gewoon van gebeurtenis naar gebeurtenis. Hoe dan ook, hij moet heel wat geld hebben verstopt, na die rechtszaak, samen met een stel geweren, ergens in de bergen. En toen we hem tegenkwamen in het Gezondheidscentrum moet hij het opgegraven hebben. Hij had altijd geld, hij betaalde altijd met baar geld.
Geld kun je niet opsporen, niet oude, kleine biljetten. Hij had heel veel oude, kleine biljetten.
Geld is geen misdaad. Dat was het tenminste niet. Waar kun je hem voor aanklagen? Een paar onbelangrijke autodiefstallen, waar eigenlijk helemaal geen bewijs voor is en die een aanklager niet eens voor de rechter krijgt. De rest was zelfverdediging. Hij heeft nooit een man gedood die niet hem of iemand anders probeerde te doden. Hij zat al die tijd aan de goede kant.'
'New Orleans.'
'*New Orleans*? Ik heb jullie al verteld dat het een professionele verlakkerij was! Ze gebruikten een ander geweer om een kogel, die al uit zijn geweer afgeschoten was, af te vuren. Ze hadden een geweldige schutter, Lon Scott, in de kerktoren zitten. Het is mogelijk, je weet dat het mogelijk is.'
'Oké, Memphis, dit is niet het moment om te argumenteren. Kunnen we nu teruggaan naar...'
Toen kwamen, ten slotte, de wetenschappelijke heren. Nick deed drie leugendetectortests en onderging vrijwillig zowel een hypnose- als een sodiumpentothal-behandeling. Hij werd geprikt, gedrogeerd, onderzocht en geknepen. Hij doorstond het allemaal met slechts een matige geïrri-

teerdheid: die Nick toch, helper van iedereen, allemansvriend, plichtsgetrouwe volgeling en maat.
Op een dag, laat in het hele proces, werd hem verteld dat hij een bezoeker had. Met zijn ogen knipperend liep hij naar buiten de veranda op, en daar ontdekte hij Sally Ellion die nerveus op hem stond te wachten.
'Hé! God, Sally, hallo, hoe gaat het? Jezus, je ziet er geweldig uit!'
En Sally zag er inderdaad geweldig uit.
'Hallo, Nick. Hoe gaat het?' Ze had nog steeds dat zuidelijke accent, alsof de Mississippi zelf door haar woorden vloeide.
'O, het gaat wel, weet je. Prima. Het spijt me dat ik je niet gebeld heb. Ze hebben me fors beziggehouden en ik denk niet dat ze me gauw los zullen laten.'
'Je zit toch niet in moeilijkheden, hè?'
'Nee. Nee, geen probleem. Ik wil gewoon samenwerken met die jongens en dit alles gladstrijken. Het komt allemaal wel goed, dat zul je wel zien. Als dit allemaal achter de rug is, hoop ik dat we weer eens uit eten kunnen gaan. Dat was geweldig. Hoe is het met jou?'
Ze zag er fantastisch uit.
'Oké. Nick, ze zijn naar me toegekomen en wilden...'
'Ik weet het, ik weet het. Vertel ze gewoon de waarheid. Jij hebt niets verkeerds gedaan. Vergeet niet dat jij niet wist dat ik geschorst was, toen je me dat dossier gaf. Maak je geen zorgen over jezelf.'
'Ik maak me geen zorgen over mezelf, Nick, maar over jou. Hij zei dat je misschien een paar keer de wet overtreden had. Hij was zeer ongerust over wat er misschien met jou zou gebeuren.'
'Eh, Howard?'
'Ja. Meneer Utey.'
'Ja, bij dit alles voel ik hem op de achtergrond. Maak je geen zorgen. Howard is een oude maat van me. Hij zorgt wel voor me. Wat gebeurt er allemaal in de buitenwereld?'
'O, de televisie en de kranten stonden vol van Bob Lee Swagger. Ik geloof dat de overheid het zo gauw mogelijk afgehandeld wil hebben. Ze willen het van de voorpagina's af hebben.'
'Wat hebben ze met Bob gedaan?'
'Hij zit in een interneringsinrichting in...'
'Een gevàngenis?'
'Ja. Hij heeft een advocaat. Maar er is zoveel publiciteit dat ik denk dat ze heel gauw wat gaan doen.'
Dit schokte Nick enorm.
'Hij hoort niet in een gevangenis te zitten. Hij is een held. Hij heeft geweldige dingen gedaan voor...'

Maar hij zag een gekwetste blik in haar ogen en besefte dat hij verward begon te klinken.
'Maar goed. Sally, ik hoop dat dit niet te zwaar voor jou geweest is.'
'Nee. In het begin was het een beetje beangstigend, met al die vragen. Maar ik denk dat ik er nu vanaf ben.'
'Fijn. Ik heb geprobeerd ze duidelijk te maken dat het allemaal mijn schuld is. Het is mijn fout, dat is alles. Ik weet zeker dat ze dat zullen begrijpen.'
'Natuurlijk. Nick, weet je zeker dat je me belt als dit alles voorbij is? Ik zou je graag weer willen zien.'
'Ja, natuurlijk.'
'Want anders bel ik jou.'
'Ik bel je. Dat zweer ik. Je weet het toch? Ik ben ZVP-Nick. Ik wil meer horen over de tijd dat je die voetballer afdankte, Tom, Terry?'
'Ted,' zei ze lachend. 'God, wat een vreselijke kerel. Ik kan het me niet indenken dat ik verloofd was met hem.'
De herinnering toverde een glimlach op haar gezicht. Toen werd het tijd voor haar om weg te gaan.

Ze lieten Nick vrijwel met rust, die week na Sally's bezoek, afgezien van twee bewakers, die hem toestonden wandelingen te maken. Ze lieten hem televisie kijken, zodat hij weer bijraakte met het nieuws en de controversie rond Bob Lee Swagger. Het verbaasde hem te zien wat een enorme nationale drukte het geworden was. Alle omroepen hadden hun cameraploegen opgesteld buiten het *Louisiana State Reformatory*, waar Bob in isolatie gehouden werd. Het enige bezoek dat hij kreeg was van zijn advocaat, een dapperuitziende sluwe oude kerel – en inderdaad óud – die Sam Vincent heette. Ondertussen onderzocht een jury de zaak, terwijl al de openbare aanklagers van Louisiana op hun beurt stonden te wachten.
'Het lijkt wel een carnaval,' zei Nick, maar niemand gaf antwoord.
Toen kwam ten slotte, onvermijdelijk, Howard, samen met een felle jongeman, wiens wrede trekken duidelijk weergaven dat hij een Ambitieuze, Federale Aanklager was. Ook had hij een oudere man met glinsterende ogen bij zich. De man had iets bijna academisch over zich, terwijl hij aan een pijp trok.
'Nick, Nick, Nick,' zei Howard, alsof hij hem omhelsde. 'Nick, dit is Phil Kelso, die in veel zaken met ons samenwerkt. Phil is een verdomd goede aanklager, Nick. De beste.'
'Hm,' zei Nick.
'En dit is Hugh Meachum van het ministerie van buitenlandse zaken. Nick, hij is hier om ons te adviseren over de nationale veiligheidsimpli-

caties van de situatie. De Salvadorianen zijn er zeer geïnteresseerd in hoe deze zaak verloopt.'
Nick wierp een snelle blik op Hugh, rook gin en voelde hoe zijn bloed begon te koken.
'We hebben gehoord dat je uiterst behulpzaam geweest bent,' zei Kelso. 'Dat is prima. Dat is enorm in jouw voordeel. Op dit moment, Nick, zitten we in het gebied van de houding. Houding is alles, Nick. Wij hebben een geweldige houding van jou nodig.'
'Nou, ik probeer altijd mijn best te doen,' zei Nick, moeizaam slikkend. Op de een of andere manier wilde hij niet naar Hugh Meachum kijken.
'Zo is Nick,' zei Howard. 'Nick probeert echt het uiterste. Nick is een werker, een ploeteraar, een vechter. Je kon het zeven jaar geleden in Tulsa zien en je kunt het nu zien.'
'Een uitzonderlijke jongeman,' zei de oudere heer.
'Oké, Nick, raad eens wat voor dag dit is. Kun je het raden?'
Howard was vandaag uitbundig en charismatisch. Nick kende hem alleen maar zo als hij iets belangrijks wilde hebben.
'Nee, Howard.'
'Nick, het is de eerste dag van de rest van je leven. Nick, het is jouw geluksdag. Je kunt hier over een uur weglopen. Binnen tien minuten, als vrij man, Nick. We stellen verder geen vragen, Nick, het enige wat we willen is dat je je plicht doet.'
Maar Nick luisterde nauwelijks. Hij kon alleen maar denken aan Meachum, de naam op de begeleidende brief, die Annex B naar de generaal stuurde en de hele zaak in gang zette.
Hij bleef proberen de oude man niet aan te kijken, maar hij kon zichzelf niet beheersen. Hij zag een soort welwillendheid op het roze gezicht, een genotvol vooruitzien naar het feit dat Nick zo'n teamspeler werd, zo'n geweldige jongeman.
'Nick, je kunt meer dan alleen maar je leven terug hebben,' zei Howard toen Nick zich weer concentreerde. 'Je kunt àlles krijgen. Je kunt je carrière terughebben. Nick, wat wil je? Wil je Cointelpro? Ik wil je wel vertellen dat Dave en Tom onder de indruk van je waren. Zij meenden dat je het geweldig gedaan had, en zij zijn de besten, Nick. Je weet dat Cointelpro het eliteteam is. Je kunt het hebben. Of wil je in een gijzelaarsreddingsteam? Wij kunnen je in een team krijgen in Miami of Dallas, Nick, steden met veel actie. Die jongens pikken altijd de medailles op en zij komen ook het eerste in Washington terecht, Nick. Misschien zetten we wel een team op dat verdachten van het buitenland de grens over werkt. En dat wordt snel, opwindend werk, en er zullen een paar topmensen aangetrokken worden, Nick. Ik denk dat ik dat zou kiezen als ik jou was en mijn hele carrière vóór me had. Maar de keus is aan jou, Nick. Jij kunt

alles hebben. Geen Tulsa's of Butte's of Boise's. Noem maar op – San Francisco, New York en de georganiseerde misdaad, Philadelphia, Washington, Chicago, Chicago is een geweldige stad, Nick.'

Nick keek Howard strak aan.

'Oké,' vroeg hij tenslotte. 'Waar gaat het om?'

Nick zag hoe Kelso Howard een wat-maakt-het-uit-blik toewierp.

Howard praatte verder.

'Luister, Nick. Het kan twee kanten opgaan. Niet meer dan twee kanten. Het is in het voordeel van iedereen – van jou, mij, voornamelijk de FBI en het land – als het één bepaalde kant opgaat. Oké?'

'Jazeker,' zei Nick. 'Welke kant?'

Nu keken Kelso en Howard elkaar aan. Ze aarzelden even en keken toen naar Hugh, die glimlachte met glimmende ogen.

Ten slotte sprak Kelso.

'Nick, het wordt moord met voorbedachte rade voor Bob Lee Swagger. Dat betekent de elektrische stoel.'

'Hoe gaat het?' vroeg Bob.

'Prima.'

'Je moet hun vragen gewoon beantwoorden. Vertel ze gewoon de waarheid, dat is alles.'

Achter de glazen wand van de bezoekkamer zag hij er vaal en grimmig uit. Zijn stem klonk schril en vervormd door de intercom. Ze drukte haar hand op het glas, zich ervan bewust dat voor haar duizenden vrouwen hun handen op het glas gedrukt hadden en een afdruk van verlangen en smart achtergelaten hadden, terwijl ze naar hun man staarden.

'Bob,' zei Julie. 'Daar gaat het nu juist om. Ze hebben me helemaal níets gevraagd. Ik werd gekidnapt. Ze hebben me verdoofd en bijna een maand lang onder schot gehouden. Ik kan ze maar niet zover krijgen dat ze iets doen. Ik heb zelfs de sheriff van Ajo County gebeld en die zei: "Julie, er is geen enkel bewijs. We moeten de federale overheid laten beslissen wat er moet gebeuren." '

'Julie, hij heeft je een goede raad gegeven. We hoeven ons nergens zorgen over te maken. Dit is gewoon een soort voorlopig onderzoek, en ze kunnen me niet los rond laten lopen. Het doet er niet toe. Dit is de FBI. Ze zullen eerlijk zijn.'

'Bob, ik...'

'Als Sam het ze eenmaal uitgelegd heeft, ben ik hier binnen een paar seconden uit. Dan zijn al onze moeilijkheden voorbij. Ik hoop dat we dan terug kunnen gaan naar Arizona. Die woestijn voelde goed aan. Arkansas wordt me veel te druk. Ik denk dat ik me wel wil vestigen in het zuidwesten.'

'Bob, ik...'
Maar hij knipoogde naar haar. Zelfs in gevangeniskleren zag hij er nog indrukwekkend uit. Hij was aan zijn stoel vastgeketend.
'Meid,' zei hij. 'We hoeven ons helemaal geen zorgen te maken. We kunnen de overheid vertrouwen.'

Nick slikte. Hij had een beetje een probleem om het te verstaan.
'I... ik begrijp niet...'
'Nick, om één reden, één enkele reden. Nick, hij is schuldig,' zei Howard. 'Nick, hij vuurde het schot af dat aartsbisschop Jorge Roberto Lopez doodde. Hij moet ervoor betalen. Hij...'
'Nee!' zei Nick. 'Luister, dat hèb ik al uitgelegd. Howard, heb je de verhoorverslagen niet gelezen? Het was RamDyne. RamDyne belazerde hem. Shreck, Payne, Dobbler, Lon Scott. Zij belazerden hem. Lon Scott vuurde die kogel af. Het was een kogel die al door Bobs geweer afgevuurd was, dus vandaar dat hij herkenbaar was als afgeschoten door Bob. Hij schoot vanaf de kathedraal van St. Louis, hij...'
'Nick, die kathedraal staat op een afstand van veertienhonderd meter van waar de bisschop stond. Veertienhonderd meter. We hebben het gemeten,' zei Howard. 'Niemand kan een doelwit treffen over een afstand van veertienhonderd meter met een .308.'
'Het was geen .308. Het was een 200-greins Sierra-kogel, die Bob al eerder had afgevuurd. Ze laadden hem in een *Holland and Holland* .300 Magnum-patroon met een heleboel kruit, zetten hem vast met plastic of papier en vuurden hem af door een loop die opgeboord was tot .318, of zo! Controleer het maar! Controleer het maar bij de deskundigen! Je zult zien dat het mogelijk is. En ik wil ook wedden dat je die speciale loop in Lon Scotts huis zult vinden. Heb je daaraan gedacht? Heb je dat gecontroleerd?'
'Lon Scott stierf in 1965. We hebben zijn overlijdensbewijs. Die dode man op die berghelling was ene James Thomas Albright, geboren Robert Parrish Albright.'
'Nee. Dat hebben we nagetrokken. De echte Robert Parrish Albright stierf in 1939, toen hij een kind was. Dat was...'
'Nick?' zei Hugh Meachum kalm, 'het is niet ongebruikelijk dat een jongeman, die in helden geïnteresseerd is, zich vastklampt aan een oudere man, vooral een man van Bob Lee Swaggers moed en slimheid. Maar Nick, het feit is dat Swagger dat schot afvuurde. Wat er later gebeurde... tja, misschien was hij bijzonder moedig in die oorlog tegen RamDyne. Maar het was een oorlog tussen gangsters. Bob vuurde dat schot af en toen schoot Leon Timmons op hèm. Hij ontsnapte. Dat is alles. RamDyne bestaat niet meer. De CIA doet geen mond open over eventuele banden

ermee en je zult ze nooit voor de rechter kunnen dagen, vanwege het nationale belang. Kolonel Raymond Shreck was een moeilijke, complexe, charismatische man. Net als Bob was hij ooit een held. Net als Bob werd hij verleid door de macht van de wapens waar hij zo van hield. Aan het eind van zijn leven is hij misschien betrokken geweest bij narcoticazaken, omdat zijn rijk ineenzakte en hij geld moest verdienen om zijn levensstijl op peil te houden.'

'Hij had miljoenen...'

'Niet dat we die konden vinden,' zei Howard. 'Wat we vonden was een oorlogsheld die in oneer gevallen is en die in de jaren zeventig veel werk voor de CIA verricht heeft, op het verkeerde pad terechtgekomen is en financieel aan de grond zat. Dat is alles. Het was een narcotica-oorlog, of zo. De officiële verklaring zal zijn dat hij stierf in een jachtongeluk op de eerste dag van het hertenjachtseizoen. Het gaat ons verder niet aan. Wat ons wel aangaat is dit: Bob Lee Swagger schoot van een afstand van vierhonderd meter op de president van de Verenigde Staten vanuit een huis aan St. Ann Street in het Franse Kwartier, buiten het Louis Armstrong Park. Hij miste en trof aartsbisschop Jorge Roberto Lopez, een groot man die alleen maar gerechtigheid wilde voor schanddaden in zijn land, en die over de hele wereld betreurd was. Het is moord met voorbedachte rade voor Swagger. Het wordt de elektrische stoel. Dat is alles.'

'Nee,' zei Nick, wanhopig in zijn haast om het voor-de-hand-liggende uit te leggen aan die idioten, 'nee, zie je...'

'Nick, het bewijs is gewoon overweldigend. Zijn geweer, herkenbare onderdelen van zijn kogel, zijn vingerafdrukken, zijn lege patroon. Hij was daar, hij had het motief, hij had de gelegenheid, hij had...'

'Dat is het komplot. Ze lieten hem in de val lopen. De cassette. Dobbler had een video-cassette van die schanddaden. Ik had Annex B! Ik...'

'Nick, die Dobbler is verdwenen. Hij wordt door het hele land gezocht, maar we hebben hem nog niet kunnen vinden. Waarschijnlijk is hij verdwaald in die bossen en gestorven. Nick, we kunnen niet eens bewijzen dat hij met jullie in de bossen was. Er is gewoon geen bewijs. Alleen maar bizarre theorieën over een komplot.'

'Nee,' zei Nick, 'luister, luister nou. Het wàs een komplot en Bob verbrandde Annex B en de cassette, omdat hij niet wilde dat de pers er een verkeerde draai aan gaf. Hij is verdomme een held. Hij schoot kerels neer die kinderen vermoordden uit naam van dit land, en nu hangt hij liever dan...'

'Nick, kunnen we nu teruggaan naar de realiteit, oké?' vroeg de aanklager, Kelso. 'We hebben een echt aanbod voor je. Het is meer dan ik gedaan zou hebben, maar jouw baas hier en meneer Meachum stonden

erop. Luister ernaar. Het is zeer knap, zeer vergevensgezind. Het is een geweldig aanbod.'
'Nick, Bob is er geweest. Hij zal de buitenwereld nooit meer zien. Dat weet hij en dat weet zijn advocaat. Het enige wat jij kunt doen is jezelf redden,' orakelde Howard.
'Ik kan niet...'
'Nick,' zei Kelso. 'Bob Lee Swagger is verleden tijd. Het is afgelopen met hem. Alleen een krankzinnige zou geen veroordeling kunnen bewerkstelligen, gebaseerd op deze overweldigende hoeveelheid bewijzen. Ik heb een rapport van zesenveertig bladzijden van het ballistisch laboratorium van de FBI. Ik heb zijn dreigbrief aan de president. Ik heb de gezworen getuigenverklaring van wijlen Leon Timmon, dat hij Bob Lee Swagger neerschoot op de zolder van een huis op St. Ann Street in New Orleans, na hem betrapt te hebben bij het afvuren van het schot. En ik heb jou om te verklaren dat Bob uit dat gebouw sprong, jou overweldigde, je wapen en je auto stal. Ik heb hem. Het is gedaan met hem.'
'Ik...'
'Nick, verdomme, luister naar me,' zei Howard. 'Het kan op twee manieren gaan. Of je wint, of je verliest. Dat zijn de enige mogelijkheden. Bob is verloren, hoe dan ook. Luister je?'
Nick knikte ten slotte.
'Nummer één. Jij wordt in de getuigenbank geroepen als een meewerkende getuige. Jij bent, tenslotte, de held van het uur. Tenslotte ben jij de FBI-agent die doordrong in Bob Lee Swaggers komplot en zich zogenaamd bij hem aansloot...'
'Ik...'
'Hou je mond dicht en luister, Nick,' zei Howard. '... bij hem aansloot op zijn tocht door Amerika, terwijl hij net deed alsof hij dood was, iets wat wij als onjuist vaststelden na de schietpartij bij de Baptistenkerk in Blue Eye. Jij won zijn vertrouwen en jij deelde zijn gevaar, om erachter te komen dat er geen groter komplot was. Het was overigens, een van de meest briljante, ondergrondse operaties die de FBI ooit opgezet heeft, Nick. Het is jouw triomf – en de mijne. Ere wie eer toekomt. De overwinnaar krijgt alles. Toen, toen je er zeker van was, riep je ons op en wij arresteerden hem. Als gevolg daarvan maakten we ook een einde aan Raymond Shrecks narcoticasmokkelarij en elimineerden bijna vijftig Latino-schutters, veteranen van het beruchte ''Panter Bataljon-bloedbad''. Het was een hele operatie, Nick. Het maakt sterren van ons allemaal.'
Nick staarde hem alleen maar aan.
Het 'sterren'-idee en Howards duidelijke begeren hingen een ogenblik in de lucht. Toen boog de oude man, Hugh Meachum, voorover.

'Neem me niet kwalijk, Howard. Ik vraag me af of ik wat tegen Nick kan zeggen?'
'Natuurlijk, Hugh,' zei Howard.
'Nick,' zei Hugh. 'Ik weet hoe ingewikkeld dit alles voor jou geweest is, maar ik ben bang dat ik het nog ingewikkelder voor je moet maken. Ik weet dat je dat wel aankunt.'
Hij glimlachte op een grootvaderlijke manier, die Nick er bijna toe bracht hem zijn oude tanden in te slaan.
'Nick, ik weet dat je denkt dat je Annex B gezien hebt. Ik weet wat je denkt: dat ik er op de een of andere manier bij betrokken ben. Misschien denk je wel dat ik dit alles bedacht heb, de vernietiging van Cuembo, de moord op de aartsbisschop, het complot met Bob. Nick, het is zo gevaarlijk waar jij bent. Jij bevindt je in de beroemde Kamer der Spiegels die de contra-inlichtingendienst is. Ik heb dat document gezien. Een paar maanden geleden probeerde een Cubaanse dubbelagent het naar de redactie van de *New York Times* te brengen. Er is in feite een vertaalde versie van afgedrukt in een Syrische krant. Het Japanse agentschap Torakata betaalde vijfendertigduizend dollar voor een exemplaar, maar heeft het nooit gepubliceerd. Nick, het is een valstrik. De Cubaanse militaire inlichtingendienst, heel knap, heel slim. Daarom is het zo gevaarlijk als jonge mensen als jij op dit soort terrein terechtkomen. Die arme Lanzman die jou probeerde te bereiken: misschien geloofde hij er gewoon in, of misschien dacht hij dat jij erin geloofde. Nick, het is gewoon heel ondeugend.'
Nick keek hem aan.
'Maat, je zit vol...'
'Ga je gang, Nick, als dat helpt mag je me haten. Het doet er niet toe of je me haat. Dat mag. Maar, laat me je iets vertellen wat niet mag, Nick. In feite heb je een gelegenheid levens te redden. Duizenden levens. Werkelijk een verschil te betekenen voor de wereld. Wat niet mag is dat je aan de zijlijn blijft staan kijken naar wat er gebeurt.
Nou, je weet dat een eenheid van het Salvadoriaanse leger, het Panter Bataljon, betrokken was bij een vreselijke wandaad bij de rivier de Sampul. Verscheidene honderden onschuldige dorpelingen, vele van hen vrouwen en kinderen, werden gedood. Ik moet je dit eigenlijk niet vertellen, maar het schijnt dat er ook Amerikanen bij betrokken waren. Ja, jouw kolonel Shreck, die voor generaal de Rujijo werkte. Annex B bevatte net genoeg waarheid om overtuigend te lijken. Maar de Amerikaanse regering had er níets mee te maken. En daarom is het zo'n kostbaar geheim, Nick. Het is kostbaar omdat het gevaarlijk is. Als de gebruikelijke vijanden – de pers, zekere leden van het Congres, anderen van links, sympathisanten, meelopers – Nick, als zij die informatie te pakken krij-

gen en die publiceren, dan kunnen zij alle kansen op vrede in dat land voor de komende vijf jaar saboteren. Nick, denk eens aan de kinderen die zouden sterven als dàt zou gebeuren. We hebben daar nu vrede, Nick. We kunnen geen risico's lopen.' Nick slikte en haatte de verwarring in zijn hoofd.
'De tweede mogelijkheid is duidelijk veel minder plezierig dan de eerste,' zei Howard. 'Je wordt gedagvaard als een vijandige getuige, een onteerde FBI-agent, nu op non-actief gesteld, in afwachting van ontslag. Er worden je zeer strikte, afgebakende vragen gesteld over jouw deelname aan de gebeurtenissen op 1 maart 1992, in New Orleans: waar je was, wat je zag, hoe je faalde. Dan word je weggestuurd. Als Bobs advocaat probeert je te ondervragen zullen we protesteren tegen alles wat niet op die eerste maart slaat, en de rechter zal ons gelijk geven. Zogauw je getuigenis achter de rug is, zul je aangeklaagd worden voor het driemaal je voordoen als een FBI-agent. Meneer Kelso zelf zal je aanklagen en we zullen getuigen naar voren brengen die je absoluut zullen veroordelen, Nick. Dat levert je tenminste zeven jaar gevangenisstraf op. En je zult Bob verdomd weinig goed gedaan hebben. Je hebt je leven voor niets verpest.'
Howard leunde achterover.
Toen vroeg Nick: 'Is dat alles?'
'Nee, natuurlijk is dat niet alles,' zei Kelso. 'Op dezelfde dag dat jij daarvoor aangeklaagd wordt, wordt Sally Ellion aangeklaagd voor spionage – het overhandigen van geheime overheidsdossiers aan een burger.'
'Howard, godverdomme...'
'Houd je mond, Nick,' zei Howard.
'Nick,' zei Kelso, 'daarvoor zal ik ook de aanklager zijn. Het is een veel ernstigere aanklacht dan die tegen jou. Jij bent binnen zeven jaar op vrije voeten, vijf jaar met goed gedrag. Zij krijgt minstens twintig jaar.'
Nick keek naar de drie mannen.
'Howard, zij heeft niets gedaan. Helemaal níets. Dat kan je niet...'
'Jij bent degeen die dit doet, Nick. Net zoals jij Myra voor de rest van haar leven in een rolstoel gezet hebt en haar verdoemde, zal je Sally verdoemen. Wil je dat, Nick? Ik heb een lang gesprek met haar gehad toen ze alles opbiechtte. Wij hebben het, in aanwezigheid van getuigen, op geluidscassette opgenomen. Daarbij denkt het dwaze kind dat ze verliefd op je is. Ga jij haar voor haar onschuld betalen door haar naar de gevangenis te sturen?'
'Nick, je moet een belissing nemen. Je moet doen wat het beste is voor jou, voor Sally, en voor de FBI.'
'En voor het land,' zei Hugh Meachum.
'En voor jou, nietwaar Howard? En jou, Hugh?'

'Nick, je kunt maar beter...'

Nick leunde achterover en luisterde niet langer. Hij wilde dat hij ze het zwijgen op kon leggen, wilde dat hij wist wat hij moest doen.

Je moet je eigen man zijn; neem je eigen beslissingen, zei Bob.

Hij leek wat moeite te hebben met ademhalen. Hij zag niets scherp.

'Nick,' zei Meachum. 'We moeten een verbintenis van je hebben.'

Red jezelf, dacht Nick.

Hij besloot Bob te verraden. Hij kon hem niet helpen. Het was gedaan met Bob. Het was jammer, maar zo was het nu eenmaal. Het was een harde wereld. Geen gevangenen. Zo was het leven.

'Denk aan de FBI, Nick,' zei Howard. 'Denk eraan de FBI te redden.'

Red jezelf, dacht Nick.

Maar toen hij zijn mond opende, zei hij: 'Howard, jij geeft geen zak om de FBI. Jij bent de FBI niet. Jij bent gewoon een kleine kontlikker die probeert de top te bereiken, en jij trapt iedereen in de modder die je daarbij in de weg staat, zoals je dat zeven jaar geleden met mij deed in Tulsa. Ik heb Myra niet in die rolstoel gezet, maar jij, want jij was zo verdomde bang dat je je kop niet wilde houden over de radio. En ik had het lef niet jou te laten zwijgen.'

Hij haalde diep adem.

'En ik zie dat laatste ding ook, Howard, reken maar. Jíj zit in die Lancer-commissie! Ja? Ja, dat is precies het soort pretentieuze geval waar een politieke kontlikker als jij voor zou vallen. Jarenlang heb je nu al gezorgd dat de CIA RamDyne kon gebruiken zonder dat het bekend werd en zo heb je ook een stuk vuil met een gladde tong als Hugh, hier, leren kennen. Hugh, die zijn maat Ray Shreck toestemming gaf een heel dorp uit te roeien en vervolgens om de enige man die het lef had ertegen in te gaan, neer te schieten. En toen liet hij er een grote Amerikaanse held voor op draaien, omdat dat goed uitkwam, alles kon verklaren en zijn hachje kon redden! En als dat ooit bekend wordt dan zijn jij en alle anderen in de Lancer-commissie verleden tijd.'

Nick staarde ze aan. Hij voelde zich niet erg kalm, maar hij wist precies wat hij nu ging doen. Hij haalde weer diep adem, glimlachte en gaf toen zijn antwoord.

'Nou, hier houdt het op. Hier worden jullie tegengehouden. Maar laat me jullie iets vertellen, jongens. Jullie gaan vechten tegen de allerbeste. En het is al heel vaak voorgekomen dat slimme figuren dachten dat ze Bob Lee Swagger te pakken hadden. En net op het moment dat ze dachten hem het genadeschot te kunnen geven, schoot hij ze overhoop. Dat gaat hij ook met jullie doen, en ik ga er naar staan kijken, en dan lopen Sally en ik, vrij als vogeltjes, weg. Dit is het slechte nieuws, Howard. Jij bent er geweest. Jij bent verleden tijd. Het wordt tijd om alles terug te betalen.

Jij moet je verantwoorden voor Myra en voor Sally en voor Lancer en voor de Sampul en voor wat je nog meer uitgehaald hebt. En ik ga er naar staan kijken. En sodemieter nou allemaal op.'
Nadat ze vertrokken waren merkte hij dat hij niet kon stoppen met beven.

Die middag brachten twee gerechtsdeurwaarders Nicks dagvaarding, waarin hem duidelijk gemaakt werd dat hij over twee dagen moest verschijnen in het Federale Gerechtsgebouw van het district New Orleans voor de Voorbereidende Hoorzitting voor Zaak Nummer 44-481, de *Regering v. Bob Lee Swagger*. Een streng verwoord briefje, bijgesloten bij de dagvaarding, waarschuwde hem dat hij gearresteerd zou worden als hij niet verscheen. Een half uur later kreeg hij een telefoontje van het kantoor van de openbare aanklager dat hij de stad niet mocht verlaten, omdat hij aangeklaagd zou worden wegens het zich voordoen als een FBI-agent, en dat hij zich maar beter kon verzekeren van een advocaat. En voor het einde van de dag kreeg hij als klap op de vuurpijl een officieel schrijven dat hij, wegens het niet verschijnen op de schorsingshoorzitting op 8 augustus, formeel ontslagen was uit de dienst van de FBI en daarom wettelijk verplicht was alle eigendommen van de FBI vóór komende vrijdag te retourneren, want anders zou hij aangeklaagd worden wegens diefstal van regeringseigendommen.
Om de een of andere reden kwetste hem dat het meest. Er was geen weg terug. Howard blokkeerde alle uitwegen en vermeed alle mogelijkheden. Howard draaide de duimschroeven aan.
Nick keerde terug naar zijn kleine huis in Metairie, maaide het gras – wat zeer nodig was – betaalde rekeningen zover hij zich dat kon veroorloven, dacht na over zijn financiële problemen – hij had al bijna drie maanden geen salaris meer gehad – en dacht na over zijn ellende.
Als hij het diepst in de put zat voelde hij er vaak voor Howard te bellen. Het was zo makkelijk en zo verleidelijk.
'Eh, Howard, luister, ik geloof dat ik een paar dagen geleden te ver gegaan ben. Denk je...'
Maar dan dacht hij aan Howards triomf, Howards geblaat, Howards gestraal, Howards grootste moment. Nee, hij kon het niet doen. Hij kon zichzelf er gewoon niet toe brengen.
Maar hij wist dat hij één ding moest doen. Hij moest Sally opbellen.
'Hallo.'
'Hallo. Ik ben het.'
'Nick...,' riep ze, huilend. 'O, Nick, ze zeggen dat ze me gaan aanklagen wegens spionage. O, God, Nick, wat moet ik doen? Ik heb níets gedaan. Hoe kunnen ze...'

'Luister, Sally, ze bluffen gewoon. Ze proberen me zover te krijgen dat ik iets doe, zodat zij er als helden uit te voorschijn komen. Howard staat waarschijnlijk onder een heleboel druk om met resultaat voor de dag te komen en zijn eigen hachje te redden, dus hij speelt dit zo hard mogelijk. Maar maak je geen zorgen. Ik zweer je dat je je geen zorgen hoeft te maken. Vertrouw me maar. Ze kunnen je niets maken.'

Zelfs terwijl hij dat zei vervloekte hij zichzelf, omdat hij niet het lef had haar de waarheid te zeggen. Dat ze àlles hadden en dat ze Bob en hemzelf en haar en wie er dan ook verder nog wat voor Bob Lee Swagger gedaan had, voor altijd uit zouden schakelen.

'Wat moet ik doen?' vroeg ze.

'Op dit moment niets. Laten we eerst maar eens zien wat er morgen op die voorbereidende hoorzitting gebeurt. Daar kan de verdediging eisen dat de overheid aantoont dat die een aanvaardbare zaak heeft, zodat er een datum voor een rechtszaak vastgesteld kan worden. Als dat eenmaal achter de rug is kunnen we zien hoe we ervoor staan.'

'Nick...'

'Ik weet dat het hard is, meid. Maar het gaat zo gewoon nog een tijdje door. Wil je morgen naar de rechtszaal komen? Ik kom je graag ophalen. Het is geen geweldige afspraak, maar...'

'Ja. Ja, dat zou ik erg fijn vinden.'

Die nacht was de ergste voor Nick. De allerergste. De ergste sinds de nacht na Myra's dood. Hij viel pas om een uur of drie in slaap en bleef maar denken aan de arme Sally, voor de komende twintig jaar weggestopt in de een of andere smerige gevangenis, aan de arme Bob, vastgebonden in een elektrische stoel en weggebliksemd, aan die godverdomde Howard en zijn geliefde aanklager Kelso, en die grijze, oude oplichter Meachum, die gebruik maakten van de publiciteit van hun triomf om zich op te werken in de wereld.

Senator Howard D. Utey, de man die Bob de Doder arresteerde!

Het maakte Nick razend van woede, en toen hij ten slotte in slaap viel, werd hij lastig gevallen door Howards lachende kleine gezicht, zijn zelfvoldane zekerheid. God, Howard, je hebt me al sinds Tulsa dwarsgezeten.

Waarom hield je je mond niet over die godverdomde radio?

Waarom heb ik niet raak geschoten?

Arme Myra. Arme Sally. Arme vrouwen die de vergissing begingen voor Nick Memphis te vallen.

De wekker ging af om zeven uur. Nick strompelde de badkamer in en keek naar zijn ernstige spiegelbeeld, grauw, mager, melancholisch. Zijn korte haar was uitgegroeid en de bolheid van zijn gezicht was verdwe-

nen. Hij was zo mager als de dood, en misschien ook wel even hard.
Hij nam een douche, kleedde zich langzaam aan, voor het eerst sinds maanden in een pak, dronk een kop koffie en ging Sally toen ophalen.
Hij had $ 11 in zijn zak en $ 236 op zijn rekening, en meer dan $ 4000 aan rekeningen. Vandaag zou hij aangeklaagd worden wegens drie overtredingen van de wet.
Weer voelde hij de impuls opkomen Howard te bellen. Waarschijnlijk was het nog niet te laat.
Hij probeerde zich zijn leven voor te stellen na het verraad: hoe plezierig het zou zijn.
Maar toen herinnerde hij zich die keer toen Tommy Montoya zijn Colt Agent tegen zijn hoofd drukte en hij niet meer dan een seconde van zijn eigen dood af was, en toen Bobs schot vanuit het niets gekomen was en hem gered had.
Howard redde nooit iets. Howard nam alleen maar.
Hugh Meachum nam alleen maar.
Oké, Bob de Doder, dacht Nick. Ik doe mee, door dik en door dun, ik doe mee, mijn vriend. Laten we hopen dat je vandaag geluk hebt.

38

'Allen opstaan. Het Vijfde Gerechtshof van de Verenigde Staten is nu in zitting voor de edelachtbare Roland O. Hughes.'

Nick en Sally stonden op, samen met tweehonderd anderen, inclusief een tiental verslaggevers, ongeveer de helft van de mensen van het FBI-kantoor in New Orleans en Howard en zijn aanklagende engel, Kelso. Zij zaten aan de tafel van de openbare aanklager die, door een absurd toeval, vlak bij Nick en Sally's plaatsen vooraan in de rechtszaal, stond. Hugh Meachum zat ook achter die tafel, gekleed in een driedelig pak met visgraatmotief. Hij droeg een klein rood vlinderdasje en Nick vond dat hij eruitzag alsof hij driehonderd jaar oud was.

Sam Vincent was er ook. Hij was een slome grootvader met een gezicht als een hoeveelheid walnootbasten en niet veel haar op zijn hoofd. Hij droeg een veterstropdas en een bril met dikke jampotglazen. Zijn vingers waren lang en gekromd en vuil van de pijp die hij constant stopte als hij niet in de rechtszaal zat. De dikke glazen vergrootten zijn fletsblauwe ogen als hij je aankeek, zodat ze zo groot als haaieogen leken. Hij was bijna tachtig jaar oud en had de *Silver Star* gekregen voor zijn aandeel in het Ardennenoffensief in de Tweede Wereldoorlog.

'Neemt u plaats,' zei rechter Hughes, een strenge zwarte man van een jaar of vijftig. 'Goed, dames en heren, laat ik u vooraf waarschuwen dat de zaak van vandaag, hoewel deze van nationaal belang is, er in de eerste plaats één van het gerecht is en dat die ook als zodanig behandeld zal worden. Ik waarschuw de toeschouwers, vooral die van de pers, zich te gedragen met het gepaste decorum, of anders laat ik deze rechtszaal binnen de kortste keren ontruimen. Is dat begrepen?'

Er volgde een stilte op zijn dreunende stem.

'Goed, vandaag houden wij, op verzoek van de verdediging, een voorlopige hoorzitting in de zaak *de Regering versus Bob Lee Swagger*, waarbij meneer Swagger beschuldigd wordt van het vermoorden van een Salvadoriaanse burger, aartsbisschop Jorge Roberto Lopez, op federaal terrein, namelijk het presidentiële podium, opgericht in het Louis Armstrong-park op één maart van dit jaar. Laat ik voor u, toeschouwers, verklaren dat dit geen formele rechtszaak is, maar een hoorzitting om te bepalen of de regering, naar mijn oordeel, genoeg bewijs heeft om een formele rechtszaak te rechtvaardigen. Er is dus geen jury. De twee advocaten zullen dus ten behoeve van mij argumenteren. Verder is de verdediging niet gerechtigd bewijs te berde te brengen, maar alleen maar om dat van de regering aan te vallen. Heren, ik wil dat u snel en netjes argumenteert. Ik wil niet dat deze hoorzitting in de war gebracht wordt met procedurele details. Wacht u daar maar mee tot de rechtszaak, aangenomen dat die er komt. Voor u protesteert, meneer Vincent, wil ik u erop wijzen dat ik zei: àls er een rechtszaak komt. Ik ben niet bevooroordeeld. Gerechtsdienaar, u kunt de verdachte binnenbrengen.'

En toen werd Bob de rechtszaal binnengebracht.

In een helderblauw gevangenispak, met zijn handen vóór zich geketend, geschakeld aan een ketting rond zijn middel, die op zijn beurt verbonden was met zijn geketende voeten, schuifelde hij naar binnen. Zijn haar was kortgeknipt en zijn gezicht was rauw en wit. Maar hij was kalm, even kalm als toen Nick hem voor het laatst gezien had, zittend naast Julie op de vlakte van Hard Bargain Valley, zijn gezicht verborgen achter de oorlogsverf, terwijl Howards gevechtsteam hem omringde.

God wat zag hij er vervàllen uit.

'Edelachtbare?' vroeg Sam Vincent, 'is het strikt noodzakelijk mijn cliënt, die nog veroordeeld moet worden van één enkele misdaad en die een onderscheiden held van de mariniers van dit land is, te vernederen door hem als een gewone dief te behangen met ketenen?'

'Edelachtbare,' antwoordde Kelso even snel, 'meneer Swagger heeft een reputatie voor zowel extreem geweld als voor ontsnappingen. Deze voorzorgsmaatregelen zijn niet meer dan verstandig.'

'Eh,' zei de rechter, 'meneer Swagger, voelt u zich onbehaaglijk of vernederd?'

'Het maakt mij niet veel uit, meneer,' zei Bob.

'Goed, we doen de handboeien af, maar de enkelketenen blijven. Is dat een passend compromis, heren?'

'Ja, meneer.'

'Zeker, edelachtbare.'

'Gerechtsdienaar, wilt u daarvoor zorgen? Nu, meneer Kelso, uw openingsverklaring, alstublieft.'

'Ah, dank u, edelachtbare.'

Zeer mannelijk stapte Kelso naar het midden van de rechtszaal.

'Edelachtbare, de regering zal eenvoudigweg aantonen dat er voldoende bewijs bestaat om te kunnen concluderen dat Bob Lee Swagger op één maart van dit jaar een schot afvuurde van de zolder van St. Ann Street nummer vier-vijftien in het Franse Kwartier van deze stad, dat, hoewel gericht op de president van de Verenigde Staten, aartsbisschop Jorge Roberto Lopez uit San Salvador in El Salvador, trof en doodde. Meneer Swagger had de klassieke driedelige *Modus operandi* om een dergelijke daad te volbrengen, dat wil zeggen, het motief, de gelegenheid en de

middelen, zoals wij zullen aantonen. En dat, edelachtbare, zal afdoende zijn.'
'Goed, meneer Kelso. Dank u. Meneer Vincent.'
Nick voelde zich wat ontmoedigd toen de oude man op onzekere benen opstond en langs de verdedigingstafel, waar hij alleen met Bob zat, liep. Het was een enorm contrast met het team van mannen dat Kelso en Howard achter de aanklagerstafel omringde.
'Nou, meneer,' zei hij, terwijl hij er geen jaar jonger uitzag dan zijn leeftijd van tachtig jaar – zijn reumatische blauwe ogen staarden naar niets in het bijzonder en zijn pak was een verzameling afhangende vodden die al jarenlang geen stomerij meer gezien hadden, maar wel méér dan één schoonmaakbeurt van zijn pijp, zijn zware schoenen waren niet gepoetst – 'ik denk dat je kunt zeggen dat wij de andere kant zullen aantonen en dat deze gedecoreerde oorlogsheld niet…'
'Ik protesteer, edelachtbare, het oorlogsverleden van meneer Swagger staat hier niet ter discussie en is irrelevant voor het proces.'
'Hij heeft geen ongelijk, meneer Vincent.'
'Nou, ja, meneer, als ze zeggen dat hij een schutter is, dan moeten ze, verdomme, ook zeggen dat het het korps mariniers was dat hem leerde schieten en hem er een borst vol medailles voor gaf.'
De snedigheid van de oude Sam veroorzaakte een daverend gelach.
'Goed gezegd, meneer Vincent. Maar aangezien er vandaag geen jury is en ik in feite uitstekend op de hoogte ben van het militaire verleden van uw cliënt, kunnen we, in het belang van de voortgang van deze hoorzitting, verder afzien van aanhalingen van meneer Swaggers heldendom in oorlogstijd, en misschien is dat een aanmoediging aan de aanklager af te zien van een tijdverslindend patroon van protesten.'
'Ja, ik neem aan dat dat een aanvaardbare overeenkomst is,' zei Vincent.
'Uitstekend. Meneer Kelso, het wordt tijd dat u de zaak opent.'
'Dank u edelachtbare.'
Kelso begon met het presenteren van een brief die hij als bewijsmateriaal wilde aanvoeren. Het was een brief, gedateerd 15 december 1991, geadresseerd aan de president van de Verenigde Staten, waarin Bob Lee Swagger op een scherpe, enigszins verwarde toon beargumenteerde dat hij de *Congressional Medal of Honour* verdiende voor zijn acties in Vietnam.
De brief werd geprojecteerd op een scherm dat Kelso's hielenlikkers snel opgesteld hadden.
'Edelachtbare, door dit document kwam Bob Lee Swagger aanvankelijk op de lijst van mogelijke bedreigende verdachten van de Geheime Dienst en werd er een, zij het tragisch inefficiënt, onderzoek naar hem ingesteld door de FBI.'

Nick kromp ineen.
Ik protesteer, kreunde hij in stilte. Maak duidelijk dat Bob op de C-lijst stond, de lijst van minst gevaarlijke verdachten, en dat zelfs de jongens van de Geheime Dienst zeiden dat hij genegeerd kon worden.
Maar Sam Vincent en zijn cliënt zaten zwijgend aan hun tafel.
'Edelachtbare, ik heb hier de verslagen van vier handschriftdeskundigen, één van de FBI, één van de politie van New Orleans, één van de politie van New York en één van een zeer gerespecteerd onafhankelijk deskundige, waarin zij stellen dat zij – het varieert, edelachtbare – tussen vijftien en eenendertig overeenkomsten geïdentificeerd hebben tussen dit document en authentieke voorbeelden van Bob Lee Swaggers handschrift.'
'Meneer Vincent.'
Eindelijk sprak Vincent.
'Edelachtbare, ik weet dat ik geen bewijs aan kan voeren, maar als ik dat wel kon, zou ik drie verslagen introduceren van handschriftdeskundigen in Los Angeles, Londen in Engeland en Chicago in Illinois, die aangeven dat dit document een vervalsing...'
'Ik protesteer, ik protesteer, edelachtbare, u begrijpt toch wel dat de verdediging probeert bewijs aan te voeren dat...'
'Protest toegewezen. Meneer Vincent, u kent de regels.'
'Die ken ik, meneer, en het spijt mij. Maar, de waarheid is dat het gewoon niet mogelijk is iets positiefs te zeggen wat betreft handschriftanalyse. Je kunt er meer deskundigen aan zetten dan een moeder-opossum tieten heeft...' weer klonk er gelach van de toeschouwers in het donker – 'maar geen twee ervan zullen het met elkaar eens zijn. En laat me u nog op één ding wijzen: meneer Swagger heeft jammer genoeg geen gedegen opleiding kunnen genieten, als sommigen van ons. Hij is een produkt van landelijke openbare scholen in Arkansas in de jaren vijftig, zonder enige universitaire ervaring. Daarom bleef zijn handschrift zoals u ziet in een enigszins primitief stadium. In de ogen van knappere mensen lijkt het geschreven door een kind. Nu is het enige waar handschriftdeskundigen het over eens zijn, dat een dergelijk handschrift – het wordt, eh, ''infantiel cursief'' genoemd, geloof ik' – hij zei dit alsof hij het gewoon zelf bedacht had... 'het meest makkelijk is om te vervalsen.'
'Goed, meneer Vincent,' zei de rechter, 'dat aanvaard ik en hou ik in gedachten, maar vergeet alstublieft niet dat u alleen maar het bewijs van de regering aan mag vallen, niet uw eigen bewijs introduceren.'
'Ja, meneer.'
'Hoe kunnen ze ooit winnen als ze geen eigen bewijs mogen introduceren?' fluisterde Sally in zijn oor.

'Hij moet aantonen dat hun bewijs niet strookt met wat ze beweren dat het doet,' zei Nick.
Ondertussen sloeg Kelso snel terug.
'Edelachtbare, ik ben hier niet om me te buiten te gaan aan een komedie of niet te bewijzen speculaties over een samenzwering, zelfs waar zij op hetzelfde neerkomen. Ik ben hier om een argument aan te duiden voor de wet. En hoewel dit niet een forum is waar beslist wordt over de absolute waarheid, denk ik toch dat uwe edelachtbare moet toegeven dat ik op dit punt in het proces precies gedaan heb wat de wet van mij verlangt: ik heb een redelijk argument voor het motief vastgesteld. Het was genoeg voor de FBI en de Geheime Dienst om te beginnen meneer Swagger in de gaten te houden en dat zou genoeg moeten zijn voor het gerecht.'
'Jongeman, het is niet nodig dat u mij vertelt wat mijn taak is,' zei rechter Hughes. 'Maar laten we zeggen dat uw oordeel niet onverdienstelijk is, zelfs hoewel de manier waarop u dat gaf de grens van minachting van de rechtbank gevaarlijk dicht nadert.'
'Dat spijt mij, edelachtbare.'
'Dan kunt u nu verdergaan met het tweede deel van uw argument.'
'Zoals u wilt, edelachtbare,' zei Kelso. Hij ging even terug naar zijn tafel.
'We doen het niet zo goed, hè?' fluisterde Sally.
'Nee, ik ben bang van niet. Ik had gedacht dat die oude man wat meer had dan alleen maar woordenwisselingen.'
'Nick, ik ben bang.'
'Wacht maar even. Ik kom zo dadelijk aan de beurt, en...'
Maar Kelso was weer teruggelopen naar het midden van de zaal.
'Edelachtbare,' zei hij, 'ik wil als bewijs introduceren de onder ede gegeven verklaring van een sergeant van de politie van New Orleans, Leon Timmons geheten. Sergeant Timmons is niet hier omdat hij, tragisch genoeg, gedood werd bij de uitvoering van zijn plicht in april van dit jaar. Maar het was sergeant Timmons die heldhaftig ingreep toen Bob Lee Swagger...'
'Edelachtbare, ik protesteer,' zei de oude man, zichzelf tot een soort bijbelse toorn opwekkend. 'Dit bewijsmateriaal is niet meer dan een bewering, die niet meer gestaafd kan worden tijdens een kruisverhoor. Daarbij werd deze "heldhaftige" sergeant in verscheidene rapporten over interne zaken van de politie van New Orleans genoemd op verdenking van het onderhouden van banden met de georganiseerde misdaad in en om...'
'Edelachtbare, Leon Timmons werd driemaal in zijn achttienjarige carrière gedecoreerd voor zijn moed en...'
'En hij reed in een van die verdomde Duitse open sportwagens die meer

dan zestigduizend dollar kosten, terwijl hij een salaris van tweeëntwintigduizendvijfhonderd dollar verdiende...'
'Edelachtbare...'
'Oké, oké heren, stop met ruziën,' zei rechter Hughes met een gekreun.
Hij zweeg even.
'Meneer Kelso, heeft u geen lévende getuige?'
'Verdomme,' zei Nick tegen Sally.
'Jawel, meneer.'
'Laten we dit dan afsluiten. Voert u uw onder ede gegeven verklaring maar op als bewijs en dan zal ik die op mijn gemak lezen, en als ik aan het eind van de hoorzitting nog steeds twijfel, zal ik beslissen of ik het van belang vind.'
'Uitstekend, edelachtbare. Ik denk dat mijn volgende getuige alle twijfels die *wie dan ook* nog heeft over de vatbaarheid van de zaak van de regering, op zal lossen.'
Plotseling stond er een gerechtsdienaar naast Nick.
'Meneer Memphis? Van meneer Utey.'
Het was een briefje.
Nick vouwde het open.
Er stond: *Laatste kans. Zoals je ziet is Bob verloren. Je kunt dit nog steeds in jouw voordeel laten lopen, en dat van de FBI. Gooi jouw leven en dat van dat arme meisje niet overboord voor iets waar toch niets meer aan te doen is.*
'Wat is dat, Nick?' fluisterde Sally.
Dat was het dus.
Dit hele geval kwam hier dus op neer.
Zijn leven kon zo plezierig zijn.
Bob was toch verloren, dat was duidelijk. De oude Sam Vincent was niet meer dan een kletsmeier uit een café. Het bewijs was overweldigend. RamDyne had gewonnen. Hij keek naar de aanklagerstafel en zag Hugh Meachum daar zitten met een kalm gezicht en ondoorzichtige, blauwe ogen.
'De aanklager roept meneer Nicholas Memphis als getuige op.'
Nick leunde over naar Sally.
'Het is een briefje van een geest,' zei hij, verfrommelde het en liep naar de getuigenbank zonder Howard aan te kijken.

Nick legde de eed af zonder veel emoties en probeerde een makkelijke houding te vinden in de hardhouten bank. Hij kon Bob zien, stijf rechtop, één en al marinier, niet zozeer naar hem als wel voor zich uit starend. En naast hem zat de oude Sam Vincent, wiens houding enigszins deed denken aan half-leeggelopen veevoerzakken die op elkaar gestapeld lagen in

een hoek van de schuur. Zijn zakwangen gingen enigszins op en neer met zijn zware ademhaling en zijn ogen leken enorm achter zijn dikke brilleglazen.
'Uw huidige baan, meneer Memphis?' vroeg Kelso.
'Op dit moment ben ik werkloos. Sinds gisteren.'
'En tot gisteren?'
Nick somde het snel op: twaalf jaar lang speciaal agent, FBI.
'En kunt u ons vertellen wat uw taak was op de eerste maart van het vorige jaar?'
'Ik maakte deel uit van een multidepartementale eenheid die ingezet was om te zorgen voor de veiligheid van de president. Ik...'
'Meneer Memphis, antwoord de vraag alstublieft zonder uit te weiden. U hebt dit toch al eerder gedaan, nietwaar?'
'Ja.'
'Goed.'
'Maar...'
'Meneer Memphis, wat hielden uw verantwoordelijkheden in?'
'Ik zat in een geparkeerde auto in St. Ann Street, ongeveer vijf straten verwijderd van het podium in het Louis Armstrong-park.'
'Juist. Wat was uw taak?'
'Eh. Nou, in principe was het een operatie van de Geheime Dienst. Wij waren op de uiterste rand van het veiligheidsgebied geposteerd. Meer als uitkijkposten, dat is alles.'
'O, juist. Wilt u mij nu vertellen wat er precies om negentien minuten over twaalf op die dag gebeurde? U zat in uw auto en...'
'Nou, het is veel ingewikkelder dan dat. Ziet u, er is een verbànd, dat is heel belangrijk, wat er eerst gebeurde, wat er daarna gebeurde, wat ik vernam, wie erbij betrokken was, en om gewoon te isoleren...'
'Meneer Memphis, er werd u een rechtstreekse vraag gesteld. U antwoordt met een uitweiding over een irrelevant onderwerp. Wat gebeurde er precies om negentien minuten over twaalf op die dag...'
Nick voelde alles uit zijn brein wegzakken. Hij had het allemaal tientallen malen gerepeteerd en het verhaal teruggebracht tot de kleinste begrijpelijke delen.
'Edelachtbare, ik moet dit verklaren, omdat...'
'Edelachtbare, ik moet zeggen dat de getuige hier als beschuldigde is. Hij is gedagvaard en zal hoogst waarschijnlijk binnenkort voor de federale wet aangeklaagd worden wegens het zich voordoen als een FBI-agent.'
'Ik meen dat...'
'Edelachtbare, hij moet de vraag beantwoorden.'
'Meneer Memphis, u hebt al eerder getuigd,' zei de rechter. 'U kent de

regels. Als u een verklaring af te leggen heeft, dan mag u dat schriftelijk melden, na afloop van deze hoorzitting.'
'Maar edelachtbare, ik...'
Ik doe hem kwaad, besefte Nick plotseling. *Ik kom over als een dwaas, en daardoor doe ik de man die ik wil helpen absoluut kwaad.* Dat wist Kelso. Daar rekende Kelso op. Howard had Kelso goed ingelicht over de zwakheden van Nicholas Memphis, voorheen van de FBI.
'Meneer Memphis, ik moet het beschouwen als minachting voor de rechtbank als u niet antwoordt. Ik denk niet dat u een gevangenisstraf van drie maanden wilt riskeren, naast uw huidige problemen met de wet.'
'Ik wil alleen maar gerechtigheid, edelachtbare. Ik...'
'Meneer Memphis, ik moet u nogmaals waarschuwen. Beantwoord de vraag, of ik beschouw het als minachting voor de rechtbank.'
'Ja meneer. Maar als u het mij in zijn verbànd...'
'Nick.'
Het was Bob.
'Vertel ze gewoon de waarheid, Nick. Maak je nergens zorgen over.'
Zijn diepe stem weerklonk in de rechtszaal als een rouwkreet. Daarna volgde er een stilte.
'Meneer Swagger, als u nog eens een opmerking maakt beschouw ik ú als zijnde in minachting voor de rechtbank en laat ik u de mond snoeren,' zei de rechter.
Nick besefte hoe briljant de aanklager dit alles opgezet had. Breng Nick in verwarring, verleid Bob ertoe zijn stoïcisme te verbreken. We komen allebei zeer dwaas over, proberen alles zo ingewikkeld mogelijk te maken en lijken doodsbang voor de waarheid.
Howard keek scherp toe en schudde zijn hoofd als om aan te geven dat de overwinning op dit moment te makkelijk leek.
'Oké,' zei Nick ten slotte. Hij had het geprobeerd en hij had verloren. Ze waren zover gekomen. Nu was het voorbij. Bob de Doder was bijna dood.
'Ik hoorde een schot. Ik stapte uit de auto...' Hij vertelde het zo simpel mogelijk en identificeerde Bob uiteindelijk als de man die uit het raam gesprongen, op het dak gevallen en de trap afgestrompeld was.
'Dank u, meneer Memphis,' zei Kelso. 'Ik ben klaar, edelachtbare.'
'Meneer Vincent, hebt u nog vragen?'
Eindelijk. Nick wist dat zijn tijd eindelijk gekomen was. Nu kon hij het uiten. Nu kon hij...
Vincent zei: 'Ik heb geen vragen, edelachtbare.'
'U kunt de getuigenbank verlaten, meneer Memphis.'
Nick keek de oude man vol ongeloof aan. Hij had het gevoel dat hij

moest overgeven. Wat dat alles? Was het voorbij? Het was…
'O, één ding, meneer Memphis.' De oude man leek te ontwaken uit een droom.
'Eh, u zei dat sergeant Timmons al ìn het huis was waaruit meneer Swagger bloedend wegvluchtte.'
'Jawel, meneer.'
'Hmmm. Heeft u hem naar binnen zien gaan? Als ik het me goed herinner is er maar één ingang naar die binnenplaats.'
'Nee, meneer. En ik was daar op mijn post vanaf 10.00 uur.'
'Verdomme, is dat niet vreemd. Toch schreef hij in zijn logboek dat hij iets verdachts zag op St. Ann Street nummer vier-vijftien, langs de dakrand, en dat hij de binnenplaats binnenging en…'
'Ik protesteer, edelachtbare,' zei Kelso vlug. 'Sergeant Timmons staat hier niet terecht en de rechtbank zelf maakte er bezwaar tegen toen ik het verslag van de sergeant wilde introduceren…'
'Edelachtbare, ik ben maar een oude man van het boerenland, maar ik vraag me af hoe die heldhaftige sergeant zich op die dag onzìchtbaar heeft kunnen maken. Dat is een verdomd knappe truuk.'
'Edelachtbare,' ging Kelso verder, 'laat mij verder nog stipuleren dat meneer Memphis ontslagen is bij de FBI vanwege verregaande veronachtzaming en plichtsverzuim. Zijn falen in deze zaak is berucht in de gehele wetshandhavingsgemeenschap. Om hem voor te stellen als een toonbeeld van enige vorm van professionalisme, zoals de verdediging duidelijk probeert te doen, is te belachelijk voor woorden.'
Geweldig. Nu werd hij in het openbaar ook nog ritueel vernederd.
'Hij heeft geen ongelijk, meneer Vincent. Maar ik heb uw opmerking genoteerd om verder te bestuderen. Goed, meneer Kelso. Gaat u verder.'
Nick sjokte terug naar zijn plaats, en voelde het gewicht van de jaren op zijn plotseling zwakke schouders drukken. Nog een nagel aan zijn doodskist.
Hij ging terug naar zijn stoel naast Sally, en zij boog zich naar hem toe en legde haar hand op de zijne.
'Je hebt het geprobeerd,' zei ze.
'Een ramp,' was alles dat hij kon zeggen.
Hij keek op en hoorde de rechter aankondigen dat hij de hoorzitting een uur lang verdaagde voor de lunch.
'Laten we weggaan,' zei hij.
Op weg naar buiten werd hij belaagd door twee of drie journalisten, maar hij liep gewoon door. Er stonden er meer geschaard rond de held van het uur, de charismatische jonge aanklager, die hapklare brokken spuide voor het nieuws van zes uur. Sam Vincent was nergens te vinden.

'Sally,' zei hij, nadat ze een paar minuten somber zwijgend tegenover elkaar gezeten hadden in een eethuis, een paar straten verwijderd van de rechtszaal. Het eten kostte hem zijn laatste elf dollar. 'Ik denk dat we moeten praten.'
'Oké.'
'Ik denk niet dat we het gaan winnen. Ik wéét in feite dat we niet gaan winnen. Bob mag zich dan specialiseren in het ontsnappen uit de penarie, maar deze keer... nou, waar het om gaat is dat het vandaag niet zal gebeuren. De strop is te strak. Het is voorbij...'
'Nick, ik...'
'En als hij gaat, ga ik ook, en als ik ga, ga jij ook. Maar zo hoeft het niet te gebeuren. Ik wil dat je Kelso opbelt en zegt dat je vrijwillig tegen mij wilt getuigen. Zeg hem dat ik jou dupeerde, dat ik je verleidde, dat ik je gebruikte. Ik zal het niet ontkennen. Mij willen ze echt te pakken krijgen. Als jij ze mij geeft wegens spionage, iets zwaarders dan zoiets stoms als "zich voordoen als een FBI-agent" dan grijpen ze dat meteen aan. Het is de handigste zet. Oké?'
'De handige zet,' zei ze.
'Howard wil mij alleen maar ruïneren, omdat ik hem zijn nep-ondergrondse actie niet wil geven. En dan is er die geheimzinnige oude vent, ene Hugh Meachum, die volgens mij voor de CIA werkt, of zoiets gedaan heeft. Hij is hier om ervoor te zorgen dat alles geheim blijft. Daar gaat het om. Ik weet dat ze niet...'
'Nick, laat mij je nou eens wat zeggen. Bob Lee Swagger mag zich dan specialiseren in het uit de penarie komen, maar jij specialiseert in trouw. Jij hebt al die jaren alles gegeven voor de FBI en voor Myra. Ik heb je in de gaten gehouden. Ik heb je al die jaren in de gaten gehouden en gezien hoeveel je gaf. En hoe ik nooit een liefje voor je was. Jij was de enige die me altijd als een menselijk wezen behandelde, en me nooit benaderde voor iets anders. En geloof me ZVP-Nick, je zou het niet gelóven hoe sommige van de voorvechters van het familiesysteem me te na kwamen. En in principe is dat omdat jij een van de meest beschaafde mannen ter wereld bent. En nu heb je je trouw aan Bob Lee Swagger gegeven. Nou, Nick, ik heb al zo'n vijf jaar van je gehouden en als ik alleen maar vandaag en morgen krijg, totdat we aangeklaagd worden en gearresteerd, dan ben ik daar al heel blij mee. Ik geef jou de trouw die jij al die jaren aan alle anderen gegeven hebt. Het wordt tijd dat iemand jóu wat trouw geeft...'
'Sally, ik...'
'En ik wil wedden dat die sluwe boerenjongen van een Bob Lee Swagger nog wel met een verrassing zal komen. Ik zal je dit vertellen, Nick, ik kom uit het zuiden en ik heb dat soort mannen mijn hele leven lang ge-

kend. Ze zijn nergens anders goed voor dan voor het sterven in oorlogen en doodschieten van hulpeloze dieren, God weet waarom, en het ontduiken van de wet. Ze zijn sluw, dat is hun talent. En ik heb nog nooit iemand ontmoet die een sluwe boerenjongen te slim af was en van wat ik van Bob Lee Swagger gehoord heb, is hij de sluwste van allemaal. Het is gewoon onmogelijk dat een Yankee-opportunist als Howdy Duty en een oude geest als Hugh Meachum hem te slim af kunnen zijn. Nick, je moet gewoon in Bob Lee geloven, hoor je me?'

Hij raakte haar arm aan. Hij wilde haar kussen. Die geweldige uitstraling in die heldere ogen. Verdomme, zij geloofde waar hij alle geloof verloren had.

'Kom mee, maat,' zei ze, 'tijd om terug te gaan naar de show. Ik heb een gevoel dat we nog vuurwerk te zien krijgen.'

De naam van de jongeman was Walter Jacobs. Hij zag er zeer keurig uit, kalend, vriendelijk van gezicht en gedrag, zijn ogen smal, intelligent en stralend van goede wil achter zijn bril met draadmontuur. Zijn pak was blauw en strak, zijn overhemd wit en strak, zijn das zwart en strak.

En hij betekende de dood.

Hij was degene die, ten slotte, de laatste stoot gaf.

'Uw beroep, meneer Jacobs?'

'Ik ben hogere vuurwapentechnicus van het Forensische, Ballistische Laboratorium van de FBI in Washington, D.C.'

En toen werden er dus spijkers met koppen geslagen. Kelso boog zich voorover, kreunend, om het zwaarder en dodelijker te doen lijken voor de rechter om het wapen op te tillen.

'Dit is het dus?'

'Jawel, meneer,' zei Jacobs.

'Edelachtbare, ik wil dit geweer graag introduceren als bewijsstuk nummer vier.'

'Merk het als zodanig.'

'En dit.'

Het was een miniem stukje verschrompeld lood en koper – de basis van een holpuntkogel.

'Ja. Bewijsstuk nummer vijf, meneer Kelso.'

'En dit – de laatste schakel – als bewijsstuk nummer zes.'

Hij hield een smalle koperen buis op. Hij was 5,038 cm lang, smaller aan één eind en met een rand aan de andere kant. Het was een lege patroon.

'Gemerkt als zodanig.'

'Wilt u dit bewijsstuk alstublieft omschrijven, meneer Jacobs?'

'Jawel, meneer. Het is een handgemaakt Remington Model 700 V .308

kaliber grendelladergeweer met een Leupold 10× Ultra Scope-vizier. Het werd in beslaggenomen op de zolder van St. Ann Street nummer vier-vijftien, in deze stad, op één maart 1992.'
'Uitstekend. Kunt u ons iets vertellen over de achtergrond van het geweer?'
Snel schetste Jacobs de geschiedenis van het geweer van het Remington-bedrijf in Ilion in New York, naar zijn speciale bestelling via het marine-winkelsysteem door de commandant van de schutterseenheid van het Korps Mariniers in Kamp Lejeune, in 1975, waar het volgens de dossiers gepresenteerd werd aan artilleriesergeant Bob Lee Swagger van die eenheid, bij gelegenheid van zijn ontslag uit de dienst wegens arbeidsongeschiktheid.
'Juist. Kunt u de aard van het wapen aangeven?'
'Jawel, meneer. Iemand heeft zich veel moeite getroost en heeft zeer veel kunde tentoongespreid om dat wapen uiterst accuraat te maken. Het oorspronkelijke geweer was al accuraat, met een minieme afwijking. Maar hij heeft dingen gedaan om het nog meer te verfijnen. De oorspronkelijke Remington-loop is bijvoorbeeld vervangen door een handgemaakte roestvrij stalen getrokken Hart-loop. Dat werd overigens uitgevoerd door de firma Hart Geweerlopen in Lafayette in New York, volgens de bedrijfsdossiers in opdracht van Bob Lee Swagger uit Blue Eye in Arkansas, in juni 1982. De nieuwe laderkamer van fiberglas werd gemaakt door McMillan & Company in Phoenix in Arizona. Een kamer van dat model werd opgestuurd naar Bob Lee Swagger uit Blue Eye in Arkansas. De vuurpen is vervangen door een veel lichter exemplaar van titanium, vervaardigd door Brownells uit Montezuma in Iowa, om de vuurtijd met vijfendertig procent te verbeteren. Dat wil zeggen het vergroten van de snelheid tussen het overhalen van de trekker en het afvuren zelf. Het geweer zelf is ingebed in Devcon-aluminium en de schroeven zijn, gebed in aluminium, in de kamer geschroefd. Dit alles maakt het geweer natuurlijk veel stabieler, en dus veel accurater.'
'Dank u. En nu de laatste twee voorwerpen.'
Kelso hield de stukken lood en koper op.
'Dat is wat er overblijft van een 200-greins holpunt Sierra Match King-kogel met afgeplatte staart,' zei Jacobs. 'Hij werd gevonden op het podium in het Louis Armstrong-park, hier in New Orleans. Er kleefden restanten hersenweefsel en splinters van de schedel aan.'
'Was er genoeg van over om een ballistische identificatie te maken?'
'Nee, meneer. Het lukte ons niet, omdat de kogel te zeer vervormd was.'
'Ah, juist. Dus wat hebt u gedaan?'
'We hebben de loop zorgvuldig uitgespoeld en namen monsters van het koper en lood dat achtergebleven was in de trekkanalen van de loop. We

hebben ook koper- en loodmonsters van de kogel genomen. Toen hebben we elk metaalmonster onderzocht met een neutronenactiveringsanalyse.'
'Wat waren uw bevindingen?'
'Dat de kogel en de achtergebleven restanten atomisch identiek waren, meneer.'
'En dat bewijst?'
'Dat bewijst dat die kogel, of één die precies gelijk is, als laatste uit die loop afgevuurd is. Er waren geen andere identificeerbare lood- of koperrestanten.'
'Worden deze kogels algemeen gebruikt?'
'Zij worden in kleine hoeveelheden vervaardigd door de firma Sierra Bullets in Sedalia in Missouri, voornamelijk voor duizend-meterschieten. Hun jaarlijkse produktie is minder dan vijfduizend. Hij wordt vrijwel niet voor de jacht gebruikt. We hebben verscheidene dozen, waaronder één die recentelijk geopend was, in de werkplaats van de verdachte in Blue Eye in Arkansas gevonden.'
'Uitstekend. En ten slotte, de patroon. Wilt u die alstublieft omschrijven?'
'Jawel, meneer. De patroon maakt duidelijk dat het hier om een zorgvuldig en kundig gemaakte eigen lading gaat. Zowel de buitenkant als de binnenkant van de nek zijn gedraaid, om te zorgen voor een soepel loslaten van de kogel, evenals voor een volmaakte concentriciteit. Het slaghoedje, een *Federal Bench Rest*-slaghoedje, was precies in het midden van de slaghoedholte bevestigd. Het vlamgat was opgeboord voor een betere ontsteking en de slaghoedholte was opgeschoond en opgeboord tot een perfecte diepte en vorm.'
'Kon u die patroon in verband brengen met het geweer?'
'Ja, meneer. Er zijn zes tests en metingen die men kan uitvoeren om te onderzoeken of een zekere patroon in de kamer van een geweer afgevuurd en uitgestoten werd. Dat zijn onder andere nekdiameter ten opzichte van kamerdiameter, dikte, onvolmaaktheid van de kamer, randindrukken... enzovoort. Alle zes klopten.'
'Dus deze patroon wèrd afgevuurd en uitgestoten uit dit geweer?'
'Het zou vrijwel onmogelijk niet zo kunnen zijn.'
'Dank u, meneer Jacobs. Wat voor patroon was het?'
'Het was een *Federal Nickel Match* .308 patroon. *Federal* maakt ze niet meer, maar we hebben er verscheidene dozen vol van in Bob Lee Swaggers werkplaats gevonden. En we hebben *Federal Large Bench Rest Rifle*-slaghoedjes gevonden. We hebben de kruitrestanten in de patroon geïdentificeerd als IMR-4895. We vonden in meneer Swaggers werkplaats een drieëneenhalf-kilovaatje nummer IMR-4895, half leeg.'
'Dank u, meneer Jacobs.' Hij draaide zich om. 'Edelachtbare, ik denk dat

u de keten wel kunt herkennen. We hebben het motief: haat voor de president, blijkens de brief. We hebben de gelegenheid: agent Memphis' getuigenis plaatst Swagger in het scherpschuttersnest ten tijde van het plaatsvinden van het schot. En we hebben het middel: zijn geweer, handgemaakt, in een periode van vele jaren zorgvuldig omgebouwd tot het meest dodelijke wapen ooit gemaakt. We hebben de patroon, uitgestoten uit het wapen. En een goed man is gedood. En daar zit zijn moordenaar.'

'We zijn erbij,' zei Nick tegen Sally.

'En dat is de zaak van de openbare aanklaging,' zei Kelso.

'Meneer Vincent.'

'Edelachtbare, ik heb geen... O. Gewoon uit nieuwsgierigheid, meneer Jacobs. Hoe schiet het geweer?'

'Pardon?'

'Hoe schiet het? Als u een geweer onderzoekt om te kijken of er een man mee doodgeschoten is, moet u dan geen idee hebben hoe het schiet?'

'Meneer, ik kan u verzekeren dat het al de herkenningstekens heeft van een geweer, vervaardigd voor maximale accuratesse.'

'Ja, maar hoe schiet het?'

Jacobs leek plotseling een beetje onbehaaglijk.

'Edelachtbare,' zei Kelso. 'Ik protesteer. Dit heeft geen betrekking op...'

'Meneer Kelso, ú introduceerde het geweer als bewijs, niet meneer Vincent. Protest afgewezen. Beantwoord de vraag alstublieft, meneer Jacobs.'

'Nou,' zei Jacobs, 'ik neem aan dat het heel goed schiet.'

'Ho, maatje,' zei Sam Vincent. 'U neemt áán? Betekent dat dan dat u het geweer niet afgevúúrd heeft?'

'Ja, meneer. Daar was geen reden toe, gezien het feit dat de gevonden kogel te zeer misvormd was om nog in overeenstemming te brengen met de identificatie van de loop.'

'Dus u kunt niet zeggen hoe accuraat het geweer is, omdat u er nooit mee geschoten heeft. U kunt niet getuigen dat dit geweer in staat is tot het soort accuratesse dat u zegt dat het heeft.'

Nick hield zijn adem in en vroeg zich af of de oude vos misschien een kleine opening gevonden had.

'Wat gebeurt er?' fluisterde Sally.

'Zie je,' legde Nick uit, 'omdat er geen ballistische identificatie op de moordkogel te zien was, konden ze het geweer niet afvuren, omdat ze in de rechtszaal niet wilden zeggen dat ze geen overeenkomst gevonden hadden. Ze lieten die test gewoon helemaal achterwege. Ik weet niet waar dit op uitloopt.'

Jacobs liet zich uit het veld slaan.

'Meneer, in mijn werk heb ik duizenden geweren getest, en ik heb dit

exemplaar tot in de details onderzocht. Ik heb het volledig uit elkaar genomen en het op werking en betrouwbaarheid onderzocht, en ik kan u zeggen – ik kan u garanderen – dat alles in dat geweer overeenkomt met dat in een wapen van uiterste accuratesse. Het had geen zin het geweer af te vuren, omdat we geen monsters hadden om te testen.'
'Of misschien hèbt u het getest en kwam het niet overeen,' zei Sam Vincent.
Kelso stond al rechtop te schreeuwen.
'Ik protesteer!' riep hij. 'De verdediging trekt de integriteit in twijfel van het ballistisch laboratorium van de FBI, een instelling met een wereldwijde reputatie voor integriteit.'
'Of misschien heeft de FBI geknóeid met het geweer...' begon Sam.
'Nu is het wel genoeg, meneer Vincent,' zei de rechter. 'Protest toegewezen. Er is geen enkele aanleiding te veronderstellen dat er geknoeid is.'
'Edelachtbare,' zei Jacobs. 'Kan ik een verklaring afleggen?'
'Gaat uw gang,' zei de rechter.
'Edelachtbare, ik heb meer dan tien jaar lang in zaken getuigd, en nog nooit heeft iemand ons laboratorium beschuldigd van het knoeien met bewijsmateriaal. Op mijn woord van eer garandeer ik dat het geweer precies, exact zo is als we het gevonden hebben. Het enige wat ik gedaan heb, is het uiteen te nemen en weer in elkaar te zetten. Het is op geen enkele manier veranderd.'
'Het lijkt me dat hij u te pakken heeft, meneer Vincent,' zei rechter Hughes.
'Geen vragen meer, edelachtbare,' zei de oude man en hinkte terug naar zijn plaats.
'Edelachtbare,' zei Kelso, die opsprong toen Jacobs de getuigenbank verliet. 'Dit besluit de zaak voor de overheid. Ik geloof dat ik mijn belofte gehouden heb, edelachtbare. De verdediging eiste een voorlopige hoorzitting, om mijn bewijs in diskrediet te brengen, maar als u mij toestaat: hij heeft er niet eens een kràs op aangebracht. Hij heeft het niet eens áángetast. Edelachtbare, wordt het niet tijd dat u een einde maakt aan deze schijnvertoning en een datum vaststelt voor het proces?'
Het was de minachting in zijn stem, evenals zijn triomf die maakte dat Nick hem haatte.
'Meneer Vincent?'
'Edelachtbare.' De oude man moest het toegeven. 'Ik geef toe dat mijn beste probeersel niet uitgekomen is. Ik had gehoopt dat het feit dat de FBI dat geweer niet afgevuurd heeft, zou bewijzen dat er geen aanleiding voor een rechtszaak was, maar ik kon die knappe jongeman niet opzijschuiven.'

Hij keek even treurig voor zich uit. Er hing een ernstige stilte in de rechtszaal.
Sally stootte hem aan.
'Wat?'
'Hij staart naar je.'
'Wie?'
'Jouw vriend.'
En dat deed Bob inderdaad. En toen ze elkaar aankeken lichtte Bobs gezicht plotseling op in een brede grijns. Toen knipoogde hij.
'Wat gebeurt er?' vroeg Sally.
'Ik geloof dat Bob de Doder een stelletje knappe jongens naar de hel gaat jagen,' fluisterde Nick. Plotseling kon hij bijna geen adem meer halen.
'Maar,' zei de oude man, 'de regering heeft volledig bewezen dat met dit geweer' – en hij bewoog zich verrassend vlot, zonder enige slapheid in zijn benen, zijn maag ingetrokken, zijn bril verdwenen – 'dit dódelijke geweer, aartsbisschop Jorge Roberto Lopez doodgeschoten is op één maart van dit jaar. Dat is hun hele, verdomde zaak en verdomd als die niet loepzuiver is. Daar kan niemand meer onderuitkomen.'
Met een snel gebaar nam hij het geweer van de tafel van de openbare aanklager en opende de grendel. 'Ja,' zei hij luid, 'Bob nam een kogel, een patroon, net als deze' – en uit zijn zak haalde hij een glimmende koperen patroon – 'net als deze Winchester Ranger 168-greins .308 holpunt...'
Het werd de rechter plotseling duidelijk dat de patroon scherp was.
'Meneer Vincent, u mag die kogel níet in...'
Maar Sam schoof de patroon in de kamer en ramde de grendel dicht. De plotselinge, overweldigende macht van het geladen geweer, die uiterste omwenteling waarbij een stom stuk gereedschap, alleen maar door er een projectiel van koper en kruit en lood in te stoppen, een bijna levende aanwezigheid wordt, vulde de rechtszaal totaal.
Kelso nam niet eens de moeite te protesteren. Twee gerechtsdienaars legden kalm hun hand op hun revolver.
'Meneer Vincent,' zei de rechter, 'u hebt nu een geladen wapen in uw handen. Ik beveel u formeel het te ontladen, snel, en geen onzin, want anders beschouw ik dat als minachting voor de rechtbank, en laat ik u voor de rest van uw leven opsluiten. Gerechtsdienaar, als meneer Vincent niet gehoorzaamt...'
'Edelachtbare, edelachtbare,' zei de oude Sam. 'Ik heb helemaal niet de bedoeling dit moordwapen, waarvan de FBI en de openbare aanklager bewezen hebben dat Bob Lee Swagger daarmee aartsbisschop Roberto Lopez vermoord heeft, af te schieten.'
Hij hield het geweer omhoog, met de monding naar het plafond.

'Nee, meneer,' zei hij. 'Nee, ik ben helemaal niet van plan het af te schieten.' Toen glimlachte hij. 'Maar,' zei hij, 'ik heb niets gezegd over het overhalen van de trekker.'
Hij haalde de trekker over.

In de daaropvolgende jaren zou Nick zich vaak herinneren dat het luidste schot in het gewelddadige verhaal van Bob Lee Swagger, ook het stilste was. Maar op dat moment kon hij dat absoluut niet weten. Net als alle anderen in de zaal zag hij de vinger van de oude man de trekker overhalen en zijn gezicht vertrok zich in afwachting van de enorme explosie in de beperkte ruimte, veroorzaakt door de krankzinnige, oude man.
Er klonk een klik, niet luider dan het vallen van een potlood op de vloer. Stilte. Toen chaos.
'Edelachtbare,' schreeuwde Kelso, 'ik protesteer. Ik weet niet wat voor zin het heeft het geweer te laden met een losse flodder en...' En toen zweeg hij en wierp Howard een blik toe.
'Edelachtbare,' zei Sam, 'het was geen losse flodder. Ik zou hier binnen de losse flodders wel aan kunnen wijzen maar deze patroon is dat zeker niet. Je kunt wel duizenden patronen in dit geweer stoppen. Want het doet alles wat de FBI zegt dat het doet, behalve één ding. Het schiet niet.'
Snel klikte hij de patroon uit de kamer en haalde toen het palletje voor de trekker, waarmee de grendel tegengehouden werd, over, en trok de grendel uit de kamer. Hij legde het geweer op de tafel van de openbare aanklager en hield de grendel omhoog. Toen drukte hij de grendel op het tafelblad om het veermechanisme te deblokkeren en in vijf, deskundige, seconden had hij de grendel uit elkaar genomen en hield één van de onderdelen omhoog.
'De vuurpen, edelachtbare,' zei hij. 'Zoals de jongeman opmerkte, is het er één van titanium, voor een snellere vuurtijd. Wat hij niet opmerkte, omdat hij het niet wist, was dat die vuurpen niet elf punt vier-een-drie centimeter lang is, zoals Remington voorschrijft. Nee, hij is elf punt één-zes-drie centimeter lang. Absoluut niet lang genoeg om het slaghoedje te bereiken. Als je nou heel nauwkeurig kijkt, kun je zien dat een man die alles van geweren afweet, dit dingetje met een vijl in tweeën gezaagd heeft. Toen heeft hij een kwart centimeter van de schacht afgehaald. En daarna heeft hij de twee delen weer aan elkaar gelast. Je zou het met een hele nauwkeurige maatlat na moeten meten om het verschil te zien, maar één ding is verdomd zeker en dat is dat hij niet lang genoeg is om het slaghoedje te bereiken. Het is maar een heel klein beetje maar dat telt niet. Dat geweer schiet niet. Het zegt geen "pang". En waarom zou hij dat gedaan hebben? Als we aannemen dat Bob Lee Swagger een sluwe man is, zou je kunnen zeggen dat

hij op een gegeven moment, toen hij voor een bepaald soort mensen schoot, merkte dat iemand een van zijn afgeschoten patronen weggenomen en vervangen had door een andere. Dat irriteerde hem. Het was vrijwel niets, wat koper ter waarde van zo'n tien cent, niet meer. Maar het irriteerde hem. En later deed hij toen dat werkje aan die vuurpen, omdat hij vermoedde dat er iets vreemds in zijn leven gebeurde. En misschien heeft hij al die maanden geweten dat hij het onomstotelijke bewijs had dat hij die aartsbisschop niet had kunnen doden en de FBI en de regering wisten daar niets vanaf. En misschien gebruikte hij die tijd om erachter te komen wie die mannen waren en wat ze in het verleden gedaan hebben. Edelachtbare, u hebt misschien gemerkt dat er op de eerste dag van het jachtseizoen, afgelopen maand in Arkansas, een verbazend groot aantal ongelukken gebeurd is. Drie mannen gedood op één dag. Verbazingwekkend, al die jachtongelukken. Maar, weet u, edelachtbare, soms komt gerechtigheid op een vreemde manier, waar mannen en rechtbanken niet veel van begrijpen.
En dus: wie vuurde het schot af dat aartsbisschop Jorge Roberto Lopez doodde? Dat moet u aan Bob Lee Swagger vragen. Misschien zal hij het u vertellen. Hij wil het mij niet zeggen. Maar één ding weten we wel. Iemand anders vuurde die kogel af uit een ander geweer. Want dit geweer doet het niet. Dat blijkt uit het onweerlegbare bewijs. Dus, edelachtbare, vraag ik u. Hebben we hier met een zaak te maken? Of zijn we met de verkéérde zaak bezig?'
De rechter vroeg de beide advocaten bij zich te komen.
Hij keek hen beiden even strak aan.
'Meneer Kelso,' zei hij ten slotte, 'wat doet u hier? U moet een moord oplossen en u hebt die bij lange na niet opgelost. U bent nog niet eens begonnen. Gerechtsdienaar, maak meneer Swagger los. Hij is nu vrij om zijn eigen leven te leiden. Ik herroep alle aanklachten. En ik denk dat het nu wel genoeg geweest is. Ik denk dat we nu allemaal naar huis kunnen gaan.'
De verslaggevers stormden de rechtszaal uit, om de verbijsterende gebeurtenissen van die dag door te geven. In deze drukte stond Bob, bijna onopgemerkt, glimlachend, ontspannen. Hij schudde Sam Vincent de hand en kwam toen naar Nick toe. Zijn ketenen waren eindelijk afgenomen.
'Je was goed, Nick. Je kunt waarnemer voor me zijn wanneer je maar wilt.'
'Jij was zelf goed, oude man.'
'Maar we zijn toch een verdomd goed team. Weet je zeker dat je geen marinier was?'
'Nee, dat was ik niet.'

‘Nou, hou je goed hè? We hebben lol gehad.’
‘Ja, inderdaad.’
Bob Lee liep weg en binnen een paar seconden was hij op de een of andere manier verdwenen. Het was de gave van de scherpschutter. Te verdwijnen, zonder een spoor achter te laten, totaal en plotseling verdwenen te zijn.
Nick draaide zich om naar Sally, maar toen keek hij in het verwoeste gezicht van Howard D. Utey.
‘Howard, je was niet eens dichtbij. Je hebt zijn haar niet eens in de war gebracht. Hij heeft je gewoon naar de hel geschoten.’ Over Howards schouder heen zag hij de oude man, Hugh Meachum, in de schaduw staan kijken. Nick riep hem bijna iets toe, maar Meachum deed een pas terug en ook hij verdween.
Toen draaide hij zich om naar Sally.
‘Wil je dat we hier weggaan?’
‘Wat dacht je?’
‘Waarheen?’
‘O, ik denk dat we wel iets kunnen bedenken.’

39

Het schandaal was als een vlam. Het brandde heet en fel en verslond iedereen die het probeerde te beheersen. Howard werd nog voor de week om was, zonder enige vorm van ceremonie ontslagen door de FBI, evenals de andere drie leden van de Lancer-commissie. De jonge Philip Kelso werd overgeplaatst naar een verre, westerse staat, maar hij weigerde de aanstelling, nam ontslag en begon een eigen praktijk. Maar de echte schok was Hugh Meachum: op de derde dag na de hoorzitting stierf hij aan een verwijding van de hartslagader. Zijn hart explodeerde gewoon, alsof het door een kogel getroffen was.

Toen hij het hoorde dacht Nick: hij heeft ze allemaal te pakken gekregen, tot de laatste toe.

Hij bracht een lange, heerlijke week door met Sally, voornamelijk in haar appartement, maar ook op een paar andere plekken, tot een telefoontje hem ten slotte opspoorde. Het was Hap Fencl.

'Een beste troep hier, maat.'

'Tja,' zei Nick.

'Weet jij waar ik een goede, lichtelijk gebruikte speciale agent kan vinden? We hebben een paar aardige zaken en we hebben een vent met ervaring nodig.'

'Was ik niet ontslagen?'

'O, Nick, de een of andere kerel heeft misschien zo'n idee gehad, maar die is allang verdwenen, en ik denk niet dat je iemand op de personeelsafdeling kunt vinden die weet wat er met die papieren gebeurd is. Echt waar, Nick. Hier hoor je. Je had gelijk. Howard was een vergissing. Die zijn er, zo nu en dan. Maar ze brengen zichzelf ten val. Het is een goede organisatie. Kerels als jij maken het goed.'

'O, Jezus.'

'Kom op nou, Nick. Niets bijzonders, gewoon straatwerk hier in New Orleans, hetzelfde salaris, met terugwerkende kracht. Een paar mensen in Washington willen met je praten over dat RamDyne-geval, dus je kunt er net zo goed voor betaald worden.'

Nick haalde zwaar adem. Hij wilde gewoon alleen maar een FBI-agent zijn, dat was het enige dat hij ooit gewild had.

'Oké,' zei hij uiteindelijk, 'ik zie je morgen.'

'En Nick. Trouw dat verdomde kind, wil je?'

'Wel verdomme,' zei hij, 'dat heb ik gisteren gedaan.'

'Gefeliciteerd. Tot morgen, partner.'
Dus ging Nick weer in dienst en bracht zijn wittebroodsweken door in Washington en vertelde twee weken lang steeds maar weer zijn RamDyne-verhaal, terwijl een team van topfiguren achter de moeilijk te vatten waarheid probeerde te komen. Dat team zal een dezer dagen zijn rapport openbaar maken, dat is zeker.
Het zou natuurlijk van het grootste nut geweest zijn als ze dokter David Dobbler ooit gevonden zouden hebben. Maar dat is niet gelukt. Of hij was gestorven in de uitgestrektheid van de Ouachita's, of misschien leefde hij, onder een nieuwe naam, in de een of andere vakantieplaats in het zuiden van Californië. Nicks voorkeur ging altijd uit naar de laatste uitleg.
Van RamDyne bleef geen spoor over. De staf viel uiteen en het verlopen hoofdkwartier kwam leeg te staan en huisvest nu een klein softwarebedrijf. Zij die met de FBI spraken, hadden een lage rang gehad en wisten nergens van af. Het lichaam van kolonel Raymond Shreck werd niet opgeëist. Het werd begraven op de nationale begraafplaats van Arlington, niet ver van het graf van John F. Kennedy, want tenslotte had de kolonel de *Silver Star* gekregen en het DSC in Korea en nog een *Silver Star* en twee *Bronze Stars* in Vietnam. John D. 'Jack' Payne, werd begraven op de begraafplaats van het Amerikaanse leger in Baton Rouge in Louisiana. Hij was ook een held geweest.
En James Thomas Albright, of Lon Scott, zijn geheimen voor altijd verloren, werd bijgezet in een mausoleum buiten Danville, waar zijn stoffelijke resten zich voegden bij die van zijn vader en moeder, die hij, in Vermont, op had laten graven en hierheen had laten brengen. Hij liet zijn collectie bankschuttersgeweren na aan de *National Rifle Association* en de Tiende Zwarte Koning bevindt zich nu in het Nationale Vuurwapenmuseum in Washington, D.C. als een aandenken aan een tijd waarin omgang met een geweer het tijdverdrijf van heren was, en mannen als Art Scott hun land trots vertegenwoordigden met het beste van Winchester in hun handen. De NRA had weinig belangstelling voor de andere voorwerpen, waaronder een vreemde verzameling afgevuurde 162-greins .264 kaliber kogels van het een of andere project in het begin van de jaren zestig, gevonden in zijn kluis. Zijn bedrijfskapitaal, dat meer dan zeven miljoen dollar bedroeg, ging naar de nationale organisatie van meervoudig verlamden.
Bob Lee Swagger was ook een soort vermiste. Toen alle aanklachten ingetrokken werden als gevolg van het vervallen van de federale zaak, verdween hij bijna onmiddellijk uit het openbare blikveld met de vrouw Julie Fenn. Maar hij betaalde zijn schulden, in de valuta van zijn eigen keuze.

Een vroegere jager op groot wild in Oklahoma ontdekte tot zijn verbazing een pakket op zijn stoep. Toen hij het opende, lachte de man, krakerig van genoegen.
Het was een Model 70 .270 Winchester van vóór vierenzestig.
Er zat geen briefje bij het geweer, alleen maar een label.
'Dit geweer behoorde eens toe aan Bob Lee Swagger,' stond erop. Het was getekend: Bob Lee Swagger.
En op een dag, een maand na zijn terugkeer uit Washington, deed Nick open toen er geklopt werd, en hij trof een man van de UPS-verzenddienst met een pakje van ongeveer negentig centimeter lang, dat ongeveer drie kilogram woog. Hij tekende ervoor, nam het mee naar de kelder en opende het.
Het was de Ruger Mini-14.
Er was een briefje bij, waarop in zorgvuldig, bijna kinderlijk handschrift stond: Nick. Ik trek verder. Dacht dat je dit misschien zou willen hebben als een aandenken aan onze dagen dat we voor de justitie op de loop waren. Weet je zeker dat je geen marinier bent geweest?'
Geen handtekening.
Nick keek naar het verdomde ding. Een klein, handig, net geweer, eens het bezit van en gebruikt door Bob de Doder. Hij schudde zijn hoofd.
'Wat is dat, Nick?' riep Sally naar beneden.
'O, het is iets van een knaap die ik ooit gekend heb,' zei hij en liet het geweer achter de boiler glijden, waar het tot op de dag van vandaag ligt te roesten.

Ze kwamen over de laatste top.
In de woestijn leek de stad een lappendeken van lichte en donkere vormen, over de felle straling heengeworpen. Het was heet en droog en de zon straalde genadeloos op alles neer.
'Het is niet veel,' zei ze. 'Geen bergen, geen bomen, alleen maar dwergdennen en kleine, kleverige dingen waar je dood van gaat. En het is heet. Het is hier zo heet dat de mensen het grootste deel van de tijd op ijsthee en de air-conditioning leven.'
'Het lijkt me ruw terrein. Maar niet te veel mensen in de buurt, hè?'
'Nauwelijks,' zei ze.
'En veel ruimte en niemand die op je let?'
'Ik ben de enige,' zei ze.
'Klinkt helemaal niet gek,' zei hij. 'Laten we nu ergens stoppen om een hond te kopen.'
'Dat zou fijn zijn,' zei ze. 'We kunnen hem grootbrengen, samen met die verdomde baby die ik in me schijn te dragen.'

De auteur zou graag de vele mensen willen bedanken die hem hielpen bij de voorbereiding van dit boek, en erkent dat hij alleen verantwoordelijk is voor alle vergissingen met betrekking tot namen en weglatingen. Vooral John Feamster uit Tuscaloosa, Alabama, heeft veel tijd en inspanning voor mij opgeofferd. Bob Lopez, Randi Henderson, Lennie Miller, Jean Marbella, Joe Fanzone en Weyman Swagger, allen wonend in Baltimore en omgeving, hebben geholpen wanneer het nodig was. Mijn uitgever, Ann Harris, in New York, hielp mij erachter te komen waar mijn boek over ging, en liet mij niet ophouden met werken voordat ik dat werkelijk deed; en mijn agente, Victoria Gould Pryor, deed haar gebruikelijke, uitstekende werk. Mijn kinderen, Jake en Amy, lieten al de rommelige gebeurtenissen gelaten over zich heen komen; en mijn vrouw Lucy liet mij bijna vier jaar lang verdwijnen naar schietbanen, wapenshows en mijn eigen kantoor, zonder ooit te klagen.